ro
ro
ro

Axel S. Meyer, 1968 in Braunschweig geboren, studierte Germanistik und Geschichte. Heute lebt er in Rostock, wo er als Reporter und Redakteur der «Ostsee-Zeitung» tätig ist. Den deutschen Lesern ist er bereits durch seine erfolgreiche Roman-Reihe um den Wikinger Hakon bekannt.

AXEL S. MEYER

DAS HANDELSHAUS

Ein Roman
aus der Hanse-Zeit

Rowohlt Taschenbuch Verlag

2. Auflage August 2019
Originalausgabe
Veröffentlicht im Rowohlt Taschenbuch Verlag,
Hamburg, Juni 2019

Redaktion Katharina Rottenbacher
Karte Umschlaginnenseite © Peter Palm
Umschlaggestaltung FAVORITBUERO, München
Umschlagabbildungen Bernd Anders (Hanseschiff im Hafen,
Mitte des 15. Jh.s); Das Umland von Stettin und
Mündungen der Oder (Stich), English School (19th century)/
Private Collection/© Look and Learn/Bridgeman Images
Satz aus der Sabon
Gesamtherstellung CPI books GmbH,
Leck, Germany
ISBN 978 3 499 27443 5

Für meine Eltern
Hannelore und Hans-Ludwig Meyer

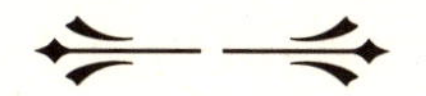

PROLOG

Der Junge machte sich ganz klein. Sein Gefängnis war von Finsternis erfüllt, und die Dämonen flüsterten ihm zu: *Du bist ein Versager! Du bist ein Nichts – ein Nichts, das es nicht wert ist, am Leben zu sein.* Eiskalte Angst überkam den Jungen. Etwas packte mit eisernem Griff zu und drückte sein Herz zusammen. Das Blut pulsierte in seinen Adern, hämmerte gegen seine Schläfen, rauschte in seinen Ohren.

«Bitte hilf mir», wimmerte er. «Ich habe entsetzliche Angst. Es ist so dunkel.»

Doch nichts geschah. Er hob das tränenfeuchte Gesicht und flehte: «Ich fürchte mich so sehr … bitte hol mich hier raus. Hörst du mich denn nicht, Stephan …»

Stephan hockte auf seinem Bett, starr vor Entsetzen und gelähmt von seiner eigenen Feigheit. Er zitterte am ganzen Leib. Mit weit geöffneten Augen blickte er auf den Schrank, der zwischen seinem Bett und dem Bett seines jüngeren Bruders Simon stand. Draußen graute der Morgen. Böen fauchten um den Loytzenhof. Trotz des Sturms wagte sich ein Spatz auf den Absatz vor dem Fenster und tschilpte tapfer gegen den Wind an.

Am Vorabend hatte das Dienstmädchen der Familie Loytz einen Hering in ihrem Bett gefunden, einen toten, stinkenden Hering. Als Übeltäter für diesen Streich beschuldigte man Stephans kleinen Bruder, den achtjährigen Simon. Zur Strafe sperrte ihre Großmutter Anna Glienecke den Jungen in den Schrank. Simon musste die ganze Nacht darin bleiben, bis Hans Loytz, das Oberhaupt der Familie, sein Urteil sprechen würde.

Stephan hatte in der Nacht kein Auge zugetan. Er hockte auf seinem Bett, während er dem gedämpften Wimmern aus dem Schrank lauschte und den Geräuschen kleiner Finger, die von innen an den Schrankwänden kratzten.

Vor dem Fenster war es bereits hell, als ihr Vater in die Kammer kam. Seine Augen funkelten. Tiefe Falten hatten sich in sein Gesicht gegraben. Er bedachte Stephan mit einem Blick, der der Ernsthaftigkeit der Situation entsprach, bevor er vor den Schrank trat und den Schlüssel im Schloss umdrehte. Im Schatten hinter der Schranktür kam Simons blasses Gesicht zum Vorschein. Die Augen vor Angst geweitet, flehte er: «Ich bin unschuldig, Vater. Ich war's nicht. Ich hab den Fisch nicht in ihr Bett getan.»

«Wer sonst wäre fähig zu einem so üblen Streich, wenn nicht du?», fragte Vater.

«Sie selbst hat den Fisch in ihr Bett gelegt.» Simon streckte die Hand aus und zeigte auf eine kräftige Frau mit ausladendem Hinterteil, die jetzt in Begleitung von Großmutter Anna in die Kammer trat.

«Sie hasst mich», wimmerte Simon.

«Nein, *mich* hasst er», protestierte das Dienstmädchen. «Immer tut er mir so 'ne bösen Sachen an.» Mit spitzen Fingern hielt sie das Beweisstück in die Höhe – einen Hering, aus dem das Gedärm quoll. «Wenn ich's selber getan hätte, hätte ich mich ja nicht draufgelegt.»

Hans Loytz, der in der Nacht von einer Geschäftsreise zurückgekehrt war, blickte seine Mutter an. Seit seine

Ehefrau gestorben war, führte Anna im Loytzenhof das Regiment, wenn Hans unterwegs war. Der Wesen seiner Söhne kannte sie daher besser als er.

Großmutter Anna Glienecke nickte ernst. «Es ist ein Kreuz mit dem Jungen. Der Herrgott hat ihm keinen Anstand mitgegeben. Nur Boshaftigkeit hat er im Kopf.»

Hinter den beiden Frauen tauchte im Türrahmen Michael auf, der älteste der drei Loytz-Brüder, und sagte: «Simon ist missraten, Vater. Ihr müsst ihn bestrafen, sonst wird er niemals Anstand lernen.»

Hans Loytz stand dem Stettiner Handelshaus vor. Wie seine Vorfahren bezeichnete er sich nach dem Vorbild des großen Kaufmannsgeschlechts der schwäbischen Fugger als *Regierer*. Er spannte den Rücken und gefiel sich offensichtlich in seiner Rolle als Patriarch und Richter. Er blickte Simon an und sagte: «Was hast du zu deiner Verteidigung vorzutragen? Alle hier sind überzeugt, dass *du* den Hering ins Bett gelegt hast.»

«Er ist ein Verbrecher», sagte Michael.

«Ich war's aber nicht ...», jammerte Simon.

Stephan hatte Mitleid mit Simon. Es tat ihm in der Seele weh, ihn leiden zu sehen. Viel zu häufig musste der kleine Bruder als Sündenbock herhalten. Er war schwachbrüstig, musste oft krank das Bett hüten. Dünn wie Schilfhalme waren seine Arme, und weder Gebete noch Lebertran oder Hühnerbrühe konnten ihn aufpäppeln.

Stephan machte einen tiefen Atemzug, dann nahm er seinen ganzen Mut zusammen und sagte: «Ich glaube nicht, dass Simon das getan hat.»

Hans Loytz trat vom Schrank zurück. Sein Schatten fiel über Stephan, der schnell den Kopf senkte. Schon verging ihm der Mut wieder.

«Steh auf», befahl ihm Hans Loytz. «Und du, Simon – raus mit dir aus dem Schrank. Euch Burschen erteile ich eine Lektion.»

In Mäntel gehüllt und mit Fellmützen auf den Köpfen trieb Hans Loytz seine beiden Söhne hinunter durch den Treppenturm mit den schrägen Fenstern. Vor der Tür brauste ihnen der Wind in den Ohren, zerrte an ihren Kleidern, heulte und fauchte wie ein Ungeheuer. Sie marschierten durch die Gasse, kamen zum Fischmarkt und gingen weiter zum Oderhafen. Die Oberfläche des Flusses war überzogen von schwappenden, schaumspritzenden Wellen. An den Landebrücken knirschten Taue. Boote und Schiffe schaukelten in den Wellen.

Hans Loytz führte die Jungen zu einem Steg stromabwärts bei der Baumbrücke, wo er sie bei einem Fischerkahn halten ließ. «Steigt ein und setzt euch auf die Ruderbank», befahl er und löste die Taue, bevor er zu ihnen ins Boot stieg und sich gegenüber im Heck auf eine umgedrehte Fischkiste setzte. «Legt die Riemen aus und rudert.»

«Wo fahren wir denn hin?», fragte Stephan. Es war ihm ein Rätsel, was der Vater mit ihnen auf der von Sturmwind gepeitschten Oder vorhatte.

«Das werdet ihr schon sehen», murmelte Hans Loytz.

«Ich habe Angst», wimmerte Simon.

«Schwächlinge haben Angst», entgegnete Hans Loytz. «Ihr seid meine Söhne, und meine Söhne kennen keine Angst. Wer Angst hat, kann kein erfolgreicher Kaufmann sein. Gute Geschäfte erfordern Mut, Beharrlichkeit und Durchsetzungsvermögen. Schreibt euch das hinter die Ohren!»

Stephan nickte, und Simon schlug den Blick nieder, dann schoben sie die Riemen in die Dollen, zogen sie hart durch und ruderten den schwankenden Kahn gegen den Wind an. Unter den strengen Blicken ihres Vaters kämpften sich die Jungen quer über den Strom und unter der Baumbrücke hindurch. Hinter der Brücke lotste der Vater sie zu dem Flussarm, der nördlich der Vorstadt Lastadie von der Oder abzweigte. Sie folgten dem Flusslauf bis zur Mündung in den Damschen See. Beim Rudern rutschte Simon der Riemen einige Male aus den Händen. Das Ruderblatt klatschte aufs Wasser, bis der Vater die Geduld verlor, sich vorbeugte und Simon mit der flachen Hand ins Gesicht schlug. «Ruder anständig und hör auf zu jammern!», fuhr er den Jungen an.

Die Hand hinterließ einen roten Abdruck auf Simons blasser Haut. Tränen traten in seine Augen. Über dem Kahn schwebten Möwen hinweg, und ihr Keifen klang wie höhnisches Gelächter. Der Damsche See war ein weites, von Wäldern, Feldern und kleinen Ortschaften gesäumtes Gewässer. Hans Loytz trieb die Jungen unerbittlich voran, denen der Wind auf dem offenen Gewässer um die Ohren pfiff. Sie kamen kaum noch von der Stelle, sosehr sie sich in die Riemen warfen.

Der Vater legte die Hände wie einen Trichter um den Mund und hob die Stimme, um das Fauchen des Windes zu übertönen, der ungebremst über den See fegte: «Fischfang und harte Arbeit haben unser Unternehmen zu dem gemacht, was es heute ist – ein Handelshaus, dessen Einfluss in alle Länder Nordeuropas reicht. Wir handeln mit Salz, mit Geld und Getreide, aber der Fisch war es, der den Grundstein gelegt hat für den Wohlstand, auf dem ihr Burschen euch ausruht. Jetzt beweist mir, dass ihr keine

Schwächlinge und Faulenzer, sondern der euch von Gott gegebenen Aufgabe gewachsen seid. Erweist euch des Erbes der Loytz würdig.»

Er wies mit der ausgestreckten Hand auf eine Stelle im See. Als Stephan den Kopf drehte, sah er einige Bootslängen entfernt helle Netzschwimmer in den Wellen tanzen.

«Holt das Netz ein!», befahl Hans Loytz.

Stephan und Simon verstauten die Riemen unter der Sitzbank. Sofort erfasste der Wind den Kahn und schob ihn mit unsichtbarer Hand auf die Schwimmer zu. Stephan rutschte von der Ruderbank, kniete sich hinter die Bootswand und machte sich bereit. Als vor ihm ein Schwimmer auf einem Wellenkamm in die Höhe fuhr, griff er zu und umklammerte mit vom Rudern steifen Fingern das nasskalte Korkstück.

«Simon», rief er. «Simon – hilf mir, es ist zu schwer.»

Sein Bruder hatte sich in den Bug verkrochen und zwängte sich in die hinterste Ecke wie ein zu Tode erschrockenes Kleinkind.

«Komm her, Junge, und steh deinem Bruder bei», befahl Hans Loytz.

Simon hielt sich die Ohren zu.

Die Wellen warfen das Boot auf und ab. Stephan hielt den Schwimmer tapfer fest, bis ein Ruck durch das Seil ging, mit dem das Korkstück am Netz befestigt war. Offenbar hatte ein Netzsenker sich vom Grund gelöst. Stephan fasste nach dem Seil und zerrte daran, um das Netz nach oben zu ziehen, während der Kahn sich zum Wasser hin neigte. Wellen klatschten gegen den Rumpf. Kaltes Wasser ergoss sich über Stephan.

«Vater, bitte helft mir», flehte er. «Allein schaffe ich es nicht ...»

«Mach weiter so, Junge, mach allein weiter», rief Hans Loytz. Er verfolgte Stephans Kampf, und sein Gesichtsausdruck war unerbittlich. «Zähl nicht auf deinen Bruder, du musst es allein schaffen – so trennt sich die Spreu vom Weizen.»

Ins Netz kam Bewegung. Stephan glaubte, es sei die Strömung, doch als er das Seil Stück für Stück heranzog, sah er unter der Oberfläche des aufgewühlten, braunen Wassers etwas Großes und Helles schimmern.

«Es ist ein Fisch, Vater», rief er. «Im Netz hängt ein riesiger Fisch.»

Hans Loytz beugte sich über die Bordwand. «Das muss ein Stör sein, ein prächtiger Bursche. Hol ihn raus!»

«Ich ... kann nicht ... er ist zu schwer», klagte Stephan. Seine Hände brannten. Warum half Vater ihm nicht?

Da kroch Hans Loytz zu ihm und griff beherzt ins Wasser, um mit den Fingern hinter die Kiemen des Störs zu fassen. Er konnte ihn jedoch nicht richtig greifen, und als er sich weit nach vorn beugte, um erneut zuzufassen, traf eine Welle das schlingernde Boot. Hans Loytz verlor den Halt und stürzte über Bord.

Stephan stieß einen Schrei aus. Das Seil entglitt seinen Händen, wurde mitsamt Netz, Fisch und Schwimmer in den See gezogen und verschwand in den Fluten. Der Kahn trieb weiter.

«Heiliger Herr im Himmel», stieß Stephan aus. «Simon! Simon! Vater ist ins Wasser gefallen.»

Sein Bruder nahm die Hände von den Ohren, schaute zu Stephan und dann aufs Wasser. Eine halbe Armeslänge vom Boot entfernt tauchte der Vater in einem Wellental auf. Er hatte sich im Netz verfangen. Seine Augen waren aufgerissen. Als er die Lippen öffnete, schwappten Wasser und ein gurgelnder Laut heraus.

Stephan griff nach seinem Vater und bekam dessen Mantel zu greifen, doch das Netz hielt Hans Loytz fest. Der Mantel war mit Wasser vollgesogen und wog schwer – viel zu schwer für einen einzigen Junge. «Hilf mir, Simon! Hilf mir, ihn an Bord zu ziehen!», schrie er panisch.

Simon ließ den Kopf sinken, kniff die Augen zusammen und hielt sich wieder die Ohren zu.

Die Strömung erfasste Hans Loytz, sein Mantel entglitt Stephans Fingern. Das Letzte, was er von seinem Vater sah, waren weit aufgerissene Augen, in denen ein wütender, unausgesprochener Vorwurf lag. Dann wurde er in die Tiefe gezogen.

Willst du den Charakter eines Menschen erkennen,
so gib ihm Macht.

ABRAHAM LINCOLN

I. TEIL

✦

September bis November 1566

I
Falsterbo

Veit, du Teufelskerl – hast du wieder recht gehabt», rief einer der Fischer. «Die verdammten Biester sind hier draußen und nicht anderswo.»

Die Fischer stöhnten in ihren dicken Jacken, lachten aber laut und rau, als sie weit vor der Küste des dänischen Fischerlagers und Handelsplatzes Falsterbo das schwere Netz an die Oberfläche hievten.

Veit Karg, der Steuermann des Fischerbootes, beugte sich über die Bordwand. In den Wellen glitzerte es. Veit sah die zuckenden Flanken der Heringe in den Maschen aufblitzen. Endlich. Das Gefühl hatte ihn nicht getrogen, Gefühl und Erfahrung waren sein Kapital. Seit vielen Jahren fing er Heringe auf den dänischen Vitten in Dragør, Elbogen und Alborg und – wie in diesem Herbst – in Falsterbo. An den dänischen Küsten sagte man über Veit, eines Tages würden ihm Flossen wachsen; man sagte es mit Ehrfurcht und Hochachtung.

Die Fischer fingen für Händler aus Warnemünde, Lübeck oder Stralsund Heringe. Seit Tagen setzten einige von ihnen Stellnetze an Pfählen im flachen Wasser vor der Küste. Andere Fischer versuchten ihr Glück dicht vor der

Küste mit Schleppnetzen. Veit hingegen, der für das Stettiner Handelshaus der Loytz arbeitete, wählte eine dritte Fangmethode. Er hatte Wolken beobachtet und Wind und Strömungen studiert. Dann hatte er entschieden, es mit dem Treibnetz zu versuchen. Diese Fischerei war mühsamer und gefährlicher, weil man aufs offene Meer hinausruderte, aber sie war die Mühe wert.

Von den Fängen in diesem Herbst war Veit enttäuscht. Zumindest bis heute. Mitte August, am heiligen Tage Assumptio Mariae, war die Saison eröffnet worden. Mittlerweile waren einige Wochen vergangen. Die Stellnetzfischer, die *Udsetter*, hatten kaum Beute eingefahren, und die wenigen Heringe, die sich in ihre Netze vor der Küste von Falsterbo verirrten, waren klein und mager. Den Fischern und Händlern saß die Zeit im Nacken. Gefischt werden durfte laut einem Erlass des dänischen Königs Friedrich II. auf Falsterbo und anderen Vitten nur noch bis zum Sankt-Martins-Tag im November.

Veits Fischer, die wie er aus Stettin stammten, hievten das Netz an Bord. Er murmelte zum Dank ein Gebet. In den Maschen zappelten fette Heringe. Während seine Fischer sich mit schuppenverklebten Händen durch den Fang arbeiteten, hielt Veit den Kahn mit dem Steuerruder in Wellen und Strömung, bis alles an Bord gebracht und die Fischkisten mit Heringen gefüllt waren.

Die Loytz sollen wissen, was sie an mir haben, dachte er und überlegte, sie um mehr Lohn zu bitten, als einer seiner Fischer nach ihm rief. Der Mann stand aufrecht im schwankenden Kahn, beschattete mit der Hand die Augen gegen das gleißende Licht und rief: «Da kommen welche.»

Veit drehte den Kopf und sah zwei mit Ruderern vollbesetzte Boote auf seinen Kahn zuhalten. Zunächst nahm er an, es seien andere Fischer aus Falsterbo. An Bord der Boote waren jedoch weder Netze noch anderes Fischfanggerät, und als sie näher kamen, sah er, dass die Männer ihre Gesichter mit Tüchern vermummt hatten.

«Nehmt die Ruder und haltet euch bereit», befahl Veit seinen Fischern. «Mit den Leuten stimmt was nicht.»

Weil es verboten war, beim Fischen Waffen mit an Bord zu nehmen, blieben ihnen zur Verteidigung nur die Ruder. In früheren Jahren war es immer wieder zu gewalttätigen Auseinandersetzungen zwischen ausländischen und dänischen Fischern gekommen. Daher hatte die dänische Obrigkeit in den Fischereigesetzen, den *Modbøger*, harte Strafen für das Mitführen von Hieb-, Stich- oder Schusswaffen festgesetzt. Wenn die eigenen Landsleute gegen die Gesetze verstießen, zeigte man sich allerdings weitaus nachsichtiger.

Die Männer näherten sich mit kräftigen Ruderschlägen, zogen dann die Riemen ein und holten plötzlich Knüppel und Beile hervor.

Veit legte die Hände wie einen Trichter vor den Mund und rief: «He, was wollt ihr von uns?»

Er erhielt keine Antwort, stattdessen krachte eins der beiden Boote gegen Veits Kahn. Er hörte Holz splittern. Der Aufprall kam mit voller Wucht. Veit und ein paar Fischer wurden von den Sitzbänken geschleudert, sodass Veit sich mit dem Gesicht in einer Fischkiste wiederfand. Er schmeckte den salzigen Geschmack von rohem Hering. Als er sich wieder aufrichtete und Fischschleim aus den Augen wischte, sah er das andere Boot neben seinem Kahn liegen. Ruder, Knüppel und Beile flogen. Einige Fischer wehrten sich, doch es dauerte nicht lange, bis ihr Widerstand gebrochen war. Veits Männer waren harte Kerle, die Wind und Wetter trotzten und sich an Land bei mancher Prügelei einen zweifelhaften Ruf erworben hatten, aber ihre Gegner waren brutale Schläger. Sie führten ihre Knüppel wie tödliche Waffen, und ehe Veit sich's versah, traf auch ihn ein Schlag am Kopf.

Das Letzte, woran er dachte, bevor es dunkel um ihn wurde, waren seine Frau und die Kinder, die in Stettin auf ihn und seinen Lohn warteten.

Veit blinzelte in die treibenden Wolken und sah die Umrisse kreisender Möwen. Sein Schädel schmerzte, als wäre er von einem Ochsenkarren überrollt worden. Er fand sich ausgestreckt in den Heringen liegend, drehte sich auf die Seite und stützte den Ellenbogen auf. Eine scharfe Flüssigkeit schoss in seinen Hals. Es gelang ihm gerade noch, den Kopf über die Bootswand zu strecken, bevor er sich ins Wasser erbrach.

Veit rang nach Luft und hob den Blick. Jemand stapfte durch die Heringe zu ihm. Durch einen Schleier aus Tränen und Schmerzen sah er Ulf auftauchen. Seine Oberlippe war aufgeplatzt, ein Auge geschwollen und blau angelaufen.

«Die anderen ...», japste Veit und zwang sich, den schrecklichen Gedanken auszusprechen. «Haben sie einen von uns umgebracht?»

Ulf betastete sein blaues Auge. «Sind alle am Leben, aber unsere Netze haben sie mitgenommen.»

Der Verlust wog schwer, denn die feinmaschigen Netze waren teuer. Die Angreifer – wer zur Hölle diese Männer auch waren – hatten aber alle Heringe dagelassen. Veit mitgerechnet, waren ein Dutzend Männer an Bord, die auf den Ruderbänken kauerten und ihre Wunden begutachteten. Es war Blut geflossen, aber niemand war schwer verletzt worden, soweit Veit erkennen konnte.

«Was sollte das?», überlegte er laut. «Warum verprügeln sie uns und stehlen die Netze, lassen uns aber die Heringe?»

In der Abenddämmerung kehrten sie zur Vitte von Falsterbo zurück. Veit steuerte den Kahn zu einem freien Platz zwischen anderen Fischerbooten, die zu Hunderten den Strand säumten. Hinter den flachen Dünen standen die Hütten des Fischerlagers, das *Fiskelejer*, das sich auf einer Länge von insgesamt gut zwei Meilen erstreckte. Der Wind hatte sich gelegt. Über den Dächern stiegen Rauchfahnen in den Himmel. Nur wenige Fischer waren noch am Strand, wo sie im letzten Tageslicht ihre Boote ausräumten, Netze flickten und Seegras aus den Maschen zupften.

Als Veits Männer die mit Heringen gefüllten Kisten aus dem Boot schleppten und am Strand zum Abtransport bereitstellten, ließen andere Fischer ihre Arbeiten liegen und kamen zu ihnen.

«Das ist 'n guter Fang, Veit Karg», bemerkte ein älterer Mann, der zu den Fischern aus Rostock gehörte. «Hast wohl wieder 'nen richtigen Riecher gehabt ... Aber Männer, ihr seht ja übel mitgenommen aus! Haben die Heringe euch verprügelt?»

Einige der Umstehenden lachten.

«Ha, ha», machte Veit mürrisch. «Du wirst es nicht glauben, wir sind überfallen worden. Mir haben sie fast den Schädel eingeschlagen.» Er schaute in die Runde. «Hat einer irgendwas gehört oder gesehen von diesen Leuten? Zwei Boote waren es, mit mindestens zwei Dutzend Männern drin. Vermummt waren die, und sie hatten Knüppel und Beile.»

Die Fischer schüttelten die Köpfe. Ein Mann aus der Gruppe des Alten trat vor und sagte: «Waren bestimmt Dänen. Gestern hab ich welche reden gehört, dass sie einen Dreck darauf geben, was mit unseren Hansestädten vereinbart wurde. Die Dänen behaupten, dieses Jahr wird so wenig Hering gefangen, weil wir ihnen die Fische wegfangen. Die wollen uns nicht mehr auf ihren Vitten haben. Seit sie Krieg gegen die Schweden führen, ist's mit den Dänen noch ungemütlicher geworden.»

Den Verdacht, dass Dänen hinter dem Angriff steckten, hatte auch Veit. Gleich nachdem sie dem Loytz'schen Händler die Heringe übergeben hatten, würde er den Überfall beim Vogt von Falsterbo anzeigen. Er nahm eine weitere Fischkiste entgegen, um sie zu den anderen zu bringen, als jemand seinen Namen rief. Ein auffällig gekleideter Mann, begleitet von einem halben Dutzend bewaffneter Männer, schob sich durch die zurückweichende Menge der Fischer.

Wenn man vom Teufel sprach – es war der Vogt! Konnte das ein Zufall sein?, fragte sich Veit. Der Vogt ließ sich nur selten am Strand blicken. Vermutlich befürchtete er, seine feinen Kleider könnten dreckig werden. Heute trug er einen makellosen blauen Mantel und einen breitkrempigen Hut, den eine Feder schmückte. Der Mann hieß Björn Gryll. Bei den Fischern aus Pommern, Mecklenburg und Lübeck war er so beliebt wie die Pocken. Früher hatte jede Hansestadt auf Falsterbo ihren eigenen Vogt gestellt. Vor einigen Jahren hatte jedoch der dänische König verfügt, dass nur noch ein einziger Vogt, und zwar ein dänischer, auf der Vitte für Recht und Ordnung sorgte. Es war ein offenes Geheimnis, dass Björn Gryll vor allem die Interessen der dänischen Fischer und Händler vertrat.

«Bist du der Steuermann Veit Karg aus Stettin?», fragte Gryll und blickte in Veits Boot.

«Der bin ich», erwiderte Veit. «Gut, dass Ihr hier seid. Ich muss Euch eine Mitteilung machen ...»

«Wie ich sehe, sind deine Fischkisten gut gefüllt», unterbrach ihn Gryll. «Was ich jedoch in deinem Boot nicht sehe, ist ein Netz, mit dem du die Heringe gefangen haben willst.»

«Davon wollte ich Euch gerade berichten», sagte Veit schnell und machte eine abwehrende Geste. Eine leise Angst machte sich in seinem Magen bemerkbar. «Man hat uns die Netze gestohlen.»

«Willst du mich für dumm verkaufen, Karg?», brauste der Vogt auf. «Warum sollte sich jemand die Mühe machen, eure Netze zu stehlen, ohne die Heringe mitzunehmen?»

«Das weiß ich nicht», entgegnete Veit hilflos. «Die Männer, die uns angegriffen haben, waren mit Tüchern vermummt.» Den Verdacht, es könne sich um Dänen gehandelt haben, erwähnte er lieber nicht, um den Vogt nicht noch mehr gegen sich aufzubringen.

Gryll lachte höhnisch. «Du musst mir schon eine bessere Geschichte auftischen. Weißt du, was ich glaube – nein, wovon ich überzeugt bin? Du hast überhaupt kein Netz dabeigehabt, sondern die Netze anderer Fischer geplündert.»

Der Atem brach Veit heiser aus der Kehle. Kalte Angst überkam ihn, und er wich vor dem Vogt zurück, bis er gegen den Rumpf seines Bootes stieß. Er wechselte einen Blick mit seinen Leuten, denen das Entsetzen in die Gesichter geschrieben stand. Niemand wagte, ein Wort zu sagen. Die Fischer aus Rostock zogen sich zurück. Sie alle kannten die *Modbøger*, die Regeln zur Fischerei und Strandbenutzung, und diese Regeln waren eindeutig.

«Fischraub wird mit der Todesstrafe geahndet», sagte Gryll. Zu seinen Söldnern gewandt, sagte er: «Nehmt den Mann fest. Dieser Fang wird im Namen des Königs beschlagnahmt, ebenso alle Heringe, die diese Fischer zuvor bereits gefangen haben.»

Als die Söldner Veit packen wollten, hob er verzweifelt die Hände. «Lasst mich, ich werde keinen Widerstand leisten. Alles wird sich aufklären. Björn Gryll – Ihr verdächtigt den Falschen.» Er rang um Atem und wandte sich an seine verängstigten Fischer. «Ihr müsst die Loytz benachrichtigen. Erzählt ihnen, was geschehen ist und dass es sich um einen Irrtum handelt ...»

Dann wurde Veit abgeführt.

2

Stettiner Hinterland

Eure Geschichte ist sehr beeindruckend, mein Herr», sagte die junge Frau. Ihre Augenlider klimperten aufreizend, die langen Wimpern flatterten. Die Spitze ihrer Zunge glitt über Schneidezähne und Oberlippe und hinterließ einen feuchten Glanz. «Wirklich sehr beeindruckend.»

«Und das ist noch nicht die ganze Geschichte, Teuerste», sagte Stephan Loytz. Seine Finger spielten mit einem vergoldeten Knopf an seinem Seidenwams und schnippten einen Fussel vom purpurfarbenen Stoff.

Die junge Frau – sie war wohl achtzehn oder neunzehn Jahre alt – saß ihm in der Kutsche gegenüber. Er beobachtete, wie sich ihr Blick auf sein Wams senkte. Stephan wusste, dass er auf manche Frauen unwiderstehlich wirkte mit seinen feinen Kleidern und seinem dunklen, vollen Haar und den Augen, die blau und klar waren wie die Ostsee an einem sonnigen Tag.

Stephan blickte verstohlen zum Vater des Mädchens. Seit die beiden am frühen Morgen bei einem Zwischenhalt zugestiegen waren, schlummerte der alte Herr an eine Strebe gelehnt und schreckte gelegentlich hoch, wenn die Räder durch ein Schlagloch rumpelten. Dann knurrte er ungehalten, nahm einen Schluck aus einem Trinkschlauch, in dem vermutlich kein Wasser war, und döste weiter.

Durch die Öffnung in der Plane konnte man sehen, dass eine flache, mit niedrigen Hügeln durchsetzte Landschaft vorüberzog. Es war ein unangenehm windiger Herbstmorgen; graue Wolken jagten über das Land. Der Regen der vergangenen Tage hatte die Wege aufgeweicht und Schlaglöcher mit Wasser gefüllt. Vor drei Tagen war der Wagen in Berlin abgefahren, wo Stephan auf der Rückreise aus Italien einige Tage bei seinem alten Freund Salomon Silbermann verbracht hatte; am heutigen Nachmittag sollte die Kutsche Stettin erreichen.

«Oh bitte, bitte erzählt doch weiter», sagte die junge Frau, deren Namen er noch nicht kannte. Er wusste nur, dass sie mit ihrem Vater von Stettin aus mit einem Schiff nach Danzig weiterreisen wollte. Vielleicht blieben sie einige Tage in Stettin, überlegte Stephan, dann konnte er versuchen, das Mädchen allein zu treffen. Ob sie seinem Charme und seinem guten Aussehen vielleicht schon längst erlegen war?

Stephan lächelte. Es zahlte sich also aus, dass er die Kleider bereits heute Morgen angezogen hatte und nicht erst bei der Ankunft in Stettin. Auf dem Kopf trug er ein schmales Barett und am Leib ein purpurfarbenes, mit Gold- und Silberfäden durchwirktes Seidenwams. Seine Beine steckten in gelben Seidenstrümpfen, seine Füße in Schlupfschuhen aus weichem Leder.

«Bevor mir also der Papst in Rom eine Audienz gewährte, habe ich am Collegium Germanicum mein Wissen vertieft und meinen höfischen Umgang geschult. Außerdem habe ich in Bologna Jurisprudenz, Literatur und Sprachen studiert», erklärte er und fügte mit einem Lächeln hinzu: «Libenter homines id, quod volunt, credunt.»

«Oh, ist das lateinisch? Was bedeutet es denn?»

«Die Menschen glauben gern, was sie wünschen.»

«Ach, Ihr seid so ein kluger Mann», sagte sie, ohne die Doppeldeutigkeit der lateinischen Weisheit zu verstehen. Wenn er in Rom nämlich jemanden nicht getroffen hatte, war es der Papst. Stephan und seine Kommilitonen waren vor allem den jungen Italienerinnen nachgeschlichen, wenn sie nicht gerade an der Universität studierten.

«Meine Familie soll schließlich was bekommen für ihr Geld», erklärte er. «Vor sieben Jahren verließ ich meine Heimatstadt Stettin. Ich lernte, züchtig zu leben und das kaufmännische Handwerk in unserer Faktorei in Antwerpen. Ihr wisst schon: Geldhandel, Geschäftsabschlüsse, Bilanzbuchhaltung und so weiter. Nun freue ich mich darauf, das alles im Unternehmen meiner Familie in die Tat umzusetzen. Erwähnte ich, dass wir in Stettin seit vielen Generationen ein bekanntes Handelshaus führen? Vielleicht sagt Euch der Name Loytz etwas?»

Sie antwortete nicht, sondern lächelte versonnen mit

halbgeschlossenen Augen und drehte zwischen Daumen und Zeigefinger eine blond gelockte Strähne, die sich aus ihrer Frisur gelöst hatte. Stephan deutete ihr Schweigen als ein Nein.

«Unser Unternehmen hat großen wirtschaftlichen und gesellschaftlichen Einfluss, müsst Ihr wissen, Teuerste. In allen bedeutenden europäischen Handelsstädten betreiben wir Faktoreien.»

«Dann seid Ihr wohl sehr reich?» Sie beugte den Oberkörper weit vor und bot ihm einen tiefen Einblick in ihr Dekolleté.

Er räusperte sich und fuhr fort: «In gewissen Kreisen – und damit meine ich auch höchste adlige Kreise – nennt man uns die *Fugger des Nordens*, wenn Ihr versteht, was ich meine ...»

Da ließ mit einem Mal ein harter Ruck den Wagen erbeben. Stephan wäre fast mit der Nase in ihrem Dekolleté gelandet, konnte sich aber gerade noch an der Sitzbank festhalten.

Der Vater schreckte hoch, stieß mit zusammengepressten Zähnen einen Fluch aus und rief dann zum Kutscher: «Kannst du nicht aufpassen? Seit Stunden schüttelst du uns in deinem entsetzlichen Gefährt durch.»

Der Wagen stand still, die Pferde schnauften. Auf dem Bock sagte der Fahrer: «Tut mir leid, mein Herr, aber ich fürchte, hier geht's nicht weiter.» Dann kletterte er vom Wagen und verschwand.

«Schau mal nach, was da los ist», sagte der Vater zu seiner Tochter. «Wird ja hoffentlich kein Raubüberfall sein.»

Sie saß dem Ausstieg am nächsten, steckte den Kopf durch die Planenöffnung und sagte: «Da liegt ein Karren quer über dem Weg, Vater. Daneben steht ein hässlicher, dreckiger Mann, ist wohl so einer von der Landbevölkerung.»

Sie zog den Kopf zurück, zwinkerte Stephan zu und fragte: «Könnt Ihr nicht etwas tun?» Und an ihren Vater gewandt erklärte sie: «Er hat nämlich in Italien studiert, wo er sogar den Papst getroffen hat.»

«Also *meine* Hilfe braucht der Kutscher bestimmt nicht», sagte Stephan schnell. Die Vorstellung, draußen durch die Pfützen zu waten und sich Schuhe und Strümpfe dreckig zu machen, gefiel ihm überhaupt nicht.

Der Fahrer kehrte zur Kutsche zurück. «Wir werden eine Weile warten müssen, bis der Bauer seinen Karren aus dem Dreck gezogen hat …»

«Warum hilfst du dem Bauernlümmel nicht?», fuhr der Vater den Fahrer an.

«Weil ich hier der Einzige weit und breit bin, der Euch nach Stettin kutschieren kann. Sollte ich mir die Hand verstauchen oder den Hals brechen …»

Stephan spürte einen sanften Druck auf seinem Knie. Die junge Frau hatte ihre Hand daraufgelegt und sich wieder weit vorgebeugt. «Vielleicht könnt Ihr doch irgendwie helfen. Wir wollen in dieser Wildnis ja nicht übernachten.»

Stephan zwang sich, ihr in die Augen zu schauen. «Gut, Ihr wollt einen Helden, meine Teuerste, dann sollt Ihr einen Helden bekommen.»

Das waren große Worte, die Stephan sogleich bereute, aber gesagt war gesagt. Außerdem, so dachte er, schadete es nicht, die Bewunderung, die das hübsche Mädchen gewiss für ihn empfand, durch eine Heldentat weiter zu vertiefen. Er straffte die Schultern und stieg aus dem Wagen.

Der Kutscher deutete mit dem Kinn nach vorne und sagte: «Ich glaube, der Bursche kriegt das auch allein hin.»

Den Eindruck hatte Stephan nicht. Er sah einen verzweifelten Alten, der sich in einer knöcheltiefen Pfütze gegen einen umgestürzten Handkarren stemmte, ohne dass der Karren sich nur einen Zoll bewegte. In der Pfütze, die beinahe die gesamte Breite des Wegs einnahm, schwammen Äpfel; weitere Äpfel lagen auf dem Weg.

«Was meint der Mann damit, du bekommst einen Helden?», hörte Stephan den Vater in der Kutsche fragen. Die Antwort der jungen Frau wartete er nicht ab, sondern ging zu dem Bauern über den grasbewachsenen Randstreifen, der fest und einigermaßen trocken war. Bis er die Pfütze erreichte, waren seine Lederschuhe noch sauber. Mit etwas Glück und Geschick würde das auch so bleiben. «Warum nimmst du kein Seil und befestigst es am Karren?», fragte er den Bauern.

Der Alte ließ von dem Gefährt ab. Sein rundes Gesicht war vor Anstrengung gerötet, aus der dicken Nase rann Schnodder. Er trug die schlichte graue Kleidung der Leute vom Lande, die Sachen waren mit Dreckspritzern überzogen.

Mit großen Augen betrachtete er Stephans feine Kleider und schüttelte bedauernd den Kopf. «Weil ich kein Seil habe, Herr.»

«He, hast du ein Seil dabei?», rief Stephan dem Kutscher zu. Der kletterte sogleich hinten in den Wagen und kam mit einem daumendicken Hanfseil wieder zum Vorschein, das er Stephan brachte.

«Knote das Seil an deinem Karren fest und leg das andere Ende um einen Baum am Wegesrand», erklärte Stephan dem Bauern. Genauso machte der es, dann zog er kräftig am Seil. Der Karren ruckte kaum mehr als eine Handbreit zum Baum hin, bevor der Bauer erschöpft aufgab.

Inzwischen waren das Mädchen und ihr Vater aus dem Wagen gestiegen. Als das Mädchen winkte, sagte Stephan zum Bauern: «Wir versuchen es gemeinsam.»

Am Rand der Pfütze fand er eine trockene Stelle, und zusammen zogen sie am Seil, bis der Karren sich endlich bewegte und Zoll um Zoll aus der Pfütze rutschte. Bald fehlte nur noch ein kleines Stück, bis der Weg so weit frei war, dass die Kutsche vorbeifahren konnte. Mit einem Blick über die Schulter überzeugte sich Stephan, dass das Mädchen zu ihm herüberschaute. Denn was brachte ihm die Heldentat, wenn keine Bewunderin sie würdigte? Und er legte noch einmal seine ganze Kraft ins Seil, als es mit einem Knall entzweiriss und Stephan und der Bauer der Länge nach ins Wasser stürzten.

Stephan hob den Kopf. Sein Mund war voll Schlamm und Dreck. Er spuckte aus. Zwischen seinen Zähnen knirschte Sand. Wasser lief ihm aus der Nase. Er stemmte sich hoch. Unter ihm dümpelten die Äpfel in der Pfütze, sie waren rot und knackig. Der Bauer hätte dafür einen guten Preis auf dem Markt erzielt, wenn er seinen verfluchten Karren nicht hätte umkippen lassen.

Stephan richtete sich auf und schaute an sich herunter. Heiliger Herr Jesus! Was er da sah, war eine Katastrophe. Sein Seidenwams, die Hose und Strümpfe, die Schuhe – durchweg feinste italienische Mode. Und jetzt? Jetzt war die Pracht mit schmutzig braunem Schlamm überzogen. Das Wasser triefte ihm aus den Kleidern und rann ihm aus den Haaren übers Gesicht.

Der Bauer sah nicht besser aus, was ihn aber nicht zu kümmern schien. Er watete durch Wasser und Äpfel zu seinem Karren und betrachtete das Gefährt von allen

Seiten. Der Karren stand nun leicht schräg am Rand der Pfütze. Der Bauer versuchte, ihn ganz aufzurichten, doch offensichtlich war der Karren zu schwer für einen Mann allein.

Stephan blickte zur Kutsche. Die junge Frau und ihr Vater waren wieder eingestiegen. Auf dem Bock schnalzte der Fahrer mit der Zunge, woraufhin sich die Pferde in Bewegung setzten. Um dem Wagen Platz zu machen, wich Stephan an den Randstreifen zurück und ließ die Pferde an sich vorbeitrotten; sie schnappten nach einigen Äpfeln und zerquetschten andere unter ihren Hufen. Stephan rief dem Fahrer zu: «Halt den Wagen gleich hinter der Pfütze an, damit ich einsteigen kann.»

Oben auf dem Bock schüttelte der Fahrer bedauernd den Kopf. «So schmutzig, wie Ihr seid, wollen Euch die Herrschaften nicht dabeihaben.»

Stephan klappte der Mund auf. Als die Kutsche vorbeirollte, streckte die junge Frau den blonden Kopf heraus. «Tut mir leid, mein Held, aber Ihr würdet alles dreckig machen. Ihr versteht sicher, dass wir auf unsere Kleider achtgeben müssen», rief sie und zog den Kopf zurück.

Als der Wagen ein Stück weitergerollt war, sah Stephan seine kleine Reisekiste aus dem Wagen fliegen. Die Kiste überschlug sich auf dem Weg, der Verschluss sprang auf, und der Inhalt – Kleidungsstücke, Papiere und ein paar Bücher – verstreute sich in Pfützen und zwischen Äpfeln und Grasbüscheln.

«Anhalten!», rief Stephan, als er seine Sprache wiederfand. «Haltet sofort den Wagen an!» Er wollte seine Sachen einsammeln und dem Wagen nachlaufen. Ihn einzuholen, wäre ihm ein Leichtes; auf dem weichen Untergrund kamen die Pferde nur langsam voran. Doch sein

Blick fiel auf den Bauern, dem es nicht gelingen wollte, seinen Karren allein aufzurichten.

Stephan seufzte und klaubte seine Kleider auf, die ebenso mit Dreck besudelt waren wie die Sachen, die er am Leib trug. Erleichtert stellte er fest, dass immerhin die Bücher keinen Schaden genommen hatten. Als er zu dem Alten ging, quoll bei jedem Schritt Wasser aus seinen Schuhen. Es dauerte eine Weile, bis sie den Karren aufgerichtet und alle unbeschadeten Äpfel eingesammelt und aufgeladen hatten. Der Bauer schenkte ihm zum Abschied ein paar Äpfel, bevor er sein quietschendes Gefährt davonschob.

Stephan stopfte die Äpfel in seine Reisekiste. Dann warf er einen Blick in seinen Handspiegel, wischte den gröbsten Schmutz aus seinem Gesicht und machte sich zu Fuß auf den Weg nach Stettin.

3
Stettin

Der erste Schluck brannte wie ein Feuer. Gierig stürzte er den Branntwein hinunter und kippte sogleich Bier nach, um das Feuer in seiner Kehle zu löschen. Dann ein zweiter Schluck Branntwein und mehr Bier hinterher. Das Brennen wurde schwächer.

Die Becher leerten sich rasch. Allmählich ließ das Zittern seiner Hände nach. Er bestellte eine zweite, dann eine dritte Runde. So ging es eine Weile, bis die Mattigkeit, nach der er sich sehnte, wie dichter Nebel durch seinen Kopf waberte und seine Gedanken von einer klebrigen Masse niedergedrückt wurden. Er floh vor seinen Gedanken, und in seinem Inneren breitete sich ein warmes, prickelndes Gefühl aus. Mit dicker Zunge bestellte er mehr Branntwein, mehr Bier.

«He, Bursche!» Jemand knuffte ihn gegen die Schulter. «Mehr gibt's nicht!»

Er hob den Kopf, der sich so schwer anfühlte, als sei er mit Blei gefüllt. Die verschwommene, kahlköpfige Gestalt, die sich über den Tisch beugte, teilte sich auf in zwei Gestalten. Er kniff ein Auge zusammen. In seinem Magen rumorte der Branntwein.

«Du hast genug getrunken», hörte er die Gestalt sagen. «Schau dich mal in 'nem Spiegel an. Siehst aus wie 'n Toter.»

«Na und, was geht's dich an?», lallte er. «Nichts geht's dich an ... is meine Sache, wie ich aussehe ...»

«Meinetwegen kannste verrecken, Bursche. Aber vorher zahlste deine Schulden.»

«Jaja, aber bring mir mehr zu trinken. Kriegst dein Geld bald ... bald hab ich 'n ganzen Sack voll Geld ... damit kauf ich dieses Loch dreimal ... ich bin nämlich reich ...» Eine brennende Flüssigkeit stieg in seiner Kehle auf.

«Das sagste jedes Mal», fuhr die Gestalt ihn an. «Auf dein Gerede fall ich nicht mehr rein, Bursche. Du zahlst sofort, oder ich werf dich raus!»

«Macht dir der Trunkenbold wieder Ärger?», rief eine andere Stimme. «Soll'n wir dem Manieren beibringen?»

«Mit dem werd ich allein fertig», entgegnete die Gestalt. «Also, Bursche, gib mir mein Geld, oder ...»

Er wühlte in seinen Sachen, fand tatsächlich irgendwo eine verbogene Münze und warf sie auf den Tisch. Die Münze kullerte über den Tisch, bis sie in einer Bierpfütze liegen blieb.

«Willste dich über mich lustig machen?», brauste die Gestalt auf.

«Mehr hab ich grad nicht ...», lallte er, bevor ihm die gallenbittere Flüssigkeit in den Mund schoss und er sich auf den Boden übergab.

«Du verfluchtes Schwein!», schrie die Gestalt. «Raus mit dir!»

Kräftige Hände packten ihn, zogen ihn hinter dem Tisch hervor und stießen ihn Richtung Tür. Er stolperte über seine eigenen Füße und stürzte auf einen anderen Tisch, der krachend unter ihm zusammenbrach. Er hörte spitze Schreie, Rufe, laute Stimmen. Jemand brüllte ihn an, beschimpfte ihn. Als er sich aufrappelte, stieß etwas hart gegen seine Hüfte. Er verlor den Halt, fiel auf den Rücken und blickte auf. Über ihm waren verzerrte Gesichter, die vor seinen Augen zu einer einzigen, wütenden Grimasse verschwammen. Dann kam der nächste Fußtritt und traf ihn an der Schläfe. Blitze zuckten durch seinen Kopf. Trunkenes Gelächter mischte sich in das aufgeregte Stimmengewirr.

«Prügelt ihm die Scheiße aus dem Schädel!», rief eine helle Frauenstimme.

In seinem Körper flammten höllische Schmerzen auf. Von allen Seiten wurde jetzt auf ihn eingetreten. Seine Lippen platzten auf, er schmeckte Blut. Die Schmerzen waren schlimm, aber noch unerträglicher war das Gefühl der Erniedrigung.

«Schlagt das Schwein tot!», hörte er Stimmen rufen. «Der ist wertloser Dreck, Ungeziefer!»

Es gelang ihm, sich auf die Seite zu rollen, die Knie an die Brust zu ziehen und die Arme schützend um seinen Kopf zu schlingen. Unvermindert hart prasselten Schläge und Tritte auf ihn ein, rissen ihm blutende Wunden und zerfetzten seine Kleider.

Er machte sich klein, so klein wie einer, der gar nicht mehr hier war. Der niemals hier gewesen war. Und er sehnte den Tod herbei.

4
Stettin

Nach langem Fußmarsch erreichte Stephan seine Heimatstadt. Wie eine bleierne Decke legte sich die Dämmerung über die Dächer hinter den Wehrmauern. Er näherte sich dem Passower Tor auf der Fernstraße, die von der Mark Brandenburg bis nach Pommern führte. Zu seiner rechten Seite lag die Reeperwiese, auf der Vorrichtungen standen, an denen die Seiler aus Bast, Flachs und Hanf Schiffstaue herstellten. Ein Stück davon entfernt stand der Galgen. Daran hing ein Leiche, die, vom Wind berührt, in sanften Bewegungen hin- und herschwang.

Als Stephan sah, dass vor dem Passower Tor eine Menschentraube wartete, zog er das Barett tief ins Gesicht. Stolz wie ein siegreicher Feldherr hatte er in seine Heimatstadt zurückkehren wollen. Stattdessen schlich er sich an wie ein Aussätziger und hoffte, trotz der dreckigen Kleider die Stadtwachen passieren zu können. In der rechten Faust hielt er einige Münzen bereit. Wenn es sein musste, würde er damit die Wachen überzeugen, ihn ohne das Dokument einzulassen, das ihn als Bürger dieser Stadt auswies. Jahrelang hatte er das Schriftstück gehütet, doch beim Sturz in die Pfütze war es aufgeweicht und nicht mehr zu entziffern.

Er reihte sich in die Schlange vor dem Tor ein. Handwerker, Bauern, Krämer und Kräuterfrauen tuschelten und kicherten, als sie ihn sahen. Mit gesenktem Haupt näherte er sich den Stadtwachen. Ihre Eisenhüte waren mit Federn in den Stadtfarben Rot und Blau geschmückt. Als er an der Reihe war, baute sich ein Mann vor ihm auf. Er trug ein rotes Wams, einen eisernen Harnisch vor der Brust und einen Dolch am Gürtel. An der Mauer hinter ihm lehnte eine Hellebarde. Er machte nicht den Eindruck, dass er zögern würde, die Waffen zu benutzen. Er war stämmig und einen Kopf größer als Stephan.

«Kann Er sich ausweisen?», fragte er.

Stephan hob den Kopf. «Ist leider alles nass geworden.»

«Nass geworden?» Der Mann musterte ihn vom Barett bis zu den aufgeweichten Schuhen. «Eine dümmere Ausrede habe ich heute noch nicht gehört.»

«Es ist aber so», entgegnete Stephan und zauberte zwischen Daumen und Zeigefinger seiner Faust eine Münze hervor, die er so vor seinen Bauch hielt, dass nur der Wächter sie sehen konnte.

«Was ist denn da vorn los?», rief jemand hinter ihm. «Warum geht's da nicht weiter?»

Der Wächter betrachtete die kleine Silbermünze, einen Kreuzer, kratzte sich unter dem Kinnbart und sagte: «Schon der Versuch der Bestechung einer Amtsperson kann dich in den Kerker bringen, Bursche.»

Stephan zeigte ihm einen zweiten Kreuzer. Der Mann wiegte nachdenklich den Kopf.

«Stimmt was nicht mit dem Knaben?», fragte der andere Wächter.

Eine dritte Münze gesellte sich zu den anderen beiden zwischen Stephans Daumen und Zeigefinger.

Der Wächter beugte sich zu Stephan herunter. Er spürte den Atem des Mannes auf seiner Wange, als der leise, aber bestimmt sagte: «Ich sag's dir nur ein Mal im Guten, Bursche. Nimm dir 'ne Kammer in irgendeinem Gasthaus außerhalb der Stadt, wo man keine Fragen stellt, woher Galgenvögel wie du Geld haben. Kehr um und geh mir aus den Augen ...»

Da rief jemand: «Stephan? Stephan Loytz? Bei Gott, bist du das?»

Stephan sah einen kahlköpfigen Mann, der sich den Weg durch die Menge bahnte und vor ihm stehen blieb. Er war alt, eigentlich uralt, und einen halben Kopf kleiner als Stephan. Er hatte eine vorspringende Nase. Seine Mundwinkel waren mürrisch nach unten gebogen. Von der Nase bis zum Kinnbart zogen sich tiefe Falten. Standesgemäß trug er eine Schaube, einen knielangen, an der Vorderseite offenen Überrock mit Pelzbesatz und Hängeärmeln. Aus dem Kragen ragte ein kurzer, faltiger Hals. Er legte den Kopf in den Nacken und stierte Stephan aus dunklen Augen an.

«Octavian?», entgegnete Stephan überrascht. Er war wenig begeistert, als erstem Bekannten ausgerechnet dem griesgrämigen Hauptbuchhalter zu begegnen.

«Der soll 'n Loytz sein?», fragte der Wächter. «Seid Ihr Euch da sicher, Herr Winkelmeier?»

Von hinten schoben sich die Leute näher heran. Sie beäugten Stephan und steckten tuschelnd die Köpfe zusammen.

«Dessen bin ich mir sehr sicher», antwortete der Buchhalter.

«Wenn Ihr für ihn bürgt, Herr Winkelmeier, soll er eintreten.» Der Wächter trat zur Seite. Als Stephan sich an ihm vorbeidrängte, hielt der Wächter ihm die geöffnete Hand hin. «Ach, und ich danke für Eure kleine Spende zugunsten der Witwen und Waisen verstorbener Wachmänner.»

Stephan drückte dem Mann die Münzen in die Hand und knirschte mit den Zähnen.

«Habe ich richtig gesehen, Junge? Wolltest du die Stadtwache bestechen?», fragte Octavian. Er war bemüht, mit Stephan Schritt zu halten, während sie durch die Breite Straße gingen und dann bei Sankt Jakobi nach links zum Kohlmarkt abbogen. Von hier war es nicht mehr weit zum Loytzenhof.

«Ich habe für die Witwen gespendet, das hast du doch gehört», sagte Stephan.

Mit Octavian Winkelmeier zu sprechen, war das Letzte, worauf er Lust hatte. Der Mann arbeitete seit unzähligen Jahren für das Loytz'sche Handelshaus und hatte weniger Witz als ein Huhn. Er hatte nie einen Hehl daraus gemacht, dass er Stephan und vor allem dessen Bruder Simon nicht leiden konnte. Was auf Gegenseitigkeit beruhte.

«Nun warte doch mal, Junge», keuchte Octavian und griff nach Stephans Arm. Er hielt an. Ihre Blicke kreuzten sich. Octavians Augen waren dunkel und stechend, es waren Augen, denen nichts entging, was von Bedeutung war. Früher hatte sich Stephan vor den Blicken des Alten gefürchtet, auch jetzt wurde ihm unwohl.

«Für wen hältst du dich eigentlich?», fuhr der Alte ihn an. «Du tauchst hier einfach auf, nachdem du jahrelang nichts von dir hast hören lassen. Deine Großmutter hat sich Sorgen gemacht.»

«Ich habe ihr doch Briefe geschrieben.»

«Natürlich hast du Briefe geschrieben, drei Briefe in sieben Jahren. Dein letzter Brief traf vor vier Jahren ein, am 4. September 1562.»

«Vier Jahre ist das schon her?», murmelte Stephan, dem bewusst wurde, wie schnell in Italien die Zeit vergangen war. Er war überzeugt, dass Octavians Angaben stimmten. Das Zahlengedächtnis des Alten war legendär.

Ein schlechtes Gewissen überkam Stephan, als er daran dachte, wie er das Briefeschreiben vor sich hergeschoben hatte. Aber er hatte so viel um die Ohren gehabt: Lernen fürs Studium, Treffen mit anderen Studenten, die Abende und durchzechten Nächte in römischen Schänken, Tändeleien mit italienischen Mädchen.

«Was ist überhaupt mit deinen Kleidern geschehen?», fragte Octavian. «Du siehst aus, als hättest du dich bei den Schweinen im Dreck gesuhlt. Willst du deiner Großmutter in dem Aufzug unter die Augen treten?»

Die Geschichte von dem peinlichen Vorfall auf der Herfahrt ging den Alten nichts an. Daher schnitt Stephan ihm das Wort ab. «Ach, ich soll dich übrigens von jemandem aus Rom grüßen. Sagt dir der Name Antonio Sassetti etwas?»

Octavian zuckte zusammen. Sein Blick flackerte, und er sagte etwas zu schnell: «Den Namen habe ich nie gehört.» Dann drehte er sich um und eilte davon. Stephan grinste zufrieden. Sein Plan, den Alten aus dem Konzept zu bringen, war aufgegangen.

Im Laufschritt marschierten sie die Fuhrstraße hinunter, an deren Ende die Mauern des herzoglichen Schlosses aufragten. Sie bogen in eine schmale Gasse ab und erreichten den vorderen Eingang des mit Rosetten geschmückten Loytzenhofs. Stephan erschauerte. Wie ein düsteres Monument ragte das Haus mit seinem vorgesetzten Treppenturm in den dämmernden Himmel.

Octavian öffnete die Tür zum Treppenturm und verschwand darin. Stephan trat nach ihm ein und tastete sich Schritt um Schritt vor. Am Fuß der kühlen Wendeltreppe blieb er stehen. Vor ihm waren die Stufen und das aus Eisen geschmiedete Geländer. Ein seltsames Gefühl beschlich ihn. Sicher, die Freude über die Heimkehr war getrübt worden durch das Malheur mit dem Bauernkarren. Aber nun drangen die alten Erinnerungen auf ihn ein und trafen ihn mit einer Wucht, auf die er nicht vorbereitet war.

Erinnerungen an jenen Tag, an dem sein Vater auf dem Damschen See ertrunken war. Erinnerungen, von denen er geglaubt hatte, sie überwunden zu haben.

Dreizehn Jahre waren seit Vaters Tod vergangen. Doch nun, hier im Treppenhaus, sah er ihn wieder vor sich, den alten Hans Loytz, wie er sich an das Boot klammen wollte, während die Strömung und das Fischernetz mit dem großen Stör an ihm zerrten. Sein bleiches Gesicht, umrahmt von schaumigen Wellen, die aufgerissenen Augen, der weit geöffnete Mund. Und Stephan sah sich selbst, wie er versuchte, den Vater zu retten. Sah seine eigenen klammen und steifen Finger, die sich in den Mantel krallten, der schwer und mit Wasser vollgesogen war. Er hörte seine eigene Stimme nach Simon rufen, hörte sein Flehen und seine verzweifelten Schreie …

«Wo bleibst du, Junge?», rief Octavian, der oben wartete.

Stephan atmete tief ein und nahm den muffigen Geruch wahr, den das staubige Mauerwerk ausdünstete. Er roch die abgestandene Luft. Sah im schwindenden Licht Risse im Putz, sah Stellen, an denen der fleckige Putz abplatzte, sah Spinnweben in den Mauerecken und die Staubschicht an den Außenseiten der Stufen.

«Hast du es dir anders überlegt?» Octavians Stimme hallte durch den Treppenturm.

Stephan setzte einen Fuß auf die erste Stufe. Ihm war, als seien seine Schuhe mit Blei gefüllt. Er legte die Hand aufs Geländer; das Eisen fühlte sich kalt und rau an. Seine Hand glitt darüber hinweg. Schritt um Schritt arbeitete er sich die Treppe nach oben bis zur Tür, hinter der Wohnräume, Küche und Festsaal lagen.

Octavian öffnete ihm die Tür.

Großmutter Anna Glienecke saß in ihrem Sessel in der Wohnstube. Ihre Beine steckten unter einer Decke. Auf einem Beistelltisch brannte eine Kerze, im Kamin knisterten brennende Holzscheite. Als Großmutter von ihrem Stickzeug aufblickte und Stephan sah, sanken ihre Hände langsam in den Schoß. Der Stickrahmen fiel auf den Fußboden und zog Nadel und Faden wie ein sinkendes Schiff mit sich hinab.

Ihre Augen weiteten sich. Die schmalen Lippen dehnten sich zu einem Lächeln, wurden breiter, dann öffnete sich ihr Mund. «Stephan – der Herr sei gepriesen! Bist du es? Bist du es wirklich?»

Stephan schluckte gegen einen Kloß in seinem Hals an. «Es tut mir leid, Frau Großmutter, dass ich Euch nicht öfter geschrieben habe. Meine Rückkehr sollte eine Überraschung sein ...»

«Die Überraschung ist ihm gelungen», murmelte Octavian.

Stephan blickte zu Boden. Dann auf den Kamin. An die mit Holz getäfelte Stubendecke. Die Situation war ihm ausgesprochen peinlich. Warum hatte er ihr nicht häufiger geschrieben?

Großmutter erhob sich aus ihrem Sessel. Die Decke rutschte von ihren Beinen und fiel auf das Stickzeug zu ihren Füßen. Sie war eine drahtige Frau mit einem kantigen Gesicht, dem man das hohe Alter nicht ansah. Ihre Haut war von vornehmer Blässe, die Augen über den hohen Wangenknochen dunkel, streng und wachsam. Sie stieg über die Decke hinweg, reckte das knochige Kinn und streckte ihre Hand nach Stephan aus. Ihre warmen, harten Finger betasteten Stephans Arm, glitten das Wams hinauf, über seine Halsbeuge und blieben auf seiner Wange liegen.

«Gütiger Gott, was bist du groß geworden, groß und erwachsen», sagte sie. «So ein stattlicher und schöner Mann. Du wirst Hunger haben nach der langen Reise. Aber – gütiger Herr Jesus! – wie du aussiehst. Und wie du riechst! Schaut nur, Octavian! Ach, das feine Wams und die Hose und diese Schuhe erst. Hat man dich überfallen? Hat man meinen Jungen überfallen? Hat man meinem Jungen etwas angetan?»

Stephan war überrascht, wie milde seine Großmutter war; er hatte sie als strenge und herrische Frau in Erinnerung. Mit fortschreitendem Alter schien sie jedoch geradezu sanft geworden zu sein. Von ihrer Redseligkeit hatte sie aber nichts eingebüßt. Stephan war erleichtert, dass sie ihm keine Vorhaltungen machte, sondern sich über seine Rückkehr offensichtlich freute. Octavian hingegen beobachtete die beiden mit bitterer Miene.

Wahrscheinlich hat der alte Bücherwurm gehofft,

Großmutter kratzt mir zur Begrüßung die Augen aus, dachte Stephan.

«Nein, liebe Frau Großmutter», erwiderte er schnell. «Mir geht es gut. Auf der Heimfahrt gab es einen kleinen Zwischenfall. Es hat geregnet, und ich bin in eine Pfütze gefallen.»

«Nur in eine Pfütze gefallen! Dem Herrn sei's gedankt! Leg deine Kleider ab. Ich werde das Dienstmädchen holen, es soll deine Sachen waschen. Ach, die feinen Kleider, so eine Schande. Du ziehst dir was Frisches an, und dann wirst du deinen Bruder begrüßen.»

«Simon? Wo ist er denn?»

«Sim...? Nein, der ist woanders ... untergekommen.» Ein Schatten huschte über Annas Gesicht. Ihre Stimme nahm einen dunklen Unterton an.

«Simon wohnt nicht mehr im Loytzenhof?», fragte Stephan. Er hatte sich auf das Wiedersehen mit seinem kleinen Bruder gefreut. Ja, wenn er ehrlich war, hatte er sich vor allem auf Simon gefreut.

«Ich spreche von Michael», sagte sie ausweichend. «Denk nur, er führt jetzt ganz allein unser Handelshaus.»

«Michael ist der Regierer?», fragte Stephan überrascht. Er hatte erwartet, dass einer von Vaters Brüdern, Stephan der Ältere oder Michael der Ältere, die Geschäfte führten. Sie waren erfahrene Kaufleute. Nach Vaters Tod hatte zunächst Stephan der Ältere, der der Faktorei in Lüneburg vorstand, die Amtsgeschäfte im Stettiner Stammhaus übernommen, anschließend Michael der Ältere aus Danzig.

«Mein Enkel schlägt sich wacker, nicht wahr, Octavian?», fragte Anna.

«Überlege dir gut, was du darauf antwortest, Octavian», sagte eine Stimme in Stephans Rücken.

Er drehte sich um und sah Michael in der halbgeöffneten Tür zur Wohnstube stehen. So wie er dastand, ernst und steif, schlank und hoch aufgeschossen, glich er auf beängstigende Weise dem Vater, mit dem streng zurückgekämmten und mit einer Paste getränkten, dunklen Haar. Er trug keinen Bart, und sein Gesicht wies Vaters harte Züge auf, ebenso die engstehenden Augen, deren Blick jeden Verhandlungspartner durch schieres Starren in die Knie zwingen konnte.

«Michael, schau nur, dein Bruder ist heimgekehrt – unser Stephan», rief Anna.

«Er ist nicht zu übersehen», erwiderte Michael kühl. Er bewegte sich keinen Zoll von der Türschwelle weg. Sein Mund lächelte, aber seine Augen blickten kalt.

«Der Junge ist in eine Pfütze gefallen», erklärte Anna. «Wir müssen den Schmutz rauswaschen, wäre schade um die Kleider. Schau nur, dieses Wams. Ist es aus Seide?»

«Es ist Samt aus Genua», antwortete Stephan.

«Gekleidet nach der neuesten Mode», höhnte Michael. «Die vielen Wechsel, die wir ihm nach Italien geschickt haben, hat er ja fleißig eingelöst und offensichtlich in eine modische Ausstattung investiert.» Er wandte sich an Octavian. «Begleite mich ins Kontor, wir haben noch über die Reise zu sprechen.»

«Ach, Michael arbeitet immer so viel», sagte Anna. «Tag und Nacht arbeitet er.»

«Wer für die Loytz arbeitet, kann niemals zu viel arbeiten», sagte Michael. Sein Blick richtete sich wieder auf Stephan. «Wer für uns Loytz arbeitet, hat sein Leben dem Wohl des Unternehmens unterzuordnen, und damit meine ich: sein ganzes Leben!»

5
Stettin

Kannst du mich hören?»

Sein Verstand glitt aus dem Dämmerzustand an die Oberfläche. Als er die Augen öffnete, nahm er schemenhaft die Gestalt einer jungen Frau wahr, die sich über ihn beugte. Er sah ihr in die dunklen Augen; zwischen den zusammengezogenen Augenbrauen war eine tiefe Falte. Er erkannte die junge Frau wieder, die ihn vorsichtig nach Wunden und Beulen abtastete. Die Berührungen taten ihm gut und weckten in ihm ein Gefühl von Geborgenheit. Doch das Gefühl war flüchtig und wurde von Kälte verdrängt.

Sie fragte erneut: «Kannst du mich hören?»

Er bewegte sich, wollte nicken, aber sofort überfielen ihn heftige Schmerzen, die sich in seinem Körper ausbreiteten. Krämpfe schüttelten ihn. Die Erinnerungen an das, was am Nachmittag geschehen war, kehrten zurück. Man hatte mit Fäusten auf ihn eingeschlagen, ihn mit Füßen getreten, ihn als Dreck beschimpft.

Und man hatte ja recht. Er war Dreck. Abfall. Auswurf.

«Du musst hiervon trinken», sagte die junge Frau und hielt ihm einen Becher an die Lippen. Der Trank schmeckte fürchterlich, aber er brachte einige Schlucke herunter.

«Du hast mir doch versprochen, dass du ...», hörte er sie sagen.

Schnell griff er nach ihrer Hand. «Bitte, gib mir Branntwein», flehte er. «Oder Bier ... wenigstens Bier.»

Er sah sie traurig den Kopf schütteln. Dann trat sie von dem Bett, in das man ihn gelegt hatte, zurück und verschwand zwischen anderen Betten. Er hörte kranke Leute husten, hörte sie klagen und jammern.

Allmählich wirkte der Trank. Die Schmerzen ließen nach, während zugleich das Verlangen nach Branntwein stärker wurde. Es trieb ihm den Schweiß aus den Poren und ließ seine Glieder zittern. Bald darauf war das Verlangen so übermächtig, dass es ihn nicht mehr im Bett hielt. Er lauschte in die Dunkelheit. Im Hospital war es still geworden. Die Kranken und alle anderen schliefen.

Er richtete sich auf und biss die Zähne zusammen, um nicht laut aufzustöhnen. Seine Kleider fand er neben dem Bett, wo sie zerrissen und mit Blut befleckt auf einem Stuhl lagen. Er wusste, dass in dem kleinen Anbau hinter dem Krankensaal frische Kleider aufbewahrt wurden. Von einem Tisch nahm er eine Öllampe und schlich damit zwischen den Betten hindurch zu einem Vorhang. Er zog den Vorhang zur Seite und trat in die Kammer. Der Schein der Lampe fiel über das Bett, in dem die alte Frau schlief, die das Hospital leitete. Sie schnarchte leise.

Er schlich zu dem Regal mit den Kleidern, nahm Hemd, Hose und Schuhe heraus. Als er sich damit davonmachen wollte, fiel sein Blick auf den Tisch, auf dem er einen gefüllten Lederbeutel liegen sah. Münzen, bestimmt waren darin Münzen.

Er zögerte und blickte zu der schlafenden Alten, dann wieder zum Tisch. In seinem Inneren tobte ein heftiger Kampf. Er brauchte die Münzen, brauchte sie, um seine Schulden zu begleichen und sein Verlangen nach Branntwein zu stillen. Aber war er wirklich so tief gefallen, diesen Menschen, die immer wieder sein Leben retteten, ihr Geld zu stehlen? Er wusste, es waren mühsam erbettelte

Spendengelder, auf die sie angewiesen waren, um die Ärmsten der Armen im Hospital zu versorgen.

Die Alte schnarchte, brummelte im Schlaf, und er machte einen Schritt zum Tisch hin, dann einen weiteren. Er streckte die Hand nach dem Beutel aus.

Bitte vergebt mir, dachte er.

6
Stettin

Als die Stadt schon lange schlief, wurde im Loytzenhof noch gearbeitet.

Stephan sehnte sich nach seinem weichen Bett. Nach dem langen Marsch waren seine Beine schwer, seine Füße wund und geschwollen. Er trug jetzt andere Kleider, alte, muffig riechende Kleider. Großmutter hatte sie aus dem abgelegten Bestand von Hans Loytz hervorgekramt. Die abgewetzten Ärmel der Schaube reichten Stephan bis über die Finger. Die Schaube schien wie die Pluderhose aus dem letzten Jahrhundert zu stammen. Nach der heutigen Mode trug man diese Hosen als Kniebundhosen, doch bei dem alten Stück reichten die Säume bis auf die Knöchel. Weil Stephan nicht so groß wie sein Vater war, schlabberten ihm die Enden über die mit Kork besohlten, ausgetretenen Lederschuhe.

Er stieg mit einer brennenden Kerze in der Hand die Wendeltreppe im nachtdunklen Treppenturm hinunter nach draußen und öffnete die Tür zum Warenlager, hinter dem das Kontor war. Im Warenlager schlug ihm der Geruch seiner Vergangenheit entgegen; es war der Gestank der in Salz eingelegten Heringe, der aus Dutzenden

Fässern strömte. Als Kinder hatten Simon, Stephan und manchmal auch Michael – bevor er sich dafür zu erwachsen hielt – in den Warenlagern Verstecken gespielt, hier oder im Kornspeicher oder im Keller unter dem Loytzenhof. Damals hatte der Geruch Stephan nicht gestört. Der Ekel vor Fischen, insbesondere vor Heringen, war später gekommen.

Das war in die Zeit gefallen, als seine Mutter krank wurde und bald darauf starb. Und dann hatte der Vater Stephan gezwungen, ihn auf die Vitte in Falsterbo zu begleiten, um ihm den Ekel auszutreiben. Ein richtiger Loytz durfte sich nicht vor Heringen ekeln. Sieben oder acht Jahre war Stephan damals alt, und inmitten der allgegenwärtigen, schleimigen Fische, der Innereien und Fischabfälle, die in den Kesseln zu Tran köchelten, hatte er die Hölle durchlitten.

Das Kontor betrat man durch eine Tür links neben dem Haupteingang. Stephan öffnete die Tür, ohne anzuklopfen, und trat ein. Ein gewaltiger Schreibtisch beherrschte die Einrichtung. Hinter dem Tisch thronte Michael auf dem breiten Lehnstuhl mit geschnitzten Fischmotiven, dem Platz des Loytz'schen Regierers. Er schaute von einem Stapel Papiere auf, als Stephan hereinkam. Auch Octavian, der auf einem kleineren Stuhl vor dem Tisch saß, drehte sich um.

Stephan machte einige Schritte in den Raum hinein. Die Seitenwände waren gesäumt von Regalen, deren Böden sich unter der Last der Bücher bogen: Bilanzbücher, Rechnungsbücher, Bücher mit juristischen und wirtschaftlichen Abhandlungen, Listen aus den Warenlagern und Sammelmappen, gefüllt mit Pamphleten und sogenannten *avvisi*, in Rom, Antwerpen oder Venedig verfasste Schriften mit

Nachrichten von den bedeutenden Handelsmärkten in Europa, Asien und der Neuen Welt.

Zwischen zwei Regalen auf der linken Seite führte eine schmale Tür in Octavians Reich; ein staubiger Nebenraum, den nur selten jemand anderes außer ihm betrat. Dort hütete er seine Schätze: das lückenlose Archiv des Loytz'schen Hauptbuchhalters. Wann immer eine Frage aufkam, etwa nach einem Handelsabschluss – getätigt vor dreißig oder vielleicht vierzig Jahren –, Octavian fand mit einem Griff den entsprechenden Eintrag, zielsicher, unbestechlich und seinem Arbeitgeber gegenüber bis ins Mark loyal.

«Er hat sich Zeit gelassen», sagte Octavian gedehnt.

Michael deutete auf einen freien Stuhl neben dem Buchhalter.

Stephan setzte sich und blickte auf die Wand hinter Michael, wo der mannshohe Schrank stand. Vergilbte Zettel auf den ausziehbaren Laden wiesen auf die Faktoreien hin, die die Loytz in zahlreichen Städten unterhielten wie Lüneburg, Danzig, Antwerpen, Lübeck, Kopenhagen, Bologna und viele mehr.

Über dem Schrank hingen, in Reih und Glied und in vergoldeten Rahmen, die vier Porträts der Ahnen. Sie zeigten, von links nach rechts, die verblichenen Regierer Hans den Ersten, der vor hundertfünfzig Jahren das Stettiner Bürgerrecht erworben und als Fischhändler den Grundstein für das Handelshaus gelegt hatte. Michael den Ersten, der zum Stettiner Bürgermeister aufgestiegen war und mit dem Heringshandel ein Vermögen verdient hatte. Hans den Zweiten, der die Geschäftsfelder erweitert hatte, neben Fisch auch mit Salz handelte, das Unternehmen zum Bankhaus ausbaute und ein Netz von Faktoreien über ganz

Europa spannte. Schließlich: Hans den Dritten, Stephans Vater, der zu früh gestorben und dessen Porträt, wie Stephan meinte, misslungen war. Ein Maler hatte es erst nach Hans' unerwartetem Ableben aus der Erinnerung angefertigt. Er sah darauf umgänglich, wenn nicht freundlich aus. Die anderen Männer wiesen hingegen die unerbittlichen, harten Züge Loytz'scher Regierer auf. Hochmütig starrten ihre Abbilder auf den Betrachter herab; es war derselbe starre Blick, der sich jetzt in Stephan bohrte.

«Wie mir scheint, sind dir Vaters Kleider zu groß», sagte Michael.

Stephan entging nicht die Doppeldeutigkeit dieser Feststellung. Er sagte: «Großmutter gab sie mir. Meine alten Kleider passen mir nicht mehr, und Simons ...»

Michaels Hand fiel klatschend auf die Tischplatte. «Der Name wird in diesem Haus nicht ausgesprochen.»

«Warum nicht?», fragte Stephan. «Warum darf ich nicht erfahren, was mit Sim... was mit meinem Bruder geschehen ist?»

«Du wirst es erfahren – zu gegebener Zeit. Erwartest du, dass Gott und die Welt nach deiner Flöte tanzen, wenn du nach jahrelanger Abwesenheit aus heiterem Himmel ins Haus deines Vaters schneist? Du hast es ja nicht für nötig gehalten, den Menschen, die deine Ausbildung finanzieren, regelmäßig Bericht zu erstatten. Verschone mich mit Geschichten deiner Ausbildung. Ich will keine Angeberei hören von juristischen Winkelzügen, die du glaubst gelernt zu haben. Oder von waghalsigen Zinsberechnungen. Oder von philosophischem Gefasel ...»

«Oder von Spelunken, Wein, Zechgelagen und prallen Römerinnen», warf Octavian ein, als ob er etwas von Frauen verstünde.

Michael brachte den Buchhalter mit einem scharfen Blick zum Schweigen. «Nein, auch davon will ich nichts hören. Von dir, Stephan, erwarte ich, dass du ab sofort all dein Können in den Dienst des Unternehmens stellst. Octavian wird dich in deine Aufgaben einweisen. Er wird dir sagen, was du zu tun hast, und du wirst seine Anweisungen befolgen, ohne Widerrede – und zwar gleich morgen.»

«Morgen führe ich den ganzen Tag mit Handelspartnern wichtige Gespräche, bei denen ich den Jungen nicht gebrauchen kann», sagte Octavian. Er kniff die Augen zusammen und ließ die Mundwinkel hängen. Die Rolle als Stephans Einweiser missfiel ihm sichtlich.

Auch Stephan war es nur recht, einen kleinen Aufschub zu bekommen, bevor er sich von dem Griesgram würde belehren lassen müssen.

«Dann halt übermorgen», sagte Michael. «Ich selbst reise morgen früh mit dem Schiff nach Danzig, wo ich mit unserem Onkel das weitere Vorgehen zum Salzhandel zu besprechen habe. Wie du vielleicht in deiner Ausbildung gehört hast, ist Danzig der Hauptumschlagplatz für französisches Baiensalz, eines der hochwertigsten Salze, die derzeit auf dem Markt erhältlich sind. Vom Salz aus den Lüneburger Salinen einmal abgesehen. Es ist uns gelungen, in Danzig eine gewisse Vorrangstellung gegenüber anderen Kaufleuten zu erringen, was uns den Zugriff auf wertvolle Salzvorkommen sichert. Wir pflegen in Polen enge Beziehungen zur Kolberger Saline und halten Beteiligungen am Steinsalzbergbau in Wieliczka bei Kraków. Aber …»

Sein Zeigefinger klopfte auf das oberste Blatt des Papierstapels vor ihm. «Aber wir bewegen uns auf dünnem

Eis. Trotz unserer Bemühungen haben wir unser Ziel, das Salzmonopol durchzusetzen, bislang nicht erreicht. Wie dir klar sein sollte, könnten wir als Monopolist nach Belieben die Preise manipulieren, bis alle Konkurrenten vom Markt verschwunden sind und wir den Abnehmern die Preise diktieren. Die polnische Obrigkeit legt uns jedoch immer neue Steine in den Weg. Unsere Salzgeschäfte werden strenger kontrolliert und reglementiert, was darauf hinausläuft, dass die Konkurrenz wieder stärker wird.»

Michael lehnte sich im Stuhl zurück und blickte Stephan an, der die Gelegenheit ergriff, mit eigenem Wissen aufzuwarten. So konnte er wenigstens den Anschein erwecken, er sei über die Geschäfte des Familienunternehmens im Bilde. Er richtete sich im Stuhl auf und sagte: «Zudem werden Kaiser und Kirche nicht müde, Monopole zu verbieten und als unchristlich zu verdammen. Aber uns bleibt ja noch das Schwefelmonopol ...»

Michael wedelte mit der Hand und schnitt ihm das Wort ab. «Es wird wirklich Zeit, dass man dich auf den neuesten Stand bringt. Es ist richtig, dass uns die Dänen vor einigen Jahren die Erlaubnis erteilt haben, mit isländischem Schwefel zu handeln. Zugleich haben sie auf unser Drängen hin diesen Handel den Lübeckern, Bremern und Hamburgern verboten. Damit haben uns die Dänen de facto das Monopol übertragen, was seither zu bösem Blut zwischen der Hanse und Dänemark führt – mit der Folge, dass jetzt unser Schwefelmonopol auf der Kippe steht. Wir können nur hoffen und beten, dass der dänische König nicht einknickt vor dem Gejammer der Hanse.»

Octavian, der jeden von Michaels Sätzen mit ergebenem Nicken begleitete, wandte sich an Stephan und sagte:

«Es sind keine einfachen Zeiten, Junge, zumal Dänen und Schweden seit einigen Jahren Krieg führen. Durch diesen Krieg haben auch wir erhebliche Einbußen zu verzeichnen, vor allem im Salzhandel.»

Wenn er mich noch einmal *Junge* nennt, dachte Stephan, führe ich Krieg gegen ihn.

«Natürlich haben wir versucht, aus dem Krieg Kapital zu schlagen», sagte Michael. «Wir haben zwei Schiffe mit Bierfässern beladen, um damit die dänische Armee zu beliefern. Doch die Schweden haben unsere Schiffe gekapert. Bier und Geld sind verloren und die Dänen sauer, weil ihre Söldner weiterhin die selbstgebraute dänische Plörre saufen müssen.»

Während Michael und Octavian den Bogen spannten vom Handel des Unternehmens mit Holz, Pottasche und Teer aus Polen und Litauen, mit Kupfer aus Gruben in Mansfeld am Harz und in Ungarn, mit Blei aus England bis hin zu ihren vergeblichen Bemühungen um ein Bernsteinmonopol, wanderten Stephans Blicke und Gedanken immer wieder zum Porträt seines Vaters. Er fragte sich, ob das Geheimnis, das Michael um Simon machte, mit dem tragischen Ereignis vor dreizehn Jahren zu tun hatte. Hatte Simon womöglich verraten, was wirklich geschehen war und dass die Geschichte, die Stephan und Simon damals erzählt hatten, nicht der Wahrheit entsprach? Zumindest nicht der vollen Wahrheit? In ihrer Geschichte hatten sie gar keine Gelegenheit gehabt, ihren Vater zu retten, weil der sofort im Wasser versunken sei ...

«Stephan?»

Er schreckte aus seinen Gedanken hoch. Michael und Octavian sahen ihn streng an. Seine Hände wurden feucht. Hatten sie ihm eine Frage gestellt? Wenn er gleich beim ersten Gespräch dadurch auffiel, dass er mit seinen Gedanken nicht bei der Sache war, würde das seinem Einstand kaum förderlich sein. «Ja», sagte er schnell, «es sind schwere Zeiten.»

Zu seiner Erleichterung nickte Michael zustimmend und sagte: «Nun weißt du also Bescheid über unsere Situation. Und du weißt, dass unsere Lage schwierig ist und eine Menge Arbeit auf dich wartet. Wenn du keine Fragen hast, beende ich unser Gespräch und ziehe mich zurück. Mein Schiff legt in der Morgendämmerung ab.»

Ich habe eine Frage, dachte Stephan, ich will wissen, was Simon widerfahren ist. Laut sagte er jedoch: «Du hast mein Wort, Michael, dass ich mein Bestes für unser Handelshaus geben werde.»

7
Jagdschloss Zum Grünen Walde

Er hörte die Geräusche, das Schaben, das Kratzen. Fingernägel auf sprödem Mauerwerk. Hörte sie reißen, splittern, brechen. Hörte eine Stimme, eine anklagende wimmernde Stimme. Und dann explodierte die Mauer in einer Staubwolke. Das Gestein barst, und als der Staub sich legte, klaffte in der Mauer und der dahinterliegenden Tür ein schwarzes Loch. In dem Loch erschien ein weißer Schatten, erschien seine Geliebte. Anna Sydow. Sie war abgemagert wie ein Skelett. Sehnen und vertrocknetes Fleisch hafteten an ihren Knochen, von denen Hautlappen herabhingen wie weiße Stofffetzen. Sie zuckte zusammen wie unter einem harten Schlag. Hob die fast skelettierte Hand. Zeigte auf ihn. Er war wie gelähmt, als die gesplitterten Fingernägel auf ihn wiesen. Zähne klackerten, Kiefer malmten und klapperten, auf und zu, auf und zu. «Du hast mich verraten!», knirschte sie. Eine hallende Stimme, wie das Echo in einer Gruft. «Du hast mich verraten! Du hast mich *ihm* ausgeliefert!»

Joachim riss die Augen auf. Sein Herz raste. Er tastete nach seiner Stirn und fühlte sein vom Schweiß getränktes Haar. Er blieb auf dem Rücken liegen, atmete ein und aus, blickte zu der niedrigen, eisenbeschlagenen Tür, die ein ausgewachsener Mann nur mit eingezogenem Kopf betreten konnte. Die Tür war weder zugemauert, noch war ein Loch darin, natürlich nicht, es war nur ein Traum gewesen, ein schrecklicher Albtraum. Sein Blick wanderte über die hohen Wände mit den Gemälden bis zu dem Porträt, das Anna Sydow zeigte. Unsterblich schön und doch tot zu Lebzeiten.

Sein Herzschlag ging langsamer und kam dann zur Ruhe. Die Bilder des Albtraums verblassten. Er drehte sich im Bett zu der drallen jungen Frau um, die neben ihm lag und schlief. Die Decke war heruntergerutscht und legte helle Haut frei. Das Gesicht war von ihm abgewandt, und das Haar breitete sich wie ein blonder Fächer über dem Kissen aus.

Die Erinnerungen an die letzte Nacht kehrten zurück. Er hatte unten in der großen Hofstube getrunken, viel Wein, viel zu viel schweren Rotwein, bis er Lust bekommen hatte. Lust auf eine Frau. Und weil die Frau, die er liebte, ihm nicht zur Verfügung stand, war es die Kammerjungfer, die er auswählte, damit sie sein Verlangen stillte. Er hatte das Weib geweckt und ihr befohlen, in seine Schlafkammer zu kommen. Sie hatte nicht den Eindruck gemacht, seinem Befehl widerstrebend Folge zu leisten. Still war sie gewesen, als sie sich ihrer Kleider entledigte und sich ihm hingab, still, aber nicht unwillig. Glaubte er.

Er hob die Hand, legte sie auf ihre Schulter und rüttelte daran. Die Kammerjungfer stöhnte und drehte sich ihm zu.

«Geh jetzt», befahl er ihr. «Und gib der Herrin Bescheid, ich möchte das Frühstück mit ihr in der Hofstube einnehmen.»

«Aber dort ist nicht geheizt, Herr.»

«Dann sorge dafür, dass man Feuer macht!»

Sie stieg aus dem Bett, nahm ihre Kleider von einem Stuhl und zog sie an. Die breiten Schenkel, das Gesäß, die einladenden Brüste – all das verschwand unter raschelndem Stoff. Sie schlüpfte in ihre Schuhe und verließ die Schlafkammer. Dielen knarrten, die Tür fiel ins Schloss.

Er richtete sich auf und wischte mit der Hand über sein müdes Gesicht. Mühsam stellte er die schweren Beine auf den Fußboden. Vor dem Bett ging er auf den kühlen Dielen auf und ab. Die Kälte kroch über seine nackten Füße die Beine hoch. Seine Gelenke knirschten wie ungeschmierte Karrenräder. Er schleppte sich die vier Stufen zur Empore hinauf, zog den dicken Vorhang zur Seite und schaute durch die in Blei gefassten Gläser auf den See. Auf der vom Wind leicht gekräuselten Oberfläche spiegelte sich am gegenüberliegenden Ufer die Silhouette des Waldes. Er senkte den Blick hinunter auf den Steg, der auf der Rückseite des Jagdschlosses in den See ragte, und dort sah er sie stehen. Anna Sydow. Seine Anna.

Still und steif stand sie da, den Kopf leicht zum Wasser geneigt. Unterhalb des Stegs zogen armlange Schatten ihre Bahnen. Sie hob die Hand und öffnete die Finger. Brotkrumen rieselten aufs Wasser. In die Schatten kam Bewegung. Massige Buckel durchbrachen die Oberfläche, und die Krumen wurden von schlürfenden und schmatzenden Lippen eingesogen.

Anna Sydow trat näher an die Kante des Stegs, tippelnde Schritte, einen und noch einen. Die Spitzen ihrer Schuhe ragten bereits über die Kante. Joachim hielt den Atem an. Ahnte sie, dass er sie beobachtete? Ahnte sie, dass die Kammerjungfer bei ihm gelegen hatte? Wollte Anna ihm deswegen einen Schrecken einjagen?

Bleib stehen, Anna, dachte er, bitte bleib stehen. Ich kann es nicht ändern.

Wenn seine Regierungsgeschäfte es erlaubten, verbrachte Joachim Hector, des Heiligen Römischen Reichs Kurfürst und Markgraf von Brandenburg, viel Zeit im Jagdschloss Zum Grünen Walde. Es war seine liebste Residenz. Anna lebte seit längerem ausschließlich hier, wo er ihr im Obergeschoss eine Kammer hatte einrichten lassen.

An diesem Morgen stieg er die Wendeltreppe im Treppenturm hinunter ins Erdgeschoss und betrat die große Hofstube. Der Saal gab Zeugnis von Joachims Leidenschaft. Dutzende Tierschädel zierten die Wände, von den besten Präparatoren der Mark ausgestopft und lebensecht konserviert. Grimmige Eber mit handlangen Hauern, Hirsche mit mächtigen Geweihen und sechzehn, ja, achtzehn Enden, Elche mit Schaufeln groß wie Wagenräder. Auch Wolfsschädel waren darunter, sogar der Kopf eines Braunbären, den Joachim mit der Armbrust zur Strecke gebracht hatte.

Seine andere Leidenschaft saß an der langen Tafel und bereitete ihm seit geraumer Zeit mehr Leid als Freude. Starr und stumm wie ein Fisch war Anna. Vor ihr standen

Teller, Besteck, Glaskelch und eine Platte mit frisch gebackenem Brot, Fleisch und Käse aus der Schlossküche. Hinter ihr stand die Kammerjungfer. Das Mädchen schlug die Augen nieder, als Joachim die Hofstube betrat. Im gusseisernen Kastenofen bollerte ein Feuer.

Ein Diener eilte herbei und zog den Stuhl am Kopfende des Tischs zurück. Joachim setzte sich übers Eck zu Anna. Keine Begrüßung, keine Reaktion. Sie aßen schweigend. Er nahm nach, häufte kalten Wildbraten auf den Teller und langte beherzt zu. Sie aber zupfte mit spitzen Fingern eine Krume aus dem Brotlaib und kaute drauf herum. Sie wird immer dünner, dachte er.

Nach einer Weile lehnte er sich satt, aber unzufrieden im Stuhl zurück, strich mit der Hand über seinen Bauch, der das Hemd wölbte, und beobachtete Anna aus den Augenwinkeln. Aschfahl war ihre Haut, die sich über den Wangenknochen spannte wie eine Totenmaske. Sie war nur noch der Schatten der Frau, die sie einst gewesen war. Es hatte schleichend begonnen, dass ihr Geist sich verirrte. Ihr fröhliches Wesen wurde launisch und argwöhnisch. Die Hölle hatte sie ihm heißgemacht, sich über Kleinigkeiten erregt und Gezeter angestimmt. Er hatte schon ernsthaft darüber nachgedacht, ihr die bösen Geister austreiben zu lassen. Doch dann war sie verstummt und hatte begonnen zu verwelken. Ihr Geist blieb irgendwo hängen, wie eine Fliege am Sonnentau.

Und er fragte sich, wofür Gott ihn mit solchen Frauen strafte. Das fragte er sich häufig. Strafte Gott ihn, weil er den Anordnungen seines Vaters nicht gehorcht und sich dem protestantischen Glauben zugewandt hatte? Denn sein Vater hatte einst per Testament verfügen lassen, dass seine Söhne für ewig katholisch bleiben müssten.

Ach, es war ein Kreuz mit dem Katholikenkreuz!

Schon auf seiner ersten Frau, Magdalene von Sachsen, lag ein Fluch. Sie war eiserne Katholikin, was einiges erklären mochte, und im Alter von nur siebenundzwanzig Jahren gestorben. Nach ihrem Tod trauerte Joachim ein paar Monate. Dann ehelichte er die polnische Prinzessin Hedwig aus dem Hause der Jagiellonen, was auf den ersten Blick eine kluge Wahl war, finanziell und machtpolitisch gesehen. Aber wie seine erste Frau hielt sie – trotz Joachims eindringlicher Appelle – am katholischen Glauben fest. Eines ihrer gemeinsamen Kinder, ihr Sohn Sigismund, war vor wenigen Wochen im Alter von achtundzwanzig Jahren gestorben, was Joachim insofern bedauerte, weil Sigismund ein aussichtsreicher Kandidat auf den polnischen Thron gewesen war. Das hätte Joachim Geld, Einfluss und Macht gesichert. Außerdem war Sigismund Protestant und hätte den erzkatholischen Polen bestimmt die Reformation aufgezwungen.

Das Schicksal seiner zweiten Frau Hedwig war ebenfalls nicht mit Glück gesegnet. Sie wurde das Opfer alter Bausünden im Grimnitzer Jagdschloss, als dort eines Tages unter ihren und Joachims Füßen der Fußboden einbrach. Nicht dass Hedwig besonders dick gewesen wäre, der Boden war einfach morsch. Joachim hatte sich geistesgegenwärtig an einen Balken klammern können, doch Hedwig stürzte hinunter und fiel auf das Geweih eines kapitalen Sechzehnenders, den Joachim wenige Monate zuvor erlegt hatte.

Fortan war Hedwig lahm und schief. Einen Arzt wollte sie aber nicht zu Rate ziehen, sondern zog es vor, auf Krücken zu humpeln und durch ihr Gebrechen Joachim daran zu erinnern, dass er Verantwortung trug für die Instandhaltung seiner Gebäude. Ja, sie behauptete gar, es sei kein Unfall gewesen, sondern Joachim habe sie loswerden wollen. Was er schließlich auch tat, denn mit einem so mürrischen Eheweib war nicht gut Kirschen essen. Er verbannte die verunstaltete Hedwig, deren Hässlichkeit ohnehin nicht mehr zum Renommieren taugte, auf ein Landgut und wandte sich Anna Sydow zu.

Auf Anna – das musste er zugeben – hatte er schon zuvor sein lüsternes Auge geworfen. Sie war zierlich und schlank, anschmiegsam und formbar, nicht nur, was den Glauben betraf. Ihre Haut war glatt und straff, also außerordentlich hübsch anzusehen. Man nannte sie nicht von ungefähr *die schöne Gießerin*. Den Spitznamen hatte sie bekommen, weil sie mit einem Mann verheiratet war, der seinen Lebensunterhalt mit dem Gießen von Geschützen verdiente.

Die Verbindung zwischen Joachim und Anna Sydow brachte allerdings einige Probleme mit sich. Die Öffentlichkeit murrte hinter vorgehaltener Hand über das anstößige Leben des Kurfürsten und seiner Geliebten. Daran änderte sich auch nichts, als der namensgebende Gießer irgendwann das Zeitliche segnete. Trotz der öffentlichen Meinung hielt Joachim seiner Anna die Treue, versteckte sie aber im Jagdschloss Zum Grünen Walde.

Nichtsdestotrotz stand Joachim zu Anna Sydow, und das würde er bis zu seinem Tode und darüber hinaus tun.

Sie war die Liebe seines Lebens.

Ein Diener trat an den Tisch und räumte Geschirr und Essen ab, als die Tür am anderen Ende des Saals geöffnet wurde. Ein schlanker, graugesichtiger Mann von Mitte dreißig trat ein und blickte sich um.

«Mein lieber Lippold – setz dich zu uns», rief Joachim und befahl dem Diener, mehr Essen und frisches Geschirr zu holen.

Lippold kam an den Tisch, verbeugte sich und nahm zu Joachims rechter Seite Platz. Er war jüdischen Glaubens. Von allen Männern, die in Joachims Diensten standen, war Lippold ihm der liebste. Nicht weil Joachim Juden besonders mochte, sondern weil Lippold die Fähigkeit besaß, anderen Juden – und ebenso Christen – das letzte Hemd abzuknöpfen. Er belastete sie mit immer höheren Steuern und Abgaben und leitete somit viel Geld in Joachims chronisch leere Schatullen um. Lippold war bereits in jungen Jahren von Prag nach Berlin eingewandert, nachdem Joachim die Mark für Juden geöffnet hatte. Das hatte er nicht aus christlicher Nächstenliebe getan, sondern weil er erkannt hatte, dass die Juden eine lohnenswerte Einnahmequelle waren. Lippold hatte sich als eifriger Geldeintreiber erwiesen, weswegen Joachim ihn zu seinem Kämmerer und Hoffaktor ernannte und mit dem Amt des Vorstehers aller märkischen Juden versah.

Der Diener brachte Braten und Brot, und Lippold schnitt mit dem Messer ein Stück vom Fleisch ab, aß es, schnitt ein weiteres Stück ab, das – darauf würde Joachim wetten – exakt die gleiche Größe wie der ersten Bissen hatte. So machte er weiter, aß ruhig und mit gleichförmigen Kaubewegungen. Nur hin und wieder blickte er zu Anna auf, die ihm gegenübersaß und die irgendwohin und nirgendwohin schaute.

Als Lippold sein Fleisch verspeist hatte, tupfte er Bratenfett mit einem Tuch aus seinen Mundwinkeln, trank einen Schluck Wasser und sagte dann in seiner direkten Art: «Ich bringe leider keine guten Nachrichten, Herr.»

«Geht es ums Geld?», fragte Joachim.

«Ja – auch. Aber da ist noch eine andere Sache, über die ich zuvor mit Euch reden muss.» Lippold blickte wieder zu Anna. «Es geht um Euren Sohn Johann Georg.»

Johann Georg entstammte aus Joachims erster Ehe mit Magdalene, war mittlerweile gut vierzig Jahre alt und Anwärter aufs märkische Kurfürstenamt, wenn Joachim dereinst das Zeitliche segnen sollte.

Lippold senkte die Stimme. «Vielleicht sollten wir lieber unter vier Augen ... ich meine, es betrifft Eure Geliebte ...»

«Sie kann ruhig hierbleiben. Schau sie dir an, Lippold. Macht sie den Eindruck, dass sie auch nur ein einziges Wort versteht, von dem, was gesagt wird?»

«Nein, eigentlich nicht. Also, mir ist zugetragen worden, dass Euer Sohn bösartige Ränke schmiedet mit Eurer Gemahlin Hedwig. Es heißt, die beiden planten, Euch wegen des Lebenswandels mit Eurer Geliebten zu diskreditieren und gegen Eure Geliebte vorzugehen. Man munkelt, vor allem Hedwig stecke dahinter.»

Joachim dachte an seinen Albtraum und an die bei lebendigem Leib eingemauerte Anna. Er ruckte vor und hämmerte mit der Faust auf den Tisch. Das Geschirr klapperte. Anna ließ einen gluckernden Laut hören.

«Das werden sie nicht wagen!», donnerte Joachim. «Ich habe meinen Sohn Dokumente unterschreiben lassen, in denen er sich verpflichtet, Anna nach meinem Tode zu schonen und mit allem auszustatten, was ihr ein sorgenfreies Leben ermöglicht. Aber das sieht der Vettel ähnlich – sie sinnt noch immer auf Rache für den eingebrochenen Fußboden.»

Sein Aufbrausen erschreckte Anna, und sie begann,

leise zu schluchzen. Joachim rief die Kammerjungfer herbei und trug ihr auf, die aufgelöste Anna an die frische Luft zu bringen. «Sie soll die Karpfen füttern, wenn es das Einzige ist, was ihr Freude bereitet. Aber lass sie keinen Augenblick allein.»

Als Joachim und Lippold unter sich waren, besprachen sie, mit welchen juristischen Schritten gegen die zu erwartende Intrige vorzugehen sei. Sie kamen überein, dass Lippold einen Advokaten beauftragen sollte, in einem Schreiben festzulegen, wie Annas Versorgung zeit ihres Lebens zu regeln und zu sichern sei.

Joachims Blick wanderte zu einem der Fenster, die mit runden, wabenförmig angeordneten Gläsern versehen waren. Durch die Gläser waren schemenhaft die beiden Frauen auf dem Steg zu sehen. Anna fütterte die Karpfen mit Brotkrumen, und Joachim spürte die Trauer in seinem Herzen. Er seufzte.

«Und wir müssten noch über Geld sprechen, Herr», hörte er Lippold sagen.

Joachim wandte ihm wieder seine Aufmerksamkeit zu und seufzte ein zweites Mal. Das Geld, ja, das leidige Geld. Den Tag mochte er erleben, an dem Lippold zu ihm kam und einfach etwas Banales sagte wie: ‹Ich habe es heut Nacht meiner Frau richtig fein besorgt, Herr, und sie hat vor Vergnügen geschrien, dass die Gläser klirrten.›

«Geld? Das heißt wohl vor allem, dass wir über Schulden reden müssen», sagte Joachim. Denn Schulden hatte er reichlich, trotz Lippolds unermüdlichem Streben, das Volk nach allen Regeln der Kunst zu schröpfen. Joachim brauchte nun mal viel Geld. Er ließ Schlösser bauen und instand halten, damit niemand durch Fußböden brach. Er veranstaltete Ritterturniere und Jagdgesellschaften, um den Adel bei Laune zu halten. Und er finanzierte Alchemisten und ihr kostspieliges Labor, wo sie die geheime Formel für die Tinktur erforschten, die Metall in Gold und sterbliches in unsterbliches Leben verwandelte. Nicht zuletzt hoffte Joachim, dank einer solchen Zauberformel eines Tages Annas verirrten Geist ins Hier und Jetzt zurückzuführen.

«Einige Eurer Gläubiger verlieren offenbar die Geduld, Herr. Sie bringen ihre Advokaten in Stellung, um auf die Rückzahlungen ihrer Gelder zu klagen. Da sind beispielsweise die Stände in Berlin, die die Auszahlungen ausstehender Löhne für Arbeiten an Euren Schlössern verlangen. Und dann hörte ich, dass die Loytz Geld aus alten Darlehen zurückverlangen wollen ...»

«Die Loytz?», fuhr Joachim auf. «Sprichst du von den Stettiner Kaufleuten?»

«Die meine ich. Mir scheint, die Herrschaften sind nicht Eure besten Freunde ...»

«Ha!», rief Joachim. «Freunde? Ich habe diese Schmeißfliegen in ausgesprochen schlechter Erinnerung, nein, das ist völlig untertrieben! Allein der Gedanke an diese ausgekochten, raffgierigen Kaufleute stößt mir so sauer auf wie der Geschmack eines unreifen Apfels. Vor vielen Jahren hatten sie mir die Zusage abgetrotzt, für die Mark Brandenburg ein Monopol auf ihren Salzhandel einzurichten. Die Herrschaften waren jedoch nur auf ihren eigenen Vorteil bedacht und haben mich mit einer lächerlichen Entschädigung abgespeist.»

Weil Lippold damals noch nicht in seinen Diensten gestanden hatte, erklärte Joachim: «Trotz meiner schlechten Erfahrungen war ich bereit, an das Gute im Menschen zu glauben, und ließ mich dazu hinreißen, erneut mit den Loytz ein Geschäft einzugehen. Ich vermittelte ihnen einen lukrativen Handel mit fünfzehntausend Ochsen aus der Walachei. Die Loytz sollten in Vorkasse gehen, den Kaufpreis für die Ochsen in Lemburg mit einem Wechsel begleichen und die Tiere nach Brandenburg liefern. Sowohl die Loytz als auch ich hätten dabei ein gutes Geschäft gemacht. Doch was taten diese Herrschaften? Sie behaupteten frech, ich wolle nicht zahlen. Stattdessen war es ihre betrügerische Absicht, die Preise für die Ochsen zu drücken und *mein* Geld einzustreichen. Aber sie unterschätzten mich. Ich intervenierte, was zur Folge hatte, dass man ihre Vertreter in Lemburg in Gewahrsam nahm und ich wiederum ihren Regierer in Berlin festnehmen und in den Grünen Hut werfen ließ.»

Bei seinen Ausführungen verschwieg Joachim, dass er selbst es gewesen war, der den Ochsenhandel in der Walachei vorsätzlich hatte platzenlassen. Oder anders gesagt: Er hatte überhaupt keinen Gedanken daran verschwendet, das Geschäft zu einem glücklichen Ausgang kommen zu lassen. Bereits damals hatte er bei den Loytz nämlich einen Haufen Schulden und ihnen dafür die Grafschaft Ruppin verpfändet. Sein Plan war es gewesen, die Loytz wegen des angeblichen Betrugs vor Gericht zu zerren und somit einen Erlass seiner Schulden zu erwirken. Doch der Plan war gescheitert.

«Und jetzt wollen mir diese Hurensöhne mein Geld abknöpfen?», schnaubte Joachim wütend. «Nichts bekommen sie, keinen Kreuzer! Zerquetschen werde ich sie, zerquetschen wie Läuse! Welche Summe verlangen sie eigentlich?»

«Das habe ich nicht erfahren», antwortete Lippold.

Joachim kratzte sich unterm Bart. Diese Loytz hatten es mal wieder geschafft, ihm die Laune zu verderben. Er wechselte das Thema und fragte: «Und wie hoch ist die Summe unserer Schulden insgesamt?»

«Gegenwärtig belaufen sie sich auf fast zwei Millionen Taler.»

Joachim seufzte ein drittes Mal. «Und was gedenkst du zu unternehmen, um diese Summe zu verringern? Ich hoffe, du hast eine Idee.»

Lippold legte den Kopf in den Nacken, blickte zur Saaldecke hinauf und kniff die Augen zusammen, als denke er nach, bevor er sagte: «Ich wäre unwürdig, in Euren Diensten zu stehen, wäre mir nicht etwas eingefallen. Wenn Ihr mich also zu Eurem Münzmeister ernennt, sähe ich in dieser verantwortungsvollen Funktion durchaus Möglichkeiten, Euch zu neuen Einnahmen zu verhelfen.»

«Ich beschäftige bereits einen Münzmeister, und er leistet gute Arbeit.»

«Sicher, Herr, sicher, aber er ist alt, und ich bin jung, und junge Männer sind eher geneigt, eingefahrene Spuren zu verlassen und neue Wege zu gehen.»

«Raus mit der Sprache, Lippold, an welche Einnahmequelle denkst du?»

«Nun, ich habe erst kürzlich die in diesem Jahr neu erlassene Reichsmünzordnung einer genaueren Prüfung unterzogen und bin dabei auf eine interessante Stelle gestoßen. Der Text weist nämlich eine gesetzliche Lücke aus, wonach es den Landesherren, also auch Euch, zusteht, kleinere Landesmünzen selbst zu prägen und auszugeben, als da wären Pfennige, Kreuzer und Groschen. Wir könnten also vollwertige Münzen, die einen hohen Silbergehalt haben, aus dem Verkehr ziehen, sie einschmelzen und das Silber mit Kupfer, Zinn oder Blei strecken. Aus dem so gewonnenen, minderwertigeren Material stellen wir die doppelte Anzahl eigener Münzen her und bringen sie unter das Volk.»

Joachim sank im Stuhl zurück. Sein Ärger über die Loytz verrauchte. Zufrieden schlug er die Hände zusammen. «Mein lieber, liebster Lippold – nicht umsonst halte ich große Stücke auf dich. Genau so machen wir es, dein Einfall ist brillant.»

Im Kopf überschlug er, welche Gewinne er durch die minderwertigen Münzen für die eigene Schatulle einfahren konnte, während sein Blick sinnierend durch den Saal zu den Fenstern wanderte. Und da sah er Anna.

Sie war jetzt allein, und er glaubte zu erkennen, dass sie gefährlich nahe am Rand des Stegs stand. Sie schwankte, und ihr Oberkörper beugte sich weit vor, viel zu weit. «Was, beim Leib Christi, tut sie da?», stieß er aus. «Wo ist die Kammerjungfer, dieses törichte Ding?»

Er lief, so schnell ihn seine Füße trugen. Seine Beine ächzten unter der Last des Körpergewichts. Die Holzbrücke, die über den Wassergraben führte, der das Jagdschloss umfasste, knackte und knarrte unter seinen trampelnden Schritten. Auf der anderen Seite der Brücke schlug er einen Haken nach links, stürmte vorbei am Küchenhaus, aus dem die Kammerjungfer gerade mit einem Laib Brot trat, und dann hinunter zum Steg. Er rief Annas Namen, rief ihn zweimal, dreimal. Doch ihr starrer Blick war gefangen vom Wasser, in dem die fetten Fische auf Brot lauernd unter der Wasseroberfläche schwammen.

Noch im Laufen streckte er die Hand aus, kam näher –

und griff nach Annas Arm und zog sie vom Rand weg in die Mitte des Stegs. Sie blickte ihn aus toten, in der Fremde verhafteten Augen an und sagte nichts.

8

Stettin

Das Dienstmädchen hatte ganze Arbeit geleistet. Die halbe Nacht hatte sie damit zugebracht, Stephans Sachen zu waschen und am Kamin zu trocknen. Als er am Morgen in seiner alten Kammer erwachte, lagen die Kleider auf Simons Bett bereit.

Stephan setzte sich im Bett auf, fuhr mit den Fingern durch sein dunkles Haar und betrachtete die Kammer im blassen Licht der Morgendämmerung, das durchs Fenster fiel. Während seiner Abwesenheit war an der Einrichtung nichts verändert worden. Die Betten, der Eichenholzschrank, der kleine Tisch mit den beiden Stühlen davor, alles stand an seinem Platz, und doch war etwas anders. Eine Staubschicht bedeckte die Tischplatte, und es roch nach abgestandener Luft wie in einem Raum, in dem schon lange niemand mehr wohnte.

Draußen vor dem Haus waren gedämpfte Stimmen zu hören. Stephan schlug die Decke zur Seite, stellte die Füße auf den Boden und ging zum Fenster, das auf die Gasse hinausging, die, eingezwängt zwischen dichtstehenden Gebäuden, hinunter zur Frauenstraße führte. Vor dem Loytzenhof sah er einige Männer, die Fässer auf Karren verluden. Er hob den Blick. Über die Dächer ragte der Turm von Sankt Nikolai; die Kirchturmspitze zeigte in einen wolkenverhangenen Himmel. Wenigstens regnet es nicht, dachte Stephan. Sehnsucht nach Italien erfüllte ihn. Sehnsucht nach Wärme, dem Duft von Lavendel und dem sonnengewärmten Haar junger Italienerinnen.

Es klopfte leise an der Tür. Als Stephan öffnete, stand ein Mädchen davor. Es war eine zierliche, feingliedrige Person, deren Wangen gerötet waren. Unter ihrer Haube lugten blonde Strähnen hervor. Sie senkte den Blick auf den Boden. «Ich wollte Euch nur fragen, ob Ihr zufrieden seid mit Euren Kleidern. Ich habe sie in die Kammer gebracht, während Ihr geschlafen habt, damit Ihr sie gleich heute Morgen ...»

«Komm doch herein», bat Stephan und trat zur Seite.

Sie zögerte, bevor sie sich einen Ruck gab und zu ihm in die Kammer huschte.

Das alte Dienstmädchen, das damals den Hering unter ihrem Hintern zerquetscht hatte, war offenbar nicht mehr im Loytzenhof angestellt. Oder sie war inzwischen gestorben. Sie war damals schon recht alt gewesen.

«Wie ist dein Name?», fragte Stephan leise, um das scheue Mädchen nicht zu verschrecken.

«Bianca», flüsterte sie und blickte Stephan an. Er fragte sich, wen sie in ihm sah. Den Bruder des Regierers? Oder nur einen jungen Mann mit nackten Beinen unter einem Hemd, das ihm bis auf die Oberschenkel reichte. Ahnte sie, dass er nichts darunter trug?

Ihr Blick glitt zur Tür, die einen Spalt weit offen stand. Stephan hatte sie absichtlich nicht geschlossen, um dem Mädchen keine Angst einzujagen.

«Wie alt bist du, Bianca?», fragte er.

«Fünfzehn, Herr, glaube ich.»

«Seit wann bist du im Loytzenhof angestellt?»

Sie legte die Stirn in Falten. Es schien, als überschlug

sie im Kopf einige Zahlen, verwarf die Rechnerei jedoch wieder und antwortete: «Noch nicht lange, Herr. Ich sollte jetzt wieder runter in die Küche gehen. Die Herrin wird sich fragen, wo ich bleibe.»

«Natürlich!» Stephan deutete mit dem Kopf zur Tür. «Wir wollen doch nicht, dass du Ärger bekommst. Ach, und ich danke dir, dass du meine Kleider gewaschen hast.»

Ein Lächeln stahl sich auf ihr Gesicht. Als Stephan sie mit der Hand am Arm berührte, zuckte sie zusammen.

«Warte bitte, nur einen kurzen Augenblick», sagte er. «Behandelt meine Großmutter dich gut?»

«Oh ja – ja, Herr», sagte sie schnell, und ihre Hand fuhr unwillkürlich hinauf zu ihrer Wange, senkte sich aber ebenso schnell wieder. «Sie behandelt mich gut. Darf ich jetzt ...»

«Eine Frage möchte ich dir noch stellen und verspreche dir, niemandem etwas von unserer Unterhaltung zu verraten.»

«Herr?» Sie blickte zur Tür. Ein ängstlicher Ausdruck überschattete ihr Gesicht.

«Bist du meinem Bruder Simon begegnet?»

«Nein, Herr, er war schon fort, als ich meine Arbeit hier aufnahm.»

Stephan machte einen Schritt nach vorn, sodass er zwischen dem Mädchen und der Tür stand. «Aber sein Name sagt dir etwas. Du hast also von ihm gehört. Was hast du gehört?»

«Man darf nicht über ihn sprechen.»

Stephan legte die Hand auf den Türgriff, schob, ohne das Mädchen aus den Augen zu lassen, die Tür zu und ließ das Schloss leise einrasten. «Niemand erfährt ein Wort von mir. Was weißt du über Simon?»

Ihre Unterlippe zitterte. Sie atmete schnell und flach. Unter ihrem grauen Arbeitskleid hoben sich ihre Brüste. «Schwört Ihr es mir?»

«Ich schwöre! Ich schwöre es bei Gott!»

«Der Regierer soll ihn aus dem Haus gejagt haben, weil Euer anderer Bruder sich in Spelunken rumtreibt und weil er trinkt und rauft.»

«Kennst du die Namen dieser Spelunken?»

«Nein, Herr. Ich hörte nur, eine liegt am Fischmarkt. Bitte, lasst Ihr mich gehen?»

Stephan öffnete die Tür und sagte: «Ich danke dir, Bianca, und zögere nicht, mich um Hilfe zu bitten, solltest du sie irgendwann benötigen.»

Auf dem Fischmarkt hatte der Tag längst begonnen. Als Stephan zu dem Platz kam, der zwischen der Mittwoch- und der Fischerstraße lag, schoben sich Menschenmengen zwischen den Ständen und Buden hindurch, aus denen Fischweiber und -händler ihre Waren in höchsten Tönen anpriesen. Kauft hier, kauft nicht dort! Kauft Dorsche und Forellen aus der Ostsee. Kauft Plötzen und Brassen aus der Oder! Jeder behauptete, die frischesten, fettesten und preiswertesten Fische im Angebot zu haben. Rabatte wurden ausgehandelt, glubschäugige Karpfen und großmäulige Dorsche von schleim- und schuppenverschmierten Händen über die Auslagen gereicht.

Stephan hielt die Luft an und tauchte ins Gedränge ein, wohl ahnend, dass der Atem in seiner Lunge nicht ausreichte, bis er sein Ziel auf der gegenüberliegenden Seite des Marktplatzes erreichte. Die Leute, mit schleimigen Aalen in bloßen Händen ringend und mit tellergroßen Plattfischen wedelnd, musterten ihn. Stirnrunzelnd betrachteten sie seinen Aufzug, staunten über Seidenwams, Hose und bestickte Seidenstrümpfe.

Eine derbe Fischverkäuferin rief ihm aus ihrer Bude zu: «He, feiner Herr! Für Euch hab hier ich 'n paar hübsche Schleien, dick wie meine Möpse, frisch wie meine Jungfräulichkeit und feucht wie meine Ihrwisstschonwas!» Sie schwenkte in der einen Hand einen Fisch und griff mit der anderen Hand an ihre Brüste, die sich wie Gebirge unter der blutverschmierten Schürze wölbten. Die Umstehenden lachten grölend.

Schnell drängte Stephan weiter, als ihm, das Ziel schon vor Augen, der einbehaltene Atem ausging und er nach Luft schnappte. Der Gestank war übermächtig. Er spürte den Würgereiz und dankte Gott, dass er noch nicht gefrühstückt hatte. Als er endlich auf der anderen Seite des Marktplatzes aus dem Gewühl hervortauchte, wo die Luft besser wurde, machte er einige Atemzüge, bis sein Magen und sein Herzschlag sich beruhigten.

Das rostige Schild über dem Eingang verriet ihm, dass er hier richtig war: *Zum Roten Hering*. Die Schänke hatte es schon immer gegeben, betreten hatte er sie jedoch nie. Er erinnerte sich an die Geschichten, die sich um das dunkle Kellergewölbe rankten. Geschichten von betrunkenen Raufbolden, von wüsten Schlägereien und Huren, die für zwei Kreuzer im Hinterzimmer die Beine breit machten.

Er stieg drei Stufen hinunter, drückte die Tür auf, trat ein und schloss die Tür hinter sich. Durch staubverschmierte Butzenscheiben fiel mattes Licht in das niedrige Gewölbe, das ihm im kühlen Halbdunkel vorkam wie eine Gruft. Es roch nach kaltem Rauch, abgestandenem Bier und Schweiß. Die Einrichtung bestand aus einem Tresen, einigen langen und ein paar runden Tischen mit

Bänken und Stühlen davor. Die Tische waren mit einer speckigen Schicht überzogen. Weiter hinten gab es einen Kamin, neben dem ein Tisch mit zerbrochenen Beinen auf dem Steinfußboden lag.

«Ist jemand hier?», rief Stephan. Die Antwort waren klappernde Geräusche aus einem Nebenraum, der von einem löchrigen Vorhang verdeckt war.

Das Klappern hörte auf, der Vorhang wurde zur Seite gezogen, und es erschien ein fast kahler Schädel über einem aufgedunsenen Gesicht mit einem riesigen dunklen Schnurrbart.

«Wir haben geschlossen», sagte der Mann, offenbar der Wirt. Er war groß und fleischig.

«Die Tür war offen.»

«Die Tür ist immer offen, seit ich den Schlüssel verloren hab. Oder er wurde geklaut. Ist egal – wer hier was stehlen will, muss an mir vorbei.» Der Mann wischte seine nassen Hände an einem Tuch ab, das über seiner Schulter hing. Dann blickte er Stephan an und spitzte die Lippen. «So 'ne Herrschaften wie Ihr verirren sich selten hier runter. Wenn Ihr was wie euresgleichen sucht, findet Ihr hier nichts. Die Huren, die hier einkehren, sind nichts für so 'nen feinen Herrn. Denen tanzen Läuse und Wanzen zwischen den Beinen herum, wie auf'm Jahrmarkt, wenn 's nicht sogar Ratten und Mäuse sind.» Er sprach trocken und lachte nicht über den Scherz, den er vermutlich nicht zum ersten Mal machte.

«Ich suche keine Hure, sondern jemanden, also einen bestimmten Mann, einen jungen Mann, der hier öfter herkommen soll.»

«Name?»

«Simon.»

«Simon – wer? Simons kommen und gehen einige.»

Sollte Stephan dem Mann den Namen nennen? Die Loytz kannte jeder in der Stadt. Es war nicht unwahrscheinlich, dass Simon seinen wirklichen Namen in der Spelunke verschwiegen hatte. Andererseits – hatte Stephan eine Wahl? Er musste Simon heute finden. Wenn Octavian Stephan morgen in die Obhut nahm, würde er auf absehbare Zeit kaum eine Gelegenheit haben, nach ihm zu suchen. Er sagte: «Sein Name ist Simon Loytz.»

Der Wirt klappte den Mund auf und entblößte ein paar dunkle Zähne, bevor er ihn wieder zuklappte, um ihn dann, nach einigen nachdenklichen Atemzügen, wieder zu öffnen. «Ist nicht hier.»

«Das sehe ich, mein Herr. Aber könnt Ihr mir sagen, wo ich ihn finde?»

Der Wirt trat dicht vor Stephan und stierte ihn aus hellen, von roten Äderchen überzogenen Augen an. «Ich sage doch, er ist nicht hier. Vielleicht war er niemals hier.»

«Vielleicht?»

«Vielleicht.» Er sog zwischen den Zähnen zischend Luft ein. «Setzt Euch. Ihr seht hungrig aus.»

«Oh, danke, nein!» Die Vorstellung, in dieser Gruft einen Bissen zu sich zu nehmen, verhagelte Stephan jeglichen Appetit, obwohl sein knurrender Magen ihn verriet. Das Letzte, was er gegessen hatte, war etwas Brot mit einer dünnen Scheibe kaltem Braten gestern Abend im Loytzenhof.

«Setzt Euch», wiederholte der Wirt, und sein Blick glitt hinunter zu der Ledertasche an Stephans Gürtel. «Gut möglich, dass ich mich besser erinnere, wenn in Eurer Tasche 'n paar Münzen sind, die meinem Gedächtnis auf die Sprünge helfen.»

Der Wirt schob einen Teller vor Stephan auf den Tisch, setzte sich ihm gegenüber und blickte ihn auffordernd an. Auf dem Teller lagen rötliche, lappenartige Brocken, von denen ein strenger Geruch aufstieg.

«Was ist das?», fragte Stephan.

«Wonach sieht's denn aus?»

«Nach ... Fisch?»

«Ist 'n Hering, geräuchert und halbiert. Woher, glaubt Ihr, hat meine Gaststätte ihren Namen? Was anderes gibt's hier nicht, und die Gäste mögen's. Kostet einen Taler.»

«Einen Taler für einen halben Räucherhering? Der kostet höchstens einen Kreuzer.»

«Habt Ihr nicht gerade eben nach jemandem gefragt?»

Stephan verstand, nahm eine Münze aus der Tasche und legte sie auf den Tisch. «Also, wo finde ich diesen Jemand, von dem wir sprechen?»

«Der Taler ist für den Hering. Das Nachdenken kostet noch einen.»

Stephan legte ihm eine zweite Münze hin.

«Seht Ihr den zerbrochenen Tisch dahinten beim Kamin?»

«Gab es eine Rauferei?»

«Gestern Abend. Ging ordentlich zur Sache. Für eine weitere Münze erzähle ich Euch, wer den Tisch zerbrochen hat.»

«Wollt Ihr damit andeuten, dass Simon gestern Abend hier war?»

Der Wirt hob und senkte die Schultern, fuhr mit dem gekrümmten Zeigefinger über seinen Schnurrbart und sagte: «So 'n Tisch kostet was.»

Stephan stöhnte und rückte die dritte Münze raus. Wenn das so weiterging, würde er diesem Halsabschneider sein letztes Geld in den Rachen werfen, obwohl der ihn vielleicht nur übers Ohr hauen wollte. «Nun?», fragte er.

«Wenn Ihr die Schulden übernehmt, die der Kerl bei mir offen hat. Er ist 'n Prahlhans. Der lügt einem das Blaue vom Himmel runter und behauptet, er würde bald 'n Sack voll Geld haben, weil er 'ne Auszahlung auf sein Erbe kriegt, und ich, weil ich so gutgläubig bin, gehe ihm auf den Leim, und die Huren auch. Aber für noch 'n paar Münzen würde ich mich an ihn erinnern.»

Gütiger Gott! Sprach dieser schmierige Halunke tatsächlich von Simon? War es möglich, dass aus seinem Bruder ein trunksüchtiger Aufschneider geworden war? «Wie viel?», fragte Stephan.

Der Wirt wiegte den kantigen Schädel. «Na, so vier, fünf Taler kommen zusammen bei dem, was der Bursche an Bier und Branntwein in sich reinlaufen lässt.»

«Für das Geld kann ich Eure Gaststätte kaufen, mitsamt Schankerlaubnis und allen Huren zwischen Hafen und Fischmarkt.»

«Wollt Ihr etwas erfahren über den Burschen oder nicht?»

Stephan nahm weitere Münzen aus der Tasche, die deutlich leichter geworden war, und legte sie zu den anderen. Der Wirt stülpte seine flache Hand über das Geld und ließ die Münzen in seiner Faust verschwinden.

«Solche Leute erzählen dir 'n Dutzend Mal ihre Lebensgeschichte, bis sie einem aus den Ohren raushängt, was denen aber einerlei ist, weil sie sonst keinen zum Reden haben. Der, den Ihr sucht, hat behauptet, er gehöre zu den Kaufleuten oben im Loytzenhof. Keiner hat's ihm geglaubt, ich auch nicht. Ich dachte mir, der macht das

Gerede, weil er vor den Huren angeben will, damit sie ihn ranlassen und ich ihm noch was einschenke. Die Loytz sind ja feine Herrschaften, die tragen die Nasen so ...»

Er warf den Kopf in den Nacken und präsentierte dunkle Nasenlöcher, aus denen Haare wuchsen. «Wenn der Bursche ordentlich einen zur Brust genommen hat, fängt er an zu jammern. Der Sabber tropft ihm aus dem Maul, und er behauptet, sein Bruder hätte ihn vor die Tür gesetzt, aber er wolle sein Erbe einklagen. Wenn er's hat, will er alle Schulden begleichen. Gestern hat er's auf die Spitze getrieben und Streit angefangen. Dabei ist mein Tisch zu Bruch gegangen. Seht Ihr das Tischbein, das vom Tisch ab ist?»

Stephan sah es auf dem Fußboden beim Kamin liegen und nickte.

«Das haben ihm welche übern Kopf gezogen, geknackt hat das, sag ich Euch. Ich dachte, das war's mit dem Angeber, nun hat man ihm den Schädel eingeschlagen. Sie haben ihn rausgeschafft, bevor die Stadtwachen hier aufkreuzen, weil, das kann ich nicht gebrauchen, wenn hier drin einer den Geist aufgibt. Nichts als Scherereien hat man mit so was, und irgendwann machen sie mir den Laden zu ...»

«Um Himmels willen – wo finde ich ihn denn jetzt?», rief Stephan, der mit wachsendem Entsetzen zugehört hatte.

«Sie haben ihn auf 'nen Karren geladen und ins Hospital gebracht», sagte der Wirt.

«Welches Hospital? Sankt Gertrud auf der Lastadie oder das Siechenhaus bei Sankt Georg?»

«Nee, das in der alten Kartause draußen bei der Oderburg.»

9
Hospital bei der Oderburg

Die Oderburg lag einen kurzen Fußmarsch nach Norden vor der Stadt. Stephan ging über die Straße, die vom Frauentor durch die Vororte zum ehemaligen Kartäuserkloster *Gottesgnade* führte. Herzog Barnim, seit fünfunddreißig Jahren Regent das Herzogtums Pommern-Stettin, hatte die Kartause, wie das Volk das Kloster nannte, gekauft und zum prächtigen Herrschersitz mit Türmen und verzierten Giebeln ausbauen lassen. Nach einem Brand des Stettiner Stadtschlosses war er dann in die Burg übergesiedelt.

Als sich Stephan der Burg näherte, sah er, dass die Bauarbeiten an der Kartause offenbar nicht abgeschlossen waren. Überall hatte man Gerüste hochgezogen und Erdgruben ausgehoben. Und am Fuß der Burgmauer stand ein baufälliges, von einem Zaun umgebenes Gebäude. Inmitten der Bretterstapel, Stein- und Schutthaufen wirkte es wie ein Relikt früherer Tage, das sich trotzig der Erneuerung erwehrte. Ob diese Baracke das Hospital war? Er sah ein buckliges Weib im Nonnengewand herauskommen und hinter dem Gebäude verschwinden.

Er trat durch ein Tor, ging über den Vorplatz zu der angelehnten Tür und hielt lauschend ein Ohr an den Spalt. In der Baracke hustete jemand. Stephan wich zurück. Er nahm an, dass das Gebäude voll war mit Kranken und Dahinsiechenden, und seine Nackenhaare stellten sich auf, als er an den Dreck und Gestank, an offene Wunden, Aussatz, Blut und Schweiß denken musste. Er hatte Hochachtung vor Leuten, die sich um kranke Menschen kümmerten; er selbst könnte das Elend nicht ertragen. Dennoch kam er nicht umhin, sich im Hospital umzuschauen, wenn er Simon finden wollte.

Er überwand seine Abscheu und wollte die Tür gerade aufziehen, als ihm jemand aus dem Inneren der Baracke entgegenkam. Es war eine Frau, die eine Schüssel in den Händen trug. Sie übersah Stephan und stieß mit ihm zusammen, sodass er den Halt verlor und rücklings auf dem Boden landete. Sein erster Gedanke galt seinem Wams. Zum Glück trug er darüber den Mantel. Doch er hatte sich zu früh gefreut. Der Mantel öffnete sich, die Frau stolperte über Stephans Beine und ließ die Schüssel fallen. Der stinkende Inhalt ergoss sich über Wams und Hose.

«Das ist ja ekelhaft!», fuhr er die Frau an, die jetzt neben ihm lag. Sie rappelte sich auf, erhob sich und blickte ihn von oben aus großen, kastanienbraunen Augen an. Ihr dunkles Haar war auf dem Hinterkopf zu einem Knoten gebunden. Die Lippen waren zusammengepresst, und ihre Augenbrauen bildeten ein zorniges V.

«Könnt Ihr nicht achtgeben?», schnaufte Stephan. «Seht Euch meine Kleider an ... seht Euch das an – diese ... diese ...»

«Scheiße», sagte sie kühl.

Er kämpfte gegen den Würgereiz an, setzte sich auf und ballte die Hände zu Fäusten. Das konnte doch nicht wahr sein! Kaum war er in den trüben Norden zurückgekehrt, fiel er in eine Pfütze, und nun besudelte ihn dieses Weib mit dem Inhalt eines Nachttopfs und verhöhnte ihn, statt sich zu entschuldigen.

«Könnt Ihr Euch vorstellen, was mich diese Kleider gekostet haben?», sagte er ungehalten. Er hielt sich die Nase zu und stand auf.

Die junge Frau stemmte die Fäuste in ihre Hüften. Über

einem grauen Kleid trug sie eine Schürze, die mit Blutflecken überzogen war.

«Könnt *Ihr* nicht achtgeben?», fuhr sie ihn an. Sie deutete aufs Hospital und sagte: «Diese Tür dient dazu, dass Leute hinein- und hinausgehen. Sie dient *nicht* dazu, dass Leute davor herumlungern.»

«Was bildet Ihr Euch ein, mit mir zu reden wie mit einem Herumtreiber? Sagt mir sofort Euren Namen. Es wird in diesem Saustall wohl jemanden geben, dem ich Euer ungebührliches Betragen melden kann.»

«Mein Name geht Euch einen Dreck an!»

Stephan konnte nicht glauben, was er hörte. Er fuhr das Weib an: «Holt Wasser und einen Lappen und wascht die Scheiße von meinen Kleidern!»

Die junge Frau zog die Oberlippe hoch und zeigte ihm ihre großen Schneidezähne. «Ich bin nicht Eure Dienstmagd. Das Einzige, was ich holen werde, ist eine Schaufel, mit der Ihr die Scheiße aufsammeln und wegräumen werdet. Dann schert Euch dorthin, woher Ihr gekommen seid.» Sie wies zur Oderburg und begleitete ihre ausholende Geste mit einer Miene, die tiefste Verachtung verriet.

«Warum sollte ich von der Oderburg kommen?», entgegnete Stephan. «Da war ich noch nie. Ich bin hier, weil ich jemanden suche. Wenn Ihr schon nicht den Anstand besitzt, den Schaden zu bereinigen, den Ihr angerichtet habt, führt mich wenigstens zu Simon Loytz.»

Sie wirkte überrascht. «Gehört Ihr zu den Leuten, die ihn verprügelt und hier abgeladen haben?»

«Nein. Simon ist mein Bruder. Ich suche ihn, weil ich mir Sorgen um ihn mache.»

Sie schüttelte den Kopf. «Ich kenne Simons Bruder, und

Ihr seid das nicht. Er ist der Kaufmann, dem halb Stettin gehört. Der würde keinen Finger für Simon krümmen.»

«Mein Name ist Stephan Loytz», sagte er. «Ich bin gerade erst aus Italien zurückgekehrt. Hättet Ihr nun die Güte, mich zu ihm zu bringen?»

Sie blickte ihm forschend ins Gesicht. «Stephan Loytz? Das macht's nicht besser.»

«Ihr kennt mich?»

«Ich konnte Euch schon früher nicht leiden», sagte sie und bückte sich nach der leeren Schüssel. Dann schüttelte sie angewidert den Kopf, ging zurück ins Gebäude und zog die Tür hinter sich zu.

«Kann ich Euch helfen, junger Herr?»

Stephan fuhr zusammen. Neben ihm stand das alte Weib im Nonnengewand. «Ich suche meinen Bruder Simon Loytz.»

«Der Simon», sagte sie und seufzte. Als ihr Blick auf Stephans Kleider fiel, rümpfte sie die Nase. Sie bat ihn zu warten und holte einen Eimer mit Wasser und einen Lappen.

«Danke», murmelte Stephan, weichte den Lappen ein und wischte den gröbsten Dreck vom Wams.

«Ich heiße Sybilla und leite dieses Hospital», sagte die Alte. «Es war nicht zu überhören, dass Ihr soeben die Bekanntschaft mit unserer Leni gemacht habt. Ihr müsst sie entschuldigen. Sie ist manchmal ein wenig ungehalten ...»

«Ungehalten?», entgegnete Stephan. «Ich würde sagen, sie ist eine Bedrohung für den Frieden im Heiligen Römischen Reich.»

Sybilla lächelte. «Seht es ihr bitte nach. Die Arbeit hier

ist schwer, aber Leni ist tüchtig. Ich wüsste nicht, was ich ohne sie machen sollte.»

Stephan tauchte den Lappen in den Eimer und wrang ihn aus. Dann neigte er sich nach vorn und wischte über die Flecken auf seiner Hose. «Ich wäre Euch sehr verbunden, Sybilla, wenn Ihr mich zu Simon bringt.»

«Euer Bruder ist leider nicht mehr hier.»

Stephan richtete sich abrupt auf. «Im *Roten Hering* hat man mir erzählt, er sei bei einer Schlägerei verletzt worden.»

«Simon hat einen harten Schädel. Leider kann ich ihn nicht auf dem Krankenbett festbinden, auch wenn ich es manchmal gern tun würde.»

«Wollt Ihr damit sagen, er wird häufiger in Eurer Hospital gebracht?»

Die Nonne nickte. «So ist es. Aber ich mag ihn und bin überzeugt, dass der Herr ihn liebt, trotz der Sünden, trotz der Trinkerei und der Schlägereien. Der Junge hat eine gute Seele, auch wenn er schwach ist und seinen Kummer in Bier und Branntwein ertränkt. Er treibt wie ein Blatt im Wind, unruhig und unstet, mal hier, mal dort, und immer auf der Suche nach seinem Frieden. Jedes Mal, wenn er bei uns eingeliefert wird, gelobt er Besserung. Ich bete für ihn, dass er den Einfluss des Teufels eines Tages besiegt.»

«Wo könnte er denn jetzt sein?»

Sybilla streckte eine Hand aus und berührte Stephans Arm. Ihr Gesicht zeigte eine matte Ergebenheit. «Das weiß nur der Allmächtige. Aber wenn es Abend wird, ist er vermutlich dort, wo er immer ist.»

10
Stettin

Als es Abend wurde, leerten sich in Stettin die Gassen und Plätze. Die Wachen verriegelten die Stadttore. Während die Armen sich in engen Hütten und Kellerwohnungen um die Herdfeuer scharten, entzündeten die Reichen in den Kemenaten ihrer herrschaftlichen Bürgerhäuser die Kaminscheite. Auch in der Wohnstube des Loytzenhofs prasselte im Kamin ein wärmendes Feuer.

Nachdem Stephan vom Hospital zurückgekehrt war, wollte er die Suche nach Simon vorerst aufgeben. Die Nonne hatte zwar gemeint, Simon würde umgehend in die nächste Spelunke einkehren. Aber wenn er nicht gefunden werden wollte, würde niemand ihn finden. Mit Verstecken kannte er sich aus. Beim Spielen hatte er Stephan früher schier in die Verzweiflung getrieben. Ohne Erfolg hatte Stephan die Warenlager durchsucht, bis der kleine Simon hinter irgendwelchen Fässern oder Getreidesäcken hervorkroch, mit Staub und Spinnweben überzogen, und sich grinsend zum Gewinner erklärte.

In der Wohnstube schlummerte Großmutter in ihrem Sessel mit dem Stickzeug im Schoß. Stephan nahm ihr die Nadel aus der Hand, damit sie sich im Schlaf nicht stach. Dann beschloss er, Octavian aufzusuchen, um ihm vielleicht doch einen Hinweis zu entlocken, wo Simon zu finden war. Eine innere Unruhe quälte Stephan, als er durch den Treppenturm nach unten ins Warenlager und dann weiter zum Kontor ging.

Er fand Octavian in dem kleinen Nebenraum, wo er an seinem Tisch saß und von Zetteln und Büchern aufschaute. Er murmelte: «Ich habe jetzt keine Zeit für dich.»

Dann senkte er den Blick wieder auf ein Bilanzbuch, in das er Zahlen von Rechnungen und Handelsabschlüssen schrieb.

Stephan schluckte seinen Ärger hinunter und verließ das Kontor. Kurz überlegte er, was er tun sollte, dann fasste er einen Entschluss und machte sich auf den Weg zum Fischmarkt.

Er überquerte den nachtstillen Platz, stieg die Stufen zum *Roten Hering* hinunter und trat ein in eine Welt aus Lärm und feuchtfröhlichem Übermut. Die Schänke glich einem Wespennest. Ein munteres Stimmengewirr empfing ihn, raues, derbes Gelächter und lautes Geblöke. Würfel klackerten auf Tischen, Becher schlugen gegeneinander. Irgendwo zupfte jemand an einer Laute, jemand anderes blies schrille Töne auf einer Flöte. Zwischen den vollbesetzten Tischen wirbelte ein verknoteter Pulk aus Köpfen, Armen und Beinen umher; es glich eher einer wüsten Balgerei als einem Tanz.

Stephan hatte ein mulmiges Gefühl. Es war etwas anderes, ein solches Gewölbe bei Tag aufzusuchen als abends, wenn die Mäuler groß waren und Zungen und Fäuste locker saßen. Im *Roten Hering* traf sich das lichtscheue Gesindel. Hier verkehrten die Arbeitslosen und Tagelöhner, die Huren, Bader und Schauspieler und die Unsauberen, die als Abdecker tagsüber Tierkadaver aus den Gassen zogen, die Aborte reinigten und Kloaken ausräumten und des Nachts ihre Löhne versoffen.

Hinter der Theke schenkte der kahlköpfige Wirt von heute Morgen Bier ein und hantierte mit Bechern.

«He, junger Herr!», rief ein grell geschminktes Mädchen Stephan zu. «Kommt zu mir!» Sie saß hinter einem Tisch, eingekeilt zwischen zwei Männern, die in ihrem

Ausschnitt die Ansätze ihrer Brüste befingerten. Das Mädchen grinste Stephan auffordernd an, schob sich einen Finger in den Mund und lutschte daran.

Stephan schüttelte ablehnend den Kopf und zwängte sich an den Tänzern vorbei zur anderen Seite der Schänke. Hier bot sich ihm dasselbe Bild. Schwitzende Leiber umzingelten die Tische, Männer hinter Bierkrügen, dazwischen Mädchen und ältere Dirnen mit viel Farbe in den Gesichtern und tief ausgeschnittenen Kleidern, in denen sich Männerhände tummelten, bis die Huren die Männer zur Zahlung aufforderten; die prallen Schätze gab es nur für bare Münze zu heben.

Die Nonne hat sich geirrt, dachte Stephan und beschloss, die Suche abzubrechen. Vielleicht war es um Simon gar nicht so schlimm bestellt, wie alle behaupteten. Er mochte getrunken haben und sich in Spelunken wie dem *Roten Hering* herumtreiben. Warum auch nicht? Er war jung und schlug über die Stränge, so war es nun mal. Und der Wirt hatte bestimmt übertrieben, um Stephan die Taler abzuluchsen. Wäre Simon tatsächlich so schwer verletzt, hätte er doch noch nicht das Hospital verlassen.

Stephan wollte dem ungemütlichen Ort gerade wieder den Rücken kehren, als er in einer Ecke einen bleichen jungen Mann sitzen sah. Auf dem Kopf trug er ein zerknittertes Barett, unter dem ein Verband hervorschaute.

Verdammt, das war Simon!

Stephan arbeitete sich zu dem Tisch vor, und sein Magen krampfte sich zusammen, als er seinen Bruder betrachtete, der ihn nicht bemerkt hatte. Dreckig und verwahrlost war er. Seine Gesichtszüge waren eingefallen, und auf dem Kinn wucherten die Barthaare wie Grasbüschel.

Simons Nase war tief über einen Becher gesenkt. Als

er den Becher hob, fiel sein Blick auf Stephan. Er starrte ihn an, zögerte, dann trank er gierig. Seine Augen waren blutunterlaufen, und er hörte nicht auf zu trinken, bis der Becher leer war.

Stephan stand steif vor ihm und rang nach Worten. Das Einzige, was er in dem Moment empfand, war unendlich tiefes Mitleid. Sie blickten sich schweigend an, bis Simons Augenlider flackerten. Dann sank er in sich zusammen, rutschte vom Schemel und fiel unter den Tisch. Stephan sprang zu ihm, nahm ihn bei den Schultern und zog ihn wieder hoch. Niemand machte Anstalten, ihm zu helfen. Gelächter und Gejohle, Lauten- und Flötentöne verfolgten ihn, als er Simon vor die Tür schleifte. Er hievte ihn die Stufen hinauf und schleppte ihn auf den Marktplatz, wo er ihn zwischen zwei Buden auf einer Kiste absetzte, aus der der üble Geruch von Fischabfällen stieg. Ein fetter, dunkler Kater strich schnurrend an Stephans Beinen entlang. Er trat mit dem Fuß nach dem Kater, der fauchend den Schwanz aufstellte und weiterzog.

Stephan schüttelte Simon und flüsterte: «Komm zu dir!»

Als Antwort erhielt er ein knurrendes Stöhnen.

Was sollte Stephan mit ihm machen? Zurücklassen konnte er ihn nicht, irgendwann würden Nachtwächter aufkreuzen. Stephan wusste ja nicht einmal, ob Simon eine Wohnung hatte oder zumindest eine Kammer in einer schäbigen Absteige. Sein Kopf hing so tief herab, dass das Kinn die Brust berührte, und er brabbelte unverständliche Laute. Dann bäumte er sich auf, sein Kopf zuckte vor, und sein Mageninhalt ergoss sich auf den Boden.

Da fasste Stephan einen waghalsigen Plan. Er würde Simon dorthin bringen, wo er hingehörte. In den Loytzenhof.

11
Stettin

Nach kurzem Schlaf wurde Stephan von aufgeregten Stimmen vor seiner Kammer geweckt. Er nahm an, dass die Aufregung nichts Gutes bedeutete. Schnell zog er sich an und öffnete die Tür.

Auf dem Gang standen Anna und Octavian. Octavians Blick richtete sich auf Stephan, und seine dunklen Augen funkelten über den Tränensäcken. «Da ist er ja, der feine Herr Student!», rief er mit Hohn in der Stimme. «Du bist gesehen worden, wie du deinen Bruder mitten in der Nacht ins Haus geschmuggelt hast.»

Stephan wechselte einen Blick mit seiner Großmutter, konnte den Ausdruck in ihren Augen aber nicht deuten. Er richtete sich auf, verschränkte die Arme vor der Brust und sagte: «Wer will mich denn gesehen haben?»

«Das tut überhaupt nichts zur Sache», entgegnete Octavian.

«Hast du das wirklich getan?», fragte Anna. «Hast du ihn ohne Michaels Erlaubnis in den Loytzenhof gebracht?»

«Alles Leugnen ist zwecklos», knurrte Octavian. «Ich bin überzeugt, dass wir den Burschen finden, wenn wir im Keller nachschauen.»

«Und wenn es so wäre?», gab Stephan zurück.

«Dann wirst du dafür sorgen, dass er den Loytzenhof sofort wieder verlässt», sagte Octavian.

Stephan wandte sich an seine Großmutter. «Wenn wir ihn seinem Schicksal überlassen, wird er sterben ...»

«Es war seine Entscheidung, so zu leben, wie er lebt», fuhr Octavian dazwischen. «Er allein ist für sein Schicksal verantwortlich. Du weißt ja nicht, wovon du sprichst. Hast es nicht für nötig erachtet, dich für deine Familie zu interessieren, während du dir in Italien ein schönes Leben gemacht hast. Michael hat deinem Bruder viele Gelegenheiten gegeben, sich zu bessern. Aber der Bursche zieht es vor, das Geld des Unternehmens zu vertrinken und bei den Huren zu lassen.»

«Der Bursche hat einen Namen», brauste Stephan auf. Vor Wut wurde seine Stimme scharf wie eine Messerklinge: «Und du, Octavian, hast nicht zu entscheiden, wer im Loytzenhof lebt und wer nicht.»

Schweißtropfen glitzerten auf Octavians Glatze. Er sagte: «Werte Frau Glienecke, der Bursche muss weg! Wenn noch mehr Leute davon erfahren, wird jemand es Michael verraten, wenn er aus Danzig zurückkehrt.»

Großmutter blickte erst Stephan an, dann Octavian. In ihrem Blick lag die entschlossene Strenge, die ihrer Stellung in der Familie entsprach. Michael war zwar der Regierer des Unternehmens und stand in der Hierarchie ganz oben. Dank ihres Erbes besaß jedoch auch Anna Einfluss und Entscheidungsgewalt in geschäftlichen Angelegenheiten – und vor allem in familiären Belangen. «Ich maße mir nicht an, Michaels Beschluss in Frage zu stellen. Durch Stephans Rückkehr ist aber eine neue Situation entstanden. Ich weiß, wie sehr Simon früher an ihm hing, und hoffe, dass Stephan seinen Bruder auf Gottes rechten Pfad zurückführt. Simon darf also bis auf weiteres im Loytzenhof bleiben.»

Octavian schüttelte verständnislos den Kopf, kniff die Lippen zusammen und stapfte davon.

«Bring dem Jungen etwas zu essen», sagte Großmutter. «Dann möchte ich ihn sehen.»

«Gebt mir bitte noch etwas Zeit mit ihm allein», sagte Stephan. Vor allem brauchte er Zeit, um Simon wieder auf die Beine zu bringen. Wenn Großmutter ihn in dem Zustand sah, würde sie ihre Entscheidung womöglich zurücknehmen.

Stephan stieg mit einem Tablett, beladen mit Brot, Käse und einem Krug Milch, die Stufen hinab zum Seiteneingang, der in einen Keller unter dem Loytzenhof führte. Er drückte die Tür mit dem Ellenbogen auf und trat in das Gewölbe. Durch ein schmales Fenster fiel Licht in den Raum und zeichnete zwischen aufgestapelten Kisten, Fässern und Ballen auf dem Fußboden ein helles Rechteck, in dem Simon saß. Hier unten wurden Waren gelagert, die nicht für den sofortigen Handel vorgesehen waren, Tuche, Steinkohle – und einige mit Burgunder-Weinen gefüllte Fässer.

Simon blickte auf. Das Barett lag neben ihm, und die blonden, ungekämmten Haare standen ihm um den Verband herum wirr vom Kopf ab. Er lehnte mit dem Rücken an einem Fass. Als Stephan sah, was Simon in der Hand hielt, begriff er, dass es kein guter Einfall gewesen war, seinen Bruder in diesen Keller zu bringen.

Simon hob den Becher und trank.

«Wein vor dem Frühstück?», fragte Stephan und stellte das Tablett neben Simons ausgestreckten Beinen auf dem Boden ab.

Simon ließ den Becher sinken. «Warum nicht? Ist ja reichlich da. Außerdem fördert Wein die Verdauung, macht gutes Blut und hebt die Stimmung.»

«Iss vorher wenigstens etwas. Erinnerst du dich überhaupt, wie ich dich gestern hergebracht habe?»

«Ich erinnere mich daran, wie mein verschollener Bruder plötzlich im *Roten Hering* aufgetaucht ist. Hatte nicht mehr damit gerechnet, dich noch mal wiederzusehen. Der Wirt hat mir berichtet, dass so ein aufgeblasener Gockel meine Schulden beglichen und behauptet hat, er sei mein Bruder.»

«Ich bin gerade erst aus Italien zurückgekehrt. Jetzt iss endlich! Großmutter will dich nachher sehen.»

«Großmutter Anna», sagte Simon verächtlich. «Hast du mich gefragt, ob ich *sie* sehen will?»

«Wann denn? Sie hat entschieden, dass du vorerst im Loytzenhof bleiben kannst.»

Simon leerte den Becher, stellte ihn ab und betrachtete die Sachen auf dem Tablett, bis er endlich den Käse nahm und ein kleines Stück abbiss. «Dir zuliebe, großer Bruder. Eigentlich ziehe ich flüssige Nahrung vor.»

«Das ist nicht zu übersehen. Du bestehst ja nur aus Haut und Knochen. Wie ein Bettler siehst du aus.»

Simon zuckte mit den Schultern. «Ich bin ein Bettler.» Er warf den Käse aufs Tablett zurück, nahm den Becher und drehte sich zu dem Fass hinter ihm um. Er öffnete den Zapfhahn, ließ Wein in den Becher laufen und prostete Stephan zu. «Willst du mir Vorhaltungen machen? Weißt du, ich ziehe es vor, auf der Straße um Almosen zu betteln, anstatt bei den Leuten, die in diesem Haus leben, um Gnade zu winseln.»

Stephan hörte über sich Schritte. Er ging zu der Luke, durch die die Waren an einem Seil und der Winde im Dachboden in den Lagerräumen des Loytzenhofs verteilt wurden, und überzeugte sich, dass sie verschlossen war. Denkbar, dass Octavian da oben kniete und lauschte. Dann zog er einen Schemel heran, wischte mit dem Ärmel den Staub von der Sitzfläche und ließ sich darauf nieder. «Willst du mir erzählen, was vorgefallen ist? Hier im Haus verrät mir niemand, warum du vor die Tür gesetzt wurdest.»

Simon drehte den Becher in der Hand, überlegte, trank, überlegte weiter und sagte schließlich: «Warum hast du mich damals alleingelassen?»

«Ich soll *dich* alleingelassen haben?» Die Frage überraschte Stephan. Gab Simon etwa ihm die Schuld für seinen Zustand? «Du weißt, dass ich in den Faktoreien eine Ausbildung gemacht und anschließend in Italien studiert habe.»

«Warum hast du mich nicht mitgenommen?», fragte Simon. Er klang verbittert.

«Weil ... weil davon verdammt noch mal überhaupt nicht die Rede war», entgegnete Stephan. «Du warst noch zu jung.»

«Ja, aber du warst der Einzige, der mich nicht für einen Schwächling hielt. Michael konnte mich nie ausstehen. So wie Vater. Er hat mich gehasst, und Michael hasst mich auch.» Simons Augen wurden kalt, und sein Gesicht verfinsterte sich. «Nachdem die anderen ihn zum Regierer gemacht haben, hat Michael mir eine Lehrstelle unten im Hafen besorgt, als Hafenarbeiter, weil ich das Handwerk eines Kaufmanns von Grund auf lernen sollte. Hat er zumindest behauptet. In Wahrheit wollte er mich kaltstellen. Der hat nicht vor, mich jemals im Unternehmen mitarbeiten zu lassen. Und dann wurde das hier mein bester Freund.»

Er griff so hastig nach dem Becher, dass Wein herausschwappte, und nahm einen großen Schluck. Dann sagte er: «Beim ersten Mal war ich so betrunken, dass die anderen Arbeiter sich einen Spaß machten und mich vorm Eingang des Loytzenhofs auf die Stufen gelegt haben. Kannst dir vorstellen, wie Michael reagiert hat. Und unsere Großmutter hat ein Gezeter angestimmt. Das Einzige, was die Alte interessiert, ist der Ruf, den die Familie in der Stadt hat. So ging es dann weiter. Ich hab immer weniger gearbeitet und immer mehr getrunken, bis Michael verkündete, er werde mich aus dem Erbe auslösen. Den Vertrag dazu hatte er bereits aufgesetzt ...»

«Du hast den Vertrag doch nicht etwa unterschrieben?»

«Noch nicht. Aber mit tausend Talern würde ich eine Weile über die Runden kommen. Hab ja überall Schulden, wie du weißt.» Er trank wieder. Wein rann aus seinen Mundwinkeln und versickerte im sich rot färbenden Barthaar.

Dann wurde sein Ton dünn und brüchig, als er sagte: «Ich brauche das Geld unbedingt. Gestern hätte ich beinahe die Leute bestohlen, die mein Leben gerettet haben.»

Stephan betrachtete seinen Bruder, der den Kopf tief senkte, als ekele er sich vor sich selbst. Stephan musste schlucken. Es schmerzte ihn in der Seele, seinen Bruder so niedergeschlagen zu erleben. «Immerhin hast du es nicht getan», sagte er dann und fragte sich, was er nun mit Simon machen sollte. In der Verfassung durfte er Großmutter nicht unter die Augen treten.

Als Simon den Becher erneut ansetzen wollte, beugte Stephan sich auf dem Schemel vor, riss ihm den Becher aus der Hand und sagte: «Ich werde nicht zulassen, dass du vor die Hunde gehst.»

«Behalt den Becher», entgegnete Simon kühl. «Gibt hier unten noch mehr davon.»

«Hör auf damit! Wenigstens für ein paar Stunden, bis

wir bei Großmutter waren. Ich will, dass du im Loytzenhof bleibst, sonst schlagen sie dir beim nächsten Mal den Schädel gründlicher ein. Dann wird dich im Hospital niemand mehr zusammenflicken.»

«Das hast du also auch herausgefunden. Hat die schöne Leni dir verraten, dass du mich im *Roten Hering* findest?»

Die schöne Leni? Stephan musste einen Moment überlegen, wen Simon meinte, bis ihm das freche Weibsbild in den Sinn kam, das den Inhalt des Nachttopfs über ihm ausgeleert hatte. «Es ist einerlei, wie ich dich ausfindig gemacht habe. Ich bitte dich, reiß dich zusammen, damit du hierbleiben darfst. Wenn Michael aus Danzig zurückkehrt, werde ich ihn überzeugen, dass er dir eine weitere Gelegenheit zur Bewährung gibt.»

Simon blickte ihn unsicher an und kratzte sich mit dem Zeigefinger unter dem Verband. Dann nickte er.

Stephan machte vor Erleichterung einen raschen Atemzug und sagte: «Ich werde dir frische Kleider holen, dann bringe ich dich zu Großmutter.»

Stephan eilte die Wendeltreppe hinauf, immer drei, vier Stufen mit einem Sprung nehmend, sodass ihm, als er das Obergeschoss erreichte, schwindelig war. Er spurtete zu seiner Kammer. Als er eintrat, sah er, dass die Schranktüren weit offen standen. Großmutter kehrte ihm den schiefen Rücken zu. Sie war damit beschäftigt, Kleider in einem der oberen Schrankfächer, das sie eben noch erreichen konnte, hin und her zu sortieren. Sie drehte sich um, und sie blickten einander an.

«Ich schaffe Ordnung», erklärte sie, wirkte dabei aber etwas verlegen. «Es ist schon lange her, dass jemand in diesem Zimmer gewohnt hat.»

Stephan lächelte und verkündete: «Ich werde Simon einige Kleider bringen. Er sieht etwas mitgenommen aus. Aber er wird mit dem Trinken aufhören.»

«Das würde ich gern glauben», sagte Großmutter. Sie seufzte, und Sorge überschattete ihr Gesicht. Sie legte Unterwäsche, Hemd, Hose, Schaube und Schuhe auf einem Haufen zusammen und reichte Stephan die Sachen. Dann streckte sie eine Hand nach Stephans Gesicht aus und strich ihm über die Wange. Ihre Fingerkuppen fühlten sich auf seiner Haut an wie kühler Marmor.

Stephan trug die Kleider hinunter und trat ins Freie. Vor dem Loytzenhof schleppten Arbeiter Fässer und Säcke aus dem Warenlager und luden die Sachen auf einen Karren. Die Männer blickten ihm verwundert hinterher, bis er um die Hausecke bog. Als er hinunter in den Keller steigen wollte, sah er, dass die Tür offen stand. Hatte er vergessen, die Tür hinter sich zuzuziehen? Langsam stieg er die Stufen hinab.

«Simon?», rief er in das Gewölbe.

Er sah die zerwühlten Decken vor den Fässern auf dem Boden liegen, sah das Tablett mit dem unangetasteten Brot und dem Krug Milch und sah den angebissenen Käse.

Nur der Weinbecher war nicht mehr da. Genau wie Simon.

12

Stettin

Simon blieb verschwunden, er blieb es am nächsten Tag und auch am übernächsten Tag und viele weitere Tage. Stephan durchkämmte die Stadt, lag nicht nur im *Roten*

Hering auf der Lauer, wo der Wirt ihm weitere Münzen abschwatzen wollte, auch in den Spelunken am Hafen suchte er nach ihm. Er schaute auf den belebten Plätzen nach, dem Fischmarkt, Rossmarkt, Heumarkt und Kohlmarkt. Sogar in den Kirchen Sankt Maria, Sankt Nikolai und Sankt Jakobi innerhalb der Stadtmauern sowie Sankt Peter und Paul und Sankt Georg jenseits der Mauern und Sankt Gertrud auf der Lastadie suchte er. Im Hospital versicherte ihm die Nonne glaubhaft, dass Simon seither nicht wieder eingeliefert worden sei.

Während er mit der Nonne redete, rauschte das Mädchen vorbei, nicht ohne Stephan feindselig anzublicken. *Die schöne Leni*, hatte Simon sie genannt. *Das freche Weibsbild* fand Stephan bezeichnender; auch wenn sie durchaus hübsch anzusehen war, vorausgesetzt, man dachte sich den finsteren Blick und die mit Blut verschmierte Schürze weg.

Stephan suchte zwei Wochen lang nach Simon, und die Sorge um den Bruder wuchs mit jedem Tag. Doch als nach der zweiten Woche Michaels Rückkehr aus Danzig bevorstand, beschloss er, die Suche vorerst ruhenzulassen.

In den vergangenen Tagen war er ohnehin kaum noch dazu gekommen. Octavian hatte sich dazu herabgelassen, ihn in einige Geschäftsgeheimnisse einzuweihen. Widerwillig berichtete ihm der Hauptbuchhalter von ausstehenden Kreditzahlungen der Adelshäuser in den Herzogtümern Pommern-Stettin, Pommern-Wolgast und der Mark Brandenburg, wo ihnen Kurfürst Joachim Hector viel Geld aus lange zurückliegenden Geschäften schuldete, ebenso wie mehrere Bischöfe und Königshäuser, etwa die von Dänemark und Polen. Die Loytz setzten regelmäßig ihre Advokaten auf die Schuldner an; meist jedoch mit geringem Erfolg. Zwar flossen hin und wieder Rückzahlungen – die Loytz hatten üppige und unchristliche Zinsen von acht, neun oder gar zehn Prozent ausgehandelt –, aber mittlerweile beliefen sich die offenen Forderungen auf mehrere hunderttausend Taler. Die Schuldner fanden immer neue Ausreden und juristische Winkelzüge, um ihre Schulden nicht begleichen zu müssen.

Dennoch hielt Michael an diesem Geschäftszweig, dem Bankhaus, fest. Die Loytz vertraten die Auffassung, das Bankhaus gehöre zum Loytz'schen Geschäft wie der Handel mit Hering, Salz, Getreide, Schwefel und all den anderen Waren, die eine breite Grundlage des Erfolgs darstellten. «Außerdem», betonte Octavian, «wird das geliehene Geld bisweilen immerhin durch Lieferungen von Lebensmitteln, Kleidung oder gar Schiffen beglichen. Aber der Hauptgrund, am Geldhandel festzuhalten, ist, dass uns die Vergabe von Darlehen eine Möglichkeit bietet, den Adel in eine gewisse Abhängigkeit zu zwingen. Ob die Herrschaften zahlen oder nicht, ein Adliger mit einem Sack voll Schulden ist eher geneigt, den Loytz bei der Ausweitung der Monopole nicht ins Handwerk zu pfuschen, sondern uns stattdessen mit Privilegien auszustatten.»

Nicht zuletzt aus diesem Grund habe Michael vor nicht allzu langer Zeit den jungen Johann Friedrich – ein Großneffe von Barnim, dem Herzog von Pommern-Stettin – mit einem Darlehen ausgestattet. Johann Friedrich benötigte mehrere tausend Taler, um Kaiser Maximilian II. bei einem Kriegszug gegen die Türken in Ungarn zu unterstützen. Denn, so lautete Michaels Kalkül, wenn Johann Friedrich sich beim Kaiser bewährte, war er ein Anwärter auf die Regierung im Herzogtum Pommern-Stettin, zumal sich Johann Friedrichs Großonkel Barnim seit geraumer

Zeit kaum noch um die Regierungsgeschäfte kümmerte. Lieber schlug er sich auf seiner Oderburg mit gebratenen Fasanen, gekochten Karpfen und teuren Weinen den Wanst voll.

All dies hörte Stephan mit großem Interesse, und sein Respekt vor Michaels Geschäftssinn wuchs. Trotz seiner Sorgen um Simon freute er sich daher über Michaels Rückkehr, als dieser eines Abends in Begleitung einiger Advokaten im Loytzenhof ankam. Michael war jedoch übel gelaunt und angespannt. Unter seinen Augen lagen dunkle Schatten. Er war unrasiert und wirkte älter als seine achtundzwanzig Jahre.

Noch am selben Abend bestellte er Stephan, die Advokaten und einige weitere Mitarbeiter aus dem engeren Führungskreis des Unternehmens ins Kontor ein. Nachdem Michael sich zunächst mit Octavian hinter verschlossener Tür beraten hatte, rief er die Wartenden herein, und da war seine Miene noch düsterer als zuvor.

Er stand hinter seinem Schreibtisch und berichtete von Schwierigkeiten mit den Polen, die alle Bemühungen der Loytz auf das Salzmonopol hartnäckig zunichtemachten: «Die Polen werden nicht müde, die Vorbehalte der Katholiken gegen unsere Kreditgeschäfte zu bemühen.»

Er wandte sich ab, kehrte Stephan, Octavian, den Advokaten und Mitarbeitern den Rücken zu und schaute nachdenklich sinnend hinauf zu den Ahnen. Sein Blick wanderte von Hans dem Ersten und Michael dem Ersten über Hans den Zweiten hin zu Hans dem Dritten und wieder zurück. Für einen Moment schien es, er habe die lebenden Anwesenden vergessen und halte mit den Vorvätern ein stilles Zwiegespräch. Dabei fuhr er sich übers Kinn, und seine Fingernägel kratzten über die dunklen

Stoppeln, bis er sich wieder umdrehte und sagte: «Es gibt ein weiteres Ärgernis, das mir erhebliche Sorgen bereitet. Schon in Danzig hat mich ein Brief erreicht, dessen Inhalt Octavian mir soeben bestätigte. Ein Bote hatte Octavian aufgesucht und von Problemen auf der Falsterboer Vitte berichtet.»

Er tauschte einen Blick mit dem Hauptbuchhalter, der eifrig nickte. Dann zog Octavian ein Tuch hervor, führte es mit spitzen Fingern über seinen kahlen Schädel, tupfte Schweiß ab und erklärte: «Unser Steuermann, ein gewisser Veit Karg, ist vom Falsterboer Vogt wegen Fischräuberei angeklagt und in den Kerker gesteckt worden. Man wirft unserem Mann vor, er habe fremde Fischernetze ausgeraubt und den Fang geplündert. Was insofern unglaubwürdig ist, da Karg ein grundsolider und ehrlicher Mann ist, der seit langem in unseren Diensten steht.»

«Fischräuberei wird auf dänischen Vitten als schweres Verbrechen geahndet», sagte der Advokat Benjamin Stauch, ein stattlicher Herr mittleren Alters mit ergrauten Schläfen und buschigen Augenbrauen über klaren Augen. «Wenn ich richtig informiert bin, steht nach den dänischen Fischereigesetzen darauf nicht weniger als die Todesstrafe.»

«Sehr richtig», bestätigte Michael. «Kargs Verlust wäre bedauerlich, von der menschlichen Seite betrachtet, aber geschäftlich zu verschmerzen. Schwerer wiegt, dass dieser Hundsfott von einem dänischen Vogt unseren gesamten Fang beschlagnahmt haben soll. Und zwar nicht nur den gerade angelandeten Fang, sondern auch alle Fässer mit bereits eingesalzenen Heringen, und die Saison ist bald vorbei. Wie hoch wäre der Verlust, Octavian?»

«Nach den Preisen, die der Markt für Salzhering derzeit hergibt, wohl mindestens zwanzigtausend Taler», erklärte der Hauptbuchhalter.

Ein Raunen ging durchs Kontor.

«Was ich nicht verstehe, ist, warum unser Steuermann ein solches Risiko eingehen sollte», warf Stephan ein. «Er wird doch die Fischereigesetze kennen.»

«Wie Octavian sagte, der Vorwurf ist unhaltbar», antwortete Michael. «Daher habe ich entschieden, mich selbst um die Angelegenheit zu kümmern. Ich werde unseren Salzhering nicht den Dänen überlassen. Octavian, du bereitest alles für meine Abreise vor. Unser Schiff muss ohnehin nach Falsterbo fahren, um dort eine Ladung Salz und leere Fässer abzuliefern. Es soll mit dem Teufel zugehen, wenn ich nicht mit unseren vollen Fässern zurückkehre.»

«Und Veit Karg?», warf Stephan ein. Ihn irritierte, dass Michaels Bemühungen ausschließlich dem Hering und kaum dem langjährigen Mitarbeiter galten.

«Wenn es sich ergibt, dann auch das», erwiderte Michael. «Und du, Stephan, wirst mich nach Falsterbo begleiten.»

«Ich soll ... nach Falsterbo ...?» Stephan schnappte nach Luft. Die Vorstellung, auch nur einen Fuß in diesen nach Fisch und Tran stinkenden Moloch zu setzen, schnürte ihm die Kehle zu. Nur zu gut erinnerte er sich, wie sein Vater ihn einst auf die Vitte mitgeschleppt hatte. Die Bilder der derben Kerle und Weiber, wie sie knietief in schleimigen Fischabfällen standen, traten ihm lebhaft vor Augen.

Er hörte Octavian grunzen und sah, dass Michael den Kopf in den Nacken legte. Der Regierer blickte aus schmalen Augen auf Stephan herab und sagte: «Ja, du wirst mich nach Falsterbo begleiten. Familie hin oder her – wer die Teilhaberschaft in unserem Unternehmen anstrebt, der darf sich für nichts zu fein sein.»

«Hat wohl nichts Passendes anzuziehen für eine ehrliche Arbeit, der junge Herr», bemerkte Octavian.

Stephan blickte den Alten scharf an und biss die Zähne zusammen, dass es knirschte.

13
Hospital bei der Oderburg

Leni! L-L-L-eni!»

«Jetzt nicht, Konrad, ich habe zu tun.» Leni Weyer machte eine bedauernde Geste zu dem jungen Mann, der im Eingang des Hospitals stand. Alle zwei Dutzend Betten in der nach Krankheit und Ausscheidungen stinkenden Baracke waren belegt. Es röchelte und hustete und keuchte in jeder Ecke. Zumeist waren es arme Leute, die Sybilla behandelte, ohne dafür Geld zu verlangen. Konrad war einer der Helfer des Hospitals, und er stotterte, vor allem wenn er aufgeregt war. Er deutete durch die geöffnete Tür nach draußen. Wahrscheinlich wartete dort ein neuer Patient.

Leni schüttelte den Kopf. «Gleich, Konrad», rief sie. «Hab bitte einen Moment Geduld.»

Sie wollte nichts verpassen und richtete ihre Aufmerksamkeit wieder auf das Bett, auf dessen Kante Sybilla bei einem Mann saß, der unter der Decke nackt war. Es handelte sich um einen Seemann, groß gewachsen und muskulös. Er war weit gereist und hatte viel gesehen von der Welt, fremde Länder, endlose Meere, Wüsten, Urwälder mit bunt gefiederten Tieren und Eisberge, hoch bis zu den Wolken. Doch nun war er in Stettin gestrandet, wo eine Krankheit ihn in die Knie zwang. Eine heimtückische Krankheit, die der Teufel säte, und wenn sie einen packte, wusste man, dass der Kranke ein Sünder war. Dass er bei Huren gelegen hatte und Gott ihn dafür strafte. Kupferfarbene Ausschläge überzogen die Haut, die Augen waren entzündet und blutunterlaufen. Er litt unter heftigen Kopfschmerzen; das Haar fiel ihm büschelweise aus. Man nannte es Franzosenkrankheit oder Lustseuche, und es breitete sich aus wie die Pest. Es gab Gelehrte wie den Arzt und Dichter Girolamo Fracastoro, die die Auffassung vertraten, dass eine ungünstige Konstellation von Saturn, Jupiter und Mars dazu führte, dass sich auf der Welt gewisse Ausdünstungen bildeten, die die Ursache waren für die Lustseuche. Sybilla hielt das für blanken Unfug.

«Schau her», sagte sie zu Leni, hob die Decke an und schlug sie zur Seite.

Leni musste ihre Scham vor der Nacktheit des Mannes überwinden, denn sie wollte lernen. Daher schaute sie zu, wie Sybilla einen Handschuh über die linke Hand zog, damit zwischen die Oberschenkel des Seemanns langte und das Glied anhob. Bei der Berührung zuckte dieses verschrumpelte, sündhafte Ding, schwoll – trotz des krankhaften Zustands – an und entfaltete sich wie ein dicker Wurm.

Sybilla drehte das Glied und erklärte: «Wenn's einen erwischt, bildet sich an der Unterseite ein hässliches Geschwür, das bald wieder verschwindet. Siehst du, nur diese kleine rote Stelle bleibt. Aber die Krankheit ist trotzdem in ihm drin, obwohl er glaubt, er wäre gesund. Also geht er zu anderen losen Mädchen und verteilt unter ihnen den vom Teufel berührten Samen.»

«Werde … ich sterben?», jammerte der Seemann, hilflos wie ein Kleinkind.

Sybilla zuckte mit den Schultern. «Gott allein weiß, welche Strafe angemessen ist.»

«Bitte! Bitte – Ihr müsst mich heilen, gütige Frau. Niemals wieder gehe ich zu 'ner Hure. Beten werde ich, ich schwör's bei allen Heiligen! Beten und beten und spenden für die Heilige Mutter Gottes, und …»

«Jaja», sagte Sybilla. «Das schwören sie immer. Doch es ist der Teufel, der in ihnen haust und sie zur Sünde zieht. Haltet nun still, guter Mann, damit ich Eure Haut mit einer Tinktur bestreichen kann.» Sie ließ das plumpe Glied fallen, das wieder schrumpfte.

Sybilla nahm ein Gefäß und einen Pinsel und sagte: «Das Quecksilber wird überflüssigen Schleim beseitigen, und es wird Euch – so Gott will! – heilen.»

Die roten Augen des Seemanns wurden groß und rund. Keuchende, gluckernde Laute drangen aus seiner Kehle, als der getränkte Pinsel die Brust berührte. Sybilla verteilte die Tinktur auf seinem Körper. Es sei eine peinigende, qualvolle Prozedur, hatte Sybilla Leni zuvor erklärt, und es sei ungewiss, ob der Kranke sie überlebte. Das Haar würde ihm ausfallen, auf dem Kopf ebenso wie an anderen Körperstellen, und die Zähne würden sich im Kiefer lockern. Und er würde Arme und Beine nicht mehr regen können, weswegen sie ihn später, wenn die Sünden aus ihm herausschwitzten, auf die Seite legen mussten, damit er nicht an dem, was er erbrach, erstickte.

Leni war fasziniert. Wissbegierig wartete sie darauf, wie das Mittel bei dem Seemann anschlug, als Konrads Stimme durch den Saal hallte. «L-L-L-eni, ich kann ihn nicht mehr halten!»

Sie sah Konrad bei der Tür einen Mann stützen, der ihm schlaff in den Armen hing.

«Geh nur», sagte Sybilla, den Pinsel ruhig und mit gleichmäßigen Bewegungen über Bauch und Flanken des Seemanns streichend, während der sich als tapfer erwies und seine Hände an die Bettkanten krallte.

Leni riss sich vom Anblick des zuckenden Leibes los und ging zu Konrad und dem Mann, den er festhielt. Als der Mann den Kopf anhob, entfuhr ihr ein Seufzer.

Nicht er schon wieder!

Simon war übel zugerichtet, hatte blaue und rote Beulen im Gesicht, die Oberlippe war geschwollen und aufgeplatzt. Die Haare klebten ihm feucht an der Stirn und die triefenden Kleider an seinem Leib.

«Aus'm Fluss ha-a-a-ben sie ihn rausgefischt», erklärte Konrad. Er war ein schmächtiger, zarter Bursche, wohl noch keine fünfzehn und elternlos. Das Hospital war sein Zuhause, und Sybilla, Leni und die anderen Helfer waren seine Familie.

Leni hakte Simon unter. Dann legten sie ihn in ein freies Bett und zogen ihm die Kleider aus.

«Wer hat ihn hergebracht?», fragte Leni.

«D-d-d-rei Männer aus'm Hafen. Sie haben ihn bei 'nem Anleger im W-W-W-asser treiben sehen. Halb tot ist er, halb t-t-t-ot.»

«Bitte hol eine trockene Decke und frische Kleider», sagte Leni und beugte sich dann über Simon. «Simon? Kannst du mich hören?»

Seine Lider flackerten, aber er sagte nichts. Es war nicht ersichtlich, ob er bei Bewusstsein war. Leni untersuchte ihn, betastete seine Arme und Beine, die Seiten und dann den Brustkorb. Knochen schienen nicht gebrochen zu sein. Als der Seemann einen gellenden Schrei ausstieß, fuhr Leni zusammen und drückte dabei zu fest auf Simons Brust. Er stöhnte. Seine Lippen bewegten sich. Leni senkte den Kopf nieder und hielt ihn seitlich, sodass ihr Ohr dicht über seinem Mund war.

«Ich habe es gewusst», hörte sie seine flüsternde Stimme. «Ich habe es immer gewusst. Ich bin doch in den Himmel gekommen. Nur im Himmel kann es Frauen geben, die so schön wie meine Leni sind.»

Sie richtete sich auf und blickte ihn an. Er blinzelte. Seine Augen waren geöffnet, es war noch reichlich Leben darin. Er lächelte, was mit der dicken Oberlippe seltsam komisch aussah.

«Ich denke, der Himmel wird noch eine Weile auf dich warten müssen», sagte sie. «Aber nicht mehr allzu lange, wenn du so weitermachst.» Sie bemühte sich um einen strengen Ton und wollte ihm eigentlich böse sein. Erst zwei Wochen waren vergangen, seit man ihn das letzte Mal eingeliefert und er ihr versprochen hatte, er werde sich bessern. Geglaubt hatte sie ihm nicht, es aber gehofft, und jetzt war er wieder hier. Nein, es fiel ihr schwer, ihm böse zu sein. Sie mochte ihn, diesen Jungen, der nichts unversucht ließ, sich selbst zu zerstören. Leni spürte, dass er eine sanfte und liebevolle Natur war und dass das Gute irgendwo in ihm vergraben war.

«Was ist mit dir geschehen?», fragte sie.

Das schiefe Lächeln wich von seinen Lippen. Er drehte den Kopf zur Seite, um seine Tränen zu verbergen.

Leni sah sie dennoch und fragte: «Haben sie dich wieder verprügelt?»

«Ich weiß nicht», antwortete er leise. «Kann sein. Ich bin ein paar Tage nicht in der Stadt gewesen, habe mich davongemacht und wollte nicht zurückkommen. Doch im Wald gibt es nichts zu trinken. Daher bin ich gestern in die Stadt gegangen, in eine Schänke am Hafen, und – ja, ich glaube, da gab es ein bisschen Ärger mit irgendwem.»

«Haben sie dich ins Wasser geworfen?»

«Nein, ich bin selber reingesprungen …»

«Allmächtiger – warum hast du das getan?»

Sein Kopf drehte sich ihr zu, und er blickte aus feuchten Augen zu ihr auf. «Warum geht wohl einer ins Wasser?»

«Simon!» Leni schlug eine Hand vor ihren Mund, um einen Schrei zu unterdrücken. «Das darfst du nicht tun! Du darfst Gottes Recht auf die Entscheidung über Leben und Tod nicht in deine eigenen Hände nehmen.»

Er lächelte gequält und sah noch hilfloser aus als zuvor. «Bitte, Leni, erzähl keinem davon. Verrate niemandem, dass ich hier bin. In der Stadt darf keiner davon erfahren.»

Konrad kehrte mit Decke und Kleidern zurück. Sie zogen sie Simon unter Schwierigkeiten an, weil er zu schwach war, um dabei zu helfen. Danach verschwand Konrad nach draußen, und Leni ging etwas von der Brühe holen, die sie aus den Resten geschlachteter Hühner kochten. Sybilla hatte die Behandlung des Seemanns inzwischen beendet. Er war mit Decken zugedeckt. Unter dem Bett glommen in einer Schale heiße Kohlestückchen, sodass dem Seemann der Schweiß in Strömen aus den Poren floss.

Als Leni mit einem Becher Hühnerbrühe zu Simon zurückkam, sah sie Konrad den Kopf von draußen durch die Tür stecken. «Da ist w-w-wer, der will mit dir s-s-sprechen, Leni. Er sagt, er sucht j-j-jemanden.»

«Wen sucht er denn?»

«Den, der halb t-t-tot ist.»

14
Hospital bei der Oderburg

In der schlabberigen Hose wackelte der Hintern des jungen Burschen aufgeregt hin und her, während er den Kopf durch die Tür steckte und mit irgendwem im Inneren des Hospitals sprach, vielleicht mit dem frechen Mädchen. Stephan spitzte die Ohren, wurde aus dem Gestotter aber nicht schlau. Dann schrie mit einem Mal jemand im Hospital. Es klang viehisch, als würden sie dadrin ein Schwein quälen. Stephan wollte gar nicht so genau wissen, was diese Leute mit den Kranken veranstalteten; er traute ihnen einiges zu.

Der Hintern hörte auf zu wackeln. Der Stotterer drehte sich um und lächelte verlegen. Wieder wanderte sein Blick über Stephans Kleider, und der staunende Mund wollte sich vor Entzücken gar nicht mehr schließen. Dabei hatte Stephan nicht einmal seine beste Garnitur angelegt; der Vorfall mit dem Nachttopf war ihm in unangenehmer Erinnerung. Er trug eine eng anliegende rote Hose, einen modischen kurzen, seitlich geschlitzten roten Rock, dazu weiße Handschuhe. Er hatte Kettenschmuck angelegt und die Geldbörse am Gürtel befestigt.

«Sie k-k-kommt g-g-gleich, Herr», sagte der schmale Bursche, der in seinen viel zu weiten grauen Kleidern tölpelhaft wirkte. Er streckte seine Hand aus und fragte: «G-g-gebt Ihr mir jetzt d-d-die Münze?»

Stephan fingerte den Kreuzer, den er dem Knaben versprochen hatte, aus seiner Börse, hielt die Münze mit spitzen Fingern über dessen schmutzige Hand und ließ sie hineinfallen.

«Konrad – hast du dich von dem etwa bestechen lassen?» Das Mädchen stand in der Tür. Ohne eine Schüssel mit stinkendem Inhalt.

«Wer redet von Bestechung, Teuerste?», entgegnete Stephan. «Es ist nur eine, sagen wir mal, Aufwandsentschädigung. Der junge Mann war so freundlich, mir zu verraten, dass hier jemand eingeliefert wurde, auf den die Beschreibung meines Bruders passt.»

Der Stotterer setzte sich in Bewegung, wieselte über den Hof zu einem Schuppen und verschwand darin.

«Euer Bruder ist nicht hier», sagte das Mädchen. «Ihr verschwendet Eure Zeit. Lebt wohl. Ich hoffe, ich werde Euch niemals wiedersehen.»

Sie machte kehrt.

«Wartet!» Stephan lief ihr hinterher. «In der Stadt kam mir zu Ohren, man habe einen jungen Mann aus dem Hafenbecken gezogen. Auf dem Weg hierher traf ich ein paar Burschen, die diesen Verunglückten soeben in Euer Hospital gebracht haben. Also stellt Euch nicht so störrisch an. Ich muss meinen Bruder finden!»

«Er ist nicht hier – und nun verschwindet», wiederholte das Mädchen.

Ihr Gesicht wurde noch unfreundlicher, als es ohnehin schon war. Stephan wurde wütend. «Was bildet Ihr Euch eigentlich ein, mich zum Narren zu halten? Ihr solltet Euer loses Mundwerk im Zaum halten! Ich werde ins Hospital gehen und mich selbst überzeugen, ob er hier ist oder nicht. Ich wette, er *ist* hier.»

Der Gedanke, die Baracke zu betreten, in der geschrien wurde wie in einem Schlachthaus, und in der zweifellos die schlimmsten Krankheiten grassierten, behagte ihm zwar überhaupt nicht. Er war aber auch nicht gewillt, sich von dem Weibsbild verscheuchen zu lassen.

In wenigen Tagen musste er Michael in die Heringshölle nach Falsterbo begleiten. Daher hatte er beschlossen, vorher einen weiteren Versuch zu unternehmen, Simon zu finden. Vorhin hatte er dann in einer Hafenschänke einen Hinweis erhalten. Ein Trunkenbold, auf den Simons Beschreibung passte, habe die Zeche prellen wollen und deswegen Streit begonnen. Man habe dem Zechpreller eine ordentliche Abreibung verpasst und ihn bei der Fischerbrücke liegenlassen. Irgendwie sei er dann ins Wasser gefallen. Halb ertrunken habe man ihn aus dem Hafen gezogen und ins Hospital gekarrt.

Die junge Frau war einen halben Kopf kleiner als Stephan. Drohend baute sie sich nun vor ihm auf und versperrte ihm den Weg ins Hospital, indem sie die Fäuste in die Hüften stemmte. Ihr Oberkörper war vorgebeugt, ihre dunklen Augen funkelten ihn an. Zwischen den zusammengezogenen Augenbrauen bildete sich die scharfe Falte. Er zählte fünf Sommersprossen auf ihrer Nase. Die Sommersprossen irritierten ihn, auch wenn er nicht wusste, warum.

«Jetzt hört mir gut zu», zischte sie. «Ich erlaube Euch nicht, das Hospital zu betreten, und wenn Ihr zehnmal ein Loytz ...»

Mitten im Satz stockte sie. Ihr Blick zuckte zu etwas, das hinter Stephan war. Er hörte die trampelnden Geräusche von Hufen und drehte sich um. Durch das Tor kamen etwa ein Dutzend Männer auf Pferden. Es waren Landsknechte, Söldner, die von Herrschern angeheuert wurden und Angst und Schrecken verbreiteten und die, wo immer sie auftraten, ihre auffälligen Kleider zur Schau stellten. Die Männer trugen Barette, die schräg auf ihren Köpfen saßen und mit bunten Federn geschmückt waren. Ihre

Kalotten waren aus Leder, die bunt gefärbten Stoffe ihrer Mäntel, Wämser und Hosen vielfach geschlitzt und mit Lochmustern in Form von Blumen und Sternen versehen.

Angeführt wurde der Trupp von einem weißbärtigen alten Mann mit breitkrempigem Hut und dunklem Mantel, neben dem ein hoch aufgeschossener hagerer Kerl mit harten Gesichtszügen ritt, der angetan war mit einem schwarzen Priestergewand. Der Alte war Herzog Barnim. Stephan erinnerte sich, dass der Herzog früher bisweilen im Loytzenhof vorbeigeschaut hatte, um mit Hans Loytz geschäftliche Angelegenheiten zu besprechen. Stephan hatte den Herzog als herrischen Mann in Erinnerung, der aus dem Mund stank. Für die Jungen hatte er aber durchaus wohlwollende Worte übrig, zumindest bis zu jenem Tag, an dem er dem kleinen Simon im Überschwang altväterlicher Gefühlsanwandlungen in die Wange kniff. Simon hatte vor Schreck geschrien und dem Alten gegen das Schienbein getreten. Der Herzog hatte ihm dafür eine Backpfeife verpasst und die Söhne des Kaufmanns fortan wie Luft behandelt, wie übelriechende Luft.

Barnim ließ den Trupp einige Schritte vor dem Hospital halten. Der hagere Priester rutschte von seinem Pferd herunter. Er wartete, bis ein halbes Dutzend Söldner aufschlossen, und kam mit ihnen näher. Aus engstehenden Augen musterte er erst Stephan, dann Leni und sagte: «Hol die Nonne, Weib!»

Leni bewegte sich nicht von der Stelle. Ihre Lippen waren zum Strich gepresst. Ihre Körperhaltung signalisierte Kampfbereitschaft, zugleich aber auch Vorsicht, was, so meinte Stephan, die klügere Reaktion war. Denn die bewaffneten Söldner bezogen grimmig knurrend hinter dem Pfaffen Stellung. Augenscheinlich freuten sie sich auf ein bisschen Abwechslung in Form brutaler Gewaltanwendung.

«Hast du es an den Ohren, Weib?», rief der Herzog aus dem Hintergrund. «Du wirst das tun, worum Pastor Litscher dich kein zweites Mal bitten wird.»

Zu Stephans Erstaunen gab das Mädchen den Widerstand nicht auf, sondern stieß das Kinn vor und fragte: «Warum wollt Ihr Sybilla sprechen?»

Stephan kam nicht umhin, diese Leni für ihre Standhaftigkeit zu bewundern, zumal sich ihr Unwillen dieses Mal nicht gegen ihn, sondern gegen den Herzog richtete. Und gegen den unangenehmen Pfaffen, der jetzt einen Schritt auf sie zu machte. Die Söldner rückten nach und bildeten hinter dem Pfaffen eine Mauer. Reitersporen klirrten an den Stiefeln, Hände lauerten darauf, Schwerter und Dolche zu ziehen.

Stephan wich von dem Mädchen und den Landsknechten ab. Die Situation war bedrohlich. Mit diesen Männern wollte er nichts zu tun haben. Was auch immer sie mit dem Mädchen auszufechten hatten, das war nicht seine Angelegenheit.

Der Pfaffe starrte auf das Mädchen herab. Er hatte eine hervorspringende, spitze Nase, die ein bisschen aussah wie der Hackschnabel eines Raben. Die Nasenflügel blähten sich, als schnuppere er an dem Mädchen, um ihre Witterung aufzunehmen. «Die Nonne soll sofort herauskommen», sagte er.

Geh endlich und gib der Nonne Bescheid, dachte Stephan. War sie vollkommen verrückt, oder glaubte sie tatsächlich, sie könne diese Männer aufhalten?

Der Pfaffe richtete seinen knochigen Zeigefinger auf das Mädchen und öffnete den Mund, wohl um eine letzte

Drohung auszustoßen, als die alte Nonne in der Tür erschien, sich neben das Mädchen schob und sagte: «Warum hast du mir denn nicht gesagt, dass wir Besuch haben, Leni?»

Das Mädchen antwortete nicht, sie blickte den Pfaffen an, der eine Hand hob. Auf das Zeichen hin drückte der Herzog seinem Pferd die Sporen in die Flanken. Die Söldner traten zur Seite. Hinter dem Pfaffen zügelte der Herzog das Pferd.

«Die Frist, die ich dir gewährt habe, ist abgelaufen, Frau», sagte Barnim drohend. «Ich will für dich hoffen, dass du mein großzügiges Angebot wohlwollend überdacht hast.»

Die Nonne war klein und runzlig, aber in ihrem Blick lag Entschlossenheit. «Durchlaucht, ich habe über Euer Angebot nachgedacht. Es tut mir leid, dass ich es leider nicht annehmen kann.»

Barnim tat einige Atemzüge und richtete sich im Sattel auf, spannte die breiten Schultern und blickte starr und finster. Er war eine beeindruckende Erscheinung, trotz seines Alters von weit mehr als sechzig Jahren. Er sagte: «Ich biete dir zwanzig Taler, Weib. Zwanzig Taler! Und ich stelle dir ein neues Gebäude auf einem meiner Landgüter für deine Kranken zur Verfügung. Und trotzdem stößt du mich vor den Kopf? Willst du mich zum Narren halten?»

«Nein, Herr, nichts liegt mir ferner. Wir haben uns das Gebäude angesehen. Das Dach ist undicht und das Holz morsch. Außerdem liegt es mehr als zehn Meilen von Stettin weg. Wie sollen die Kranken und Gebrechlichen den Weg dorthin finden?»

Unter Barnims weißem Bart zuckten Kiefermuskeln. «Wie du weißt, habe ich unlängst ein eigenes Hospital auf der Oderburg eröffnet, das von Priester Raymund Litscher geleitet wird. Die Kranken aus der Stadt werden also künftig auf der Oderburg aufgenommen ...»

Aus dem Innern des Hospitals drang erneut ein herzzerreißender Schrei. Barnim schien das als Bestätigung für seine Worte aufzunehmen. «Wir haben die erfahrensten Ärzte eingestellt, die den Kranken eine kundigere Behandlung zuteilwerden lassen, als du Kurpfuscherin es vermagst.»

«Das Schicksal der kranken Menschen ist Euch einerlei», rief das Mädchen. «Ihr wollt den Leuten nur das Geld abknöpfen, und Ihr wollt Sybillas Hospital schließen, weil Ihr glaubt, ohne das Hospital würdet Ihr dieses Grundstück kaufen können ...»

«Schweig, ich habe genug von deinem Geschwätz», fuhr der Herzog das Mädchen an. «Ich habe mich der Nonne gegenüber großzügig gezeigt. Doch wenn sie sich weigert, sehe ich mich gezwungen, andere Saiten aufzuziehen.» Er wandte sich an die Söldner. «Männer, räumt das Hospital. Holt die Kranken raus und bringt sie auf die Oderburg.»

«Das werden wir nicht zulassen», entgegnete die junge Frau. Sie und die Nonne wichen nicht von der Stelle. Stephan sah im Hintergrund den Stotterer vor den Schuppen treten. Er wirkte verängstigt, zögerte kurz, lief dann aber über den Hof und stellte sich zu den beiden Frauen vor die Tür.

Der Pfaffe lachte rau. «Wollt ihr drei Gestalten uns aufhalten?»

Die Söldner rückten näher. Der Pfaffe griff nach dem Kinn des Mädchens und drückte ihren Unterkiefer zusammen. «So ein hübsches, junges Ding», sagte er. «Schade drum, aber eine Erziehung scheinst du nicht genossen zu haben, sonst wüsstest du, dass man Gott, dem Allmächtigen, und seinem Vertreter auf Erden mit Demut und Respekt begegnet. Wir werden dir eine Lektion erteilen müssen …»

Als Stephan sah, wie der Pfaffe das Mädchen bedrängte, setzte sein Verstand aus – sein Verstand, der ihm bis gerade eben noch diktiert hatte, das einzig Richtige zu tun: sich rauszuhalten aus einer Angelegenheit, die ihn nichts anging. Sein Herz pochte heftig, und er war vor Angst wie gelähmt, als er zu dem Pfaffen sagte: «Hochwürdiger Herr, ich bitte Euch, vergreift Euch nicht an diesen Leuten.»

Der Kopf des Pfaffen ruckte herum. Er blickte Stephan an, musterte dessen Aufzug und sagte: «Was habt Ihr Euch einzumischen? Hauptmann Jeremias Planta, kümmert Euch um den Narren!»

Stephan wurde von hinten an den Schultern gepackt. Er drehte sich um und sah sich einem hochgewachsenen, stiernackigen Söldner gegenüber, der kalt lächelnd auf ihn herabblickte. Eine Hand hielt Stephans Schulter, die andere ballte sich zur Faust, eine gewaltige Faust, eine Totschlägerfaust.

«Verabschiede dich von deinen Schneidezähnen», knurrte der Söldner.

Stephan sah die Faust kommen, und es gelang ihm, den Kopf zur Seite zu drehen, sodass die Faust nur seine Wange streifte. Doch der Schlag brannte höllisch. Stephan war kein Kämpfer, das war er nie gewesen. Schon als Junge hatte er es vorgezogen, in gefährlichen Situationen Reißaus zu nehmen, und lieber Hohn und Spott in Kauf genommen. Er war nicht kräftig, aber doch schnell und gewandt, und so drehte er sich mit einer flinken Bewegung aus dem Griff des Söldners, der zum zweiten Schlag ansetzte. Stephan duckte sich unter der Faust weg. Der Schlag ging ins Leere. In der Vorwärtsbewegung geriet der Söldner ins Straucheln, verlor den Halt und stürzte der Länge nach zu Boden.

Sofort wurde Stephan von anderen Söldnern ergriffen. Der Pfaffe befahl ihnen, Stephan kräftig durchzuprügeln, als vor dem Hospital eine kratzige Stimme rief: «Niemand wird irgendwen verprügeln, und niemand wird das Hospital räumen!»

Vor dem Gebäude standen jetzt mehrere Menschen, mindestens zwei Dutzend, es waren Kranke – Männer und Frauen, Greise und Junge, blass, hustend und verunstaltet. Einige konnten sich nur auf den Beinen halten, weil sie sich gegenseitig stützten. Und bei dem Mädchen und der Nonne in vorderster Front stand jetzt – Simon.

Er war noch schlimmer zugerichtet als beim letzten Mal. Doch er stand aufrecht, wenn auch schief und wankend wie ein geknickter Ast im Wind. Das Mädchen legte ihm den Arm um die Hüfte und hielt ihn fest.

«Wer bist du, Bursche, dass du es wagst, mir Anordnungen zu erteilen?», herrschte der Herzog ihn an.

«Mein Name ist Simon Loytz.» Er verzog das Gesicht. Das Sprechen schien ihm Schmerzen zu bereiten.

«*Du* willst ein Loytz sein?»

«So ist es!»

«Du siehst aber nicht aus wie ein Loytz.»

«Vielleicht erinnert Ihr Euch daran, wie ich Euch im Hause meines Vaters einmal vor das Bein getreten habe, Durchlaucht?»

Der Herzog grummelte etwas in seinen Bart und

wechselte einen Blick mit dem Pfaffen. Dann schaute er die Nonne an und sagte drohend: «Nimm dich in Acht, Weib! Das letzte Wort in dieser Sache ist noch nicht gesprochen.»

Stephan konnte kaum glauben, als er sah, wie der Herzog den Söldnern ein Zeichen gab und sie zurückrief. Dann wendete er sein Pferd und ritt davon.

Der Hauptmann hatte sich aufgerappelt. Er rempelte Stephan hart und provozierend an der Schulter an, als er an ihm vorbei zu den Pferden ging. Die Landsknechte saßen auf und folgten dem Herzog.

Stephan blieb irritiert zurück. Sein Ärger auf das Mädchen, das ihn wie vermutet wegen Simon angelogen hatte, verrauchte. Wie war es seinem kleinen Bruder gelungen, durch die Nennung seines Namens den Herzog in die Flucht zu schlagen? Vor Angst und Anspannung zitterte Stephan noch immer am ganzen Leib, als er zu Simon ging. Er blickte ihn an, dann knickten Simons Knie ein.

Stephan sprang zu ihm. Zusammen mit dem Mädchen hakte er Simon unter, sie schleppten ihn ins Gebäude und legten ihn auf ein Bett. Während das Mädchen davoneilte, um anderen Leuten zu helfen, blickte Stephan in Simons geschundenes Gesicht, und mit einem Mal fühlte er die innige Zuneigung, die er früher für seinen Bruder empfunden hatte. Er wusste jetzt um die Verantwortung, die er für ihn trug.

Das Mädchen kehrte zurück. Ihr Gesichtsausdruck war weniger feindselig, als sie sagte: «Er bat mich, niemandem zu verraten, dass er hier ist.»

«Das habe ich mir gedacht», erwiderte Stephan, dessen Zittern allmählich nachließ. «Aber erklärt mir bitte, warum er einen solchen Eindruck auf den Herzog gemacht hat, dass der abgezogen ist.»

«Es liegt nicht an Simon, sondern am Namen Loytz. Der Herzog versucht alles, um uns aus dem Hospital zu drängen. Er will es abreißen und auf dem Gelände Fischteiche anlegen, und natürlich will er, dass die Kranken künftig in sein Hospital kommen.»

«Aber warum hat er Euch nicht längst fortgejagt, so wie er es eben gerade tun wollte? Ihm gehört doch alles hier.»

«Nicht alles. Das Grundstück, auf dem das Hospital steht, gehört den Loytz.»

15
Auf der Fahrt nach Falsterbo

Wenige Tage nach dem Vorfall beim Hospital lag im Hafen an der Pfaffenbrücke die *Margarethe Rosow* für die Abfahrt nach Falsterbo bereit. Das Schiff war ein dreimastiger Handelssegler, eine Kraweel, mit einem Rumpf, dessen glatt aneinanderstoßende Planken über die Jahre dunkel geworden waren. Stephans Vater hatte die Kraweel einst einem säumigen Schuldner als Ausgleich für ein unbeglichenes Darlehen abgeluchst. Es hieß, Hans Loytz, der eisenharte Verhandler, habe damit ein doppelt erfolgreiches Geschäft gemacht. Der Schuldner, ein Lübecker Kaufmann, musste nach dem Verlust seines Schiffs Konkurs anmelden, somit hatten die Loytz ein Schiff mehr und einen Konkurrenten weniger. Zudem erwies sich die *Margarethe Rosow* trotz ihres fortgeschrittenen Alters als zuverlässige Seglerin, die ihre Dienste für die Loytz seit vielen Jahren verrichtete. Hin und wieder leckte sie zwar an dieser oder jener Stelle, aber Werg, Teer und die eine oder andere neue Planke verhalfen der alten Dame zu jugendhafter Widerstandsfähigkeit gegen Wind und Wellen.

Hans Loytz hatte das Schiff nach seiner Großmutter benannt. Sie war die Witwe eines reichen Stettiner Kaufmanns. Nach dessen Tod hatte sie vor gut einhundert Jahren Michael Loytz den Ersten geheiratet, was ein Glücksfall für den Aufstieg des Unternehmens war. Neben einem beträchtlichen Vermögen brachte Margarethe mehrere Häuser und Grundstücke in die Ehe, dazu gehörte der Grundbesitz an der Fuhrstraße, auf dem im Jahr 1547 der Loytzenhof errichtet worden war.

Als Stephan an diesem Morgen mit Michael in den Hafen kam, bestand Michael darauf, Stephan solle ihn vor der Abfahrt ins Heringshaus begleiten. Da Stephan auf die Schnelle keine Ausrede einfiel, verzog er nur angewidert das Gesicht. Als Michael ihm den Rücken zukehrte, nahm er schnell ein Duftwasser aus der Reisekiste, in die er seine Sachen gepackt hatte, und sprühte etwas davon auf Mantel und Wams. Für das Wässerchen hatte er in Rom ein kleines Vermögen hingelegt, aber die Investition, mit der er eigentlich die Stettiner Frauen hatte beeindrucken wollen, erwies sich auch in abgewandelter Funktion als erfolgreich. Als er hinter Michael ins Heringshaus trat, umhüllte ihn der Duft von blühendem Lavendel wie eine schützende Hülle gegen den Fischgestank.

Im Heringshaus liefen zur frühen Morgenstunde die Wracker, die von der Stadt vereidigten Kontrolleure, herum und prüften mit unbestechlichen Blicken und Gerätschaften die Qualität der Salzheringe. Die Männer steckten ihre Nasen in Fässer, schnupperten an Heringen, maßen ihre Länge und untersuchten, ob für die Laken nur beste Salze verwendet worden waren. Ein ordnungsgemäß verpackter Salzhering war gut zwei Jahre haltbar und verlor, bei regelmäßigem Nachfüllen von Salzlake, kaum an Wert. Die Fässer wurden aus den Vitten in Ragnør, Elbogen und Falsterbo nach Stettin geliefert, dem ersten Stapelplatz für den Ostseehering. Hier wurden sie für den Weitertransport durch die Mark Brandenburg und die pommerschen Herzogtümer nach Polen, Böhmen, Mähren und Ungarn vorbereitet.

Neben den Zeichen der Unternehmen wurden die Fässer beim Wracken mit den sogenannten Zirkeln gekennzeichnet. Der schonische Herbsthering erhielt, wenn er richtig behandelt wurde, als qualitativ hervorragendster Hering in Nordeuropa die höchste Auszeichnung: den doppelten Zirkel. Diese Heringe erzielten höchste Erlöse. Wenn die Ware *schalback*, also von schlechter Qualität war und es Beschwerden gab, konnten zudem anhand der Markierungen die Handelswege der Fässer zurückverfolgt werden. In vielen Klöstern war der Hering zur Fastenzeit das Hauptnahrungsmittel.

«Du riechst wie eine Wanderhure», bemerkte Michael. «Was schleppst du noch alles mit dir rum?»

«Nur ein paar Kleider», antwortete Stephan ausweichend.

Michael schüttelte ungläubig den Kopf. «Wir fahren auf eine Vitte, nicht auf ein Festgelage. Und jetzt schau dich um. Was siehst du hier?»

«Was ich …? Na, Fässer mit Salzheringen.»

«Sag bloß!» Michael trat vor einige Fässer und tippte mit dem Zeigefinger nacheinander auf die ins Holz eingebrannten Zeichen. «Und was sieht mein schlauer Bruder hier nicht?»

Stephan verstand die Frage zunächst nicht, doch dann dämmerte ihm, worauf Michael anspielte. «Keines der Fässer trägt unser Handelszeichen.»

Michael nickte düster. An seiner Schläfe pulsierte eine blaue Ader. Er erklärte: «Diese Fässer sind vor einigen Tagen aus Falsterbo geliefert worden. Nicht ein einziges von unseren Fässern ist darunter. Es ist so, wie ich befürchtet habe: Dieser dänische Vogt hat unseren gesamten Fang beschlagnahmt. Der Kerl soll mich kennenlernen: Jedes einzelne verdammte Fass hole ich mir zurück!»

Kurz darauf legte die *Margarethe Rosow* ab und passierte die hochgezogene Baumbrücke, die bei Bedarf geschlossen wurde, weil alle Händler, die nicht aus Stettin stammten, hier Zollabgaben entrichten mussten. Dann steuerte das Schiff mit einer Besatzung von etwa zwei Dutzend Seeleuten die Oder stromabwärts ins Frische Haff. Sie hatten Hieb- und Pulverwaffen an Bord, falls sie auf feindlich gesinnte Kriegsschiffe stoßen sollten. Außerdem hatten sie Rohsalz und leere Fässer geladen, die – so hatte Michael es zumindest vor – auf Falsterbo mit neuen Heringen gefüllt werden sollten.

Bei günstigem Fahrtwind segelten sie übers Haff, dann weiter zur Insel Rügen, an deren Ostküste sie am Abend im Schatten der Kreidefelsen vor Anker gingen.

Stephan suchte seinen Bruder und fand ihn auf dem erhöhten Aufbau im Heck, dem Achterkastell, wo er allein auf einer Bank saß. Stephan schenkte ihm Wein ein. Eine Weile tranken sie schweigend, während unten auf dem Deck die Seeleute über derbe Witze lachten und über ihnen die Möwen kreischten. Nach einer Weile glaubte Stephan, der Wein habe Michaels Stimmung etwas gehoben, und stellte ihm die Frage, die ihm seit einigen Tagen im Kopf herumspukte: «Ich habe gehört, unserer Familie gehört bei der Oderburg ein Grundstück, auf das der Herzog ein Auge geworfen haben soll. Warum hast du es ihm bislang nicht verkauft?»

Michael wandte den Blick von den in der Abenddämmerung rötlich weiß schimmernden Kreidefelsen und schaute Stephan irritiert an. «Wie kommst gerade jetzt darauf?»

Stephan kratzte sich am Kinn. «Ist mir nur so eingefallen. Neulich war ich zufällig bei diesem Hospital, du weißt schon, das bei der alten Kartause. Da hat mir irgendwer davon erzählt.»

Michaels Augen wurden zu schmalen Schlitzen, und Stephan senkte den Blick in den Weinbecher. Er bereute, keine günstigere Gelegenheit abgewartet zu haben, um das Thema anzusprechen. Aber seit dem Vorfall beim Hospital ging ihm diese junge Frau einfach nicht mehr aus dem Kopf. Er musste sich eingestehen, dass er ein gewisses Interesse an ihr hatte. Niemals zuvor war er einer Frau begegnet, deren Mut ihn so stark beeindruckte. Er konnte sich seine Gefühle ja selbst nicht erklären. Eigentlich entsprach ihr aufmüpfiges Wesen überhaupt nicht seinem Geschmack. Weil er den Eindruck hatte, sie würde alles dafür tun, damit der Herzog das Grundstück nicht in die Finger bekam, hatte er beschlossen herauszufinden, was es damit auf sich hatte. Natürlich durfte Michael keinen Verdacht schöpfen, Stephan könnte etwas anderes im Sinn haben als das Unternehmen.

Doch er hatte den Scharfsinn seines Bruders unterschätzt. «Ach ja? Irgendwer hat dir davon erzählt? Und wer ist irgendwer?»

«Ach, da war so eine Nonne …»

«Die alte Sybilla. Bist du sicher? Ich kann mir kaum vorstellen, dass die einfach davon erzählt. War es nicht eher eine junge, dunkelhaarige Frau, die der Nonne im Hospital zur Hand geht?»

«Könnte auch sein. Hm ja, so eine war da auch. Ich erinnere mich nicht genau …»

«Leni Weyer also. Welchen Eindruck hattest du von ihr?»

Stephan blickte auf und sah zu seiner Verwunderung, dass Michael verhalten lächelte. «Sie war ein wenig abweisend», antwortete er.

«Abweisend!» Michaels Lächeln dehnte sich zu einem Grinsen, aber sein Blick blieb hart. «Dieses Weib ist das garstigste Wesen, das mir jemals untergekommen ist. Die hat ein so loses Mundwerk, dass es eine Schande für alle Frauen auf Gottes Erde ist. Um auf deine Frage zurückzukommen: Dieses Weib ist der Grund, warum ich das Gelände nicht längst an den Herzog verkauft habe, sondern ihn hinhalte und einen viel zu hohen Preis dafür fordere. Dabei liegt mir überhaupt nichts an dem Grundstück und dem Hospital. Der alte Barnim könnte die Gebäude meinetwegen sofort abreißen und auf dem Gelände so viele Karpfenteiche ausheben, wie er will.»

«Aber was hat das Mädchen mit dem Grundstück zu tun?»

Michael gab keine Antwort, sondern leerte seinen Becher und hielt ihn Stephan auffordernd hin. Der schenkte großzügig nach. So redselig hatte er Michael lange nicht erlebt. Michael nahm einen Schluck und sagte dann: «Dafür muss ich etwas weiter ausholen. Sagt dir der Name Lukas Weyer noch etwas?»

«Ist das ihr Vater?»

«Genau das ist er. Weyer ist Kaufmann, aber kein besonders erfolgreicher, eigentlich ein völlig unfähiger Kaufmann, viel zu weichherzig gegenüber seinen Geschäftspartnern, und übrigens auch gegenüber seiner Tochter. Vor einiger Zeit kam er bei mir angekrochen, weil die Frankfurter sein Schiff beschlagnahmt haben. Er meint, er sei ein Bauernopfer bei den Handelsstreitigkeiten, die wir Stettiner mit den Frankfurtern austragen.»

Stephan hatte davon gehört, dass die Nachbarstädte sich seit vielen Jahren mit gegenseitigen Handelsverboten überzogen. Der Markgraf der Neumark Brandenburg-Küstrin, Johann, genannt Hans von Küstrin, verfolgte eine Politik, die die Stettiner Wirtschaft schwächen sollte. So erzählte man es sich zumindest in Stettin, wo man den Frankfurtern allerdings in nichts nachstand, wenn es darum ging, sich wechselseitig mit hohen Zöllen zu überziehen und die Marktbesuche der Konkurrenten einzuschränken. Es ging hin und her. Der Streit war eskaliert, als Stettin vor vier Jahren die Oder für Frankfurter Händler sperrte und sie vom Weg in die Ostsee abschnitt. Daraufhin sperrten Hans von Küstrin und sein Bruder Joachim Hector, Kurfürst der Mark Brandenburg, die gesamte Mark für Waren der Stettiner Händler – und der Handelskrieg entbrannte. Auf beiden Seiten erlitten die Händler erhebliche Einbußen, und in der Bevölkerung wurden Lebensmittel und andere Güter knapp. Alle Appelle nutzten nichts. Die Fronten waren derart verhärtet, dass Kaiser Maximilian II. einschreiten musste. Juristische Gutachten wurden eingeholt, und bei endlosen Verhandlungen sprach der

Kaiser mal der einen, mal der anderen Seite Rechte zu. Inzwischen herrschte zwar wieder Frieden zwischen Stettin und Frankfurt, aber der war brüchig. Der Konflikt drohte jederzeit wieder auszubrechen, wobei die Festlegung von Weyers Schiff ein Schritt in genau diese Richtung war.

«Lukas Weyer bat mich also, sein Problem vor die Stettiner Kaufmannschaft zu bringen», erklärte Michael.

«Hast du das getan?»

Michael lächelte hintergründig. «Noch nicht. Ich mache meine Unterstützung für ihn von einer Bedingung abhängig, ebenso die Frage, ob ich das Grundstück verkaufe oder nicht.» Er blickte Stephan feierlich und vielsagend an. Stephan hatte keine Ahnung, worauf sein Bruder hinauswollte.

«Unser Vater und Lukas Weyer kannten sich seit ihrer Kindheit», fuhr Michael fort. «Als sie älter wurden und heirateten, haben die beiden sich etwas versprochen. Mag sein, dass die beiden betrunken waren, als sie diese Absprache trafen. Aber das Wort galt, und es gilt noch immer. Um den Bund zwischen den Familien zu festigen, sollte Weyers erstgeborene Tochter mit Vaters erstgeborenem Sohn verheiratet werden ...»

«Dann soll Leni *dich* heiraten?», sagte Stephan verblüfft. «Aber hast du nicht eben gerade gesagt, sie ist ein garstiges und vorlautes Wesen?»

Michaels Blick wurde hart. «In der Tat besitzt sie alle Eigenschaften, die sich für eine Frau nicht schicken, weil ihr Vater, dieser kleingeistige Krämer, ihr seit dem Tod seiner Frau alles durchgehen lässt. Die Frau litt an irgendeiner Krankheit, und nachdem sie gestorben ist, hat Leni sich in den Kopf gesetzt, ihr Leben in den Dienst der Kranken und Armen zu stellen. Ich habe Lukas Weyer mehrfach gesagt – nein, befohlen habe ich es ihm! –, er soll seine Tochter mit harter Hand anpacken, um ihr die Flausen auszutreiben. Stattdessen lässt er sich von ihr auf der Nase herumtanzen. Wenn sie sagt, sie wird mich niemals heiraten, lässt er ihr das durchgehen. Auch daher sehe ich es als meine Aufgabe an, sie auf den rechten Weg zu führen und zu einer treuen und fleißigen Ehefrau zu erziehen, sobald Weyer sie mir zur Frau gibt. Meine Geduld ist allmählich erschöpft. Wenn sich Lukas Weyer nicht durchsetzt, bleibt mir immer noch die Drohung, das Grundstück an den Herzog zu verkaufen.»

Während er redete, schlossen sich die Finger seiner rechten Hand. Er ballte die Hand auf dem Tisch zur Faust, an der die Knöchel weiß hervortraten und Adern sich auf dem Handrücken wölbten. Als Stephan die Faust sah, kam ihm ein Bild in den Sinn, ein flüchtiger, aber zugleich beängstigender Gedanke, das Bild, wie diese Faust auf Worte Taten folgen ließ. Als Michael mit seiner Rede endete, entspannte sich die Faust wieder, die Finger öffneten sich, und Stephan atmete aus.

Michael leerte den Becher. Als Stephan ihm nicht schnell genug nachschenkte, hieb Michael den Becher auf den Tisch. Schnell goss ihm Stephan Wein ein.

Michael sagte: «Lass mich dir einen Rat geben, Stephan, einen Rat, den dir keiner deiner verdrehten Professoren mit auf den Weg gegeben hat: Es gibt Menschen, die sich mit dem begnügen, was sie haben. Menschen, die ein Nein akzeptieren, wenn ihnen ein Nein serviert wird. Und es gibt Menschen, die ein Nein hinterfragen, vielleicht auch das Verlangen spüren, das Nein in ein Ja umzuwandeln, es aber nicht tun, weil sie Angst vor möglichen Folgen haben. Und dann gibt es Menschen, es sind nur einige wenige, die ein Nein von vornherein ausschließen. Wird ihnen ein Nein präsentiert, werden sie nicht ruhen, bis das Nein ein Ja geworden ist – auch wenn sie dafür über einen Berg aus Leichen steigen müssen.»

Er trank und fuhr fort: «Diese Worte gab Vater mir einst mit. Er bezog die Worte auf seine drei Söhne. Ich überlasse es deiner Klugheit, dir zu überlegen, welche Eigenschaft auf welchen seiner Söhne zutrifft. Vater selbst wäre kein erfolgreicher Kaufmann geworden, hätte er sich jemals mit einem Nein zufriedengegeben. Du kannst alles erreichen, wenn du es willst, hat er gesagt, aber du musst an der Sache dranbleiben und bis zur Selbstaufgabe um das kämpfen, was du begehrst – egal, ob es sich dabei um das Salzmonopol für Nordeuropa oder um eine starrköpfige Frau handelt.»

Inzwischen war die Nacht hereingebrochen. Über der *Margarethe Rosow* funkelten Sterne, deren Spiegelbilder in den Wellen der Ostsee verzitterten. Auf dem Zwischendeck waren noch einige Seeleute wach und lachten.

Michael trank den Wein aus und sagte: «Und jetzt gehen wir schlafen, Junge. In Falsterbo erteile ich dir morgen deine nächste Lektion!»

16
Falsterbo

Bei der Überfahrt am nächsten Tag ließ Michael das Krähennest, den Ausguck auf dem mittleren Mast, mit Seeleuten besetzen und Ausschau halten nach schwedischen Schiffen. Je länger der nordische Krieg sich hinzog, desto weniger schreckten die Schweden davor zurück, die

Handelsschiffe der Länder zu überfallen und auszuplündern, die mit ihren dänischen Feinden verbündet waren. Dazu gehörten auch die pommerschen Herzöge, auch wenn sich Stettin bemühte, Neutralität zu wahren.

Am frühen Nachmittag erreichte die *Margarethe Rosow* ohne Zwischenfall Falsterbo. In der weitläufigen Bucht südlich der sichelförmigen Halbinsel gesellte sie sich zu einem halben Dutzend anderer Handelsschiffe, die vor der Küste auf Reede lagen.

Als sie ankerten, stand Stephan auf dem Achterkastell und beobachtete, wie am Strand von Falsterbo flache Schuten – kleine offene Kähne, die zum Fischen und für den Warentransport genutzt wurden – ins Wasser geschoben wurden. Männer, die man Prahmkerle nannte, legten Riemen aus, und die Schuten hielten Kurs auf die *Margarethe Rosow*, um Fässer und Salzsäcke abzuholen und an Land zu bringen. Stephans Blick wanderte über die unzähligen Hütten bei den Dünen. An der Spitze der Landzunge erhob sich das Seezeichen, das bei Dunkelheit entzündet wurde und Seefahrer vor Untiefen warnte. Auf dem Öresund tummelten sich Hunderte Fischerboote, die, kleinen Punkten gleich, Heringe fingen. Der November war angebrochen. Die Fangsaison neigte sich dem Ende, da galt es, dem Meer so viele Heringe wie möglich abzutrotzen.

Stephan fragte sich, wie Michael die beschlagnahmten Heringe zurückholen wollte. In der Nacht hatte er kaum ein Auge zugetan. Er hatte sich in der Koje hin- und hergedreht und über das Gespräch mit Michael gegrübelt. Zwar versuchte Stephan, dabei nicht an Leni zu denken, ja, er verbot sich diese Gedanken geradezu, dennoch kam ihm ihr Bild immer wieder vor Augen. Er sah sie vor dem

Hospital stehen und dem Herzog, dem Pfaffen und den Landsknechten die Stirn bieten, während er selbst wie ein Feigling stumm danebenstand. Ihre eigentümliche Stärke – man könnte auch sagen: ihr Starrsinn – faszinierte ihn. Die Vorstellung, Michael könnte die Gelegenheit bekommen, ihr Wesen zu brechen, behagte ihm nicht; vielmehr entfachte diese Vorstellung Stephans Wut, und in ihm wuchs das Verlangen, dem Mädchen beizustehen. Aber er durfte sich nicht gegen Michael stellen. Nicht auszudenken, was geschah, wenn der den leisesten Verdacht hegte, Stephan versuchte zu verhindern, dass Michael Leni bekam. Wenn die Väter es sich versprochen hatten, war es dann nicht Michaels Recht, das Mädchen zu heiraten?

Während die Schuten sich der *Margarethe Rosow* näherten, bereiteten die Seeleute an Bord Fässer, Kisten und Säcke für den Abtransport vor, stellten die Sachen bereit und hievten sie dann hinunter. Die Lastkähne füllten sich schnell. Michael stand inmitten einer Schar Seeleute und erteilte lautstark Anordnungen, eine Rolle, die ihm sichtlich gefiel.

Mit einer der letzten Schuten setzten Michael und Stephan über. Als sie an Land gingen, holte Stephan das Duftwässerchen hervor und sprühte sich damit ein, was Michael mit abfälligem Kopfschütteln kommentierte. Stephan folgte ihm über den Strand, der mit Gerüsten vollgestellt war, an denen Fischnetze hingen. Sie gingen auf einem Pfad zwischen dichtstehenden Fischerhütten hinauf zur Vitte. Inmitten der Buden von Händlern aus Rostock, Stralsund und Greifswald und jenen aus Lübeck, die den größten Bereich für sich beanspruchten, stand die Burgruine. Der Burghof war von einem mit Unkraut zugewucherten Graben und einer zerfallenen Steinmauer umgeben. Eines der alten Gebäude schien noch in Benutzung zu sein; vor einer massiven Tür lungerten bewaffnete Wachen herum.

Michael und Stephan drangen tiefer in die Vitte ein. Der Gestank der zu Heringstran verarbeiteten Fischabfälle, dem Grum, legte sich in Stephans Nase schwer über die Lavendelnote. Schnell sprühte er erneut Duftwasser auf ein Taschentuch und hielt es sich vors Gesicht, was ihm das spöttische Gelächter einiger Fischer und Händler einbrachte. So wie Männer, die in Kohlengruben schufteten, stolz auf ihre rußverschmierten Gesichter waren, so waren es diese Leute auf den Fischdreck.

Bei den Buden der Stettiner trafen sie auf ihre Händler. Die frustrierten Männer berichteten, dass sie seit Wochen keine Heringe mehr verkaufen und die Loytzer Fischer keine mehr fangen durften, während alle anderen ihre Netze und Fässer mit fetten Heringen füllten.

Man bot Michael und Stephan Bier, Brot und Räucherfisch an. Michael langte beherzt zu, während Stephan dankend ablehnte. Allein der Gedanke, in dieser vor Fischabfällen, schleimigen Schuppen und Tran starrenden Umgebung etwas zu sich zu nehmen, ließ ihn würgen.

Die Ankunft des Loytz'schen Regierers sprach sich unter den Mitarbeitern herum. Händler und Fischer drängten sich mit Michael und Stephan in einer Bude zusammen und erzählten, dass die Lage sich für die Loytz nicht gebessert, sondern verschlechtert habe. Der Steuermann Veit Karg war vom Vogt zum Tode verurteilt worden und wartete auf seine Hinrichtung. Außerdem bestand weiterhin ein Fangverbot für alle Loytz'schen Fischer, und alle bereits gefüllten Heringsfässer sollten ins Eigentum der dänischen Krone überführt werden.

«Wo befindet sich das Verlies?», fragte Stephan in die Runde und erhielt die Antwort, Karg werde im Kerker auf der Burgruine festgehalten.

Die Fischer beteuerten Kargs Unschuld; einige von ihnen waren mit in dem Boot gewesen, als sie von vermummten Männern angegriffen wurden. Michael nickte düster und verkündete: «Ich werde später den Vogt auf die Sache ansprechen.» Zuvor musste er aber noch Dokumente unterschreiben, die die Händler ihm reichten.

Stephan zog sich mit seiner Reisekiste hinter die Bude zurück, wo er unbeobachtet war. Er tauschte seine Sachen mit den besten Kleidern, die er mitgebracht hatte, und wappnete sich mit Lavendelduft. Dann ging er zur Burgruine zurück, begleitet von belustigten, aber auch ehrfürchtigen Blicken. Ein so feiner Herr war eine Attraktion in diesem stinkenden Moloch, und Stephan genoss die Aufmerksamkeit.

Er ging schnell und vermied es, darüber nachzusinnen, was er da eigentlich tat. Sonst, so befürchtete er, würden ihm noch Zweifel an seinem Plan kommen. Er musste den Wachen gegenüber überzeugend wirken. Auf dem Burghof blickten die Soldaten von einem Würfelspiel auf und sahen einen forschen jungen Mann näher kommen, der nach der neuesten Mode, vermutlich irgendeiner ausländischen Machart, gekleidet war.

Stephan nahm einen tiefen Atemzug und sagte dann in der dänischen Sprache, die ein Hauslehrer ihm und seinen Brüdern vor langer Zeit eingetrichtert hatte: «Jeg skal tale med den indsatte.» – «Ich muss den Gefangenen sprechen.»

Die Soldaten rückten vor der Tür zusammen, harte, entschlossene Gesichter, grimmig zuckende Mundwinkel.

Ein Mann sagte auf Dänisch: «Der Vogt bestimmt, wer zum Gefangenen vorgelassen wird.»

Diese Antwort hatte Stephan erwartet. «Der Vogt ist ein vielbeschäftigter Mann», sagte er. «Und weil er im Moment verhindert ist, hat er mir die Erlaubnis erteilt, mich auf der Vitte frei zu bewegen, was einen Blick in den Kerker einschließt.»

Die Wachen blickten sich amüsiert an. Einer von ihnen, ein gedrungener Kerl mit dem Gesicht eines Wiesels, trat vor. «Dann könnt ihr gewiss ein Erlaubnisschreiben mit dem Siegel des Vogtes vorlegen.»

«Das Wort des Vogtes wiegt mehr als ein Schreiben.»

Das Wieselgesicht lachte, und die anderen Soldaten stimmten ein. «Wie ist Euer Name?», fragte der Wiesel.

«Jasper Scherz, meine Herren», sagte Stephan. Er war erleichtert, dass ihm die dänische Sprache leichter als erwartet von der Zunge ging. «Ich bin Gesandter des Kaisers Maximilian und eigens von Seiner Majestät beauftragt, Erkundigungen über das Verhältnis der Dänen zum Heiligen Römischen Reich einzuholen. Dazu gehört auch, wie die dänische Obrigkeit mit ausländischen Gefangenen umspringt. Wie ich vom Vogt hörte, wird in diesem Gemäuer ein Bürger der Stadt Stettin festgehalten.»

«Ja – und? Der Mann wird am Galgen baumeln, weil er ein elender Fischdieb ist.»

«Das ist mir bewusst, und ich maße mir nicht an, die dänischen Fischereigesetze in Frage zu stellen, aber jeder Gefangene hat ein Anrecht auf eine anständige Behandlung. Wenn Ihr mir bitte diese Tür öffnet und zur Seite tretet. Sonst müsste ich in meinem Bericht erwähnen, dass die Dänen einen kaiserlichen Gesandten daran hindern, seine Aufgabe zu erfüllen.»

Wieder blickten sich die Wachen an, nun nicht mehr belustigt, sondern ratlos. Daher beschloss Stephan, ein weiteres Argument draufzulegen. Er beugte den Oberkörper leicht vor und sagte in verschwörerischem Ton: «Der Kaiser erwägt, die Dänen im Krieg gegen die Schweden mit Schiffen und einer großen Anzahl Waffen und Männer zu unterstützen. Ich sage es mal so, meine Herren: Der Ausgang des leidigen Krieges, also nicht weniger als Sieg oder Niederlage für die Dänen, könnte in diesem Augenblick von Eurer Zusammenarbeit abhängen.»

Das Wieselgesicht furchte die Stirn, kratzte sich am Hals und betrachtete noch einmal Stephans sonderbare Kleidung. Dann nickte er, und die Wachen machten den Weg frei. Stephan trat in den dunklen Raum dahinter, mit der wohltuenden Gewissheit, ein Nein in ein Ja umgewandelt zu haben.

Durch ein schmales Loch im Mauerwerk drang ein Streifen Tageslicht in den Kerker. Veit Karg kauerte auf dem mit Stroh bedeckten Steinboden. Man hatte ihn in Ketten gelegt. Stephan hatte Mitleid mit dem Mann, der seit Wochen gefangen gehalten wurde und dem Tod ins Angesicht blickte. Trotzdem wirkte er gefasst.

Stephan ging vor dem Gefangenen in die Hocke, wobei er achtgab, dass seine Strumpfhose nicht mit dem dreckigen Stroh in Berührung kam. Karg betrachtete ihn argwöhnisch. «Hvem er I?», fragte er. «Wer seid Ihr?»

Stephan antwortete auf Deutsch, weil sich das Wieselgesicht dicht hinter ihm hielt, und hoffte, dass der Soldat die fremde Sprache nicht verstand. Er nannte Karg seinen Namen und erklärte, er wisse, was an jenem Tag auf der Ostsee vorgefallen sei, und dass die Loytz von Kargs Unschuld überzeugt seien. «Damit wir dich hier rausholen können, Veit, müssen wir alles wissen. Hast du einen Verdacht, wer hinter dem Angriff steckt und die Netze gestohlen hat?» Er lauschte auf die Geräusche des Wieselgesichts, hörte ihn aber nur gleichmäßig atmen und schloss daraus, dass der Mann kein Wort verstanden hatte.

«Ich bin überzeugt, dass der Vogt dahintersteckt», sagte Karg. «Es kann kein Zufall sein, dass er bei unserem Boot auftauchte, als wir von der Fahrt zurückkehrten.»

«Welches Interesse sollte der Vogt daran haben, dich aus dem Verkehr zu ziehen?»

«Ich nehme an, er will vor allem dem Loytz'schen Handelshaus schaden, indem er Euch die Einnahmen aus dem Heringshandel entzieht.»

«Aus welchem Grund? Soweit ich weiß, haben wir mit dem Mann bislang keinen Ärger gehabt.»

Karg hob die Hand an der klirrenden Kette. «Das kann ich Euch nicht sagen. Aber als er mich einem Verhör unterzog, waren noch andere Männer zugegen, die ich nie zuvor auf Falsterbo gesehen habe. Es könnten Landsknechte gewesen sein, vielleicht die Söldner eines Herrschers. Sie haben sehr leise gesprochen, sodass ich sie nicht verstehen konnte. Aber ich denke, es könnten Pommern gewesen sein. Gut möglich, dass sie zu den Männern gehörten, die uns überfallen haben.»

Kargs Blick glitt an Stephan vorbei hinauf zum Wieselgesicht, das auf Dänisch knurrte: «Ihr habt lang genug gesprochen, nun geht's wieder raus hier.»

«Jeg skal nok være der lige om lidt», erwiderte Stephan. «Ich werde gleich kommen.» Dann fragte er Karg schnell: «Ist Euch irgendetwas an diesen Männern aufgefallen? Wie sahen sie aus? Trugen sie besondere Kleidung?»

«Einer der Männer trug ’n dunkles Gewand», sagte Karg, «wie ’n Priester.»

Mit diesen vagen Hinweisen kehrte Stephan zur Loytz’-schen Bude zurück. Inzwischen dämmerte es. Michael unterhielt sich vor dem Gebäude mit einigen Männern, denen die Münder aufklappten, als sie Stephans schicken Aufzug sahen. Michael hingegen verdrehte die Augen. Stephan zog ihn zur Seite und erzählte von seinem Besuch bei Veit Karg. Dabei ließ er natürlich nicht unerwähnt, wie geschickt er die Wachen überlistet hatte.

Michael ging mit keiner Silbe auf Stephans List ein, sondern sagte: «Ein Priester? Welcher Priester könnte ein Interesse daran haben, dass wir den Heringsfang einer gesamten Saison verlieren?»

«Vielleicht hat Karg sich geirrt, und es war kein Priester, sondern ein Kaufmann, der den Auftrag dazu gab.»

«Wir haben unter den Kaufleuten gewiss nicht nur Freunde, aber mir fällt niemand ein, der uns auf diese Weise Schaden zufügen will.» Er dachte kurz nach, dann sagte er: «Immerhin haben wir einen Hinweis, an den wir anknüpfen können, und jetzt zieh dir ein paar unauffälligere Sachen an. Wir werden dem Vogt einen Besuch abstatten. Wenn er diese Männer kennt, wird er uns verraten, wer sie sind.»

«Meinst du, er wird uns so spät noch empfangen? Es wird bald dunkel.»

Michael zuckte mit den Schultern. «Die Dunkelheit ist die beste Zeit für eine kleine Überraschung. Ach – die Sache mit dem kaiserlichen Gesandten gefällt mir. Gut gemacht!»

In dunkle Mäntel gehüllt, machten sich Stephan und Michael auf den Weg zum Haus des Vogtes, einem gewissen Björn Gryll. Er lebte mit seiner Familie in einem zweigeschossigen Fachwerkhaus, etwa eine halbe Meile außerhalb der Vitte. Vom Öresund wehte ein leichter Wind herüber. Es roch nach Meer, und die Luft war rein und frisch. Endlich konnte Stephan wieder frei atmen. Die Nacht war hereingebrochen, als sie bei dem Haus ankamen, und der Halbmond tauchte es in fahles Licht. Das Gebäude war unbewacht und still, die Fensterläden geschlossen. Die Bewohner schienen zu schlafen.

«Sollten wir nicht lieber morgen früh herkommen?», flüsterte Stephan, als sie vor der Tür standen.

«Bist du ein Feigling?»

«Ich … nein …»

«Dann hör mir gut zu: Entweder du tust, was ich sage, und stellst keine dummen Fragen, oder du verkriechst dich irgendwo. Dann wirst du niemals erfahren, wie man Informationen aus einem Mann herauskitzelt, der uns bestohlen und einen Unschuldigen zum Tode verurteilt hat.»

Stephan ahnte, dass Michael etwas Riskantes im Schilde führte. Wenn Gryll sie nicht empfangen wollte, was zu dieser nachtschlafenden Zeit wahrscheinlich war, würde der sie gleich vom Hof jagen. Oder er würde ihnen die Soldaten auf den Hals hetzen. Die Vorstellung, zu Veit Karg in den Kerker gesteckt zu werden, war wenig verlockend.

Stephans Verwunderung wurde noch größer, als Michael zwei dunkle Tücher hervornahm. Eins drückte er Stephan in die Hand, mit dem anderen vermummte er sich, sodass nur noch seine Augen zu sehen waren.

«Allmächtiger, hast du vor, den Vogt zu überfallen?», fragte Stephan.

«Was habe ich gesagt? Keine Fragen!», sagte Michael unter dem Tuch und erklärte dann: «Wir werden ihm nur einen kleinen Schrecken einjagen.» Dann zog er am Türgriff. Die Tür war verschlossen. «Wir nehmen den Hintereingang», erklärte er und ging ums Haus herum.

Stephan verhüllte ebenfalls sein Gesicht mit dem Tuch und folgte Michael hinter das Gebäude. Durch eine unverschlossene Tür gelangten sie in einen Anbau und von dort aus in das Hauptgebäude.

In der Küche fanden sie im Ofen ein brennendes Holzscheit, an dem Michael eine Kerze entzündete. «Sie schlafen oben», erklärte er leise.

Stephan überlegte, woher Michael sich in dem Haus auskannte, fragte aber nicht nach. Vermutlich hatte ihm einer der Händler alles über Grylls Haus erzählt.

Über eine Treppe stiegen sie nach oben. Das obere Geschoss bestand aus einem einzigen weitläufigen Raum. Der Kerzenschein fiel auf die Einrichtung: ein Schrank, eine Truhe, ein Tisch, ein paar Stühle. In einer hinteren Ecke standen zwei Betten. Michael trat mit der Kerze vor ein Bett, in dem zwei Mädchen schliefen, vielleicht vier und sechs Jahre alt.

In dem anderen Bett schliefen ein Mann und eine Frau.

Michael reichte Stephan die Kerze. Ihm stockte der Atem, als Michael ein Messer mit einer langen Klinge unter dem Mantel hervorzog. Michael zögerte keine Sekunde, packte den schlafenden Mann an den Haaren, zerrte ihn mit einem Ruck aus dem Bett und stieß ihm die Faust mit einem harten Schlag in den Magen. Der Mann schrie und sank gekrümmt vor Schmerzen auf den Fußboden. Jetzt schrie auch die Frau, und die Kinder schreckten in ihrem Bett hoch und fingen an zu weinen. Michael drückte dem Mann ein Knie auf den Brustkorb und hielt ihm die Messerklinge an den Hals.

Das alles ging so schnell, dass Stephan keinen klaren Gedanken fassen konnte. So sah es also aus, wenn Michael jemandem eine *kleine Überraschung* bereitete. Hätte Stephan geahnt, zu welcher Brutalität sein Bruder fähig war, hätte er versucht, ihn aufzuhalten. Stattdessen half er, eine Familie mit kleinen Kindern zu überfallen und deren Leben zu bedrohen.

Michael rief: «Vær stille øjeblikkeligt! – Seid sofort still!»

Die Frau und die Kinder verfielen in ersticktes Wimmern. Stephan hatte den Eindruck, dass Michael in keiner Weise überhastet handelte, sondern eiskalt berechnete, was er tat, als habe er Erfahrung mit solchen Methoden.

«Wollt Ihr Geld?», stammelte der Mann am Boden.

Es klatschte, als Michael ihm mit der flachen Hand ins Gesicht schlug. «Du redest, wenn ich dich dazu auffordere, Gryll! Hast du verstanden?»

Der Mann nickte. Michael richtete sich über ihm auf, zog einen Stuhl heran und befahl Gryll, sich zu setzen. «Ich werde dir ein paar Fragen stellen, und wenn du meinst, mir etwas vorenthalten oder mich belügen zu können, werden wir erst deine Kinder und dann deine Frau umbringen. Zum Schluss schlitze ich dich auf wie einen Hering.»

Grylls Blick zuckte zu seiner Frau; sie mochte Mitte zwanzig sein. Gryll war deutlich älter, vielleicht an die fünfzig. Er hatte ein hart geschnittenes Gesicht und schien ein Mann zu sein, der wusste, wie man sich Respekt verschafft. Im Moment half ihm das jedoch überhaupt nicht. Er sah ziemlich verängstigt aus.

«Vor einigen Wochen haben dich ein paar Männer aufgesucht», sagte Michael. «Sie kamen zu dir, kurz nachdem du den Steuermann wegen Fischräuberei festgenommen hast. Ich will von dir wissen, wer diese Männer waren.»

Gryll stierte zu Michael auf und schluckte. «Ich ... kenne ihre Namen nicht. Bitte, Ihr müsst mir glauben, ich weiß nicht, wer diese Männer sind ...»

«Nein, das glaube ich dir nicht.» Michael führte das Messer so dicht vor Grylls Gesicht, dass die Spitze beinahe ein Augenlid berührte.

Von den Betten war unterdrücktes Schluchzen zu hören. Stephan war wie gelähmt. Nichts wollte er in diesem Moment lieber, als Michael das Messer zu entreißen und mit ihm aus dem Haus zu fliehen, bevor noch Schlimmeres geschah.

«Einer der Männer soll ein Priester gewesen sein», sagte Michael. «Hörst du, Gryll – ein Priester. Es ist gut möglich, dass die Männer aus Pommern stammen. Also, was hattest du mit ihnen zu besprechen?»

Gryll schielte auf die Messerspitze. «Diese Männer ... sie haben nichts gesagt ... nur der Priester ... der wollte ... der wollte nur was wissen für ... für 'ne Predigt oder so ... ja, er wollte hier 'ne Predigt halten auf der Vitte ...»

«Ich glaube dir kein Wort, Gryll», sagte Michael. «Aber gut, du willst mich also zum Narren halten, dann lebe noch ein paar Minuten mit den Folgen.» Das Messer auf den Vogt gerichtet, drehte er sich zu Stephan um und sagte: «Schnapp dir eins der Kinder. Nimm das kleinere und dreh ihm den Hals um.»

Stephan traute seinen Ohren nicht. Dachte Michael wirklich, Stephan sei in der Lage, einem Kind etwas anzutun, geschweige denn ... Nein, das konnte nicht ernst gemeint sein. Michael wollte dem Vogt nur einen Schrecken einjagen. Wirklich sicher war Stephan sich aber nicht, nur eins wusste er genau: Niemals könnte er die Hand an die Kinder legen.

Die Frau wollte etwas sagen, doch ihr Mund schloss sich wieder, als Michael sagte: «Warte noch mit dem Kind.» Dann bedachte er Stephan mit einem strengen Blick. Offenbar befürchtete er, auch Gryll könnte Verdacht schöpfen, die maskierten Peiniger seien nicht so konsequent, wie sie taten.

«Wir fangen schön langsam an», sagte Michael, «schließlich haben wir viel Zeit, die ganze Nacht, wenn es sein muss.» Er führte das Messer von Grylls linkem Auge die Schläfe entlang an sein linkes Ohr. «Also beginne ich bei dir und schneide ein bisschen an dir herum.»

Grylls Atem ging flach und keuchend.

Bitte rede endlich, flehte Stephan im Stillen. Als er sah, wie Michael die Messerschneide auf den Ansatz von Grylls Ohr drückte, erinnerte er sich plötzlich an eine schreckliche Geschichte. Stephan und Simon waren damals noch klein; Simon konnte nicht älter als drei oder vier Jahre gewesen sein. Auf dem Heumarkt waren sie mit einer Bande Jungen zusammengetroffen, die aus einer Gasse bei der Wollweberstraße stammten, wo die Hütten klein und die Leute arm waren. Die Gassenjungen waren älter und kräftiger, derbe, dreckige Burschen, die auf der Suche nach Geld und grausamem Spaß die Stadt durchstreiften. Sie fanden Stephan und Simon und forderten von ihnen Münzen. Da die beiden jedoch nichts von Wert dabeihatten, verprügelten die Burschen sie, bis Michael auftauchte und sich vor seine kleinen Brüder stellte. Er war etwa so alt wie der Anführer der Bande, den er zum Zweikampf herausforderte. Was der lachend annahm. Das

Lachen verging ihm schnell. Michael brach ihm die Nase, schlug ihm die Lippen blutig und hieb ihm die Fäuste in den Magen. Als der Anführer, ein gewisser Haug, wie ein zuckendes, blutendes Bündel auf dem Boden lag, waren seine Kameraden längst geflohen. Michaels Heldentat war ruhmreich genug, dass er damit in einer von Junge zu Junge weitergeflüsterten Legende als der strahlende Sieger vom Heumarkt verewigt werden würde. Doch was tat er? Er holte ein Messer hervor und schnitt Haug ein Ohr ab. Und er lachte dabei. Schwenkte das Ohr wie eine Trophäe und verkündete, nun sei die Familienehre wiederhergestellt. Vater hatte Michael dafür eine Tracht Prügel verpasst, und es mochte wohl auch einiges Geld an die Familie des einohrigen Haug geflossen sein. Blutgeld sozusagen. Im Loytzenhof wurde jedoch nie wieder über die Sache gesprochen.

Stephan zweifelte nicht, dass Michael dem Vogt das Ohr abschneiden würde. Das tat offenbar auch dessen Frau nicht, die mit angezogenen Knien auf dem Bett hockte. «Björn, bitte sag ihm, was du mir erzählt hast», flehte sie. Ihr Kinn zitterte unter leisem Schluchzen.

«Halt den Mund!», fuhr Gryll auf.

Doch sie schüttelte heftig den Kopf. «Ich werde nicht zulassen, dass sie den Kindern etwas antun.»

«Mir scheint, dein Eheweib ist vernünftiger als du», sagte Michael und forderte die Frau zum Reden auf.

Einen Augenblick lang zögerte sie, dann sagte sie: «Er hat erzählt, der Priester kommt aus einer Stadt, die Stettin heißt. Der Priester hat Björn viel Geld gegeben, damit er ein paar Männer anheuert, die den Fischern die Netze wegnehmen, und dann sollte Björn den Steuermann festnehmen ...»

«Wie ist der Name des Priesters?», fragte Michael.

Bevor die Frau den Namen nannte, ahnte Stephan, wie er lautete.

Sie verließen das Haus und waren schon ein Stück Richtung der Vitte gegangen, als sie die Tücher abnahmen und Michael sagte: «Den Namen habe ich noch nie gehört.»

Stephan stand noch immer unter dem Eindruck der grausigen Vorstellung. Michael hatte der Frau nicht nur einen Namen abgerungen, sondern Gryll schwören lassen, die beschlagnahmten Heringe unverzüglich herauszugeben und das Todesurteil gegen Veit Karg aufzuheben. Im Gegenzug durfte er sein Ohr behalten, erhielt aber den Rat, man werde alle Drohungen wahr machen, Ohren abschneiden und Hälse umdrehen, sollte Gryll nur ein einziges Wort über den nächtlichen Besuch verlieren. Vermutlich ahnte Gryll, dass der Überfall der maskierten Männer mit den Loytz zusammenhing, denen gehörten die Heringe schließlich. Dumm war er ja nicht, aber er hatte dazu kein Wort verloren.

«Sagt dir der Name etwas?», fragte Michael beim Gehen.

«Ja, ich bin dem Mann schon begegnet», antwortete Stephan.

Michael blieb stehen und blickte ihn an. «Wo?»

«Beim Hospital an der Oderburg. Das war, als ich von der Sache mit dem Grundstück erfahren habe.» Mit knappen Worten berichtete er, wie der Herzog und der Pfaffe die Leute aus dem Hospital vertreiben wollten. Simon erwähnte er nicht, und auch nicht, wie sehr Lenis Mut ihn beeindruckt hatte.

«Allmählich wird mir einiges klar», sagte Michael.

«Barnim scheint zu glauben, wenn er uns wirtschaftlich schwächt, verkaufe ich ihm das Grundstück zum Spottpreis. Ich muss zugeben, das ist ein ausgekochter Plan, den ich dem Halunken nicht zugetraut hätte.»

«Wirst du die Angelegenheit vor den Stadtrat bringen?»

Michael überlegte und sagte dann: «Damit würde ich scheitern. Barnim wird alles abstreiten. Das Einzige, was wir haben, ist das erpresste Geständnis eines Dänen.»

«Veit Karg könnte diesen Raymund Litscher überführen. Damit hätten wir eine Aussage, die für eine Anklage gegen den Herzog Bestand haben könnte.»

Michael schüttelte den Kopf. «Du denkst wie ein Studierter. Manchmal ist es von Vorteil, sein Wissen für sich zu behalten und es erst bei Bedarf auszuspielen, vielleicht wenn es darum geht, den Preis weiter in die Höhe zu treiben, sollte Leni sich noch länger weigern.»

Er ging weiter. Stephan musste sich beeilen, mit ihm Schritt zu halten. Als die Umrisse der Buden sich im Mondlicht abzeichneten, rang er sich durch, Michael noch eine Frage zu stellen: «Hättest du dem Vogt das Ohr abgeschnitten?»

«Natürlich», sagte Michael lachend, und ein Schauder lief Stephan über den Rücken.

17
Jagdschloss Zum Grünen Walde

Diese Suppenfresser aus Stettin halten mich zum Narren!»

Joachim blickte von seinem Teller auf über die vollbesetzte Tafel in der Hofstube des Jagdschlosses und schaute seinen Bruder Hans von Küstrin an. Der saß neben seiner Gemahlin Katharina von Braunschweig und hielt einigen Gästen am Tisch eine wütende Rede. «Immer wieder verwehrt der Stettiner Stadtrat unseren Handelsschiffen die Durchfahrt zur Ostsee», erklärte Hans. «Daher habe ich mich genötigt gesehen, Gegenmaßnahmen zu ergreifen, und in Frankfurt das Schiff eines Kaufmanns namens Lukas Weyer mitsamt Ladung und Mannschaft festgesetzt. Diese Hunde sollen mich kennenlernen!»

Hans widmete sich ausschweifend einem seiner liebsten Themen: die Handelskonflikte, die er mit den Pommern und Stettinern seit Jahrzehnten austrug. Er war Joachims jüngerer Bruder, mit dem er sich nach dem Tod ihres Vaters die Mark Brandenburg hatte teilen müssen. Während der alte Herr in seinem Testament Hans die Herrschaft über Gebiete entlang der Oder übereignet hatte, erhielt Joachim den restlichen Teil der Mark Brandenburg mit den Städten Berlin und Cölln. Das Verhältnis der Brüder war seither durch Streitigkeiten geprägt, auch wenn derzeit ein gewisser Frieden zwischen ihnen herrschte. Nicht ohne Neid musste Joachim feststellen, dass Hans in politischen und wirtschaftlichen Angelegenheiten erfolgreicher agierte als er. Während der strebsame Hans sein Vermögen beständig mehrte, häufte Joachim vor allem Schulden an. Er hörte Hans über Handelsblockaden seitens der Stettiner schimpfen, bis es Joachim langweilig wurde und er sich wieder dem Essen widmete.

Er hatte Pastete auftischen lassen, in der, mit Safran gewürzt und mit Rosinen und Petersilie garniert, fette Karpfen aus dem See verarbeitet worden waren, wovon Anna niemals etwas erfahren durfte. Sie war oben in ihrer Kammer, wo Joachim sie von der Kammerjungfer bewachen ließ. In ihrem verwirrten Zustand wollte er sie den Gästen nicht zumuten, außerdem wollte er Gerede über seine Liebe zu ihr vermeiden. Nach dem letzten Vorfall, bei dem sie beinahe ins Wasser gefallen war, hatte er beschlossen, die Karpfen im See zu dezimieren, bis das letzte dieser fetten Biester verschwunden war. Er konnte ja nicht ständig ein Auge auf Anna haben, denn schon in wenigen Tagen musste er mit Lippold, der am Tisch neben ihm saß, zurück nach Berlin-Cölln, wo die Regierungsgeschäfte warteten.

Joachim konnte es kaum erwarten, Lippolds genialen Plan in die Tat umzusetzen. Den alten Münzmeister, der seit vielen Jahren in seinen Diensten stand, würde er entlassen und vielleicht mit einem kleinen Landgut abspeisen. Stattdessen würde er Lippold mit dem Amt betrauen, damit er Münzen aus gestrecktem Silber herstellte. Das allein würde Joachims Geldprobleme nicht lösen, aber wenn die minderwertigen Münzen erst im Umlauf waren, konnte er neue Einnahmen erzielen, und die hatte er bitter nötig. Mit Genugtuung dachte Joachim, dass sein strebsamer Bruder Hans noch nicht auf einen so klugen Einfall gekommen war. Sollte der sich doch mit seinem Handelskrieg abplagen.

Diener räumten das Geschirr ab, füllten Getränke nach und trugen den zweiten Gang auf: mit Speck gefüllter und mit Essig abgeschmeckter Karpfendarm. Joachim aß und schwatzte mit einigen Leuten, bis ein Diener ihm ausrichtete, gerade seien einige Herrschaften eingetroffen, die keine Einladung hätten. Joachim befahl, die Leute zum Teufel zu jagen. Als ihm der Diener jedoch ins Ohr flüsterte, um wen es sich handelte, entschied Joachim sofort anders.

Er wischte sich Hände, Lippen und Bart ab und bat Lippold, ihn nach draußen zu begleiten.

Auf der anderen Seite der Brücke warteten einige Männer auf Pferden. Einer von ihnen, ein grimmig dreinblickender Mann mit schlohweißem Bart, war kein Geringerer als Barnim, der Herzog von Pommern-Stettin. Eine Begegnung zwischen Barnim und Hans musste unbedingt vermieden werden, sollte das Festmahl nicht in einem Streit über die Handelsbeschränkungen enden.

«Mögt Ihr uns nicht hereinbitten?», bemerkte Barnim spitz, nachdem ihm einer seiner Landsknechte vom Pferd geholfen hatte.

«Ich muss zugeben, Euer Besuch kommt unerwartet», entgegnete Joachim. «Es mag Euch ungebührlich erscheinen, aber wir haben das Schloss voller Gäste.»

«Mein Besuch war seit längerem angekündigt», knurrte Barnim. Zu ihm gesellte sich ein hagerer Mann in dunklem Gewand, offenbar ein Priester. «Ich hatte um eine Audienz in Eurem Schloss in Cölln gebeten, wo wir vor zwei Tagen eintrafen. Dort musste ich allerdings erfahren, dass Ihr Euch in diesem Sumpf aufhaltet.»

Joachim wechselte einen Blick mit Lippold, der ratlos mit den Schultern zuckte.

«Offenbar handelt es sich um einen bedauerlichen Irrtum», sagte er und dachte darüber nach, wie er verhindern konnte, dass Barnim und Hans aufeinandertrafen. «Nun, wir werden sehen, wie wir das Beste daraus machen», fuhr er fort. «Ich schlage vor, Eure Leute versorgen die Pferde, während Ihr mir Euer Anliegen bei einem Spaziergang unterbreitet.»

Barnim klagte jedoch über Bein- und Gesäßschmerzen

vom langen Sitzen auf dem schwankenden Ross. Er kratzte an einem Insektenstich auf seiner Wange und sagte: «Ich habe ja nicht nur den weiten Weg von Stettin nach Cölln auf mich genommen, nein, nun war ich auch noch gezwungen, über den kurfürstlichen Knüppeldamm bis in diesen dunklen Forst zu reiten, in dem es von Ungeziefer wimmelt.»

«Dann solltet Ihr in einer Gästekammer meines bescheidenen Jagdschlosses Eure Beine und Euren Geist ausruhen», sagte Joachim. Auf die Weise, so überlegte er, könnte er seinen Bruder verabschieden, während der Herzog ruhte.

Aber Barnim schüttelte den Kopf. «Was ich mit Euch zu besprechen habe, ist von größter Dringlichkeit und bedarf absoluter Verschwiegenheit. Mein Begleiter, der ehrenwerte Pastor Raymund Litscher, ist eingeweiht.»

Der Pastor deutete eine knappe Verbeugung an. Joachim, den die Neugier packte, stellte seinerseits Lippold vor, dem, so betonte er, sein uneingeschränktes Vertrauen gelte. Anschließend bat er die Herrschaften hinunter zum Steg, wo er sich mit einem Blick über die Schulter überzeugte, dass die Vorhänge zur Hofstube zugezogen waren.

Im Wasser schwammen dunkle Schatten heran. Die ewig hungrigen Karpfen wurden von den Bewegungen und den Schritten auf dem Steg angelockt. Auf der Sitzbank lagen die Reste eines angerissenen Brotlaibs, den Anna vorhin nicht mehr verfüttert hatte.

«Mein lieber Herzog, nun gehöre ich ganz Euch, muss aber einräumen, dass meine Zeit begrenzt ist», sagte er. Eine gute halbe Stunde würden die Gäste noch mit Essen und Trinken beschäftigt sein.

Barnims Kiefer zuckten unter dem weißen Bart. «Ich

möchte erneut betonen, dass diese Angelegenheit unter uns bleiben muss.»

Joachim klaubte Brotkrumen von der Bank und warf sie ins Wasser. Sofort schnappten die Fische danach.

Barnims Gesicht lag im Schatten der Hutkrempe, als er sagte: «Ich gedenke, mir auch einen Schwarm Karpfen zuzulegen und sie in Teichen bei der Oderburg zu mästen.»

«Ich vermute, die Karpfen sind nicht der Grund für Eure weite Reise.»

«Nun, in gewisser Weise doch.» Er blickte Joachim an. «Erinnert Ihr Euch an die Loytz?»

Joachim runzelte die Stirn. Seine anfängliche Neugier wich Skepsis. «Sehr wohl erinnere ich mich an diese Kaufleute», sagte er und fragte sich, was der alte Narr im Schilde führte. Bislang hatte er von ihren Advokaten noch nichts wegen der alten Schulden gehört. Wenn der Herzog aber im Namen der Loytz ein Geschäft mit ihm einfädeln wollte, war Joachim geneigt, ihn auf direktem Wege zu den Karpfen zu befördern. Offenbar hatte Barnim seine Verstimmung bemerkt, denn er sagte schnell: «Ich habe mit den Loytz einige – um es vorsichtig auszudrücken – Unstimmigkeiten. Daher muss ich wissen, wie Ihr zu ihnen steht.»

Joachim blickte zu Lippold. Der Hofkämmerer wiegte den Kopf vage hin und her, was wohl bedeutete, sie sollten sich Barnims Ansinnen zumindest anhören. Daher sagte Joachim: «Wie ich zu den Loytz stehe? Nun, ich habe seit längerem nichts mit ihnen zu schaffen gehabt, kann aber sagen, dass meine Beziehungen zu diesen Leuten nicht die besten sind. Ich denke, Ihr erinnert Euch, wie die Loytz mich damals beim Ochsenhandel übers Ohr hauen wollten und ich sie dafür in den Kerker werfen ließ.»

«Ja, daran erinnere mich», erklärte Barnim und nickte düster. «Schließlich war ich damals so naiv, für die Loytz zu bürgen, damit sie aus der Haft kommen.»

«Diese Leute haben großen Einfluss. Kaiser Karl V. höchstselbst hatte mich damals dazu verpflichtet, die Halsabschneider wieder auf freien Fuß zu setzen. Aus Euren Worten schließe ich, dass Ihr Eure Fürsprache im Sinne der Loytz mittlerweile bereut?»

«Ich bereue es zutiefst! Zu meiner Verteidigung muss ich erwähnen, dass sie auch mich durch Darlehen und unverhältnismäßig hohe Zinsforderungen in ihre Abhängigkeit getrieben haben. Hans Loytz ist zwar vor vielen Jahren gestorben, und seine Brüder leiten die Faktoreien in Lüneburg und Danzig. Aber im Stettiner Stammhaus hat jetzt ein gewisser Michael Loytz das Sagen. Der Bursche steht seinem durchtriebenen Vater Hans in Sachen Skrupellosigkeit in nichts nach ...»

Der Herzog verstummte. Es schien, als kaue er auf einem Gedanken herum und überlege, ob er Joachim davon erzählen sollte. Dann sagte er: «Erst kürzlich sah ich mich gezwungen, gegen Michael Loytz vorzugehen. Ich ließ dem Vogt einer dänischen Vitte den Hinweis übermitteln, dass die Loytz'schen Fischer sich ihre Heringe auf betrügerische Weise aneignen. Irgendwie ist es diesem Michael Loytz jedoch gelungen, sich seine beschlagnahmten Heringe zurückzuholen. Ich vermute wohl nicht zu Unrecht, dass da Erpressung im Spiel war.»

«Wundern würde es mich nicht», sagte Joachim. «Aber nun verratet mir doch, was Euer Besuch und die Karpfen mit den Loytz zu tun haben.»

«Sie wollen mein Lebenswerk zerstören. In absehbarer Zeit werde ich mich von den Regierungsgeschäften zurückziehen, um meinen Lebensabend mit meiner lieben Gemahlin auf der Oderburg zu verbringen. Als Verwalter des Erbes seines Vaters gönnt mir dieser Michael Loytz jedoch keinen Frieden. Er weigert sich, mir den Grund und Boden zu verkaufen, der sich im Besitz der Loytz befindet. Ich will dort aber Fischteiche anlegen. Seht Eure Karpfen! Ist es denn zu viel verlangt, dass auch ich einen so friedlichen Ort mein Eigen nennen möchte? Stattdessen gestatten die Loytz einer alten Nonne, auf dem Gelände ein heruntergekommenes Hospital zu betreiben – und zwar einer Nonne, die Pastor Litscher der Hexerei verdächtigt. Ich habe Pastor Litscher damit betraut, mein neues, mit Ärzten, Heilmitteln und Gerätschaften aufs beste ausgerüstete Hospital auf der Oderburg zu leiten. Nicht zuletzt haben wir dort eine kleine Kirche errichtet und mit kostbaren Reliquien ausgestattet.»

Bei der Aufzählung musste Joachim innerlich grinsen. Er vermutete, dass der letzte Grund ausschlaggebend und die Fischteiche sentimentales Beiwerk waren. Barnim, der alte Fuchs, wollte mit der Pilgerstätte reiche Herrschaften aus aller Welt auf seine Burg und ins Hospital locken, um ihnen ihr Geld abzuknöpfen. Sei's drum, das war Barnims gutes Recht.

Joachim blickte zum Schloss. Bald würden die Gäste herauskommen, und bis dahin musste er den Herzog in einer Kammer untergebracht haben.

«Ich danke Euch für Eure Offenheit», sagte er. «Aber warum kommt Ihr mit Euren Sorgen bezüglich der Loytz ausgerechnet zu mir?»

«Ich möchte Euch ein Geschäft vorschlagen. Es gibt drei Loytz-Brüder, von denen einer ein verwahrloster Trinker ist und vernachlässigt werden kann. Die anderen beiden sind Michael und Stephan Loytz. Wenn Ihr mir diese beiden vom Hals schafft und dafür sorgt, dass ich das Grundstück bekomme, beteilige ich Euch an den Einnahmen des Hospitals und der Pilgerstätte.»

Joachim blickte auffordernd Lippold an, der als versierter Geschäftsmann die Verhandlung übernehmen sollte.

«Mit Einnahmen in welcher Höhe rechnet Ihr?», fragte Lippold, während Joachim überlegte, ob er sich überhaupt auf einen solchen Handel einlassen sollte. Er würde ein nicht geringes Risiko eingehen. Immerhin war er schon einmal gescheitert, als er gegen die Loytz vorgegangen war.

Barnim wiederum gab das Wort an den Priester weiter, der sagte: «Wenn der Betrieb im Hospital angelaufen ist und der Ruf der Pilgerstätte sich verbreitet, können wir Erlöse von mehreren zehntausend Talern im Jahr erzielen, vorsichtig geschätzt wohl an die dreißig- oder vierzigtausend Taler.»

Joachim wurde hellhörig. «Und zu wie viel Prozent wollt Ihr uns daran beteiligen?»

«Fünfundzwanzig Prozent», sagte der Priester.

Lippold schüttelte den Kopf und blickte den Priester scharf an. «Ich halte nicht weniger als fünfundvierzig Prozent für angemessen.»

«Dreißig Prozent», sagte der Priester.

Sie einigten sich auf fünfunddreißig Prozent und eine Vorauszahlung von fünftausend Talern. Barnim sagte: «Natürlich habt Ihr bei der Wahl Eurer Mittel freie Hand. Darf ich dennoch fragen, wie Ihr dieses Problem zu lösen gedenkt?»

Joachim lächelte hintergründig. Kein zweites Mal würde er den Fehler von damals wiederholen, als er versucht hatte, die Loytz mit aufwendigen Winkelzügen zu vernichten. Dieses Mal würde er die Sache auf schnellem und direktem Wege angehen.

«Nun, mein lieber Barnim», sagte Joachim, «ich denke, damit solltet Ihr Euer Gewissen nicht belasten. Wir setzen die Verträge auf, Ihr zahlt – und wir kümmern uns um die Angelegenheit.»

Denn wo dein Schatz ist, da ist auch dein Herz.

MATTHÄUS 6,21

II. TEIL

✦

März bis August 1567

1

Stettin

In den ersten Tagen nach Simons Einlieferung wich Leni ihm nicht von der Seite. Wachsam hielt sie ein Auge auf ihn, damit er nicht Reißaus nahm und das vollendete, wozu der Teufel ihn hatte verführen wollen. Tag und Nacht saß sie an seinem Bett, bangte und hoffte, zweifelte und betete. Sybilla bat Leni, sich von ihr ablösen zu lassen, ihr Vater mache sich Sorgen um sie. Doch Leni ging nicht darauf ein, sie blieb an Simons Seite. Tagelang lag er im Fieber. Sie hielt seine Hand, wenn er schwitzte und fror, wenn er zitterte und weinte. Sie hörte ihn flehen und um Bier und Wein betteln – *nur einen, nur einen einzigen Schluck, oh bitte, Leni, bitte, bitte, einen einzigen Schluck, und ich werde gesund sein.* Sie gab ihm Wasser zu trinken und Getreidebrei zu essen. Sie flößte ihm Brühe ein und ließ ihn einen Trank schlucken; Sybilla bereitete ihn aus Heilkräutern zu, denen man eine beruhigende Wirkung zuschrieb. Und der Herrgott erhörte Lenis Gebete. Simon besann sich. Er floh nicht, sondern kam zu Kräften und ging Konrad und den anderen Helfern zur Hand. Er hackte Holz, schleppte Kranke in ihre Betten und karrte Leichen zum Friedhof.

Als Leni in dieser Zeit einmal ins väterliche Haus in der Pfaffenstraße heimkehrte, bemühte Lukas Weyer sich um einen strengen Blick und äußerte sein Missfallen über ihr Fernbleiben. Er konnte ihr aber nie lange böse sein, und sie ahnte, dass er im Stillen ihren Entschluss respektierte, ihr Leben der Fürsorge der an Körper und Geist erkrankten Seelen zu widmen. Nur auszusprechen, nein, auszusprechen vermochte Lukas Weyer so etwas nicht.

An einem milden Abend im anbrechenden Frühling des Jahres 1567 begleitete Simon Leni vom Hospital bis vor das Frauentor. Auf dem Weg vertrieben sie sich die Zeit mit Scherzen über die Menschen im Hospital. Leni lachte über Simons Grimassen, wenn er diesen oder jenen spielte, ohne einen Betroffenen jedoch böswillig vorzuführen. Es war kein Spott, sondern kleine, stimmige Neckereien, mit denen er Konrads Gestotter nachahmte oder Sybillas schiefen Gang und ihren belehrenden Tonfall.

So erreichten sie in fröhlicher Stimmung die Stadt. Vor dem Tor bückte sich Simon am Wegesrand nach einem Büschel Löwenzahn. Er rupfte ein paar Stängel mit gelben Blütenköpfen ab, hielt sie ihr hin und sagte: «L-L-Leni, dieses G-G-Geschenk möchte ich dir überreichen als Zeichen meiner aufrichtigen Zun-n-neigung.»

Sie nahm die Blumen und lächelte, aber ihr Lächeln verging, als sie Simons Blick einfing. «Warum schaust du mich so an?», fragte sie.

«Wie schaue ich denn?»

«Nicht wie Konrad, wenn er mir Blumen schenkt.»

«Sondern wie wer?»

«Du schaust wie jemand, der – nun, wie jemand, der einer Frau nicht ohne gewisse Absichten Blumen schenkt, sich aber nicht traut, es auszusprechen.»

Simon blickte sie aus seinen hellblauen Augen an, blickte sie lange an, so lange, bis ihr unwohl wurde und sie sich in ihrem Verdacht bestätigt fühlte. Plötzlich lachte er laut und sagte: «Glaubst du wirklich, ich traue mich nicht, dir zu sagen, dass du der wundervollste Mensch bist, der mir über den Weg gelaufen ist – vom Wirt des *Roten Herings* mal abgesehen …»

«Simon, mach dich nicht über mich lustig.»

Er hob die Hand und berührte leicht ihre Schulter. Sie zuckte zurück. «Leni», sagte er in festem Ton, «ich würde mich jederzeit trauen, dir zu sagen, wie unendlich dankbar ich bin für alles, was du für mich getan hast und für mich tust. Du hast mich nicht verurteilt, hast mich nicht aufgegeben. Du hast an mich geglaubt. Das möchte ich dir sagen, immer und immer wieder. Und sorge dich nicht: Lieber schneide ich mir eine Hand ab und ziehe mir die Fingernägel einzeln raus, als dir zu nahe zu treten.»

Sie sah in seine Augen, forschte in dem Blick nach einer Antwort. Sprach er die Wahrheit? Oder erwartete er etwas, wozu sie nicht bereit war, es irgendeinem Mann zu geben? «Du solltest die Abfolge beachten», sagte sie schließlich.

«Die Abfolge – wovon?»

«Erst die Fingernägel rausziehen, dann die Hand abschneiden. So hast du mehr vom Schmerz.»

Simon warf den Kopf in den Nacken und lachte so laut, dass die Stadtwachen beim Frauentor zu ihnen herüberschauten.

«Ich kann es kaum erwarten, dich morgen früh wiederzusehen», sagte er, machte kehrt und spazierte mit beschwingten Schritten Richtung Hospital zurück.

Leni blickte ihm nach, nicht ohne den Rest eines Zweifels. Als sie ihre Faust öffnete, war die Hand verklebt von dem milchigen Saft, der aus den gequetschten Stängeln des Löwenzahns quoll.

Das Haus ihres Vaters stand in der Pfaffenstraße im Schatten von Sankt Jakobi. Es war ein gedrungenes Haus mit Ober- und Untergeschoss. Die Gebäude, die links und rechts standen, hielten Lukas Weyers Haus in ihrer Mitte fest, wie man einen Betrunkenen stützt. Von den Wänden blätterte Farbe, der Putz platzte ab, auch das mit Schindeln gedeckte Dach bedurfte dringend einer Überholung. Doch dafür fehlte Lukas Weyer das nötige Geld. Seine Geschäfte liefen seit geraumer Zeit schlecht, und seit sein Schiff in Frankfurt einkassiert worden war, liefen die Geschäfte überhaupt nicht mehr. Alle Ersparnisse waren nahezu aufgebraucht.

Leni betrat das fast leere Warenlager im Untergeschoss und stieg die Holztreppe in den Wohnbereich hinauf. In der Küche stapelten sich auf dem Tisch benutzte Töpfe, Teller und Becher. Der Ofen war kalt. Leni suchte einen sauberen Becher, fand einen hinter dem Geschirrstapel und schöpfte aus einem Bottich Wasser in den Becher. Sie steckte den Löwenzahn hinein und stellte den Becher, über dessen Rand die gelben Köpfe traurig herabhingen, in die Nähe des kleinen Küchenfensters. Sie überlegte, sich an den Abwasch zu machen, obwohl sie müde und ihre Beine schwer von der Arbeit waren, entschied aber, das Abwaschen zu verschieben und ins Bett zu gehen, als sie aus der Wohnstube gedämpfte Stimmen hörte. Hatte da jemand gelacht?

Sie ging zur angelehnten Tür der Wohnstube und trat ein. Ihr Vater hatte Besuch. Als Leni sah, wer der Besucher war, bereute sie, ihrer Neugier nachgegeben zu haben.

Vater saß auf einem kleinen Stuhl. Ihm gegenüber saß Michael Loytz bequem zurückgelehnt in dem mit weichen Kissen gepolsterten Sessel, der Vaters angestammter Platz war. Michael richtete sich im Sessel auf und hob die Augenbrauen. Er starrte Leni an, ohne zu blinzeln.

«Leni, mein Kind, setz dich zu uns», sagte Vater und deutete auf einen Stuhl, der mit einem Haufen Kleidungsstücke belegt war, die gewaschen werden mussten.

Sie zögerte und überlegte, in welcher Form sie Michael begrüßen sollte, bis der ihr zuvorkam und sagte: «Ich freue mich, dich zu sehen, Leni Weyer.»

«Ja, ich mich auch», sagte sie leise und dann etwas lauter: «Ich will euch nicht stören, wollte eh gerade schlafen gehen ...»

«Warte noch», bat Vater. «Michael hat mir soeben zugesagt, sich in meiner Sache zu verwenden. Hör doch – er wird mir helfen, mein Schiff zurückzuholen.»

«Ach ja?» Leni war mit einem Mal hellwach. Sie überlegte, an welche Bedingung Michael seine Unterstützung geknüpft haben mochte. Die einzige und naheliegende Bedingung, die ihr einfiel, betraf die Hochzeit. Hatte Vater ihm gegen ihren Willen etwa doch zugesagt? Ein Gefühl, bitter wie Gallensaft, kroch ihren Hals hinauf. Lebhaft erinnerte sie sich, wie Vater ihr einst von dem Versprechen erzählt hatte, das Hans Loytz und er sich bezüglich ihrer erstgeborenen Kinder gegeben hatten. Lenis erste Reaktion war ungläubiges Erstaunen, ihre zweite Reaktion ein deutliches: «Niemals!»

Nie im Leben würde sie Michael Loytz' Frau werden. Als ihr Vater es ihr gegenüber zum ersten Mal erwähnt hatte, war sie fünfzehn und somit in einem Alter, in dem die Mädchen in ihrem Umfeld reihenweise die Burschen heirateten, die ihre Väter für sie auswählten. Der Gedanke, ein Leben mit Michael Loytz zu führen, war ihr jedoch vollkommen fremd; ja, der Gedanke ekelte sie an, obwohl ihr im ersten Moment gar nicht genau bewusst gewesen war, worin der Grund für ihre Ablehnung lag. Erst danach ging es ihr auf. Die wenigen kurzen Begegnungen in ihrer Kindheit – Michael war neun Jahre älter als sie – hatten ihr das Bild eines grausamen und rücksichtslosen Menschen gezeichnet. Inzwischen war Leni neunzehn, und ihre Meinung über Michael hatte sich nicht geändert.

Im Gegenteil: Durch sein beharrliches Drängen und seine Drohungen gegenüber Lukas Weyer war ihre Verachtung für ihn noch gewachsen. Als sie das erste Mal vom Schwur der Väter erfahren hatte, hatte sie geweint und geflucht, bis Vater ein Einsehen hatte und versprach, die Sache erst einmal auf sich beruhen zu lassen. Und als er später wieder davon anfing, hatte sie ihm unmissverständlich zu verstehen gegeben, lieber gehe sie ins Kloster oder reise mit einem Schiff in die Neue Welt, anstatt Michael zu heiraten. Da hatte Vater schließlich eingelenkt. «Wenn das dein unumstößlicher Wille ist», sagte er, «dann wird Michael dich nicht bekommen.»

Daran hatte sich Vater bis jetzt gehalten.

«Und warum will Michael dir helfen?», fragte sie mit lauernder Vorsicht.

Die Kissen im Sessel raschelten. Michael lehnte sich zurück, stützte die Ellenbogen auf die Armlehnen und legte die Fingerspitzen zusammen. «Ich sehe dir an, Leni, wie schlecht du über mich denkst», sagte er. «Dabei möchte ich deinem Vater helfen. Ich kann nicht zulassen, dass der alte Freund und Handelspartner meines Vaters vor die Hunde geht. So einfach ist das. Ich möchte, dass er wieder über sein Schiff verfügt, damit ich ihm Aufträge geben kann. Unser Handelshaus hat jüngst mehrere erfolgreiche Abschlüsse getätigt, weswegen wir Partner brauchen, um diese Geschäfte abzuwickeln. Wie du siehst, ist meine Unterstützung doch nicht frei von Hintergedanken.» Er lächelte steif. «Und ja – ich gebe zu, Leni, deine Weigerung, dem Wunsch unserer Väter zu entsprechen, stimmt mich traurig. Aber ich kann dich nicht zur Hochzeit zwingen, solange Lukas deiner Meinung ist.»

Leni glaubte ihm kein Wort und fragte: «Wie willst du denn die Frankfurter überzeugen, Vaters Schiff rauszugeben?»

Michael nickte Lukas auffordernd zu, und der antwortete: «Michael und sein Bruder Stephan sind vom Kurfürsten der Mark Brandenburg zu einer Jagdgesellschaft eingeladen worden. Diese Gelegenheit will Michael nutzen, um den Kurfürsten auf das Schiff anzusprechen. Dessen Bruder, Markgraf Hans von Küstrin, ist es nämlich, der mein Schiff wegen der Handelsstreitigkeiten zwischen Stettin und Frankfurt festhält. Worum ich dich bitten möchte, Leni, ist, dass du Michael und Stephan auf die Jagdgesellschaft begleitest.»

«Was soll ich da?», fuhr Leni auf. «Ich kenne weder den Kurfürsten noch den Markgrafen und glaube nicht, dass ich irgendeinen Einfluss darauf habe, ob sie dir dein Schiff zurückgeben, Vater.»

«Oh, das denke ich schon», sagte Michael. «Der Kurfürst hat eine Schwäche für schöne Frauen. Es heißt, er fange an zu sabbern, wenn er einer schönen Frau nahekommt ...» Er lachte trocken über seinen Scherz, dann sagte er: «Wenn du ein schönes Kleid anziehst, wird der alte Lustmolch dir jeden Wunsch von den Augen ablesen. Da gehe ich jede Wette ein. Aber keine Sorge, ich werde dich ihm als meine Verlobte vorstellen. Dann wird er sich dir gegenüber zurückhalten. Außerdem würde er von mir als dem Regierer des Loytz'schen Handelshauses keinen guten Eindruck haben, wenn ich die Gesellschaft ohne eine Frau an meiner Seite besuche. Dass du nicht im Traum daran denkst, meine Frau zu werden, wird er nicht erfahren. Und um deine letzten Sorgen zu zerstreuen, werden wir eine Anstandsdame mitnehmen, die darauf achtet, dass dir niemand zu nahe tritt.»

Der Einzige, der mir zu nahe treten könnte, wäre doch er selbst, dachte Leni. Und der Gedanke, eine Duenja an ihrer Seite zu haben, beruhigte sie ebenfalls kaum. «Ich soll auf der Gesellschaft also dein schmückendes Beiwerk sein», sagte sie trotzig.

Michael seufzte. «Nenn es, wie du willst, Leni. Letztlich zählt nur, dass dein Vater wieder über sein Schiff verfügen kann, damit ihr beide in absehbarer Zeit nicht am Hungertuch nagt. Die Wirtschaft ist grausam heutzutage. Da bleibt jeder auf der Strecke, der nicht mithalten kann.»

Ihr Vater blickte sie an. «Bitte, Leni, tu es – tu es für uns beide.»

2
Stettin

Dann zeig mal, was *du* kannst», sagte Michael und ließ die Armbrust sinken.

Er schien rundum zufrieden zu sein – mit sich, seinem Schuss und überhaupt mit der Welt im Allgemeinen, was bei ihm ein seltener Gemütszustand war. Sein Bolzen hatte das Ziel, ein Ballen aus gepresstem Stroh, im oberen Bereich getroffen. Der Ballen lehnte an der Außenwand des Getreidespeichers hinter dem Loytzenhof. Vom Bolzen ragte nur das hintere Ende aus dem Stroh heraus. Das eigentliche Ziel, ein mit Kohle markierter, schwarzer Kreis in der Mitte des Ballens, hatte Michael zwar verfehlt, aber allein den Ballen getroffen zu haben, gab ihm Genugtuung.

Der Schuss war ordentlich, fand Stephan. Ordentlich, aber nicht gut.

Dennoch warf sich Michael in die Brust und sagte: «Es gibt nicht viele Männer, die einen solchen Treffer landen können, nachdem sie viele Jahre keine Armbrust in der Hand hatten. Viel zu lange habe ich nicht mehr damit geschossen und vergessen, welchen Spaß es macht. Vater hat es uns früher gezeigt, erinnerst du dich? Er war ja selbst kein guter Schütze, aber er war ein guter Lehrer. Stell dir einfach vor, der Strohballen wäre so eine Wildsau, die auf dich zukommt, hat er gesagt. Also, mein Bolzen hätte der Sau immerhin die Flanke durchschlagen. Sollst mal sehen, Stephan, den Leuten bei der Jagdgesellschaft werde ich zeigen, wie man einen guten Schuss anbringt.» Er lachte. «Und unserer kleinen Leni werde ich auch zeigen, wo ich bei ihr was anbringen werde.»

Michael trat zur Seite. Stephan spannte seine Armbrust und legte einen Bolzen ein. Er setzte die Waffe an die Schulter, legte die Wange an den Schaft, visierte über Kimme und Korn den schwarzen Kreis an. Dann hob er die Armbrust ein kleines Stück an. Er erinnerte sich, wie sie stundenlang bei Wind und Wetter im Loytzenhof hatten üben müssen. Auch er hatte lange mit keiner Armbrust mehr geschossen, doch war ihm das Schießen unter

Vaters strenger Aufsicht damals in Fleisch und Blut übergegangen. Er achtete auf seine Atmung, betätigte den Abzug und drückte ab. Der Bolzen landete in der schwarzen Markierung. Ganz am Rand zwar, aber immerhin im Ziel.

Neben ihm stieß Michael einen missmutigen Laut aus und sagte: «Das war Glück – nichts anderes. Geh zur Seite!»

Michaels zweiter Bolzen verfehlte den Ballen ganz, prallte gegen einen Balken im Fachwerk und fiel auf den Boden.

Stephan nahm den nächsten Bolzen aus dem Köcher, legte an, zielte – und schoss.

«Sag mal, willst du mich zum Narren halten?», fragte Michael gereizt. «Hast wohl in deinem Italien nichts anderes gemacht, als mit einer verdammten Armbrust zu schießen. Mach Platz!» Sein dritter Schuss traf wieder den Ballen. Dieses Mal steckte sein Bolzen im Kreis bei Stephans beiden Bolzen.

Stephan machte sich bereit für seinen dritten Schuss und legte den Bolzen auf den Lauf, als Octavian auf den Hof kam. Er wedelte mit einem Schreiben und rief: «Den Brief hat soeben ein Bote gebracht …»

Michael schnitt ihm das Wort ab: «Nicht jetzt!»

«Aber das Schreiben scheint von größter Wichtigkeit zu sein», sagte Octavian.

«Erst schießt mein Bruder seinen letzten Bolzen ab – und mich soll der Teufel reiten, wenn er ein drittes Mal ins Schwarze trifft.»

Michael sah nicht zum Ballen, er blickte Stephan an. Seine Augen waren wütende, schmale Schlitze, die seine Missgunst über Stephans Treffer ausdrückten. Der erkannte die Warnung und verstand sie.

Stephan hob die Armbrust, zielte schnell und drückte ab.

Er hörte Michael erleichtert seufzen und sagen: «Wusste ich's doch, mit deinen ersten zwei Bolzen hast du Glück gehabt, nichts weiter. Geh und sammle die Bolzen ein. Was hat es mit dem Schreiben auf sich, Octavian?»

Stephan ging zum Ballen und zog die vier Bolzen aus dem Stroh. Dann hob er die beiden Bolzen auf, die auf dem Boden lagen. Nun hat er wenigstens seinen Seelenfrieden, dachte Stephan und hörte Michael nach ihm rufen: «Beeil dich und komm sofort ins Kontor!»

Im Kontor des Loytzenhofs fand wenig später eine Versammlung statt, zu der sie auch den Advokaten Benjamin Stauch herbeizitiert hatten. Michael thronte hinter dem Schreibtisch, vor ihm lag das auseinandergerollte Schreiben. Er blickte auf, schaute Octavian, Stephan und Advokat Stauch an, die auf der anderen Seite des Tisches saßen, und sagte: «Der Brief wurde vom polnischen König Zygmunt August aufgesetzt. Er bittet uns, ihm einen Kredit zu vermitteln – einen Kredit von einhunderttausend Reichstalern.»

Stauch pfiff durch die Zähne, und Octavian sagte: «Das ist eine anständige Summe.»

«Können wir sie aufbringen?», fragte Michael.

Octavian fuhr sich mit der Hand über das graue Gesicht. «Ja, das könnten wir. Aber es wäre nicht klug, unsere Rücklagen mit einer so hohen Kreditausgabe zu belasten.»

«Was schlägst du also vor?»

Octavian blickte zum Advokaten Stauch, dann wieder zu Michael und fragte: «Willst du meine ehrliche Meinung hören?»

«Was soll die dumme Frage? Natürlich.»

«Nun, ich denke, wir sollten die Anfrage aus Polen ablehnen. Unsere Außenstände aus offenen Kreditrückzahlungen sind nach wie vor hoch, und der Krieg zwischen Dänemark und Schweden behindert unsere Geschäfte ...»

«Das ist mir bekannt», unterbrach Michael ihn. «Dennoch will ich, dass wir Zygmunt das Darlehen gewähren, und zwar aus einem ganz bestimmten Grund.» Er wandte sich an den Advokaten und sagte: «Benjamin, Ihr werdet umgehend einen Vertrag aufsetzen, mit dem wir Zygmunt verpflichten, uns alle Freiheiten und Privilegien zu gewähren, die wir benötigen, um unser Monopol für den Salzhandel in Polen durchzudrücken. Im Gegenzug finden wir Geldgeber, die einen Anteil an der geforderten Summe beisteuern.»

«An wen denkt Ihr dabei?», fragte Stauch. «An Herzog Barnim?»

Michael verzog das Gesicht. Stauch wusste ebenso wie Octavian über die misslungene Intrige des Herzogs auf Falsterbo Bescheid. «Nein, an den alten Knaben denke ich nicht, zumindest noch nicht», sagte Michael. «Fragt bei anderen Adligen nach. Geht zum jungen Johann Friedrich, bei dem haben wir noch etwas gut. Ohne unser Geld hätte er sich nicht an Kaiser Maximilians Kriegszug gegen die Türken beteiligen können. Wie ich hörte, ist Johann Friedrich nach Wolgast zurückgekehrt. Erinnert ihn daran, dass der Kaiser ihn ohne unsere finanzielle Hilfe nicht mit dem Land belehnt hätte. Und ich halte es für wahrscheinlich, dass Johann Friedrich bald über das Herzogtum Pommern-Stettin regieren wird, wenn sein Großonkel Barnim abdankt.»

Nach Streitigkeiten zwischen den pommerschen Herrschern war das alte Herzogtum vor einigen Jahrzehnten in zwei Hoheitsgebiete geteilt worden. Zum Herzogtum Pommern-Stettin gehörten die Gebiete östlich der Flüsse Oder und Swine sowie die Stadt Stettin und ihr Umland. Dem Herzogtum Pommern-Wolgast waren die Gebiete westlich der Flüsse zugeschlagen worden.

«Ach, und Benjamin», sagte Michael, «stellt Johann Friedrich in Aussicht, dass wir bei Zygmunt einen Zins aushandeln werden, der für die Kreditgeber lukrativ ist. Ich denke, das sollte Johann Friedrichs Entscheidung auf die Sprünge helfen.»

Stauch nickte. «Ich werde mein Möglichstes geben.»

«Davon bin ich überzeugt, mein lieber Benjamin. Die Angelegenheit duldet keinen Aufschub.»

«Werdet Ihr die Verhandlungen mit Zygmunt selbst führen, Michael? Es könnte sein, dass Johann Friedrich mich danach fragt.»

Michael lehnte sich im Stuhl zurück und sagte: «Ich bin leider verhindert, aber wir schicken jemanden nach Polen, der sich berechtigte Hoffnungen auf die Teilhaberschaft in unserem Unternehmen machen darf. Ich bin überzeugt, dieser Jemand wird seine Sache gut machen. Vom erfolgreichen Abschluss der Verhandlung hängt viel ab.» Vielsagend richtete er den Blick auf Stephan.

Stephan sah Michael überrascht an. «Du willst, dass *ich* nach Polen reise?»

«Siehst du in diesem Raum einen anderen Anwärter auf die Führung unseres Unternehmens?»

«Ich … nein … aber ich habe eine solche Verhandlung noch nie geführt», entgegnete Stephan unsicher.

«Dann wird es höchste Zeit.»

Octavian zog die Augenbrauen zusammen. «Ich weiß

nicht, ob er das Händchen für eine so verantwortungsvolle Aufgabe hat.»

«Darüber entscheide ich, Octavian», entgegnete Michael scharf. «Unsere Position ist gut. Schließlich will Zygmunt etwas von uns. Sollte Stephan im ersten Anlauf scheitern, wird es Nachverhandlungen geben. Außerdem – wie ich schon sagte –, ich bin leider verhindert. Kurfürst Joachim Hector hat mich eingeladen, und ich habe wichtige Angelegenheiten mit ihm zu regeln.»

«Die Einladung ging an uns beide», warf Stephan ein. Die Vorstellung, ohne Beistand die Verhandlung um so einen hohen Kredit zu führen, verursachte ihm Magenziehen, zumal davon auch noch die Zusage für ein Salzmonopol abhing. Sicher, er hatte in den Faktoreien und im Studium einiges über Geldgeschäfte gelernt. Aber es war etwas völlig anderes, Kaufleute oder Gelehrte darüber dozieren zu hören, als selbst einem Verhandlungspartner gegenüberzustehen, und dann noch einem König.

«Ich werde den Kurfürsten von dir grüßen, Stephan. Er wird deine Abwesenheit verschmerzen können», sagte Michael.

Stephan wurde den Eindruck nicht los, dass es Michael sogar gelegen kam, allein nach Brandenburg zu reisen. Immerhin war er stolz wie ein Pfau, Leni Weyer überzeugt zu haben, ihn ins Jagdschloss zu begleiten. Der Gedanke, dass Leni seinem Bruder ausgeliefert sein würde, wollte Stephan nicht gefallen.

«Eine Sache wäre da noch, ist aber nur eine Kleinigkeit», sagte Michael. «Zygmunt bittet uns um ein Geschenk, eine kleine Aufmerksamkeit sozusagen, mit der wir unseren guten Willen demonstrieren sollen, dass wir sein Anliegen ernst nehmen.» Er machte eine Pause, blickte in die Runde und sagte dann: «Der König möchte, dass wir ihm einen Löwen nach Kraków liefern.»

«Einen Löwen?», echoten Stephan, Octavian und Stauch aus einem Munde.

«Jawohl, einen Löwen, aber keine ausgestopfte Trophäe, sondern einen richtigen, echten, lebendigen, wilden Löwen.»

«Das sieht Zygmunt ähnlich», murmelte Octavian. «Ich erinnere mich an einen Handel zwischen ihm und eurem Vater Hans, bei dem Zygmunt darauf bestand, dass wir ihm ein Einhorn besorgen. Man kann sich vorstellen, welchen Aufwand das bedeutete. Über unsere Geschäftskontakte konnten wir schließlich in Sibirien einen Mammutzahn auftreiben, den wir Zygmunt als Einhorn verkauften. Zum Dank dafür hatte er eigentlich versprochen, Hans eine mit Smaragden besetzte Königskrone zu schenken, auf die wir aber heute noch warten.»

«Na, seht ihr», sagte Michael. «Wenn die Loytz einen Mammutzahn liefern können, sollte uns ein Löwe keine Probleme bereiten.»

«Ich habe da einen Mandanten, einen Grafen, verarmter Landadel, der hat früher ein ganzes Rudel gehalten», erklärte Stauch. «Mittlerweile kann er kaum noch das Futter für die Tiere bezahlen.»

Michael richtete sich im Stuhl auf. «Dann ist es beschlossene Sache. Ihr, Benjamin, kümmert Euch um den Löwen und Johann Friedrich und andere Geldgeber, und du, Stephan, triffst die Vorbereitungen für die Reise. Sobald wir den Löwen haben, machst du dich auf den Weg nach Kraków.»

Michael blickte ihn auf eine Weise an, die keinen Widerspruch duldete. Dennoch drängte es Stephan, seinerseits eine Bedingung zu stellen. Die Sache würde Michael nicht schmecken, aber die Gelegenheit schien günstig, das auszusprechen, was ihm seit geraumer Zeit im Kopf umherging. «Einen Löwen über eine so weite Entfernung zu transportieren, ist ein großer Aufwand», sagte er. «Daher möchte ich zur Unterstützung gern jemanden mitnehmen.»

«Selbstverständlich, wir geben dir ein paar Handelsdiener mit.»

«Ich meine jemanden Bestimmtes: Ich will Simon dabeihaben.»

3
Stettin

Was im Namen des Herrn soll das sein?», schimpfte Michael. «Das Tier ist ja mehr tot als lebendig.»

Michael, Stephan, Octavian, Großmutter Anna und Benjamin Stauch standen mit einigen Handelsdienern vor dem Loytzenhof um einen Leiterwagen herum, auf dem ein rostiger Eisenkäfig stand, und betrachteten den soeben angelieferten Löwen. Advokat Stauch hatte seinem Mandanten das Tier für einen symbolischen Taler abgekauft, aber sogar der eine Taler war schlecht angelegt. Der Löwe war bis auf die Knochen abgemagert, unter dem blassen Fell zeichneten sich Rippen und Wirbel ab. Vom unablässigen Auf-und-ab-Wandern im Käfig war das Fell an den Flanken und den Schultern bis auf die Haut abgescheuert. Die Mähne war verfilzt und mit Kot und anderem Dreck verschmiert, die Augen verklebt. Aus dem Maul tropfte zähflüssiger Speichel.

Vor dem Loytzenhof kam es im Nu zu einem Auflauf. Die Menschen strömten aus den umliegenden Häusern. Junge und Alte, sogar Greise auf Krücken humpelten herbei und bildeten in ehrfürchtigem Abstand einen Kreis um den Käfig. Der Abstand wurde rasch kleiner, als man sah, dass die einzige Gefahr, die von der Bestie ausging, ihr unangenehmer Geruch war. Auch Großmutter rümpfte die Nase.

«Lebendig ist er ja noch», bemerkte Octavian. «Zygmunt hat kein Wort darüber verloren, in welchem Zustand das Tier sein soll, nur eben lebendig.»

«Der stirbt uns weg, bevor wir einen Fuß auf polnischen Boden gesetzt haben», sagte Stephan ratlos.

«Dann sollten wir ihm etwas zu fressen geben», sagte eine Stimme im Hintergrund.

Stephan drehte sich um und sah Simon in der Menschenmenge stehen.

«Kaum ist er zurück, gibt er kluge Ratschläge», sagte Octavian. «Aber mit Verwahrlosung kennt er sich ja aus.»

Stephan ignorierte Octavians bissigen Kommentar und winkte Simon zu sich heran. Zögernd kam er näher. Michael hatte sich zunächst vehement geweigert, Simon mitreisen zu lassen. Es hatte Stephan daher einiges an gutem Zureden gekostet. Immer wieder hatte er beteuert, Simon habe seit einem halben Jahr keinen Tropfen Wein oder andere berauschende Getränke angerührt. Schließlich stimmte Michael doch zu und gab Simon eine letzte Gelegenheit, sich zu bewähren. Vielleicht, so überlegte Stephan, hatte Michael Leni nach Simon ausgefragt; sie hatte ihn im Hospital ja täglich um sich.

Michael verschränkte die Arme vor der Brust und musterte seinen jüngsten Bruder aus schmalen Augen. Simon trug schlichte, aber saubere Kleider. Sein blondes Haar war kurz geschnitten und gekämmt. Er nickte Stephan zu und senkte dann den Kopf in Michaels und Großmutters Richtung.

Großmutter sog durch die Nase zischend Luft ein. Ihr war anzusehen, wie schwer es ihr fiel, Simon das plötzliche Verschwinden damals zu verzeihen. Doch dann rang sie sich durch und sagte gepresst: «Ich freue mich zu sehen, dass du offenbar zur Vernunft gekommen bist.»

Michael begrüßte Simon nicht, sondern trug einem Diener auf, Fleisch und Wasser aus dem Loytzenhof zu holen.

Da kam aus der Menschenmenge ein faustgroßer Stein geflogen. Der Stein prallte mit klingendem Laut gegen einen Gitterstab und fiel auf den Rücken des Löwen, der den Stein gar nicht bemerkte. Simon ging zu einer Gruppe Jungen, die feixend und lachend in der Nähe des Wagens herumlungerten. Er schnappte sich einen der dreckigen Burschen, zog ihn am Ohr und sagte: «Wenn du noch mal etwas nach dem Tier wirfst, verpass ich dir eine!»

Der Knaben öffnete wie zum Protest den Mund, schwieg aber und verschwand mit seinen Freunden in der Menge.

«Dein Bruder muss lernen, seine Gefühle unter Kontrolle zu halten», sagte Octavian in strengem Ton zu Michael.

Anna schüttelte den Kopf. Sie lächelte jetzt sogar. «Simon hat gut daran getan, dem frechen Knaben das Ohr langzuziehen.»

Auch Michael sah zufrieden aus. «Der Bursche hätte verdient, dass man ihm das Ohr abschneidet.»

Als der Diener Fleisch und eine mit Wasser gefüllte Schüssel brachte, stellte man beides in den Käfig. Die

Menschen rückten dichter heran, um besser sehen zu können, wie der Löwe auf die Nahrung reagierte. Doch der Löwe bewegte sich nicht, sondern döste in dumpfer Schicksalsergebenheit vor sich hin, während die Fliegen in Schwärmen um ihn herumflirrten.

«Wir sollten die Abreise einige Tage aufschieben, um den Löwen aufzupäppeln», schlug Stephan vor und hoffte, die Reise vielleicht sogar um zwei, drei Wochen hinauszuzögern, damit er doch mit nach Brandenburg reisen und bei Leni sein konnte.

Michael schüttelte den Kopf. «Der Löwe ist hier, und das Schiff steht bereit – ihr brecht sofort auf!»

Der Transport des Löwen vom Loytzenhof hinunter zum Hafen geriet zu einer kleinen Sensation. In Windeseile sprach sich in der ganzen Stadt herum, dass die Loytz einen Löwen nach Polen lieferten. Von überall strömten die Menschen herbei. Am Fischmarkt kamen Händler hinter ihren Buden hervor und drängten sich mit anderen Schaulustigen auf der Mittwochstraße. Wie es halt war, wenn ein gefährliches Raubtier durch die Stadt gekarrt wurde, machten schnell Gerüchte die Runde. Geschichten über ein kinderverschlingendes Monster, ein Monster mit vor Zorn glühenden Augen und mit Zähnen, lang und spitz wie Dolche. Sogar Pfaffen und Mönche eilten heran, besetzten die Gassen, priesen Gott, flehten um himmlischen Beistand und fuchtelten mit Kreuzen, um den Dämon im Zaum zu halten.

So ging es auf den Straßen zwischen Loytzenhof und Hafen zu wie auf einem Jahrmarkt. Gebete und Wehklagen verstummten jedoch sogleich, wenn der Karren vorbeirumpelte und die teuflische Bestie sich als ermattetes

Etwas entpuppte, das nicht einmal den Anstand besaß, grimmig zu gucken oder die stumpfen Zähne zu fletschen.

Stephan und Simon gingen vor dem Tross her, der den Karren begleitete. Als sie sich dem Hafen näherten, hob Simon eine Hand und winkte jemandem am Straßenrand zu. Stephan sah Leni Weyer bei den Schaulustigen stehen. Es zog ihm im Magen, als ihr Blick sich auf ihn richtete und ihr Lächeln zu einem undeutbaren Ausdruck auf ihrem Gesicht verschwamm.

«Sie ist der wundervollste Mensch aller Menschen», sagte Simon.

«Du schwärmst ja richtiggehend», entgegnete Stephan mit einem Anflug von Eifersucht, den er nicht zu unterdrücken vermochte. «Bist du in das Mädchen verliebt?»

Simon lächelte selig. «Verliebt? Nein, das ist ein zu schwaches Gefühl für das, was ich für sie empfinde.»

«Du weißt aber, dass sie unserem großen Bruder versprochen ist, oder?»

«Sie hat mir davon erzählt. Sie hat aber auch gemeint, lieber geht sie in ein Kloster, als Michaels Frau zu werden.»

«Immerhin hat er sie überredet, ihn nach Brandenburg zu begleiten.»

«Wohl eher genötigt hat er sie. Mir hat sie erzählt, Michael erpresst sie mit dem Schiff ihres Vaters.»

«Das sieht ihm ähnlich. Mir will auch nicht gefallen, dass sie allein mit ihm zu der Jagdgesellschaft reist», sagte Stephan.

«Oh, bist du unserer Leni etwa auch verfallen?»

«Nein ... natürlich nicht», sagte Stephan schnell. «Nein, eigentlich interessiert sie mich überhaupt nicht.»

Simon grinste. «Aber sie spricht manchmal von dir.»

«Ach – und was sagt sie so?» Stephan versuchte, beiläufig zu klingen und sich seine Neugier nicht anmerken zu lassen. Was Leni über ihn sagte, interessierte ihn sogar brennend. Das durfte er Simon aber nicht auf die Nase binden, nein, das durfte niemand wissen. Sonst erfuhr am Ende Michael noch davon.

Simon grinste Stephan schief von der Seite her an, seine blauen Augen funkelten. «So, so, warum fragst du dann nach Leni, wenn du angeblich keinen Gedanken an sie verschwendest?»

Stephan schwieg und schaute stattdessen zu Leni hinüber. Für einen winzigen Moment trafen sich ihre Blicke, bevor sie sich wegdrehte und in der Menschenmenge verschwand.

4
Polen

Am Kai hievten Arbeiter den Käfig mit Hilfe eines schwenkbaren Hafenkrans in einen Lastkahn, auf dem sie ihn mittschiffs absetzten. Der Löwe döste im Käfig, hatte aber, zu Stephans Erleichterung, immerhin die Zunge in die Schüssel gesteckt und ein bisschen Wasser geschlabbert. Proviant und Gepäck für die Reisenden wurden verladen. Dann stiegen Stephan, Simon, ein halbes Dutzend Handelsdiener und ein weiteres halbes Dutzend Bootsleute ein. Der Kahn legte ab, wurde unter der Langen Brücke hindurchgerudert und dann stromaufwärts weiter Richtung Süden.

Vor ihnen lagen Hunderte Meilen über Wasser- und Landwege bis zur Königsresidenz in Kraków, dem Wawel, wo sie Zygmunt treffen sollten. Advokat Stauch hatte Johann Friedrich zwar keine verbindliche Zusage für eine Beteiligung am Kredit entlocken können, dennoch hielt Michael an seinem Plan fest. Wenn nötig, wollte er das Geld den Rücklagen des Unternehmens entnehmen. Er wollte das Salzmonopol um jeden Preis, und nun lag es in Stephans Hand, dem polnischen König diese Zusage abzuringen.

Bei Nacht rasteten sie in windgeschützten Buchten und ruderten bei Tage. Sie passierten Orte wie Gartz, Greifenhagen und Schwedt, bis sie die Oder verlassen mussten, als die Türme und Wehrmauern der Stadt Küstrin am Flussufer auftauchten. Hier residierte Hans von Küstrin, der Markgraf, der hinter dem Handelskrieg mit Stettin steckte. In Küstrin hatte er sich ein Schloss errichten und die Stadt mit Steinmauern und Bastionen zur Festung ausbauen lassen. Weiter über die Oder zu fahren, war für ein Boot aus Stettin heikel, denn der Handelsstreit zwischen dem Markgrafen und Stettin war wieder voll entbrannt. Stephan durfte also nicht riskieren, dass sein Kahn ein ähnliches Schicksal erlitt wie Lukas Weyers Schiff, das weiter südlich in Frankfurt festgehalten wurde und zum Spielball der Interessenkonflikte zwischen Brandenburg und Stettin geworden war. Ohnehin hatten sich die Handelsströme Richtung Polen längst andere Wege gebahnt, weil die Oder oberhalb von Frankfurt mit zahllosen Mühlenwehren zugebaut war, die eine Schifffahrt unmöglich machten.

Stephan ließ den Kahn unterhalb der Küstriner Wehrmauern in den Fluss Warthe fahren. Die Warthe ruderten und stakten sie stromaufwärts gen Osten, bis sie an der Landesgrenze zwischen Brandenburg und Polen in die

Mündung des Flusses Netze abbogen. Je weiter sie kamen und je kleiner die Flussläufe wurden, umso beschwerlicher wurde die Reise. Stromschnellen und von Bibern zernagte, in den Fluss gefallene Bäume behinderten die Fahrt. Bisweilen waren die Gewässer zu schmal und die Strömungen zu stark zum Rudern oder Staken, sodass sie auf die Dienste von Bauern angewiesen waren, die den Kahn mit Pferden und Seilen treidelten.

Bei der Ortschaft Nakło gingen Stephan, Simon und die Handelsdiener von Bord. Hier verabschiedeten sie sich von den Bootsleuten. Sie sollten bei dem Kahn warten, bis die anderen aus Kraków zurückkehrten. In Nakło wie in allen anderen Orten, die sie zuvor passiert hatten, sorgte der Löwe für Aufsehen. Stephan heuerte einige Bauern an, die den Käfig auf einen Wagen verluden. Dann karrten sie den Löwen über Land zur Stadt Bydgoszcz an der Weichsel.

Dem Löwen tat die Reise gut. In den ersten Tagen hatte Stephan um das Leben des Raubtiers gebangt, doch allmählich entwickelte es einen ordentlichen Appetit. Immer häufiger mussten sie für Fleischnachschub sorgen. So schnell sein Hunger wuchs, so schnell besserte sich sein Zustand. Sein Fell glich zwar noch einem gerupften Teppich, aber sein Blick wurde klarer und wachsamer, und er nahm langsam zu.

Als der Löwe zum ersten Mal brüllte, kam der markerschütternde Schrei für die Männer so überraschend, dass einer der Bootsleute vor Schreck über Bord fiel.

Eines Abends ließ Stephan sich sogar dazu hinreißen, vorsichtig eine Hand durch die Gitterstäbe nach ihm auszustrecken und ihm das Fell zu kraulen. Der Löwe zuckte, knurrte und grummelte. Er schien die Berührung zu genießen, bis es ihm zu viel wurde und er nach Stephan schnappte. Der zog die Hand gerade noch zurück. Er war dem Tier nicht gram, fand es aber ratsam, ihm künftig nicht mehr so nah zu kommen.

In Bydgoszcz musste Stephan ein neues Boot und eine neue Mannschaft anheuern. Für eine anständige Bezahlung fanden sich ein paar Männer, die gewillt waren, ihr Boot mit einem Löwen zu teilen. Über den breiten Strom der Weichsel ging die Reise zügiger voran. Je näher sie dem Ziel kamen, desto mehr wuchs der Löwe Stephan ans Herz, und er bedauerte, das Tier bald an den König abtreten zu müssen. Zugleich keimte in ihm die Hoffnung, dass, wenn er in der Lage war, einen Löwen durch die Landschaft zu transportieren, er dann auch imstande sein würde, dem König die Zusagen abzutrotzen, die Michael verlangte.

Und noch etwas kam an die Oberfläche von Stephans Gedanken. Seit jenem Tag, an dem Vater auf dem Damschen See ertrunken war, trieb ihn eine Frage um, die er lange verdrängt hatte, die sich ihm nun aber umso stärker stellte.

Es waren nur noch wenige Meilen bis Kraków, als sie am Abend am Ufer einer Bucht lagerten. Aus Büschen und Gräsern schwebten die Mücken zu Tausenden hervor und stürmten summend auf ihre Opfer ein. Stephan beobachtete, wie Simon dicke Kleider anzog und seine Haut mit einer stinkenden Paste einschmierte, die die Mücken fernhalten sollte. Dann ging er an Land, um Feuerholz zu sammeln. Unterdessen fanden sich die anderen Männer am Ufersaum ein, klaubten trockenes Treibholz zusammen und entzündeten ein Feuer. Der Löwe nagte im Käfig an einer Lammkeule, die sie von einem Schäfer gekauft hatten.

Auch Stephan wappnete sich mit der Paste gegen die Mücken, bevor er hinter Simon her ins Unterholz stieg. Die Paste hielt die Mücken wirklich auf Abstand. Als Stephan in seinen Kleidern aber zu schwitzen begann, rann ihm der mit Mückenpaste versetzte Schweiß von der Stirn in die Augen. Bald hatte er Simons Spur verloren und irrte halbblind im Wald umher. Er kletterte über umgestürzte Baumstämme, watete durch Brennnesselfelder und kroch durchs Brombeergestrüpp, bis er einen Ast knacken hörte und eine Stimme, die fragte: «Was tust du hier?»

Stephan blinzelte und sah mit verschwommenem Blick Simon im Wald stehen. «Ich suche nach dir», antwortete er.

«Hast du Sorge, ich könnte mich verlaufen? Ich denke, diese Sorge solltest du dir um dich selbst machen. Ich saß dahinten auf einem Baumstumpf, und dann sah ich meinen Bruder wie einen Blinden an mir vorbeilaufen und durchs Gestrüpp stapfen.»

«Ach, das Mückenzeug brennt mir in den Augen. Eigentlich suche ich nach dir, weil ich ungestört mit dir reden will.»

«Den Hang hinauf ist eine Lichtung, auf der etwas Wind geht. Der Wind hält die Mücken fern.»

Stephan folgte Simon. Inmitten der Lichtung ließen sie sich auf einem im Gras liegenden Baumstamm nieder. Stephan wischte sich mit dem Ärmel Paste und Schweiß aus dem Gesicht.

«Du willst mit mir über Leni sprechen, nicht wahr?», fragte Simon.

«Nun, eigentlich will ich ...»

«Mir brauchst du nichts vorzumachen. Du willst wissen, wie sie über dich denkt. Diese Frage beschäftigt dich doch seit unserer Abreise. Also, ich kann dir sagen, dass sie immerhin nicht mehr so fürchterlich auf dich schimpft, und das will schon was heißen. Vorher warst du in ihren Augen ein eingebildeter Spinner, ein aufgedonnerter Tölpel in feinen Kleidern. Für sie warst du also genau der Mistkerl, für den Leni fast jeden Mann hält, von mir einmal abgesehen.»

«Aha», machte Stephan. Das Gespräch nahm zwar eine andere Richtung, als er im Sinn gehabt hatte, aber er ließ Simon weiterreden.

«Weißt du, ich habe mir den Kopf darüber zerbrochen, warum sie Männer verachtet», erklärte Simon. «Vielleicht hängt es mit dem Tod ihrer Mutter zusammen. Sie hat mal erwähnt, Quacksalber seien schuld daran, weil die nicht erkennen wollten, an welcher Krankheit die Mutter wirklich litt. Das wäre vielleicht eine Antwort. Für wahrscheinlicher halte ich es aber, dass ihre Abneigung Männern gegenüber nur vorgeschoben ist, damit sie einen Grund hat, nicht heiraten zu müssen – und schon gar nicht Michael.»

«Aha», machte Stephan erneut. Eigentlich hätte er gern noch viel mehr über Leni erfahren, aber das hätte Nachfragen erfordert. Auch wenn Simon vorgab, er habe ihn durchschaut, so musste er gerade deswegen seine Gefühle für Leni verbergen.

«Solltest du dir also Hoffnungen wegen Leni machen, muss ich dich enttäuschen», fuhr Simon fort und klatschte nach einer Mücke auf seinem Hosenbein. «Sie wird niemals irgendeinen Mann heiraten, weder mich noch Michael oder dich …»

«Das habe ich nun verstanden, Simon. Eigentlich will ich mit dir über etwas anderes reden.»

«Ach ja – und worüber?» Simon wischte die Hand mit der zermatschten Mücke am Baumstamm ab.

Stephan holte Luft. «Es ist wegen Vater und wegen damals ... wegen dem Tag, an dem er ertrunken ist», sagte er und blickte Simon an, dessen Gesicht einen verschlossenen Ausdruck annahm. «Wir beide haben niemals darüber gesprochen», sagte er, jetzt etwas leichter, da ein Anfang gemacht war. «Erinnerst du dich, wie ich versucht habe, Vater im Wasser festzuhalten und an Bord zu ziehen? Er war schwer und mir fehlte die Kraft. Ich habe dich um Hilfe angefleht. Doch du hast dir die Ohren zugehalten ...»

«Ja – und? Ich war ein kleiner Junge.» Simons Stimme klang kühl und abweisend.

«Herrje, Simon! Ich muss dir diese Frage stellen. Sie ist mir seit jenem Tag nie aus dem Kopf gegangen, also – hast du mir nicht geholfen, weil du wolltest, dass Vater ertrinkt?» Jetzt war es ausgesprochen. Stephan wurde etwas leichter ums Herz.

Er sah Simon an, der dem Blick auswich. Eine Mücke tanzte in einem Luftwirbel heran, setzte sich auf Simons Wange und trieb ihren Stachel in seine Haut.

«Ja», sagte Simon leise. «Ja – und nein!»

«Was meinst du damit?»

Eine Träne löste sich aus Simons Auge und lief die Wange herunter. Die Mücke flog davon und hinterließ eine sich rötlich verfärbende Schwellung.

«Ich meine damit, dass ich es nicht weiß», antwortete er. «Ich habe versucht, es zu verdrängen, habe versucht, ihn aus meinem Kopf zu verbannen. Aber Vater ist bei mir, wenn ich atme, wenn ich träume. Manchmal, wenn ich an irgendetwas anderes denke, überkommt mich die

Erinnerung an sein Gesicht, an diesen strengen Ausdruck und den Zorn in seinen Worten, und ich erinnere mich, wie er mich geschlagen hat.»

Simon wischte mit dem Handrücken über die Tränenspur auf dem Mückenstich. «Er hat mal behauptet, ich sei zu weich für einen Jungen meines Alters. Da musste ich meine Sachen ausziehen und mich auf den Hof stellen. Es war Winter. Es hat geschneit, dicke, weiche Flocken hat es geschneit. Sie brannten und tauten auf meiner Brust, bis sie immer langsamer tauten, weil ich schon halb erfroren war. Vater hat behauptet, die Kälte macht mich härter. Wenn ich für das Unternehmen von einem Nutzen sein wolle, dürfe ich nicht zittern wie ein Mädchen. Ich müsse lernen, alles zu ertragen wie ein Mann – wie er.»

Simon schaute auf. Sein Blick verlor sich in der undurchdringlichen Dunkelheit zwischen den Bäumen am Rand der Lichtung. «Ja, Stephan, manchmal denke ich, ich wollte, dass er ertrinkt, damit er mich nicht mehr quälen kann. Aber dann denke ich wiederum, ich hätte dir helfen müssen, ihn zu retten. Vielleicht wäre er mir dankbar, vielleicht sogar stolz auf mich gewesen.»

Stephan hörte Simon reden, hörte seine Worte. Sie schnürten ihm den Hals zu. Er wollte etwas erwidern, wollte etwas Tröstliches sagen, dass er mit Simon fühlte, dass er auf seiner Seite stand. Aber er brachte keinen Ton heraus.

Und dann sagte Simon: «Durch mein Zögern habe ich an jenem Tag auf dem Damschen See zwei Leben zerstört – sein Leben und mein Leben.»

5
Wawel

Die Wawel-Burg thronte auf einem Hügel über den Dächern der Stadt Kraków und der Weichsel, die in einer Schleife um die Kalkfelsen floss. Stephan erschauerte beim Anblick der dunklen, mächtigen Trutzburg. Ein beklemmendes Gefühl zog sich über seinem Brustkorb straff zusammen wie ein Eisengürtel. Er wusste, welche Verantwortung er trug mit dem Geschäft, das er mit König Zygmunt August abwickeln musste.

Auf der Hügelkuppe stand seit Generationen der Stammsitz des Königsgeschlechts der Jagiellonen. Vor gut zweihundert Jahren hatte ein litauischer Großfürst namens Jagiello die Dynastie begründet, als er eine polnische Königin heiratete. Jagiello bestieg den Thron auf dem Wawel und zeugte mit seiner Gemahlin fleißig Nachkommen, die ihrerseits etliche Kinder in die Welt setzten. Durch geschickte Heiratspolitik knüpften Jagiellos Erben über die Jahre ein enges Beziehungsgeflecht in ganz Europa. Bald herrschten die Jagiellonen über das Großfürstentum Litauen und über die Königreiche Polen, Böhmen, Ungarn und Kroatien. Ihr Herrschaftsgebiet bildete ein Gegengewicht und Bollwerk zum Heiligen Römischen Reich im Westen, zum Osmanischen Reich im Süden und zum Großfürstentum Moskau im Osten.

Stephan ließ das Boot im Weichselhafen zwischen anderen Kähnen und Flößen anlegen. Schnell sprach sich die Ankunft des Löwen herum. Stadtbedienstete eilten in den Hafen. Der Käfig wurde auf einen Karren verladen, den man hinauf zum Wawel transportierte. Die Straßen waren gesäumt von Schaulustigen, und der Löwe schien dieses

Mal die Aufmerksamkeit, die ihm zuteilwurde, zu genießen. Erhobenen Hauptes stand er im Käfig und beäugte durch die Eisenstreben die Menschen, als seien sie sein Volk. Als er gar ein schauriges Gebrüll in die Krakówer Abenddämmerung hinausstieß, gewann Stephan den Eindruck, der Löwe weide sich an dem Schrecken, den seine Erscheinung auf die Gesichter der Schaulustigen zauberte.

Sie erreichten den Wawel und passierten ein großes Tor, über dem das königliche Wappen hing. Es zeigte den polnischen Adler, das Zeichen des Hauses Jagiello, sowie das Zeichen der italienischen Sforza: eine gekrönte Natter, dünn wie ein Stilett. Zygmunts Mutter war eine italienische Prinzessin aus dem Adelsgeschlecht der Sforza gewesen.

Auf dem Burghof des Wawel hielt der Tross an. Als man den Löwen fortschaffte und den Käfig in einem Anbau wegschloss, wurde es Stephan schwer ums Herz; er hoffte, man werde das Tier gut behandeln.

Ein Mann trat zu ihnen, stellte sich in ihrer Sprache mit dem Namen Firlej vor und erklärte, er sei der Kammerdiener des großen Zygmunt August. Firlej bat Stephan und Simon, ihm in den Palast zu folgen. Doch Simon schüttelte den Kopf. Sein Gesicht war leichenblass. «Mir ist nicht gut», sagte Simon. «Ich bleibe lieber an der frischen Luft.»

Stephan fragte sich, ob ihm das Gespräch über den Vater auf der Seele lastete. Am Abend nach ihrer Unterredung war Simon sehr schweigsam gewesen und hatte sich bald zum Schlafen zurückgezogen. Auch beim Aufbruch heute Morgen war ihm kaum ein Wort zu entlocken gewesen.

Stephan bedauerte zwar, dass Simon ihn nicht zum

König begleiten wollte, versuchte aber nicht, ihn zu überreden, sondern folgte Firlej allein in den Palast. Firlej war ein spindeldürrer Bursche, um die fünfzig Jahre alt, mit langem Gesicht und matten Augen. Auf Stephan machte er den Eindruck eines verhuschten Wesens, das einem einer Fliege gleich um den Kopf schwirrte. Vielleicht eignete er sich gerade deswegen, einem großen König zu dienen, der keinen Glanz in seiner Nähe duldete außer seinem eigenen Glanz.

Firlej huschte voran ins Innere des verwinkelten Palasts. Stephan wunderte sich über die bedrückende Stille, die alles hier beherrschte. Sie begegneten kaum Menschen, nur hin und wieder schlichen Bedienstete vorbei, die ihre gesenkten Häupter in Firlejs Richtung hoben, um die Blicke gleich darauf wieder auf den Fußboden zu senken. Am Ende eines Gangs, tief in den Eingeweiden des Wawel, hielt Firlej vor einer Tür. Er bat Stephan zu warten und verschwand im Raum dahinter. Als er kurz darauf zurückkehrte, bat er Stephan herein.

Stephan spannte die Schultern, drückte den Rücken durch und kam in einen dunklen, rauchverhangenen Saal. Die bis an die Decke reichenden Fenster waren von dicken Vorhängen bedeckt, die kaum Licht von draußen hereinließen. Hier und da brannten Kerzen in staubigen, unter der Decke hängenden Leuchtern. Die Kerzenflammen warfen gespenstische Schatten über die spärliche Einrichtung: einige Truhen in den Ecken und Stühle an den hohen Wänden. An der Stirnseite war ein in Marmor gefasster Kamin ins Mauerwerk eingelassen. Im Kamin glimmten und knackten Holzscheite, und davor saß in einem schlichten Lehnstuhl mit dem Rücken zu Stephan ein Mann. Zu seinen Füßen lagen auf dem Fußboden drei Jagdhunde, schlanke, sehnige Tiere mit grauem Fell, dünnen Hälsen und langen Schnauzen, die, als Stephan eintrat, die Köpfe ruckartig anhoben, die spitzen Ohren aufstellten und ihn aus schwarzen Augen argwöhnisch beobachteten.

Firlej bat Stephan zu warten. Dann ging er Richtung Kamin, bevor er auf die Knie sank und so zu dem Mann rutschte, den er mit leiser Stimme von der Seite ansprach. Der Mann sagte etwas, Firlej nickte ergeben, rutschte dann zu Stephan zurück und verkündete: «Eure Majestät, König Zygmunt August, empfängt Euch nun.»

Stephan fragte im Flüsterton: «Spricht er unsere Sprache?»

«Selbstverständlich», entgegnete Firlej empört. «Und jetzt sinkt nieder auf Eure Knie und kriecht zu ihm.»

«Ich soll kriechen?», entfuhr es Stephan. Die Vorstellung, vor jemandem zu kriechen – und sei es ein König –, widerstrebte ihm, zumal der König es war, der *sie* um einen Kredit ersucht hatte.

«Es ist wegen der Hunde», erklärte Firlej.

Stephan blickte zu den grimmig starrenden Tieren, gab seinen Widerstand auf und ließ sich auf die Knie nieder. Er bangte um seine Hose; am Morgen hatte er eigens für die Audienz seine italienische Hose angezogen. Auf Knien rutschend näherte er sich dem König und den Hunden, die knurrten und ihre großen Zähne fletschten.

«Bella! Scipio! Hannibal!», hörte er den König sagen, dessen herabhängende, mit Goldringen besetzte Hand einen der Hunde am Rücken kraulte. Die Zähne verschwanden hinter den Lefzen.

Stephan rutschte weiter vor bis zum Kamin, eine Armeslänge Abstand zu den Hunden wahrend. Sein Herz pochte heftig. Er hatte es bis zum König geschafft und war unmittelbar davor, sein erstes großes Geschäft zu verhandeln – wenn, ja, wenn der König auf die Bedingungen für den Salzhandel einging. «Eure Majestät», begann er, «es ist mir eine große Ehre, von Euch in Eurem prächtigen Palast empfangen zu werden …»

Der König schnitt ihm mit einer Handbewegung das Wort ab, ohne den Blick vom Kamin zu nehmen. Ein rötlicher Schimmer pulsierenden Lichts fiel auf seine Gestalt. Zygmunt trug einen dunklen, mit Stickereien versehenen Umhang. Auf seiner Brust hing schwer und glitzernd eine goldene, mit Rubinen besetzte Kette. Diamanten funkelten, und nachtblaue Saphire und meergrüne Smaragde glitzerten auf Ringen, Ketten und Ohrgehänge. Doch Kleider und Schmuckstücke vermochten nicht den alternden Körper zu verbergen. Zygmunt war von schmächtiger Statur, der Brustkorb eingefallen, und auf dem aschfahlen Gesicht lag eine matte Traurigkeit. Tiefe Falten durchzogen die Haut. Der graue, gegabelte Bart zitterte, als er den Mund öffnete und in Richtung Kamin sagte: «Wir hoffen, die Reise war angenehm, Kaufmann Loytz.»

«Die Reise war lang, Majestät, aber wir haben Euch den Löwen gebracht», erwiderte Stephan. Er überlegte, ob schon jetzt der passende Zeitpunkt war, die Verhandlungen um Kredit und Salzhandel zu beginnen. Eigentlich, so dachte er, bedurfte es für ein solches Geschäft eines Heeres an Advokaten, die das Gesagte protokollierten und den Inhalt der Worte durch juristische Paragraphen drehten und wendeten. Außerdem hätte er Simon jetzt gern bei sich gehabt, nicht damit er etwas beitrug, sondern weil ihm die Anwesenheit eines vertrauten Menschen Mut gemacht hätte. Aber es war, wie es war, und Stephan war auf sich allein gestellt. Weil der König noch immer nichts sagte, sondern sein Blick mit schwermütiger Sturheit an den glimmenden Holzscheiten haftete, beschloss Stephan, nicht lange um den heißen Brei herumzureden:

«Außerdem darf ich Euch die Nachricht überbringen, dass wir Euch das Geld für das Darlehen zur Verfügung stellen werden.»

Der König nickte, erwiderte aber nichts, sondern ließ die Glieder der Halskette durch seine Finger gleiten. Es dauerte lange, bis er Stephan das Gesicht zuwandte. Stephan sah einen alten Mann, dem Gott bereits die Engel des Todes in die Träume zu senden schien. Von den Augen ging aber ein ungebrochener Lebenswille aus, der sich weigerte, das Ende des irdischen Daseins zu akzeptieren. Und in den Augen lag etwas Unaussprechliches, Unmenschliches.

«Wie lauten die Bedingungen?», fragte der König. «Ihr habt doch welche? Natürlich habt Ihr welche. Schließlich seid Ihr ein Loytz, und ein Loytz stellt immer Bedingungen. Das war bei Eurem Vater so, und es war bei Eurem Großvater nicht anders. Einst baten Wir Euren Vater um einen Kredit und um ein Einhorn. Euer Vater brachte Uns Geld und einen Mammutzahn und verlangte dafür eine Krone. Wir respektierten die Bemühungen Eures Vaters, aber zum Zeichen, dass Wir ihn wegen des Einhorns durchschaut hatten, enthielten Wir ihm die Krone vor. Firlej!»

Der Diener rutschte auf Knien mit einer Holzkiste in den Händen heran, klappte den Deckel hoch und ließ Stephan einen Blick hineinwerfen. In dem Kästchen lag auf Samt gebettet eine üppig mit Edelsteinen besetzte Krone.

«Es gibt niemanden, dem Wir die Krone vererben können», sagte Zygmunt. «Weder Unsere erste Gemahlin, die

Habsburgerin Elisabeth, noch Unsere zweite Gemahlin Barbara schenkten Uns einen Sohn. Wir sind überzeugt, es steckt Verrat dahinter, weil es Kräfte gibt, die wollen, dass nach Unserem Tod das Jagiellonengeschlecht erlischt. Es kann wohl kein Zufall gewesen sein, dass beide Frauen an derselben Krankheit litten. Unsere dritte Gemahlin Katharina, eine weitere Habsburgerin und Schwester von Elisabeth, hasst Uns, und sie hasst Unser Land. Sie ist ein aufgedunsenes Weib mit einer scharfen Stimme und hässlichen Zähnen ...» Zygmunt verstummte und schüttelte angewidert den Kopf, als frage er sich selbst, warum er einem Fremden sein Leid klagte. «Wenn Ihr Uns nicht hintergeht, wie einst Euer Vater», fuhr er fort, «wenn Euer Löwe wild und kräftig ist, soll die Krone in Euer Eigentum übergehen. Wir haben ohnehin keine Verwendung mehr dafür. Also, wie lauten Eure Bedingungen?»

Stephan, dem auf dem harten Steinboden die Knie schmerzten, sagte: «Wir gewähren Eurer Majestät das Darlehen zu einem Zinssatz von sechs Prozent und mit einer Laufzeit von zwei Jahren, und ...»

Die Hunde knurrten angriffslustig, als Zygmunt ein heiseres Lachen anstimmte. «Ihr seid aus dem Holz Eures Vaters geschnitzt. Zwei Jahre! Glaubt Ihr, Wir haben keine drei Jahre mehr zu leben?»

«Eure Majestät, ich hoffe, dass Ihr Euch noch viele Jahre bester Gesundheit erfreut. Aber wir Loytz warten auf die Rückzahlungen vieler Darlehen. Daher haben wir beschlossen, die Laufzeiten in überschaubarem Rahmen zu halten.»

«Welche Bedingungen stellt Ihr Uns noch?»

Stephan konnte kaum glauben, dass der Widerspruch des Königs nicht vehementer ausfiel. Er vermutete, an der Sache musste irgendein Haken sein, irgendein großer, spitzer Haken. Er atmete tief ein und sagte: «Also, mein Bruder Michael … ich meine, wir Loytz wären Euch verbunden, Majestät, wenn Ihr uns bei unseren Bemühungen, in Polen ein Salzmonopol einzurichten, unterstützt …»

«Er gibt nicht auf, was? Nein, Euer Bruder gibt nicht auf. Er will die Privilegien und wird nicht ruhen, bis Wir sie ihm geben. Sind das alle Eure Bedingungen?»

«Ja.»

«Firlej, begleite den Kaufmann hinaus. Lass ihm eine Kammer im Gästetrakt herrichten.»

Stephan blickte den König überrascht an. War das die ganze Verhandlung gewesen? Oder hatte der König ihm auf den Zahn fühlen wollen? Würde er überhaupt auf die Bedingungen eingehen? Unzählige Fragen schwirrten Stephan im Kopf herum. Aber er traute sich nicht, auch nur eine einzige zu stellen, denn der König starrte wieder mit versteinertem Gesicht in den Kamin. Es schien, als sei er tief in sich selbst versunken und habe Stephans Anwesenheit längst vergessen.

Unter den wachsamen Augen der Hunde rutschte Stephan zu Firlej und erhob sich. Ein dumpfes Gefühl hatte sich seiner bemächtigt. Er wollte nur noch weg von diesem Zygmunt. Dieser Saal, ja, dieser Palast und überhaupt die ganze Burg weckten in ihm ein bedrückendes Gefühl der Schwere, als wandele der Tod mit ausgebreiteten Armen durch die Gemäuer.

Stephan und Simon bezogen für die Nacht eine geräumige Kammer. Die Einrichtung bestand aus Tisch und Stühlen, einigen Gemälden, die den Leidensweg des Heilands nachzeichneten, und einem Waschtisch sowie zwei mit

Mückennetzen überspannten Betten. Als Stephan mit der Hand über eines der Betten strich, kam es ihm vor wie eine sündige Versuchung. Das Bett war gepolstert mit Kissen, die mit Daunenfedern gefüllt waren. Wochenlang hatte er auf Bootsplanken und hartem Erdboden geschlafen.

Firlej wünschte den Brüdern eine geruhsame Nacht. Er sagte dies mit hintergründigem Lächeln, bevor er verschwand. Auf dem Tisch ließ er eine brennende Kerze zurück. Simon zog sich bis aufs Hemd aus, kroch unter die Decke des einen Betts und kehrte das Gesicht der Wand zu.

Stephan löschte die Kerze, tastete sich in der Dunkelheit zum anderen Bett zurück, legte sich hinein und zog die Decke über sich zurecht. Er hoffte, die Erschöpfung, die jede Faser seines Körpers ergriffen hatte, würde ihm sogleich einen langen und tiefen Schlaf bescheren. Kaum lag er jedoch ausgestreckt danieder, überkam ihn wieder die Unruhe. Er drehte sich von einer Seite auf die andere und wieder zurück. Gedanken und Zweifel ob des Geschäfts drängten sich in den Vordergrund. Der König hatte offengelassen, ob er auf den Handel eingehen würde. Er hatte nicht einmal angedeutet, wann und in welcher Weise er darüber zu entscheiden gedachte.

Da hörte er Simons Bett rascheln. Seine Stimme klang mürrisch: «Wenn einer nicht schlafen kann und Lärm macht, können zwei nicht schlafen.»

Stephan setzte sich auf. «Interessiert dich gar nicht, wie das Gespräch mit dem König verlaufen ist?» Er dämpfte seine Stimme, weil er das Gefühl nicht loswurde, Firlej lausche an der Tür. Er hörte Simon seufzen und das Bett unter ihm knarren.

«Es tut mir leid, wenn meine Fragen wegen Vater dich aufgewühlt haben», flüsterte Stephan.

Er wartete ab, aber Simon erwiderte nichts.

«Ich verurteile dich nicht», fuhr Stephan fort. «Hörst du – ich verurteile dich nicht, weil du damals nicht helfen konntest, ihn aus dem Wasser zu ziehen.»

«Ich hätte helfen können», sagte Simon.

«Nein, dann hättest du es getan. Gib dir keine Schuld an seinem Tod. Damit sollten wir es bewenden lassen. Lass es uns abschließen.»

Stille.

«Wenn du aber doch irgendwann darüber sprechen willst», sagte Stephan, «dann sollst du wissen, dass ich für dich da sein werde.»

Simons Decke raschelte. «Danke.» Seine Stimme klang belegt.

Und Stephan ahnte, dass von seinem Bruder nichts Weiteres kommen würde. Bald darauf hörte er ihn leise und gleichmäßig schnarchen, und dann fiel auch er in einen unruhigen Schlaf.

6

Jagdschloss Zum Grünen Walde

Meine lieben Freunde – ich bin hocherfreut über die Ehre, die Ihr mir erweist, dass Ihr der Einladung zu meinem kleinen Jagdvergnügen nachgekommen seid», rief der beleibte Mann. Er war in ein festliches Gewand gekleidet und stand vor dem Jagdschloss Zum Grünen Walde am Fuß der Brücke, die über einen Graben führte.

Leni war dem Kurfürsten nie zuvor begegnet. Alles, was sie über ihn wusste, wusste sie von Michael. Dessen Erzählungen hatten in ihrer Vorstellung das Bild eines

Mannes entstehen lassen, der Prunk und Prahlerei liebte, der verschwendungssüchtig war und hohe Schulden hatte. Er war intrigant, rachsüchtig und hinterhältig und hatte den Loytz in früheren Jahren übel mitgespielt. Kurz gesagt musste Kurfürst Joachim Hector der widerwärtigste Halunke auf Gottes weiter Erde sein. So zumindest hatte Michael es formuliert, der sich jetzt tief und kriecherisch vor dem Mann verbeugte und sagte: «Mein lieber Joachim Hector, Durchlauchtigster Kurfürst – diese Ehre ist ganz auf unserer Seite.»

Leni rümpfte die Nase, Michaels Verlogenheit war ihr zuwider. Hinter dem Kurfürsten, dessen praller Leib fast die gesamte Breite der Brücke einnahm, sah sie in der geöffneten Tür des Jagdschlosses einen schmalen, mausgrauen Mann stehen. Aus dem Innern des Gebäudes hörte sie Musik und Gelächter.

Als der Kurfürst seinen Blick auf Leni richtete, verzog sie sich hinter Michaels Rücken. Sie befürchtete, der Mann könne die Absicht hegen, sie überschwänglich zu herzen und an seinem hervorquellenden Bauch zu zerquetschen.

«Ich danke Euch aufs herzlichste für die Einladung», sagte Michael. «Aber leider muss ich Euch mitteilen, dass mein Bruder Stephan aus geschäftlichen Gründen verhindert ist, was er sehr bedauert.»

Die Augenbrauen des Kurfürsten sanken herab. Ein Schatten huschte über das erhitzte, rotwangige Gesicht. Er drehte sich nach dem mausgrauen Mann um und wechselte mit ihm einen flüchtigen Blick. Als der Kurfürst sich Michael und Leni wieder zuwandte, strahlte er jedoch und sagte: «Das ist bedauerlich, mein lieber Kaufmann Loytz, aber verständlich. Ich hätte Euren Bruder gern kennengelernt. Aber natürlich seid Ihr Kaufleute, und ein Kaufmann muss dort sein, wo Geld zu verdienen ist. Umso mehr freue ich mich, Euch und Eure überaus bezaubernde Gemahlin begrüßen zu dürfen, auch wenn die junge Frau ein wenig Angst vor mir zu haben scheint. Wie lautet Euer Name, Teuerste?»

Leni trat aus der Deckung und machte einen Knicks, von dem sie hoffte, dass er den höfischen Gepflogenheiten entsprach. «Mein Name ist Leni Weyer. Wenn ich mir eine Anmerkung gestatten darf: Ich bin nicht seine Gemahlin.»

«Oho», rief der Kurfürst lachend. «Seid Ihr wohl seine Konkubine? Na, Ihr traut Euch was, verehrter Kaufmann Loytz.»

«Wir ... sind verlobt, werden aber bald in den heiligen Stand der Ehe eintreten», entgegnete Michael mit einem Anflug von unterdrücktem Ärger in der Stimme. Er strafte Leni mit strengem Blick. Sie wich dem Blick aus und schaute demonstrativ zu den Gebäuden, wo Stallburschen die Pferde versorgten, auf denen Leni und Michael zusammen mit zwei Dienern hergekommen waren. Die Anstandsdame hatte auf der Reise Magenkrämpfe bekommen, sodass sie sie in einem Gasthaus zurücklassen mussten. Was kein Verlust war, denn sie war eine unangenehme ältere Frau, die Michael Gott weiß wo engagiert hatte.

Noch vor der Abreise hatte Leni Michael versprechen müssen, sich als seine Verlobte auszugeben. Widerwillig und zähneknirschend hatte sie es ihrem Vater zuliebe getan. Aber davon, sich als Michaels Gemahlin auszugeben, war nie die Rede gewesen. Auf das Spiel würde sie sich nicht einlassen.

Dem Kurfürsten war die Missstimmung zwischen Michael und Leni nicht entgangen. «Aber, aber – meine lieben Freunde», sagte er. «Wer wäre ich denn, würde ich den Stab über Euch brechen? Ob Gemahlin, der Heirat versprochen oder in wilder Leidenschaft vereint, was hat es mich zu kümmern? Meine Freunde – wir wollen feiern. Daher seid unbesorgt wegen Eurer Verbindung. Ach, und ich möchte Euch meinen lieben Lippold ben Chluchim vorstellen.» Er zeigte auf den schmalen Mann in der Tür, der eine steife Verbeugung andeutete.

«Lippold dient mir als Hofkämmerer», erklärte der Kurfürst. «Außerdem habe ich ihn kürzlich zum Münzmeister ernannt. Bei allen geschäftlichen Fragen, Kaufmann Loytz, könnt Ihr Euch an Lippold wenden. In diesen Dingen ist er bewanderter als ich. Und stört Euch nicht dran, dass er Jude ist, man merkt es kaum.»

Aus einem Fachwerkgebäude schleppten Bedienstete Körbe und mit Essen beladene Platten herbei. Als sie auf die Brücke kamen, mussten sie hinter Leni und Michael stehen bleiben.

«Nun tretet ein in mein bescheidenes Heim», sagte der Kurfürst. «Wir stehen den braven Leuten ja im Weg herum.»

Ein Diener brachte Leni und Michael über eine Wendeltreppe hinauf ins Obergeschoss unter dem Dach und wies ihnen eine Kammer mit zwei Gästebetten zu.

«Habt Ihr keine Kammer für mich?», fragte Leni. Der Gedanke, so nah bei Michael zu schlafen, behagte ihr überhaupt nicht.

Der Diener schüttelte den Kopf. «Leider sind alle anderen Kammern belegt.»

Kaum hatte der Diener die beiden allein gelassen, fuhr Michael Leni an: «Was fällt dir ein, mich vor dem Kurfürsten bloßzustellen wie einen vertrottelten Laufburschen?»

«Ich habe nur gesagt, wie es ist», entgegnete Leni.

Michael trat vor sie hin, sein ausgestreckter Zeigefinger zielte drohend auf die Falte zwischen ihren Augenbrauen. Sein Blick war dunkel, und seine Unterlippe zitterte. Aber als er den Mund öffnete, kam kein Wort heraus. Sein Finger sank herunter. Er wandte sich ab, nahm seine Reisekiste und legte sie auf eines der Betten. «Mach dich fertig für das Fest», sagte er, ohne sie anzublicken, und öffnete die Reisekiste. «Vergiss nicht, wir sind auch hier, um die Sache mit dem Schiff deines Vaters zu regeln.»

Sonst wäre ich auch niemals mitgekommen, dachte Leni, schwieg aber, um Michael nicht noch einen Grund zu geben, sich über sie aufzuregen. Sie legte ihre Reisekiste auf das andere Bett, um sich ihr Festkleid anzuziehen. Das Kleid hatte ihrer Mutter gehört, es war ein eher schlichtes Ausgehkleid. Leni hoffte, es genügte den Ansprüchen dieses höfischen Festes, auf das sie überhaupt keine Lust hatte. Sie bedauerte, dass Simon sie nicht begleitete, oder auch Stephan. Mit einem der beiden wäre die Veranstaltung vielleicht auszuhalten gewesen. So ganz ohne sie fühlte sie sich Michael ausgeliefert, zumal sie mit ihm die Nacht in dieser Kammer würde verbringen müssen. Auf der Reise waren die beiden Diener und zunächst auch die Duenja um sie herum gewesen, sodass Michael keine Gelegenheit gehabt hatte, sich Leni zu nähern, falls er Derartiges im Sinn hatte. Eigentlich war Michael während der Reise sogar freundlich und zuvorkommend gewesen, bis – ja, bis eben gerade. Und nun stand auch noch dieses Fest an, bei dem von ihr erwartet wurde, sich als Michaels Verlobte auszugeben und mit aufgeblasenen Herrschaften belanglose Gespräche zu führen.

Sie hörte, wie Michael sich räusperte und dann in gefasstem Ton sagte: «Ich habe eine kleine Überraschung für dich, Leni.»

Er nahm ein Kleid aus seiner Reisekiste und hielt es ihr hin. «Ich hoffe, es passt dir. Dem Schneider, bei dem ich es in Stettin für dich habe anfertigen lassen, konnte ich leider nur ungefähr sagen, nach welchen Maßen er es nähen soll.»

Es war ein wunderschönes Kleid aus blauem, seidig glänzendem Stoff, verziert mit bunten Stickereien. Sie zögerte, es anzunehmen. Ein so kostbares Geschenk machte niemand ohne Hintergedanken – Michael schon gar nicht. Seine Gefühlsumbrüche, die wie aus heiterem Himmel über ihn kamen, verwirrten und ängstigten sie; eben noch schien in seinem Inneren ein Gewitter zu brausen, bevor schlagartig wieder die Sonne zum Vorschein kam.

«Probier es wenigstens einmal an», bat er. «Und sorge dich nicht. Wenn du mir die Freude machst, es anzuziehen, verpflichtest du dich zu nichts – versprochen!» Er lächelte und seine Augen waren wieder klar und rein. Sie atmete tief durch. Wenigstens anschauen konnte sie sich das Kleid ja. Sie nahm es ihm aus den Händen und hielt es vor sich hin. Von der Länge her passte es.

«Ich werde mich umdrehen», sagte Michael, «damit du dich unbeobachtet umziehen kannst.» Er stellte sich vor das Fenster mit den runden, in Blei gefassten Scheiben, das auf Graben, Brücke und Ställe hinausging. Das Kleid in den Händen haltend, ließ Leni ihn nicht aus den Augen. Er hielt sein Wort und kehrte ihr den Rücken zu. Dennoch war ihr die Vorstellung, sich in seiner Gegenwart zu entkleiden, unangenehm.

«Wenn es dir lieber ist, warte ich auf dem Gang, bis du fertig bist», sagte er.

«Ja, das wäre mir lieber», erwiderte sie.

Er nickte ihr lächelnd zu und verließ die Kammer. Als die Tür geschlossen war, beeilte Leni sich, ihre Sachen auszuziehen und in das neue Kleid zu schlüpfen. Der feine Stoff schmiegte sich weich an ihre Haut und passte wie angegossen. Das Kleid war im Dekolleté weit ausgeschnitten, nach ihrem Dafürhalten fast schon zu freizügig, denn die Ansätze ihrer Brüste lagen bloß. Dennoch beschloss sie, Michaels Geschenk anzunehmen – zumindest für diesen Abend.

Leni und Michael betraten die Hofstube im Erdgeschoss. Der Saal war mit Geweihen und ausgestopften Tierschädeln geschmückt und mit Tischen vollgestellt, an denen Dutzende Männer und Frauen saßen. Aus einem Turmzimmer im hinteren Bereich drangen Melodien von Flöten und Geigen herüber, und das muntere Stimmengewirr schwatzender und lachender Menschen erfüllte den Saal. Die Tische waren beladen mit Tellern und Platten. Es gab gebratenes, gekochtes und geräuchertes Fleisch, Fisch, dampfende Suppen, duftendes Brot und mit Obst gefüllte Schalen. Zwischen den Tischen sprangen Diener umher, reichten Speisen und schenkten Wein ein.

Als der Kurfürst Leni und Michael eintreten sah, erhob er sich an einem Tisch hinten im Saal und winkte sie zu sich. Die beiden schlängelten sich zwischen Tischen und Leuten hindurch, und er wies ihnen zwei Plätze in seiner unmittelbaren Nähe zu. Beim Anblick von Lenis Kleid wurden seine Augen groß und gierig. Ein Schauder kroch Leni über den Rücken, als sie sah, wie sein Blick in ihrem Dekolleté versank.

Bei ihm am Tisch saßen einige Herrschaften, die der

Kurfürst ihnen vorstellte, deren Namen Leni aber gleich wieder vergaß. Nur an den Namen des Hofkämmerers erinnerte sie sich. Lippold. Er ließ sie und Michael nicht aus den Augen, bis ihr sein Starren zu viel wurde und sie ihn provozierend anschaute. Sogleich senkte er den Blick auf seinen Teller, als habe sie ihn bei etwas Verbotenem ertappt.

Nie zuvor war Leni auf einem höfischen Fest gewesen. Es dauerte auch nicht lange, bis sie zu der Erkenntnis kam, dass sie auf diese Erfahrung gut hätte verzichten können. Sie verabscheute diese Herrschaften und ihr aufgesetztes Gehabe. Da waren Geistliche, die in der Kirche mit Bibel, Kreuz und gepfefferten Worten gegen die Todsünden wetterten, sich hier aber hemmungslos der Völlerei hingaben. Da waren füllige Frauen mit turmhohen Frisuren und gepuderten Gesichtern, die dümmlich über die Witze der Männer kicherten, als sei es ihre von Gott auferlegte Pflicht, ihren männlichen Begleitern als schmückendes Beiwerk zu dienen. Lärm und Prahlerei verhagelten Leni den Appetit. Nur gelegentlich nippte sie am Weinbecher, während sie die Leute beobachtete und das Wesen dieser schmausenden und saufenden Gesellschaft studierte. An einem Tisch sah sie einen fetten Mann, der sich in eine Schüssel erbrach. Er würgte und spuckte, bis nichts mehr nachkam. Ein Diener eilte herbei und schleppte die Schüssel fort. Daraufhin lachte der Mann, wischte die feuchten Lippen und den Bart an einem Tuch ab, hob dann seinen Becher und prostete seinen Sitznachbarn zu, als sei es eine Großtat, auf diese Weise im Magen Platz für noch mehr Essen zu schaffen.

«Meine Liebe, Ihr esst ja gar nichts», hörte sie den Kurfürsten sagen. «Gefällt Euch mein kleines Fest nicht?»

«Entschuldigt, ich muss mich wohl erst eingewöhnen.»

Der Kurfürst blickte sie an und sagte: «Wisst Ihr, schöne Frau, ich liebe fröhliche Scherze und gute Laune, und es bekümmert mich, sehen zu müssen, welch saures Gesicht Ihr zieht. Geselligkeit und Feiern haben an meinem Hof eine hohe Bedeutung. Sie bilden einen Mittelpunkt meines Lebens, ja, sie sind meine Art, zu leben und zu herrschen. Ich investiere viel Zeit und Geld in diese Gesellschaften, bei denen es an keinen Vergnügungen fehlen darf. Daher würde ich mich freuen, wenn auch Ihr ein wenig Spaß empfindet. Also, nicht so schüchtern, meine Liebe, langt nur ordentlich zu. Es ist reichlich Essen da.»

Davon bin ich überzeugt, dachte Leni. Von den Speisen, die diese Gesellschaft binnen weniger Augenblicke verschlang und wieder ausspie, könnten sich viele arme Menschen wochenlang satt essen.

«Wir sprachen übrigens gerade über Euch», sagte der Kurfürst. «Oder vielmehr sprachen wir über Euren Vater. Wie lautete noch gleich sein Name?»

«Lukas Weyer», antwortete Michael.

«Ja, richtig, Lukas Weyer. Nun, der liebe Kaufmann Loytz erzählte mir, es sei das Schiff Eures Vaters, das mein Bruder in Frankfurt festhält.» Sein Lächeln war noch immer breit, aber sein Blick wurde kalt. «Ist das nicht ein sonderbarer Zufall, dass ausgerechnet die Tochter dieses bedauernswerten Kaufmanns mir die Ehre ihres Besuchs erweist?»

Lenis Hände krallten sich um den Weinbecher. Sie hatte nicht damit gerechnet, dass Michael die Angelegenheit so schnell ansprechen würde. Zumindest hatte er sein Wort gehalten, aber der durchdringende Blick des Kurfürsten verhieß nichts Gutes.

«Ein glücklicher Zufall ist das in der Tat», sprang Michael ihr bei. «Und wir möchten Euch bitten, Euch in dieser Sache für Lenis Vater zu verwenden.»

«Warum sollte ich das tun, mein Freund? Mein Bruder hat seine Gründe, sich die Frechheiten der Stettiner nicht bieten zu lassen.»

«Aber mein Vater hat mit dem Handelskrieg nichts zu tun», platzte es aus Leni heraus, erkannte aber sogleich, dass das ein Fehler gewesen war. Ärgerlich biss sie sich auf die Unterlippe.

Der Kurfürst lächelte nicht mehr. Sein Mund war hart, als er zu Michael sagte: «Da habt Ihr mir ja eine vorlaute Braut ins Haus gebracht.» Er wandte sich an den Hofkämmerer: «Lippold, was hältst du von der Sache mit dem Schiff?»

«Ich meine, wir sollten uns nicht in die Angelegenheiten Eures Bruders einmischen», sagte der Hofkämmerer.

Der Kurfürst machte eine ergebene Geste. «Ihr seht, wir können für Euren Vater nichts tun, meine Liebe. Er wird wohl warten müssen, bis die Räte und Kaufleute in Stettin und Frankfurt einen Weg finden, sich gütlich zu einigen.»

Leni richtete sich auf und straffte die Schultern, bis die Nähte des engen Kleids knackten. Aus den Augenwinkeln nahm sie Michaels mahnenden Blick wahr, ließ sich aber nicht aufhalten. Sie musste das Risiko eingehen, auch wenn sie den Kurfürsten gegen sich aufbrachte. Die Gelegenheit, sich für ihren Vater starkzumachen, würde sich kein zweites Mal bieten. «Worum wir Euch bitten, Durchlauchtigster», sagte sie, «ist nicht weniger, als meinem Vater zu helfen, sein Eigentum zurückzubekommen. Ohne sein Schiff hat er nichts mehr. Niemals hat er sich etwas zuschulden kommen lassen. Dennoch ringt er nun um seine Existenz.»

«Du hast gehört, was ...», zischte Michael ihr zu.

Der Kurfürst schnitt ihm das Wort ab: «Seid nicht so streng mit ihr, werter Kaufmann Loytz. Ihre Beharrlichkeit beeindruckt mich, und ich kann Euch versprechen, es gelingt nur wenigen Menschen, mich zu beeindrucken. Wünscht sich nicht jeder Vater ein Kind, das derart leidenschaftlich um sein Wohl kämpft?»

Er trank einen Schluck Wein. «Mir ist da gerade ein köstlicher Einfall gekommen», sagte er dann und blickte Leni an. «Wie ich soeben erklärte, hat das Vergnügen einen hohen Stellenwert in meinem Leben. Daher denke ich, wir könnten zu der Frage, ob ich mich für Euren Vater verwende oder nicht, ein kleines Spiel veranstalten – einen Wettbewerb!»

Leni ballte auf dem Tisch die Hände zu Fäusten. Wollte dieser widerliche Mann das Schicksal ihres Vaters von einem Spiel abhängig machen?

«Machen wir es doch einfach so», sagte der Kurfürst. «Wenn es Michael Loytz gelingt, bei der Sauhatz morgen früh einen Keiler mit dem Spieß zu töten, werde ich bei meinem Bruder ein Wort für Euren Vater einlegen.»

Breit grinsend zwinkerte er Lippold zu. Dann fragte er Leni und Michael: «Nun, meine Freunde, was haltet Ihr von einem solchen Spielchen?»

7
Wald bei Kraków

Die Nachtruhe auf dem Wawel endete für Stephan, als Firlej ins Zimmer rauschte, den Vorhang am Fenster zur Seite zog und das Licht des heraufdämmernden Tages hereinließ. Firlej stellte ein Tablett mit Brot, Käse und Fleisch auf dem Tisch ab. Sein Gesicht zeigte dasselbe trockene, schiefe Lächeln wie am Vorabend. Er sagte: «Ich darf die Herren bitten, aufzustehen und sich anzukleiden. Wenn Ihr gegessen habt, erwartet Seine Majestät Euch auf dem Hof.»

Stephan blinzelte in die matte Helligkeit und sprach aus, was ihm auf der Seele lag: «Darf ich Euch fragen, ob Seine Majestät gedenkt, uns heute eine Antwort auf unser Angebot zu geben?»

Firlej zuckte mit den Schultern. «Vielleicht. Vielleicht auch nicht. Und nun lasst Seine Majestät nicht warten – er lädt Euch zur Jagd ein.»

Stephan war erleichtert, dass Simon ihn heute begleiten wollte. Man teilte ihnen zwei Pferde zu, schwere friesische Percherons. Dann ritten sie im Gefolge des Königs aus dem Wawel und kamen über verschlungene Wege und Pfade in dichte Wälder. Zygmunt August trabte dem Tross vorweg. Die grauen Hunde wichen dem königlichen Ross nicht von den Hufen. Es folgten Firlej, dann Stephan und Simon und schließlich ein Dutzend mit Schwertern bewaffnete Kämpfer der Husaria, der berittenen Elitesoldaten des polnischen Heeres. Stephan wollte den König auf den Handel ansprechen, zwang sich aber zur Geduld. Zygmunt hatte ihn bislang keines Blickes gewürdigt.

Links und rechts des Weges taten sich bisweilen Lichtungen auf. Stephan sah Rehe und Hirsche, Wildsäue und Füchse, die allesamt die Flucht ergriffen, als der Tross vorbeizog. Der König beachtete das Wild nicht. Er ritt immer weiter, bis er nach einer Weile den Tross halten ließ. Firlej rutschte vom Rücken seines Pferdes, half dem König beim Absteigen und reichte ihm einen Eibenholzstock.

Einige Husaren blieben zur Bewachung der Pferde zurück, während die anderen ins Unterholz stiegen. Nach einigen hundert Schritten lichtete sich der Wald. Das Gelände ging in eine grasbewachsene, ebene Fläche über, an deren Ende ein kalkweißer Felsen steil in die Höhe ragte. Stephan überblickte die Wiese. Als er sah, was unterhalb des Felsens lag, verschlug es ihm den Atem. Dort lag der Löwe. Er hatte die beiden Vorderläufe ausgestreckt, den Kopf darauf abgelegt und war mit einer schweren Kette, die an einem in den Boden gerammten Pflock hing, festgebunden. Sein Blick war auf die Männer gerichtet, die nicht weit von ihm entfernt zwischen den Bäumen hervortraten.

Was mochte es bedeuten, dass der Löwe hierhergebracht worden war?

Auf seinen Stock gestützt, blieb der König am Waldrand stehen. Die Hunde hockten zu seinen Füßen. Zum ersten Mal an diesem Tag hörte Stephan Zygmunts Stimme, als er fragte: «Hat ein stolzes Tier wie dieser Löwe es verdient, sein Leben im Käfig zu fristen?»

«Wollt Ihr ihn hier freilassen, Majestät?», entgegnete Stephan.

Zygmunt antwortete nicht, sondern gab einem Mann ein Zeichen, woraufhin der über die Wiese zu einem Gebüsch am Fuß des Kalkfelsens ging. Er verschwand im Gestrüpp. Als er wieder hervorkam, zog er an einem Strick eine Ziege hinter sich her. Stephan sah den Löwen den Kopf heben. Es schien, als nehme er die Witterung der Ziege auf, die, als sie den Löwen bemerkte, meckernde Laute ausstieß und am Strick zerrte. Der Mann näherte sich vorsichtig dem Löwen, wohl in der Befürchtung, das Raubtier könne ihn angreifen. Doch der Löwe lag weiterhin ausgestreckt im Gras. Nur seine Augen folgten den Bewegungen der Ziege. Der Diener beeilte sich, das lose Ende des Stricks an den Pflock zu binden, dann vom Löwen fortzukommen und zu den anderen zurückzukehren.

Stephan wurde das Gefühl nicht los, der König habe diese merkwürdige Situation von langer Hand vorbereitet. Aber was in Gottes Namen hatten der Löwe und die Ziege mit dem Geschäft zu tun?

«Unsere Bedingung war unmissverständlich», sagte der König. «Wir baten die Loytz um einen lebendigen und wilden Löwen. Daher hoffen Wir für Euch, junger Kaufmann, dass Euer Geschenk Unserem Wunsch entspricht. Bislang erfüllt Euer Geschenk Unsere Bedingung nur zur Hälfte.»

Stephan schluckte gegen einen aufquellenden Widerstand in seinem Hals an. Arge Zweifel am Geisteszustand des Königs beschlichen ihn. Was für ein Geschäftsmann mochte der sein, ein Kreditgeschäft davon abhängig zu machen, ob der Löwe wild genug war, eine Ziege zu töten? Er sagte: «Ich bin mir nicht sicher, Majestät, ob der Löwe jemals ein Tier gerissen hat. Soweit ich weiß, hat er nur im Gehege gelebt …»

«Ein Handel ist ein Handel», entgegnete Zygmunt. «Ihr verlangt Zinsen und Laufzeiten und das einträgliche

Privileg des Salzmonopols, und Wir verlangen ein Darlehen und einen wilden Löwen.»

Ein eiskalter Schauer lief Stephan über den Rücken. Der König war offenbar verrückt. Aber diese Erkenntnis half ihm nicht weiter. Er hatte die Mühen und Entbehrungen der weiten Reise auf sich genommen, um das Geschäft zum erfolgreichen Abschluss zu bringen. Hing für ihn davon doch nicht weniger ab als die Aussicht auf die Teilhaberschaft im Unternehmen. Er durfte nicht mit leeren Händen zu Michael zurückkehren.

«Eure Majestät, seht doch – der Löwe», hörte er Firlej sagen.

Beim Kalkfelsen stellte der Löwe erst die Hinter- dann die Vorderläufe auf. Sein Maul war geöffnet, der Blick auf die Ziege gerichtet, die meckernde Laute ausstieß und panisch am gestrafften Seil zerrte. Der Löwe machte einen Schritt auf die Ziege zu. Kette und Strick waren in der Länge so bemessen, dass der Löwe die Beute mühelos erreichen konnte.

Töte die Ziege, dachte Stephan. Töte sie für mich, mein Freund!

8

Wald beim Jagdschloss

Hundegebell drang von draußen in die Kammer im Obergeschoss des Jagdschlosses Zum Grünen Walde. Michael fuhr im Bett hoch. Er war sogleich hellwach, auch wenn sich die Nachwirkungen des Weins hinter seiner Schädeldecke als dröhnende Hammerschläge bemerkbar machten. Ungeachtet der Schmerzen sprang er aus dem Bett, riss den Vorhang vor dem Fenster zur Seite und schaute in den dämmernden Tag. Er konnte kaum glauben, was er erblickte. Zwischen Wassergraben, Brücke und Stallgebäuden saßen Dutzende Männer in Jagdkleidung auf gesattelten Pferden. Hunde sprangen aufgeregt umher und kläfften voller Vorfreude. Ein Horn ertönte. Langsam setzte sich die Gesellschaft in Bewegung, und der Kurfürst ritt dem Trupp voran in den Wald.

Michael ballte die Hände zu Fäusten. Hatte der gottverdammte Kurfürst ihn absichtlich verschlafen lassen? Offenbar hatte er wegen der Angelegenheit mit dem Schiff kalte Füße bekommen. Er wollte sich wohl aus der Sache herausziehen, um hinterher frech behaupten zu können, Michael habe gar nicht an der Jagd teilnehmen wollen. Da hat er mich unterschätzt, dachte Michael grimmig. Er war ein Loytz, und ein Loytz ließ sich von niemandem übers Ohr hauen. Er stolperte zum Stuhl, auf dem seine Reisekiste stand, und wühlte darin nach seinen Jagdkleidern, als er aus dem anderen Bett ein Geräusch hörte.

Noch während des Fests war Leni in die Kammer entschwunden. «Ich könnte dich begleiten», hatte er ihr angeboten. Doch was hatte das kratzbürstige Ding getan? Es hatte sein Angebot, das nur freundlich gemeint war, ausgeschlagen und gedroht: «Komm mir bloß nicht zu nahe!» Da hatte er sich bei ihr entschuldigt und war zurück in die Hofstube gegangen, wo er Wein trank und mit diesem und jenem redete, bis er glaubte, Leni sei eingeschlafen.

Er musste ihr den Eindruck vermitteln, an ihr oder einer Hochzeit nicht mehr interessiert zu sein. Und wenn sie sich erst einmal in Sicherheit wähnte, würde er sich sein Recht nehmen! Ihr Nein würde er niemals akzeptieren. Aber wie es sich für den versierten Kaufmann gehörte, der er war, galt es, eine günstige Gelegenheit abzuwarten und dann aus dem Hinterhalt zuzuschlagen.

Seinen guten Willen hatte er hinreichend demonstriert. Auf der Reise war er freundlich zu ihr gewesen und hatte keine Anstalten gemacht, sie zu bedrängen. Er hatte ihr das kostbare Kleid geschenkt; es hatte viel Geld gekostet, würde sich aber hoffentlich bald als lohnende Investition erweisen. Und er hatte den Kurfürsten auf das Schiff ihres Vaters angesprochen. Deshalb musste Michael den Jägern schleunigst hinterherreiten, um das falsche Spiel des Kurfürsten zu durchkreuzen.

Während er seine Jagdkleider überzog, warf er einen verstohlenen Blick zu Lenis Bett. Sie lag auf dem Rücken, der Kopf war in seine Richtung geneigt. Die Decke wölbte sich über ihrem schlanken Körper. Obwohl ihre Augen geschlossen waren, war er überzeugt, dass sie wach war.

Er war fertig angekleidet, als es an der Tür klopfte. Er zog die Tür mit einem Ruck auf. Im Gang sah er den Hofkämmerer, diesen undurchsichtigen Lippold, überrascht vor ihm zurückweichen. «Oh, Kaufmann Loytz», sagte der Kämmerer, «das trifft sich gut – Ihr seid zum Aufbruch bereitet …»

«Was hat das da unten zu bedeuten?», herrschte Michael ihn an. «Die Jäger sind bereits davongeritten. Wollt Ihr mich zum Narren halten?»

«Mitnichten, mitnichten! Der Kurfürst hat mich beauftragt, Euch mit Pferd und Jagdwaffe auszustatten und Euch zu einer bestimmten Stelle im Wald zu führen. Er lässt Euch die Ehre zuteilwerden, den größten und prächtigsten Keiler zu erlegen, den die Jäger und Hunde in Eure Richtung treiben werden.»

Michaels Ärger auf den Kurfürsten verrauchte. Aber ihm drängte sich die Frage auf, warum der Kurfürst es ihm so einfach machte, das Spiel zu gewinnen. Hatte er sich in dem Mann getäuscht? Oder steckte etwas anderes dahinter?

Als er über die Brücke kam, teilte ihm ein Diener ein gesatteltes Pferd zu und reichte ihm eine Saufeder, einen schweren Spieß mit einer Eisenklinge und einem Eschenholzschaft, auf den kreuzweise Lederriemen genagelt waren, damit man einen festen Griff hatte. Die Spitze war mit einer Parierstange versehen, die verhinderte, dass die Klinge den Leib einer Wildsau durchstach und das Tier dem Jäger zu nah kam. Mit einem Keiler oder einer Bache, die vor Schmerzen rasten, war nicht zu spaßen.

Lippold wartete, bis Michael aufsaß, stieg dann auf ein zweites Pferd und ritt voran vom Hof. Sie trabten eine Weile über den Weg, den die anderen Jäger genommen hatten, bis Lippold auf einen kleinen Pfad abbog. Dem Pfad folgten sie durchs Unterholz bis an den Rand einer Waldlichtung, die man halbkreisförmig mit Fangzäunen abgeriegelt hatte; es waren gespannte Seile, an denen helle Stoffbahnen, die Lappen genannt wurden, befestigt waren. Dorthin sollten die Tiere getrieben werden, und die Zäune sollten verhindern, dass die Beute den Jägern durch die Lappen ging.

Lippold zeigte auf eine kleine Brüstung auf der Lichtung, die aus in den Boden gerammten Stämmen bestand, und sagte: «Dahinter solltet Ihr in Deckung gehen und warten, bis Euch der Keiler zugetrieben wird. Ich wünsche Euch viel Erfolg und einen guten und sicheren Stoß.»

Lippold ließ sein Pferd wenden, doch Michael rief: «Wartet, wartet, ich will Euch eine Frage stellen!»

Lippold trabte zu ihm zurück.

Michael sagte: «Ihr seid gestern Abend selbst dabei gewesen, als der Kurfürst mir dieses Spiel anbot. Was ist das für ein Spiel, wenn er mich mit Absicht gewinnen lässt?»

Lippold blickte zur anderen Seite der Lichtung, wo aus dem Wald Hundegebell zu hören war. «Ich verstehe, dass Euch ein solches Spiel merkwürdig vorkommt. Könnt Ihr ein Geheimnis für Euch bewahren?»

«Selbstverständlich!», sagte Michael und dachte: Es kommt darauf, ob ich daraus nicht an anderer Stelle Kapital schlagen kann, wenn ich das Geheimnis verrate.

Lippold lächelte vage, und seine dunklen Augen blitzten auf. «Also, der gnädige Kurfürst teilt bei dem Handelskrieg Eure Meinung, was sein Bruder natürlich nicht erfahren darf. Der Kurfürst ist überzeugt, dass sein Bruder es mit den Zöllen und Handelsbeschränkungen übertreibt. Letztlich ziehen die Streitigkeiten nämlich auch die Mark Brandenburg in Mitleidenschaft, und die Stettiner sitzen durch ihre Lage an der Odermündung in einer günstigeren Position. Als Kaufmann werdet Ihr verstehen, dass es ratsam ist, diejenige Partei zu unterstützen, die einem die größten Vorteile bietet.»

Lippold kratzte sich am Kinn, dann sagte er: «Wenn der Kurfürst seinen Bruder nun also plötzlich bittet, das Schiff eines Stettiner Kaufmanns freizugeben, braucht er dazu einen guten Vorwand. Und was wäre ein besserer Vorwand, als dass *Ihr* ihm diesen Wettbewerb aufgenötigt habt und er nun gezwungen ist, sich für Euer Anliegen zu verwenden? Wettschulden sind Ehrenschulden …»

Im Wald waren Rufe und sich näherndes Hundegebell zu hören.

«Nun entschuldigt mich bitte», sagte Lippold. «Die

Jägerei ist nichts für mich, zu viel Blut, zu viel Geschrei, zu viel rohes Handwerk.» Er wendete das Pferd und ritt davon.

Michael blickte Lippold hinterher, bis der hinter den Bäumen verschwunden war. Dann saß er ab und band das Pferd mit den Zügeln jenseits der Fangzäune an einen Baum. Mit dem Sauspieß begab er sich zur Brüstung. Erneut beschlichen ihn Zweifel. Glaubte Lippold wirklich, Michael würde ihm abnehmen, der Kurfürst stehe beim Handelskrieg auf der Seite der Stettiner? Michael hielt das für ausgemachten Unsinn. Sein Gefühl drängte ihn, sich den albernen Wettbewerb aus dem Kopf zu schlagen und sich unverzüglich von der Lichtung zu entfernen. Aber er rührte sich nicht von der Stelle, es stand zu viel auf dem Spiel. Er musste den Keiler erlegen, damit der alte Weyer seinen Kahn wiederbekam. Und Michael die Hand seiner Tochter gab.

9
Wald bei Kraków

Stephan spannte seinen Körper an, als er sah, wie der Löwe sich Schritt für Schritt, die Kette hinter sich herschleifend, der Ziege näherte. Da erstarrte die Ziege, als werde ihr bewusst, dass sie sich in ihr unausweichliches Schicksal fügen musste. Steif und still stand sie da, vom gestrafften Strick gehalten, und kehrte dem Löwen ihr Hinterteil zu.

«Er wird es tun», hörte Stephan Simon flüstern. «Er wird sie töten.»

Auch Zygmunt und die anderen Männer am Waldrand

blickten zum Kreidefelsen, wo der Löwe jetzt das Hinterteil der Ziege beschnupperte. Dann glitt sein Maul über ihren Rücken vor zum Nacken. Vorsichtig ging er vor, vorsichtig und besorgt wie ein Vatertier, das sein Junges begutachtet, um am Geruch festzustellen, ob er sein eigen Fleisch und Blut vor sich hat. Der Löwe wich einen Schritt von der Ziege zurück, hob zögernd eine Pranke – und schlug zu. Meckernde Laute drangen über die Wiese zu den Zuschauern, die sahen, wie die Urinstinkte des Raubtiers erwachten. Der Prankenhieb riss die Ziege von den Beinen und schleuderte sie ins Gras. Sofort war der Löwe über ihrem Genick und biss zu. Stephan glaubte, zwischen seinen Kiefern die Knochen der Ziege brechen zu hören.

Er atmete langsam wieder aus. «Dann ist unser Handel nun besiegelt?», fragte er.

Doch Zygmunt sagte nur: «Wir werden sehen.» Er befahl einem Husaren, eine Armbrust zu spannen und einen Bolzen einzulegen.

Stephan zuckte zurück. «Eure Majestät, der Löwe hat die Ziege doch getötet.»

«Ja, das hat er getan und sich als Löwe erwiesen. Damit ist unser Geschäft fast abgeschlossen. Doch Wir erwarten von Euch, dass Ihr dem Löwen die letzte Ehre erweist.»

«Die letzte Ehre?», fragte Stephan unsicher.

Zygmunt funkelte ihn an. «Wollt Ihr ihm zumuten, ein unwürdiges Dasein in einem Eisenkäfig zu fristen? Wir können uns nicht erlauben, ihn freizulassen. Der Löwe könnte einen Menschen anfallen, vielleicht einen Bauern bei der Feldarbeit, oder ein Kind, und dann einen zweiten Menschen, bevor die Leute ihn jagen. Sie werden nicht ruhen, bis sie ihn zur Strecke gebracht haben. Sie werden ihn zerhacken und seinen Schädel auf einem Marktplatz zur Schau stellen. Das könnt Ihr nicht wollen. Also, nehmt die Waffe, zielt gut und erspart dem Löwen weiteres Leid.»

Stephans Hände zitterten, als er die Armbrust entgegennahm. Sie lag schwer in seinen Händen, schwerer als die Armbrust, mit der er und Michael geübt hatten. Er zögerte, sah aber keinen anderen Ausweg, als das zu tun, was der König von ihm verlangte. Er setzte sich in Bewegung. Ihm folgten Zygmunt, auf den Stock gestützt und von den Hunden umtänzelt, dann Simon und Firlej und schließlich die Husaren. Zehn Schritt vom Löwen entfernt, blieb Stephan stehen, unfähig, noch einen Fuß vor den anderen zu setzen.

«Eine gute Schussentfernung», sagte Zygmunt und deutete mit dem Gehstock auf den Löwen, der seine Zähne tief ins Fleisch der Ziege grub. Ihr Blut färbte sein Maul rot, und als der Löwe den Blick erst auf die knurrenden Hunde und dann auf Stephan richtete, lag in seinen Augen eine warme, wilde Befriedigung.

Stephan hatte den Löwen vor dem Tod bewahrt, hatte ihn umsorgt und aufgepäppelt. Hatte ihn stark und stolz gemacht. Und nun sollte er ihm das geschenkte Leben nehmen? Er hob die Armbrust, legte die Wange an den Schaft und zielte. Der Löwe hörte auf zu fressen. Sein Blick war auf Stephan gerichtet.

Stephan ließ die Armbrust sinken. «Ich kann es nicht tun», sagte er leise.

Zygmunt musterte ihn scharf. Seine Augen schienen vor Irrsinn zu glühen. Stephan fragte sich, ob der König wirklich so weit gehen würde, den Handel platzenzulassen, wenn Stephan ihm den Gehorsam verweigerte. Da sank eine Hand mit sanftem Druck auf Stephans Schulter.

Simon war neben ihn getreten und sagte: «Gib mir die Armbrust. Du weißt, wozu ich fähig bin.»

10
Wald beim Jagdschloss

Die Rufe der Treiber hallten durch den Wald. Ihre Hunde kläfften aufgeregt. Äste knackten. Im Schatten zwischen den Bäumen und Büschen am Rand der Lichtung glaubte Michael etwas Dunkles und Großes durchs Unterholz huschen zu sehen. Er umfasste den Schaft der Saufeder fest mit beiden Händen. Die Zweifel, die ihn eben noch von der Lichtung gedrängt hatten, wurden überlagert von angespannter Unruhe, von einem nach Blut dürstenden Jagdtrieb. Er hatte beschlossen, sich auf das Spiel einzulassen, und malte sich jetzt aus, wie herrlich es sein würde, dem Keiler Auge in Auge gegenüberzustehen und den Spieß in Fleisch und Gedärm zu stoßen.

Viele Jahre war es her, dass er eine solche Waffe verwendet hatte. Damals hatte Vater ihn und Stephan zur Saujagd in die Wälder bei Stettin mitgenommen. Simon, der kleine Hosenscheißer, hatte sich, als es losgehen sollte, aus Angst vor der Jagd im Warenlager verkrochen. Auch Stephan war nicht wohl zumute gewesen. Dennoch war ausgerechnet er es, der dem Eber den tödlichen Hieb versetzte, nachdem Michael das Tier verfehlt hatte.

Als die Erinnerung daran hochkam, dachte Michael, dass Stephan ihm damals wohl das Leben gerettet hatte. Diese Erinnerung stieß ihm bitter auf, gab sie ihm doch das Gefühl, dem Bruder etwas zu schulden. Für den Augenblick bedauerte er, Stephan nach Kraków geschickt zu haben, zumal es ihm vielleicht tatsächlich gelang, dem wahnsinnigen Zygmunt eine Zusage zum Salzprivileg abzutrotzen. Dann würde Michael nicht umhinkommen, Stephan die Teilhaberschaft zu überschreiben. Sicher, die Teilhaberschaft lag im Erbe der Familie begründet. Aber Michael würde einen Teufel tun, ihn als ebenbürtig neben sich anzuerkennen. Es hatte genug Anstrengungen und Ränkeschmiede bedeutet, die Brüder seines Vaters in die zweite Reihe zurückzudrängen, diesen Einfluss würde er nicht aufgeben. Im Loytz'schen Handelshaus durfte es nur einen Regierer geben, der in allem das letzte Wort hatte – und das war Michael.

Wieder sah er am Waldrand den schweren Schatten umhertoben und hörte Äste brechen, dicke, auf dem Erdboden liegende Äste. Das Tier geriet in Panik, scheute sich aber offensichtlich davor, die Deckung des Waldes zu verlassen. Hunde und Treiber rückten unaufhaltsam näher. Irgendwo im Wald schrie jemand, ein Hund jaulte auf. Dann brach ein schwarzborstiges Ungetüm aus dem Dickicht hervor. Am Waldrand verharrte der große Keiler. Seine Flanken zitterten. Schaumiger Schleim tropfte von den Lefzen, und handlange, spitze Hauer schimmerten elfenbeinfarben im Tageslicht. Der Keiler blickte sich um, schnupperte, witterte. Im Hintergrund stimmten die Hunde ein Mordsgeheul an. Der Keiler setzte sich in Bewegung und stürmte auf die Brüstung zu.

Michael atmete tief ein. Lust packte ihn, die Lust aufs Siegen und Töten. Er hörte das Blut in seinen Ohren rauschen. Die Saufeder fest in den Händen haltend, trat er aus der Deckung. Der Keiler sah ihn, hielt an und zögerte kurz, aber nur um erneut Anlauf zu nehmen. Michael trat ihm entgegen, als er plötzlich das trockene Schnalzen einer

Armbrustsehne hörte. Er spürte einen harten, dumpfen Stoß an seiner Seite, dann einen stechenden Schmerz. Die Saufeder entglitt seinen Händen. Als er auf seine rechte Schulter blickte, sah er, dass ein gefiederter Bolzen darin steckte.

Der Keiler raste auf ihn zu. Michael hechtete zur Seite, und das Tier stürmte an ihm vorbei. Instinktiv hob Michael einen Arm über den Kopf und blickte in die Richtung, aus der der Bolzen gekommen war, sah aber nirgendwo einen Schützen. Hatte einer der Jäger auf den Keiler geschossen und ihn versehentlich getroffen? Die Treiber waren nah, mussten jeden Moment aus dem Wald kommen.

Da bemerkte Michael im Dickicht eine Bewegung. Rasch rollte er sich durchs Gras, als erneut eine Sehne schnalzte und ein zweiter Bolzen sich ins Erdreich bohrte, wo Michael eben noch gelegen hatte. Waren diese verfluchten Jäger blind? Der Keiler war längst zu den Lappen vorgestürmt und rannte grunzend und Staub aufwirbelnd an der Absperrung entlang. In Erwartung eines dritten Schusses kroch Michael geduckt über den Boden zu der Brüstung. In seiner Schulter flammten höllische Schmerzen auf, die ihm fast das Bewusstsein raubten. Dann, kurz bevor er die Brüstung erreichte, hörte er hinter sich die stampfenden Geräusche von Pferdehufen.

Er hob den Kopf aus dem Gras und sah über sich Pferd und Reiter auftauchen. Es war der Kurfürst. Sein Blick war hart, und seine Augen funkelten vor Zorn.

11

Wald beim Jagdschloss

Etwa zwei Wochen nach dem Jagdvergnügen, das durch den angeblichen Unfall überschattet worden war, stiegen vier Männer nicht weit vom Jagdschloss entfernt durchs Unterholz. Sie kamen zu einem vergessenen, halb zerfallenen Schuppen, in dem Waldarbeiter früher ihre Geräte gelagert hatten. Aus einer hinteren Ecke in der Hütte kramten zwei der Männer alte Bretter und anderes Gerümpel hervor und legten eine darunter verborgene Truhe frei.

Lippold nahm aus der Tasche an seinem Gürtel einen Schlüssel und reichte ihn einem der Trabanten, der damit das Truhenschloss öffnete.

«Holt den Burschen raus», befahl Joachim den beiden Trabanten.

Sie waren handverlesene, treu ergebene Männer, die ihm seit vielen Jahren dienten. Er bezahlte sie nicht nur für ihre Dienste als Leibwächter. In seinem Auftrag schreckten sie auch vor Raubüberfällen und Mord nicht zurück. Allerdings waren beide nicht besonders geschickt im Umgang mit einer Armbrust. Für den Anschlag auf den Kaufmann hatte Joachim daher von Lippold einen gedungenen Mörder engagieren lassen. Der Mann war jedoch ein Blender. Er sei der beste Armbrustschütze in der Mark, hatte er geprahlt, und das war schlichtweg gelogen.

Dabei war Joachim richtig stolz gewesen auf seinen Plan: Den Mord an dem Kaufmann hätte er aussehen lassen wie einen Jagdunfall, wie er bei der Sauhatz immer mal wieder vorkam. Man hätte seinen Tod angemessen betrauert und dann – Schwamm drüber. Mit einem einzigen Schlag hätte Joachim der Schlange den Kopf abgeschlagen und den Loytz einen herben Verlust zugefügt.

Der Armbrustschütze hatte jedoch versagt, dem verfluchten Loytz den Bolzen lediglich in die Schulter gejagt, und Joachim waren vor Wut ein paar neue graue Haare gewachsen. Noch unangenehmer war, dass er sich durch den vermeintlichen Unfall in die Enge gedrängt sah, weil Dutzende Zeugen anwesend waren. Joachim hatte sich also hinreißen lassen, dem Loytz in die Hand zu versprechen, er werde dafür sorgen, dass der Stettiner Kaufmann das Schiff zurückbekam. Es hatte Joachim viel gutes Zureden und nicht wenig Geld gekostet, seinen Bruder zu überzeugen, das Schiff herauszugeben.

Ein stechender Geruch aus dem Innern der Truhe verbreitete sich im Schuppen. Die Trabanten rümpften die Nasen. Lippold presste sich ein Tuch vor Nase und Mund.

«Zieht keine Gesichter wie bei 'ner verseuchten Kuh», knurrte Joachim, auch wenn die Leiche nach zwei Wochen wahrlich nicht angenehm duftete. «Macht den Kerl fürs Wasser fertig.»

Die Trabanten breiteten eine Decke aus, griffen in die Truhe, hoben die Leiche des Armbrustschützen heraus und legten sie darauf. Dann rollten sie die Leiche ein, verschnürten sie zu einem festen Bündel und knoteten Steine als Gewichte dran.

Joachim nickte grimmig und sagte: «Und jetzt ab in den See mit dem Burschen.»

12
Stettin

So erzähl schon, was du mir zeigen willst», sagte Leni. Sie musste sich sputen, um mit ihrem Vater Schritt zu halten.

«Gleich, mein Kind, gleich!», sagte Lukas Weyer. Im Laufschritt eilte er über den Kohlmarkt und dann weiter über Schuhstraße, Heumarkt und Im Hagen hinunter zum Hafen. Auf seinen Lippen lag ein so breites, befreites Lächeln, wie Leni es schon lange nicht mehr gesehen hatte.

Am frühen Nachmittag herrschte im Hafen das alltägliche Gedränge und Geschiebe der Hafenarbeiter und Seeleute. Schiffe legten an, andere Schiffe legten ab. Taue wurden um Poller geschlungen, Kisten, Fässer und verschnürte Ballen verladen. Kräne drehten sich. Fischer brachten ihre Fänge ein, schleppten mit Fisch gefüllte Kästen an Land, umflattert von hungrigen, kreischenden Möwen.

Leni folgte ihrem Vater über den Kai zu einer Landebrücke, vor er stehen blieb und sagte: «Schau doch nur! Was siehst du dort?»

Leni blickte zur Landebrücke, auf die ihr Vater zeigte. «Was soll ich schon sehen?», entgegnete sie. «Ich sehe Schiffe ... und ... oh, Vater – ist das da nicht dein Schiff?» Am Brückenkopf hatte ein großer Lastkahn festgemacht.

«So ist es, mein Kind», sagte ihr Vater. «Das Schiff ist heute eingetroffen, mitsamt meiner Mannschaft, und alle sind wohlauf. Meine Waren haben die Frankfurter zwar einbehalten, aber das Wichtigste ist, ich habe mein Schiff und kann wieder Handel treiben. Komm, gehen wir an Bord. Ach, Leni, ich kann kaum erwarten, einen Auftrag anzunehmen ...»

«Das wird auch Zeit», sagte eine Stimme hinter ihnen.

Als Leni sich umdrehte, sah sie Michael in der ihn respektvoll umströmenden Menschenmenge stehen. Man kannte den Regierer des Loytz'schen Handelshauses. Vorbeieilende Männer lupften ihre Hüte und grüßten ihn. Michael nickte ihnen beiläufig zu. Sein rechter Arm hing wegen der verletzten Schulter in einer Tuchschlinge.

Leni wich vor ihm zurück bis an die Kaikante. Sie war Michael seit ihrer Rückkehr aus Brandenburg vor einigen Tagen nicht begegnet, und wenn es nach ihr ging, würde sie ihm niemals mehr begegnen. Nach dem Unfall hatte man ihn ins Jagdschloss gebracht, wo er einige Tage behandelt werden sollte. Doch Leni hatte es in Michaels Gesellschaft und der des Kurfürsten nicht länger ausgehalten. Den Loytz'schen Dienern hatte sie erzählt, Michael habe angeordnet, einer von ihnen solle Leni nach Stettin begleiten. Das war zwar schlichtweg gelogen, und es war klar, dass die Lüge bald herauskam, aber Leni hatte sich nicht anders zu helfen gewusst.

Als ihr Blick den von Michael kreuzte, sah sie die schwarze Kälte in seinen Augen. Er wandte sich ab und sagte zu ihrem Vater: «Ich denke, an Aufträgen wird es dir nicht mangeln, Lukas.»

«Michael, wie schön, dich zu sehen», entgegnete Vater. «Ich wollte dich nachher im Loytzenhof aufsuchen, um mich bei dir zu bedanken, dass du Wort gehalten hast.»

«Hast du an meiner Aufrichtigkeit gezweifelt?», entgegnete Michael. «Ich bin ein Mann, der zu seinem Wort steht, und ich nehme an, das tust du ebenfalls, aber zunächst ...»

Er trat dicht vor Leni. Ein unangenehmes Kribbeln, wie von einem Heer Ameisen, erfasste ihren Körper.

Michael blickte sich um und sagte dann mit gedämpfter Stimme zu ihrem Vater: «Aber zunächst werde ich dich mit einem Auftrag betrauen, der größter Verschwiegenheit unterliegt. Ich habe im Speicher noch eine Ladung Getreide aus dem Vorjahr gebunkert, die ich nicht beim Stadtrat angezeigt hatte. Bevor man mir auf die Schliche kommt und das Korn beschlagnahmt, muss es auf schnellstem Wege nach Westen verschifft werden. Du weißt ja, Lukas, der Stadtrat besteht nach wie vor auf dieses unverschämte Vorkaufsrecht der Stettiner Bürger. Demnach müsste das Korn eigentlich erst auf dem hiesigen Markt angeboten werden, bevor es ausgeschifft und weiterverkauft werden darf.»

Das sieht ihm ähnlich, dachte Leni. Kaum hat Vater sein Schiff wieder, nutzt Michael dessen Zwangslage für krumme Geschäfte aus.

«Ja, Michael, das Vorkaufsrecht ist mir bekannt», sagte Vater. Das Leuchten war aus seinem Gesicht verschwunden. «Aber erzähl mir doch bitte, wie es dir gelungen ist, die Frankfurter zu überzeugen, mein Schiff rauszurücken.»

Diese Frage stellte sich auch Leni. Ihr war zugetragen worden, Michael habe den fragwürdigen Wettbewerb gar nicht gewonnen, denn er war verletzt worden, bevor er den Keiler hatte erlegen können.

Michael zog einen Mundwinkel hoch und grinste schief. «Sagen wir es so: Der Kurfürst war mir etwas schuldig. Hat deine Tochter dir nicht von meinem kleinen Unfall berichtet?»

Lukas' Blick glitt über Michaels Arm in der Schlinge. «Ja, das hat sie. Es tut mir sehr leid, was geschehen ist.»

«Dann hat sie dir bestimmt auch erzählt, dass sie

einen meiner Diener angelogen hat, damit er sie nach Stettin bringt, statt bei ihrem verletzten *Verlobten* zu bleiben.»

Ihr Verlobter? Leni glaubte, nicht richtig gehört zu haben. Die leidige Geschichte, sie seien sich für die Heirat versprochen, hatte nur für die Feier im Jagdschloss gegolten. Warum kramte er diese Sache wieder hervor?

«Ich ... nein ...» Ihr Vater schaute sie mit großen Augen an, dann sagte er: «Aber – doch ja. Ich erinnere mich, dass du es erwähnt hast, mein Kind.»

«Wie erfreulich, dass sie zumindest dir gegenüber ehrlich ist», sagte Michael.

Leni presste die Lippen zusammen. Es war ihr zuwider, Michael über sie reden zu hören, als wäre sie gar nicht anwesend. Sie wusste genau, dass er das tat, damit sie sich klein und unterlegen fühlte. Sie berührte ihren Vater am Arm und sagte: «Vater, wir wollten doch auf dein Schiff gehen.»

«Ja, richtig», sagte er. «Michael, würdest du uns bitte entschuldigen. Ich werde später zum Loytzenhof kommen. Dann können wir in Ruhe über den Auftrag sprechen ...»

«Lukas Weyer», unterbrach Michael ihn scharf. «Was glaubst du, wer du bist? Am Nachmittag und Abend habe ich geschäftliche Gespräche zu führen, auch morgen und übermorgen habe ich keine Zeit für dich. Aber ich gewähre dir drei Tage, um über den Auftrag nachzudenken, und gebe dir den guten Rat, dich zu fragen, ob du es dir leisten kannst, diesen Auftrag abzulehnen. Und vergiss nicht, dass du dein Schiff einzig und allein mir zu verdanken hast. Wie ich bereits sagte, halte *ich* mich an unsere Absprachen und hoffe sehr, du hältst dich ebenfalls daran, auch was deine Tochter betrifft.»

«Was habe ich damit zu tun?», platzte es aus Leni heraus. «Ich habe dich nach Brandenburg begleitet, damit du die Angelegenheit mit Vaters Schiff regelst. Du hast gesagt, du willst Vater helfen, damit er nicht vor die Hunde geht. Und ich sollte mich als deine Verlobte ausgeben, damit der widerliche Kurfürst mich nicht anrührt. Das waren deine Worte!»

«Ja – und?», erwiderte Michael kalt. «Hat dein Vater sein Schiff wieder? Ist der Kurfürst dir zu nahe getreten? Ja – und nein! Aber es gilt auch das Wort, das er meinem Vater gegeben hat, und da ich nun meinen Teil der Abmachungen erfüllt habe, erwarte ich von dir …» Er blickte Lukas Weyer streng an. «… erwarte ich, dass du das tust, wozu ein Vater seinem Kind gegenüber verpflichtet ist: Er hat es seinem Willen unterzuordnen. Lukas, du wirst mir Leni zur Frau geben …»

«Nein!», rief Leni aufgebracht. Auf dem Kai blieben Leute stehen und schauten zu ihnen herüber. «Dann gehe ich ins Kloster.»

«Bitte, Michael, lass uns in Ruhe darüber reden», sagte ihr Vater. Seine Unterlippe zitterte.

«Du hast gar nichts mit ihm über mich zu bereden», fuhr Leni ihn an. Die aufgestaute Wut auf Michael wollte aus ihr hervorbrechen. Sie fühlte sich von ihm hintergangen und betrogen. Längst war ihr klargeworden, dass er alles geplant hatte: die vermeintliche Verlobung, die Reise nach Brandenburg und das kostbare Kleid. Auch auf ihren Vater war sie wütend. Feige war er, so entsetzlich feige! Immer hielt er Michael nur hin, statt ihm ein für alle Mal zu sagen, er könne diese Hochzeit vergessen.

Sie warf den Kopf in den Nacken und blickte in Michaels hartes Gesicht. Ihre Stimme bebte, als sie sagte: «Ich werde niemals deine Frau, Michael Loytz. Hörst du – niemals!»

Michael wich einen Schritt zurück. Sein Blick flackerte. Für einen winzigen Moment schien er seine Selbstsicherheit zu verlieren. Dann wurden seine Augen schmal, und er sagte: «Ich hatte gehofft, du kommst zur Vernunft. Ja, das hatte ich wirklich gehofft. Deine Sturheit zwingt mich nun, etwas zu tun, was ich nicht gern tue. Du weißt, dass das Grundstück, auf dem das Hospital steht, meiner Familie gehört, und du weißt, dass der Herzog mir viel Geld dafür bietet. Meine Familie hat keine Verwendung für das Grundstück, und für einen Kaufmann ist es eine Schande, ein solches Grundstück nicht zu Geld zu machen. Ich habe es dem Herzog bislang nicht verkaufen wollen, damit du deiner Arbeit nachgehen kannst. Wenn du dich aber dem Wunsch unserer Väter verweigerst, muss ich handeln, wie ein Kaufmann zu handeln hat. Ich werde dem Herzog das Grundstück verkaufen, wenn du nicht bis Ende des Jahres meine Frau wirst. Und dann lebe mit der Gewissheit, dass du für die Schließung des Hospitals verantwortlich bist.»

Leni stockte der Atem. «Meine Arbeit ist dir doch vollkommen egal, genauso wie das Schicksal der armen und kranken Menschen. Du hast das Grundstück nur aus dem Grund noch nicht verkauft, damit du mich damit erpressen kannst!»

Michael legte den Kopf auf die Seite und blickte Leni schief an. «Nenn es Erpressung, wenn du magst. Für mich ist es ein Geschäft. Nicht mehr, nicht weniger.»

13
Stettin

Erzählt uns, Stephan, wie ist es Euch gelungen, dem alten Zygmunt August das Darlehen aufzuschwatzen und ihm auch noch die Zusage für die Privilegien beim Salzhandel aus dem Kreuz zu leiern?», bat der Altermann Christoph Schilling.

Stephan kratzte sich unter dem dunklen Kinnbart, den er sich nach der Rückkehr aus Kraków hatte wachsen lassen. Der Bart, so meinte er, ließ ihn älter und reifer wirken, wie es einem erfolgreichen Kaufmann gut zu Gesicht stand.

«Mein lieber Herr Schilling», sagte er, «dafür waren hartnäckige Verhandlungen vonnöten, und ich kann Euch sagen, der König *ist* ein harter Verhandler.»

Die Männer scharten sich im Obergeschoss des Seglerhauses um Stephan und nickten anerkennend. Einzig Octavian verdrehte die Augen; Stephan wusste, dass der alte Griesgram ihn für einen Aufschneider hielt.

«Und trotzdem habt Ihr Zygmunt Eure Bedingungen aufgezwungen – alle Achtung!», sagte ein Mann namens Bernhard Kramer, der wie Schilling einer der sechs Vorsteher, die man Altermänner nannte, der Korporation zum Seglerhause war. Auch Michael Loytz gehörte zu den Altermännern, war aber der heutigen Versammlung ferngeblieben. Die Korporation war ein Zusammenschluss von Stettiner Kaufleuten, die sich regelmäßig in dem als Seglerhaus bezeichneten Gebäude an der Ecke Heumarkt und Schuhstraße trafen. Hier stellten sie Ordnungen für den Großhandel auf und trafen Regelungen für den Geschäftsverkehr mit auswärtigen Händlern. Auch führten sie Beschwerden, zum Beispiel über Zollangelegenheiten anderer Oderstädte, wobei der Handelskrieg seit längerem das beherrschende Thema war. Den Krieg hatten – so lautete natürlich die einhellige Stettiner Meinung – die Brandenburger unter der Führung des rach- und streitsüchtigen Markgrafen Hans von Küstrin vom Zaun gebrochen. Daher war die Nachricht über die Herausgabe des Schiffs von Lukas Weyer, der wegen seiner Mittellosigkeit kein Mitglied der Korporation mehr war, mit Freude und Erleichterung aufgenommen worden. Die Nachricht nährte die Hoffnungen, dass die Städte der Markgrafschaft Brandenburg-Küstrin vielleicht noch zu weiteren Zugeständnissen bereit waren.

Die Kaufleute bestürmten Stephan mit allerhand Fragen über die finanzielle Situation des polnischen Königs oder zu seinem Gesundheitszustand. Man wollte gehört haben, Zygmunt August falle allmählich dem Schwachsinn anheim.

«Er leidet vielleicht an einem gewissen Altersstarrsinn», erklärte Stephan. «Geistig scheint er aber durchaus auf der Höhe zu sein.» Dass der König ihn genötigt hatte, den Löwen zu töten, verschwieg er geflissentlich. Dies würde dem erfolgreichen Geschäft einen, wie er meinte, faden Beigeschmack verleihen. Nicht einmal Michael oder dem biestigen Octavian hatten Stephan und Simon vom bedauerlichen Ende des Löwen erzählt, den Simon mit einem gezielten Schuss erlöst hatte. Vielleicht, so dachte Stephan inzwischen, war es tatsächlich ein gnädigeres Ende für den Löwen, als im Käfig ein unwürdiges Dasein zu fristen.

Vor zwei Wochen waren sie nach Stettin zurückgekehrt. Seither hatte sich hier einiges getan. Großmutter Anna war stolz auf ihre Enkel gewesen und hatte sich dafür ausgesprochen, dass Simon wieder im Loytzenhof wohnen durfte. Michael hatte dem schließlich zugestimmt, vielleicht auch, weil er die Krone, für die das Handelshaus keine Verwendung hatte, zu einem guten Preis verkaufen konnte.

Stephans Erwartung, Teilhaber zu werden, hatte Michael jedoch noch nicht erfüllt. Stephan war darüber sehr verstimmt; ihm war klar, dass Michael ihn hinhalten wollte. Aber er war nun mal von seinem guten Willen abhängig und hatte keine andere Wahl, als weiterhin auf die Entscheidung seines Bruders zu warten.

Der an Zygmunt vermittelte Kredit hatte sich so schnell herumgesprochen, dass die Loytz vor wenigen Tagen ein Schreiben des dänischen Königs Friedrich erhalten hatten, in dem der sie ebenfalls um ein hohes Darlehen bat. Ob sie es ihm gewähren sollten, darüber hatte Michael noch nicht entschieden. Die jüngsten Erfahrungen mit den Dänen gemahnten die Loytz zur Vorsicht, auch wenn die Vorzeichen günstig waren, dass die Dänen den Krieg bald für sich entscheiden könnten. Es gab vertrauenswürdige Berichte, denen zufolge der schwedische König Erik erkrankt sei; es hieß sogar, Erik leide unter hochgradigem Verfolgungswahn. Der Irrsinn drücke sich darin aus, dass Erik den schwedischen Adel fleißig dezimierte, indem er reihenweise Leute wegen angeblichen Hochverrats hinrichten ließ, was wiederum zu Spannungen zwischen ihm und dem Adel führte.

Nachdem sich die Fragen der Kaufleute erschöpft hatten, gingen die Mitglieder der Korporation auseinander. Stephan wartete, bis auch Octavian verschwunden war. Dann erst stieg er die Treppe hinunter. Als er vor das Gebäude trat, empfing ihn warme Frühsommerluft, und er hörte jemanden seinen Namen rufen. Unter dem Torbogen, durch den die Schuhstraße auf den Heumarkt mündete, sah er Simon mit einem jungen Burschen stehen; es war der Stotterer aus dem Hospital.

«Konrad hat beim Loytzenhof nach dir gefragt», erklärte Simon. «Da habe ich ihn lieber gleich hergebracht.»

Konrads Blick sank aufs Kopfsteinpflaster. In den Händen wrang er ein zerknittertes Barett, das auf seinem Kopf besser aufgehoben wäre, denn die Haare standen ihm ab wie ein struppiges Vogelnest.

«Was hast du mir zu sagen, Konrad?», fragte Stephan.

Konrads Mund öffnete sich, aber heraus kam nur krauses Gestammel, aus dem Stephan nicht schlau wurde.

«Hat er dir erzählt, was er will?», fragte Stephan Simon.

Der schüttelte den Kopf und sagte: «Ich konnte nur heraushören, dass er eine Nachricht für dich hat. Ich glaube, die Stadt verwirrt ihn. Als ich im Hospital gearbeitet habe, hat er das Gelände kaum verlassen, und wenn, dann nur unter lautem Protest.»

«L-L-L-L ... L-L-L-L-e-e-e ...», machte Konrad einen neuen Anlauf.

«Sprichst du von Leni?», fragte Stephan.

Konrad nickte aufgeregt. «S-s-sie s-s-s-s-sagt, I-I-I-hr ... Ihr mü-mü...» Er verstummte ermattet und zuckte zusammen, als zwei angetrunkene Burschen lärmend die Schuhstraße herunter in ihre Richtung kamen.

«Sie sagt, ich muss – was?», bohrte Stephan nach. Die Erwähnung von Lenis Namen entfachte seine Neugier. Das letzte Mal hatte er sie bei der Abreise nach Polen gesehen und seither häufig an sie denken müssen. Er hatte versucht, Michael möglichst unauffällig ein paar Worte über die Reise nach Brandenburg zu entlocken, doch der hatte nur kurz vom Jagdunfall berichtet. Als Stephan beiläufig nach Leni fragte, wurde Michaels Miene so finster, dass er jeden weiteren Versuch aufgab.

Die Betrunkenen torkelten vorbei. Konrad blickte ihnen mit zitterndem Kinn hinterher, bis sie im Gewühl auf dem Heumarkt verschwunden waren. Dann schluckte er, holte tief Luft, schluckte erneut und sagte: «T-t-t- … treffen – sie will Euch treffen … h-h-heute …»

«Wo will sie mich treffen, Konrad?», fragte Stephan schnell.

«L-L-L-La-La … La-La …» Er gab es auf und zeigte mit der Hand Richtung Heumarkt und Hafen.

«Sie will mich im Hafen treffen?» Stephans Herz pochte heftig.

Konrad schüttelte hilflos den Wuschelkopf. «La-La-La …»

«Auf der Lastadie?», sprang Simon ihm bei, und Konrad nickte eifrig.

«Wo dort? Wo auf der Lastadie?», fragte Stephan. «Sag schon, Konrad. Bitte versuch es!»

«Sa-Sa-Sa …» Tränen traten in Konrads Augen. Dann ballte sich sein Gesicht vor Wut zusammen, und er presste die Worte in einem Rutsch mit Gewalt heraus wie bei einer schweren Geburt: «Sankt Gertrud!»

«Gut gemacht», lobte Stephan ihn, und Konrad strahlte. Stephan fragte: «Leni will mich also bei Sankt Gertrud auf der Lastadie treffen. Hat sie dir den Grund dafür genannt?»

Konrad schüttelte den Kopf.

«Das wirst du wohl selbst herausfinden müssen, Brüderchen», sagte Simon und lächelte vielsagend. «Du solltest dich lieber gleich auf den Weg machen, damit du sie nicht verpasst. Ach, und mich interessiert der Grund auch brennend. Wirst du mir später von eurem Gespräch berichten?»

«Ich denke schon.»

«Es ist wohl günstig, wenn wir uns darüber nicht im Loytzenhof unterhalten. Was hältst du davon, wenn wir uns am Abend im *Roten Hering* sehen?»

Stephan blickte ihn irritiert an. «Die Spelunke solltest du lieber meiden.»

Simon winkte grinsend ab. «Komm schon, großer Bruder, du passt doch auf mich auf. Es wäre mir ein Vergnügen, mit einem Becher Wasser den alten Trinkkumpanen zuzuprosten.»

Stephan war in Gedanken bei Leni und der Frage, was sie ihm wohl zu erzählen hatte, sodass er Simons Vorschlag zustimmte.

Stephan lief über die Lange Brücke, die Stettin über die Oder mit der Lastadie verband. Der Name leitete sich vom latinisierten Wort *lastadium* ab, was so viel wie *Ballast* bedeutete; auf dem Gelände hatten die Schiffe einst den Ballastsand zurückgelassen, den sie bei Leerfahrten mitführten, um bei Wind stabiler im Wasser zu liegen. Dieser Sand wurde dann zur Aufschüttung des Geländes und beim Bau der Anlegeplätze verwendet. Heute hatten hier die Zünfte der Reepschläger, die die Schiffstaue herstellten, ihren Sitz, ebenso wie die Schipbuwer und Kahnmaker, die Schiffe und Kähne bauten. Hier lagerte und verlud man Bauholz und Teerfässer; es gab ein Salzhaus und eine Silberhütte.

Und hier stand an der Straße, die nach Danzig führte, jene Kirche, die der heiligen Gertrud geweiht war.

Stephan hielt auf die Kirche zu, ein schlichtes, aus Holz auf einem Steinfundament erbautes Gotteshaus, das einst vom Orden der Karmeliter begründet und mit einem Anbau versehen worden war, der als Hospital genutzt wurde. Vor der Kirche lungerte ein Dutzend Menschen in zerlumpten Kleidern herum.

Als Stephan nach Leni Ausschau hielt, trat ein zahnlos grinsender Alter vor ihn und hielt ihm eine dreckige Hand hin. «Heda, feiner Herr, Ihr werdet wohl 'ne Münze für 'nen armen Mann erübrigen können.»

Stephan wich vor dem Bettler zurück. Solche Leute waren ihm nicht geheuer. «Geh mir bitte aus dem Weg, ich bin in Eile.»

Der Mann rührte sich nicht von der Stelle und sagte: «Der Herr verachtet uns arme Bettler wohl? Dabei hat der Stadtsyndikus 'ne Verordnung erlassen, die betteln gestattet. Seht her, das Abzeichen an meinem Hemd ist von der Bruderschaft der Stettiner Bettler. Also öffnet mal Eure Geldbörse und lasst 'n paar Groschen in meine Hand springen.»

Stephan zögerte. Er kannte die Verordnung, die die Bettler mit einer Reihe von Privilegien ausstattete und dafür sorgen sollte, dass vermögende Bürger sich in Wohltätigkeit üben konnten. Sogar Bettelvögte wurden bestellt, die darauf achteten, dass keine auswärtigen Habenichtse in die Stadt kamen. Aber Stephans Familie hatte für das Bettelvolk nie etwas übriggehabt. Daher war er in der Überzeugung erzogen worden, Bettler seien arbeitsscheue Faulenzer, die den Fleißigen auf den Taschen lagen. Er wollte dem zerlumpten Burschen gerade mit ein paar scharfen Worten Beine machen, als er Leni aus der Kirche kommen sah. Da er von ihrer innigen Zuneigung zu mittellosen Menschen wusste, erbarmte er sich, nahm einen Kreuzer aus der Geldtasche und legte sie dem Bettler in die Hand.

Der Mann betrachtete die kleine Münze und sagte: «Nur ’n Kreuzer? Mehr habt Ihr für ’nen armen Menschen nicht übrig?»

Leni winkte Stephan zu.

«Lasst noch ’n bisschen mehr Geld rüberwachsen», knurrte der Bettler.

«Was?», entgegnete Stephan. Er hatte nur Augen für Leni, die, kaum dass sie vor die Kirche getreten war, von einem Pulk Bettler umschwärmt wurde wie eine Kerze in der Nacht von flatternden Motten. Sie nahm Brotkanten aus einem Sack und verteilte sie an die Leute. Als sie zu Stephan blickte, gab er dem Alten schnell zwei weitere Kreuzer. Dessen mit Schmutzrändern verklebtes Gesicht hellte sich auf, und er sagte: «So isses recht. Gott segne Euch!» Dann machte er kehrt und lief zu den anderen Bettlern, um sich seinen Anteil an der Brotspende zu sichern.

Nachdem Leni das Brot ausgeteilt hatte, kam sie Stephan entgegen. Ihr Gesicht war blasser als sonst, unter ihren Augen lagen dunkle Ränder.

«Es überrascht mich, dich dein Geld mit armen Menschen teilen zu sehen», sagte Leni. «Wohltätigkeit hätte ich von dir nicht erwartet.»

«Ach, das ist ... nicht der Rede wert. Man kann ja gar nicht wohltätig genug sein, um das Leid dieser Leute zu lindern», sagte Stephan umständlich. Er hoffte, Leni merkte ihm seine Verlegenheit nicht an. Er übertrieb zwar maßlos, was seine angebliche Wohltätigkeit betraf, aber eigentlich gab es ihm in der Tat ein gutes Gefühl, dem Alten – mochte er auch noch so ein unverschämter Tagedieb sein – die Münzen gegeben zu haben. Nicht nur Leni, sondern auch Gott hatte das bestimmt gefallen.

Sie hatten sich im Garten hinter Sankt Gertrud unter einer schattigen Eiche auf einer Bank am Ufer der Parnitz, eines Odernebenflusses, niedergelassen. Das Wasser zog träge in Richtung des Damschen Sees vorüber. Stephan und Leni saßen so dicht nebeneinander, dass er ihren Duft wahrnahm, und der Duft war angenehm wie eine frisch gemähte Frühlingswiese.

Er verschränkte seine Hände im Schoß und drückte die Finger fest zusammen, um sich seine Unsicherheit nicht anmerken zu lassen. Ihre Nähe machte ihn hilflos, wie er es bei einer Frau nicht für möglich gehalten hätte. In Italien hatte er schönen Damen gegenüber keine Berührungsängste gekannt. Seine Studienfreunde hatten ihn bewundert, wie mutig und offenherzig er den dunkelhaarigen Schönheiten den Hof gemacht hatte. Nun aber saß er still und verschüchtert neben diesem Mädchen. Seine Kehle war wie zugeschnürt, und er befürchtete, schlimmer stottern zu müssen als Konrad.

Leni hingegen wirkte gefasst, aber ihr Blick, der auf den Fluss gerichtet war, war von Dunkelheit überschattet. Etwas schien sie zu belasten.

Ob es mit mir zu tun hat?, fragte sich Stephan. Ob sie sich vielleicht nicht traut, mir zu erzählen, dass sie häufig an mich denken muss? Dass sie mich mag? Oder vielleicht noch mehr als das?

«Ich möchte dir danken, Stephan, dass du meiner Bitte,

mich zu treffen, nachgekommen bist», begann sie schließlich und blickte ihn an.

Oh, Herr im Himmel, ich versinke in diesen kastanienbraunen Augen, dachte er. Nackte Panik stieg in ihm auf. «Ja … das habe ich gern getan … ich … ich konnte die Zeit gerade erübrigen …», brachte er heraus – und verstummte. Was redete er da für wirres Zeug? Warum sagte er ihr nicht einfach, dass er sich freute, hier neben ihr zu sitzen?

Aber dann sagte sie etwas, das seine Träume platzenließ: «Ich möchte dich fragen, wie du zu deinem Bruder Michael stehst.» Sie beobachtete ihn aus gesenkten Augen.

«Wie ich zu Michael stehe?», echote er. Ihre Worte ernüchterten ihn schlagartig. Es ging ihr gar also nicht um ihn. Die Enttäuschung ließ ihn immerhin die Fassung zurückerlangen. Er räusperte sich, ehe er weitersprach: «Ich verstehe nicht, worauf du hinauswillst.»

Sie machte eine Pause, als denke sie über jedes einzelne Wort nach, bevor sie sagte: «Ich will nicht lange drum herumreden. Wie du weißt, besteht Michael darauf, mich zur Frau zu nehmen. Er meint, im Recht zu sein, weil unsere Väter es sich einst versprochen haben. Du weißt wahrscheinlich auch, dass ich davon nicht gerade angetan bin. Nein, um ehrlich zu sein, habe ich bislang alles getan, um eine Heirat mit deinem Bruder zu verhindern, weil ich …» Sie schluckte schwer. «Weil ich ihn nicht leiden mag. Doch nun droht er, das Grundstück, auf dem das Hospital steht, an den Herzog zu verkaufen, sollte ich mich weiterhin weigern …»

Sie stockte. Dann tat sie etwas, das Stephan verwirrte und das er nicht für möglich gehalten hätte bei dieser Frau, die keinerlei Angst vor dem Herzog und seinen Schergen gezeigt hatte. Ihre Augen füllten sich mit Tränen, und ihr

Kinn sank auf ihre Brust herab. Sie drehte sich von Stephan weg. Er hörte ihr leises Schluchzen und ihre erstickte Stimme sagen: «Ich sehe keinen anderen Ausweg, als dich um Hilfe zu bitten. Kannst du ihn daran hindern, das Grundstück zu verkaufen?»

Stephan wusste nicht, was er davon halten sollte. Spielte sie ihm etwas vor, um an sein Herz zu appellieren?

Ein Ruck ging durch ihren Körper, als sie zu ihm herumfuhr. Ihre Wangen glänzten feucht. Sie blickte ihn aus feuchten Augen an. «Würdest du das für mich tun?»

Sein Mund öffnete sich, aber er brachte kein Wort heraus. Was sollte er antworten? Er wollte ihr ja beistehen. Vielleicht würde es ihre Gefühle für ihn wecken, wenn er ihr half. Er wusste, ein solcher Gedanke war eigensinnig, ja, geradezu schändlich selbstsüchtig. Während Leni an das Wohl notleidender Kranker dachte, hatte er nur sein eigenes Glück im Sinn.

Andererseits, so fragte er sich, würde er nicht ein viel zu großes Risiko eingehen, wenn er ihr half? Nicht auszudenken, was geschah, wenn Michael herausfand, dass Stephan nicht nur gegen ihn arbeitete, sondern sogar versuchte, ihn bei der Frau auszustechen, die er heiraten wollte. Nicht nur die Teilhaberschaft konnte Stephan dann endgültig in den Wind schlagen. Michael würde ihn aus dem Unternehmen werfen.

«Ich würde verstehen, wenn du mir diesen Wunsch ausschlägst», hörte er sie sagen. «Aber ich habe keine andere Wahl.» Hinter den Tränen in ihren Augen blitzten Funken auf. Der Ton ihrer Stimme wurde fest und bestimmt: «Ich habe einfach keine andere Wahl. Es frisst mich im Innersten auf, mich jemandem gegenüber derart zu erniedrigen, das kannst du mir glauben.»

Stephan nickte vage. Er glaubte ihr und sagte: «Es tut mir leid, ich würde dir gern helfen. Aber Michael ist der Regierer. Solange er mir nicht die gleichberechtigte Teilhaberschaft am Unternehmen überträgt, kann ich ihn nicht daran hindern, einen Kaufvertrag für das Grundstück aufzusetzen ...»

«Ich weiß», sagte Leni leise. «Aber bitte, Stephan, ich flehe dich an, es zumindest zu versuchen.»

Ihr Kopf sank auf seine Schulter. Ihr Zittern und Beben übertrug sich auf ihn. In seinem Bauch loderte ein Gefühl auf wie eine heiße Flamme, die ihn mit Feuer überzog, dass es kribbelte und brannte und jede Faser seines Körpers versengte. Vorsichtig hob er den Arm und legte ihn sanft auf ihre Schulter. Er umfasste sie, umschloss sie. Spürte das heiße, innige Verlangen, Leni zu halten. Und niemals wieder loszulassen.

Eine dunkle Strähne löste sich aus ihrem Haarknoten. Die Haarspitzen kitzelten seine Wange. Jetzt roch er den warmen Duft des Frühlings in ihrem Haar wirklich, und da wusste er, dass er verloren hatte.

14
Stettin

Stephan stieß die Tür zum *Roten Hering* auf, blieb auf der Schwelle stehen und blickte sich um. Über der Stadt setzte die Abenddämmerung ein. Durch verstaubte Butzenscheiben drang schummriges Licht in die Spelunke. Fast ein Jahr war es her, dass Stephan den volltrunkenen Simon hier herausgeschleppt hatte. Auch an diesem Abend war das Gewölbe mit Menschen gefüllt, aber Stephan war so tief in seine Gedanken versunken, dass er den Lärm nicht wahrnahm. Huren kreischten, Männer lachten und grölten. Blicke flogen Stephan zu, der, wie damals, wie ein Fremdkörper in dem Loch wirkte. Ohne auf Blicke und anzügliche Bemerkungen zu achten, zwängte er sich zwischen Rücken, Bänken und Tischen hindurch und fand Simon in einer hinteren Ecke, wo er allein an einem kleinen Tisch saß. Am Nebentisch hockten drei mittelalte Männer in grauer Arbeitskleidung. Ihre Blicke waren trüb und leer, schweigend tranken sie.

Auch vor Simon stand ein Becher. Als Stephan sich ihm gegenübersetzte, lächelte Simon und sagte: «Guck nicht so streng, großer Bruder, da ist nur Wasser drin, versetzt mit einem Schuss Essig.»

Er hielt Stephan den Becher hin, doch der schüttelte den Kopf. Da nahm Simon selbst einen Schluck und sagte dann: «Muss zugeben, ist ein merkwürdiges Gefühl, in dem Dreckloch kein Bier oder Branntwein zu trinken. Ich bin mir noch nicht sicher, ob mir das leichtfällt. Der Wirt wollte mich glatt rauswerfen. Ist ja keine Pferdetränke hier, hat er gesagt.» Simon lachte. «Doch ich habe ihm erzählt, gleich kommt noch jemand, der gern ein Bier bestellt. Ah, wenn man vom Teufel redet – und da ist schon …»

Stephan drehte den Kopf und sah den glatzköpfigen Wirt neben sich stehen, der fragte: «Was wollt Ihr trinken …? Ach, Euch kenn ich doch – Ihr seid doch der Loytz, der für die Schulden von dem Trinker da aufgekommen ist.»

«So ist es», sagte Stephan. «Habt Ihr Branntwein?»

«Branntwein dürfen nur die Apotheken verkaufen, wenn einer krank ist.»

«Ich bin krank!» Stephan klopfte sich mit der Faust auf die linke Brust.

«Na, dann schau ich mal nach, ob ich was finde», sagte der Wirt.

«Bringt gleich einen Krug von dem Zeug.» Stephan legte eine Münze auf den Tisch, die der Glatzkopf schnell einsteckte und dann verschwand.

«War es so schlimm?», fragte Simon, als sie wieder allein waren.

Stephan zuckte mit den Schultern. «Sie will, dass ich den Verkauf unseres Grundstücks an der Oderburg verhindere. Michael erpresst sie damit.»

«Das war zu erwarten. Er verliert die Geduld mit ihr. Und was wirst du tun? So oder so, wenn sie ihn heiraten muss, ist es eine Katastrophe für sie, und wenn er an den Herzog verkauft, ist es eine Katastrophe für sie, die Kranken, Sybilla und alle anderen im Hospital.»

«Was soll ich dagegen machen? Michael kann drüber entscheiden, wie er will. Nur Großmutter als Erbin und Teilhaberin könnte ihn daran hindern. Aber wenn ich ihr die Wahrheit erzähle, wird Michael davon erfahren, und dann darf ich meine Sachen packen.»

Simon blickte nachdenklich in seinen Becher. Der Wirt kehrte mit einem kleinen Krug und einem Becher zurück, stellte beides auf den Tisch und sagte: «Ist 'ne gute Medizin. Hilft gegen alles, auch gegen Herzweh. Aber trinkt langsam, sonst dreht's Euch den Kopf ab. Und er hier – will er noch 'n Pferdewasser?»

«Gern», bestätigte Simon und hielt ihm den leeren Becher hin.

«Die Leute, die glauben, sie hätten 's Trinken überwunden, sind 'ne Plage», knurrte der Glatzkopf. «An denen ist kein Kreuzer zu verdienen, aber wartet's nur ab, irgendwann kommt jeder wieder auf den Geschmack. Wenn's so weit ist, geht die erste Runde auf mich – das verspreche ich.» Er lachte heiser und zog davon.

Stephan goss den Becher mit Branntwein bis an den Rand voll. Er bemerkte, wie Simons Augen groß und gierig wurden. Stephan nippte am Branntwein, dessen Geruch in seiner Nase prickelte und ihm Lippen und Zunge zusammenzog. Ein so starkes Getränk war er nicht gewohnt. Aber er schloss die Augen – es musste einfach sein! Das Gespräch mit Leni hatte ihn aus der Spur gebracht. Er kippte den Branntwein in einem Zug runter. Das scharfe Zeug brannte wie Feuer im Rachen und breitete sich im Magen aus. Er hustete, schüttelte sich und schenkte nach.

«Mach sachte damit», warnte Simon. «Ich kenne das Gesöff besser als die meisten Männer. Erst gibt es dir ein gutes Gefühl. Du fühlst dich leicht, und alles ist dir egal ...»

«Genau das brauche ich jetzt», sagte Stephan und kippte den zweiten Becher runter. Dieses Mal brannte das Zeug nicht mehr so scharf. Eine warme Strömung flutete seinen Körper. Er hörte Simon seufzen und sah dessen sehnsüchtigen Blick am Krug haften, und er sah in seinen Augen die Versuchung. Er dachte, was für ein dummer Einfall es von Simon war, den *Roten Hering* aufzusuchen.

Der Wirt brachte das Essigwasser. Simon trank schnell davon. Die Finger seiner rechten Hand umklammerten den Becher. Sein Arm zitterte.

Stephan überlegte gerade, woanders hinzugehen, als Simon zum Thema zurückkam und sagte: «Das ist eine verzwickte Sache. Irgendwas müssen wir tun. Ich werde nicht zulassen, dass Michael Leni in die Finger bekommt. Das würde sie zerbrechen.»

Stephan stimmte ihm zu, und da Simon wieder gefestigt wirkte, überlegten sie, wie der Grundstücksverkauf verhindert werden konnte. Doch einen zündenden Einfall hatten sie nicht. Die einzige Möglichkeit war, dass Stephan Teilhaber wurde, und dafür musste er auf Michaels guten Willen hoffen. Aber wie war er bis dahin vom Verkauf abzuhalten?

Stephan hatte den Krug bald geleert. Das schwere Getränk hüllte seinen Kopf in eine Wolke ein. Ihm war, als neigten sich die Fugen der gemauerten Backsteinwand hinter Simon zur Seite. Das Blut rauschte ihm in den Ohren und dämpfte den Lärm. Er drehte sich nach dem Wirt um, kniff die Augen zusammen und sah, dass einige Tische, Stühle und Bänke an die Wände geschoben worden waren. Auf der so entstandenen Freifläche ließ ein Mann seine Hose herunter, entblößte ein behaartes Hinterteil und tanzte unter johlendem Gelächter und Geklatsche der Zuschauer um ein am Boden liegendes Ei.

«Lass uns von hier verschwinden», meinte Simon. «Ich bringe dich nach Hause.»

«Mir geht's wundervoll», sagte Stephan, ohne die Augen von dem irren Tänzer abzuwenden. Als er in der wogenden Menge das erhitzte Gesicht des Wirts auftauchen sah, gab er ihm ein Zeichen. Der Wirt verstand und nickte grinsend.

Auf der Freifläche gab der Tänzer nicht acht und trat auf das Ei. Die Menge grölte, und die Konturen der Gestalten verschwammen vor Stephans Augen zu einem pulsierenden Knäuel. Er sah noch, wie der nacktärschige Kerl seinen Fuß hob und den Glibber am Kleid einer Hure abwischte, die ihn mit einem Fausthieb zu Boden streckte, was für weiteres Gelächter sorgte.

Stephan drehte sich wieder zu Simon um. «Haste gesehen, der Tölpel hat 's Ei zermatscht …»

«Du hast genug getrunken», sagte Simon.

Irgendwo in seinem vernebelten Kopf wusste Stephan, dass Simon recht hatte, aber Worte und Wahrheiten drängten aus ihm heraus. «Ich muss dir aber noch was erzählen, weil ich … weil ich muss immer an sie denken. Aber bitte, bitte, du musst das für dich behalten …»

«Ich nehme an, du sprichst von Leni.»

«Michael macht Kleinholz aus mir, wenn er's rausbekommt. Aber sie ist so … so schön und mutig, und sie duftet so fein, so fein wie 'ne Blume, wie die schönste Blume auf der Welt. Sie ist dadrin in meinem Kopf. Hörst du, Simon – ich krieg sie da nicht mehr raus. Vielleicht liebt sie mich auch 'n bisschen …»

Simon grinste schief. «Hab ich es mir doch gedacht, du bist verliebt.»

Der Wirt brachte den zweiten Krug, nahm eine Münze entgegen und sagte: «Danach ist Schluss. Ich will hier keine Scherereien. Spätestens beim dritten Krug macht mir jeder welche.» Dann zog er ab.

«Jaja, den einen Krug noch», maulte Stephan hinter ihm her und sagte: «Michael darf sie nicht heiraten, Simon, versteh doch! Sie muss meine Frau werden. Ohne sie kann ich nicht mehr leben …»

«Hör auf, solchen Unfug daherzureden», sagte Simon in bestimmtem Ton. «Jetzt lass den Branntwein stehen und komm mit nach draußen! Du musst an die frische Luft.»

«Nein, ich muss zu ihr», klagte Stephan. «Ich gehe jetzt

gleich zu ihrem Haus und erzähle ihr, wie alles ist – und dann wird sie mich auch lieben …»

«Den Branntwein kannste uns geben», sagte eine Stimme vom Nachbartisch, an dem die drei bärtigen Trinker munter geworden waren.

«Das ist meiner – mein Branntwein!», lallte Stephan, nahm den Krug und schenkte seinen Becher voll, wobei die Hälfte danebenging und den Tisch flutete.

Der Trinker, der ihm am nächsten saß, griff nach dem Krug in Stephans Hand. «Du bist 'n elender Verschwender», knurrte er. «Komm schon, gib's her.»

«Ich hab's bezahlt, und ich trink's aus», protestierte Stephan.

Simon legte eine Hand auf den Arm des Trinkers und sagte in bemüht ruhigem Ton: «Wir wollen keinen Streit.»

Da fuhr der Mann in die Höhe, stieß dabei seinen Stuhl um und ballte die Hand zur Faust. «Ich erkenne dich wieder, du Lump», schrie er Simon an. «Du hast doch sonst so 'n loses Mundwerk. Das werd ich dir stopfen!» Er holte aus und schlug die Faust in Simons Richtung. Im Gegensatz zu seinem Gegner war Simon stocknüchtern und wich dem Hieb geschickt aus. Die Faust krachte aufs Mauerwerk.

Stephan verfolgte die Auseinandersetzung aus großen, ratlosen Augen. Wo war der bärtige Mann mit einem Mal hergekommen? Und warum wollte er Simon schlagen?

«Der Hurensohn hat mir die Hand gebrochen», hörte er den Bärtigen zetern.

Stephan schüttelte sich. Allmählich dämmerte in seinem benebelten Kopf die Erkenntnis, dass die Situation aus dem Ruder lief. Doch die Wirkung des Branntweins entfachte seinen Übermut. Als der Bärtige die andere

Faust hob, stützte Stephan die Hände auf der Tischplatte ab und stemmte sich aus dem Stuhl hoch. Sofort drehte es sich in seinem Kopf.

«Lass meinen Bruder in Ruhe ...», rief er – dann übergab er sich quer über den Tisch und dem Bärtigen über die Hose. Dessen Gesicht verzog sich zur brutalen Grimasse. Er holte aus und traf Stephan an der Schläfe.

Ihm wurde schwarz vor Augen. Er taumelte rückwärts vom Tisch weg und stieß mit dem Rücken gegen etwas Großes und Weiches. Er drehte sich um und umklammerte es im Fallen. Es war ein hünenhafter, breitschultriger Mann, dessen Barett eine Straußenfeder schmückte. Stephan schaute hinauf in das kantige, von Fackelschein erhellte Gesicht. Eine flüchtige Erinnerung blitzte auf, aber er konnte das Gesicht nicht zuordnen. Da verließen ihn die Kräfte, und er rutschte an dem hünenhaften Mann hinab auf den Fußboden.

«Das ist 'n Dreckskerl», hörte er den Hünen sagen. «Der Bastard wollte mir schon mal zu Leibe rücken.»

Stephan wollte sich erheben, doch ihm war so schwindelig, dass er nur in die Hocke kam. Im Gewölbe war es still geworden. Als Stephan aufschaute, sah er durch den wässrigen Schleier vor seinen Augen, wie die anderen Gäste sich vor dem Hünen und zwei weiteren Männern zurückzogen. Die Männer trugen bunte Hemden und mit Mustern versehene, geschlitzte Hosen. Woher kamen ihm diese Männer nur so bekannt vor? Und dann brach die Erinnerung durch seine getrübten Sinne: Sie waren die Söldner des Herzogs. Ja, sie gehörten zu den Landsknechten, die die Leute vor dem Hospital bedrängt hatten. Der Hüne war jener Mann gewesen, der bei der Auseinandersetzung mit Stephan zu Boden gegangen war.

Ein verschlagenes Grinsen erschien auf dem Gesicht. «So sieht man sich wieder», sagte er. «Hebt Euren feinen Arsch vom Boden hoch. Und Ihr dahinten beim Tisch, kommt her! Ihr beide seid festgenommen.»

«Wir haben nichts Unrechtes getan», widersprach Stephan. «Der mit'm Bart hat zu streiten angefangen.» Er war noch immer von Branntwein und Fausthieb angeschlagen, aber die aufsteigende Wut ließ seine Gedanken klarer werden.

Simon tauchte neben ihm auf, fasste ihn unter die Achseln, half ihm hoch und flüsterte: «Lass es gut sein. Was macht es aus, wenn wir eine Nacht im Loch verbringen? Morgen lassen sie uns wieder laufen. Ich kenne das.»

«Nein», fuhr Stephan auf. «Wir haben uns nichts zuschulden kommen lassen. Dieser Mann hat uns nichts zu befehlen. Wir sind Loytz, wir sind ehrbare Bürger dieser Stadt.» Er dachte an Leni, die sich von den Kerlen nicht hatte einschüchtern lassen, und das würde auch er nicht tun. Im Hintergrund sah er in der zurückweichenden Menge den glatzköpfigen Wirt, der in Stephans Richtung gestikulierte, wohl, um ihm zu bedeuten, er solle sich den Anweisungen des Landsknechts beugen.

Der Hüne trat vor Stephan und Simon und blickte finster auf sie herab. «Wir sind Diener des Herzogs und somit berechtigt, für Ruhe und Ordnung zu sorgen. Ihr seid betrunken und randaliert.»

Der Mann streckte die Hand nach Stephan aus, doch der schlug sie weg. Er hörte Simons laute Stimme und sah den entsetzten Blick des Wirts. Dann blitzte es in seinem Schädel auf, als sein Kopf auf einen Tisch krachte.

«Lass mich los, du Narr!», schnaufte er und versuchte, sich aus dem Griff zu winden. Doch die Hand in seinem

Nacken hielt ihn wie in einem Schraubstock fest auf den Tisch gepresst.

Der Hüne beugte sich zu ihm herunter und flüsterte ihm ins Ohr: «Ich sag's dir ein letztes Mal, Bursche. Loytz hin oder her – einem Diener des Herzogs hast du dich zu fügen. Also, hör auf zu zetern, sonst prügle ich dir das Hirn aus dem Dickschädel.»

In Stephan wuchs eine unbändige Wut. Ohne zu überlegen, hob er das Knie an, legte die ganze Kraft ins Bein und trat nach hinten aus, dorthin, wo er das Schienbein des Hünen vermutete. Und er traf es. Der Landsknecht stieß einen wütenden Schrei aus, der Griff im Nacken lockerte sich. Stephan drehte sich aus der Hand und stieß dem Söldner eine Faust vor die Brust. Der Mann verlor den Halt und stürzte auf den Nachbartisch, hinter dem sich die bärtigen Trinker verschanzten.

Als der Söldner sich aufrappelte, sah Stephan in dessen Hand eine Messerklinge aufblitzen. «Ich schlitz dich auf wie 'n Schwein!», brüllte der Hüne mit wutverzerrtem Gesicht und richtete das Messer auf Stephan.

Stephan wich zurück. Sein Blick fiel auf Simon, der hinter dem Landsknecht auftauchte. Simon war einen Kopf kleiner und halb so breit wie der Söldner, aber er nahm Anlauf und trat ihm mit aller Kraft ins Kreuz. Der Hüne wurde mit dem Kopf gegen eine Tischkante geschleudert. Stephan hörte es knacken und krachen, knirschen und scheppern. Der Tisch fiel um, Becher und Krüge zerschellten. Leute schrien durcheinander.

Der Landsknecht bewegte sich nicht mehr. Und um seinen Schädel herum breitete sich auf dem fleckigen Fußboden eine dunkelrot schimmernde Lache aus.

Bis die vom Wirt alarmierten Stadtwachen im *Roten Hering* eintrafen, waren die Gäste längst verschwunden. Mit einem solchen Verbrechen wollte niemand in Verbindung gebracht werden. Stephan und Simon saßen niedergeschlagen nebeneinander auf einer Bank, bewacht von den beiden Landsknechten. Ihr Kamerad lag mit eingedrücktem Schädel bäuchlings inmitten von Scherben und Blut vor dem umgekippten Tisch. Sein Gesicht war zur Seite gedreht. Er atmete nicht. Der Tod musste unmittelbar nach dem Sturz eingetreten sein. Ein angetrunkener Priester, der unter den Gästen gewesen war, hatte dem Verblichenen ein eilig hingemurmeltes Gebet auf die letzte Reise mitgegeben und sich dann davongemacht.

Die Stadtwachen traten ins Gewölbe, erfassten die Situation mit strengen Blicken und wollten sich gleich ans Verhör der Verdächtigen machen.

«Ich war's», sagte Simon schnell. «Ich habe den Mann zu Fall gebracht und nehme die Schuld an seinem Tod auf mich …»

«Nein, es ist meine Schuld», unterbrach Stephan ihn. «Ich habe Streit mit ihm gehabt. Er wollte mich mit einem Messer abstechen. Seht doch – da liegt es.» Sein Kopf drehte sich noch immer, aber seine Gedanken waren klar.

Ein Söldner zog den Dolch mit der Stiefelspitze unter einem Stuhl hervor und sagte: «Steckt die beiden in den Kerker. Wir benachrichtigen den Herzog. Er wird über ihre Tat richten.» Sein Blick glitt zu Stephan und Simon. «Auf Totschlag – und danach sieht's hier für mich aus – steht der Tod.»

15
Stettin

Die Schreie der gefolterten Menschen drangen durch die verschlossene Tür in die Zelle, in der Simon auf einer Pritsche saß, den Oberkörper weit vorgebeugt und den Kopf in die Hände gestützt. Um ihn herum herrschte Dunkelheit, und die staubige Luft war erfüllt vom gedämpften Widerhall der Schreie. Männer und Frauen riefen um Gnade, flehten Gott um Beistand und Vergebung an, sie schrien, klagten, winselten.

Simon presste die Hände auf die Ohren. Doch das Echo der Schreie war tief drin in seinem Kopf, und ihm war, als seien es seine eigenen Schreie, hervorgerufen durch seine Todesangst, wie früher, wenn man ihn wieder und wieder im Loytzenhof in den Schrank gesperrt hatte.

«Heda, Angeklagter!»

Simon hob den Kopf und blinzelte in den flackernden Lichtkegel, der durch die geöffnete Luke der Kerkertür in die Zelle fiel. In der Luke war das Gesicht des Gerichtsdieners zu sehen, der ihn nach der Festnahme verhört hatte.

«Ich habe 'ne Nachricht für dich, Bursche», sagte der Gerichtsdiener. «Deinen Bruder haben wir heute laufengelassen, dem haben wir nicht nachweisen können, dass er was mit dem Totschlag zu tun hatte. Wenn du mich fragst, hätten wir ihm trotzdem den Prozess machen sollen. Aber so ist's mit den Pfeffersäcken. Wenn einer Geld hat, kann er sich alles erlauben.»

Simon schloss die Augen. Erleichterung überkam ihn. Stephan war frei, wenigstens das. Simon nahm an, dass seit jener Nacht im *Roten Hering* drei oder vier Tage vergangen waren. Man hatte ihn und Stephan in Kerkerlöcher im Kellergewölbe unter dem Schloss gesteckt. Die Zelle, in der er gefangen gehalten wurde, war mit Holzbohlen ausgekleidet; sie war etwa sechs Fuß lang und breit und hoch, es gab kein Fenster, kein Licht, und die Einrichtung bestand aus einer Pritsche, einer Bank und einem Eimer für die Notdurft; auf dem Eimer lag ein Brett, das als Tisch diente.

Seit ihrer Einlieferung hatte Simon weder Stephan gesehen, noch durfte er Besuch empfangen oder irgendeinen Kontakt zur Außenwelt haben, wie es bei Menschen, die schwerer Verbrechen angeklagt waren, üblich war.

«Dir wird der Richter aber den Prozess machen», verkündete der Gerichtsdiener mit Häme und Genugtuung. «Da kannste zehnmal 'n Loytz sein, aber für dich hat wohl keiner Geld übrig.» Er lachte. «Und weißt du, was, Bursche? Ich hoffe, du widerrufst dein Geständnis und gönnst uns 'n bisschen Spaß ...»

Im Hintergrund schrie jemand, und der Büttel lachte lauter. «Hörst du das? So lärmen sie, wenn sie nicht gestehen wollen und der Scharfrichter seines Amtes waltet, und er macht seine Sache gründlich. Unter seiner Folter gesteht irgendwann jeder – sogar wenn er's nicht getan hat.»

Wieder hallte ein erbärmlicher Schrei durch das Gewölbe.

Der Büttel lachte jetzt nicht mehr. «Eins sollst du noch wissen, Bursche, der Mann, den du umgebracht hast, der war 'n Freund von mir.»

Dann schloss er die Luke, und Simon wurde von tiefer Dunkelheit umhüllt.

Die in Finsternis getauchte Zeit zog sich endlos dahin. Simon wusste nicht, ob Tag oder Nacht war. Alles um ihn herum war schwarz, war tot. Er schlief unruhig und kurz, erwachte mit rasendem Herzschlag und von Panik gequält; er lag auf der Pritsche, saß auf der Bank, kroch auf allen vieren durch das Loch. Er hörte die Schreie der Gefolterten. Das war sein Tag, das war seine Nacht; das war sein elendes Leben.

Wenn Wärter ihm Essen brachten – dünnen, fade schmeckenden Getreidebrei –, waren dies die einzigen Augenblicke, in denen ein wenig Helligkeit in seine Zelle drang. Und er sog die Helligkeit mit den Augen auf, versuchte, den flackernden Fackelschein in seinem Kopf einzufangen und festzuhalten. Doch das Licht verging schnell, und bald öffnete er die Augen nicht mehr, wenn er das Klirren der Schlüssel und das kratzende Geräusch des Eisenriegels an der Tür hörte.

Er wollte die Dunkelheit nicht mehr verlassen.

Als sie ihn schließlich holten – der Gerichtsdiener und zwei Wärter –, mussten sie ihn von der Pritsche herunterziehen. Sie schleiften ihn aus der Zelle und stellten ihn auf die Füße, doch seine Beine hielten ihn nicht. Die beiden Wärter hakten ihn unter und trugen ihn mehr, als dass er selbst ging, eine Treppe hinauf in eine Kammer.

Er blinzelte, die Helligkeit biss ihn in die Augen. Durch ein geöffnetes Fenster fiel Tageslicht in den Raum. Simon roch die frische, von Sommerduft erfüllte Luft und atmete sie ein wie einen letzten Lebenshauch. Er wusste, was ihm bevorstand.

Die Wärter befahlen ihm, er müsse jetzt allein stehen, und ließen von ihm ab. Seine Beine zitterten, und er stellte sie etwas weiter auseinander, um besseren Halt zu haben.

Allmählich gewöhnten sich seine Augen an die Helligkeit, und er sah die Männer, die ihn anblickten. Fünf

Männer waren es: der Richter, zwei Schöffen und ein Schriftführer saßen an Tischen, und ein Stück hinter dem Richter saß in einem breiten Stuhl der Herzog. Barnim starrte ihn unter buschigen Augenbrauen finster an.

Der Richter beugte sich am Tisch vor. «Nennt mir Euren Namen, Angeklagter!»

Simon öffnete den Mund, aber ihm kam nur ein heiseres Krächzen über die Lippen. Seit Tagen – oder waren es schon Wochen? – hatte er kein Wort mehr gesprochen.

«Wie lautet Euer Name, Angeklagter?»

«Sim… Simon Loytz.» Die eigene Stimme klang fremd in seinen Ohren.

«Herr!», zischte der Gerichtsdiener in seinem Rücken.

«Simon Loytz, Herr!», sagte Simon.

Der Richter nickte. Simon erinnerte sich jetzt, dass er ihn schon mal gesehen hatte und dass er Jakob Zitzewitz hieß. Nach einem Streit mit den Stadträten, die auf eigene Richter bestanden hatten, war Zitzewitz schließlich vom Herzog als oberster Richter in Stettin eingesetzt worden. Zitzewitz war dafür bekannt, dass er seine Urteile stets im Sinne seines Lohnherrn sprach.

«Ihr werdet beschuldigt, einen Mann namens Jeremias Planta auf hinterhältigste Weise getötet zu haben», sagte Zitzewitz. «Planta war ein feiner, liebenswürdiger Mann, der in den Diensten des Herzogs stand. Ist Euch das bekannt?»

«Ja, Herr», sagte Simon.

«Wir haben Zeugen angehört, und sie alle sagen übereinstimmend aus, dass Ihr, Simon Loytz, an jenem Abend den friedfertigen Jeremias Planta hinterrücks angegriffen habt, sodass er infolge eines Sturzes auf eine Tischkante ums Leben kam. Unmittelbar nach Eurer Festnahme habt

Ihr ein Geständnis abgelegt und ...» Zitzewitz blickte auf ein Schriftstück vor sich und fuhr dann fort: «Und Ihr habt angegeben, alle Schuld an seinem Tod auf Euch zu nehmen. Ist das korrekt?»

«Ja, Herr.»

Zitzewitz wechselte Blicke mit den Schöffen. Der Protokollant schrieb eifrig, und im Hintergrund spannte Herzog Barnim den Oberkörper an.

«Euer Bruder, der Kaufmann Stephan Loytz, hat jedoch ausgesagt, Ihr seid nicht betrunken gewesen und hättet aus Notwehr gehandelt, weil Planta, der für seine Gesetzestreue bekannt war, Euren Bruder Stephan zuvor angeblich mit einem Messer bedroht haben soll. Nun, wie Euch übermittelt wurde, war Eurem Bruder keine Mitschuld nachzuweisen, weswegen wir ihn auf freien Fuß gesetzt haben; auch hatte sich Euer Bruder, der angesehene Kaufmann Michael Loytz, bereit erklärt, der Kirche eine angemessene Geldsumme zu spenden ...»

«Das ist alles bekannt», knurrte Barnim im Hintergrund. «Haltet Euch nicht mit Nebensächlichem auf, Richter Zitzewitz, meine Zeit ist knapp bemessen.»

«Selbstverständlich, Durchlaucht», sagte der Richter, und an Simon gewandt: «Eine Frage muss ich Euch aber noch stellen, Angeklagter, denn kraft meines Richteramts bin ich angehalten, das Urteil unvoreingenommen zu fällen. Vertretet also auch Ihr die Behauptung, aus Notwehr gehandelt zu haben? Vielleicht, weil Ihr auf mildere Umstände hofft?»

Simon schluckte schwer. Natürlich könnte er sich darauf berufen, was sich wirklich zugetragen hatte: dass er nicht betrunken und Planta ein brutales Schwein gewesen war, das Stephan abstechen wollte. Dennoch blieb die

Tatsache, dass Planta durch Simons Tritt ums Leben gekommen war – und das war das Einzige, was Zitzewitz und vor allem den alten Barnim interessierte. Simon schaute zum Herzog und sah den Hass in dessen Blick, den eiskalten, berechnenden Hass. Das mochte mit dem Verlust seines Hauptmanns zu tun haben; aber, so dachte Simon, vielmehr rührte der Hass wohl daher, dass er den Herzog damals gehindert hatte, Sybilla und die anderen aus dem Hospital zu vertreiben. Barnim wollte Rache, und Simon sollte dafür herhalten.

«Angeklagter – ich habe Euch eine Frage gestellt», sagte Zitzewitz.

Alle im Raum blickten jetzt auf Simon. Er dachte an die Schreie der Gefolterten unten im Kerker. Er wusste, dass das Urteil gegen ihn längst feststand und dass man auch ihn so lange foltern würde, bis er das Geständnis ablegte, das Barnim hören wollte. Denn ohne ein Geständnis durfte es keine Verurteilung geben.

Simon atmete die frische Sommerluft ein; er dachte an das neue, glückliche Leben, das er gerade begonnen hatte, nachdem Stephan ihn von der Straße geholt hatte. Und er dachte an Leni, dachte an ihre schönen Augen und ihr Lachen.

Und er sagte: «Ich war betrunken, Herr. So betrunken, dass ich nicht mehr Herr meiner Sinne und von Mordlust beseelt war. Ich habe Jeremias Planta mit der vollen Absicht angegriffen, ihn zu töten.»

Er sah Barnim im Stuhl zurücksinken und ausatmen, sah Zitzewitz nicken und den Protokollanten schreiben. Nur der Gerichtsdiener knurrte in seinem Rücken mürrisch; dem hatte Simon den Spaß verdorben.

Das Urteil wurde Simon wenige Tage später mitgeteilt. Man brachte ihn in die Kammer, wo Zitzewitz und die anderen an den Tischen saßen.

Barnim stand am offenen Fenster; die Hände auf dem Rücken verschränkt, blickte er hinaus in den Schlosshof. Das Tschilpen von Spatzen war zu hören und anderes munteres Vogelgezwitscher.

Zitzewitz und die anderen Männer erhoben sich, und der Richter sagte: «Der Angeklagte Simon Loytz hat frei und ungezwungen gestanden, aus reiner Mordlust den ehrenwerten Jeremias Planta getötet zu haben. Von der Folter ist wegen des Geständnisses abzusehen. Nun hat das hohe Gericht entschieden, Simon Loytz zum Tode zu verurteilen. Der Verurteilte soll durch das Einflößen von kochendem Heringssud gerichtet, anschließend gevierteilt und seine Gebeine verbrannt werden. Das Urteil wird zu einem noch festzusetzenden Zeitpunkt vollstreckt, bis dahin wird er im Frauenturm eingekerkert.»

Barnim schaute weiter aus dem Fenster. Er würdigte Simon keines Blickes, lächelte aber hintergründig unter dem weißen Bart. Das sah Simon noch, dann schloss er die Augen. Er hatte kein anderes Urteil erwartet; dennoch wurde er von eisiger Kälte ergriffen und zitterte am ganzen Leib.

16

Zitadelle Spandau

Die Nachricht, der jüngste der drei Loytz-Brüder sei zum Tode verurteilt worden, ereilte den Kurfürsten zum ungünstigen Zeitpunkt. An jenem Tag – es war der

8. August des Jahres 1567 – musste er einen Krieg gewinnen. Für die Vorbereitungen hatte der hochverschuldete Joachim Hector weder Kosten noch Mühen gescheut. Seine Vorfreude war mit jedem Tag gewachsen, der dem Ereignis näher rückte. Doch dann war am heutigen Tage in aller Frühe ein Bote auf der Zitadelle Spandau eingetroffen. Es handelte sich um keinen Geringeren als Priester Raymund Litscher, gesandt von Herzog Barnim aus Stettin.

«Was interessiert es mich, wenn die Loytz ihr Handwerk vom kaufmännischen Handel auf Totschlag verlegen?», fuhr Joachim den Pfaffen an. Er stand dem dünnen, straffen Gespenst in der Schreibstube gegenüber, die mit Bauplänen für den Umbau der Zitadelle zugestellt war. Bei dem Gespräch war auch Lippold anwesend, der den Pfaffen argwöhnisch beobachtete. Als Joachim vorhin die Meldung erhalten hatte, ein Bote des Herzogs müsse ihn in einer dringenden Angelegenheit sprechen, hatte er sich zunächst verleugnen lassen wollen. An diesem Tag gab es für ihn Wichtigeres zu erledigen, als sich mit dem düsteren Pfaffen herumzuärgern. Seit dem misslungenen Anschlag auf Michael Loytz war Joachim die Lust auf alles vergangen, was mit diesen Kaufleuten in irgendeinem Zusammenhang stand. Sein Mordplan war kläglich gescheitert, die Entlohnung durch den Herzog konnte er in den Wind schlagen, und er hatte seinem Bruder Hans einen Haufen Geld auf den Tisch legen müssen, damit der das Stettiner Schiff rausrückte. Auch deshalb brauchte Joachim endlich wieder ein Vergnügen, das seine Stimmung hob, weswegen er fest eingeplant hatte, an diesem Tag einen ruhmreichen Sieg einzufahren. Litscher hatte Joachim jedoch frech abgepasst, als der gerade auf dem Weg vom Palast zum Juliusturm gewesen war, von dem aus er seinen Sieg genießen wollte.

In der Schreibstube sagte jetzt der Pfaffe: «Vielleicht mögen die Loytz Euch interessieren, Durchlauchtigster, weil Ihr vor einiger Zeit einen Handel mit dem Herzog abgeschlossen habt.» Litscher reckte den dürren Hals und hob die spitze Nase.

«Der Handel ist nicht zustande gekommen, damit hat's sich», knurrte Joachim. «Lippold, begleite den werten Priester wieder hinaus.»

Litscher hob die Hände und sagte: «Macht Euch keine Umstände, ich finde den Weg ohne die Hilfe des Kämmerers.» Er ging zwei Schritte zur Tür, blieb aber vor einem Steckbrett stehen. Die Hände auf dem Rücken verschränkt, wippte er auf und ab, während er mit hochgezogenen Augenbrauen eine Zeichnung der Zitadelle betrachtete, die mit Lederriemen am Brett befestigt war. «Ihr verfolgt große Pläne, wahrhaft große Pläne. Ihr lässt Mauern hochziehen, neue Bastionen und Gebäude errichten. Das muss ein Vermögen kosten ...»

«Was scheren Euch meine Ausgaben?», stöhnte Joachim. Dieser Litscher schnüffelte herum wie ein lästiger Köter. Joachim wollte mit ihm weder über die Bauarbeiten auf der Zitadelle noch über die Loytz reden. Er gab Lippold ein Zeichen, dem Pfaffen Beine zu machen.

«Nun, Herzog Barnim hält nach wie vor an seinem Angebot fest», sagte Litscher schnell. «Für eine kleine Gefälligkeit – ich denke, Ihr wisst, was ich meine – würde er Euch wie vereinbart an den künftigen Einnahmen des Hospitals und der Pilgerstätte beteiligen.» Litscher zupfte sich am Ohrläppchen. «Gut möglich, dass er Euren Anteil sogar erhöht.»

Joachim zog die Augenbrauen hoch. Es überraschte ihn, dass Herzog Barnim den Handel nicht für gescheitert erklärte, obwohl Michael Loytz noch lebte. Das Geld benötigte er in der Tat dringend. Der Umbau der Zitadelle verschlang Unsummen. Mit dem Italiener Francesco Chiaramella de Gandino hatte er den fähigsten und teuersten Baumeister engagiert, den es gegenwärtig gab. Tag und Nacht arbeiteten auf der Anlage Hunderte Bauleute, die Lohn haben wollten und Unmengen an Baumaterialien wie Steine und Zigtausende Eichen- und Kiefernstämme für die Pfahlgründungen verbauten; das Gelände musste erweitert und in eine tiefe Schicht aus Faulschlamm hineingebaut werden.

«Und was plant Barnim in Bezug auf die Loytz?», fragte Joachim betont beiläufig, um nicht den Eindruck zu erwecken, Litscher könne ihn einfach überzeugen, erneut gegen die Loytz vorzugehen. Über den Jagdunfall von Michael Loytz hatte Litscher bislang kein Wort verloren. Es war aber anzunehmen, dass der Herzog von dem Vorfall gehört hatte und klug genug war, um zu schlussfolgern, dass der verirrte Armbrustbolzen kein Unfall gewesen war.

«Der Herzog will den inhaftierten Loytz als Pfand einsetzen, um die Familie zu zwingen, ihm das Grundstück endlich zu verkaufen», erklärte Lippold.

«Und wozu braucht er mich, wenn er doch das Pfand hat?»

Litscher zog die Lippen spitz zusammen und ließ die Atemluft pfeifend entweichen. «Der zum Tode Verurteilte ist ein gewisser Simon Loytz», sagte er dann. «Er ist der jüngste der drei Brüder und das schwarze Schaf der Familie, ein Trinker und Herumtreiber. Der Regierer Michael

Loytz wollte ihn aus dem Unternehmen drängen. Nach Simons Totschlag wird sich ihr Verhältnis kaum gebessert haben. Völlig anders verhält es sich mit dem mittleren Bruder Stephan. Der steht zum einen Simon nahe, strebt aber auch in die Führung des Unternehmens, wozu er sich mit dem Regierer Michael gut stellen muss …»

Litscher verstummte, als es von außen an der Tür klopfte. Lippold öffnete. Ein Diener steckte den Kopf durch den Spalt und sagte: «Soeben wurde die Flotte der Berliner und Cöllner auf der Malche gesichtet. In wenigen Augenblicken wird die Schlacht beginnen …»

«Das ist meine Schlacht! Sie beginnt, wenn ich das Zeichen dazu gebe», herrschte Joachim den Diener an. «Und jetzt raus hier!»

Der Kopf verschwand, und die Tür schloss sich. Joachim wandte sich wieder an Litscher: «Beeilt Euch und haltet Euch nicht mit der Familiengeschichte dieser Loytz auf. Also, was will der Herzog von mir?»

«Um es kurz zu machen: Weil die Loytz ihm spinnefeind sind, möchte der Herzog Euch bitten, sozusagen stellvertretend für ihn auf diesen Stephan Loytz einzuwirken, damit der sich auf einen Tauschhandel einlässt: Barnim bekommt das Grundstück, und Simon Loytz behält sein Leben, zumindest vorerst.»

Von der mit Zinnen umgebenen Plattform auf dem Juliusturm hatte Joachim einen überwältigenden Ausblick über das Becken der Mittelhavel, das man Malche nannte, eine Flussbreite, die umgeben war von Wiesen und Heidelandschaft. Er sah die Boote der Kämpfer aus Berlin und Cölln in Höhe des Eiswerders auf den Angriff warten. Die Spandauer waren, wie er gehofft hatte, in der Unterzahl und hielten sich mit zwei Dutzend Fischerbooten und anderen Kähnen unterhalb der Zitadelle bereit. In Berlin hatte man auf Joachims Anordnung hin vor Tagen mit den Vorbereitungen für die Schlacht begonnen. Die Spandauer hingegen waren erst am heutigen Morgen darüber in Kenntnis gesetzt worden, dass sie sich zum Vergnügen des Kurfürsten mit dessen Truppen zu schlagen hatten. Beide Seiten waren mit Helmen, Harnischen, Knüppeln und Stangen ausgestattet. Der Einsatz von Hieb- und Stichwaffen war bei Strafe verboten, um schwere Verletzungen oder gar Todesopfer zu vermeiden. Schließlich handelte es sich um einen Schaukampf, um ein Lustgefecht, das dem Kurfürsten und den anderen Zuschauern Spaß bereiten sollte, darunter Bürgermeister, Stadträte und Kanzler. Auch der von Joachim kurzerhand eingeladene Litscher war mit oben auf dem Juliusturm.

So recht wollte sich bei Joachim die Vorfreude auf die Schlacht jedoch nicht einstellen. Die Worte des Pfaffen gingen ihm im Kopf herum, und – ja, das Angebot klang durchaus verlockend, zumal das Risiko, er könnte erneut scheitern, geringer zu sein schien als bei dem Mordversuch. Über diesen Stephan Loytz wusste er wenig, hatte aber wohl gehört, der junge Kaufmann sei im Frühjahr wegen eines hohen Darlehens bei Joachims schwachsinnigem Schwager Zygmunt August in Kraków gewesen. Es hieß, der Kaufmann habe ihm einen lebendigen Löwen als Geschenk mitgebracht, was Joachim für ausgemachten Unsinn hielt. Die Loytz mochten durchtriebene Kaufleute sein. Aber so verrückt, einen Löwen durch halb Polen zu kutschieren, konnten nicht einmal sie sein.

«Man wartet auf Euer Signal», sagte Lippold und unterbrach Joachims Gedanken.

Der Kurfürst gab dem Hornbläser auf der Plattform ein Zeichen, woraufhin der Mann das Horn an die Lippen setzte und die Wangen wie ein Frosch aufblies. Ein durchdringender Ton ertönte. Das war das Signal für die Kanoniere, die auf den noch im Bau befindlichen Bastionen die Lunten an den Kartaunen zu entzünden. Kleine Rauchwolken stiegen auf, dann donnerte es aus allen Rohren.

Die Schlacht begann.

In die Berlin-Cöllner Flotte kam Bewegung. An den Masten flatterten Flaggen und bunte Bänder im auffrischenden Wind. Lederkappen und Helme der Kämpfer waren mit grünen Federbüscheln geschmückt. Angeführt von einem Kahn, auf dessen Bug das Berliner Wappen, ein Bär auf weißem Grund, gemalt war, hielt die Flotte auf die Zitadelle zu. Hier legten sich nun die Spandauer ihrerseits in die Riemen. Kurz darauf prallten die Flotten aufeinander. Sofort schlugen die Männer über die Boote hinweg mit Knüppeln und Stangen aufeinander ein. Es wurde geprügelt und geschrien. Männer fielen ins Wasser, und sogar etwas Blut floss. So wogte die Schlacht hin und her. Joachim glaubte bald, seine Berlin-Cöllner Mannen im Vorteil zu sehen. Der Sieg war zum Greifen nahe.

Vergnügt stieß er seinen Ellenbogen dem neben ihm stehenden Litscher in die Seite und sagte: «Seid nicht so verdrossen, ehrwürdiger Priester. Ihr zieht ein Gesicht, als ob Euch die Läuse scharenweise über die Leber kriechen. Seht doch, meine tapferen Kämpfer verprügeln die Spandauer nach Strich und Faden.»

Litscher stieß einen grunzenden Laut aus.

«Sagt, habt Ihr in Eurem Leben überhaupt einmal gelacht?», fragte Joachim. Die Griesgrämigkeit des Pfaffen reizte ihn.

Litschers Mund wurde hart. «Nur der Zweifler lacht. Lachen ist Ausdruck von Lust und Ausschweifung. Ich hoffe, Ihr habt die Heilige Schrift studiert, Durchlauchtigster. Wo steht darin etwas von einem lachenden Christus? Nirgendwo! Lachen ist Teufelswerk. Und wer sich an einer solch sinnlosen Prügelei wie dort unten auf dem Wasser erfreut, der wird über kurz oder lang der Sünde anheimfallen. Statt eine derartige Verschwendung von Zeit, Gesundheit und Vermögen zu fördern, tätet Ihr besser daran, die Menschen zu veranlassen, zum Gottesdienst in die Kirchen zu strömen.»

Joachim stöhnte. Er wandte sich an Lippold und flüsterte ihm ins Ohr: «Kann nicht mal jemand den witzlosen Hartkopf vom Turm stoßen?» Als Lippold große Augen machte, fügte Joachim schnell hinzu: «Das war ein Scherz!» Dann rief er überschwänglich lachend: «Ach ja, schaut nur, werter Pastor Litscher, gleich wird das nächste Boot der Spandauer kentern ... und da kippt es schon!»

Lippold beugte sich zu Joachim und sagte leise: «Das war gerade wieder eins von unseren Booten, das gekentert ist. Ich fürchte, der Sieg wird nicht mehr zu erringen sein.»

Das Lachen blieb Joachim im Halse stecken. «Diese verdammten Schwächlinge», knurrte er und befahl dem Hornbläser, das Signal zum Abbruch der Schlacht zu geben.

Das Horn ertönte, Kartaunen donnerten. Beide Flotten wichen auseinander und fuhren an Land, wo die Kämpfer ihre Wunden leckten. Zerknirscht und seiner Heiterkeit vorerst beraubt, wies Joachim umgehend an, eine zweite Schlacht an Land solle am Nachmittag die Entscheidung bringen.

Joachim führte weit mehr als tausend Berliner und Cöllner ins Feld und ließ die Männer auf einer Wiese zwischen dem Ufer der Malche und einem Forst, den man Haselhorst nannte, Aufstellung nehmen. Dort legten ihm Diener die eiserne Plattenrüstung an. Sie streiften ihm ein Kettenhemd über, zwängten seinen Bauch unter den Harnisch und statteten ihn mit Knie-, Schenkel- und Schulterstücken aus. Schließlich setzten sie ihm Helm und Visier auf den Kopf. In den rechten Eisenhandschuh bekam er einen Knüppel gelegt. Umringt von seinen Trabanten und unter der Eisenlast schwitzend, trabte er vor die erste Reihe seiner Front, die den Spandauern gegenüberstand. Zufrieden stellte er fest, dass die Spandauer nur knapp die Hälfte an Männern aufbieten konnten.

Angetan wie ein Kriegsherr, zog er in den Knüppelkrieg. Die Rüstung zwickte und drückte ihm am Leib; er hatte sie seit Jahren nicht mehr getragen. Unter Schmerzen spannte er den Oberkörper, reckte den Eisenhandschuh mit dem Knüppel in die Höhe und eröffnete somit die entscheidende Schlacht. Seine Anwesenheit sollte seine Kämpfer beseelen, sollte ihnen Kampfesmut verleihen. Er musste den Sieg zwingend einfahren, um sein Gesicht zu wahren und seinen Frohsinn wiederzuerlangen.

Doch in seinem Kopf rumorte die Stimme des Pfaffen und klagte über Geldverschwendung und Teufelswerk. Nein, diesem Griesgram würde er den Triumph über eine Niederlage nicht gönnen, dachte er, und da sprang ihn noch ein anderer Gedanke an. Es war der Gedanke, wie er aus dem inhaftierten Loytz doppelt Kapital schlagen konnte. Und das schien ganz einfach zu sein: Joachim würde mit Hilfe des Pfandes dafür sorgen, dass der Herzog sein Grundstück erhielt, und dafür den Lohn empfangen. Zugleich würde er Stephan Loytz erpressen und von ihm im Austausch gegen das Leben des Bruders einen schönen Kredit verlangen, in der Höhe des Darlehens, das er Zygmunt vermittelt hatte.

Fröhlich gestimmt beobachtete er, wie die Reihen unter Geschrei und Gejohle aufeinander zustürmten. Joachim zog sich mit der Leibgarde hinter seine Truppenteile zurück. Aus sicherer Entfernung sah er durch den Sehschlitz im heruntergeklappten Visier seine Männer auf die Spandauer eindringen. Er sah Knüppel und Fäuste fliegen und überrannte Spandauer zu Boden gehen.

Seine Laune hob sich weiter.

An Land erwies sich seine Übermacht als unschlagbar. Die Berliner und Cöllner drängten die geschwächten Spandauer Haufen bis ans Ufer der Malche zurück. Da sprangen mit einem Mal in Joachims Rücken Hunderte Männer aus Unterholz und Gebüsch im Haselhorster Forst hervor. Später sollte Joachim erfahren, dass die feigen Spandauer sich erdreistet hatten, aus den umliegenden Dörfern Unterstützung herbeizuholen. Seine gute Laune schwand, als er sah, wie eine gewaltige Angriffswelle das Schlachtfeld flutete. Die Trabanten bildeten einen schützenden Kreis um das Pferd ihres Herrn, denn Joachim war der Nachhut am nächsten. Am Ufer der Malche entfachte das Eintreffen der Verstärkung den Kampfesmut der Spandauer. Sie wehrten sich erbittert, und als die Berliner und Cöllner sich der Bedrohung in ihren Rücken gewahr wurden, wurden sie von den Spandauern niedergemacht.

Joachims Laune sank auf einen neuen Tiefpunkt und verwandelte sich erst in Wut, dann in Zorn. Der Zorn wuchs und schwoll an zu leidenschaftlichem Hass auf alle Menschen, die ihm nehmen wollten, was seins war. Er hasste die Spandauer, die ihm den Sieg nahmen. Er hasste seinen Sohn, der ihm die geliebte Anna Sydow und die Macht entriss. Er hasste alle Schuldner, die ihm Wohlstand und Reichtum missgönnten. Er hasste Litscher, der ihm das Lachen verbot. Und er hasste die Loytz, die seine Würde mit Füßen traten.

Von diesem Hass beseelt, gab er dem Pferd die Sporen und preschte zwischen seinen auseinanderspringenden Trabanten hindurch, der Nachhut des Feindes entgegen. Mit dem Knüppel streckte er im Galopp einen Mann nieder, dann einen zweiten, bevor ein dreckiger Bauernlümmel mit einer Holzstange den Harnisch traf. Joachim wurde aus dem Sattel geworfen. Der metallisch scheppernde Aufprall auf dem Erdboden war hart und schmerzhaft. Rings um ihn herum blieben Kämpfer stehen und starrten mit vor Schreck geweiteten Augen auf den Kurfürsten, der wie ein Krebs am Boden lag.

Joachim zog den Helm vom erhitzten Kopf und brüllte: «Sofort alle Kampfhandlungen einstellen! Die Schlacht ist beendet, sie ist aus und vorbei! Es gibt keinen Sieger.»

Ein Herz hat seine Gründe,
die der Verstand nicht kennt.

BLAISE PASCAL

III. TEIL

✦

Dezember 1567 bis April 1568

1
Stettin

Der Winter brach ohne Vorwarnung über Pommern herein. Von Osten fegte der Wind über Land und Haff, bog Baumwipfel, knickte Äste und rüttelte an Dachschindeln. Binnen weniger Stunden wurde es bitterkalt. Auf Teichen und Seen bildete sich Eis, das in wolkenlosen Nächten rasch dicker wurde. Auch in der Oder gefror das Wasser an den Ufern, bevor das Eis seine Arme in den Strom ausstreckte, bis der Fluss, die Lebensader der Stadt Stettin, eingeschlossen war. Kraweele, Fischer- und Lastkähne wurden winterfest gemacht. Schifffahrt, Fischerei und Handel kamen zum Erliegen. In den Hütten der ärmeren Leute und in den Steinhäusern der Reichen scharten sich die Bewohner um Herd- und Kaminfeuer. Das Leben jenseits der Wände und Mauern erstarrte, und der aus den Abzügen quellende Feuerrauch lag, wenn der Wind eine Atempause einlegte, wie eine bleierne Decke über Plätzen, Straßen und Gassen. Wer nicht unbedingt musste, vermied es, einen Schritt vor die Tür zu machen. Nur die Feuerwachen waren Tag und Nacht im Einsatz. Jedes Stadtviertel hatte gemäß der Feuerordnung eine gewisse Anzahl Männer zu stellen, die ausrückten, um Brände zu löschen, die meist durch Hausfeuer verursacht wurden. Die Männer mussten mit Decken und Schaufeln gegen die Flammen ankämpfen, weil in der Eiseskälte das Löschwasser gefror.

In der Wohnstube des Loytzenhofs stand Stephan vor den geöffneten Fensterläden. Sein Herz war schwer und voller Kälte, die frostiger als jedes Wetter war. Er blickte hinaus, ohne etwas Bestimmtes zu sehen, und atmete den über der Stadt liegenden Geruch der Herdfeuer ein, ohne ihn wahrzunehmen. Nach einer Weile schloss er die Fensterläden, ging zum Kamin und schürte die Glut darin. Er legte neue Scheite auf und wartete, bis die Flammen züngelten und aufs Holz übergriffen. Dann wandte er sich seiner Großmutter Anna Glienecke zu, die in ihrem Sessel in einen unruhigen Schlaf gefallen war. Ihre Decke war auf den Fußboden gerutscht. Stephan hob sie auf und breitete sie über Anna aus. Dabei betrachtete er ihr blasses Gesicht, den strengen Mund und die wächserne Haut, die sich über den Wangenknochen spannte. Er sah ihre rot geäderten Lider zucken, hörte ihren rasselnden Atem stoßweise gehen und fragte sich, ob sie krank war.

Mit einem Anflug von Neid dachte er an die Macht, die seine Großmutter durch ihre Teilhaberschaft hatte, ohne dass sie davon Gebrauch machte. Warum sie und warum nicht ich?, dachte er. Vieles wäre einfacher, ja, vieles wäre ihm erst dadurch möglich, hätte er ihren Einfluss. Hätte er diese Macht, könnte er sie einsetzen, um für Simons Freilassung zu kämpfen. Seitdem das Todesurteil über ihn verhängt und Stephan freigesprochen worden war, hatte Michael kein Wort mehr über Stephans Teilhaberschaft verloren, und Stephan hatte sich nicht getraut, das Thema anzusprechen. Schwer wie Mühlsteine lasteten die Folgen des Vorfalls im *Roten Hering* über den Bewohnern des Loytzenhofs. In jeder Bewegung und in jedem Wort glaubte Stephan unausgesprochene Vorwürfe zu spüren, die seine Gedanken und Gefühle lähmten.

Seit ihrer Festnahme hatte Stephan seinen Bruder nicht mehr gesehen. Auch bei der Verhandlung gegen Simon und der Urteilsverkündung hatte der Richter keine Öffentlichkeit und nicht einmal die Familienmitglieder zugelassen. Es war ein schwerer Schock für Stephan gewesen, als er von Simons Todesurteil erfahren hatte, obwohl ihm bewusst gewesen war, dass es darauf hinauslaufen würde.

Seither wartete Stephan, dass der Zeitpunkt für Simons Hinrichtung öffentlich bekanntgegeben wurde. Doch nichts dergleichen geschah, und Stephans von Schuldgefühlen geplagte Seele schlingerte zwischen Trauer und Hoffnung dahin wie ein führerloses Schiff. Fast ein halbes Jahr war seit dem Richterspruch vergangen, und es war sehr ungewöhnlich, dass man sich mit der Vollstreckung so lange Zeit ließ.

Stephan hatte Michael und Anna bekniet, einen Advokaten zu beauftragen, um das Todesurteil anzufechten. Doch Michael wollte nichts davon hören, und Stephan selbst hatte nicht genügend Geld, um einen teuren Advokaten zu beauftragen. Michael meinte, Simon habe die Gelegenheit, die er bekommen hatte, nur dazu genutzt, seine bösen Triebe auszuleben, und somit sein Leben in Schande verwirkt. Da sei nichts zu machen, wenn einem der Teufel im Leibe säße. Anna hatte sich die Augen rot geweint, aber nicht gewagt, Michaels Entscheidung in Frage zu stellen.

Während Stephan jetzt auf seine greise Großmutter herabblickte, stieg ein ungutes Gefühl in ihm auf. Abneigung verwandelte sich in Wut und Zorn, ja – ein heißer Zorn war es, den er plötzlich über Annas Feigheit empfand. Sie hatte es in der Hand, Michael zu drängen, sich für Simon einzusetzen, doch sie tat es nicht. Sie war nur noch alt, schwach und verbittert. Und untätig.

Stephans Hände ballten sich zu Fäusten. Sein Atem ging schnell und flach, als ihn ein Geräusch aus seinen Gedanken riss. Die Tür zur Wohnstube wurde geöffnet, und Octavian trat ein. Er blickte auf die schlafende Anna; dann forderte er Stephan mit einer Handbewegung auf, ihm zu folgen. Stephan ging ihm hinterher auf den Gang und fragte sich, mit welcher Boshaftigkeit ihm der Alte wieder die Nerven rauben wollte.

Octavian legte den kahlen Kopf in den Nacken und blickte zu Stephan auf. Das verkniffene Buchhaltergesicht sah verändert aus; es wirkte lebhafter. Er holte unter seinem Rock ein eingerolltes, mit einem Faden verschnürtes Schreiben hervor und sagte: «Diesen Brief hat man mir im Rathaus für dich mitgegeben.»

«Und was steht drin?», fragte Stephan. «Du wirst das Schreiben ja wohl gelesen haben, auch wenn es nicht für dich bestimmt ist.»

Zu seiner Verwunderung schmollte Octavian nicht, sondern lächelte. «Mir ist bewusst, dass du mir alles Schlechte dieser Welt zutraust, Junge», erwiderte er. «Aber ich muss dich enttäuschen. Ich habe das Schreiben nicht gelesen. Das Einzige, was ich weiß – und auch nur, weil man es mir erzählt hat –, ist, dass der Brief von deinem Bruder ist.»

Stephans Herz setzte einen Schlag aus. Er war versucht, den Brief an sich zu nehmen und sich damit in seine Kammer zurückzuziehen. Als er jedoch eine Hand nach dem

Schreiben ausstrecken wollte, wurde sie ihm so schwer, als hinge ein Bleigewicht daran. Wenn in dem Brief nun etwas Schlimmes stand? War es womöglich Simons Abschiedsbrief, den man ihn vor der Hinrichtung hatte schreiben lassen? Gütiger Herr im Himmel – genauso musste es sein! Niemand, der zum Tode verurteilt war, durfte ohne triftigen Grund einen Brief schreiben. Schon gar nicht, wenn er der Gefangene des Herzogs war, der die Loytz aufs Blut hasste.

«Hat man dir im Rathaus noch etwas mehr darüber erzählt?», fragte Stephan.

«Ich hörte nur, es sei der Herzog selbst gewesen, der Simon erlaubt habe, den Brief zu schreiben», antwortete Octavian. Er blickte auf Stephans Hand, die noch immer unschlüssig in der Luft hing. Und die jetzt sichtbar zitterte. «Du hast Angst vor dem, was drinstehen könnte, nicht wahr?», fragte Octavian.

Stephan spürte ein Kribbeln auf der Haut. Er wunderte sich über Octavians Gespür. Normalerweise war der Buchhalter ein Mann, dem jegliche Gefühle abgingen, weil ihn ausschließlich Zahlen und Bilanzen interessierten.

Stephan gab sich einen Ruck, griff nach dem Brief und wollte sich umdrehen, als er noch einmal innehielt und sagte: «Danke, dass du ihn mir gebracht hast.»

Und dann tat Octavian etwas, das Stephan nicht für möglich gehalten hätte. Er trat vor ihn hin, berührte seinen Arm und blickte ihm in die Augen.

«Ich weiß, dass du mich nicht leiden kannst», sagte Octavian und dämpfte die Stimme, als habe er Sorge, jemand könne ihn hören: «Und daran bin ich nicht unschuldig. Ich habe dir wohl kaum eine Gelegenheit gegeben, gut über mich zu denken. Aber eins möchte ich dir sagen: Es tut mir in der Seele weh, was mit Simon geschieht. Ich glaube … nein – ich bin überzeugt, dass ihm Unrecht angetan wird, auch von Michael. Mag sein, dass Simon sich nicht zum Kaufmann eignet, aber das darf nicht das Einzige sein, was zählt. Er hat sich verändert. Er ist ein Mensch geworden, der Verantwortung übernimmt, immerhin hat er dich auf deiner Reise nach Polen unterstützt. Ich bete dafür, dass er verschont bleibt, und hoffe, der Brief enthält keine schlechten Nachrichten.»

In seiner Kammer schloss Stephan die Tür hinter sich ab, zog den Stuhl vor das Fenster und öffnete eine Lade. Mattes Licht fiel auf Simons unberührtes Bett und auf den Schrank, in den man ihn immer wieder eingesperrt hatte.

Stephan setzte sich, drehte das eingerollte Papier in einer Hand hin und her, nahm es dann in die andere Hand und zupfte am Faden, der das Papier zusammenhielt. Es war ein dünner Faden, leicht zu zerreißen. Doch Stephan ließ ihn wieder los, sank gegen die Stuhllehne zurück und kniff die Augen so fest zusammen, bis hinter den Lidern Blitze zuckten.

Schließlich gab er sich einen Ruck, öffnete die Augen wieder, griff erneut nach dem Faden, holte Luft und riss ihn entzwei. Das Papier entrollte sich in seiner Hand und buhlte um Aufmerksamkeit. Es verlangte, gelesen zu werden. Stephan zog das Papier glatt und senkte den Blick auf die ungelenke Handschrift. Doch er konnte sich nicht konzentrieren auf die krakelige Schrift. Immer wieder stieg ihm das Bild vor Augen, wie Simon in einem kalten Kerkerloch saß, frierend und hungernd, ausgezehrt und zitternd, und neben ihm stand ein Wärter, der kontrollierte, was Simon schrieb.

Stephan trocknete seine Augen am Ärmel seines Hemdes. Nach seiner Freilassung hatte er alle seine neuen Kleider im Schrank verstaut und seither nur noch graue Sachen angezogen. Der Gedanke, sich in buntem italienischem Zwirn zu gewanden, war ihm so fremd geworden, wie das Bedürfnis, zu lachen und Freude zu empfinden.

Er atmete ein und wieder aus und zwang sich dieses Mal, seine Konzentration auf den Inhalt der Worte zu richten. *Mein lieber Stephan, ich bin das Briefeschreiben nicht gewohnt. Du weißt ja, es ging mir nie leicht von der Hand. Auch jetzt wollen mir die richtigen Worte nicht einfallen, die ich an dich richten kann. Nachdem man mir heute überraschend dieses Papier sowie Tinte und eine Schreibfeder gebracht hat, ist mein Kopf erfüllt mit Gedanken, die ich dir mitteilen will. Aber nun scheint mir, die Worte gehen auf dem Weg von meinem Kopf hinunter in meine Hand verloren und sie …*

Der Satz brach ab, als ob Simon eine Pause gemacht und dann Anlauf zu einem neuen Versuch genommen hatte. Stephan las weiter: *So lange warte ich nun schon darauf, dass man meinem Leben ein Ende bereitet. Ja – ich habe den Tod herbeigesehnt. Ich wollte, dass mein Leben endet. Ich weiß jetzt, dass das Warten auf den Tod qualvoller ist, als der Tod selbst es sein muss. Aber sie ließen mich nicht sterben. Vor einiger Zeit – ich weiß nicht, wie lange es her ist, weil mir jedes Zeitgefühl abhandengekommen ist – brachte man mir warme Decken und gab mir etwas anderes zu essen als den dünnen Brei, der nur den Magen füllt, ohne satt zu machen. Richtiges Essen bekomme ich seither, sogar Fleisch und Gemüse. Warum, das weiß ich nicht. Ich darf mit niemandem reden …*

Wieder endete der Brief mitten im Satz, um dann fortzufahren: *Ich muss zum Ende kommen. Will dir aber noch zwei Sachen schreiben: Ich bitte dich, dir nicht länger die Schuld zu geben an dem, was geschehen ist. Ich wünsche mir, dass du begreifst, dass ich es gewesen bin, der den Hauptmann getötet hat. Es war meine Entscheidung, ganz allein meine Entscheidung …*

Nein, dachte Stephan, niemals kann ich aufhören, mir die Schuld daran zu geben. Er gab sich einen Ruck und las die letzten Zeilen: *Und da ist noch eine zweite Sache. Stephan – du und Leni, ihr beide seid mir die wichtigsten und liebsten Menschen, die ich habe. Leni hat so viel für mich getan. Sie glaubt an das Gute in mir, nicht an das Böse, das alle anderen Menschen in mir sehen. Ich bitte dich von Herzen, geh zu ihr und erzähle ihr, wie es sich in jener Nacht wirklich zugetragen hat. Dies ist mein zweiter Wunsch. Sie darf nicht schlecht von mir denken. Erzähl ihr die Wahrheit. Sie darf mich nicht für einen Mörder halten. Dein dich liebender Bruder Simon.*

Stephan las den Brief noch einmal von Anfang bis Ende, dann wieder und wieder den letzten Absatz, bis er den Kopf auf die Brust sinken ließ und die Augen schloss. Er fühlte, wie sich eine schwere Last auf ihn herabsenkte. Er dachte an Leni, und ihr Gesicht schwebte im Geiste vor ihm, ihre dunklen, funkelnden Augen, die Falte zwischen ihren Augenbrauen, die weißen Zähne, die zwischen den Lippen aufblitzten, das braune, weiche Haar … er atmete den Duft von blühenden Frühlingsblumen ein.

Seit jenem Nachmittag auf der Lastadie, als sie ihn gebeten hatte, den Verkauf des Grundstücks zu verhindern, hatte er Leni nicht mehr gesehen. Michael hatte ihm erzählt, dass er ihr eine Frist bis Ende des Jahres gesetzt hatte. Wenn sie bis dahin nicht in die Hochzeit einwilligte, würde er das Grundstück verkaufen. Und mittlerweile war Dezember. Stephan hatte jedoch nichts unternommen, um Michael den Verkauf auszureden. Nachdem er aus dem Kerker entlassen worden war, hatte er sich wie gelähmt gefühlt.

In letzter Zeit war Michael ohnehin kaum im Loytzenhof gewesen, sondern hatte sich in die Arbeit gestürzt. Sofern das Wetter es zuließ, kaufte und verkaufte er Getreide, Salz, Heringe, Schwefel und alles andere, was Geld einbrachte. Und er hatte – ermuntert durch Stephans Erfolg bei Zygmunt – dann doch seine Zustimmung für den Kredit in Höhe von einhunderttausend Talern gegeben, um den der dänische König Friedrich die Loytz gebeten hatte.

Sie darf nicht schlecht von mir denken. Erzähl ihr die Wahrheit.

Stephan öffnete die Augen – und da war ihm mit einem Mal, als ob Simons Worte das lähmende Gefühl von ihm nahmen. Als ob frische Kraft durch seinen Körper strömte. Er wusste nun, was er zu tun hatte. Er musste Simons Wunsch erfüllen.

Er steckte den Brief ein. Dann tauschte er die grauen gegen bunte Kleider aus, legte sich einen dicken Mantel über die Schultern und einen Fuchspelz um den Hals.

Und machte sich auf den Weg zum Hospital.

2
Hospital bei der Oderburg

Stephan verließ die Stadt durchs Mühlentor. Der kürzere Weg zum Hospital führte zwar durchs Frauentor, aber dort stand der Kerkerturm, in den man Simon nach dem Urteil gesperrt hatte. Stephan hatte es bisher nicht über sich gebracht, dem Turm zu nahe zu kommen; allein die Tatsache, Simon hinter den dicken Mauern zu wissen, ohne ihm helfen zu können, brachte ihn zur Verzweiflung.

Hinter dem Mühlentor wandte er sich querfeldein nach Norden. Der gefrorene Boden unter seinen Stiefeln war steinhart, die Luft messerscharf. Der eisige Wind schnitt ihm ins Gesicht. Er senkte das Kinn ins Fuchsfell. Über ihm zeigte sich der Himmel von tiefblauer Kälte, doch der Wind hatte sich gedreht, und im Westen verdunkelte sich der Horizont. Eine Decke von grauen Wolken wälzte sich heran und schob sich wie ein Gebirge auf die Stadt zu. Den Wolken eilte der Geruch von Schnee voraus.

Nach etwa einer halben Stunde erreichte er das Hospital. Ihm war nicht wohl bei dem Gedanken, Leni zu begegnen. Sie würde von ihm wissen wollen, was er unternommen hatte, um Michael den Verkauf des Grundstücks auszureden. Was sollte er ihr darauf antworten? Die Wahrheit? Dass er schlicht nicht mehr daran gedacht hatte? Er schob den Gedanken beiseite, schließlich war er hergekommen, um Simons Wunsch zu erfüllen. Auf den Wehrmauern der Oderburg lauerten Söldner, deren Helme das Sonnenlicht spiegelten. Sie blickten auf Stephan herab, als er durch das Tor auf den Hof trat.

Er war fast bei der Tür des Hospitals angelangt, aus

dem er es durch die dünnen Holzwände jammern und husten hörte, als er jemanden aus einem Schuppen kommen sah. Es war Konrad, der Stotterer, der sich Stephan im Laufschritt näherte. Seine Wangen waren von der Kälte gerötet. Er wirkte aufgeräumter und nicht so verschüchtert wie damals in der Stadt. «Es t-t-tut mir so leid um Simon, Herr», sagte er. Die Worte gingen ihm heute etwas flüssiger von den Lippen. «Simon ist ein g-g-guter Mann. Ich muss immer an ihn denken ... h-h-hat man i-i-ihn ...?»

«Er ist am Leben», erwiderte Stephan. «Sag mir bitte, finde ich Leni Weyer hier?»

Ein Schatten huschte über Konrads Gesicht. «S-s-sie ist f-f-fort.»

«Wo ist sie hin? Bei ihrem Vater in der Stadt?»

Konrad presste die Lippen zusammen. Er senkte den Blick und schob mit dem Schuh einen Kieselstein über den Boden. Wind fing sich in seinem verstrubbelten Haar.

«Sag mir, wo sie ist, Konrad!» Stephan schob eine Hand unter den Mantel zur Geldbörse an seinem Gürtel.

«N-n-nein, Herr», stieß Konrad aus. Seine Lider flackerten. «Ich darf nichts annehmen und nichts ver-r-raten. Sie hat's mir v-v-verboten ...»

«Hör mir zu, mein Freund. Ich muss Leni unbedingt sehen. Ich habe ihr etwas sehr Wichtiges mitzuteilen. Es handelt sich um Simon ...»

«Konrad, wo bleibst du denn? Wir brauchen deine Hilfe!» Die Nonne war in die geöffnete Tür getreten und musterte Stephan mit abschätzendem Blick.

«Er sucht nach L-L-Leni», sagte Konrad. «Aber ich h-h-habe nichts verraten, wie Leni gesagt hat.»

«Das hast du richtig gemacht», sagte die Nonne. «Nun

komm endlich herein. Euch wünsche ich noch einen guten Tag, Kaufmann Loytz. Der Herr sei mit Euch.»

Konrad schlüpfte an Stephan vorbei durch die Tür, und die Nonne folgte ihm.

«Wartet – bitte!», rief Stephan. Die Nonne hielt inne. Er hoffte, dass sie gesprächiger war als der Stotterer und sagte: «Wartet, Sybilla. So ist doch Euer Name, nicht wahr? Hört mich an, ich muss Leni wirklich unbedingt sprechen ...»

«Ihr habt gehört, was Konrad gesagt hat», entgegnete die Nonne. Sie verschwand im Hospital und zog die Tür hinter sich zu.

Stephan fragte sich, warum die beiden ein solches Geheimnis um Leni machten. Warum ließ sie sich verleugnen? Hatte es vielleicht mit dem Totschlag zu tun? Immerhin waren die meisten Menschen überzeugt, Simon sei ein Schläger und Mörder. Vermutlich machte Leni da keine Ausnahme, weswegen es umso wichtiger war, ihr die Wahrheit über Simon zu sagen.

Stephan beschloss, nicht eher von hier fortzugehen, bis er über Leni Bescheid wusste. Er straffte den Rücken, legte die Hand an die Tür und drückte sie auf. Sogleich überkam ihn Ekel. Die Luft im rauchverhangenen Hospital war durchdrungen vom Gestank nach Schweiß und menschlichen Ausscheidungen. An einer Wand bollerte ein Ofen, den Konrad gerade mit Holz fütterte. Soweit Stephan im matten Licht flackernder Tranlampen erkennen konnte, waren alle Betten belegt. Er überwand seine Abscheu gegen den Gestank, und als er weiterging, begleitete ihn ein vielstimmiger Chor aus krächzendem Husten, Schniefen und Stöhnen. Sybilla entdeckte er im hinteren Bereich, wo sie zwischen den Betten umhereilte. Er wollte zu ihr gehen, doch jemand hielt ihn am Mantel fest. Er blickte nach unten. In dem Bett neben ihm starrten ihn rote Augen aus einem aufgequollenen Gesicht an. «Bitte – gebt mir mehr von dem Laudanum, Herr.»

Stephan schüttelte den Kopf. «Tut mir leid, so etwas habe ich nicht.»

«Ach, ach», jammerte der Mann und klammerte sich an Stephans Mantel. Die Krankheit ließ ihn aussehen wie einen Greis, obwohl er höchstens vierzig zu sein schien. «Ich hab's kommen sehen», krächzte er. «Die Vorzeichen, Herr, die Vorzeichen!»

«Lasst bitte meinen Mantel los», sagte Stephan.

Der Kranke fuhr unbeirrt fort: «Glaubt mir, junger Herr – Zauberei und Teufelsgespinst nehmen überhand. Donner und Blitz, Sturm und Hagel, Mäuse und Gewürm verderben die Feldfrüchte, die der Herr für uns wachsen lässt. Habt Ihr die Zeichen nicht erkannt? Zu Pfingsten fiel Schnee, der das junge Getreide niederdrückte und die Obstbäume zerbrach. Habt Ihr nicht den Nebel aus der Erde quellen sehen? Der Nebel bringt Husten, bringt Ausfluss, bringt Tod. Glaubt mir, Herr, diese Krankheit ist des Teufels Samen, sie ist ein Teufelswerk, das uns Menschen lähmt und ...»

Da tauchte Sybilla bei Stephan auf und funkelte ihn an. «Was habt Ihr hier drin zu suchen?»

«Laudanum – bitte, bitte!», krächzte der Kranke.

«Gleich bekommst du welches, Gregor», sagte die Alte und wandte sich wieder an Stephan: «Geht jetzt!»

Er verschränkte die Arme vor der Brust. «Nicht, bevor ich weiß, wo Leni ist. Ich muss mit ihr über Simon sprechen, der – wie Ihr Euch sicher erinnert – lange Zeit in Eurem Hospital ausgeholfen hat.»

Sybillas Lippen zitterten vor Zorn. Sie zögerte, dann forderte sie Stephan auf, ihr zu folgen. Sie marschierte voran in einen Anbau, der hinter einem Vorhang lag. Die Einrichtung der Kammer bestand aus einem Tisch und zwei Stühlen. In einem Regal lagerte Kleidung. An den Wänden hingen Bretter, auf denen Fläschchen und Schalen standen.

Sybilla nahm eine braune Flasche von einem Brett, hielt sie in den dünnen Lichtstrahl, der zwischen zugeklappten Fensterläden hereindrang, und murmelte: «Die ist auch schon fast leer.» Dann – ohne sich zu Stephan umzudrehen – sagte sie: «Es ist eine heimtückische Krankheit. Im Frühjahr hatten wir hier bereits einige Fälle, aber nun werden immer mehr Leute von dem befallen, was man Brustseuche oder Lungensucht nennt. Die Krankheit überfällt ihre Opfer im Schlaf. Ein Mensch, der des Abends gesund ins Bett geht, erwacht am nächsten Morgen von Kopf- und Rückenschmerzen geplagt. Schweres Fieber, Schüttelfrost und Katarrh ringen ihn nieder. Rotz und Wasser laufen ihm aus Nase und Augen. Seit dem Ausbruch der Krankheit gab es mehrere Todesfälle, es betrifft zumeist ältere und schwache Menschen. Viele Ärzte versuchen, die Kranken mit dem Aderlass zu heilen, aber das schwächt sie nur noch mehr. Diese Medizin aber …» Sybilla schüttelte die Flasche. «Das Laudanum kann vielleicht die Krankheit nicht heilen, aber die Schmerzen lindern und die Kranken zur Ruhe kommen lassen. Ein Arzt namens Paracelsus hat die Medizin erfunden. Es ist kein Hexenwerk, wie manche behaupten, sondern eine Mischung aus Opium, der in spanischem Wein gelöst und mit Zimt, Safran und Nelkenpulver gewürzt wird.»

Stephan fragte sich, warum sie ihm das alles erzählte,

und dachte zugleich an seine Großmutter, die auch nicht gut beieinander zu sein schien. Er überlegte, ob er Sybilla ein solches Fläschchen mit diesem Laudanum abkaufen sollte, als sie sich zu ihm umdrehte und sagte: «Doch nun erzählt mir, wie es Simon geht.»

«Den Umständen entsprechend», antwortete er. «Offenbar gibt man ihm jetzt wenigstens besseres Essen.»

«Ich bete für seine Seele», sagte Sybilla. «Jeden Tag schließe ich Simon in meine Gebete ein, damit der Herr seinem Leid ein Ende bereitet.»

«Wollt Ihr etwa, dass man ihn hinrichtet?»

Sybilla blickte ihn an. Ihre Augen schimmerten feucht. «Er hat eine schwere Sünde begangen, und es ist an Gott, über ihn zu richten.»

«Simon ist unschuldig», brauste Stephan auf. «Und genau das muss ich Leni erklären.»

«Dann müsst Ihr damit warten, bis sie zurückkehrt.»

«Nein, ich will sofort wissen, wo sie ist!»

Sybillas Mund wurde hart. «Sie hat mich gebeten, niemandem davon zu erzählen, und daran werde ich mich halten. Nun verschwindet und lasst mich meine Arbeit machen.»

Als sie mit der Flasche in der Hand an Stephan vorbei in den Krankensaal gehen wollte, hielt er sie am Arm fest und sagte: «Ich bleibe dabei: Ich werde nicht eher gehen, bis Ihr ...»

«Sybilla, bist du dad-d-drinnen? G-G-Gregor hat Schmerzen», war Konrads Gestotter hinter dem Vorhang zu hören. «Wir brauchen mehr L-L-Laudanum. Hoffentlich kehren Leni und die Alte Marie bald zurück aus P-P-Pas... – oje, der K-K-Kaufmann ist ja noch hier ...»

Stephan ließ Sybillas Arm los und fuhr zu Konrad herum, der vor dem zurückgeschlagenen Vorhang stand und dessen Augen groß und rund wurden.

«Die Alte Marie ist doch der Gaul, mit dem ihr die Leichen wegkarrt, nicht wahr?», sagte Stephan. Seine Stimme überschlug sich: «Soll das etwa heißen, Leni ist bei dem Wetter losgeritten? Habt ihr die Wolken nicht gesehen? Da kommt ein Schneesturm! Redet endlich, ihr beiden! Wo ist sie hin? Pas... – was soll das sein, in Gottes Namen?»

Konrads flehender Blick heftete sich hilfesuchend an Sybilla, die ergeben mit den Schultern zuckte und sagte: «Nun gut, Folgendes werde ich Euch erzählen: In allen Apotheken der Stadt ist das Laudanum ausgegangen. Leni will von woandersher welches holen. Sie hat darauf bestanden, dass niemand sie begleitet, weil wir hier alle Leute im Hospital brauchen.»

Stephan blickte Konrad finster an und fragte ihn erneut: «Was ist ‹Pas›?» Und dann kam er von selbst darauf: «Pasewalk? Soll das heißen, sie ist nach Pasewalk geritten? Gütiger Gott, da braucht sie doch schon bei gutem Wetter mindestens vier Tage hin und zurück. Wann ist sie aufgebrochen?»

Sybilla sank ermattet auf einen Stuhl, stützte den Kopf in die Hände und sagte leise: «Heute Morgen.»

3
Gasthaus *Zum Kauenden Bullen*

Leni war auf der Alten Marie einige Meilen weit gekommen, als der Himmel sich verdunkelte und ein Schneesturm über sie hereinbrach. Umwirbelt von weißen

Flocken, stapfte das Pferd stoisch durch die anwachsende Schneeschicht. Marie war ein Kaltblüter, ein plumpes, kräftiges Arbeitspferd, das es gewohnt war, alle ihm aufgetragenen Arbeiten gehorsam zu verrichten. Diese Arbeiten bestanden für gewöhnlich darin, einen mit Leichen beladenen Karren zum Friedhof zu ziehen. An diesem Tag jedoch hatte sie eine andere Aufgabe.

Im Sattel zog Leni mit einer Hand den Mantel straff um ihre Schultern. Mit der anderen Hand hielt sie die Zügel, während sie versuchte, sich oben zu halten, damit die Böen sie nicht vom Pferd peitschten. Ihre Finger in den Handschuhen waren steif vor Kälte. Unter der mit Pelz verbrämten Kapuze senkte sie den Kopf, um ihr Gesicht gegen den eiskalten Wind zu schützen. Bald wusste sie in dem Gestöber nicht mehr, wo vorn und hinten war. In ihr keimten Zweifel, ob ihre Entscheidung, sich allein nach Pasewalk aufzumachen, wirklich so klug gewesen war oder ob ihr Starrsinn sie zu einer Dummheit verleitet hatte. Aber wenn sie sich etwas in den Kopf gesetzt hatte, hielt nichts sie davon ab, und sie hatte sich nun mal vorgenommen, Laudanum zu besorgen. Die Kranken benötigten die Medizin dringend.

Leni hoffte, dass es nicht mehr weit war bis zum Gasthaus, dem *Kauenden Bullen*, von dem Sybilla ihr berichtet hatte. Sie hatte keine Ahnung, was sie tun sollte, wenn sie das Gasthaus nicht erreichte, bevor es dunkel wurde. Einstweilen blieb ihr jedoch nichts anderes übrig, als zum Herrgott zu beten und auf Maries betagte Spürnase zu setzen, die sie beide hoffentlich auf dem Weg hielt.

Das Pferd war schon alt gewesen, als Leni das erste Mal ins Hospital gekommen war. Wenige Tage nach dem Tod ihrer Mutter war das gewesen. Leni war innerlich zerrüttet und ziellos am Ufer der Oder entlanggelaufen, wo sie auf eine von Krankheit geschwächte Frau traf, deren Leid sie an das Schicksal ihrer Mutter erinnerte. Daraufhin hatte Leni die Frau zum Hospital gebracht, wo sich Sybilla und die anderen Helfer um die Kranke kümmerten. Die Hilfsbereitschaft hatte Leni beeindruckt; es dauerte nicht lange, bis sie beschloss, in Sybillas Dienste zu treten, auch gegen den Willen ihres Vaters. Dank der Pflege im Hospital wurde die kranke Frau wieder gesund, und Leni wollte alles über die Heilkunde lernen, was Sybilla ihr beibringen konnte. Leni war überzeugt, dass auch ihre Mutter hätte geheilt werden können – und zwar auf andere Weise, als die Quacksalber es versucht hatten. Die hatten ihre Mutter zur Ader gelassen, bis sie entkräftet an der rätselhaften Krankheit gestorben war.

Und nun hing das Schicksal des Hospitals von Leni ab. Das Jahr ging zur Neige, und sie hatte den Gedanken an die Frist, die Michael ihr gesetzt hatte, immer wieder verdrängt in der Hoffnung, er könnte doch noch Abstand von seiner Forderung nehmen, sie zu heiraten. Zugleich war ihr klar, dass er das nicht tun würde. Nur noch ein Wunder konnte das Hospital retten, denn heiraten würde sie Michael niemals!

Als die Dunkelheit sich über den vom Schnee durchtosten Wald senkte, erreichten Leni und die Alte Marie ein Gebäude. Das musste der *Kauende Bulle* sein. Leni ließ die Alte Marie halten, rutschte aus dem Sattel und versank bis zu den Knien in einer Schneewehe.

Sie zog Marie am Zügel hinter sich her und stapfte zum Haus. Doch als sie näher kam, verschlug es ihr den Atem. Die Gaststätte war nur noch eine Ruine. Einige Teile des

Dachs waren offenbar von einem Feuer zerstört worden. An schneefreien Stellen waren die verrußten Steinmauern zu sehen, über denen verkohlte Balken hervorragten. Dass es sich tatsächlich um den *Kauenden Bullen* handelte, war an dem Namen auf einem verwitterten Schild über dem Eingang abzulesen. Die Tür lag im Windschatten, weswegen der Schnee davor nur zwei Handbreit hoch lag. Leni fegte den Schnee mit den Stiefeln beiseite, öffnete die Tür, trat mit der Alten Marie am Zügel ein und zog die Tür hinter sich wieder zu.

Im Innern war fast alles Mobiliar fortgeschafft worden. Nur in einem größeren Raum, der früher wohl die Gaststube gewesen war, fand sie die Reste zerbrochener und angekokelter Stühle und Tische. Der Boden war mit Stroh bedeckt. Vor einer Öffnung im Mauerwerk hörte sie einen Fensterladen im Wind klappern. Erleichtert stellte sie fest, dass das Dach über dem Raum, in dem auch ein Kamin war, weitgehend dicht hielt. Nur wenig Schnee kam hindurch.

Behaglich war diese Unterkunft zwar ganz und gar nicht, aber Leni hatte keine andere Wahl, als hier die Nacht zu verbringen. Es gab in der näheren Umgebung kein Dorf oder eine andere Gaststätte, hatte Sybilla ihr gesagt. Daher band sie Marie mit dem Zügel an einen Stützpfeiler und nahm aus ihrem Proviantbeutel ein paar Äpfel, die sie vor dem Pferd auf den Boden legte. Die Äpfel knackten und knirschten zwischen Maries Zähnen, während Leni ihr Lager in einer schneefreien Ecke beim Kamin bereitete. Sie schob Stroh zusammen, legte eine Decke darüber und ließ sich darauf nieder.

Sogleich spürte sie die Erschöpfung, die sie nach dem beschwerlichen Ritt überkam, zwang sich aber, wieder aufzustehen. Sie war durchgefroren und würde ohne ein Feuer in der Nacht womöglich erfrieren. Sie klaubte Stroh und einige halbwegs trockene Holzreste zusammen und schichtete alles im Kamin auf. Mit Feuerstein und Zunderschwamm, die sie in ihrer Tasche mitgenommen hatte, mühte sie sich eine Weile ab, bis es ihr endlich gelang, das Stroh zum Glimmen zu bringen. Bald züngelten kleine Flammen empor und sprangen auf das Holz über. Eine Windböe, die durch die Fensteröffnung fegte, blies das Feuer jedoch sogleich wieder aus.

Leni stieß einen Fluch aus, der so bitter war, dass die Worte dem Herrgott in den Ohren schmerzen mussten. Müde schleppte sie sich zum Fenster. Als sie die Lade schließen wollte, sah sie, dass der Schneefall nachgelassen hatte. Und sie glaubte, Schatten zu sehen, die durch den Wald huschten.

Das Blut gefror ihr in den Adern. Waren da draußen etwa Menschen oder wilde Tiere, vielleicht sogar Wölfe?

Normalerweise war sie nicht ängstlich, aber das Gefühl, jemand könnte sich da draußen herumtreiben, war unheimlich. Sie tastete nach dem Messer an ihrem Gürtel und dankte im Stillen Konrad, der sie nicht ohne Waffe hatte losreiten lassen.

«Stell dich nicht dumm an», sagte sie zu sich. «Wer soll bei dem Wetter da draußen sein?» Bestimmt war es nur ein Reh oder ein Dachs. Sie zog den Laden fest zu. Dann machte sie sich erneut am Kamin zu schaffen.

Als bald darauf das Feuer brannte, wärmte sie sich daran und aß einige Bissen vom mitgebrachten Speck, Käse und Brot. Beim Essen blickte sie zur Alten Marie hinüber, deren Kopf plötzlich hochruckte. Das Pferd stellte die Ohren auf, als lausche es auf etwas. Leni beschlich wieder das mulmige Gefühl. Sie hörte auf zu kauen, lauschte ebenfalls und glaubte mit einem Mal, vor dem Fenster im Schnee knirschende Schritte zu hören.

Ihr Herz schlug schneller. Sie legte das Essen beiseite und zog das Messer aus der Lederscheide. Da hörte sie ein anderes Geräusch. Dieses Mal kam es vom Weg vor dem Haus. War das nicht das Schnauben eines Pferdes? Da klopfte jemand gegen die Eingangstür und rief ihren Namen.

«Leni – bist du dadrinnen?»

Maries Hufe trampelten unruhig, und Leni erhob sich. Wenn draußen jemand war, der ihren Namen kannte, konnte es kaum jemand sein, der ihr feindlich gesinnt war, dachte sie, behielt das Messer aber in der Hand.

«Ich habe die Pferdespuren gesehen», rief die Stimme, die Leni bekannt vorkam, auch wenn ihr im Moment nicht einfiel, woher. Sie wollte gerade antworten, als beim Fenster hinter dem Haus erneut Schnee knirschte. Waren da draußen mehrere Leute?

«Ich komme jetzt rein, Leni», rief die Stimme.

Sie hörte, wie die Tür geöffnet wurde, und lugte um die Mauerecke herum. Der flackernde Feuerschein fiel auf eine Gestalt, die mit einem Mantel bekleidet war, um den Hals einen Fuchspelz trug und eine Fellkappe auf dem Kopf hatte.

«Heiliger Gott im Himmel – was machst *du* hier?», stieß Leni aus, als sie unter der Mütze das grinsende Gesicht von Stephan Loytz erkannte.

«Oh, ich bin zufällig vorbeigekommen», sagte er. «Und ich dachte mir, kehre ich doch in diese gastliche Stube ein, um mein Abendbrot mit einer einsamen Reisenden zu teilen.» Sein Gesichtsausdruck wurde ernst. «Es war nicht einfach, deinen Leuten im Hospital zu entlocken, dass du bei dem Wetter allein nach Pasewalk unterwegs bist.»

Lenis Augenbrauen zogen sich zusammen. «Ich komme sehr gut allein zurecht.»

«Daran zweifele ich nicht.» Stephan trat näher. In seinem Blick, der auf das Messer in Lenis Hand gerichtet war, lag eine Spur von Unsicherheit. «Wenn es dir nichts ausmacht, würde ich gern mein Pferd hereinholen ...»

«Erst erklärst du mir, warum du mir gefolgt bist», beharrte Leni.

«Simon hat mich gebeten, dir etwas auszurichten ...», begann Stephan, verstummte aber plötzlich. Da hörte auch Leni Marie fest aufstampfen und laut schnauben. In der offenen Tür hinter Stephan sah sie eine Gestalt auftauchen. Es war ein großer Mann, dessen Kinn und Wangen mit struppigem, dunklem Barthaar bedeckt waren. Sein Gesicht war hart und scharf wie eine Axt, und bevor Leni Stephan warnen konnte, sprang der Mann gegen ihn los.

Leni entfuhr ein Schrei, und sie sah, wie Stephan die Augen aufriss. Er wollte sich umdrehen, doch der Angreifer schwang einen Knüppel. Der Schlag traf Stephan seitlich am Kopf. Seine Augen wurden weiß, seine Beine knickten ein, und er sank vor Lenis Füßen auf den Boden nieder und bewegte sich nicht mehr. Über ihm thronte der in einen zerrissenen Mantel gehüllte Mann und richtete seinen Blick auf Leni.

Hinter ihm traten zwei weitere Männer durch die Tür.

Der große Kerl stieß Stephan mit dem Knüppel an und sagte: «Der Halunke wollte unsere Beute wegschnappen.»

Leni wurde von Panik ergriffen. Die Männer mussten gesetzlose Herumtreiber sein. Bevor sie auch nur einen klaren Gedanken fassen konnte, schnappten sie Leni, zwangen sie neben der Alten Marie auf den Boden und fesselten sie an den Pfeiler. Von dort aus konnte sie die Männer beobachten, die sich vor das Kaminfeuer hockten und in Windeseile sämtliche Vorräte aus Lenis Proviantbeutel verspeisten. Sie stopften und schlangen, schmatzten und rülpsten, als wären Lenis Speck, Käse und Brot ihr erstes Mahl nach vielen durchhungerten Tagen.

Leni hatte ein Herz für mittellose Menschen, für die Ausgestoßenen und Bedürftigen, aber diese Burschen waren anders als die Leute, die im Hospital um Behandlung und Almosen baten. Nein, diese Burschen waren viehische Wesen.

Das Blut rauschte ihr in den Ohren, als ihr Blick hinüber zu Stephan ging. Er lag noch immer in derselben verdrehten Körperhaltung beim Eingang zur Gaststube. Die Pelzkappe war ihm vom Kopf gerutscht. Sein Haar war mit Blut verklebt, und um seinen Kopf herum hatte sich auf dem Boden eine dunkle Lache gebildet.

Der Anblick des leblosen Stephan lenkte Leni für den Moment von ihrer eigenen Not ab. Sie verspürte Mitleid mit ihm. Es war nicht ersichtlich, ob er noch lebte. Sie hoffte es, hoffte es sehr, und suchte mit den Augen seinen Körper ab, um irgendein Lebenszeichen zu finden, einen zuckenden Finger vielleicht, oder einen Atemzug, der seine Brust dehnte. Aber sie sah nichts dergleichen, und in die Trauer um Stephan und die Angst um ihr eigenes Leben mischte sich das Gefühl brennenden Hasses auf die Peiniger.

Die Räuber hatten inzwischen alle Vorräte aufgegessen

und durchwühlten nun Lenis Sachen, die sie ihr abgenommen hatten. Sie kramten in der Gürteltasche und dem Mantel herum, steckten ihre schnüffelnden Nasen wie Ratten hinein.

Leni beobachtete die Männer und konnte rasch unter ihnen eine Rangfolge ausmachen. Der große Kerl mit dem schwarzen Bart war der Anführer; er hatte vorhin das Essen inspiziert, bevor er den anderen ihren Anteil gab und darauf achtete, dass die größten Brocken in seinen eigenen Mund wanderten. Jetzt durchsuchte er erst Lenis Proviantbeutel und dann den Mantel. Nachdem er darin nichts Brauchbares gefunden hatte, warf er die Sachen auf den Boden. Erst dann stürzten sich seine Kumpane darauf und unterzogen sie einer weiteren Prüfung. Sie sahen jünger aus als er.

Der eine hatte ein aufgequollenes Gesicht mit hellem Bartwuchs. Sein langes, rotes Haar war zu einem Zopf gebunden. Der andere trug das Haar kurz. Über sein schmales Gesicht verlief eine Narbe von der linken Schläfe bis unter den Bart. Seine vorstehenden Augen glotzten irre, und an der Stelle, wo normalerweise das linke Ohr war, klaffte ein kleines, an den Rändern vernarbtes Loch. Leni vermutete, dass man ihm das Ohr als Strafe für irgendein Verbrechen abgeschnitten hatte. Was auch immer für ein Verbrechen das gewesen war, sie wollte es lieber nicht wissen.

Da hörte sie den Schwarzbart einen grollenden Laut ausstoßen. Er hielt einige Münzen hoch, die er in Lenis Gürteltasche gefunden hatte. Es waren acht Taler, das ganze Geld, das Sybilla für das Laudanum hatte zusammenkratzen können.

«Schaut nur, Freunde», sagte der Schwarzbart. «Das

Weib schleppt 'n halbes Vermögen mit sich rum. Ich hab's mir doch gedacht, das ist 'ne Reiche.»

«Zeig mal her.» Der Rote streckte gierig die Hand nach den Münzen aus.

«Ja, zeig's her – wir wollen's gleich aufteilen», sprang ihm das Narbengesicht bei.

Es drehte Leni den Magen um, mit anzusehen, wie die Männer mit dem Geld umsprangen, das für die kranken Menschen gedacht war.

«Nehmt eure schmierigen Pfoten weg», knurrte der Schwarzbart. «Wenn ich euch nur dran riechen lasse, habt ihr's eingesteckt, bevor ich geblinzelt hab. Wir suchen weiter, ob der Kerl auch was Wertvolles hat. Solange behalt ich das Geld bei mir. Dann legen wir's zusammen, und dann werd ich entscheiden, wie's aufzuteilen ist. Du!» Er zeigte auf den Rotgesichtigen und sagte: «Du holst den Gaul von dem Kerl rein. Das ist 'n feines Pferd, was uns noch 'n paar Taler bringt, wenn wir's einem andrehen.»

Dann nickte er dem Narbengesicht zu: «Inzwischen schauen wir nach, ob wir bei dem Kerl was finden. Der sieht aus wie einer von den Pfeffersäcken.»

Der Rothaarige trottete in die dunkle Nacht hinaus, während die anderen bei Stephan niederknieten. Leni ballte die gefesselten Hände hinter dem Pfeiler zu Fäusten, als die Männer Stephan Stiefel, Mantel und Fuchsfell auszogen und an sich nahmen.

«Sind gute Sachen, ich werd sie tragen, euch passen die nicht», hörte sie den Schwarzbart sagen. Sie hätte den Bastard am liebsten angeschrien, er solle seine Finger von Stephan lassen, presste aber ihre Lippen fest zusammen.

«Die Stiefel haben meine Größe», protestierte das Narbengesicht.

«Du kriegst die Pelzkappe», entgegnete der Schwarzbart, während er in Stephans Gürteltasche herumfingerte. «Die Kappe kannste über dein Ohrloch ziehen, damit nicht jeder gleich sieht, was für 'n lumpiger Dieb du bist ... aber, he – sieh nur, hier in seiner Tasche sind noch 'n paar feine Münzen. Ich sag's dir, heut ist unser Glückstag.»

Da rief das Narbengesicht: «Der Pfeffersack ist ja noch gar nicht tot!»

Lenis Herz trommelte heftig. Sprach der Kerl die Wahrheit? Woran wollte er gesehen haben, dass Stephan noch lebte? Hoffnung keimte auf, doch gleich darauf lief ihr ein Schauder über den Rücken, als sie das Narbengesicht sagen hörte: «Wir sollten ihm noch was mit dem Knüppel geben, damit er ganz hinüber ist.»

Der Schwarzbart hatte inzwischen alles Geld eingesteckt, seine löchrigen Schuhe aus- und Stephans Stiefel angezogen und den Mantel und das Fuchsfell umgelegt. «Ach, lass den doch», sagte er. «Siehst doch, wie er blutet. Soll der Pfeffersack ruhig noch länger verrecken. Such lieber weiter, ob du was findest, was er für einer ist.»

«Hier ist 'n Papier.» Das Narbengesicht, das die Pelzkappe abbekommen hatte, zog ein eingerolltes Schriftstück unter Stephans Hemd hervor. Er rollte es auseinander, betrachtete es und reichte es dann weiter.

«Was soll'n das sein?», knurrte der Schwarzbart. «Weißt doch, dass ich auch nicht lesen kann, du Narr.»

«Vielleicht kann das Weib lesen», schlug das Narbengesicht vor.

Die beiden Männer drehten sich zu Leni um und starrten sie an wie ein Stück Schlachtvieh. Leni drängte sich gegen Maries Vorderlauf, was an ihrer ausweglosen Lage zwar nichts änderte, ihr aber wenigstens das Gefühl gab, nicht ganz allein zu sein.

Der Schwarzbart kniete vor Leni nieder, hielt ihr das Schreiben vor die Nase und fragte: «Kannste das lesen?»

Offenbar war es ein Brief. Lenis Blick flog über die Schrift, aber die Wörter verschwammen vor ihren feuchten Augen. Nur Simons Namen am Ende des Briefs konnte sie entziffern. Sie schüttelte den Kopf.

«Wenn's keiner lesen kann, ist's nichts wert», sagte das Narbengesicht. «Ich werf's ins Feuer.»

«Nee, wär schade drum», sagte der Schwarzbart. «Da können wir uns noch die Hintern mit abwischen, was besser ist als mit 'nem Laubblatt.» Er rollte den Brief zusammen und steckte ihn hinter seinen Gürtel.

Leni verfluchte sich innerlich, keinen zweiten Versuch unternommen zu haben, den Brief zu lesen, schließlich war es ein Lebenszeichen von Simon. So wie für alle anderen Menschen in Stettin war es auch für sie ein Rätsel, warum der Herzog das Todesurteil nicht längst vollstreckt hatte. Bestimmt hing der Brief damit zusammen, was Stephan ihr über Simon hatte erzählen wollen. Dass er einen Totschlag begangen haben sollte, hatte sie damals schwer erschüttert. Zunächst war sie unfassbar wütend auf ihn gewesen, zumal es hieß, vor der Tat habe er mehrere Krüge Branntwein geleert, obwohl er ihr doch hoch und heilig geschworen hatte, nicht mehr zu trinken. Ihre Wut war jedoch abgeflaut. Sie glaubte den Gerüchten nicht, die aus dem Gericht nach außen gedrungen waren. Sie glaubte, Simon besser zu kennen als jeder andere, und wusste, wie einfühlsam und aufrichtig er war. Was um alles in der Welt hatte er also in diesem Brief geschrieben? Es musste so wichtig sein, dass Stephan ihr deswegen in den

Schneesturm gefolgt war, und wenn der Schwarzbart sich tatsächlich mit dem Brief den Hintern abwischte, würde Leni es niemals erfahren. Die Vorstellung entfachte ihren Zorn, der jedoch sogleich überlagert wurde von der Angst um ihr eigenes Leben, als sie mit anhörte, was die beiden Männer besprachen.

«Was stellen wir eigentlich mit dem Weib an?», fragte das Narbengesicht. «Ist doch 'n hübsches Ding.»

Der Schwarzbart betrachtete Leni mit schiefgelegtem Kopf auf eine Weise, die Panik in ihr aufsteigen ließ. Schnell senkte sie den Blick und zwang sich, gleichmäßig zu atmen. Den Triumph, sich ihre Angst anmerken zu lassen, gönnte sie den Männern nicht. Doch der Schwarzbart griff nach ihrem Kinn und hob es an.

Er stierte ihr ins Gesicht. «Ja, hübsch ist sie. Wir könnten sie befragen, damit sie uns verrät, was sie für eine ist. Vielleicht zahlt irgendwer 'n ordentliches Lösegeld. Na, magst du uns erzählen, wer du bist, Kleines?»

«Jaja, bestimmt lässt wer 'nen Sack voll Taler dafür springen», rief das Narbengesicht im Hintergrund.

«Meine Familie ist ... sehr arm», sagte Leni leise.

Der Schwarzbart grinste. «Das soll ich dir glauben? Na ja, ist ohnehin keine gute Idee, jemand damit zu erpressen. Man könnt uns schnappen und die Sache hier anhängen.»

«Wir könnten das Weib auch an 'n Hurenhaus verkaufen», schlug das Narbengesicht vor. «Wir bringen sie einfach woandershin, nach Rostock vielleicht, oder nach Lübeck, da sind 'ne Menge Hurenhäuser. Für uns wird's hier in der Gegend eh zu gefährlich. Sind zu viele Leute hinter uns her. Lass sie uns zu 'ner Hure machen ...»

«Und dann läuft sie aus dem Hurenhaus weg und verrät uns bei 'nem Schultheiß», unterbrach ihn der Schwarzbart. Seine Augen blitzten auf. «Vielleicht behalten wir sie einfach 'ne Weile bei uns und reiten sie zu. So 'n bisschen Spaß könnt uns doch gefallen, und wir wechseln uns damit ab, wer ihren Bären sticht.»

Leni hörte den Männern mit wachsendem Entsetzen zu. Was konnte sie nur tun? Aber wie sie ihre Situation auch drehte und wendete – sie war allein, mitten im tief verschneiten Wald, in einer Ruine gefesselt und diesen Männern ausgeliefert. Eins schwor sie sich jedoch: Niemals würde sie sich von ihnen schänden lassen. Eher würde sie sterben!

Die Finger an ihrem Kinn lösten sich. Der Schwarzbart richtete sich auf und sagte zum Narbengesicht: «Wir denken morgen weiter darüber nach, was wir mit dem Weib machen. Wo bleibt überhaupt Ulf?»

«Wird nach dem Gaul suchen.»

«So lange? Ich rat ihm, das Pferd zu kriegen, sonst prügle ich ihn durch, wenn er's entkommen lässt.»

Als der rothaarige Mann namens Ulf auch eine Weile später nicht wiederaufgetaucht war, suchten der Schwarzbart und das Narbengesicht draußen im Dunkeln nach ihm. Sie kehrten jedoch unverrichteter Dinge zurück und legten sich vor dem Kamin schlafen.

Leni blieb lange wach, hörte die Männer schnarchen und die Alte Marie atmen. Bis der letzte Feuerschein erloschen war, hielt sie ihren Blick auf Stephan gerichtet in der Hoffnung, er gebe ein Lebenszeichen von sich. Als es dunkel wurde, schloss sie die Augen und dachte an ihn. Sie sah ihn vor sich, sah sein offenes Lachen, seine blauen Augen, die im Kontrast zu seinem dunklen Haar schimmerten wie Saphire. In ihrem Inneren regte sich ein ungekanntes Gefühl, das sich durch die Trauer um ihn verstärkte.

Er darf nicht sterben, flehte sie im Stillen, dann wurde sie von Erschöpfung übermannt.

4
Gasthaus *Zum Kauenden Bullen*

Am nächsten Morgen schreckte Leni nach kurzem Schlaf hoch, als draußen jemand rief: «Ihr Lumpengesindel, kommt raus! Wir wissen, dass ihr dadrin seid. Werft eure Waffen weg, oder wir zünden euch das Dach überm Kopf an!»

Ein Hoffnungsschimmer keimte in Leni auf. Die Männer da draußen waren offensichtlich keine Freunde der Räuber, und deren Feinde konnten womöglich Lenis Retter sein. Aber was konnte sie tun, falls sie tatsächlich Feuer legten?

Das Narbengesicht rappelte sich auf und irrte schlaftrunken durch die Gaststube, bis er mit dem Kopf gegen den Kaminsims stieß.

«Pass doch auf, du Narr!», fuhr der Schwarzbart ihn an. «Wenn du dich selbst krumm haust, machst du's den Häschern zu leicht.»

Das Narbengesicht rieb über die wunde Stelle an seiner Stirn und fragte: «Wer ist'n das da draußen überhaupt?»

Der Schwarzbart stellte sich vor die Fensteröffnung und lugte durch einen Spalt zwischen der schiefen Lade und dem Mauerwerk. «Da stehn 'n zahnloser Alter und noch 'n paar Burschen», erklärte er. «Die haben Forken und Hacken dabei. Und Fackeln. Und – verdammt! – die haben Ulf geschnappt. Der Mistkerl sieht gar nicht gut aus. Die haben ihn grün und blau geprügelt, und er hat 'nen Strick um den Hals. Ich glaub, den Alten hab ich schon mal gesehen. Der ist doch aus dem Dorf, paar Meilen nördlich von hier. Ja, ich glaub, das sind die Bauern.»

«Meinst du das Dorf, wo wir neulich 'n paar Eier und Schinken geklaut haben, als sie uns beinah erwischt haben?»

«Gibt's hier irgendwo 'n Dorf, wo wir noch keine Eier oder was anderes gestohlen haben?», sagte der Schwarzbart. Er wirkte trotz der bedrohlichen Situation besonnen, im Gegensatz zu dem sichtlich aufgebrachten Narbengesicht.

«He, ihr dadrinnen, Schlitzer-Joseph und Ohr-Jan!», rief die Stimme von draußen. «Hört gut zu, ihr beiden! Euer Freund hier, der liebe Ulf, ist uns in die Arme gelaufen, als er nach 'nem Gaul suchte, und der Gaul war in unser Dorf getrabt. Ulf war so freundlich, uns zu euch zu führen, auch wenn wir dem maulfaulen Burschen die Zähne 'n bisschen locker klopfen mussten, damit er was ausplaudert. Kommt jetzt raus und hebt die Hände schön weit über eure Köpfe.»

Macht schon, dachte Leni, macht, was sie verlangen, sonst brennen sie alles nieder. Der drohende Tonfall in der Stimme des Bauern ließ bei ihr keinen Zweifel aufkommen, dass die Leute genau das tun würden.

«Das Genuschel von dem Alten geht mir auf die Nerven», sagte der Schwarzbart, offenbar Schlitzer-Joseph. «Ich hab 'nen Einfall, wie wir hier rauskommen. Ich locke die alle nach hier hinten ans Fenster und halt sie 'n bisschen hin, während du den Ackergaul da zur Tür bringst. Dann reiten wir damit weg.»

«Sollen wir das Weib mitnehmen?», fragte der, den man Ohr-Jan nannte. «Dann wären wir aber zu dritt auf'm Gaul.»

«Klar nehmen wir sie mit, das schafft der Gaul. Das Weib ist 'ne feine Geisel.»

Leni stockte der Atem, und ihre Hoffnung schwand. Der Plan des Schwarzbarts war zwar leicht zu durchschauen. Er könnte aber dennoch gelingen, zumal die Alte Marie kräftig genug war, ohne Mühe drei Reiter zu tragen. Und was würde mit Stephan geschehen? Sie konnte ihn nicht zurücklassen. Was würden diese Leute mit ihm anstellen, sollte er noch am Leben sein? Die Bauern schienen kaum vertrauenswürdiger als die Gesetzlosen.

«Was macht ihr mit uns, wenn wir rauskommen?», rief der Schwarzbart durchs Fenster. «Wollt uns am nächsten Baum aufknüpfen, was? Ulf hat ja schon 'ne Schlinge um den Hals.»

«Kommt raus, dann sehen wir weiter!»

Der Schwarzbart zwinkerte dem Narbengesicht zu und rief: «Also gut – wir klettern hier gleich aus'm Fenster raus.»

«Warum durchs Fenster, ihr Narren? Vorn ist 'ne Tür.»

«Nein, die Tür ist blockiert. Das Dach überm Gang ist heut Nacht vom Schnee eingebrochen. Da komm' wir nicht durch.»

Die Antwort der Bauern hörte Leni nicht, denn das Narbengesicht kam zu ihr und sagte drohend: «Du machst keinen Mucks, Weib! Sonst hau'n wir dich weg wie deinen Freund.»

«Wenn ihr flieht, müssen wir ihn mitnehmen», flehte Leni.

Das Narbengesicht löste den Zügel vom Pfeiler. Die Alte Marie schnaubte und scharrte mit den Hufen.

«Was willst'n noch mit dem?», fragte das Narbengesicht. Er ließ die Alte Marie stehen und ging zu Stephan, nahm ihn bei den Armen und zog ihn in den Raum hinein, wo er ihn bei der Wand ablegte, um den Weg zur Tür frei zu machen.

Leni beobachtete Stephans bleiches Gesicht, konnte aber nicht erkennen, ob er noch atmete. «Ich begleite euch ja», sagte sie leise. «Ihr braucht mich, das Pferd würde euch sonst abwerfen, aber bitte, bitte schaut nach, was mit ihm ist.»

Das Narbengesicht zuckte mit den Schultern und sagte: «Der ist hinüber.»

Dann löste er Lenis Fessel hinter dem Pfeiler. Ihre Arme und Hände schmerzten, als sie sie nach vorn nahm. Und genau in dem Moment sah sie etwas durch ein Loch im Dach fallen. Es war eine brennende Fackel, deren Flammen sofort auf das Stroh übersprangen und es in Brand setzten. Offenbar hatten die Bauern die Geduld mit Schlitzer-Joseph verloren, der vom Fenster zurückwich und auf dem Stroh herumtrampelte, um das Feuer zu ersticken. Da flogen weitere Fackeln herein, zogen Rauchfahnen hinter sich her und verteilten Flammen. Von draußen hörte Leni die Bauern jubeln und rufen: «Raus mit euch, Gesindel, wenn ihr nicht bei lebendigem Leib geröstet werden wollt.»

Der Schwarzbart schnappte sich den Knüppel. Mit der anderen Hand zog er Leni vom Fußboden hoch, während das Narbengesicht die Alte Marie am Zügel zur Vordertür führte. Er öffnete sie einen Spalt weit und sagte: «Hier ist keiner mehr!»

«Dann los», befahl der Schwarzbart. Er stieß Leni zum Gang. Sie warf einen letzten Blick auf Stephan und glaubte zu sehen, dass seine Augenlider flackerten. «Wir müssen ihn mitnehmen!», schrie sie.

Der Schwarzbart schlug sie gegen den Kopf und drängte sie weiter. Vor der Tür wartete das Narbengesicht mit Marie im Schnee. Leni wollte sich wehren, wollte zurück in die Ruine, um Stephan rauszuholen. Doch der Schwarzbart packte sie und hievte sie hoch auf Maries Rücken. Dann saßen er und das Narbengesicht hinter ihr auf und traten dem Pferd in die Flanken. Marie stand jedoch nur steif da, die Hufe im Schnee vergraben. Sie rührte sich nicht von der Stelle und stieß aus den Nüstern Atemwölkchen in die kalte Morgenluft.

Der Schwarzbart packte Leni am Genick, drückte ihren Kopf hinunter in Maries Mähne und sagte: «Das ist dein Gaul, mach, dass er sich bewegt!»

«Ich gehe nicht ohne Stephan ...», stieß sie aus, als sie jemanden rufen hörte: «Die Kerle sind doch hier vorn!» Der Druck auf ihren Nacken ließ nach. Hinter ihr fluchte der Schwarzbart. Das Narbengesicht kreischte angstvoll, und Leni sah eine Gruppe Männer um die Hausecke durch den Schnee zum Eingang stürmen.

Ein junger Bursche eilte den anderen voraus. Rasch war er neben dem Pferd und wollte den Schwarzbart herunterziehen, als der mit dem Knüppel zuschlug. Der Bursche sank blutüberströmt in den Schnee.

Weil das Pferd sich weiterhin nicht rührte, rutschten die Räuber von seinem Rücken herunter und wollten in die andere Richtung fortlaufen. Aber auch von dort kamen jetzt Männer, schwenkten Hacken und Spieße und versperrten ihnen den Weg. Ohne Leni zu beachten, stürmten die Bauern an Marie vorbei und kreisten die beiden Räuber ein. Der Schwarzbart streckte mit dem Knüppel einen Gegner nieder, bevor er selbst einen Schlag abbekam. Das Narbengesicht stach mit einem Messer nach einem Bauern, wurde jedoch von hinten von einer Forke aufgespießt und lief mit der Forke im Rücken weiter. Im hohen Schnee kam er nur wenige Schritte weit, bis man ihn einholte, zu Fall brachte und von allen Seiten auf ihn einhackte.

Leni krallte die Hände in die Pferdemähne. Ein so blutiges Gemetzel, das die Bauern mit dem Narbengesicht veranstalteten, hatte sie noch nie mit ansehen müssen. Sie roch den Rauch, der aus dem Inneren der Ruine durch die offene Tür nach draußen zog.

Der Schwarzbart warf den Knüppel weg, sank auf die Knie und hob die Hände. «Bitte, verschont mich!»

Leni hätte gedacht, dass die Bauern auch mit ihm keine Gnade zeigten. Statt ihn jedoch abzuschlachten, begnügten sie sich damit, ihm Fausthiebe und Fußtritte zu verpassen, bevor sie ihn vor das Haus schleiften. Das Narbengesicht ließen sie im rot gefärbten Schnee liegen. Auch der Schnee vor der Ruine war getränkt vom Blut des erschlagenen jungen Burschen. Einige Bauern knieten neben ihm nieder, betasteten seinen Schädel und wischten ihm Blut von Stirn und Wangen. Sie hatten den Kampf gegen die Räuber gewonnen, aber nun überschattete Trauer ihre Gesichter.

«Armer Wendel, den hat's erwischt», sagte einer der Männer. Und ein anderer sagte: «Jetzt muss sich Judith allein mit den Kindern durchschlagen.»

Leni saß stocksteif auf Maries Rücken, als ihr wieder der Feuergeruch in die Nase stieg und sie aus ihrer Starre weckte. Sie sprang vom Pferd und wollte zur Tür laufen.

Doch da hielt jemand sie fest. Neben ihr stand ein alter Mann mit einer Fellkappe. «Da kannst du nicht reingehen, Mädchen», sagte er.

«Ich muss es tun», schrie sie, machte sich aus dem Griff frei und lief weiter.

«Gehört die zum Schlitzer-Joseph?», fragte jemand.

Leni hörte die Antwort nicht und stürmte in die Ruine. Rauch biss ihr in Augen und Rachen; er war so dicht, dass sie kaum etwas erkannte. Sie hielt sich einen Arm vor Nase und Mund und tastete sich vor bis in die Gaststube. Vor ihr loderten heiße Flammen. Durch Rauch und Tränen sah sie Stephan am Boden liegen. Hatte sie sich vorhin getäuscht? Hatten sich seine Lider wirklich bewegt? Sie musste herausfinden, ob er noch lebte, beugte sich über ihn und nahm seine Füße, um ihn herauszuziehen, aber er war zu schwer.

Da tauchten Hände auf. Der Alte und zwei andere Bauern packten Stephan, hoben ihn an und trugen ihn nach draußen.

5
Svantzow

Die Wolken kamen von Norden, fegten wie graue, schwerbeladene Ungetüme über die Küsten der Ostsee hinweg und entluden ihre weiße Fracht im Hinterland. Den halben Monat Dezember schneite es ununterbrochen, und als die Wolken sich auflösten und die Sonne den Himmel zurückeroberte, tauchten ihre schwachen Strahlen die Welt in gleißendes Licht. Die Schneemassen hatten die pommerschen Herzogtümer beiderseits der Oder unter sich begraben. Wälder, Felder, Städte und Dörfer waren mit einer dicken, knirschenden Decke überzogen. Auch in dem kleinen Dorf Svantzow, das einst von slawischen Siedlern gegründet worden war, kam das Leben beinahe zum Stillstand. Das Dorf lag fernab der größeren Wege und Handelsstraßen und wurde durch den Schnee von der Außenwelt abgeschnitten. Es war von einem Holzzaun umgeben, dessen Verlauf unter der Schneedecke kaum noch zu erahnen war. Innerhalb der Umzäunung standen zwei Dutzend Häuser und Hütten, auf deren Dächern der Schnee sich zu weißen Hauben türmte. In Ofen und Feuerstellen brannten Eichen- und Buchenscheite, und aus den Abzügen stiegen blaue Rauchsäulen in den klaren Himmel auf. Die größeren Gebäude, in denen die Familien der Bauern lebten, standen um den Dorfplatz, die kleineren Hütten der Tagelöhner lagen weiter zum Zaun hin. Zwischen den Türen ihrer Behausungen waren Gänge durch den Schnee geschaufelt worden wie in einem Ameisenbau.

In einer kleinen Hütte mit lehmverputzten Holzwänden und einem mit Stroh gedeckten Dach regte sich am frühen Morgen das Leben. Die Hütte war mit dem Nötigsten an Möbeln und Geschirr eingerichtet. Es gab einen Tisch, an dem die Bewohner aßen und arbeiteten, eine Kochnische, einige Schemel, eine Truhe für Kleidung. Auf dem Boden lag Holzspielzeug herum, und an den Wänden hingen Regalbretter für Holzschalen, Kannen, Becher, Töpfe aus Ton und Eisen, Messer und Löffel.

Die Hausherrin war eine großgewachsene, stämmige Frau Anfang zwanzig, die auf den Namen Judith hörte und die man *die Lahme* nannte, weil sie hinkte, seit sie als Kind in ein Hasenloch getreten war. Dabei hatte sie sich den Fuß gebrochen, und der Bruch war schlecht verheilt.

An diesem Morgen weckte sie wie jeden Morgen ihre drei kleinen Kinder.

Dann kroch sie vom Strohlager herunter, auf dem sie und ihre Kinder schliefen, seit das Unglück über die Familie hereingebrochen war. Es war noch nicht lange her, dass Judiths Ehemann Wendel von Gesetzlosen erschlagen worden war. Ihre Trauer über den Verlust des Mannes war groß, aber größer noch war ihre Angst vor dem, was auf sie zukam. Ihr Ehemann hatte als Tagelöhner bei den Bauern gearbeitet, hatte ihre Felder bestellt, beim Pflügen, Düngen, Säen, Ernten und Dreschen ausgeholfen und im Wald Holz geschlagen. Zusammen mit den Erträgen, die der schmale Ackerstreifen abwarf, den sie selbst mit Bohnen, Erbsen, Kohl und Zwiebeln bewirtschafteten, hatte es eben gereicht.

Nun stand Judith vor dem Nichts.

Und ihre Vorräte schwanden schnell, zumal Jakob, der Dorfälteste, verfügt hatte, Judith solle die beiden Leute aufnehmen, die die Bauern aus dem Wald mitgebracht hatten. Die Pferde, die den beiden gehörten, nahm Jakob in seinen Stall. Aber er meinte, es sei Gottes Wille, dass die Frau und der Mann bei Judith unterkamen, damit sie ihr im Haushalt halfen. Ebenso sei es Gottes Wille, dass Judith selbst den Mörder ihres Mannes richtete.

Einen der Räuber, einen gewissen Ohr-Jan, hatten die Männer im Wald erschlagen, einen zweiten, der Ulf hieß, bei der Ruine des *Kauenden Bullen* an einem Baum aufgehängt, den dritten aber, den Anführer namens Schlitzer-Joseph, hatten sie ins Dorf geschleppt, damit Judith für Wendels Tod Rache nehmen konnte. Man hatte Schlitzer-Joseph bei der Gerichtslinde bis zum Hals in einem Schneehaufen eingebuddelt, sodass er aussah wie ein

Schneemann mit schwarzbärtigem Menschenkopf. Dann drückte man Judith einen Knüppel in die Hand. Sie hatte niemals zuvor einem Menschen etwas zuleide getan. Es kostete sie Überwindung und gutes Zureden der versammelten Dorfbewohner, bis Judith den Knüppel endlich gegen Schlitzer-Josephs Kopf schlug. Sie war eine kräftige Frau, und es hatte nur wenige Hiebe gebraucht, bis er tot und Judiths Mann gerächt war.

Dann hatte sie die Frau und den Mann bei sich aufgenommen. Eine große Hilfe waren ihr diese Leute jedoch nicht, auch wenn sich die Frau, die sich als Leni vorgestellt hatte, redlich bemühte. Aber sie war ein Stadtmensch und für das Leben auf dem Lande, etwa fürs Wollespinnen oder Hausausbessern, kaum geeignet.

Und der Mann war zu gar nichts zu gebrauchen. Leni schwieg sich beharrlich dazu aus, wer er war. Er war kaum bei Bewusstsein und lag die meiste Zeit wie tot in dem Bett, das zuvor Judith und ihre Familie zum Schlafen genutzt hatten. Nun pflegte Leni in dem Bett diesen Mann, fühlte häufig nach seinem Herzschlag, rasierte ihn, bereitete ihm Wadenwickel gegen das Fieber und gab ihm, wenn er sich doch mal regte, geduldig Wasser und dünnen Getreidebrei in den Mund, von dem das meiste danebenkleckerte.

«Ach, Judith, wir sind eine große Last für dich», hörte Judith Leni an diesem Morgen sagen.

Judith schüttelte den Kopf. «Wenn der Herrgott's eingerichtet hat, wie's der alte Jakob sagt, dann soll's halt so sein.»

Das jüngste Kind, ein Mädchen, zupfte an Judiths Rock. Es schluchzte, und der Rotz tropfte ihm aus der Nase, weil seine älteren Geschwister, die sich auf dem

Fußboden mit Holzfiguren vergnügten, es nicht mitspielen lassen wollten. Judith hob das quengelnde Kind hoch und setzte es sich auf den linken Arm, während sie sich mit der anderen Hand an den Gerätschaften in der Kochnische zu schaffen machte.

Unterdessen schöpfte Leni mit einer Kelle Getreidekörner aus dem nur noch zu einem Drittel gefüllten Fass und schüttete sie in den Eisentopf über der Feuerstelle. Sie gab Wasser hinzu, um das Korn quellen zu lassen, bevor darunter das Feuer entzündet wurde. «Sobald die Wege wieder frei sind, werde ich Hilfe holen und Stephan in die Stadt zurückbringen», sagte sie zu Judith.

Diesen Satz hatte Judith schon häufig von ihr gehört und erwiderte wie jedes Mal: «Wird wohl noch ’n paar Wochen dauern bis dahin.» Und bis dahin sind meine Vorräte längst aufgebraucht, fügte sie in Gedanken hinzu, sprach es aber nicht aus, weil sie wusste, dass Leni ohnehin ein schlechtes Gewissen hatte.

Judith hatte überlegt, bei den Nachbarn etwas Getreide zu leihen, aber die hatten selbst kaum genug, um über den Winter zu kommen. Die Alten im Dorf wussten zu berichten, die Winter seien seit einigen Jahren immer länger und härter geworden und brachten mehr Schnee und Kälte als früher, was für magerere Ernten sorgte.

Hinzu kam, dass der Gutsherr die Abgaben beständig erhöhte. Ihm gehörten das Dorf und die von den Bauern bewirtschafteten Ländereien. Die Dorfbewohner hatten keine andere Wahl, als die geforderten Tribute zu entrichten, denn sie besaßen keine eigenen Rechte und waren dem Gutsherrn auf Gedeih und Verderb ausgeliefert. Judith hatte den Adligen – sein Name war Conradus vom Kruge – einige Male mit eigenen Augen gesehen, wenn er sich dazu herabließ, begleitet von Verwaltern und bewaffneten Männern, die Abgaben aus dem Dorf Svantzow höchstselbst einzufordern. Er war ein älterer, dicker Mann mit unscharfen Gesichtszügen und starken Händen, die es verstanden, eine Peitsche zu führen. Er lebte, so hieß es, einige Meilen vom Dorf entfernt auf einem prächtigen Gutshof.

Judith hatte auch gehört, in den Lagern des Gutes stapelten sich die Getreidesäcke bis unters Dachgebälk, prall gefüllt mit Roggen, Weizen, Gerste und Hafer. Man erzählte sich im Dorf, dass Conradus vom Kruge im Herrenhaus die Kaufleute aus Städten wie Greifswald, Stettin und Stralsund empfing. Bei feinem Essen mit Silberbesteck feilschte er um die Preise, die immer höher anstiegen, seit das Korn durch die Missernten knapper wurde.

Als die Kinder vor Hunger quengelten, verteilten Judith und Leni den Brei. Dann aßen sie schweigend am Tisch, bis Leni sagte: «Eine Familie hat mich gebeten, nach ihrem Kind zu schauen. Sie wohnen in der Hütte mit dem Pferdekopf am Giebel und sagen, das Kind sei krank. Kannst du mich nachher für eine Weile entbehren?»

«Natürlich, geh nur», erwiderte Judith. Sie erhob sich und räumte die leeren Schalen vom Tisch. Leni hatte ihr erzählt, sie habe in Stettin in einem Hospital gearbeitet. Daraufhin hatte Judith dafür gesorgt, dass sich im Dorf schnell herumsprach, die junge Städterin verstehe sich auf Krankenpflege; es war immer gut, jemanden mit solchen Kenntnissen in der Nähe zu wissen. Zumal Judiths eigenes Ansehen seither im Dorf gehörig gestiegen war.

Nun war sie nicht mehr die *Lahme vom Tagelöhner*, sondern die *Lahme mit der Heilerin*. Und das war ein großer Unterschied.

Als Leni gegangen war, machte Judith sich daran, Holzschalen und Löffel in einem Eimer, der mit aufgetautem Schneewasser gefüllt war, zu säubern. Die Kinder krochen und tapsten über den Fußboden und zankten um die Spielfiguren. Judith rief die Kleinen zur Ruhe, zog ihnen dicke Kleider an und schickte sie zum Spielen nach draußen in den Schnee. Endlich kehrte Ruhe ein. Ermattet ließ sie sich am Tisch nieder und stützte den schweren Kopf in die Hände, um einen kurzen Moment Stille und Untätigkeit zu genießen, als sie mit einem Mal ein Geräusch hörte.

Ihr Kopf ruckte hoch und drehte sich zu dem Bett, in dem der Mann mit einer Decke zugedeckt lag. Judith konnte nicht erkennen, ob er sich bewegte. Aber was war das für ein Geräusch gewesen? Es hatte sich angehört, als ob das Bett knarrte. Oder war Schnee vom Dach gerutscht? Sie erhob sich. Vielleicht war's der Herrgott gewesen, der sie ermahnte, sich nicht länger dem Müßiggang hinzugeben.

Als sie jedoch mit der Arbeit fortfahren wollte, hörte sie plötzlich eine Stimme. Judiths Herz pochte laut. War das der Mann gewesen? Sie hatte ihn noch nie ein klares Wort sprechen hören, sondern nur wirres, unverständliches Gebrabbel. Auf leisen Sohlen schlich sie ans Bett – und fuhr vor Schreck zusammen, als sie in die weit geöffneten Augen des Mannes blickte.

«Wo bin ich hier?», fragte er mit heiserer Stimme.

6
Svantzow

Bei Gott – was ist mit ihm?», rief die Frau. Und der Mann fragte mit vor Angst bebender Stimme: «Könnt Ihr ihm denn nicht helfen, gute Frau?» Die Augen der beiden schwammen in Tränen. Sie waren jung, kaum älter als Leni, und bangten um das Leben des dreijährigen Jungen, ihres einzigen Kindes.

Leni wusste ihnen nichts zu antworteten. Ratlos saß sie bei dem Jungen am Bett in der engen Hütte. Unter den bangen Blicken der Eltern täuschte sie Geschäftigkeit vor, indem sie die Stirn des Jungen mit einem feuchten Lappen kühlte, seinen dürren Körper betastete, an dieser und jener Stelle drückte und sich von ihm die Zunge zeigen ließ.

Sie wünschte, Sybilla wäre hier, um mit ihrem scharfen Blick festzustellen, welche Krankheit der Junge hatte. Lenis erster Verdacht, er könne sich die Brustseuche eingefangen haben, erhärtete sich nicht, da der Junge außer Schwäche und Fieber keine typischen Symptome zeigte. Außerdem litt im ganzen Dorf niemand an Brustseuche, soweit Leni wusste. Bei wem hätte er sich also anstecken können? Sie befragte die Eltern nach diesem und jenem, nach Ernährung und Verletzungen, um eine Spur zu finden, bis eine Antwort sie aufhorchen ließ.

«Hm, ja, da war was», murmelte der Vater. «Neulich, vor 'n paar Tagen erst, hat er sich auf 'nen Nagel gesetzt.»

Leni drehte den Jungen auf den Bauch und entdeckte auf einer Pobacke eine rötliche Schwellung, aus der Eiter sickerte. «War es ein alter Nagel?», fragte sie.

«Ja, 'n rostiger, alter Nagel. Aber die Wunde war nicht groß, war nur 'n Pikser.»

«Der Rost könnte in sein Blut gelangt sein», sagte Leni. Sie überlegte, welche Heilmethode Sybilla in einem solchen Fall anwenden und welche Kräuter sie verabreichen würde, als mit einem Mal die Haustür aufflog.

Judith platzte in die Hütte und rief: «Er ist aufgewacht!»

Wie von einer Hornisse gestochen, sprang Leni vom Bett hoch: «Stephan? Oh, lieber Herrgott! Hat er was gesagt? Sprich doch, Judith – was hat er gesagt?»

«Eigentlich wollte er nur wissen, wo er hier ist.»

Leni konnte vor Aufregung kaum erwarten, zu Stephan zu laufen. Zunächst musste sie jedoch den Eltern noch schnell erklären, welche Kräuter sie für einen Heiltrank besorgen sollten. Als sie jedoch deren unsichere Blicke bemerkte, versprach sie: «Ich kümmere mich gleich darum. Außerdem muss ich die Schwellung aufstechen, damit der Eiter auslaufen kann.»

Dann war sie draußen und stürmte durch den Gang zwischen den aufgeschippten Schneewällen hindurch. Etliche Tage war Stephan kaum bei Bewusstsein gewesen. In dieser Zeit war Leni häufig nah dran gewesen, die Hoffnung zu verlieren, er werde jemals wieder zu sich kommen. War das Wunder nun tatsächlich eingetreten?

Sie stürmte in die Hütte und lief zum Bett. Stephans Haut war bleich und wächsern, die Augen dunkel umrandet; aber diese Augen, die so lange stumpf und ohne Leben gewesen waren, blickten zu ihr auf.

Eine warme Welle der Erleichterung überkam sie. In den sorgenvollen Tagen und Wochen, wenn sie in durchwachten Nächten neben Stephan gelegen und seiner Atmung gelauscht hatte, immer in Angst, sein nächster Atemzug könnte der letzte sein, war ein inniges Gefühl der Verbundenheit zu ihm entstanden. In dieser Zeit, in der Stephan hilfs- und schutzbedürftig war, war er ihr so vertraut geworden, wie ein Mensch bei Bewusstsein es niemals hätte werden können.

All diese Gedanken gingen ihr jetzt durch den Kopf, und sie wollte ihm sagen, wie erleichtert und glücklich sie sei, ihn bei sich zu haben, doch sie brachte nur ein heiseres Krächzen heraus. Dann sah sie, wie seine Lippen sich bewegten, wie sie zuckten und sich verformten, die aufgeplatzten, wunden Lippen. Hunderte Male hatte sie seinen Mund betrachtet und sich gefragt, wie es sich wohl anfühlte, wenn sie ihre eigenen Lippen darauflegte, um ihm noch näher zu sein. Um sein Leben zu spüren. Niemand hätte es bemerkt, hätte sie ihn geküsst, und dennoch hatte sie es nicht gewagt.

Jetzt schaute sie in seine Augen, sah den irritierten Blick und die Lippen Worte formen: «Wer bist du?»

Sie zuckte zurück. Erkannte er sie denn nicht wieder? Im Hospital hatte sie Fälle schwerer Kopfverletzungen erlebt, nach denen die Kranken zwar wieder zu sich kamen, fortan aber nur noch sabbernde Kreaturen waren. War Stephan einer von diesen Fällen?

Oh – lieber, gütiger Herr Jesus, bitte lass Stephan gesund werden, dachte sie.

Da hörte sie ihn sagen: «Ja, doch, du kommst mir bekannt vor. Aber wo habe ich dich gesehen? In der Stadt … in Stettin …?» Seine Lippen schlossen sich. Über seine Augen legte sich ein trauriger Ausdruck.

Leni ließ sich auf der Bettkante nieder. Sie hörte, wie die Haustür sich öffnete.

Judiths Kopf erschien im Türspalt. Sie schaute zu Leni und verschwand gleich darauf wieder. Gute Judith, dachte

Leni, gute, brave Judith; sie hat uns in ihrem Haus aufgenommen, und nun überlässt sie es uns Fremden.

Leni nahm Stephans Hand und umschloss sie mit ihren Händen. «Mein Name ist Leni Weyer», sagte sie mit bemüht gefasster Stimme. «Ich arbeite im Hospital bei der Oderburg. Du bist dort gewesen. Erinnerst du dich?»

Er nickte vage, aber es war nicht ersichtlich, ob er sich wirklich erinnerte. «In meinem Kopf ist alles wie in Nebel gehüllt. Ich sehe Bilder aufscheinen, doch bevor ich sie fassen kann, verschwinden sie wieder ... nein warte, ja, ich habe nach dir gesucht bei dem Hospital. Wann war das? Heute Morgen? Du bist Leni, die Tochter von Lukas Weyer. Er ist mit meinem Vater befreundet ... mit meinem Vater ...»

Sein Kopf sank zurück. Sein Blick wurde dunkel, die glimmenden Funken darin erloschen. «Mein Vater», sagte er, als hole er einen schrecklichen Gedanken aus der Tiefe seiner Erinnerungen. «Er ist ertrunken ...»

«Vor vielen Jahren schon, Stephan.»

Ein Schatten legte sich über sein Gesicht. Seine Finger verkrampften sich zwischen Lenis Händen, als übermannte ihn eine Erinnerung, die in sein Bewusstsein drang, wie ein böser Geist einen im Traum heimsuchte. Stephan schüttelte sich, dann sprach er wie zu sich selbst: «Aber ich habe zwei Brüder. Michael ist der eine, der andere ist Simon. Ja, Simon ... aber etwas ist mit ihm ...» Er zuckte zusammen. «Er ist in Gefahr – ich muss zu ihm ...»

Er zog seine Hand zurück und richtete sich auf. «Schnell, ich brauche meine Stiefel», sagte er mit einem Anflug von Panik in der Stimme.

«Stephan, hör mir zu», sagte Leni. «Hör mir bitte genau zu! Wir sind in einem Dorf, weit weg von Stettin und von Simon. Es hat lange geschneit. Wir sind von allen Wegen abgeschnitten. Wir müssen warten, bis …»

«Ich muss sofort zu ihm!»

Als er sich aus dem Bett erheben wollte, drückte sie ihn sanft, aber bestimmt zurück.

Stephans Gesicht wurde hart. «Jetzt fällt es mir wieder ein. Er hat mir einen Brief geschrieben. Ich sollte dir etwas sagen … nein, ich weiß nicht mehr, was. Wo ist der Brief?»

«Ich habe den Brief nicht», log sie. Beim Kampf war dem Schwarzbart der Brief aus dem Gürtel gefallen, von Blut und Schnee durchweicht und unleserlich geworden. Leni hatte den Brief trotzdem getrocknet und bewahrte ihn unter ihren Sachen auf. Doch damit wollte sie Stephan noch nicht belasten.

«Du hast den Brief weggeworfen», fuhr er auf und schlug ihre Hand weg.

Lenis Herz krampfte sich zusammen. Stephan war wie ausgewechselt, wie ein anderer Mensch. Oh Gott, war es möglich, dass er wie Michael wurde? Oder war er das vorher schon gewesen? Hatte sie sich in der Zeit, in der er nicht bei Bewusstsein gewesen war, ein falsches Bild von ihm gemacht? Weil sie sich in dieses falsche Bild verliebt hatte?

Er drängte sie zur Seite und stellte die Beine auf den Boden. Doch als er sich aufrichtete, verließen ihn die Kräfte. Ermattet sank er zurück aufs Bett, Tränen traten ihm in die Augen. Er blickte Leni an. Seine Lippen zitterten. «Du bist Leni, ja – das bist du … ich weiß nicht, was mit mir ist … verzeih mir …»

Die Stimme versagte ihm mitten im Satz, und er verlor wieder das Bewusstsein.

Stephans geistige Verwirrung hielt auch in den kommenden Tagen an. Er schlief viel, und in den wachen Momenten versuchte er, sich zu erinnern. Leni half ihm dabei. Sie verzieh ihm seine Feindseligkeit, betete für seine Seele und seine Gesundung und nahm sich fest vor, mit Gottes Hilfe alles zu tun, den Stephan wiederherzustellen, der ihr Herz bewegt und ihre Gefühle zum Schwingen gebracht hatte wie niemand zuvor.

Tage und Nächte gingen dahin. Allmählich gewann Stephan seine körperlichen und geistigen Kräfte zurück. Judith kümmerte sich wie jeher um Kinder und Haushalt. Leni half – sofern Stephan schlief und Judith über ihn wachte – im Dorf den Kranken und Schwachen. Der Junge hatte seine Krankheit bald auskuriert, nachdem Leni die Schwellung mit einer im Feuer erhitzten Nadel aufgestochen hatte. Zum Dank dafür gab der Vater Leni zwei Handvoll Korn, mit dem sie Judiths fast leeres Fass ein wenig auffüllen konnte. Ihre Heilkunst sprach sich rasch herum. Obwohl sie für ihre Dienste nichts verlangte, wurde es für die Dorfbewohner eine geradezu heilige Pflicht, dass jeder, der etwas Nahrung erübrigen konnte, Leni davon abgab. So füllte sich das Fass bald schneller, als der Inhalt abnahm.

Die Leute fragten nach Stephan und seiner Genesung. Leni erzählte ihnen von dem Wunder, wich aber allen Fragen nach seiner Person aus. Niemand durfte erfahren, dass ausgerechnet er, den sie gerettet und bei sich aufgenommen hatten, einer jener Kaufleute war, die an ihrer Not eine erhebliche Mitschuld trugen. Waren es doch die Kaufleute, die dem Gutsherrn das Korn zu immer höheren Preisen abkauften, ja, sie drängten den Gutsherrn geradezu, den Bauern mehr und mehr Getreide abzunehmen.

Stephan teilte Lenis Ansicht, den Bauern nichts über seine Herkunft zu erzählen. Und sie sah ihm an, wie sehr ihn diese Sache beschäftigte. «Ich erinnere mich», sagte er einmal, «dass Michael den Getreidehandel noch weiter ausbauen wollte, weil er damit große Gewinne erzielt. Gut möglich, dass unser Handelshaus das Getreide auch von dem Gutsherrn bezieht, dem dieses Land hier gehört.»

Wenn Leni sich ins Dorf zur Krankenpflege aufmachte, zog es sie bald wieder zu Stephan zurück. Sie wollte in seiner Nähe sein, wollte mit ihm sprechen, mit ihm lachen. Denn bald konnte er das Bett verlassen. Er scherzte und neckte die Kinder, und in die Hütte zog eine Heiterkeit ein, der sich auch Judith nicht entziehen konnte. Leni genoss die nun anbrechende Zeit auf eine Weise, wie sie es niemals zuvor empfunden hatte.

Mit den Tagen kamen Stephans Erinnerungen nahezu vollständig zurück. Als Leni ihm schließlich die Überreste von Simons Brief zeigte, fiel ihm sogar der Inhalt des Schreibens wieder ein, und er erzählte Leni davon. Es rührte sie, wie wichtig es Simon war, was sie über ihn dachte. Stephan nahm ihre Worte dankbar auf, als sie ihm versicherte, nicht an Simon gezweifelt zu haben. Doch die Trauer über sein Schicksal überschattete ihre Gemüter. Vielleicht war er in der Zwischenzeit in Stettin längst hingerichtet worden? Keiner von ihnen wagte diesen Gedanken laut auszusprechen. Leni dachte auch an ihren Vater und an Sybilla, die auf das Laudanum für die Kranken wartete. Was sie wohl glaubten, wo Leni und Stephan waren? Ob sie sie gar für tot hielten?

Einzig das, was von dem Zeitpunkt an geschehen war, als Stephan das Pferd vom Loytzenhof geholt hatte, um Leni nachzureiten, bis zu seinem Erwachen in Judiths

Hütte blieb ausgelöscht. Mit großen Augen lauschte er Lenis Bericht von der Nacht, in der sie in der Gewalt der Räuber gewesen waren. «Ich war sehr besorgt um dich», sagte sie.

Und als sie ihm erzählte, wie sie und die Bauern ihn aus der brennenden Ruine gerettet hatten, schluckte er schwer. Dann trat er dicht vor sie und schaute ihr in die Augen. Sein Atem kitzelte ihre Wange. Sie hörte hinter sich die Tür zugehen. Es wurde still in der Hütte. Judith, die aufmerksame Judith, war mit ihren Kindern nach draußen gegangen. Das gedämpfte Lachen der Kleinen, die im Schnee spielten, drang an Lenis Ohren.

«Du hast mir das Leben gerettet, Leni», sagte Stephan.

Mit einem Mal nahm sie die Angst wahr, die in ihr aufkam, und schlug den Blick nieder. Laut und hart hämmerte ihr das Herz gegen den Brustkorb. Sie fühlte sich zu Stephan hingezogen, oh ja – und sie wünschte sich nichts mehr, als ihr Leben mit ihm zu teilen. Sogleich erwachte jedoch in ihr eine mahnende Stimme und warnte vor den Folgen.

Michael, sagte die Stimme, er wird nicht nur dich, sondern auch deinen Geliebten vernichten.

Sie zuckte zusammen, als sie Stephans Finger auf ihrer Wange spürte. Sie spürte die Finger über ihr Haar gleiten, hinunter an ihren Hals, spürte sie im Nacken und dann den leichten Druck, mit dem er sie an sich zog und seine Lippen auf ihre legte.

«Wir dürfen das nicht tun», hauchte sie.

«Ich weiß», erwiderte er leise. «Ich weiß ... aber wir wollen es doch, oder?»

Da gab sie sich ihm hin. Ihre Lippen fanden sich, ihre Hände. Ihre Körper.

Judith war kein Mensch, dem es gegeben war, aufwendige Gedankengänge zu wälzen, um sie von dieser und jener Seite zu betrachten. Warum auch? Ihre Gedanken waren tagaus, tagein mit dem Wesentlichen befasst, das nötig war, um das Leben für sie und ihre Kinder auch ohne Ehemann, der das Geld verdiente, im Haus zu meistern. Ihre Gedanken galten der Zubereitung des Essens, der Sorge um die Gesundheit der Kinder, den Fragen, ob ausreichend Brennholz im Haus und das Fass mit Getreide gefüllt war.

Leni kannte die Vorurteile, die man in den Städten gegenüber der Landbevölkerung hegte. Armselig sei die Lebensweise der Bauern, Knechte und Tagelöhner, rast- und ruhelos seien sie, diese unsauberen und ungehobelten Menschen, die vom Vieh, das sie hüteten, kaum zu unterscheiden seien.

Leni war ja selbst nicht frei gewesen von solchen Vorurteilen, aber das Leben im Dorf zeigte ihr eine andere Wahrheit. Sie war überrascht von der Freigebigkeit der Bewohner, die selbst große Not litten. Und Judith erwies sich ihren Gästen gegenüber als einfühlsamer Mensch, der rasch merkte, was zwischen Leni und Stephan vor sich ging. Wenn sie mit ihren Kindern fortging, um Schnee zum Auftauen zu holen, konnte das durchaus eine Stunde dauern, obwohl es auch in ein paar Augenblicken zu erledigen gewesen wäre; schließlich lag gleich vor der Tür genug Schnee, um Hunderte Kessel zu füllen.

Leni und Stephan nahmen diese geschenkte Zeit ungestörter Zweisamkeit dankbar an. Kaum waren sie allein, zogen sie sich aus. «Ich bin verrückt nach dir», flüsterte Stephan ihr ins Ohr. Er küsste sie auf die Stirn, küsste ihre Nasenspitze, ihre Lippen. Sie fühlte seine feuchten Lippen auf ihren Brüsten und seine Finger zwischen ihren Beinen.

Wohlige Schauer jagten durch ihren Körper, wenn er in sie eindrang. Sie biss die Zähne zusammen, um nicht laut aufzuschreien vor Lust, wenn die Leidenschaft sie überkam und die Erregung in ihr explodierte, und sie wollte mehr davon, immer mehr.

In diesen Stunden war in ihrem Kopf kaum Platz für Fragen und Zweifel. Dennoch regte sich bisweilen die innere Stimme wie ein ungebetener Gast und warnte vor den Konsequenzen, denn Paare, die sich leidenschaftlich liebten, galten als krank und unzüchtig. Sie wurden gar der Hurerei verdächtigt, ließen sie sich doch von teuflischer Wollust verleiten statt von Vernunft.

Leni durchlebte diese Tage wie einen Traum. Nicht selten ertappte sie sich bei dem Wunsch, diese Zeit möge ewig andauern. Der Gedanke, irgendwann nach Stettin zurückzukehren, bereitete ihr zunehmend Angst, und doch ereilte das Unabwendbare auch das Dörfchen Svantzow und somit Judiths bescheidene Hütte.

Denn kein Traum blieb ohne Erwachen.

Der Monat Januar war fast vorüber, als das Wetter dem Winter eine unerwartete Pause bescherte. Leni erwachte an diesem Morgen von ungewohnten Geräuschen. Sie hörte Schnee vom Dach rutschen und Tauwasser plätschern. Über Nacht hatte der Wind gedreht und wärmere Luft über die pommerschen Herzogtümer geführt.

Neben ihr regte sich Stephan. Seine Augen blinzelten. Er setzte sich auf und fragte: «Hörst du das auch?»

«Natürlich.»

«Es taut!» Ein erwartungsvoller Ausdruck legte sich über sein Gesicht. «Leni, wir können vielleicht bald nach Stettin aufbrechen. Freust du dich denn nicht darauf?»

Sie wandte ihr Gesicht ab und antwortete nicht.

Er legte eine Hand auf ihre Schulter. «Wir *müssen* nach Hause, versteh doch. Wir können nicht hierbleiben. Ich muss herausfinden, was ich für Simon tun kann – falls er noch lebt», fügte er leise hinzu. «Auch dein Vater wird sich um dich sorgen.»

«Und was wollen wir ihnen erzählen, warum ausgerechnet wir beide zufällig fast zwei Monate von daheim fort waren?», fragte Leni, ohne sich ihm zuzuwenden. «Michael wird eins und eins zusammenzählen und Bescheid wissen.»

«Darüber habe ich mir lange den Kopf zerbrochen», hörte sie Stephan sagen. «Und ich werde eine Möglichkeit finden, wie wir dem entgehen können.»

Jakob, der Dorfälteste, mochte ein rauer Kerl sein, Wind und Wetter und die Arbeit auf Feld und Flur hatten harte Furchen in sein Gesicht gegraben. Aber an dem Tag, an dem der Abschied der Gäste bevorstand, waren seine Züge weicher. Er bestand darauf, der Menschenmenge, die Leni und Stephan zum Tor begleitete, voranzuschreiten. In der einen Hand zog er die Alte Marie am Zügel hinter sich her, in der anderen Hand hielt er den Zügel von Stephans Pferd.

Das ganze Dorf war auf den Beinen. Der Wind schob trübe Wolken über das Land, und der Regen half, den Schnee aufzulösen. Die Wege waren aufgeweicht, schienen aber passierbar zu sein. Jakob wartete mit den Pferden vor dem Tor auf Leni und Stephan. Er musste lange warten, denn kein Dorfbewohner ließ es sich nehmen, sich von den beiden zu verabschieden und ihnen gute Worte mit auf die Reise zu geben.

«Wir behalten euch in Erinnerung», sagte Jakob mit seiner nuschelnden Stimme, als er an der Reihe war, und zu Leni gewandt: «Aus deinem Burschen hätte vielleicht ’n ordentlicher Bauer werden können, Heilerin.»

Leni, die der Rückkehr nach Stettin mit Sorgen entgegenblickte, rang sich ein Lächeln ab.

«Wer weiß», sagte Stephan, «vielleicht wird es uns eines Tages in Stettin zu langweilig, und wir bitten euch um Aufnahme in eure Gemeinschaft.»

«Wenn wir bis dahin nicht vor Hunger verreckt sind», murmelte Jakob, und sein zahnloser Mund klappte zu.

«Ja», sagte Stephan leise und wechselte einen Blick mit Leni.

Dann nahm er Jakob zur Seite und gab ihm schnell einige der Münzen, die die Bauern den Räubern abgenommen und Stephan zurückgegeben hatten, und sagte: «Bitte verwahre die Münzen für Judith und gib sie ihr, wenn sie und die Kinder Not leiden. Ich gebe dir das Geld, denn sie würde es nicht annehmen.»

Jakob nickte und steckte die Münzen ein.

Leni und Stephan wandten sich Judith und ihren Kindern zu. «Wir können dir gar nicht genug für das danken, was du für uns getan hast», sagte Leni und umarmte Judith, die einen Kopf größer war als sie. Die innige Geste war Judith offensichtlich unangenehm.

«Ach, der Herrgott hat’s ja so eingerichtet», erwiderte sie mit belegter Stimme.

«Ich werde für dich beten, dass du bald einen Mann findest», sagte Leni.

Judith schlug den Blick nieder und schob die Unterlippe vor. «Nee, ich glaub nicht dran. Wer will schon ’ne Lahme nehmen, wo drei hungrige Bälger am Rockzipfel hängen?»

Nachdem sie sich auch von den Kindern verabschiedet hatten, saßen sie auf den Pferden auf und trabten davon. Unter den breiten Hufen der Alten Marie spritzten Schlamm und Wasser auf, und als Leni sich im Sattel umdrehte und noch einmal zum Dorf zurückblickte, sah sie nur noch Judith mit den Kindern vorm Tor stehen.

7
Gasthaus *Zur Keckernden Elster*

In der Abenddämmerung des folgenden Tages tauchten die Mauern und Dächer von Stettin vor Stephan und Leni auf. Auf den schlammigen Wegen waren die Pferde nur langsam vorangekommen. Die Nacht hatten Leni und Stephan in Decken gehüllt im Freien verbracht. Inzwischen war der Himmel aufgeklart, und es war wieder kälter geworden. Die kahlen Bäume warfen lange Schatten, und zwischen den Stämmen lagen Schneereste.

Während des Ritts und der Nacht hatte Leni kaum ein Wort gesprochen. Stephan hatte keinen Versuch unternommen, sie aus ihrer trüben Stimmung zu holen. Was hätte er sagen sollen? Er wusste, wie traurig sie war, und auch ihm selbst war unklar, was ihnen nun bevorstand. Wochenlang hatte er sich den Kopf zermartert, wie sie aus der scheinbar ausweglosen Situation das Beste machen konnten.

Als sie auf einige hundert Schritt vor das Passower Tor gekommen waren, beschloss er, sie nun in seinen Plan einzuweihen. Sie saßen ab, und während er redete, folgte sie seinen Worten mit unbewegter Miene. Als Stephan mit seinen Ausführungen endete, war ihr Blick voller Zweifel.

«Ausgerechnet diesen Octavian willst du ins Vertrauen ziehen?», fragte sie. «Der wird doch sofort zu Michael laufen.»

«Genau das wird wahrscheinlich Octavians erster Gedanke sein. Dennoch ist er der Einzige, der nahe genug an Michael dran ist, um uns helfen zu können. Daher musst du Octavian unbedingt allein sprechen. Und du musst ihm gegenüber den Namen Antonio Sassetti erwähnen. Wenn Octavian diesen Namen hört, wird er den Mund halten und mich im Gasthaus *Zur Keckernden Elster* treffen, wo ich auf ihn warte.»

Leni schüttelte den Kopf. «Ich kann mir nicht vorstellen, dass dein Plan aufgeht.»

«Wir haben keine andere Wahl, Leni. Zunächst müssen wir Zeit gewinnen. Ich weiß, dass der Plan Unsicherheiten birgt, wahrscheinlich sogar mehr Unsicherheiten als Gewissheiten. Dennoch scheint es mir die einzige Möglichkeit zu sein, einen gewissen Aufschub zu bekommen, bevor wir weitere Schritte unternehmen.»

Er nahm ihre Hände in seine, blickte ihr in die Augen und sagte: «Letztlich läuft alles darauf hinaus, dass Michael mir eine Zukunft im Handelshaus unmöglich machen wird. Ich habe mich gefragt, ob ich dazu bereit bin, meine Hoffnung aufzugeben, in die Führung des Unternehmens einzutreten. Bin ich also bereit, mit dir Stettin zu verlassen, um in irgendeiner anderen Stadt auf eine Anstellung als kleiner Handelsdiener zu hoffen? Bin ich bereit, das gesellschaftliche Ansehen, das viele Geld und ein Leben im Luxus für ein Leben mit dir, Leni, aufzugeben? Diese Fragen haben mich gequält, und nach langem Nachdenken und Abwägen lautet meine Antwort: Ja! Ja, Leni, ich bin dazu bereit – mehr als alles andere.»

Ihre Lippen öffneten sich. «Ich bin es auch, aber …» Ihre Stimme erstarb.

Sie blickten einander an. Stephan sah, wie die Falte zwischen ihren Augenbrauen sich glättete. Ihr Gesicht hellte sich auf. Sie umarmte ihn und drückte ihr Gesicht in seine Halsbeuge. Sie hielten sich fest, hielten sich so fest, als könne keine Macht der Welt sie wieder trennen. Stephan atmete den Duft ihrer Haare, und er wurde durchströmt von Wärme und Liebe.

«Nein, kein Aber», flüsterte er. «Wir schaffen es. Zusammen können wir es schaffen. Zuvor muss ich jedoch herausfinden, was mit Simon ist, und wenn er noch am Leben ist, muss ich alles versuchen, ihn zu retten.»

Er hörte sie mit erstickter Stimme sagen: «Aber ich kann nicht von dir erwarten, dass du alles, was du dir erträumt hast, aufgibst. Du würdest nicht glücklich werden.»

Er löste sich aus ihren Armen, legte die Hände auf ihre Schulter und sagte: «Bitte, rede nicht so. Ich habe auch nicht geglaubt, dass ich so denken und fühlen könnte – dass mir ein Leben mit dir mehr bedeutet als alles andere, und doch ist es so. Alles wird gut. Ich habe Kontakte zu anderen Handelshäusern …»

Sie trat einen Schritt von ihm zurück, sodass seine Hände für den Augenblick wie die eines Schlafwandlers in der Luft hingen. Dann sagte sie: «Ich liebe dich, Stephan, und was auch immer geschieht, ich werde dich immer lieben, mehr als mein eigenes Leben! Ich werde mit Octavian sprechen.»

Dann wandte sie sich der Alten Marie zu und saß auf. Stephan blickte Leni nach, bis sie das Stadttor erreichte und darin verschwand.

Stephan übernachtete im Gasthaus *Zur Keckernden Elster*, etwa eine halbe Meile nordwestlich vor der Stadt an der Straße, die von Stettin nach Greifswald führte. Für seine letzten Münzen teilte man ihm ein Bett zu und tischte ihm am nächsten Morgen ein Frühstück auf. Den Tag über wartete er ungeduldig auf Octavian. Stephan war der einzige Gast. Die Wirtin, die ihm in der Gaststube am frühen Abend erneut Essen brachte, klimperte aufreizend mit den Augenlidern, wohl in der Hoffnung, dem einsamen Reisenden in der geschäftsarmen Jahreszeit weitere Münzen abzuknöpfen. Sie war ein breites, vollbusiges Weib. Mit ihrem weiten Ausschnitt beugte sie sich übertrieben tief über den Tisch. «Noch ein wenig zartes Fleisch, der Herr?»

«Nein, danke», wehrte Stephan ab, dem die Doppeldeutigkeit ihrer Frage nicht entgangen war. Dann bemerkte er beim Eingang eine Bewegung und sagte: «Aber – oh, vielleicht möchte der Herr, auf den ich gewartet habe, einen Bissen essen.»

Begleitet von einem Schwall kalter Luft, kam die graue Gestalt des Buchhalters in die Gaststube. Seine Augen zuckten umher und hefteten sich schließlich an Stephan.

Octavians Blick war finster. Er rauschte in schlammverschmierten Stiefeln heran wie eine mit Unheil geladene Windböe. Er ignorierte die erwartungsfrohen Blicke der Wirtin, stellte sich vor Stephans Tisch, nahm das Barett ab und wischte mit einem Tuch über sein feuchtes Gesicht. Er atmete kurz und flach.

«Octavian – ich danke dir, dass du ...», begann Stephan, wurde aber sofort unterbrochen: «Halt mich nicht mit unnützem Gerede auf, Junge», sagte Octavian. «Was hat dieser Unfug zu bedeuten? Und schaff deinen verzogenen Hintern in die Stadt. Deine Großmutter ist fast umgekommen vor Sorge.»

«Wie geht es ihr denn?», fragte Stephan. «Ich hatte den Eindruck, sie sei krank.»

«Das war sie, Junge, oh ja, das war sie, aber sie ist wieder gesund geworden – obwohl du ihr mit deinem Verschwinden großen Kummer bereitet hast.»

«Darf ich dem Herrn etwas zu essen bringen?», fragte die Wirtin in Octavians Atempause hinein.

Da bemerkte er ihre Anwesenheit erst. «Essen? Nein, natürlich nicht», fuhr er sie an und wandte sich wieder an Stephan: «Was hast du dir eigentlich gedacht, ausgerechnet mir das Mädchen auf den Hals zu schicken? Es tauchte gestern Nacht mir nichts, dir nichts in meinem Haus auf, nachdem du mit ihr wochenlang verschwunden warst. Wo seid ihr überhaupt gewesen? Das Mädchen wollte nicht darüber reden ...»

Irritiert blickte er zur Wirtin, die immer noch erwartungsvoll am Tisch stand. «Was? Nein, gute Frau, ich sagte doch, ich brauche nichts zu essen. Nun gut, bringt mir halt einen kleinen Becher Branntwein.»

Die Wirtin ging zufrieden zum Tresen.

«Setz dich doch, Octavian», bat Stephan und fügte mit gedämpfter Stimme hinzu: «Bitte sprich leiser, denn das, was ich mit dir zu bereden haben, muss unter uns bleiben.»

Octavian nahm Platz, legte das Barett ab, trommelte nervös mit seinen Fingerkuppen auf den Tisch und sagte: «Glaub bloß nicht, du könntest mich in deine Machenschaften hineinziehen. Du kannst dir sicher vorstellen, dass Michael sich so seine Gedanken macht wegen dir und diesem Mädchen ...»

Die Wirtin brachte einen Becher mit Branntwein und schaute Stephan so lange auffordernd an, bis er sagte: «Ja gut, ich nehme auch einen.»

«Bringt doch lieber gleich 'nen ganzen Krug», knurrte Octavian. «Ich habe das dumpfe Gefühl, ich werde das Zeug brauchen.»

Stephan musterte den Hauptbuchhalter, der sich redlich bemühte, seine Griesgrämigkeit zur Schau zu tragen. Er beschloss, zunächst nach Simon zu fragen. Er musste wissen, wie es um seinen Bruder stand, rechnete er doch mit dem Schlimmsten. Als Octavian und er ungestört waren und zwischen ihnen zwei Becher und ein mit Branntwein gefüllter Krug standen, zog er den zerknitterten und mit dunklen Flecken überzogenen Brief hervor und sagte: «Ich denke, du erinnerst dich daran, wie du mir Simons Brief gegeben hast.»

«Natürlich. Was ist damit geschehen? Ist das etwa Blut?»

«Ja, davon werde ich dir gleich berichten. Erzähl mir bitte zuerst, ob du etwas über Simon erfahren hast.»

Octavian wurde etwas weniger feindselig. «Soweit ich weiß, hat man ihm noch immer kein Haar gekrümmt. Es ist mir ein Rätsel, warum der Herzog den armen Jungen so lange hinhält.» Er kratzte sich an der Glatze. «Und noch etwas ist merkwürdig. Bevor wegen des Schneesturms die Straßen nach Süden unpassierbar wurden, erreichte uns ein Schreiben des Kurfürsten von Brandenburg. Er bot Michael an, ihn dabei zu unterstützen, das Urteil gegen Simon anzufechten.»

«Was hat denn der Kurfürst mit der Sache zu schaffen?», fragte Stephan.

Octavian zuckte mit den Schultern. «Ich weiß es nicht.»

Stephan versank in Gedanken. Er fragte sich, welchen

Einfluss der Kurfürst auf den Herzog haben könnte. Wäre der Kurfürst tatsächlich in der Lage, sich für Simon einzusetzen? Es war kaum vorstellbar, dass der alte Barnim auf den Kurfürsten hörte. Das Verhältnis zwischen pommerschen und brandenburgischen Herrschern war eher von Feindseligkeit und Konkurrenz denn von Freundschaft geprägt. Dennoch erfüllte der Gedanke, der Kurfürst könne der Schlüssel für Simons Rettung sein, Stephan mit neuer Hoffnung. «Was hat Michael unternommen, als er den Brief erhalten hat?», fragte er.

«Gar nichts natürlich», erwiderte Octavian. «Wie mir scheint, hat er deinen kleinen Bruder gänzlich aus seinem Kopf gestrichen. Wie ich schon damals sagte: Ich glaube, Michael tut ihm damit unrecht. Ist Simon der Grund, warum du mich hast herkommen lassen?»

«Auch, Octavian, auch. Ich werde dir erzählen, was sich in den vergangenen zwei Monaten zugetragen hat. Dabei muss ich mich auf deine Verschwiegenheit verlassen können. Michael darf von alldem nichts erfahren.»

Octavian sah ihn ungläubig an, kippte den Inhalt seines Bechers hinunter und verzog angewidert das Gesicht, bevor er nachfüllte und sagte: «Hab ich's mir doch gedacht, dass du mich benutzen willst. Hör zu, Junge, ich arbeite länger für das Loytz'sche Handelshaus als irgendjemand sonst. Ich habe für deinen Vater die Buchhaltung nach Treu und Glauben erledigt, ebenso für deinen Großvater. Niemals habe ich einen Fehler gemacht oder mir irgendetwas zuschulden kommen lassen. Diese Arbeit bedeutet mir alles, und ich werde sie nicht aufs Spiel setzen, um liebestollen Hasen den Rücken freizuhalten. Also, behalte das, was du mir mitteilen willst, für dich und lass mich damit in Ruhe.»

Stephan schwirrten die Ohren von Octavians Redeschwall. Nein, der verbohrte Kerl, der Stephan und Leni in einem Zug anklagte und verurteilte, machte es einem wirklich nicht leicht, ihn zu mögen. Dennoch war der Buchhalter der Einzige, der Stephan und Leni helfen konnte.

Auch Stephan kippte seinen Becher. Das Zeug brannte ihm wie Zunder im Rachen. Eigentlich sollte er die Finger davon lassen, schließlich war die letzte Gelegenheit, bei der er Branntwein getrunken hatte, in einer Katastrophe gemündet. Aber er hoffte, Octavian werde zugänglicher, wenn er mit ihm mittrank. Also füllte er Octavian und sich nach und sagte: «Um mir mitzuteilen, dass du davon nichts wissen willst, hättest du nicht herkommen müssen. Warum bist du dennoch gekommen?»

«Das weißt du genau, du niederträchtiger Lump», schnaubte Octavian. «Willst du mich erpressen?»

«Es liegt mir fern, dich mit irgendetwas zu erpressen», begann Stephan. «Aber ich sehe keinen anderen Ausweg. Leni und ich – wir stehen mit dem Rücken zur Wand. Denn es ist alles genau so, wie du vermutest.»

In knappen Worten berichtete er von den Ereignissen, die sich an jenem Tag zugetragen hatten, nachdem er Simons Brief erhalten hatte. Octavians Mundwinkel sanken herab, während Stephan schilderte, wie er bei dem Überfall beinahe gestorben wäre und tagelang nicht bei Bewusstsein gewesen war. Was zwischen Leni und ihm nach seinem Erwachen geschehen war, deutete er nur an. Octavian war aber anzusehen, wie er es sich in buntesten Farben ausmalte und versuchte, sein Entsetzen darüber mit Branntwein zu betäuben. Der Krug leerte sich, und als Stephan bei der Rückkehr nach Stettin anlangte, schwenkte Octavian den leeren Krug in Richtung der Wirtin, die sogleich Nachschub brachte.

«Das riecht nach Sünde», raunte Octavian. «Oh ja – das stinkt nach Hurerei und Sünde!»

«Ach ja? Hat jemand wie du das Recht, über Sünde und Liebe zu urteilen?», entgegnete Stephan. «Vergiss Antonio Sassetti nicht!»

Die bloße Erwähnung dieses Namens ließ die Gestalt des Buchhalters in sich zusammenfallen wie ein verwelkendes Blatt. Die Farbe wich aus dem von Branntwein erhitzten Gesicht, die Schultern sanken herab, und seine Finger krallten sich um den Becher. Da war Trauer auf seinem Gesicht und noch etwas – Angst. Dieses Mal leugnete er nicht, den Mann zu kennen, sondern sagte leise: «Du hast seinen Namen schon damals bei deiner Rückkehr aus Italien erwähnt. Was weißt du von ihm?»

«Ich bin ihm in Rom begegnet. Als er erfuhr, wer ich bin, lud er mich in seine Villa zu Wein und Essen ein. Wir verstanden uns auf Anhieb, aber unserer Freundschaft war leider keine Dauer beschieden.» Stephan nahm einen Schluck, um sich Mut anzutrinken und sagte: «Antonio war ein alter Mann ...»

«*War* ein alter Mann?», fuhr Octavian dazwischen. «Willst du damit andeuten, dass ...» Ihm versagte die Stimme.

Stephan nickte traurig. «Antonio ist gestorben. Er starb, während ich an seinem Bett saß und ihm die Hand hielt. Aber bevor er einschlief, erzählte er mir eure Geschichte.»

Die Geschichte, die Stephan am Sterbebett erfahren hatte und die er nun weitergab, trieb Octavian die Tränen in die Augen. Sie handelte vom jungen Handelsdiener Octavian Winkelmeier, der seine frühen Lehrjahre in der Loytz'schen Faktorei in Rom absolvierte. Als es galt, ein gewinnversprechendes Geschäft mit einer Lieferung schwarzen Pfeffers aus Indien einzufädeln, traf Octavian auf Antonio Sassetti, der für ein konkurrierendes Handelshaus tätig war. Antonio war einige Jahre älter und, so meinte er zumindest, auch erfahrener und durchtriebener als der junge Handelsdiener. Aber er hatte sich geirrt. Octavian gewann das Pfeffergeschäft für die Loytz, die dadurch einen beträchtlichen Erlös einstrichen. Antonio war darüber sehr verstimmt, zugleich aber von Octavians Verhandlungsgeschick beeindruckt. Aus den Konkurrenten wurden Freunde. Und aus Freundschaft wurde Liebe.

Stephan sprach sehr leise, damit die Wirtin, die am Tresen mit einem weiteren Krug lauerte, kein Wort hörte.

«Liebe», flüsterte Octavian. «Hat Antonio das so gesagt?»

«Er sagte, er habe niemals einen Menschen mehr geliebt als dich. Mit dir habe er die schönste Zeit seines Lebens gehabt. Es hat ihm das Herz gebrochen, als du dich von ihm abgewandt hast.»

Octavians Gesicht wurde grau. Er wischte mit dem Handrücken über seine Augen. «Ich musste ihn doch verlassen. Ach Antonio, mein schöner, lieber Antonio! Eine Liebe zwischen Männern ist wider die Gesetze der Natur. Wer dabei erwischt wird, brennt auf dem Scheiterhaufen. Davor musste ich mich und ihn bewahren.»

«Er sagte, er habe deine Beweggründe verstanden und dir schon vor langer Zeit verziehen. In all den Jahren habe es keinen einzigen Tag gegeben, an dem er nicht an dich gedacht habe. Ich war der erste und einzige Mensch, dem er davon erzählte, und ich glaube, es erleichterte sein Gewissen, ja – ich bin überzeugt, er konnte in Frieden einschlafen.»

Octavian zitterte, sein Körper verkrampfte sich, und dann brachen mit einem Schlag Trauer und Kummer aus ihm hervor. Er legte den Kopf auf die Arme und weinte hemmungslos.

Stephan sah die Wirtin hinterm Tresen große Augen machen und auf den bereitgestellten Krug deuten. Er nickte und wandte sich wieder dem Häufchen Elend am Tisch zu. Er war überrascht, dass der alte Griesgram zu einem solchen Gefühlsausbruch fähig war, ja, dass er überhaupt Gefühle hatte. Für Stephan war kaum nachvollziehbar, wie ein Mann um einen anderen Mann so sehr trauerte, wie ein Mann um eine Frau oder einen Familienangehörigen trauerte. Die Vorstellung, Männer könnten mit Männern das tun, was sie normalerweise mit Frauen taten, empfand Stephan als abstoßend. Die Priester wurden ja auch nicht müde, solche Handlungen als Todsünde zu verfluchen. Nach Antonios Geständnis hatte Stephan in der Bibel nachgelesen. Im Alten Testament wurden die Beziehungen zwischen Männern als gotteslästerlich verurteilt: *Du sollst nicht bei einem Mann liegen wie bei einer Frau, es ist ein Gräuel*, hieß es da. Und dennoch brachte Stephan es nicht übers Herz, Antonio und Octavian für ihre Liebe zu verurteilen.

«Scheint 'ne durchschlagende Wirkung auf ihn zu haben, der Branntwein», sagte die Wirtin unsicher lächelnd, tauschte den leeren Krug gegen einen vollen und zog wieder ab.

Octavian hob den Kopf und sagte: «Entschuldige, es überkam mich.»

Stephan nickte betreten. «Ich hätte dir lieber bei einer anderen Gelegenheit von Antonio erzählt.»

Octavian wischte sich die Tränen ab. «Was wirst du mit deinem Wissen anfangen? Mich doch erpressen?»

«Lass es uns lieber einen Handel nennen. Ich schwöre dir, darüber zu schweigen – und du schweigst über das, was du von mir und Leni weißt.»

Octavian blickte ihn an, seine Augen schwammen in Tränen. «Ich danke dir, dass du mir von Antonio erzählt hast. Auch bei mir vergeht kein Tag, an dem ich nicht an ihn denke und mich frage, ob meine Entscheidung damals richtig war.» Er räusperte sich und blickte Stephan an. «Aber mein Schweigen wird wohl nicht alles sein, was du von mir verlangst, nicht wahr?»

Stephan nickte vage. Ihm war ein Gedanke gekommen. «Ja, da ist noch etwas, um das ich dich bitten möchte. Ich habe mir überlegt, vorerst nicht nach Stettin zurückzukehren. Daher wäre ich dir dankbar, wenn du Michael gegenüber bei nächster Gelegenheit erwähnst, dir sei völlig entfallen, dass ich damals nach Berlin gereist und dabei offenbar vom Schnee überrascht worden bin.»

Octavian blickte ihn zweifelnd an. «Und du glaubst, das nimmt er mir ab? Er weiß, dass ich niemals etwas vergesse.»

«Dann sag ihm, ich hätte dich darum gebeten oder dich meinetwegen unter Druck gesetzt, damit du den Mund hältst.»

Octavian zuckte mit den Schultern und seufzte. Als er Branntwein nachschenkte, lehnte Stephan dankend ab. Sein Kopf drehte sich jetzt schon. Es war ratsam, damit aufzuhören, wenn er morgen früh nach Berlin aufbrechen wollte, solange der Winter eine Pause machte.

«Bitte, tu es für mich, Octavian», sagte er. «Ich muss herausfinden, was hinter dem Angebot des Kurfürsten steckt.»

8
Schloss der Hohenzollern in Cölln

Was hast du nicht bedacht?» Joachim blickte überrascht auf und verschluckte sich an einem Stück der in Speckstreifen gebratenen Taube, die der Koch mit einem Mus aus Äpfeln, Taubenherz und Taubenleber gefüllt hatte.

Lippold saß ihm gegenüber an der Tafel in einem Saal des Hohenzollern-Schlosses in Cölln. Er senkte den Blick auf die noch unangetastete Taube auf dem Teller vor sich und wartete, bis der Kurfürst wieder Luft bekam.

Dann antwortete Lippold kleinlaut: «Ich habe nicht bedacht, dass unser Gewinn durch die gefälschten Pfennige, Kreuzer, Groschen und Halbbratzen nur von vorübergehender Dauer sein würde. Wie wir damals im Jagdschloss besprochen haben, haben wir Münzen eingeschmolzen und mit Blei, Kupfer und Zinn gestreckt. Doch nachdem das minderwertige Geld in den Schatullen des Volkes gelandet ist, fließt es nun in Form von Steuern und Abgaben in Eure Kassen zurück …»

Joachims Faust fiel krachend auf die Tischplatte, sodass das Geschirr schepperte. «Wie konntest du daran nicht denken, Lippold?», schnaubte er und schob den Teller von sich. Der Appetit war ihm vergangen, nicht nur wegen Lippolds schlechter Nachricht. Tauben gehörten wahrlich nicht zu Joachims Leibspeisen. Diese Viecher waren zu nichts zu gebrauchen. Zu Hunderten belagerten sie sein Schloss und scherten sich einen Dreck darum, dass Joachim das Anwesen für viel Geld sanieren ließ; sie schissen ihm ihre Haufen auf Dächer, Fußböden, Fenster und Fassaden.

Und diese Viecher schmeckten nicht einmal. Joachim beschloss, den Koch, der ihm die Tauben vorgesetzt hatte, umgehend zu entlassen. Dabei vergaß er, dass er selbst es gewesen war, der den Befehl an die Küche ausgegeben hatte, bei der Zubereitung der Mahlzeiten künftig sparsamer zu haushalten. Damit hatte er natürlich nicht die für ihn bestimmten Mahlzeiten im Sinn gehabt, und schon gar nicht, dass man *ihm*, dem Kurfürsten, Tauben briet!

«Ich habe es schlicht nicht bedacht», sagte Lippold.

Joachim seufzte. Sein Ärger verrauchte. Er konnte diesem treuen Juden einfach nicht gram sein. Außerdem waren dessen Einfälle unentbehrlich. Er besaß ein von Gott gegebenes Talent dafür, sich neue Maschen auszudenken, wie an immer mehr Geld zu kommen war, und das war auch bitter nötig. Joachims Verbindlichkeiten wuchsen in schwindelerregendem Maße.

Der letzte Kassensturz hatte Schulden in Höhe von gut zwei Millionen Reichstalern offenbart. Ach, dachte Joachim, mit den Gläubigern im Großen verhielt es sich nicht anders als mit den Köchen im Kleinen. Nur auf ihre eigene Vorteile waren sie bedacht, diese arglistigen, raffgierigen Geldverleiher, diese Bankiers und Kaufleute, die niedrige Zinsen offerierten, aber nur nach blankem Wucher trachteten. Und diese Küchenpfuscher, die im Schlossgarten den Tauben die Gurgel umdrehten, um ihr eigenes Budget mit günstigen Happen zu schonen.

Joachim bedachte Lippold mit einem fast zärtlichen

Blick. Ja, er war überzeugt, nur sein Lippold war gänzlich frei von Eigennutz und diente ihm, seinem Herrn, treu und aufrichtig. «Was gedenkst du also zu tun?», fragte er.

«Ich werde unverzüglich anweisen, keine weiteren Münzen mehr einzuschmelzen», erwiderte Lippold und hob vorsichtig den Blick. «Und wenn Ihr gestattet, würde ich Euch gern einen anderen Plan unterbreiten, wie Ihr an etwas Geld kommen könntet.»

«Nur zu, mein Lieber, nur zu!» Nichts anderes hatte Joachim schließlich von Lippold erwartet.

«Ihr könntet mir Eure kurfürstliche Vollmacht erteilen, damit ich einige vermögende Berliner und Cöllner Bürger mit einer Luxussteuer belegen kann. Ich würde es auch selbst übernehmen, ihre Häuser zu durchsuchen und ihnen einen gewissen Anteil ihrer Gold- und Silberreserven sowie ihrer Seide und kostbaren Kleidungsstücke als Steuern abzunehmen.»

Joachim ließ sich die Sache kurz durch den Kopf gehen. Er brauchte dringend Geld, um die laufenden Kosten für die Bauarbeiten an seinen Schlössern und der Zitadelle Spandau zu begleichen. Auch die Alchemisten und ihr Laboratorium kosteten Unsummen; aber Joachim musste endlich die Formel haben, um Gold herzustellen und Unsterblichkeit zu erlangen – und um Anna, seine liebe Anna, heilen zu können. Er sehnte sich nach ihr, und sobald das Wetter es wieder zuließ, würde er über den kurfürstlichen Knüppeldamm zu ihr ins Jagdschloss Zum Grünen Walde reisen.

«Eine solche Steuer würde für Unruhe unter den einflussreichen Bürgern sorgen», sagte er. «Aber, mein lieber Lippold, wie heißt es ganz richtig: Der Zweck heiligt die

Mittel. Daher werde ich dir die nötige Vollmacht erteilen. Stelle doch gleich eine Liste zusammen, welche Bürger du zu schröpfen gedenkst, auch einige Juden sollten darunter sein, und dann …»

In dem Moment wurde die Tür zum Saal geöffnet. Ein Hofdiener trat ein, kam an den Tisch, verbeugte sich und sagte: «Verzeiht, Herr, aber soeben ist beim Tor ein junger Mann aufgetaucht, der verlangt, Euch zu sprechen.»

«Deswegen störst du mich beim Essen?», herrschte Joachim den Diener an. «Wo kommen wir hin, wenn mich jeder dahergelaufene Bursche einfach sprechen dürfte? Ohne Audienz wird niemand zu mir vorgelassen. Es ist ein hohes Vorrecht, ungerufen Zutritt zu mir zu haben.»

«Ja, Herr, es ist nur, Herr, weil … weil er behauptet, Ihr selbst, Herr, habt ihn vorgeladen, um mit ihm über eine Angelegenheit in Stettin zu sprechen …»

Joachim wurde hellhörig. «In Stettin? Hat der Bursche seinen Namen genannt?»

«Er sagte, sein Name sei Stephan Loytz.»

Joachim wies den Diener an, den Kaufmann in ein Kaminzimmer zu bringen, den Raum einzuheizen und dem Gast eine oder besser gleich zwei gebratene Tauben aufzutischen. Derweil zog er sich in den Großen Saal im Stechbahnflügel zurück, wo er eine Weile umherwanderte. Hin und wieder blieb er vor einer der Tafeln stehen, die der längst verstorbene Künstler Lucas Cranach der Ältere in seinem Auftrag gemalt hatte. Versonnen betrachtete er, wie auf einem seiner liebsten Gemälde der Hirtenjunge David den tödlichen Schwertstoß gegen den am Boden liegenden Goliath, den Feldherrn der Philister, ansetzt. «Mut und Kühnheit zeichnen den Burschen aus», murmelte

Joachim. «Ja, Mut und Kühnheit, das sind Tugenden, die ich mir gefallen lasse.»

Nach einer Weile entschied er, dass der Kaufmann lange genug gewartet hatte. Er durfte bei ihm nicht den Eindruck erwecken, er habe auf dessen Besuch gelauert und lasse alles stehen und liegen, um ihn anzuhören. Tatsächlich aber brannte er vor Neugier – und er witterte Geld, viel Geld.

Er hatte nicht mehr damit gerechnet, dass diese Loytz-Brüder sich überhaupt noch melden würden, nachdem Joachim ihnen schon vor Monaten den Brief mit seinem Angebot geschickt hatte, sich für den inhaftierten Loytz zu verwenden. Nun gut, die ausbleibende Reaktion mochte natürlich mit dem Wetter zu tun haben. Pommern, Brandenburg und viele andere Länder waren unter Schnee begraben. Vor einigen Tagen hatten die Schneefälle nach kurzem Tauwetter wieder eingesetzt. Eigentlich, so überlegte Joachim, war es doch ein gutes Zeichen, wenn dieser Loytz trotz des Wetters die Reise nach Berlin gewagt hatte.

In Begleitung von Lippold rauschte er durch die Gänge und dann die große Marmortreppe hinunter zum Kaminzimmer. Er öffnete die Tür mit einem Ruck, der Entschlossenheit demonstrieren sollte, und setzte eine harte Miene auf, um ja nicht den Verdacht aufkommen zu lassen, er sei von Neugier und Erwartung getrieben.

Als sie eintraten, sprang der Kaufmann hinter einem Tisch auf und verbeugte sich. Joachim nickte ihm zu, bat ihn, sich wieder zu setzen, bevor auch er und Lippold sich dem Kaufmann gegenüber in den Sesseln niederließen.

«Das Essen scheint Euch geschmeckt zu haben», sagte Joachim mit Blick auf die zum kleinen Haufen zusammengeschobenen Vogelknöchelchen auf dem Teller und fügte milde hinzu: «Oder hat's der Hunger reingetrieben?»

«In der Tat war ich nach der langen Reise sehr hungrig», erwiderte der Kaufmann. «Der Schnee hat den Ritt beschwerlich gemacht.»

Joachim betrachtete ihn und wurde nicht recht schlau aus dem, was er sah. Ein leichtes, fast verlegenes Lächeln umspielte die Lippen des jungen Mannes. Das mochte ein Ausdruck von Schüchternheit sein, oder von Hinterlist und Durchtriebenheit. Der Bursche wirkte mit seinen kantigen Gesichtszügen und den hervortretenden Wangenknochen hart, zugleich aber auch weich. Im Gesamteindruck war er dunkel; er hatte dunkles Haar und dunkle Augenbrauen, und das alles stand im scharfen Kontrast zu den lichtblauen Augen, die voll jugendlichen Feuers waren. Dieser Widerspruch verlieh ihm einen unharmonischen, aber zugleich anziehenden Zug, dem sich nicht einmal Joachim entziehen konnte, weil es ihn vor ein Rätsel stellte. War sein Gegenüber ein großer Junge, der staunend die Welt betrachtete? Oder ein gerissener Mann, der mehr war, als er zu sein vorgab?

Joachim vermochte sich keinen Reim auf das Wesen dieses Burschen zu machen, und das irritierte ihn. Die Erfahrungen aus unzähligen Verhandlungen hatten seine Sinne geschärft, sodass er sich normalerweise rasch einen Eindruck seines Gegenübers verschaffen konnte. Doch dieser Bursche war schwer zu fassen.

Wie anders war das doch bei dem Bruder gewesen, den Joachim gleich durchschaut hatte. Ein Mann wie Michael Loytz konnte nicht die Härte und Unnachgiebigkeit, die tief in ihm verwurzelt waren, verbergen. Das machte es nicht gerade einfach, mit ihm zu verhandeln, denn so einer war immer darauf bedacht, aus jedem Handel als Sieger hervorzugehen – aber es machte ihn berechenbar.

Bei diesem jungen Mann hier, diesem Stephan Loytz, klang jedoch eine weichere Note an, so etwas wie ein guter Kern. Das mochte ihn zu einem gütigen Menschen, aber zu einem miserablen Kaufmann machen. Dennoch wurde Joachim den Eindruck nicht los, sein Gegenüber könne ihm diese Sanftmut bewusst vorspielen, um ihn in Sicherheit zu wiegen. Er beschloss, besonders auf der Hut zu sein. Diesen Burschen durfte er nicht unterschätzen, immerhin war er es gewesen, der Joachims Schwager Zygmunt einen hohen Kredit vermittelt hatte, und das, wie man hörte, zu geradezu unverschämten Konditionen.

«Jaja, der Schnee», sagte Joachim. «Davon ist so einiges heruntergekommen. Dennoch scheinen die Wege durchaus frei zu sein, immerhin habt Ihr es von Stettin hierhergeschafft. Ich nehme an, Euer Besuch entbehrt nicht einer gewissen Wichtigkeit, wenn Ihr solche Strapazen auf Euch nehmt.»

Der rätselhaft sanfte Ausdruck veränderte sich nicht. «Ich wäre früher eingetroffen, wenn das Wetter es zugelassen hätte, nachdem Ihr uns den Brief geschickt habt», erwiderte der Kaufmann.

«Daraus schließe ich, Euch liegt einiges am Leben Eures Bruders.»

«Ja, das tut es. Das tut es sehr. Bitte erlaubt mir die Frage, Durchlauchtigster: Auf welche Weise gedenkt Ihr, Herzog Barnim zu bewegen, meinen Bruder Simon freizulassen, obwohl er ihn zum Tode verurteilt hat?»

Joachim lehnte sich im Sessel zurück. Einem Mann wie ihm, dem Kurfürsten, eine so indiskrete Fragen zu stellen, war entweder entsetzlich naiv oder mutig. «Warum, werter Kaufmann Loytz, nehmt Ihr an, ich würde Euch ein solches Geheimnis anvertrauen?», entgegnete er.

Der Kaufmann machte nicht den Eindruck, als verunsichere ihn die Gegenfrage. Oder hatte sein linkes Augenlid gezuckt? «Ich nehme an, Euer Angebot bezüglich meines Bruders Simon ist an eine Gegenleistung geknüpft», sagte er. «Es wird mir wohl leichter fallen, darüber zu entscheiden, wenn ich weiß, woran ich bin.»

Der Bursche nimmt kein Blatt vor den Mund, dachte Joachim und kam nicht umhin, ihm dafür Respekt zu zollen. Leute, die ihr Anliegen geradeheraus vorbrachten, waren ihm lieber als Speichellecker, die ihm schmeichelnd um den Bart strichen.

«Erlaubt mir doch bitte zuvor eine Frage», sagte Joachim. «Warum seid Ihr hergekommen und nicht Euer Bruder Michael?»

Der Mund des Kaufmanns wurde plötzlich hart. «Ich will ganz aufrichtig zu Euch sein, Durchlauchtigster. Michael ist von Simon enttäuscht. Bislang ist es mir nicht gelungen, Michael von der Wahrheit zu überzeugen, was in jener Nacht wirklich geschehen ist. Nicht Simon war es, der den Streit anzettelte, sondern dieser Landsknecht hat uns angegriffen …»

Joachim unterbrach den Kaufmann mit einer Handbewegung. «Es interessiert mich nicht, wer schuldig oder unschuldig ist.» Dann wechselte er einen Blick mit Lippold, der mit steifem Rücken im Sessel saß und den Kaufmann geradezu feindselig aus schmalen Augen musterte.

«Mein lieber Lippold», sagte Joachim, «wir haben es hier offenbar mit einem forschen jungen Mann zu tun, der nicht lange um den heißen Brei herumredet. Und er hat ja vollkommen recht. Wollen wir ihm erklären, was wir uns in der Sache überlegt haben?»

Lippold sagte: «Eure Zeit ist kostbar, Herr, verschwenden wir sie nicht mit unnützem Gerede.»

Joachim beugte sich vor. Für einen winzigen Augenblick glaubte er, einen Schatten über das junge Gesicht des Kaufmanns huschen zu sehen. War er doch verunsichert? «Also, mein Freund», begann Joachim, «sagen wir es einmal so: Der Herzog hat mich um einen kleinen Gefallen gebeten. Wenn ich also dafür sorge, dass sich Barnims Wunsch erfüllt, steht er in meiner Schuld. Dazu kommen wir gleich. Zunächst wird Euch Lippold unser Angebot unterbreiten.»

Der Hofkämmerer hüstelte gekünstelt und sagte dann: «Um es kurz zu machen: Seine Durchlaucht, der Herzog, wird also dafür sorgen, dass das Urteil gegen Euren Bruder aufgehoben und er aus dem Kerker entlassen wird. Im Gegenzug werdet Ihr dem Kurfürsten einen Kredit gewähren.»

Joachim achtete auf die Reaktion des Kaufmanns. Der spannte sich an und wechselte leicht seine Sitzhaltung. «Einen Kredit, sagt Ihr ... und in welcher Höhe?»

«Nun», sagte Lippold, «wenn die Loytz in der Lage sind, dem polnischen König einen Kredit in Höhe von einhunderttausend Talern zu vermitteln, sollte es wohl möglich sein, auch dem Kurfürsten einen Kredit in ebendieser Höhe zu gewähren.»

Die auf den Oberschenkeln abgelegten Hände des Kaufmanns krümmten sich. Joachim überlegte, ob der Bursche allmählich doch die Nerven verlor.

«Es würde nicht einfach sein, schnell so viel Geld aufzutreiben», sagte der Kaufmann mit ruhiger Stimme. «An welche Konditionen denkt Ihr dabei?»

«Es soll nicht zu Eurem Schaden sein», erwiderte Lippold. «Wir zahlen Euch die üblichen Zinsen von fünf Prozent per anno.»

Der Kaufmann strich sich übers Kinn. Joachim glaubte sehen zu können, wie es in seinem Kopf arbeitete. Vermutlich hatte er erwartet, einen solchen Dienst nicht kostenlos zu bekommen, aber wohl kaum mit einer so hohen Summe gerechnet. Da beschlich Joachim ein beunruhigender Gedanke: War der Bursche überhaupt berechtigt, über eine Kreditvergabe zu entscheiden, ohne dafür die Zustimmung des Loytz'schen Regierers einzuholen? Diesem Michael Loytz war ja offenbar nicht daran gelegen, auch nur einen Finger für den jüngsten Bruder zu krümmen. Letztlich konnte es Joachim aber egal sein, die Hauptsache war, dass der Kaufmann das Geld beschaffte.

«Welche Sicherheiten würdet Ihr mir gewähren, dass Simon tatsächlich freikommt?», fragte der Kaufmann.

«Ihr habt mein Wort», antwortete Joachim.

«Natürlich, Durchlauchtigster, und ich bin überzeugt, Ihr steht zu Eurem Wort. Dennoch muss ich darauf bestehen, dass in dem Vertrag eine entsprechende Klausel aufgenommen wird.»

«Wir können Eure Vorsicht nachvollziehen», sagte Joachim. «Aber über unseren Handel darf kein Wort nach außen dringen. Wenn unsere Absprache bekannt wird, wäre das weder für mich noch für Euer Handelshaus von Vorteil. Stellt Euch vor, es spricht sich herum, dass das Loytz'sche Handelshaus Blutgeld für einen verurteilten Totschläger zahlt.»

Die Mundwinkel des Kaufmanns zuckten. Er schien mit sich zu ringen. «Entschuldigt bitte, aber ich muss darauf bestehen.»

Der Bursche war wirklich eine harte Nuss, dachte Joachim. Er wechselte einen Blick mit Lippold, der ihm kaum merklich zunickte. Joachim sagte: «Gut, wenn Ihr darauf besteht, werden wir einen solchen Vertrag vorbereiten.»

«Und ich werde zusehen, wie das Geld zu beschaffen ist», sagte der Kaufmann. «Bei einer solchen Summe wird das eine gewisse Zeit in Anspruch nehmen.»

«Ich hoffe, auch der Herzog wird das verstehen können, immerhin hat er mit Eurem verurteilten Bruder reichlich Geduld bewiesen. Und weil wir gerade über Klauseln sprachen – Lippold erkläre doch unserem jungen Freund, welche Gegenleistung Barnim bei dem Handel erwartet. Da es nur eine Kleinigkeit ist, sollte es Euch ein Leichtes sein, ihm den Wunsch zu erfüllen.»

Lippold sagte: «Er verlangt das Grundstück bei der Oderburg, das Eurer Familie gehört.»

Jetzt ging mit dem Kaufmann eine Veränderung vor sich. Seine Schultern sanken herab, sein Mund öffnete sich wie zum Widerspruch, aber außer einem Stöhnen kam kein Ton heraus. Damit hat er nicht gerechnet, dachte Joachim und wunderte sich zugleich, warum dem Burschen die Sache mit dem Grundstück augenscheinlich mehr zu schaffen machte als die Frage, wie er einhunderttausend Taler beschaffen sollte.

Dass Joachim nicht im Traum daran dachte, den Loytz die Kreditschuld jemals zu begleichen, geschweige denn, ihnen auch nur einen einzigen Kreuzer Zinsen zu zahlen, konnte der Kaufmann ja nicht ahnen.

9
Stettin

Seit Tagen zog es Leni immer wieder in die Wollweberstraße am Stadtrand. Es war eine Gegend, in der Arbeitslose und Tagelöhner in zugigen Hütten lebten. Unterhalb der Stadtmauer drängten sich schiefe Buden, als müssten sie sich gegenseitig stützen. Vor den Hütten dampften Misthaufen in der kalten Winterluft. Spuren von Mensch und Tier zogen sich durch den niedergetrampelten Schnee, der getränkt war von gelben Flecken, Hundekot und Pferdeäpfeln. Trotz der Kälte verströmte achtlos fortgeworfener Unrat einen süßlich stechenden Gestank. Leni sah Schweine im Mist wühlen. Ratten huschten zwischen Gerümpel umher. Am Ende der Straße prügelten sich Kinder, und ein Mann in einem zerschlissenen Mantel kam ihr entgegen und rempelte sie mit der Schulter an, bevor er wortlos weiterstapfte.

Leni hatte die Kapuze ihres Mantels tief heruntergezogen, um ihr Gesicht vor neugierigen Blicken zu verbergen. Niemand durfte sie erkennen. Verstohlen blickte sie zu einer der Hütten und blieb wie in den Tagen zuvor einige Schritte davon entfernt stehen. Sybilla hatte ihr von der alten Frau, die dort drin lebte, erzählt. Es war eine der letzten, einfachen Holzhütten in der Stadt. Der Rat hatte zwar angewiesen, dass wegen der ständig drohenden Brandgefahr nur noch Steingebäude errichtet werden durften. Entweder war die Anordnung nicht bis in diese Gegend vorgedrungen, oder der Rat ging davon aus, dass sich das Problem bei der nächsten Feuersbrunst von selbst erledigte.

Leni zog den dicken Mantel vor ihrer Brust straff zusammen und ging langsam weiter. Sie fröstelte, aber nicht vor Kälte. In ihr tobte ein Kampf, ein brutaler, gewaltiger Kampf. So wie bei ihren letzten vergeblichen Versuchen, sich dem Unausweichlichen zu stellen, schwand ihr auch jetzt der Mut. In ihrem Innern regte sich ein harter Widerstand gegen das, was sie zu dieser alten Frau führte. Ihre Hände ballten sich zu Fäusten, und ihre Muskeln versteiften sich.

Geh fort von hier und komm niemals wieder!, flüsterte eine Stimme in ihr. Was du vorhast, ist Sünde, ist Gotteslästerung! Nein, klopf an, befahl eine andere, lautere Stimme, geh hinein und bring es hinter dich, du zerstörst sonst dein Leben – und sein Leben.

Während die gegensätzlichen Gefühle mit sich rangen, näherte sich Leni der Hütte bis auf wenige Schritte. Sie wollte gerade ihre Meinung ändern und sich umdrehen, als die Tür geöffnet wurde. Eine gebeugte Greisin mit milchig weißem Gesicht und dünnem Haar, das wie Spinngewebe auf ihrem Haupt lag, trat heraus und versperrte Leni den Weg. Kleine, helle Augen funkelten sie an. Das runzelige Gesicht war mit Falten überzogen und der Mund ein harter Strich. Die Alte forderte Leni mit energischem Kopfnicken auf, in die Hütte einzutreten. Das Herz schlug Leni bis in den Hals. Sie war so überrumpelt von der plötzlichen Begegnung mit der alten Frau, dass sie nicht anders konnte, als der Aufforderung Folge zu leisten.

Die Hütte hatte nur einen einzigen Raum, der vollgestellt war mit Truhen, Kisten und Körben. An den Wänden hingen Regalbretter mit Fläschchen, Schüsseln, Tiegeln, Mörsern, Zangen und Messern. In einer hinteren Ecke stand ein Bett und in der Mitte des Raums ein Tisch, davor ein Schemel. Leni musste den Kopf einziehen, um nicht gegen die getrockneten Kräuter zu stoßen, die von den Dachbalken hingen und würzige Gerüche verströmten. Die Einrichtung erinnerte Leni an den Anbau hinter dem Hospital, in dem Sybilla ihre Gerätschaften und Arzneien aufbewahrte.

Hinter ihr wurde die Tür geschlossen. Die Alte trat neben sie und deutete auf den Schemel.

«Ich möchte lieber stehen bleiben», entgegnete Leni.

«Mach, was du willst», knurrte die Alte.

«Woher wusstet Ihr, dass ich zu Euch ...»

«Kindchen, seit Tagen lungerst du in der Straße herum und gibst dir Mühe, nicht aufzufallen. Hat man dir meinen Namen genannt?»

«Man hat mir gesagt, ich dürfe ihn nicht kennen.»

«Je weniger wir voneinander wissen, umso besser. Was auch immer geschehen wird – du hast mich niemals besucht. Auch wenn man dir Daumenschrauben anlegt, deine Fingernägel rauszieht und du mich unter Folter beschuldigst, werde ich alles leugnen! Wie viel Geld hast du dabei?»

Leni holte einen kleinen Lederbeutel hervor, öffnete ihn und schüttete den Inhalt auf den Tisch. «Es sind drei Taler und ein paar Kreuzer. Man sagte mir nicht, wie viel Geld Ihr für die Behandlung verlangt, daher habe ich meine ganzen Ersparnisse mitgebracht.»

Die Alte warf einen Blick auf die Münzen und sagte: «Du besorgst mir drei weitere Taler, wenn die Behandlung erfolgreich ist.»

Leni hatte keine Ahnung, woher sie so viel Geld bekommen sollte, nickte aber. Darüber konnte sie sich später Gedanken machen.

«Zieh dich jetzt aus, damit ich dich untersuchen kann», sagte die Alte.

Es widerstrebte Leni, sich vor dieser fremden Frau zu entkleiden, obwohl ihr von Anfang an klar gewesen war, dass die Alte sie in Augenschein nehmen musste. Sie holte Luft, dann zog sie den Mantel aus und legte ihn auf den Tisch. Anschließend zog sie Schuhe und Kleid aus und – nach einigem Zögern – auch den Unterrock.

Die Alte trat vor sie hin, und ein eiskalter Schauder fuhr Leni über den Rücken, als harte Finger ihren Körper betasteten. «Ein hübsches Mädchen bist du», sagte die Alte. «Kleine Brüste, straffe Haut, flacher Bauch – von 'nem Kindchen ist nichts zu erkennen. Keine verstärkten Brüste, keine verdunkelten Warzen, keine Milchdrüsen. Wann hast du das letzte Mal geblutet?»

«Ich glaube, das war vor etwa zwei Monaten.»

Die Alte blickte sie nachdenklich an. Dann wies sie zum Bett und forderte Leni auf, sich hinzulegen. Als sie sich auf dem Bett ausstreckte, musste sie die Beine spreizen, und in ihr stieg Panik auf, während die Alte ihren Unterleib untersuchte.

«Wenn's wirklich noch keine drei Monate sind, kommst du vielleicht mit dem Leben davon, wenn doch jemand herausfindet, was du getan hast», sagte die Alte. «Trotzdem wird's kein Spaß für dich.»

«Ich weiß», sagte Leni schwach. Sie hatte Erkundigungen eingezogen, indem sie Sybilla beiläufig danach gefragt hatte, wie es denn wäre, wenn mal eine schwangere Frau ins Hospital eingeliefert würde, für die ein Kind einer Katastrophe gleichkäme. Sybilla hatte Leni lange angeschaut und dann erklärt, dass in der Peinlichen Gerichtsordnung, die einst von Kaiser Karl V. erlassen worden war, ein Unterschied gemacht wurde zwischen einer beseelten und einer unbeseelten Leibesfrucht. Als beseelt galt ein Kind erst, nachdem es drei Monate in der Frau herangereift war. Für die Tötung eines solchen Kindes wurde die Mutter mit dem Tod durch Ertränken bestraft. Das Entfernen einer unbeseelten Leibesfrucht konnte zwar ebenfalls empfindliche Strafen wie Stockschläge oder einen Landesverweis nach sich ziehen, aber zumindest würde Leni dafür nicht hingerichtet.

Auch deswegen hatte sie beschlossen, die Angelegenheit so schnell wie möglich zu klären – und darauf zu hoffen, dass ihr niemand auf die Schliche kam. Gut möglich, dass Sybilla Leni durchschaut hatte. Dennoch hatte sie ihr von der Greisin, die sie die Weise Frau nannte, erzählt, die gegen Bezahlung Abtreibungen vornahm.

Der Gedanke, von Stephan schwanger geworden zu sein, war Leni bald nach der Rückkehr gekommen, als ihre Blutung das erste Mal ausgeblieben war. Zuerst hatte sie noch gebangt und gebetet, es könnte andere Gründe geben. Als jedoch vor einiger Zeit die Blutung erneut nicht einsetzte, fasste sie den Entschluss, ihr Schicksal in die Hände der Weisen Frau zu legen.

Die Folgen einer Schwangerschaft hielt sie für schwerwiegender als das Risiko, man könne sie dafür bestrafen. Sie selbst würde fortan als unehrbare Frau, ja als Hure gelten, und Michael würde dafür sorgen, dass ihr Vater niemals wieder einen Auftrag erhielt, weder von den Loytz noch von anderen Kaufleuten. Michael hatte zwar Octavians Erklärung, Stephan sei nach Berlin gereist und dort vom Schnee überrascht worden, geschluckt. Sollte Leni aber schwanger sein, würde er so wütend werden, dass sie seine Reaktion nicht absehen konnte. Er besaß die Macht, Lenis Leben zu zerstören und viele Menschen mit in den Abgrund zu reißen, nicht nur Lukas, sondern auch Sybilla und die Kranken im Hospital. Nach Lenis Rückkehr hatte er seine Drohung, das Grundstück zu verkaufen, zwar noch immer nicht wahr gemacht, weil er über beiden Ohren in Arbeit steckte. Aber das war nur eine Frage der Zeit, denn die Frist, die er Leni gewährt hatte, war verstrichen.

Und er würde nicht zögern, Stephan aus dem Unternehmen zu werfen und ihn zu enterben. Leni liebte Stephan mehr als irgendeinen anderen Menschen. Nichts wünschte sie sich sehnlicher, als ihn zu heiraten und Kinder von ihm zu bekommen. Aber sie würde es nicht ertragen, mitzuerleben, wie er daran zugrunde ging, wenn sich sein großer Traum in Luft auflöste. Ja, sie liebte ihn so sehr, dass sie keinen anderen Ausweg sah. Sie musste ihre eigenen Gefühle verdrängen und das ungeborene Kind wegmachen lassen, um sich selbst und die Menschen, die ihr nahestanden, vor Michaels Zorn zu bewahren.

«Könnt Ihr feststellen, ob wirklich ein Kind in mir drin ist?», fragte sie.

«Dafür ist's noch zu früh», erwiderte die Alte. «Ist nicht unüblich, dass eine Frau die Blutung mal unregelmäßig bekommt. Kann auch von 'ner Blutstockung herrühren ...»

«Aber ... ich glaube, ich spüre es.»

«Vielleicht ja nur, weil du dir doch ein Kindchen wünschst. Wie auch immer, Mädchen, es ist deine Entscheidung – du kannst aufstehen, dich ankleiden, dein Geld einstecken und hoffen, die Blutung stellt sich bei der nächsten Gelegenheit von selbst wieder ein. Oder ich tue das, wofür du mich bezahlst. Willst du wissen, wozu ich dir rate?»

Leni hob den Kopf und blickte die Alte an. Über den harten Ausdruck in ihrem Gesicht hatte sich ein Schatten gelegt. «Ja – bitte sagt es mir», entgegnete Leni.

«Du bist ein junges, kräftiges Ding. Du bist gut genährt und scheinst nicht in armen Verhältnissen zu leben. Die Voraussetzungen, ein ebenso gesundes Kind zur Welt zu bringen, sind gut, und deine Gründe, es nicht tun zu wollen, interessieren mich nicht. Hör zu, Mädchen, ich sage dir nur, was ich sehe – und ich werde dir erklären, welche Methoden ich anwenden kann.»

Sie ging zu einer Truhe, klappte den Deckel auf und nahm etwas Längliches daraus hervor. «Das hier ist die getrocknete Haut einer Kreuzotter. Ich werde sie in warmem Wein einlegen und auf deinen Bauchnabel legen.»

Leni blickte die Alte zweifelnd an, die mit den Schultern zuckte und die Schlangenhaut in die Truhe zurücklegte. Von einem Regal nahm sie ein mit einer dunklen Flüssigkeit gefülltes Fläschchen, schüttelte es und sagte: «Oder ich gebe dir von diesem Trank. Es ist ein Abortivum, das aus dem Sadebaum, der in Bier und Branntwein gesotten wird, hergestellt wurde. Schmeckt scheußlich, kann aber deine Blutung zurückbringen und die Leibesfrucht aus deinem Körper treiben.»

Sie entkorkte das Fläschchen und hielt es Leni unter die Nase. Der stechende Gestank ließ sie das Gesicht verziehen. «Seid Ihr wirklich überzeugt, der Trank oder die Schlangenhaut könnten helfen?»

«Wenn du nicht daran glaubst, wird's nicht helfen, so ist das», sagte die Alte. Sie stellte das Fläschchen ins Regal zurück und nahm stattdessen eine Nadel, lang wie eine

Elle, zur Hand. «Ich will dir nichts vormachen, Mädchen. Die einzige sichere Methode, das ungeborene Wesen aus deinem Leib zu entfernen, ist mit dieser Nadel. Ich werde sie ins Feuer legen und zum Glühen bringen. Du hockst dich auf den Boden und drückst fest auf deinen Bauch, um die Leibesfrucht nach unten zu pressen, und ich steche die Nadel in deinen Unterleib und töte das Kindchen ...»

Leni fuhr im Bett hoch. Heftiges Zittern erfasste ihren Körper. Die Vorstellung, wie ihr die Weise Frau mit der glühenden Nadel im Unterleib herumstocherte, trieb ihr den Schweiß aus den Poren.

«Ich seh's deinen braunen Rehäuglein an, Mädchen», sagte die Alte, «du ziehst also die Nadel vor. Gut, warte hier. Ich gebe die Nadel ins Herdfeuer. Dann schauen wir, ob das Kind, wenn eines da ist, schon groß genug ist, um es aufzuspießen. Wir werden die Prozedur sonst bald wiederholen müssen.»

Leni starrte der Alten nach, die hinter einem Vorhang verschwand und mit Gerätschaften klapperte. Was letztlich den Ausschlag gab, dass Leni ihren Entschluss verwarf, war ihr zu dem Zeitpunkt nicht klar. War es die Angst vor den Schmerzen, die die glühende Nadel ihr zufügen würde? Oder war es der Gedanke, das Kind, das womöglich in ihrem Leib heranwuchs, werde von der Nadel durchbohrt? Oder war es der vage Verdacht, die Weise Frau wolle sie nur davon abhalten, das Kind zu töten?

Leni sprang vom Bett auf, schlüpfte in ihre Kleider und stürmte nach draußen auf die Straße, ohne daran zu denken, ihr Geld mitzunehmen. Nur eines stand ihr in diesem Moment klar vor Augen. Sie würde das Kind austragen – auch wenn sie dafür durch die Hölle gehen musste.

10
Stettin

Stephan kehrte mit gemischten Gefühlen nach Stettin zurück. Einerseits war er guten Mutes, seine Pläne in die Tat umsetzen zu können. Andererseits bargen seine hochtrabenden Vorhaben reichlich Unwägbarkeiten.

Der Monat März war fast vorüber. Tauwetter hatte eingesetzt, und die wärmere Witterung gab Hoffnung auf baldigen Frühling. Nach dem Besuch beim Kurfürsten hatte Stephan die Wochen, in denen alle Wege noch zugeschneit waren, bei einem Freund, dem Juden Salomon Silbermann, in Berlin gewohnt und in dessen Pfandleihe ausgeholfen. Stephan kannte Salomon, der ebenfalls aus Stettin stammte, schon seit der Kindheit. Zum Dank für die Arbeit hatte Stephan sich aus dem Fundus der nicht ausgelösten Kleidungsstücke ein Kleid aussuchen dürfen, das, so hoffte er, Leni passen würde. Es war eine Marlotte, ein vorn offenes Kleid mit Stehkragen. Er freute sich auf Lenis Gesicht, wenn er ihr das kostbare Geschenk überreichte.

Als Stephan an diesem Nachmittag sein Pferd vom Passower Tor Richtung Kohlmarkt führte, sah er die Mauern und den Turm von Sankt Jakobi aufragen. Sein Blick fiel in die Pfaffenstraße, wo gegenüber der Kirche Lukas Weyers Haus stand. Für einen Moment war er versucht, Leni sofort aufzusuchen. Er zügelte jedoch seine Ungeduld, denn er musste auf eine günstige Gelegenheit warten, bevor er sie traf, damit niemand etwas bemerkte. Er vermisste sie, wie er es niemals für möglich gehalten hätte, und brannte darauf, ihr von den Neuigkeiten zu erzählen. Vor allem musste er sie in seine Pläne einweihen.

Salomon hatte nämlich erfahren, das Unternehmen «Marx Fugger und Gebrüder» mit Stammsitz in Augsburg suche neue Leute für den Bereich der Wechsel- und Kreditgeschäfte, und die Anstellung sei gut bezahlt. Als Stephan dies hörte, nahm in seinem Kopf der Plan Gestalt an: Sobald Simon frei war, würde Stephan mit ihm und Leni nach Augsburg gehen und sich somit Michaels Einfluss entziehen. Er wollte auf eigenen Füßen stehen und die Abhängigkeit von Michael abstreifen. Der Entschluss war ihm nicht leichtgefallen, auch weil er dadurch sicherlich seiner Großmutter Anna großen Kummer bereitete. Aber lieber hängte er die Arbeit im Handelshaus seiner Ahnen an den Nagel, als auf ein Leben mit Leni zu verzichten.

Zuvor galt es jedoch, die hunderttausend Taler für den Kredit aufzutreiben, damit der Kurfürst seinen Einfluss auf den Herzog geltend machte. Alles in allem konnte Stephan mit seinem Auftritt beim Kurfürsten zufrieden sein. Gebangt und gezweifelt hatte er, was ihn dort erwarten würde. Doch er war von sich selbst überrascht gewesen, wie ruhig und besonnen er sich präsentiert und sein Anliegen vertreten hatte.

Ja, er hatte sich verändert. Er hatte sich, so meinte er, gewandelt vom leichtgläubigen, an Selbstüberschätzung leidenden Jungen, der mit einem Kopf voll verdrehter Einfälle aus Italien zurückgekehrt war, hin zu einem überlegt vorgehenden Kaufmann, der in der Lage war, mit den mächtigsten Männern zu verhandeln. Zu seinen Konditionen hatte er dem Polenkönig einen Kredit vermittelt. Auch der Bitte des dänischen Königs Friedrich um ein Darlehen in Höhe von einhunderttausend Talern waren die Loytz nachgekommen. Und er hatte dem durchtriebenen Kurfürsten die Zusage abgetrotzt, seine Bedingungen im Vertrag festzuhalten. Nun musste Stephan nur noch das Geld für den Kredit beschaffen, aber auch dafür hatte er sich einen Plan zurechtgelegt. Weil Michael dem Kredit niemals zustimmen würde, wollte Stephan das Geld mit Octavians Hilfe aus den Rücklagen abzweigen. Das würde Octavian sicher nicht gefallen, aber für Simon ging es um Leben und Tod. Auf die Befindlichkeiten des Hauptbuchhalters durfte Stephan daher keine Rücksicht nehmen.

Und dann war da noch die Sache mit dem Grundstück, worüber Stephan sich lange den Kopf zerbrochen hatte. Die Frage, wie diese Angelegenheit zu klären war, stellte das schwächste Glied in der Kette von Stephans Erwägungen dar. Er hatte überlegt, einen entsprechenden Verkaufsvertrag zu fälschen und dem Herzog unterzuschieben, dieses Vorhaben jedoch verworfen, weil es leicht zu durchschauen war. Die Lösung, die er nun anstrebte, stand allerdings auf sehr dünnem Eis. Er hatte beschlossen, Leni davon zu überzeugen, dass nicht weniger als Simons Leben vom Verkauf des Grundstücks abhing. Vielleicht, so hoffte er, würde sie dann auf Sybilla einwirken, das Hospital an einen anderen Ort zu verlegen. Doch was würde sein, wenn Leni sich weigerte? Wenn sie sich gar von Stephan abwandte, weil ihr das Hospital so viel bedeutete?

In Gedanken versunken ließ Stephan Sankt Jakobi hinter sich und kam über Kohlmarkt, Schuhstraße, Heumarkt und Frauenstraße schließlich zu der Gasse, die zum Loytzenhof hinaufführte. Das stolze Gebäude hob sich vor dem Himmel ab, der sich in der Dämmerung allmählich verdunkelte.

Fast vier Monate war Stephan fort gewesen, vier Monate, in denen sich so vieles ereignet hatte, dass es für mehrere Jahre gereicht hätte. Nun kam es darauf an, diese Ereignisse, die seinem Leben eine neue Richtung wiesen, zu einem günstigen Ende zu bringen.

Zunächst wollte er Octavian aufsuchen, um mit ihm einen Plan auszuarbeiten, wie sie an das Geld für den Kredit gelangten, ohne dass Michael davon erfuhr. Vielleicht war Michael ja gar nicht in Stettin, sondern nutzte das Tauwetter für eine Handelsreise, was Stephans Pläne erheblich erleichtern würde. Im günstigsten Fall blieb Michael sogar so lange fort – in Danzig, Lübeck, Lüneburg oder sonst wo –, bis er sich nach seiner Rückkehr vor vollendete Tatsachen gestellt sah. Stephan wäre dann längst mit Leni und Simon auf dem Weg nach Augsburg.

Er führte das Pferd zum Stall, wo er es einem überraschten Knecht übergab, bevor er die Tasche mit seinen Habseligkeiten und dem Kleid für Leni nahm, vor den Loytzenhof trat und die Treppenstufen hinaufstieg. Er wollte gerade die Tür zum Warenlager und Kontor öffnen, in der Hoffnung, Octavian dort allein anzutreffen, als er hörte, wie innen im Treppenturm an eine der oberen Butzenscheiben geklopft wurde. Jemand hatte ihn gesehen. Wer auch immer das war – das Überraschungsmoment war nun nicht mehr auf Stephans Seite. Er legte den Kopf in den Nacken und sah hinter einem Fenster einen Schatten die Treppe hinuntereilen. Gleich darauf wurde die Tür zum Treppenturm geöffnet – und Stephan sah sich Michael gegenüber.

Einem lachenden, offensichtlich gutgelaunten Michael!

Stephans Magen zog sich zusammen, zugleich streckte er den Rücken durch. Bevor er jedoch ein Wort der Entschuldigung über sein langes Fortbleiben äußern konnte, kam ihm Michael zuvor.

«Schau an, da ist er ja wieder, der kleine Bruder. Octavian meinte, du bist nach Berlin gereist und dabei vom Schnee überrascht worden. Denk nur, Octavian – unser Octavian! – behauptet tatsächlich, er habe deine Reise völlig vergessen. Ich glaube, der Gute wird alt. Was meinst du, sollen wir uns nach einem neuen Hauptbuchhalter umschauen? Ich habe da sogar schon jemanden im Blick, dem ich diese Aufgabe zutraue. Aber nun komm herein! Anna wird vor Freude ganz aus dem Häuschen sein. Ach, Stephan, auch ich freue mich, dass du heimgekommen bist.»

Stephan starrte Michael an. Hatte er wirklich gesagt, er freue sich über Stephans Heimkehr? So etwas hatte er ihn noch nie sagen hören. Gefühle gab es in Michaels Welt nur, wenn es sich um geschäftliche Angelegenheiten handelte, um Siege oder Niederlagen. Was war nur in ihn gefahren? Er war wie ausgewechselt, wie ein anderer, geradezu fröhlich gestimmter Mensch.

«Hat es dir die Sprache verschlagen?», fragte Michael grinsend. «Auf uns wartet eine Menge Arbeit. Man reißt uns das Getreide aus den Händen. Ich hatte den richtigen Riecher, so viel Getreide zu kaufen, wie ich kriegen konnte. Die Ernten waren überall schlecht, doch die Menschen brauchen das Korn, und wir verdienen kräftig daran. Unsere Speicher sind gut gefüllt. Du wirst sehen, Stephan, das Getreide macht uns Loytz reicher, als wir es je zuvor waren. Vergiss die Heringe, vergiss die verdammten Dänen und ihren verdammten Krieg mit den Schweden. Und nun vergiss auch erst einmal das Getreide. Alles zu seiner Zeit. Wir haben einen Grund, zu feiern. Ich bin grad auf dem Weg zum Schneider in der Breiten Straße.»

«Was willst du bei einem Schneider?», fragte Stephan. Michaels Verhalten kam ihm immer merkwürdiger vor. Das war doch nicht sein Bruder, der verbissene, ernste, kaum zu Scherzen aufgelegte Regierer des Loytz'schen Handelshauses.

«Was, glaubst du wohl, macht man bei einem Schneider? Auch ich brauche mal neue Kleider – und zwar genau jetzt. Denk nur, ich werde heiraten.»

«Heiraten – du?», stieß Stephan aus. Zugleich bemächtigte sich etwas Dunkles und Kaltes seiner Seele. Ihm war, als ziehe sich ein eiserner Ring so fest um seine Brust zusammen, dass es ihm die Atemluft aus den Lungenflügeln presste.

«Ja, ich hatte selbst nicht mehr damit gerechnet», rief Michael lachend. Schon war er auf der Treppe an Stephan vorbei und lief mit federnden Schritten die Gasse zur Frauenstraße hinunter, wo er hinter den Häusern verschwand.

Die Tasche entglitt Stephans Hand. Er ließ sie einfach oben auf dem Treppenabsatz liegen und stürmte los. Er lief so schnell, dass seine Gedanken nicht hinterherkamen, lief den Weg zurück, den er eben gerade gekommen war, die Gasse hinunter, rechts in die Frauenstraße, am Heumarkt entlang und durch den Torbogen die Schuhstraße hinauf zum Kohlmarkt und hinter Sankt Jakobi links in die Pfaffenstraße, wo gegenüber der Kirchenmauer Lukas Weyers baufälliges Haus stand.

Stephan blieb stehen. Er rang um Atem. Die Gedanken holten ihn ein und spülten ein Gefühl von Panik in sein

Bewusstsein. Aber – das ist unmöglich, dachte er. Es muss sich um einen Irrtum handeln. Michael hat bestimmt eine andere Frau kennengelernt, die er heiraten will.

Und wenn das wirklich so war, würde alles einfacher werden, kam es ihm in den Sinn. Michael heiratete diese Frau – wer auch immer sie sein mochte –, und Stephan und Leni konnten zu ihrer Liebe stehen. Sie brauchten sich nicht zu verstecken, brauchten nicht nach Augsburg zu fliehen. Vielleicht stimmte Michael die Heirat gar so milde und nachsichtig, dass er dem Kredit für Simons Rettung zustimmte.

Diese Gedanken trieben Stephan um, während er zu den oberen Fenstern von Lukas Weyers Haus blickte und sich einzureden versuchte, Leni wartete dort oben auf ihn. Er brauchte nur hinaufzugehen, sie würden sich in die Arme nehmen, und alles würde gut werden. Doch die Panik stieg erneut in ihm auf. Angst griff mit eiskalter Hand nach ihm, packte ihn im Nacken und schüttelte ihn.

Bewegte sich dort oben hinter einem der Fenster ein Vorhang?

Stephan gab sich einen Ruck und wollte zur Haustür gehen, als diese von innen geöffnet wurde. Lukas Weyer trat ihm entgegen. Stephan war ihm im vergangenen Jahr einmal auf dem Heumarkt über den Weg gelaufen. Er hatte Lenis Vater wiedererkannt und ihn angesprochen, und sie hatten sich freundlich unterhalten. Jetzt war Lukas' Gesicht jedoch straff gespannt, sein Mund hart. Er sagte tonlos: «Stephan, bitte geh wieder!»

Stephan glaubte, nicht richtig gehört zu haben. «Warum soll ich gehen? Lukas – ich muss Leni sehen!»

Lukas schüttelte den Kopf. Ermattet und traurig wirkte er. «Sie ist nicht hier.»

«Wo ist sie denn? Im Hospital? Ich werde gleich zu ihr laufen …»

«Nein, Stephan, hör doch: Bitte geh wieder!»

Stephan schluckte seinen Speichel, um die trockene Kehle zu benetzen. In seinem Hals quoll ein Widerstand auf, der ihm das Reden schwermachte. «Ich muss … muss sie sofort sprechen … lass mich ins Haus, oder …»

«Ich sag's dir zum letzten Mal, Stephan, geh jetzt, oder ich muss die Stadtwachen rufen.» Lukas blickte sich um und dämpfte die Stimme: «Sie hat kein Wort darüber verloren, was geschehen ist, während sie verschwunden war, nur dass sie in einem Dorf Zuflucht vor dem Schnee gefunden hat. Es heißt, du bist in Berlin gewesen, aber das glaube ich nicht. Was auch immer zwischen euch beiden vorgefallen ist, es ist vorbei. Aus und vorbei! Bitte glaub mir, Stephan, es tut mir von Herzen leid, aber sie wird Michael heiraten. Und das war ihre Entscheidung, ganz allein ihre Entscheidung.»

11
Stettin

Der Turm von Sankt Nikolai ragte hoch hinaus über die Dächer der Stadt Stettin. Nur ein paar zarte Wolken zeigten sich am blauen Himmel. Es verhieß ein prächtiger Tag zu werden, mit einem prächtigen Fest, von dem man noch lange in der Stadt erzählen sollte. Es war der Tag im April des Jahres 1568, an dem der wärmende Frühling den Winter endgültig vertrieb, und es war der Tag, an dem Michael Loytz, einer der reichsten und angesehensten Bürger der Stadt, seine Braut Leni Weyer vor den Altar führte.

Im hölzernen Turm schlug die Glocke. Ihr Klang hallte über die Stadt, schwebte in Häuser und Hütten und lockte die Bewohner vor die Türen. Ein Menschenstrom ergoss sich auf Straßen und Plätze. Die rasch anwachsende Menge floss aus allen Himmelsrichtungen zum Vorplatz von Sankt Nikolai und dem angrenzenden Rathaus, wo sich an diesem Morgen bald Hunderte Menschen versammelten. Als das Brautpaar herankam, traten die Leute ehrfürchtig beiseite. Sie bildeten eine Gasse, jubelten und spendeten Segen und Glückwünsche. «Gottes Glück und Gottes Segen dem Brautpaar!», riefen sie – und: «Möge der Herr seine schützende Hand über Eure Ehe halten!»

Leni trug schwarze Kleider, wie es bei Hochzeiten üblich war, und unter ihrem mit Spitzen verzierten Oberkleid sprengte der tiefe Kummer fast ihren Brustkorb. Wie in einem Traum, ja – wie in einem furchtbaren Albtraum, aus dem es kein Erwachen gab, schritt sie neben Michael her durch die Menschenmenge. Aus weit geöffneten Mündern prasselten Worte und Jubelrufe wie Hagelkörner auf sie herab. Die Gesichter, die sie umringten, erschienen ihr wie verzerrte Masken, die ihre eigene zerrissene Seele spiegelten. Auf der ganzen Welt gab es nur einen einzigen Menschen, mit dem Leni sich eine solche Hochzeit gewünscht hätte.

Der Tross zog vom Loytzenhof, wo man die Morgensuppe und einen ersten Trunk zu sich genommen hatte, zu Sankt Nikolai. Angeführt wurde der Tross von Anna Glienecke und Lukas Weyer. Es folgten das Brautpaar und die engsten Familienangehörigen, die zur Hochzeitsfeier nach Stettin geeilt waren. Darunter waren Michael Loytz der Ältere mit Familie aus Danzig, Stephan der Ältere mit

Ehefrau Beata von Dassel und Tochter aus Lüneburg sowie Cäcilie, eine Tante Michaels, nebst Ehemann David Braunschweig.

Der Einzige, der fehlte, war Stephan. Leni wunderte sich zwar, warum er nicht längst aus Berlin zurückgekehrt war, und hoffte inständig, ihm sei nichts zugestoßen. Zugleich war sie erleichtert, ihn an diesem Tag nicht in ihrer Nähe zu wissen. Sie vermochte sich nicht vorzustellen, wie er auf die Hochzeit reagieren würde.

Nur wenige Tage nach dem Besuch bei der Weisen Frau hatte Leni Michael aufgesucht und um eine baldige Hochzeit gebeten. Michael war aus allen Wolken gefallen. Von dem Grund – das in ihrem Leib wachsende Kind – ahnte er natürlich nichts. Auch nicht, dass Lenis Entscheidung ein Akt purer Verzweiflung war, weil sie keinen anderen Ausweg sah, ihr Kind zu behalten und zugleich sich selbst und Stephan vor der Schande zu schützen.

Michael war so erfreut über ihre Entscheidung, dass er ihren Wunsch erfüllt und die Einladungen umgehend verschickt hatte. Überhaupt zeigte er sich ihr gegenüber wie gewandelt, seit sie ihm eröffnet hatte, sie wolle nun doch seine Frau werden. Geradezu zugänglich war er, als habe ihre Einwilligung etwas in ihm gelöst, etwas Verborgenes, das eine gute Seite seines Wesens blockiert hatte. Dennoch traute Leni dem Frieden nicht. Sie fragte sich besorgt, wie lange Michaels Freundlichkeit anhalten mochte. Würde er sie nicht als sein Eigentum betrachten und versuchen, sie in seinem Sinne zurechtzubiegen, sobald sie seine Frau war? Und was würde geschehen, wenn Leni dagegen aufbegehrte?

Aber wenigstens etwas Gutes hatte die Ehe für sie: Sie erhielt dadurch ein gewisses Mitspracherecht bei Familienentscheidungen. Das bedeutete, sie konnte ihr Veto einlegen, sollte Michael das Grundstück an der Oderburg dem Herzog doch noch verkaufen wollen. Ob Leni mit einem Einspruch Erfolg haben würde, war jedoch ungewiss.

Lenis Vater hatte ihre Entscheidung erleichtert aufgenommen, denn für ihn erwuchsen daraus nur Vorteile. Er wurde zu einem Teil des Loytz'schen Handelshauses, was ihm Einfluss und Geschäfte sicherte. Daher war es eine ausgelassene kleine Feier geworden, als er und Michael den Ehevertrag traditionell per Handschlag und mit einem Becher Wein besiegelten. Aus dem einen Becher wurden viele mehr. Die Männer hatten gelacht, gescherzt und Pläne geschmiedet. Und Leni hatte danebengesessen und war mit jedem Wort, das die Männer wechselten, tiefer in einem Morast aus Abhängigkeiten versunken.

Und an diesem Tage, der für alle anderen ein Feiertag war, sank sie tief herab auf den Grund dieses Morasts. Ihr war, als schlage über ihrem Kopf eine zähflüssige Schicht zusammen. Der Morast begrub sie, verschlang sie, raubte ihr den Atem, und das Dunkle würde von nun an ihr Gefängnis sein.

Begleitet vom Glockengeläut, zog der Tross durch die Menschenmenge bis zum Portal von Sankt Nikolai. Leni sah Anna und Lukas in der Kirche verschwinden, dann gingen auch sie und Michael hinein. Orgeltöne erklangen und mischten sich ins Glockengeläut. Das Innere der Kirchenschiffe war erfüllt von farbigem Licht, das durch die mit bunten Heiligenmotiven verzierten Fenster fiel. Zwischen den Säulen drängten sich die geladenen Gäste. Die Altermänner der Korporation zum Seglerhause waren gekommen, ebenso die gesamte Kaufmannschaft, Bürgermeister, Ratsherren und Angehörige des Adels, darunter der junge Herzog Johann Friedrich, dem man nachsagte, er werde in absehbarer Zeit das Amt seines Großonkels Barnim übernehmen.

Als sie an den Gästen vorbeigingen, streckte Michael den Rücken durch. Sein Gesicht glänzte vor Stolz. Es war sein Auftritt, und er genoss ihn, während Leni um Haltung rang. Je näher sie dem Altar kam, desto schwerer wurden ihre Beine. Jeder Schritt führte sie dem Unausweichlichen näher.

«Gleich haben wir es geschafft», hörte sie Michael an ihrer Seite sagen.

Sie wagte nicht, ihn anzuschauen, weil sie befürchtete, im letzten Moment doch noch auf die Stimme ihres Herzens zu hören. Alles in ihr drängte danach, diesem Spuk ein Ende zu bereiten. Es wäre so einfach! Sie brauchte sich nur umzudrehen und die Flucht zu ergreifen. Fortlaufen, einfach fortlaufen, irgendwohin, ganz weit fort, zu Stephan.

Doch sie tat nichts dergleichen und erreichte an Michaels Seite die vorderste Reihe, wo sie sich zu Anna Gleinecke und Lukas gesellten. Die Großmutter warf ihr einen Seitenblick zu und sagte leise: «Nun lächel doch mal, Mädchen. Man könnte glatt den Eindruck gewinnen, du gehst zu deiner eigenen Hinrichtung.»

Leni rang sich ein gequältes Lächeln ab, und als auch die anderen Familienmitglieder nachgekommen waren, hob der Priester die Hände. Die Orgel verklang, das Glockengeläut ebbte ab, und das Gemurmel erstarb. In der Kirche wurde es still wie in einer Gruft, bis der Priester das Wort ergriff.

Er blickte Michael an und rief: «Verehrtester Freund Michael Loytz! Heute genießt Ihr das Glück, mit Eurer

Braut auf ewig vereint zu werden. Heil und Segen auch über Euch, liebenswürdige Jungfer Braut! Der Freund Eures Herzens ist der Gatte Eurer Wahl, ja – Eurer ganzen Hochachtung!»

Die Worte brannten wie flüssiges Eisen in Lenis Seele ... *auf ewig vereint* ... *Jungfer Braut* ... Ihre Hände zuckten, und der Drang war groß, sich die Ohren zuzuhalten. Aber sie war gezwungen, den Priester reden zu hören vom Ehestand, der eine Ordnung Gottes sei. «Gott will, dass das menschliche Geschlecht sich auf eine geziemte Weise fortpflanzt. Heißt es doch in der Heiligen Schrift: ‹Siehe, Söhne sind eine Gabe des Herrn, ein Lohn ist die Frucht des Leibes.› Und so lautet Gottes Gebot: Seid fruchtbar und mehret euch.»

Leni fuhr zusammen, als sie plötzlich Michaels Finger auf ihrer Hand spürte. Sie wandte ihm den Blick zu und sah ihn hintergründig lächeln. Er beugte sich zu ihr und flüsterte ihr ins Ohr: «Sind wir fruchtbar und mehren uns?»

Sie schluckte schwer und entgegnete leise: «Wir werden es sein.»

«Ich kann es kaum erwarten», sagte er und griff zu. Der Druck auf ihrer Hand war fest wie ein Schraubstock und kurz wie eine flüchtige Drohung, bevor seine Finger fortglitten.

Leni erschauerte. Wie aus weiter Ferne hörte sie die Gemeinde ein Gebet anstimmen. Tonlos bewegte sie ihre Lippen, bis der Priester sie und Michael schließlich nach vorn an den Altar bat. Die Gäste erhoben sich von den Bänken.

Der Priester sagte: «Bitte reicht Euch nun die Hände, um die Ehe durch den Handschlag zu besiegeln.»

Zögernd hob Leni ihre Hand, hielt dann aber inne. Ihr Nacken prickelte. Vorsichtig wandte sie den Kopf und sah aus den Augenwinkeln im geöffneten Portal eine Gestalt stehen. Ehe sie genauer hinschauen konnte, wusste sie, wer da stand.

«Leni?», hörte sie Michael fragen.

Sie schaute durch den Gang zum Portal.

Stephan machte einen Schritt in die Kirche, blieb aber gleich darauf stehen. Seine Miene war starr, sein Blick auf Leni gerichtet. Es zerriss Leni das Herz, die Trauer und Verzweiflung in seinen Augen zu sehen.

Der Priester räusperte sich.

Geh fort, flehte Leni innerlich, *bitte geh fort, tu dir das nicht an!*

Stephan rührte sich nicht. Niemand sonst bemerkte ihn. Leni kam der Gedanke, dass er vielleicht gar nicht wirklich war, sondern nur eine Erscheinung, ein Hirngespinst. Aber nein – sie sah ihn doch ganz deutlich, sah ihm direkt in die unendlich traurigen Augen.

Ihre Knie wurden weich, ihre Beine gaben nach. Eine Hand griff nach ihr, ein fester Druck auf ihrer Hand. Sie fing sich, stand still, ihre Hand war umschlossen von Michaels Hand.

«Und nun werden die Herzen und Hände von Michael Loytz und Leni Weyer unzertrennlich miteinander vereinigt», rief der Priester. «Der Allmächtige gibt seinen Segen zu dieser Verbindung. Denn was Gott zusammenfügt, soll kein Mensch jemals scheiden!»

12
Stettin

Als Leni aus dem Schlaf schreckte, war die Welt um sie herum in Finsternis getaucht, doch sie wusste sofort, dass der Albtraum nicht vorüber war und niemals vorübergehen würde. Der Albtraum war ihre Wirklichkeit geworden, so wie Stephans Auftauchen in der Kirche nicht ihrer Einbildung entsprungen war. Und so, wie das kratzende Geräusch an der Tür, das sie geweckt hatte, von dem Mann stammte, der jetzt ihr Ehemann war. Die Tür öffnete sich, und im Schein eines flackernden Lichts sah sie Michaels dunkle Gestalt dort stehen. In einer Hand hielt er eine brennende Wachskerze. Der Kerzenschein schnitt harte Konturen in sein Gesicht, aus dem jede Spur von Freundlichkeit verschwunden war.

Leni setzte sich ruckartig im Bett auf, sodass die Decke herunterrutschte. Sie war mit einem Herzschützer, einem weit geschnittenen, knielangen Nachthemd aus Leinen, bekleidet.

Michael trat ein und drückte die Tür hinter sich mit einem kurzen, harten Knacken ins Schloss. Er schwankte merklich, als er zum Bett kam und sich breitbeinig davor hinstellte. Seine Augen waren glasig, in seinem Blick lag Zorn.

«Du hast mich bloßgestellt, Frau!», sagte er. In seiner Stimme schwangen die Auswirkungen schweren Rotweins mit, von dem er schon zu Beginn der Hochzeitsfeier reichlich getrunken hatte. Speichelfäden tropften ihm aus den Mundwinkeln, als er sagte: «Niemand stellt mich bloß, hörst du – niemand!»

Leni wollte etwas erwidern, wollte den Vorwurf entkräften und sich entschuldigen, aber die in ihr aufsteigende Panik ließ sie keinen Ton herausbringen. Sie zog die Decke hoch bis an die Schultern, als könnte sie ihr Schutz bieten gegen Michaels Wut.

Er hob die Hand mit der flackernden Kerze und stieß sie in ihre Richtung. Wachs tropfte auf das weiße Laken. «Ich bin der Gatte deiner Wahl, und du bist mein Weib vor Gottes Gnaden», rief er.

Leni zitterte. Sie hatte befürchtet, es werde genau so kommen, als sie sich während des Hochzeitsmahls im Saal des Rathauses unter dem Vorwand, ihr sei unwohl, davongestohlen hatte. Und das war nicht einmal gelogen. Die Anspannung bei der Trauung, Stephans unerwartetes Auftauchen, die schwatzenden und lachenden Menschen auf der Feier – all das forderte seinen Tribut. Als dann Speisen und Getränke aufgetischt wurden – Rind- und Kalbfleisch, Rebhühner, Fasane, Hasen, Fisch, Bier und Wein –, rebellierte ihr Magen. Sie hatte Michael gebeten, sich zurückziehen zu dürfen. Aber er hatte sie am Handgelenk gepackt und ihr befohlen, auf dem Stuhl sitzen zu bleiben. Es war schließlich Großmutter Anna gewesen, die Lenis Not erkannte und sich angeboten hatte, sie in den Loytzenhof zu bringen. Da hatte Michael zähneknirschend einlenken müssen und bei der Eröffnung des Hochzeitstanzes mit seiner Tante Cäcilie vorliebgenommen.

«Ist dir bewusst, was mich diese verdammte Feier gekostet hat?», fuhr er sie an. «Sechstausend Taler! Sechstausend Taler hab ich dafür ausgegeben, damit sich diese Nutznießer und Speichellecker vollfressen und betrinken ... und dann ... dann verschwindet meine Braut einfach. Was denkst du, wie ich jetzt dastehe? Die Leute reden doch. Die denken, ich hab mein Weib nicht im Griff, wenn es nicht mal bei der Hochzeit an meiner Seite ist …»

«Es tut mir leid», brachte Leni leise hervor – aber das war ein Fehler.

Ehe sie sich's versah, schlug er ihr mit der flachen Hand ins Gesicht. Der Schlag war nicht hart, eigentlich hatte er sie nicht mal richtig getroffen, aber es reichte aus, um bei Leni etwas auszulösen, von dem sie selbst überrascht war. Sie riss die Decke von sich und schrie: «Schlag mich noch ein einziges Mal, und du wirst es bitter bereuen!»

Die tropfende Kerze in der einen, die andere Hand drohend erhoben, stand Michael über ihr, als mit ihm eine Veränderung vor sich ging. Der stählerne Blick wich aus seinen Augen, seine Hand wanderte nach unten. Dann sank er auf die Bettkante und steckte die Kerze in einen Halter auf der Truhe neben dem Bett. Ein Beben fuhr durch seinen Körper.

Was ist mit ihm?, fragte sich Leni.

Sie verachtete ihn, bei Gott – wie sehr sie diesen Mann verachtete! Aber sie hatte ihn aus einem ganz bestimmten Grund geheiratet, daher musste sie ihre Angst und Abscheu überwinden. Sie rutschte zu ihm an die Bettkante, legte ihm eine Hand auf den Rücken und sagte mit sanfter Stimme: «Erinnerst du dich daran, was du mich in der Kirche gefragt hast?»

Er hob den Kopf und blickte sie fragend an.

«Sind wir fruchtbar und mehren uns?», half sie ihm.

Seine zusammengepressten Lippen zuckten, und sein Blick wanderte von ihrem Gesicht zu ihrem Oberkörper.

«Möchtest du, dass ich das Nachthemd ausziehe?», fragte sie und bemühte sich, das Beben in ihrer Stimme zu unterdrücken. Ihre eigenen Worte widerten sie an, ebenso wie das aufmunternde Lächeln, das sie ihm schenken musste. Sie musste es jedoch tun, wenn sie ihn und alle anderen glauben lassen wollte, das Kind sei von ihm.

«Jaja…, bitte …», sagte er. Seine Stimme war ein heiseres Krächzen. In seinem Blick rangen Begierde und Verlegenheit miteinander.

Sie zog das Nachthemd über den Kopf und legte es zur Seite. Ihr Magen zog sich krampfartig zusammen, als sie nackt vor ihm saß. So hatte zuvor nur ein Mann sie zu Gesicht bekommen; Stephan hatte sie sich aus Liebe hingegeben, bei seinem Bruder musste es aus kühler Berechnung geschehen. Es schmerzte sie in der Seele, nicht nur sich selbst, sondern auch den Mann, den sie liebte, auf diese Weise zu hintergehen.

Michaels Blick war auf ihre Brüste gerichtet. Er hob die Hand, zögerte jedoch und ließ sie wieder sinken. «Ich weiß nicht, ob ich es kann», flüsterte er.

«Was meinst du damit?», entgegnete sie irritiert. Sie nahm an, er müsste reichlich Erfahrungen in Hurenhäusern gesammelt haben und könne es gar nicht erwarten, es mit ihr zu treiben. Oder befürchtete er vielleicht, der viele Wein hindere ihn daran? Sie hatte gehört, betrunkene Männer hätten damit Probleme.

Ihre Überraschung wurde noch größer, als sie ihn leise sagen hörte: «Ich habe so etwas noch nie mit einer Frau getan, weil ich mich für dich aufheben wollte, Leni. Glaube mir, als mein Vater mir damals erzählte, er und Lukas würden uns eines Tages verheiraten, da habe ich mir geschworen, zu warten, bis du meine Frau wirst. Doch nun … habe ich Angst, ich könnte versagen …»

Ein Schauder lief Leni über den Rücken. Es kostete sie

eine nahezu übermenschliche Überwindung, ihn in dieser Nacht an sich heranzulassen – und zwar nur in dieser einen Nacht, in der es sein Recht und ihre Pflicht war. Darauf noch länger warten zu müssen, würde sie nicht ertragen. Woher wollte sie überhaupt wissen, ob er nicht viel zu lange damit wartete, bis man ihr die Schwangerschaft ansah.

«Aber, mein Gemahl, dies ist *unsere* Hochzeitsnacht», sagte sie beinahe flehentlich. «Das eheliche Versprechen und die Trauung werden doch erst besiegelt, wenn das eheliche Beilager vollzogen wurde. Nur dadurch erhalten wir das Recht, Kinder zu zeugen.» Sie strich mit der Hand eine Falte aus dem Laken. «Der Pfarrer, der heute Morgen unser Ehebett gesegnet hat, und auch deine Familie, sie werden morgen die Spuren sehen wollen, ob ich nun wirklich dein bin.»

Sie nahm behutsam seine Hand, legte sie auf ihre linke Brust und sagte: «Spürst du nicht, wie sehr mein Herz für dich schlägt?»

Da krallten sich seine Finger an ihrer Brust zusammen und drückten zu. Sie verzog das Gesicht vor Schmerzen und hörte ihn daraufhin lustvoll aufstöhnen. Als ob der Schmerz, den er ihr zufügte, den Mann in ihm erweckte, schien er erst jetzt in der Lage zu sein, das Lager mit ihr zu teilen.

Er ließ von ihrer Brust ab und riss sich die Kleider vom Leib. Ungestüm drückte er sie aufs Bett nieder, legte sich auf sie und drang in sie ein. Ekel überkam sie. Aber sie konzentrierte sich auf das, was sie zu tun hatte. Wie Leni gehofft hatte, war Michael so sehr mit sich selbst beschäftigt, dass er nicht merkte, wie sie die Zähne in die Innenseite ihrer Wange grub. Sie biss fest zu, bis sie Blut in ihrem Mund schmeckte. Als er fertig war, sich von ihr zurückzog und keuchend neben ihr auf dem Rücken lag, spuckte sie schnell etwas Blut in ihre Hand, schob sie nach unten und verwischte das Blut zwischen ihren Beinen und dem Laken.

Kurz darauf schnarchte er. Sie drehte sich von ihm weg und legte eine Hand auf die Stelle ihres Bauchs, unter der sie das Kind vermutete. Dann schloss sie die Augen.

Noch lange schmeckte sie den metallischen Geschmack des Blutes in ihrem Mund.

Wenn der Schäfer ein Wolf ist,
wohin sollen die Schafe flüchten?
DEUTSCHES SPRICHWORT

IV. TEIL

✦

September bis Dezember 1568

I
Berlin

Über Urwälder und Sumpflandschaften der kurfürstlichen Mark Brandenburg glitt ein Rabe dahin. Er fand in den spärlich besiedelten Gegenden kaum noch fressbares Getier; das magere Korn auf den ausgedörrten Feldern ernährte nicht genug Mäuse, und wenn die Mäuse verhungerten, verhungerten über kurz oder lang auch ihre Fressfeinde. Auf der Suche nach Nahrung trieb der leere Magen den Vogel zu einem Fluss, der Spree genannt wurde. An einer Flussbiegung lagen die Städte Berlin und Cölln. Im Vergleich zu anderen Städten des Heiligen Römischen Reichs, Städte wie Augsburg oder Hamburg, waren Berlin und Cölln kaum der Rede wert. Ein paar tausend Menschen lebten innerhalb der Stadtmauern in dunklen, muffigen Fachwerkbauten und Hütten, die von Misthaufen und Pfützen umgeben waren. Rühmen konnten sich Berlin und Cölln einiger schmucker Klosterkirchen und der ansehnlichen Gotteshäuser Sankt Marien, Sankt Petri und Sankt Nikolai, in denen Pfaffen und ihre Gemeinden um bessere Tage beteten. Und es gab das kurfürstliche Schloss, das am Cöllner Spreeufer lag, und zwar seit langem eine Baustelle, aber dennoch prächtig anzusehen war. Der Luxus des Kurfürsten, der hier residierte, stand im Gegensatz zu Armut und Not, unter denen weite Teile der Bevölkerung litten. Doch es halfen weder kämpferisch vorgetragene Predigten gegen die Sünden Hochmut, Habsucht, Völlerei und Wollust, die dem Landesherrn angelastet wurden, noch vermochten Proteste von Bevölkerung und Stadträten den Ausschweifungen des Kurfürsten Einhalt zu gebieten.

Mit rauschendem Flügelschlag drehte der Rabe eine Runde über Türme und Dächer des Schlosses, ohne jedoch im schwindenden Tageslicht Nahrung zu sichten. Er verjagte ein paar Tauben vom zwiebelförmigen Kupferdach eines Turms, bevor er sich darauf niederließ und die Umgebung einer genaueren Betrachtung unterzog. Während er lauernd abwartete, verging der Tag. Menschen schlichen mit eingezogenen Köpfen durch die Gassen, verschwanden in ihren Häusern und verriegelten die Türen. Erst als die Nacht sich wie eine dunkle Decke über die Stadt legte, weckte ein vom gegenüberliegenden Flussufer herüberziehender Geruch die Aufmerksamkeit des Vogels. Er schlug die Flügel durch und schwebte über das im Mondschein glitzernde Wasser in eine Gasse; sie wurde gesäumt von schiefen Häuschen, die eher feuchte Höhlen denn behagliche Heime waren. Zwischen all dem Gerümpel, das in der Gasse herumlag, verrichteten Menschen und Tiere ihre Notdurft, und der Gestank mischte sich mit dem Geruch der Misthaufen und verrottender Lebensmittel. Die Gasse war eine Kloake, ein Pfuhl, und zugleich ein Garten Eden für Mäuse, Ratten und anderes Ungeziefer, das hier prächtig gedieh – und dem Raben Beute verhieß.

Das Glück schien dem Vogel hold zu sein. Kaum hatte er seinen Posten auf der obersten Sprosse einer Leiter, die an eine Hauswand gelehnt war, bezogen, als er eine Maus durch den Abfall huschen und hinter einem umgekippten Karren verschwinden sah. Der Rabe stieß sich ab und jagte der Maus nach. Hinter dem Karren traf er jedoch auf keine Maus, sondern auf einen alten, kahlköpfigen Mann, der, als er den Raben heranflattern sah, vor Schreck einen unterdrückten Schrei ausstieß.

Der Vogel floh auf ein Dach und beobachtete argwöhnisch den Mann, der ihm die Beute streitig machte.

Der Schrecken war Octavian in alle Glieder gefahren. Bis in den Hals hämmerte sein Herz. Er brauchte einen Moment, bis er nach dem Angriff des schwarz gefiederten Ungetüms zu Sinnen kam. Gütigerer Herr Jesus, dachte er, es war doch nur ein Vogel, nur ein verdammter Vogel. Er ließ die eingehaltene Luft entweichen. Dann hob er wieder den Kopf und blickte über den Karren hinweg auf die Kellertür, die sich am Ende einer Steintreppe befand. Er hörte gedämpftes Gelächter und trunkenes Gejohle durch die Tür nach draußen dringen. In diesem Viertel kümmerte sich das lichtscheue Gesindel nicht um die Sperrstunde und machte in der Spelunke die Nacht zum Tage. Die Stadtwachen wagten sich nicht in diese Gegend.

Seit Anbruch der Dämmerung kauerte Octavian in dem Versteck. Es hatte ihn große Überwindung gekostet, einen Fuß in diese Gegend zu setzen, und dennoch musste er erledigen, was zu erledigen war. Geschminkte Frauen und zerlumpte Burschen hatte er in die Spelunke gehen sehen. Der Mann jedoch, dessen Spur er bis in dieses dreckige Viertel von Berlin gefolgt war, war nicht darunter gewesen.

Als er Stimmen hörte, duckte er sich. Durch einen Spalt

im Karren sah er zwei Frauen näher kommen. Sie gingen zur Treppe, stiegen die Stufen hinab und klopften an die Tür. Ihnen wurde geöffnet, und sie tauchten in den matten Lichtschein. Dann fiel die Tür hinter ihnen zu.

Octavian rappelte sich wieder hoch. Wie zähflüssiger Brei zogen sich die Stunden dahin. Der Gestank stach ihm in der Nase, seine Gelenke schmerzten von der unbequemen Körperhaltung. Kälte kroch unter seinen Mantel. Hin und wieder kamen Leute am Versteck vorbei und verschwanden in der Spelunke.

Es war wohl längst Mitternacht durch, als das Warten ein Ende fand und die Kellertür von innen aufgerissen wurde. Octavian beobachtete, wie zwei ineinander verkeilte Männer nach draußen torkelten. Der größere von beiden verpasste dem anderen ein paar Faustschläge und Fußtritte, bis sein Opfer auf den Treppenstufen niederging. Doch das Opfer hatte noch nicht genug. Als der große Kerl sich wieder in die Spelunke zurückziehen wollte, rappelte der andere sich auf und rief: «Du Schwein! Du elendes Schwein, gib mir noch was zu trinken.»

«Du hast genug», entgegnete der Große und drohte mit der Faust. Aus seinen hochgekrempelten Ärmeln ragten muskulöse Unterarme hervor. «Bezahl deine Schulden, Bursche, vorher gibt's hier keinen einzigen Schluck mehr für dich.»

«Ach, komm schon, nur noch 'n kleinen Krug», rief der andere. «Ich besorg dir dein Geld. Morgen schon besorg ich's dir.»

«Weißt du, wie oft ich das aus deinem verlogenen Maul gehört hab? Hau ab, oder ich brech dir 'n paar Knochen!» Die Tür fiel krachend hinter ihm ins Schloss.

«Verflucht seist du, Geizhals», rief der andere und

wankte die Treppenstufen hinauf in die Gasse, wo er wütend gegen ein Fass trat.

Octavian hatte genug gesehen. Seine Gelenkte knackten wie trockene Äste, als er sich erhob. Er kam hinter dem Karren hervor und ging zu dem Mann. Der hatte sich auf einer Kiste niedergelassen und hielt sich den schmerzenden Fuß. Aus seiner Nase sickerte Blut; es lief ihm übers Gesicht in den dunklen, struppigen Bart, der auf Wangen und Kinn wucherte. Fettiges Haar hing ihm in Strähnen in die Stirn.

«Ich denke auch, du hast genug getrunken», sagte Octavian.

Stephan Loytz hob den Blick. Er starrte Octavian an. Es dauerte einen Moment, bis er ihn erkannte. «Ach ja, denkst du das?», fuhr er ihn an. Seine Stimme war heiser und klang fremd. «Was willst du hier? Ist nicht die Gegend für 'nen Pfeffersack.»

«Auch du solltest dich von dieser Gegend fernhalten», erwiderte Octavian und reichte Stephan eine Hand, um ihm beim Aufstehen zu helfen.

Stephan schlug die Hand weg. «Mir gefällt's hier. Sind ehrliche Leute. Die sagen einem wenigstens auf'n Kopf zu, was sie von einem halten. Nicht so 'n verlogenes Pack wie deine feinen Herrschaften. Hast 'n bisschen Geld dabei? Bestimmt hast du welches. Gib's mir, dann kann ich weitertrinken, bis ich umfalle vor Rausch. Es ist das Einzige, was mich noch aufrecht hält ...»

Da rief eine helle Stimme: «Er hat Geld! Haste gehört, Geld hat der!»

Octavian drehte sich um und sah zwei Frauen in der Gasse stehen. Eine hatte rotes Haar, die andere war blond. Sie schienen recht jung zu sein, wirkten aber verlebt.

«Gehört der Alte zu dir?», fragte die Blonde.

Stephan zuckte mit den Schultern. «Kann ich mir nicht vorstellen.»

«Lügner», fuhr ihn die Rothaarige an. Ihre Augen waren schwarz umrandet und ihr Gesicht weiß gepudert. «Ich hab dich mit dem reden sehen. He, Alter, der Bursche hier schuldet uns noch Geld … wie viel war's noch gleich?»

«Mindestens drei Taler», antwortete die Blonde. «Dafür haben wir's ihm 'n paarmal besorgt. Alter Mann, zahl die Schulden von dem hier, dann sollste auch 'n bisschen Spaß haben, wenn du noch 'n Taler obendrauflegst.»

Octavian griff unter seinen Mantel, nahm einige Münzen aus seiner Geldtasche und hielt sie der Blonden hin. «Nehmt es und lasst uns in Ruhe.»

Die Blonde betrachtete die Münzen, zuckte mit den Schultern und steckte das Geld ein. Dann rauschten die beiden zur Treppe, liefen die Stufen hinunter und klopften an die Tür.

«Wir verschwinden von hier, Junge», sagte Octavian.

Stephan machte jedoch keine Anstalten, sich von der Kiste zu erheben. «Kannst du auch beim Wirt meine Schulden begleichen? Weil, dann … na, wenn man vom Teufel spricht, ist er nicht weit …»

Der stämmige Kerl, der Stephan vorhin verprügelt hatte, tauchte wieder auf. Er blieb auf halber Treppe stehen, richtete den Blick auf Octavian und sagte: «Ich hab gehört, du zahlst für den da. Gib mir vier Taler, und die Sache ist aus der Welt.»

Hinter dem Mann kicherten die beiden Frauen.

Da griff Octavian mit beiden Händen nach dem Fass, gegen das Stephan getreten hatte, warf es um und stieß es Richtung Treppe. Das Fass rollte über den Boden und polterte die Stufen hinunter.

«Was machst du denn da?», rief Stephan entsetzt.

Von unten waren Flüche und wütendes Geheul zu hören, und der Wirt schrie: «Ich bring euch um, ihr Misthunde, ich stech euch ab …»

Octavian packte Stephan am Hemd und zerrte ihn von der Kiste hoch. Dann rannten sie. Und ein heiseres, höhnisch klingendes Vogelkrächzen hallte noch eine Weile in Octavians Ohren wider.

«Bist du irrsinnig?», stieß Stephan aus. Er sank auf die Bettkante in der Kammer, in der man ihn für eine geringe Miete wohnen ließ.

Octavian blickte sich in der von einer kleinen Öllampe erhellten Absteige um. Ihm sträubte sich das Nackenhaar. Auf dem Fußboden lagen Geschirr, Essensreste und fleckige Kleidungsstücke herum, und als sie gerade dieses Loch betreten hatten, hatte er gemeint, Mäuse unters Bett huschen zu sehen. Oder hatte er sich getäuscht? Hoffentlich. «Diese Frage wollte ich dir auch gerade stellen.»

Stephan ging nicht darauf ein, sondern sagte: «In der Spelunke kann ich mich nicht mehr blickenlassen.»

Octavian nahm ein nach trockenem Schweiß riechendes, zusammengeknülltes Hemd von einem Schemel und legte es auf den wackligen Tisch, der mit Bechern und Tellern vollgestellt war. Die Teller waren mit grünlich schimmernden Schichten überzogen. Octavian seufzte und ließ sich auf dem Schemel nieder.

«Weißt du, Stephan», sagte er langsam, «ich habe dich für einen Nichtsnutz gehalten. Dein närrisches Gehabe und deine übertriebene Mode, darin glaubte ich meine

Vorbehalte bestätigt zu sehen. Man sieht eben das, was man sehen will ...»

«Warum erzählst du mir das?», knurrte Stephan. «Gib mir lieber Geld.»

«Lass mich ausreden! Ja, für einen Nichtsnutz habe ich dich gehalten, für einen, der es sich auf Kosten anderer im Leben bequem einrichtet. Doch bald glaubte ich, mich in dir getäuscht zu haben. Was du für deinen Bruder Simon getan hast, hat mich beeindruckt, ebenso dein Erfolg mit dem Darlehen an den polnischen König.»

Er schaute zu Stephan hinüber, der stumm auf das Durcheinander zu seinen Füßen blickte, und fuhr fort: «Du magst mich für einen groben, gefühlskalten Klotz halten. Seit du aber von Antonio und mir erfahren hast, solltest du wissen, dass auch ich Gefühle empfinde. Aber – hier geht's nicht um mich, sondern allein um dich!»

«Ja, das hast du richtig erkannt: Ich will allein sein.» Stephan beugte sich vor, langte unter das Bett und beförderte einen verstaubten Trinkschlauch zutage. Er zog den Korken heraus und setzte den Schlauch an, ließ ihn aber gleich wieder sinken und fluchte: «Verdammte Mäuse! Die haben das Leder durchgenagt. Ist alles rausgeflossen, war mein letzter Wein.» Er warf den Trinkschlauch zu den anderen Sachen am Boden. «Wie hast du mich überhaupt gefunden?»

«Ich habe gehört, du hast hier einen Freund, diesen Juden Salomon Silbermann. Da dachte ich mir, ich reise nach Berlin und besuche ihn. Er gab mir den Hinweis, du könntest dich in dieser Spelunke herumtreiben. Und er bat mich, dir zu sagen, dass er sich um dein Leben sorgt. Du kannst jederzeit wieder bei ihm im Pfandleihhaus aushelfen. Ist ein feiner Kerl, dieser Salomon. Er scheint dich zu mögen.»

«Damit ist er wohl der Einzige.»

Octavian schüttelte angewidert den Kopf und kämpfte gegen das Verlangen an, Stephan kräftig durchzurütteln. «Du solltest dich mal reden hören, Junge. Es ist eine Schande, wie du dich im Selbstmitleid suhlst! Hast wohl Freude daran, was? Hör mir zu: Es gibt viele Menschen, die dich mögen und dich brauchen, sogar dein Bruder Michael, auch wenn er es nicht zugeben würde. Glaub mir, ich kenne ihn besser als jeder andere. Gerade jetzt braucht er deine Unterstützung im Unternehmen. Die Probleme, die wir haben, haben sich seit einiger Zeit abgezeichnet, und es wird immer bedrohlicher. Die Dänen drängen die ausländischen Fischer und Händler aus den Vitten, und das Salzmonopol bleibt uns trotz Zygmunts Zusagen weiterhin verwehrt. Auch in anderen Geschäftsbereichen sieht es kaum besser aus.»

«Interessiert mich nicht, was mit dem Handelshaus ist. Soll's doch vor die Hunde gehen. Ich werde nicht nach Stettin zurückkehren ...»

«Sondern dich lieber in dieser verkommenen Gegend zu Tode trinken? Und das alles wegen eines Mädchens?»

Stephans Kopf ruckte in die Höhe. Sein Blick war kalt wie Eis. «Ich will nichts hören von ... von ... ich will ihren Namen nicht hören!»

Octavian hob abwehrend die Hände. «Vielleicht gibt es dir ein besseres Gefühl, wenn ich dir sage, dass weder sie noch Michael in der Ehe glücklich zu sein scheinen.» Und er dachte: Von ihrer Schwangerschaft darf ich ihm nichts sagen. Das würde den Jungen vollends zerstören.

«Ich hab gesagt, davon will ich nichts hören», fuhr

Stephan auf – aber der in seinem Blick aufblitzende Funke sprach eine andere Sprache.

Octavian unternahm einen weiteren Vorstoß: «Und es scheint dich auch nicht zu interessieren, was mit Simon ist, oder?» Er sah, wie Stephan gegen einen Widerstand in seinem Hals anschluckte, und wusste, er hatte den wunden Punkt getroffen.

«Hast du etwas von ihm gehört?», fragte Stephan kleinlaut.

«Der Herzog hat ihn noch nicht hinrichten lassen, falls es das ist, was du wissen willst. Warum Barnim so lange damit wartet, ist mir ein Rätsel. Vielleicht, weil seine Gemahlin Anna von Braunschweig-Lüneburg schwer erkrankt ist. Es heißt, Barnim sorgt sich sehr um sie.»

Stephan schüttelte den Kopf und sagte: «Ich glaube, ich kenne den Grund, warum Simon noch am Leben ist.»

Octavian horchte auf. Stephan war anzusehen, wie er mit einem schweren Gedanken rang, als habe er diesen Gedanken lange erfolgreich verdrängt, und nun käme er an die Oberfläche. Ein Schatten legte sich über sein erhitztes Gesicht.

«Und welcher Grund könnte das sein?», fragte Octavian und hielt den Atem an, als Stephan zu erzählen begann.

«Erinnerst du dich, wie du mir im Winter von dem Schreiben des Kurfürsten berichtet hast? Ich war bei ihm. Er hat behauptet, er könne Einfluss auf den Herzog nehmen. Er bot mir an, sich für Simons Freilassung einzusetzen, wenn ich ihm einen Kredit vermittele.»

Octavian ließ zischend Luft durch seine Zähne entweichen. «Der Kurfürst erpresst dich mit Simons Leben? Wie viel Geld verlangt er?»

«Hunderttausend Taler. Er meinte, wenn wir in der Lage sind, Zygmunt und dem Dänenkönig solche Kredite zu gewähren, könnten wir das auch für ihn tun.»

«Und was hast du in der Sache unternommen?»

Stephan rang die Hände und knetete seine Finger, als wolle er sich Schmerzen zufügen. Dann sagte er: «Ich wollte das Geld ja beschaffen. Aber als ich nach Stettin kam, um mit dir darüber zu reden, da hab ich erfahren, dass ... dass diese ... dass sie ihn heiratet, und da hat's bei mir ausgesetzt, und ich bin nach Berlin zurück. Was sollte ich denn tun? Ich würde dem Kurfürsten das Geld aus meiner eigenen Tasche geben, wenn ich's hätte. Weil's mich zerrissen hat, hab ich mit dem Trinken angefangen. Ich weiß, ich muss nach Stettin, um das Geld zu besorgen, aber ich könnt's nicht ertragen, sie zu sehen.»

Sein Kopf sank herab in die aufgestützten Hände. Da fasste Octavian sich ein Herz. Er erhob sich, stieg durch die am Boden liegenden Sachen zum Bett und ließ sich neben Stephan nieder. «Wir werden das Geld auftreiben, hörst du, Junge. Wir besorgen dem Kurfürsten den Kredit.»

Stephan erwiderte nichts darauf.

Als Octavian aufstand und Richtung Tür ging, blieb er noch einmal stehen, drehte sich um und blickte zu dem Häufchen Elend, von dem er hoffte, dass irgendwo darin noch ein Funken Selbstachtung glomm. Stephan war tiefer gefallen als sein Bruder Simon – und das alles wegen der Liebe? Ja, verdammt, wegen der Liebe, dachte Octavian, und in diesem Augenblick konnte er Stephan verstehen. Nicht nur das, er beneidete ihn, dass er so tiefe Gefühle empfinden konnte, auch wenn sie nicht erwidert wurden und es ihm schier den Lebensmut raubte.

Hätte ich damals den Mut aufgebracht, solche Gefühle zuzulassen, dachte er, ich hätte es in Kauf genommen, neben Antonio auf dem Scheiterhaufen zu brennen für ein paar Monate oder Tage, oder auch nur für ein paar weitere Stunden aufrichtiger Liebe. Stattdessen versteckte ich mich wie ein feiger Hund und stürzte mich in Arbeit. Aber was sind alle Zahlen und Bilanzen, alle Einträge und Umrechnungstabellen gegen das, was einen Menschen zum Menschen macht?

Was ist all das gegen das Gefühl, in der Liebe lebendig zu sein?

Als Octavian in dieser Nacht die Absteige verließ, hatte er einen Entschluss gefasst. Er würde alles zerstören, was sein bisheriges Leben ausmachte. Er würde den Stolz seiner Arbeit zerstören, aber dadurch vielleicht sein Gesicht zurückgewinnen. Ja, er würde aus den Büchern des Handelshauses einhunderttausend Taler verschwinden lassen.

2
Stettin

Es war ein ausgesprochen ungünstiger Moment, als Leni die stechenden Schmerzen durchfuhren. Sie saß mit Anna Glienecke in der Wohnstube des Loytzenhofs. Stumm riss Leni die Augen auf. Ihr Körper spannte sich an und wurde steinhart. Panik stieg in ihr auf. Die Zähne fest zusammengebissen, atmete sie schnell und flach durch die Nase, bis die Krämpfe vorbeigingen.

«Was ist mit dir, Mädchen?», hörte sie die Großmutter fragen. «Du atmest laut.»

Leni wich ihrem bohrenden Blick aus und sagte: «Ach, es ist nichts, wahrscheinlich habe ich den kalten Braten nicht vertragen.»

«Wenn du meinst, wird es wohl so sein.» Die Großmutter senkte den Blick wieder auf ihre Arbeit. Wie jeden Abend stickte sie mit Nadel und Faden bunte Muster in Tücher. Ihrem ausdruckslosen Gesicht war nicht anzumerken, ob sie an der Stickerei Gefallen fand. Oder ob sie es einfach tat, um irgendetwas zu tun zu haben, damit sie nicht vor Langeweile verging, wie es manch älterer, vermögender Frau beschieden war.

Auf ihr Drängen hin hatte sogar Leni es mit der Stickerei versucht, es bei dem einen Versuch aber belassen. Sie konnte sich nicht dafür begeistern, so wie sie sich seit der Hochzeit für überhaupt nichts mehr begeistern konnte. Wie von klebrigem Morast überzogen fühlte sie sich, von einem Morast, der ihre Gedanken lähmte und ihr die Luft zum Atmen nahm. Auch im Hospital war sie seit langem nicht mehr gewesen. Michael hatte es ihr verboten; er meinte, eine solche Arbeit sei der Ehefrau des Loytz'schen Regierers unwürdig, und Leni hatte nicht gewagt, ihm zu widersprechen.

Und so kauerte sie auch an diesem Abend im Sessel, die Hände auf dem Bauch abgelegt, der sich unter ihrem Kleid deutlich sichtbar wölbte. «Dein Bauch wächst zu schnell», hatte Anna vor kurzem gesagt und: «Du musst Michaels Kind die Zeit geben, die es braucht, um zu reifen. Gib acht, dass es nicht zu früh auf die Welt kommt.»

Manchmal spürte Leni die Bewegungen ihres Kindes, und diese Bewegungen bescherten ihr seltene Glücksmomente, wenn das Kind ihr einen Lichtstrahl schenkte, der wie durch dichten, grauen Nebel über sie kam. Sie wusste, wenn die krampfartigen Schmerzen, die Wehen, einsetzten, war es das Zeichen, dass die Geburt bevorstand.

Jede Nacht betete sie, die Geburt werde sich noch lange hinauszögern. Niemand durfte Verdacht schöpfen, dass das Kind nicht in der Hochzeitsnacht gezeugt worden war. Denn seit jener Nacht, in der Leni sich Michael das erste und bislang einzige Mal hingegeben hatte, waren noch keine sieben Monate vergangen. Mit Ausreden, sie habe Kopfschmerzen oder Bauchweh, hatte sie Michael auf Abstand halten können. Irgendwann hatte er dann offenbar die Lust auf sie verloren. Wenn seinen Kleidern manchmal das Echo eines weiblichen Dufts anhaftete, hoffte sie, er finde seine Befriedigung in den Hurenhäusern.

«Ich werde wohl besser zu Bett gehen», erklärte Leni. «Der Schlaf wird mir guttun.»

«Und ab sofort verzichtest du auf kalten Braten!», sagte die Großmutter im Befehlston, ohne von ihrem Stickzeug aufzuschauen.

Leni stemmte sich aus dem Sessel hoch und machte einen Schritt Richtung Tür, als die Krämpfe erneut einsetzten. Leni presste die Lippen zusammen, um keinen Laut von sich zu geben, aber die Schmerzen waren brutal und übermächtig, und es war ihr unmöglich, sie zu verbergen. Sie wankte und suchte mit der Hand nach einem Halt, doch ihre Hand griff ins Leere. Sie sank auf die Knie nieder, während die Krämpfe wie glühende Wellen durch ihren Körper fuhren.

Sogleich war Anna bei ihr. «Bei Gott, Mädchen! Was ist mit dir? Es sind doch wohl nicht die Wehen?»

«Woher soll ich das wissen?», schrie Leni. Die Schmerzen machten sie rasend. «Ich hab nie zuvor Wehen gehabt, und wenn's die Wehen sind, dann hasse ich sie ...»

«Bianca!», rief Anna nach dem Dienstmädchen. «Bianca, komm sofort her! Heiliger Herr Jesus, wo ist das unnütze Ding denn? Komm, Leni! Komm her zu mir! Ich bringe dich zum Sessel, setz dich, du musst dich setzen – und hör auf zu jammern!»

Die Großmutter hakte Leni unter und entwickelte ungeahnte Kräfte, als sie Leni zum Sessel führte. Leni ließ sich hineinsinken. Allmählich ebbten die Krämpfe ab.

Die Tür öffnete sich. Bianca steckte den Kopf in die Wohnstube und fragte schüchtern: «Ihr habt nach mir gerufen, Herrin?»

«Lauf sofort zum Rossmarkt, zu der Hebamme, die dort wohnt, und hol sie her!»

Bianca blickte ungläubig zu Leni hinüber. Erst als Anna das Stickzeug nach ihr warf, eilte sie davon.

Nie zuvor hatte Leni solche Schmerzen gespürt. Die Wehen kamen in unregelmäßigen Abständen, manche waren nicht stark, andere wiederum so heftig, dass Leni das Gefühl hatte, ihr Inneres reiße entzwei. Bianca schien eine Ewigkeit fort gewesen zu sein, als sie endlich wieder in der Wohnstube erschien. Völlig aufgelöst stand sie da, am ganzen Körper zitternd und bebend.

«Die Hebamme ist nicht in dem Haus, Herrin, bitte, Ihr müsst mir glauben», sagte sie. «Ich hab rumgefragt, und man sagte mir, sie sei zu 'ner anderen Geburt gerufen worden. Wir sollen warten, bis sie heimkommt.»

«Wir können nicht warten!», rief Anna. «Wir dürfen der Natur nicht ihren freien Lauf lassen. Michaels Kind kommt zu früh. Du musst eine andere Hebamme holen, Bianca, ich weiß, wo eine andere wohnt …»

Leni hörte Annas letzte Worte nicht mehr, weil eine

weitere Wehe ihr die Sinne raubte. Sie sah Bianca aus der Wohnstube stürzen. Kurz darauf schleppten Diener einen mit warmem Wasser gefüllten Bottich und den alten Geburtsstuhl herein. Der Stuhl war mit einer hohen Lehne versehen; die vorn geöffnete Sitzfläche hatte die Form eines Hufeisens. Mehrere Generationen von Loytz hatten darauf das Licht der Welt erblickt. Anna befahl den Männern, Leni auf den Stuhl zu setzen, dann schickte sie sie aus dem Raum, ebenso wie Michael, der vom Lärm angelockt herbeigeeilt kam.

«Eine Geburt ist die Angelegenheit von Frauen – raus mit euch allen!», schrie Anna.

Leni hatte die alte Frau nie so aufgebracht erlebt, geradezu panisch war sie, während Leni von einem Krampf in den nächsten glitt. Die Wehen folgten jetzt dicht aufeinander.

Anna stieß bittere Flüche aus, gleich darauf betete sie zum Herrgott, um sich für die Flüche zu entschuldigen. Dann zeterte sie wieder und schimpfte auf Bianca und die Hebamme, bis das Dienstmädchen endlich in der Wohnstube erschien. Bei ihr war eine kleine, gebeugte Frau, deren Gesicht unter einer Kapuze verborgen war. Als sie die Kapuze abnahm, entfuhr Leni keuchend der Atem. Sie erkannte die Weise Frau aus der Wollweberstraße wieder.

Ihr lief es kalt über den Rücken. Angst packte sie. Wenn ihr Besuch bei der Weisen Frau aufflog, flog auch auf, dass Michael nicht der Vater des Kindes war. Sie hatte jedoch keine andere Wahl, als sich in die Hände jener Frau zu begeben, die sonst ungeborene Kinder mit glühenden Nadeln durchbohrte.

Die Weise Frau trat vor Leni hin. In ihrem Blick sah Leni, dass die Alte sie ebenfalls erkannte.

«Warum zögert Ihr?», fuhr Anna die Weise Frau an. «Macht Euch an die Arbeit. Die Geburt steht unmittelbar bevor. Wir müssen damit rechnen, dass das Kind noch nicht vollständig entwickelt ist. Es kommt mehrere Wochen zu früh.»

«Ist das so?», fragte die Alte. «Dann wollen wir mal sehen, ob alles dran ist am Kindchen. Aber mein Gefühl sagt mir, es wird 'n gesundes und kräftiges Kindchen.»

«Woher wollt Ihr das wissen?», stieß Anna aus.

Die Alte zuckte mit den Schultern. «Ist eben so. Ich weiß, was ich weiß.»

Bitte sag kein falsches Wort, flehte Leni innerlich.

Die Alte forderte Anna und Bianca auf, Leni die Kleider auszuziehen. Dann schob sie den kleinen Beistelltisch neben den Geburtsstuhl. Darauf stellte sie ihre Tasche ab und entnahm ihr eine große Schere, die sie auf dem Tisch bereitlegte. Anschließend ging sie vor Leni in die Hocke und spreizte ihr die Beine, wie sie es in ihrer Hütte getan hatte.

Als eine weitere heftige Wehe einsetzte, sagte die Alte: «Jetzt halt den Atem hart an, Mädchen. Dann presst du mit allem, was du hast, gegen das Kindchen.»

Leni gehorchte und presste, doch die Wehe verging. Da hörte sie Bianca, die dicht herangetreten war und große Augen machte, sagen: «Hoffentlich liegt's nicht falsch herum. Weil, bei meiner Schwester hat mal eins falsch gelegen. Zwei Tage lag meine Schwester in den Wehen. Dann musste die Hebamme ein spitzes Messer in sie reinstechen, um das Kindchen zu zerschneiden, sonst hätte man's gar nicht mehr raus...»

«Red nicht so ein dummes Zeug», fuhr Anna sie an. «Damit machst du ihr Angst.»

Doch Leni bekam keine Gelegenheit, sich über die Leiden von Biancas Schwester Gedanken zu machen, denn die nächste Wehe kam über sie. Sie schloss die Augen und presste und schrie und presste und schrie. Die Schmerzen raubten ihr fast das Bewusstsein, bis sie spürte, wie etwas aus ihr herauskam. Sie öffnete die Augen und sah die Alte einen winzigen, mit Blut verschmierten Menschenklumpen in die Höhe halten und mit der Schere die Nabelschnur durchschneiden.

Da fing das Kindchen zu schreien an, und die Weise Frau sagte: «Sag ich's doch, ist alles dran, was dran sein muss.»

Leni erwachte im Wochenbett, in das man sie nach der Geburt gelegt hatte. Das Bett war mit weichen Kissen gepolstert, duftend frischer Wäsche bezogen und stand in einer ruhigen Kammer, in der sie sich von den Anstrengungen erholen sollte. Sie setzte sich im Bett auf und schaute sich um. Es schien noch mitten in der Nacht zu sein. Vor der Tür waren Schritte zu hören. In einer Ecke der Kammer sah Leni eine Kerze brennen. Der Kerzenschein fiel über die Weise Frau, die in einem Sessel saß und sie anblickte.

«Wie geht es meinem Kind?», fragte Leni. Der Klang ihrer eigenen Stimme kam ihr unangenehm laut vor. Sie dämpfte die Stimme und wiederholte die Frage.

Die Weise Frau senkte den Blick auf ihren Schoß, in dem ein in Decken gewickeltes Bündel lag.

«Gebt es mir, gebt es mir sofort, ich muss es sehen!», sagte Leni, und ein beängstigender Gedanke beschlich sie. «Stimmt mit dem Kind etwas nicht?»

Die Weise Frau nahm das Bündel, erhob sich und kam ans Wochenbett, wo sie das Bündel neben Leni ablegte.

Die Tücher waren warm und verströmten einen süßlichen Duft. «Das Kind soll an deiner Herzseite liegen», sagte sie. «So kann dein Herz den Unfrieden, der von bösen Geistern gestiftet wird, und alle Erkrankungen aus dem Kind ziehen.»

«Soll das heißen ... ist es krank?», fuhr Leni auf und blickte zum ersten Mal in das schlafende Gesichtchen. Die Nase, der Mund, die geschlossenen Augen – alles war so klein, so zart. In Leni schwang sich ein warmes Gefühl auf, das größer war und tiefer wurzelte als alles, was sie bislang erlebt hatte.

«Mach dir keine Sorgen, Mädchen», sagte die Alte. «Ist 'n prächtiges Kind, gesund und kräftig, genauso wie's sein soll. Morgen schick ich 'ne Säugamme her, die ihm die Brust gibt. Deine Vormilch könnte ihm schaden. Ich hoffe mal, diese Leute hier lassen dich dein Kind später selbst stillen.»

«Und ihm fehlt wirklich nichts?», fragte Leni.

Die Lippen der Weisen Frau verzogen sich zu einem schiefen Lächeln. «Gut möglich, dass der Herr, der vor der Tür auf und ab läuft, was findet, was ihm an dem Kindchen fehlt.»

Leni verstand nicht, was die Alte damit meinte, konnte aber nicht nachfragen, weil in dem Moment von außen an die Tür geklopft wurde. Michael rief: «Heda! Ich hab Stimmen gehört. Ist sie aufgewacht? Ich will meinen Jungen endlich sehen!»

«Es ist besser, ich gehe jetzt», sagte die Weise Frau.

Leni streckte eine Hand nach ihr aus, hielt sie am Arm fest und flüsterte: «Ihr habt doch niemandem von meinem Besuch bei Euch erzählt?»

«Für wen hältst du mich, Mädchen?»

«Danke, gute Frau. Ich danke Euch von Herzen, auch dafür, dass Ihr mir damals zu verstehen gegeben habt, ich solle das Kind austragen.»

«Bedanke dich bei Sybilla, dass sie dich zu mir geschickt hat.»

«Sybilla weiß Bescheid?»

«Du unterschätzt sie.»

Wieder hämmerte es gegen die Tür. «Ich komm jetzt rein», rief Michael. Im Hintergrund war seine Großmutter zu hören, die ihn offenbar zurückhalten wollte. Doch die Tür wurde geöffnet. Gefolgt von Anna Glienecke, kam Michael mit einer Kerze in der Hand herein.

«Seht Ihr, Frau Großmutter, sie ist wach», erklärte er. Hinter ihm entschwand die Weise Frau aus der Kammer. Er trat ans Bett und beugte sich über das schlafende Kind. Seine Augenbrauen zogen sich zusammen, und ein zweifelnder Ausdruck überschattete sein Gesicht. «Ist es überhaupt ein Junge?», fragte er.

Da begriff Leni, was die Weise Frau mit ihrer Andeutung gemeint hatte. Sie spürte ein wohliges Gefühl, als habe sie einen Sieg errungen. «Danke, dass du dich nach meinem Befinden erkundigst. Ja, es geht mir gut.»

«Darüber hat mich Großmutter in Kenntnis gesetzt», erwiderte er. «Es ist Zeitverschwendung, nach einer Sache zu fragen, über die man Bescheid weiß. Außerdem fragt mich ja auch niemand, wie es mir geht, immerhin bin ich zum ersten Mal Vater geworden. Was Großmutter mir nicht verraten hat, ist, ob es wirklich der Junge ist, den ich mir als Erben wünsche.»

«Michael!», rief Anna Glienecke und fasste nach seinem Arm. «Gott entscheidet, ob es ein Junge oder ein Mädchen ist. Nicht du!»

«Würdest du dein Kind nicht lieben, wenn es ein Mädchen ist?», fragte Leni.

Michael schnappte nach Luft. «Soll das … soll das heißen, es ist *kein* Junge?»

Er schüttelte die Hand seiner Großmutter ab und griff nach dem Kind, dessen Augenlider flackerten. Es wachte auf. Leni beobachtete entsetzt, wie Michael die Tücher auseinanderwickelte. Sie kämpfte gegen den Drang an, ihn davon abzuhalten. Es war ihr Kind! Anschreien wollte sie ihn, er solle von ihrem Kind ablassen. Es war nicht seins! Es war Stephans Kind! Sie ballte in ihrem Schoß die Hände zu Fäusten, wagte aber nicht, sie gegen ihn zu erheben; für immer musste sie ihn in dem Glauben wiegen, der Vater des Kindes zu sein. Und so musste sie mit ansehen, wie er das sich rekelnde Kindchen freilegte.

Als es nackt und strampelnd vor ihm lag und er darauf herabblickte und sah, was dem Kindchen fehlte, stieß er einen knurrenden Laut aus. Dann richtete er sich mit einem Ruck auf, drehte sich um und stampfte ohne ein weiteres Wort aus der Kammer.

3
Berlin

Wenige Tage nachdem Octavian aus Berlin abgereist war, erhielt Stephan Antwort auf seine schriftliche Bitte um eine Audienz beim Kurfürsten. Dieser gewährte sie ihm, und als der Tag – der Monat Oktober war bereits angebrochen – gekommen war, eilte Stephan die Heilig-Geist-Straße hinunter und bog in die Georgenstraße ein, die ihn zur Langen Brücke führte, auf der er die Spree überquerte. Er ließ die niedrigen Holz- und Lehmhütten der Fischer und die Steingebäude der Kaufleute links liegen und steuerte auf das Cöllner Schloss zu.

Er trug einen Mantel, den ihm sein Freund Salomon aus dem Fundus der nicht ausgelösten Kleidungsstücke geschenkt hatte. Ohne zu zögern, hatte Salomon Stephan aufgenommen und ihm Arbeit im Pfandleihhaus gegeben. Die regelmäßigen Arbeitszeiten halfen Stephan, wieder auf die Beine zu kommen.

Nach Octavians Besuch war ihm gewesen, als hätten dessen Worte in seinem Kopf einen Vorhang geöffnet und ihm den Blick frei gemacht auf das, was er lange nicht hatte sehen wollen. Wochen-, ja monatelang hatte er in den Spelunken bei Branntwein und Huren seinen Kummer über den Verrat dieser Frau betäubt. Noch immer war er wütend und sein Herz voller Trauer, und sein Magen krampfte sich zusammen, wenn die Erinnerungen in seinen Kopf drängten. Doch Simons Rettung aus den Augen verloren zu haben, das war ein unverzeihlicher Fehler.

Als Stephan den Wachen am Schlosstor das kurfürstliche Schreiben vorlegte, rief man einen Hofdiener hinzu. Der Diener hatte einen gedrungenen Körperbau und ein ernstes Gesicht, das zu keinem Scherz aufgelegt zu sein schien. Steifbeinig schritt er voran über den Schlosshof. Statt Stephan jedoch ins Schloss zu bringen, führte er ihn zu einem Fachwerkanbau und öffnete die Tür. Als Stephan in einen langen Gang trat, verzog er angewidert das Gesicht. Der Geruch nach Schwefel biss ihm in die Nase.

«Der Kurfürst bittet Euch, einen Moment auf ihn zu warten», sagte der Hofdiener und wies auf eine Bank an der weiß getünchten Wand. «Nehmt dort Platz. Ich werde Euer Eintreffen melden.»

«Warum empfängt mich der Kurfürst nicht im Schloss?», fragte Stephan.

Der Hofdiener machte einen nichtssagenden Ausdruck und meinte: «Ich führe nur die Anweisungen aus, die man mir aufträgt, Herr.»

«Und was ist das für ein Gebäude? Hier drinnen stinkt es ja abscheulich.»

«Stellt Eure Fragen jenen, die sie beantworten können», sagte der Diener und ließ Stephan allein im Gang zurück.

Stephan setzte sich auf einen Stuhl. Er fragte sich, was der Kurfürst damit bezweckte, ihn in einem Gebäude warten zu lassen, in dem es roch wie in einer Hexenküche. Er blickte den langen Gang hinunter. Zur einen Seite führten Fenster auf den Hof hinaus, von der anderen Seite gingen mehrere Türen ab. Hinter der Tür, die ihm am nächsten gelegen war, glaubte er, Stimmen zu hören. Er schaute sich noch einmal um. Da er niemanden sah, stand er auf, schlenderte zur Tür, legte ein Ohr daran und lauschte. Ja, dahinter waren Stimmen zu vernehmen und metallisches Geklapper, als hantiere irgendwer mit irgendwelchen Gerätschaften.

Neugier packte Stephan. Er beugte sich zum Schlüsselloch hinunter, um hindurchzuspähen, als hinter ihm die Eingangstür geöffnet wurde und eine lachende Stimme rief: «Habt Geduld, mein Freund, habt doch Geduld!»

Stephans Nackenhaare stellten sich auf. Ihm war, als wehe ein eisiger Hauch über ihn hinweg. Als er sich aufrichtete, fühlte er sich wie ein Lausejunge, den man beim Lauschen ertappte, und so war es ja auch. Im Gang bei der Tür stand der Kurfürst. Hinter seinem Rücken lugte sein Schatten, dieser Hofkämmerer Lippold, hervor und starrte Stephan durchdringend an.

Der Kurfürst sagte: «Ich muss gestehen, von Eurer Bitte nach einer Audienz überrascht worden zu sein, nachdem Ihr mehr als ein halbes Jahr nichts von Euch habt hören lassen. Ich hatte angenommen, Euch sei am Schicksal Eures Bruders doch nichts gelegen.»

Stephan wollte etwas zu seiner Entschuldigung vorbringen, aber das plötzliche Erscheinen des Kurfürsten hatte ihm die Sprache verschlagen. Beinahe hätte er vergessen, sich zu verbeugen, und holte es schnell nach.

«Bevor wir zum Geschäftlichen kommen», sagte der Kurfürst, «möchte ich Euch einige Dinge zeigen, die Eurem Zögern hinsichtlich des Kredits auf die Sprünge helfen dürften. Lippold, mein Lieber, sei so gut und hole diesen neuen Alchemisten hinzu, diesen ... diesen ... wie heißt der Mann doch gleich?»

«Therocyclus, Herr, er nennt sich Therocyclus», sagte Lippold und huschte den Gang hinunter, wo er hinter einer der Türen verschwand.

«Mein lieber Kaufmann Loytz», sagte der Kurfürst. «Seid Ihr jemals in die Geheimnisse der Alchemie eingewiesen worden?»

«Während meines Studiums in Rom hat man uns das eine oder andere Experiment machen lassen ...»

«Ah – und da ist er auch schon», unterbrach ihn der Kurfürst.

Lippold eilte durch den Gang heran, gefolgt von einem kleinen Mann, dessen Nase spitz wie ein Vogelschnabel war. Er trug eine helle, mit farbigen Klecksen gesprenkelte Schürze. Von seinem fast kahlen Schädel standen die Ohren ab wie die Henkel eines Kochtopfs. Sie schienen vor Aufregung zu flattern, als er sich vor dem Kurfürsten verbeugte.

«Mein lieber Theo... Theo...», sagte der Kurfürst.

«Therocyclus, so lautet mein bescheidener Name, Durchlauchtigster.»

«Ganz wie Ihr meint. Wir wären Euch verbunden, wenn Ihr unseren Gast, den werten Kaufmann Stephan Loytz aus der schönen Stadt Stettin, ein wenig in die Geheimnisse Eurer Arbeit einweiht. Ich hoffe doch, dass Ihr Fortschritte macht?»

Der Alchemist schluckte schwer und sagte: «Ja, Herr, gewiss, Herr. Wenn Ihr mir bitte folgen mögt.»

Er öffnete die Tür, an der Stephan gelauscht hatte. Dahinter kamen sie in einen Raum, der vollgestellt war mit den absonderlichsten Gerätschaften, die Stephan je gesehen hatte. Es gab Öfen und riesige Blasebälge, Waagen und Pressen, und überall blubberte und zischte seltsames Gebräu in Tiegeln, Glaskolben und gewaltigen Kesseln. Zwischen den Geräten wuselten mit Mundschutz und Kitteln ausgestattete Männer umher. Hitze und Gestank, ausgedünstet von Schwefel und glühenden Metallen, waren schier unerträglich. Dankbar nahm Stephan ein Tuch entgegen, das er sich, so wie der Kurfürst, Lippold und der Alchemist, vor Mund und Nase band.

«Das Tuch wird Euch vor den giftigen Gasen schützen, die bei den Röst- und Schmelzprozessen der verschiedenen Metalle entstehen», erklärte der Alchemist.

Stephan blickte ihn zweifelnd an. «Die Männer, die hier drin arbeiten, sind den ganzen Tag diesen Gasen ausgesetzt?»

«Ja, aber unsere Goldschmiede, Töpfer und Schreiber bekommen ein kräftiges Frühstück mit Wein, Brot, Butter und Rahm. Das wappnet sie gegen alle Schäden an ihrer Gesundheit», sagte der Alchemist.

Stephan beschlich der Verdacht, dass der Alchemist sich selbst nur widerwillig und vermutlich so selten wie möglich in diesem Raum aufhielt.

«Und nun erklärt unserem jungen Freund doch, was Ihr hier in meinem Auftrag herstellt», forderte der Kurfürst ihn auf.

«Wir analysieren Erze, gießen Metalle und wandeln mit Hilfe eines speziellen Verfahrens unedle Stoffe in Gold und Silber um. Ihr befindet Euch in einer Goldmacher-Werkstatt. Und nicht nur das: Das Elixier, das wir entwickeln, wird das menschliche Leben vor Alter und Siechtum bewahren und bislang unheilbare Krankheiten heilen.»

Stephan konnte kaum glauben, was er hörte. «Ihr stellt Gold her?», fragte er und blickte den Kurfürsten an. «Aber dann müsst Ihr doch unermesslich reich sein!» Warum braucht der Mann dann überhaupt einen Kredit?, fügte er in Gedanken hinzu.

«Sagen wir es einmal so», erwiderte der Kurfürst. «Unser lieber Freund hier, der Theo… also er ist zumindest nah dran, bei der Entwicklung des Elixiers den Durchbruch zu schaffen, nicht wahr?»

Der Alchemist senkte leicht den Blick, blinzelte und sagte dann: «Wir machen Fortschritte, Durchlauchtigster, erfolgversprechende Fortschritte …»

«Das will ich in Eurem Sinne hoffen, damit Euch das Schicksal Eurer Vorgänger erspart bleibt», sagte der Kurfürst, ohne näher zu erläutern, worin dieses Schicksal bestand. Stattdessen hob er beide Hände, spreizte die Finger ab und tippte dem Alchemisten mit den Fingerkuppen auf die Brust.

Der Alchemist verstand offenbar, worauf der Kurfürst anspielte, denn er zuckte wie unter einem Peitschenhieb zusammen. Dann sprang er eilfertig zu einem Tisch, von dem er eine kleine Holzkiste nahm. Er brachte das Holzkästchen zu den anderen, klappte den Deckel auf und nahm einen goldenen Becher heraus.

Der Kurfürst riss ihm den Becher aus der Hand und hielt ihn mit prüfendem Blick in den Schein einer Kerzenflamme. «Das scheint Gold zu sein, wahrhaft reines Gold. Macht nur weiter so, mein Lieber, und stellt endlich das Elixier her. Wie Ihr wisst, bin ich nicht mehr der Jüngste an Jahren und baue darauf, dass Euer Elixier mir alsbald ein ewiges Leben in Reichtum beschert.»

Der Alchemist räusperte sich unter dem Mundschutz. «Natürlich arbeiten wir Tag und Nacht daran, Durchlauchtigster. Um weitere Experimente durchführen zu können, müssten wir jedoch neue Geräte anschaffen, wofür wir noch etwas Geld benötigen …»

«Mehr Geld braucht Ihr?», sagte der Kurfürst und blickte Stephan an. «Nun, am Geld soll das ewige Leben nicht scheitern, nicht wahr, Kaufmann Loytz?»

«Ich sehe, meine kleine Präsentation hat Euch tief bewegt», sagte der Kurfürst. «Durch die geheime Formel des Elixiers werde ich nicht nur so viel Gold und Silber herstellen können, wie ich will, sondern auch die Macht haben, ein Leben ohne Krankheit und Siechtum zu schenken. Ja, mein lieber Kaufmann Loytz, das ist meine Zukunft! Und es könnte die Eure sein. Versteht Ihr nun, welche Ehre es ist, mit einem Mann wie mir Geschäfte zu machen? Ich bitte Euch – schaut Euch um!»

Stephan schluckte und sagte gepresst: «Euer Laboratorium hat mich beeindruckt.» Das hatte es in der Tat, auch wenn er zweifelte, ob die Experimente je den gewünschten Erfolg haben würden.

Er saß neben Lippold an einem Tisch in dem mit kristallenen Kerzenleuchtern, Marmor und Ebenholz prunkvoll ausgestatteten Großen Saal des Stechbahnflügels, durch dessen hohe Fenster man auf die Kampf- und Turnierplätze des Schlosses blickte.

«Schaut nicht aus dem Fenster», sagte der Kurfürst. Er stapfte vor dem Tisch hin und her und zeigte dabei auf die hintere Wand. «Schaut auf diese Gemälde!» Er ging zu der Wand, an der mehrere Bilder hingen. Die strengen Gesichter der darauf abgebildeten Männer erinnerten Stephan an die Porträts der Loytz im Kontor.

«Das sind meine Ahnen: Friedrich VI., ein Mann aus Nürnberg, der vor mehr als einhundert Jahren Markgraf von Brandenburg wurde», erklärte der Kurfürst und schritt die Porträts ab. «Der eiserne Friedrich und dessen Bruder Albrecht Achilles, dann Johann Cicero und Albrecht IV. von Brandenburg, bis hin zu meinen Vater Joachim I. Nestor. Mein Vater war ein Mann wie aus Stahl geschmiedet, hart im Glauben und in seinen Überzeugungen, die so weit gingen, dass er meine Mutter vom Hof jagte, weil sie der katholischen Lehre abschwor. Alle diese Männer stammen aus dem stolzen Hause der Hohenzollern. Seht ihre entschlossenen Blicke. Seht, welche Kraft diese Augen ausstrahlen. Seht das unerbittliche Verlangen, Macht und Reichtum zu bewahren und zu mehren …»

Schließlich blieb er vor dem letzten Porträt stehen, das einen jungen Mann zeigte, der in einer eisernen, mit Gold verzierten Rüstung steckte, auf dem Kopf einen roten

Hut trug und lässig eine Streitaxt schulterte. «Und schaut Euch diesen jungen Mann an.»

Stephan fand, der Bursche wirkte gelangweilt, geradezu blasiert und selbstverliebt, wie er, die Augenbrauen hoch- und die Mundwinkel heruntergezogen, dem Blick des Betrachters auswich und in die Ferne schaute.

«Dies hier, mein Freund, bin ich in jungen Jahren, gemalt von einem der größten Künstler. Meister Lucas Cranach der Ältere – Gott hab ihn selig! – hat es verstanden, meine Entschlossenheit und meinen eisernen Willen einzufangen. Gerade fünfzehn Jahre war ich damals alt, und doch war schon alles in mir angelegt, was mich heute auszeichnet. Ja, schaut nur genau hin, dieser feine Bursche, der von seinem Volk geliebt wird wie kein anderer Herrscher, hat in seinem Leben Großes geleistet. Ich habe mehr Schlösser errichtet als meine Ahnen und einen Knüppeldamm von hier bis zum Grünen Walde bauen lassen. Ich habe der Reformation in Brandenburg den Boden bereitet ...» Sein Blick zuckte zum Porträt seines erzkatholischen Vaters, bevor er fortfuhr: «Ich habe Kirchen und Klöster gestiftet, und nun wird die Formel für ewiges Leben, die Formel für Reichtum und Macht, die Krönung meines Lebens sein.»

Er kam an den Tisch und ließ sich Stephan und Lippold gegenüber auf einen Stuhl sinken. Dann beugte er sich über den Tisch so weit vor, wie sein Bauch es erlaubte, richtete den Blick auf Stephan und sagte: «Und Ihr, ein Kaufmann aus Stettin, dürft an der Krönung meiner Schöpfung teilhaben.»

Stephan zwang sich, dem Blick des Kurfürsten standzuhalten, auch wenn ihm in dessen Gegenwart unbehaglich zumute war. Das Wesen dieses Mannes verwirrte ihn. Ihn beschlich der Gedanke, der Kurfürst könne dem Wahnsinn anheimgefallen sein. Er wirkte zwar ruhig, aber zugleich schien in seinem Innern ein Vulkan zu brodeln. Ja, irgendetwas lauerte unter der Oberfläche, und je länger Stephan darüber nachdachte, umso mehr gewann er den Eindruck, der Teufel selbst habe sich in dieser wohlgenährten Hülle eingenistet.

«Es wäre mir eine Ehre», log Stephan schließlich. Er war hier, um seinen Bruder zu retten – koste es, was es wolle.

«Dann wollen wir unsere Partnerschaft besiegeln», sagte der Kurfürst. «Lippold, mein Lieber, lege doch bitte unserem jungen Freund den Vertrag vor. Wir wollen es kein zweites Mal aufschieben. Wer weiß, wie lange sich unser Freund dann wieder nicht meldet. Selbstverständlich haben wir die von Euch gewünschte Klausel ergänzt, die meine Verpflichtung betrifft, für die Freilassung Eures Bruders zu sorgen.»

Er machte eine Pause, wartete, bis Lippold einige Papiere aus einer Ledertasche genommen und auf dem Tisch ausgebreitet hatte. Dann sagte er: «Bei unserem letzten Gespräch hatte ich den Eindruck, es behagt Euch nicht, das Grundstück an den Herzog abzutreten. Mögt Ihr mir den Grund dafür nennen? Oder habe ich mich getäuscht?»

Er mag verrückt sein, dachte Stephan, aber er ist ein aufmerksamer Beobachter. Tatsächlich hatte die Sache mit dem Grundstück ihn damals mehr beschäftigt als die hohe Kreditsumme. Aber das war damals. Auch wenn ihm das Schicksal der Nonne, ihrer Helfer und der kranken Menschen naheging, würde er doch keinen Gedanken mehr daran verschwenden, ob es Michaels Ehefrau gefiel oder nicht. Letztlich war Simons Leben das Einzige, was noch zählte.

«Ihr müsst Euch getäuscht haben», sagte Stephan. «Wenn der Herzog darauf besteht, soll er das Grundstück haben.»

«Das ist die Einstellung eines Kaufmanns», lobte der Kurfürst. «Die Angelegenheit soll zur Zufriedenheit für alle Parteien gelöst werden. Allerdings – eine kleine Änderung mussten wir vornehmen, und die betrifft die Höhe der Kreditsumme.»

Stephan spürte ein Kribbeln im Nacken. Er senkte den Blick auf die Papiere vor sich und sah gleich auf der ersten Seite eine andere Summe als die ursprünglich vereinbarte geschrieben stehen. Schweiß trat ihm auf die Stirn. «Das ist ... zu viel», sagte er heiser.

Der Kurfürst lächelte milde. «Aber, aber, mein Freund. Ein so großes Bankhaus, das Kredite in Höhe von jeweils hunderttausend Taler an Zygmunt und den Dänenkönig gewähren kann, wird auch in der Lage sein, zweihunderttausend Taler aufzubringen. Lippold!»

Der Hofkämmerer schob ein Tintenfässchen vor Stephan, reichte ihm eine Schreibfeder und tippte in dem Vertrag auf die Stelle, die für Stephans Unterschrift vorgesehen war. Stephan nahm die Feder, betrachtete sie lange, drehte sie zwischen schweißfeuchten Fingern hin und her, zögerte, tunkte die Spitze vorsichtig in die Tinte, zögerte wieder.

Und dann schloss er den Pakt mit dem Teufel.

4
Stettin

«Zweihunderttausend!» Octavians Augen wurden vor Entsetzen groß und dunkel. «Unmöglich kann ich eine solche Summe aus den Büchern rechnen. Worauf hast du dich da eingelassen? Du hast den Vertrag doch nicht unterschrieben? Sag bitte, dass du es nicht getan hast!»

Stephans Kehle war trocken, als er sagte: «Ich hatte keine andere Wahl. Es geht um Simons Leben, und der Vertrag ist die einzige Möglichkeit ...»

«Aber – Junge! Doch nicht für eine so hohe Summe!»

Stephan war gerade erst aus Berlin zurückgekehrt und gleich zu Octavians Haus gegangen. Dort wollte er auf den Hauptbuchhalter warten und war überrascht gewesen, ihn bereits zu dieser Stunde daheim anzutreffen. «Ein Kopfschmerz plagt mich», hatte Octavian erklärt. «In meinem Kopf dröhnt es wie von Hammerschlägen, daher bin ich früher heimgegangen. Aber nun, wo ich sehe, dass du wohlauf bist, geht es mir besser.»

Dann hatte er gelacht, doch das Lachen war ihm schnell wieder vergangen.

Jetzt sprang er hinter dem Tisch in der Wohnstube auf, stapfte zum Fenster und blickte nach draußen in den kühlen, grauen Herbstnachmittag. Er rubbelte mit den Händen über seinen kahlen Schädel, stöhnte dabei herzergreifend und stapfte dann zum Tisch zurück. Er atmete tief durch, und ihm war anzusehen, mit welcher Mühe er um Fassung rang, als er sagte: «Kannst du dir vorstellen, was es für mich bedeutet, die Bücher des Handelshauses zu fälschen, für das ich seit Jahrzehnten die Buchhaltung mache? Immer korrekt, immer fehlerlos und immer gewissenhaft, meinen Arbeitgebern treu ergeben. Es zerreißt mir das Herz, die Früchte meines Arbeitslebens in den Dreck zu ziehen. Trotzdem habe ich in den vergangenen Tagen und Wochen jede Gelegenheit genutzt, um die Bücher zu frisieren. Fast einhunderttausend Taler habe ich aus den Bilanzen gerechnet, damit es nicht auffällt, wenn wir den Rücklagen das Geld entnehmen – oder besser gesagt: wenn wir es unserem Unternehmen stehlen. Und nun sagst du, es reicht nicht. Stattdessen sollen wir nicht weniger als die doppelte Summe abzweigen.» Ermattet ließ er sich auf einen Stuhl fallen.

«Aber es handelt sich doch um einen Kredit», erwiderte Stephan. «Wir bekommen das Geld in einigen Jahren zurück, sogar mit Zinsen. Der Kurfürst ist durch den Vertrag zur Zahlung verpflichtet. Außerdem werden bald die Kredite fällig, die wir Zygmunt August und dem dänischen König Friedrich vermittelt haben.»

«Und wenn die Herrschaften ihre Schulden nicht rechtzeitig begleichen?»

«Warum sollten sie das nicht tun?»

Octavian verzog den Mund und sagte: «Glaub mir, Junge, ich bin lange genug im Geschäft, um zu wissen, dass man immer mit dem Schlimmsten rechnen muss. Denk nur an die offenen Forderungen, die wir an viele pommersche Adelshäuser haben. Denen laufen wir zum Teil seit Jahrzehnten hinterher. Mal angenommen, die Könige zahlen ihre Schulden tatsächlich zum vereinbarten Zeitpunkt – aber was machen wir bis dahin? Wenn wir unserer Kasse diese zweihunderttausend Taler entnehmen, sind alle Rücklagen so gut wie aufgebraucht. Mit welchem Geld sollen wir dann die Rechnungen bezahlen? Sollen die Loytz selbst weitere Darlehen aufnehmen? Dann fliegt der ganze Schwindel auf, und du und ich, ja – wir beide, wir wandern auf direktem Wege in das Loch, in dem dein Bruder Simon sitzt.»

Er holte Luft, und als Stephan etwas einwenden wollte, brachte ihn Octavian mit einer energischen Handbewegung zum Schweigen: «Sollte man uns beide anklagen, wäre das noch das kleinste Übel. Erst in den vergangenen Tagen ist mir bewusst geworden, welche Gefahren unser Betrug birgt. Wir spielen mit dem Feuer, und dieses Feuer kann sich blitzschnell zu einem Flächenbrand auswachsen. Das Handelshaus muss seit einiger Zeit erhebliche Verluste hinnehmen. Wenn wir den Kassen noch mehr Geld entnehmen, droht uns der Konkurs – und nicht nur uns! Unsere Pleite könnte Dutzende andere Unternehmen und Gläubiger, die bei den Loytz ihr Geld investiert haben, mit in den Abgrund reißen. Es käme einem wirtschaftlichen Erdbeben gleich.»

Octavian rieb sich die Augen und ließ die Hände dann auf den Tisch sinken. «Und das alles für ein Menschenleben?»

Stephan schob eine Hand über den Tisch, legte sie auf Octavians Hand und sagte: «Ja, das alles für ein Menschenleben. Wir haben keine andere Wahl.» Dann erhob er sich. «Es tut mir leid, dass ich dich in Bedrängnis bringe, Octavian. Ich kann dir nicht dankbar genug sein, dass du mich wachgerüttelt hast, und dafür, was du für Simon tust. Erinnere dich aber bitte auch daran, wie du sagtest, wir werden das Geld besorgen. Nun gibt es kein Zurück mehr. Ich habe den Vertrag unterschrieben und werde alles tun, um Simon aus dem Kerker zu holen.»

Octavian nickte schwer. «Ich werde sehen, was ich tun kann.»

«Bitte beeil dich damit. Wir dürfen keine weitere Zeit verlieren», sagte Stephan, legte sich seinen Mantel um die Schultern und ging zur Tür, als er Octavian noch etwas sagen hörte: «Es gibt da eine Sache, Stephan, die du wissen solltest, wenn du jetzt in den Loytzenhof zurückkehrst.»

Stephan drehte sich zu ihm um. «Ist es wegen ihr?»

«Ja, wegen ihr, aber …» Octavian stockte die Stimme.

Stephan sagte: «Ich denke, ich bin darauf vorbereitet. Es wird sich kaum vermeiden lassen, dass ich ihr über den Weg laufe.» Er versuchte, so überzeugend wie möglich zu klingen. Dabei war ihm völlig unklar, wie er auf eine Begegnung mit Leni reagieren würde.

Er sah, wie Octavian den Mund öffnete, als wolle er noch etwas sagen, aber der Mund schloss sich wieder, und sein Blick sank auf den Tisch.

Als Stephan zum Loytzenhof ging, dämmerte es. Der kalte Wind blies zwischen den Häusern hindurch und heulte um Dächer, Mauern und Giebel. Ohne dass Stephan selbst es bemerkte, verlangsamten sich seine Schritte, als wollten ihm die Füße ihren Dienst verweigern. Länger als ein halbes Jahr war es her, seit er den Weg zum Loytzenhof das letzte Mal gegangen war. Damals hatte er Michael getroffen, der ihm trunken vor Glück von der Hochzeit berichtet hatte.

Stephan zwang sich weiterzugehen. Er musste sich den Tatsachen stellen, musste dem Übel ins Auge blicken. Denk an Simon, sagte er sich, alles andere ist unwichtig!

Er stieg die Stufen hinauf und wollte durch den Treppenturm gleich nach oben in die Wohnstube gehen, wo er Großmutter Anna vermutete, als er feststellte, dass die

Tür, die ins untere Warenlager und das Kontor führte, nur angelehnt war. Er zog die Tür auf und vernahm gedämpfte Stimmen. Die Tür, die vom Warenlager ins Kontor abging, stand einen Spalt weit offen. Dahinter schimmerte Licht. Stephan schlich näher heran und spähte durch den Türspalt. Das Kontor war mit Menschen gefüllt, und es herrschte darin eine Stimmung wie bei einer Verschwörung. Stephan entdeckte Michael, der hinter seinem Schreibpult stand. Vor ihm saßen und standen bis an die Wände gedrängt gut drei Dutzend Männer. Den einen oder anderen Handelsdiener, Kopisten und Schreiber erkannte Stephan wieder. Auch den Advokaten Benjamin Stauch sah er, und sogar Großmutter Anna, die mit versteinertem Blick neben Michael stand.

Stephan hörte Michael mit lauter Stimme sagen: «Stolz könnt ihr sein, ihr alle. Stolz darauf, ein Teil dieses Handelshauses zu sein. Wir arbeiten hart, härter als andere, und wir lernen aus unvermeidbaren Rückschlägen. Jeden Tag lernen wir dazu, und jeden Tag werden wir besser, um unsere Konkurrenz zu überflügeln. Wie ihr wisst, nennt man uns *die Fugger des Nordens*. Doch ich frage euch: Wird uns dieser Titel gerecht? Nein, das wird er nicht. Die Fugger sind zugrunde gegangen, und ihre Erben sind nur noch ein bemitleidenswerter Haufen unfähiger Kaufleute, die alte Glanzzeiten beschwören, ohne ansatzweise vergleichbare Erfolge zu erzielen. Ich möchte also sagen, der Tag wird kommen, da wird man jene Fugger *die Loytz des Südens* nennen.»

Er machte eine bedeutungsvolle Pause und ließ den Blick durch die Runde schweifen. Die Zuhörer nickten zustimmend, und Gelächter erfüllte das Kontor. Da wanderte Michaels Blick zum Türspalt.

Stephan zuckte in den Schatten zurück. Hatte Michael ihn gesehen?

Stephan hörte ihn fortfahren und seine Stimme einen düsteren Ton annehmen: «Wir erleben stürmische Zeiten, in denen wir unser Handelshaus auf Kurs halten müssen. Von den Unruhen in den Niederlanden, wo man sich gegen die Herrschaft der Habsburger erhebt, sind auch unsere Faktoreien in Antwerpen und Rotterdam betroffen. Ihr kennt die Bedeutung dieser Umschlagplätze für uns und alle anderen Händler der Hanse. Außerdem hat der Tod des schwedischen Königs Erik nicht zum erhofften Frieden mit Dänemark geführt. Der Krieg behindert nach wie vor den Handel auf der Ostsee. In Helsingør sind die Sundzölle für unsere Schiffsladungen aufs Doppelte angestiegen, wodurch unser Handel mit Baiensalz immer unrentabler wird. Nicht zu vergessen, dass die Dänen kaum noch ausländische Kaufleute auf den Vitten dulden. Und erst vor wenigen Tagen erhielt ich die Nachricht, der dänische König wolle uns die Erlaubnis entziehen, Schwefel aus Island einzukaufen, wofür die Dänen uns jahrelang das Monopol gewährt hatten. Stellt euch das einmal vor: Wir haben dem König ein hohes Darlehen gewährt – und er fällt uns jetzt in den Rücken! Damit nicht genug: In Preußen ist unser Bernsteinhandel zum Erliegen gekommen, auch ist es uns kaum noch möglich, Blei aus englischen Gruben für die kursächsischen Hütten einzuführen, und, und, und. Damit will ich meine Ausführungen vorerst beenden. Aber ich denke, die angesprochenen Probleme zeigen euch, mit welch schwieriger Lage nicht nur wir, sondern alle Kaufleute zu kämpfen haben.»

Im Kontor war es still geworden. Stephan sah Michael Luft holen, die Arme ausbreiten und offenbar zum Schluss seiner Rede ansetzen. «Nun geht nach Hause. Geht heim zu euren Familien, sammelte eure Kräfte. Morgen früh will ich euch alle frisch und ausgeruht wiedersehen. Dann erledigen wir das, was das Handwerk eines erfolgreichen Kaufmanns ausmacht: Wir machen Geschäfte! Und dabei werden wir uns vorerst auf den Getreidehandel konzentrieren. Kauft so viel Roggen, Gerste, Hafer und Weizen, wie ihr auftreiben könnt! Kauft alles auf! Jedes einzelne Korn soll in unsere Speicher wandern. Wir werden das Getreide zum Vielfachen des Einkaufspreises weiterverkaufen. Wir werden Gewinne machen, hohe Gewinne, die unsere Verluste aus anderen Geschäften auffangen und vergessen machen. Und lasst euch nicht die Ohren volljammern, wir wären für die Not der Landbevölkerung verantwortlich. Ich weiß, man schimpft uns Kaufleute Bestien. Ich weiß, sie hassen uns. Aber unser Leitspruch muss sein: Überleben können nur die Stärksten! Denn wir arbeiten für das Wohl unseres Unternehmens, und das Unternehmen seid ihr – ihr und eure Familien.»

Die Mitarbeiter erwachten aus ihrer Starre. Sie klatschten und jubelten. Als es wieder still wurde, erhob Michael noch einmal die Stimme: «Bevor ihr nun geht, darf ich euch die erfreuliche Mitteilung machen, dass soeben mein Bruder heimgekehrt ist. Stephan, magst du nicht hereinkommen?»

Stephan fuhr der Schreck in alle Glieder. Aber es hatte keinen Sinn, sich zu verstecken. Er straffte Rücken und Schultern und trat ins Kontor. Dutzende Augenpaare richteten sich auf ihn. Die Mitarbeiter wichen zur Seite, bildeten eine Gasse und ließen ihn zum Schreibtisch vorgehen. Michael empfing ihn mit einem seiner seltenen Lächeln, das unnatürlich schief und missglückt aussah.

«Du kommst zur rechten Zeit», sagte er. «Wie du mit angehört hast, wartet auf uns alle viel Arbeit. Daher freue ich mich, dich wieder an meiner Seite zu haben.»

Weil Stephan befürchtete, die Stimme könne ihm versagen, nickte er nur. Sein Auftritt war ohnehin peinlich genug. Er fragte sich, ob Michael sich wirklich über seine Rückkehr freute oder ob er ihm und den anderen nur etwas vorspielte.

Großmutter Anna lächelte nicht. Sie starrte Stephan an. Ihr Blick war kalt und hart wie Glas, ihr Gesicht vor Anspannung straff gespannt.

Michael erklärte die Zusammenkunft für beendet. Als alle Mitarbeiter gegangen waren, wurde es still im Kontor, und Michaels Lächeln gefror zu Eis. Wie angenagelt standen er und Anna unter den streng dreinblickenden Ahnen an der Wand.

«Wir werden es kurzhalten», sagte Michael zu Stephan. «Es interessiert mich nicht, wo du so lange warst. Mich interessiert nur: Wirst du bleiben und deine ganze Kraft in den Dienst unseres Handelshauses stecken? Oder bist du nur gekommen, um Geld zu fordern und deine Wäsche waschen zu lassen? Überlege dir deine Antwort gut, ich frage dich kein zweites Mal.»

Stephan schluckte gegen den Widerstand in seinem Hals an. Michael sprach es zwar nicht aus, aber seine Worte ließen keine Zweifel aufkommen, welche Folgen es für Stephan hatte, würde er dem Unternehmen erneut den Rücken kehren. Michael gab ihm eine letzte Gelegenheit, sich zu bewähren, so wie er es bei Simon getan hatte. Familie hin oder her – wenn Stephan ihn enttäuschte, waren seine Tage im Handelshaus gezählt.

Aber, so fragte sich Stephan, hatte er innerlich nicht

ohnehin längst mit dem Handelshaus gebrochen? Ja, das hatte er. Dennoch musste er Michael hinhalten, zumindest so lange, bis Simon frei war. Er holte Luft und sagte: «Ich werde bleiben, Michael, und ich verspreche dir, alles ...»

In dem Moment hörte er, wie hinter ihm die Tür geöffnet wurde, und er vernahm eine Stimme, die ihn erstarren ließ. «Ach, hier seid Ihr, Frau Großmutter», sagte die Stimme. «Ich finde die Amme nirgendwo. Könnt Ihr mir die Kleine abnehmen, bis ich sie ...»

Die Stimme brach mitten im Satz ab.

Stephan drehte sich um und sah Leni bei den Stühlen stehen, in den Armen ein in Tücher gewickeltes Bündel haltend, aus dem ein winziges Gesichtchen hervorschaute. Stephan war, als öffne sich unter ihm der Boden. Als stürze er in einen unendlich tiefen Abgrund. Sie hatte ein Kind, ein Kind von Michael. War es das gewesen, was Octavian ihm hatte sagen wollen?

Stephan und Leni blickten sich an. Lange. Viel zu lange. Er sah in ihre kastanienbraunen Augen, sah die verblassenden Sommersprossen, sah ihr Haar, und die Erinnerung an ihren Geruch war wie Gift in seinen Adern. Auf einen Schlag waren alle Vorsätze, die er gefasst hatte, dahin. Tage- und nächtelang hatte er sich den Kopf zerbrochen, wie er sich verhalten sollte, käme es zum unvermeidbaren Wiedersehen. Immer wieder hatte er sich vorgehalten, dass sie ihn hintergangen, ihn betrogen und belogen und seine Gefühle mit Füßen getreten hatte.

Reiß dich zusammen!, befahl er sich jetzt und suchte nach irgendeinem Wort, das er an sie richten konnte, um die Situation aufzulösen. Doch Leni kam ihm zuvor: «Stephan, ich wusste gar nicht, dass du wieder in Stettin bist.»

«Bin ... bin grad angekommen, grad eben erst», sagte

er. Seine eigene Stimme klang ihm in den Ohren wie das ferne Echo eines eisigen Windhauchs. «Oh, ist das dein … ist das – euer Kind?»

«Ja», erwiderte Leni knapp und wandte den Blick von ihm ab. An Anna gerichtet sagte sie: «Bitte, seid so gut und nehmt mir die Kleine für einen Moment ab. Ich will zur Amme nach Hause laufen und sie holen.»

«Natürlich, mein Mädchen», sagte Anna. Dabei schaute sie Stephan mit einem durchdringenden Blick an, dem er ausweichen musste, weil er fürchtete, sich durch eine falsche Reaktion zu verraten.

Anna ging zu Leni und nahm ihr behutsam das weinende Kind ab.

«Ja, dann», sagte Leni, «dann will ich euch nicht länger stören.»

«Ja», sagte Michael.

«Ja», echote Stephan und drehte sich von Leni weg. Im Hintergrund hörte er das Kind quengeln und Großmutter schnalzende Geräusche machen. Er sagte zu Michael: «Du kannst dich auf mich verlassen, Michael. Ich werde von nun an alles tun, um Schaden von unserem Unternehmen abzuwenden und dich bei den Getreidegeschäften zu unterstützen.»

Er hörte, wie die Tür geschlossen wurde, doch der quälende Druck in seiner Brust ließ nicht nach.

5
Stettin

Was machst du da?», fragte Michael in die Dunkelheit. «Ich hör's doch! Ich hör's ganz deutlich. Ich habe dir untersagt, das zu tun!»

Leni lag in der Dunkelheit auf ihrem Bett. Zarte Lippen saugten an ihrer Brust. Draußen heulte der Wind vor den Fensterläden. Der Sturm war in der Nacht stärker geworden und sauste und brauste um den Loytzenhof, vermochte das Getöse, das in Lenis Kopf wütete, aber nicht zu übertönen.

«Warum brennt hier kein Licht?», fragte Michael. «Du schläfst doch gar nicht. Spiel mir nichts vor! Warte nur, ich hole ein Licht aus meiner Kammer.»

Schnell nahm Leni die Kleine, der sie den Namen ihrer Mutter Helena gegeben hatte, von der Brust, legte sie neben sich und zog ihr Nachthemd zurecht. Helena quengelte; sie hatte noch nicht genug getrunken.

Ein flackernder Lichtschein fiel aus dem Nebenraum herein, der Schein näherte sich und blendete Lenis Augen. «Ich ... hab geschlafen», sagte sie und bemühte sich, müde zu klingen.

Sie blickte in das von der Kerzenflamme in gespenstisches Licht getauchte Gesicht, das sich erst über sie, dann über das Kind beugte. «Du lügst mich an», sagte er scharf. Sein Atem roch nach Wein. «Es hat Milch an den Lippen. Du hast's gesäugt. Wie oft habe ich dir gesagt, es schickt sich nicht für die Ehefrau eines Kaufmanns meines Standes, ein Kind zu stillen. Das ist unfein! Hörst du – unfein!»

Leni schwieg, nahm ihr Kind auf den Arm und drückte

es an sich. Nach der Geburt hatte Michael eine Säugamme engagiert und angeordnet, Leni dürfe das Kind nicht selbst stillen. Lenis Meinung wollte er dazu nicht hören.

Auch Anna hatte ihn darin bestärkt, das Stillen einer Amme zu überlassen: «Helle und reine Augen soll die Amme haben», hatte sie gesagt. «Auch soll ihr Fleisch von derber und praller Beschaffenheit sein – das wird dem Säugling guttun.» Anna war überzeugt, die Eigenschaften der Amme würden durch die Milch auf das Kind übertragen.

Leni hingegen war der Ansicht, nichts stärke ihr Kind mehr als ihre eigene Milch. Daher setzte sie sich bei jeder Gelegenheit über Michaels Anweisung hinweg und gab ihrem Kind die Brust. So wie in dieser Nacht.

«Wo ist die Amme überhaupt?», fuhr er sie an. «Du wolltest das Weib doch holen.»

«Ich war in ihrer Wohnung», erwiderte Leni. «Sie liegt krank danieder ...»

«Ach, und da hast du dir gedacht, du stillst das Kind selbst, was? Wo kommen wir hin, wenn sich jeder über meine Anweisungen hinwegsetzt? Mein Bruder verschwindet monatelang, erweist mir nicht mal die Ehre, meiner Hochzeit beizuwohnen, und dann taucht er wie aus heiterem Himmel heute wieder auf. Du bist keinen Deut besser. Gib das Kind her. Ich bring's zu Großmutter rüber.»

Leni setzte sich im Bett auf, die Kleine an ihren Oberkörper gedrückt. «Nein, Michael, ich habe ihr nicht die Brust gegeben», log sie. «Ich gab ihr vorhin von der abgefüllten Ammenmilch zu trinken. Dann schlief ich, bis du mich eben geweckt hast.»

Er musterte sie streng. Sein Mund war hart und seine

Augen wild. «Und das soll ich dir glauben? Gib mir das Kind. Es soll nicht in deinem Bett schlafen!»

Er streckte eine Hand nach der Kleinen aus, und Leni wusste, es hatte keinen Zweck, sich seinem Willen zu widersetzen. Er gab niemals auf, bis er hatte, was er wollte. Sie reichte ihm die Kleine, auch weil sie wusste, dass Großmutter Anna der Kleinen sehr zugewandt war.

Und sie gestand sich ein, dass sie selbst dringend Ruhe brauchte. Das Wiedersehen mit Stephan hatte sie aufgewühlt. Einerseits war sie erleichtert, dass er zumindest äußerlich in einer guten gesundheitlichen Verfassung zu sein schien. In den vergangenen Monaten hatte sie große Angst um sein Leben ausgestanden. Niemals würde sie seinen verzweifelten Blick bei der Trauung vergessen. Fragen hatten sie gequält und taten es noch immer. Wie war es ihm ergangen? Wo war er überhaupt gewesen? Ihre Schuldgefühle verfolgten sie in ihre Träume, war ihre Entscheidung doch die Ursache für sein Leid. Nun war er also heimgekommen, und sie hatte ihm angesehen, wie tief Ratlosigkeit und Kummer noch in ihm steckten. Sein Blick war eine einzige unausgesprochene Frage gewesen: Warum hast du ihn geheiratet, warum ihn und nicht mich?

Michael nahm das Kind auf den Arm und ging zur Tür, blieb aber noch einmal stehen und drehte sich zu Leni um. Sein Gesicht wirkte verändert, wirkte weicher. Er sagte: «Versteh doch, Leni, ich will nur das Beste für dich. Außerdem hab ich gehört, es mindert die Fruchtbarkeit einer Frau, wenn sie ihr Kind stillt, aber wir müssen bald ein weiteres Kind zeugen. Du weißt, wie wichtig es für mich, ja, wie wichtig es für uns alle ist. Wir brauchen einen Sohn, damit mein Erbe eines Tages das Handelshaus führt.»

Er schloss hinter sich die Tür, und Leni sank mit dem Rücken an die Wand. Sie hörte den Wind ums Haus fauchen, hörte aus dem Gang die Tür zu Annas Kammer zugehen und kurz darauf Schritte, als Michael in seine Kammer zurückkehrte, wo er eine Weile auf und ab ging. Ihr Herz krampfte sich zusammen, als ihr seine Worte in den Sinn kamen: *Wir müssen ein weiteres Kind zeugen!*

Wie lange würde sie ihn noch auf Abstand halten können, bevor er sich nahm, was ihm dem Gesetz nach zustand? Der Gedanke, Michael könne sich zu ihr legen wollen, während Stephan nur wenige Wände von ihr getrennt war, ließ Panik in ihr aufsteigen. Ob Michael bereits hinter der Tür lauerte, um seinen Worten Taten folgen zu lassen?

Aber die Zeit verstrich, ohne dass er in Lenis Kammer kam, und dann glaubte sie mit einem Mal, ein dünnes, schreiendes Stimmchen zu hören. Irgendetwas stimmte mit ihrer Tochter nicht.

Leni setzte sich im Bett auf und stellte die Füße auf den Boden. In einem kühlen Hauch glitt die Zugluft über ihre Zehen hinweg. An Schlaf war in dieser Nacht ohnehin nicht mehr zu denken. Vielleicht hatte die Kleine schon wieder Hunger. Wegen Michael hatte sie das Stillen ja frühzeitig unterbrechen müssen. Sie stand auf, nahm von der Truhe bei der Wiege ein Gefäß, in dem etwas von der Vorratsmilch der Amme aufbewahrt wurde, und ging damit zu Annas Kammer, hinter der jetzt deutlich das Wimmern der Kleinen zu hören war. Leni wollte anklopfen, doch sie hielt in der Bewegung inne, als sie Annas wütende Stimme hörte.

Leni bekam Angst um ihr Kind, öffnete die Tür – und fuhr vor Schreck zusammen. Die alte Frau saß mit dem

Kind im Arm in einem Sessel. Ihr Nachthemd war bis zu den Schultern hochgezogen, und sie versuchte, die Lippen der Kleinen mit Gewalt auf eine ihrer Brüste zu drücken.

«Was – im Namen des Herrn! – tut Ihr da?», entfuhr es Leni.

Anna zuckte zusammen wie unter einem Schlag. Sofort nahm sie das Kind von der Brust und zog ihr Nachthemd herunter. Ein zorniger Ausdruck legte sich über ihr Gesicht, verging jedoch sogleich wieder. Tränen traten in ihre Augen. «Ich dachte, du schläfst.»

Leni sprang vor, stellte das Milchgefäß auf den Tisch und griff nach ihrer Kleinen. Eifersucht, Ekel und Wut überkamen sie. «Mir wollt Ihr verbieten, mein Kind zu stillen, und dann gebt Ihr Helena selbst die Brust? Ihr seid doch viel zu alt. Ihr habt überhaupt keine Milch.»

«Bitte, Leni», sagte Anna leise; ihre Stimme bebte. «Bitte sei nicht so laut. Ich wollte nur einmal ihre Lippen spüren, wollte wissen, wie es sich anfühlt. Auch mir hat man es früher verboten ...»

«Ja, und Ihr selbst habt es *mir* verboten, Ihr seid eine falsche Schlange!» Leni war außer sich vor Wut. Sie wollte die Kleine fortbringen, als Anna aus dem Sessel aufsprang, sich an Leni vorbeidrängte, die Tür zudrückte und ihr den Weg versperrte.

Die Traurigkeit wich von der alten Frau, stattdessen funkelten ihre kalten Augen. Sie hob drohend den Zeigefinger in Lenis Richtung und sagte: «Hör zu, Mädchen, es ist nichts geschehen. Niemand ist zu Schaden gekommen, und du wirst zu niemandem auch nur ein einziges Wort darüber verlieren, was du gesehen hast!»

«Und warum glaubt Ihr, mir befehlen zu können, den Mund zu halten? Warum sollen nicht alle wissen, dass die alte Loytzsche einen Dreck auf ihre eigenen Anweisungen gibt?» Mit der freien Hand griff Leni in den Ausschnitt ihres Nachthemds, holte ihre Brust hervor und legte das quengelnde Kind an. Sofort schmatzte und saugte es glucksend. «Seht Ihr das, Anna Glienecke? Seht nur, wie es trinkt und wie glücklich es ist, bei seiner Mutter zu sein. Ihr werdet Helena nie wieder anfassen!»

Leni wusste, wie gemein ihre Worte waren. Aber sie war von der Alten, der sie ihr Kind anvertraut hatte, so enttäuscht, dass sie glaubte, sie verletzen zu müssen. All ihre unterdrückten Gefühle über die Enttäuschungen, Erniedrigungen und Einschüchterungen brachen aus ihr heraus. Sie wollte ihren Sieg über diese Frau auskosten. Ja, sie genoss es, Annas innerem Kampf zuzuschauen. Zugleich stießen ihre eigenen Gedanken sie ab, und sie fragte sich, ob diese Gehässigkeit schon immer in ihr gewesen war.

Anna quollen schier die Augen aus den Höhlen. Sie starrte auf das saugende Kind. Dann flackerte ihr Blick, wurde aber sogleich wieder hart und kalt. «Du wirst niemandem davon erzählen, sonst vernichte ich dich!»

«Ach ja?», entgegnete Leni. «Wer wird wohl einer Lügnerin, wie Ihr eine seid, noch ein einziges Wort glauben?»

Annas Blick löste sich von dem Kind, zuckte hoch zu Lenis Augen. Ein Schauder durchfuhr Leni, als gleite eine Hand aus einem Grab und greife nach ihr. In Annas Augen spiegelten sich Verachtung und Hass. Ihre Stimme war wie ein Peitschenhieb: «Setz dich!»

«Nein, ich gehe jetzt in meine Kammer», widersprach Leni und wollte der Alten den Rücken zukehren, da sagte diese:

«Setz dich – ich habe dir etwas mitzuteilen!»

Die Worte klangen so bedrohlich, dass Leni unwillkürlich hinter den Tisch zurückwich und sich mit der Kleinen im Arm im Sessel niederließ. Die Sitzfläche war noch warm von Annas Körper. Die Lippen der Kleinen lösten sich von Lenis Brust, und sie legte sie an der anderen Seite an.

Anna stand hinter dem Tisch, die Augen drohend auf Leni gerichtet. «Es liegt bei deiner Entscheidung, ob das, was ich dir zu sagen habe, diesen Raum nicht verlässt oder ob du daran zugrunde gehen und dein Kind niemals wiedersehen wirst.»

Sie stützte die Hände auf dem Tisch ab und beugte sich vor. «Fünfzehn Jahre ist es her, dass der Vater von Michael und seinen Brüdern ertrunken ist. In diesen fünfzehn Jahren bin ich es gewesen, die diese Familie zusammengehalten hat, ohne dass meine Bemühungen immer erfolgreich waren. Simon ist mir entglitten, auch Stephan bereitet mir Sorgen. Und das Unternehmen, das seit Generationen die Lebensgrundlage dieser Familie bildet, steckt in großen Schwierigkeiten. Michael allein kann es nicht schaffen, das Handelshaus durch diese Zeiten zu bringen. Dafür braucht er Stephan, und ich werde nicht zulassen, dass der Junge sich in einem Gespinst aus Gefühlen verheddert.»

Leni fragte sich, warum Anna ihr das erzählte, zog es aber vor zu schweigen. Da war ein bedrohlich schwingender Unterton in Annas Stimme, der in Leni eine schreckliche Vorahnung aufkeimen ließ.

«Ich weiß, du hältst dich für klug, Mädchen», fuhr Anna fort. «Und ja – du bist klug. Und gerissen. Aber mich täuschst du nicht. Ich habe Ohren, die hören, und Augen, die sehen, und ich sehe Dinge, die ein Mann nicht sehen kann. Glaub nicht, mir sei Stephans Reaktion entgangen.

Und als ich sah, auf welche Weise er dich anschaute, da ist mir einiges klargeworden.»

Leni schluckte gegen die Trockenheit in ihrer Kehle an.

«Es kann kein Zufall gewesen sein, dass du und Stephan im Winter zur gleichen Zeit verschwunden seid, und die Tatsache, dass dein Kind nur wenige Monate nach der Hochzeitsnacht zur Welt gekommen ist, lässt für mich nur einen Schluss zu ...»

«Das ist nicht wahr ...», stieß Leni heiser aus.

«Sei still, Weib!» Annas Lippen spannten sich blutleer über die gelben Zähne. «Michael wird von mir nicht erfahren, dass nicht er, sondern sein Bruder der Vater deines Kindes ist. Es würde Michael das Herz brechen, und das Unternehmen würde daran zugrunde gehen. Und daher – hör mir jetzt ganz genau zu! –, daher wirst du ab sofort für Michael die treusorgende, liebevolle Ehefrau sein, die er verdient. Du wirst ihm jeden Wunsch von den Lippen ablesen und ihn zu gesellschaftlichen Empfängen begleiten. Du wirst ihm zu Willen sein, wenn ihm danach ist, und du wirst ihm einen Sohn schenken.»

Leni zitterte am ganzen Körper. Das Kind sank satt in ihrem Arm zurück und schaute aus großen Augen zu ihr auf, aus Augen, die so blau waren wie Stephans Augen.

Anna beugte sich weit vor über den Tisch. Leni spürte ihren Atem auf ihrem Gesicht und hörte die Stimme der alten Frau wie aus weiter Ferne sagen: «Wenn du dich nicht an meine Anweisungen hältst, sorge ich dafür, dass du wegen Hurerei zum Tode verurteilt wirst.»

6
Stettin

Du arbeitest so spät noch?» Michael steckte den Kopf in den vom Kontor abgetrennten Nebenraum, wo Octavian inmitten der mit Büchern, Papieren und anderen Schriftsachen vollgestopften Regale saß.

Octavian fuhr am Rechentisch hoch, an dem er im Kerzenschein über den Bilanzbüchern brütete. Der Schreck fuhr ihm in die Glieder, aber er zwang sich, ruhig zu atmen, und sagte: «Ich dachte, du wärst zur Feier der Korporation ins Rathaus gegangen.»

Verstohlen blickte er zum Stapel der Rechnungsbücher, die er bereits durchgearbeitet hatte. Dahinter lag das kleine Messer mit dem Griff aus Elfenbein und der sehr scharfen Schneide. Wäre Michael nur einen Moment früher in Octavians Arbeitskammer geplatzt, hätte er seinen Hauptbuchhalter auf frischer Tat ertappt, wie der mit dem Messer in der Hand die Bücher fälschte. Octavian unterzog ausgewählte Einträge dem Verfahren der Rasur, wobei er seine alten – und korrekten – Zahlen behutsam mit dem Messer ausschabte und durch neue – gefälschte – Zahlen ersetzte, die er in seiner sauberen Handschrift mit Tinte eintrug. Wesentlich einfacher wäre es, die Einträge zu fälschen, wären sie mit Silberstiften, mit Silber versehenen Bleigriffeln, vorgenommen worden. Aber Octavian selbst war vor etlichen Jahren einer jener einflussreichen Buchhalter gewesen, die sich vehement gegen den Einsatz dieser Stifte bei der Buchführung ausgesprochen hatten. Aus eben dem Grund, weil sie einfach zu löschen und somit zu fälschen waren.

«Ach, du kennst doch die Frauen», entgegnete Michael. Er war geradezu heiterer Stimmung. «Denk nur, Leni hat von sich aus angeboten, mich zu der Feier zu begleiten. Dabei hatte sie bei solchen Einladungen bislang jede erdenkliche Ausrede, um ja nicht mitzukommen. Nun braucht sie ihre Zeit, um das richtige Kleid rauszusuchen und sich von Bianca das Haar richten zu lassen.»

«Ah ja ... ja, schön, dass Leni dich begleitet», sagte Octavian und hoffte inständig, Michael würde wieder verschwinden.

Doch der machte einen Schritt in die Kammer hinein und sagte: «Ich wollte aus dem Kontor diese neue Flugschrift aus Lissabon holen, in der etwas über den Handel mit Silber aus der Neuen Welt geschrieben steht. Darüber möchte ich mit den Kaufleuten sprechen, weil sich neue Geschäftsmöglichkeiten für uns ergeben könnten. Aber ich kann die Flugschrift nirgendwo finden, und da habe ich unter der Tür das Licht in deiner Kammer gesehen.»

Octavian schlug das Herz bis in den Hals. Wenn Michael noch näher an den Rechnungstisch kam, konnte er das Messer entdecken, an dessen Klinge verräterischer Papierstaub klebte. Weil der Kurfürst nun einen doppelt so hohen Kredit verlangte, hatte Octavian mit der Arbeit von vorn beginnen müssen. Er hatte weitere Einträge erneuert, mit Währungen und Umrechnungskursen jongliert und Rechnungen manipuliert. Er hatte sich die Bilanzbucheinträge der vergangenen Jahre vorgenommen, Erträge aus Handelsgeschäften herunter- und alte Rechnungen heraufgerechnet. Aber noch immer fehlten einige tausend Taler, bis schließlich exakt zweihunderttausend Taler aus den Bilanzen verschwunden sein würden. Da der Kurfürst auf den Kredit drängte und Octavian in den nächsten Tagen keine Gelegenheit dazu finden würde, musste er diese Nacht und den morgigen Sonntag nutzen, um die Fälschungen abzuschließen.

Anschließend, so hatte er sich geschworen, würde er Michael um die Aufhebung seines Arbeitsvertrags bitten. Octavian fühlte sich alt. Das Haar war ihm längst ausgefallen, sein Rücken war krumm, das Augenlicht schwand, und die Knochen schmerzten. Letztlich hatte aber nicht sein hohes Alter den Ausschlag gegeben, warum Octavian diesen Entschluss gefasst hatte, sondern es war die bittere Erkenntnis, sein Lebenswerk vertan zu haben. Keinen einzigen Tag konnte er weiter für das Handelshaus arbeiten und zugleich mit der Schande leben, seine eigenen Bücher gefälscht zu haben, die er über Jahrzehnte korrekt geführt hatte. Er betrog Michael, betrog alle Mitarbeiter des Handelshauses, und er betrog sich selbst.

Um zu verhindern, dass Michael näher an den Tisch herankam, sprang Octavian auf und sagte schnell: «Hast du die Flugschrift nicht auf dem Schrank hinter deinem Schreibtisch abgelegt?»

Michael blickte ihn an. «Kann sein, Octavian. Ich weiß, du vergisst so gut wie nie etwas, und wenn du die Flugschrift dort hast liegen sehen, wird sie wohl dort sein.»

«Lass uns ins Kontor hinübergehen und nachschauen.»

«Warte», sagte Michael und berührte ihn am Arm. «Da ist noch eine Sache, die ich mit dir besprechen möchte. Seit Wochen wirkst du bedrückt. Magst du mir erzählen, ob mein Eindruck zutrifft?»

«Es ... ist wohl dem Alter geschuldet», sagte Octavian und dachte: Verrat ihm noch nicht, was du beschlossen hast, bevor du das Geld für Simon beisammenhast.

Michael starrte ihn mit einem Blick an, der Octavian den Schweiß auf die Stirn trieb.

Michael sagte: «Dein Alter – ja, auch darüber muss ich mit dir sprechen. Ich glaube, ich weiß noch nicht einmal, wie alt du eigentlich bist.»

«An die siebzig Jahre.»

«Du arbeitest also seit einem halben Jahrhundert für unser Handelshaus. Das ist wirklich eine lange Zeit, auf die du stolz sein kannst. Weißt du, ich werde nachher auf der Feier einen Mann namens Gabriel Schwarz treffen; er ist der Verwandte eines gewissen Matthäus Schwarz, dessen Name dir vielleicht etwas sagt.»

«Natürlich, er hat früher die Bücher der Fugger geführt und war maßgeblich an ihrem Erfolg beteiligt.»

«Ja, und dieser junge Gabriel Schwarz ist in die Fußstapfen seines berühmten Vorfahren getreten. Wie ich hörte, soll er ein sehr talentierter Buchhalter sein ...»

«Du willst ihn meine Arbeit machen lassen?», entfuhr es Octavian. Das Blut schoss ihm in die Wangen. Dass die Ankündigung ihn so aufbrachte, überraschte ihn selbst. Wahrscheinlich war es das erniedrigende Gefühl, jemand anderes könnte ihm diese Entscheidung, die er für sich getroffen hatte, aus der Hand nehmen. Er selbst wollte den Zeitpunkt seines Rücktritts bestimmen!

Michael hob beschwichtigend die Hände. «Es ist nur eine Überlegung, Octavian. Nichts ist entschieden. Aber sieh doch, du hast soeben selbst eingeräumt, dass dein Alter dir zunehmend Probleme macht. Und denk daran, wie du im Winter vergessen hast, mir von Stephans Reise nach Berlin zu berichten. Hättest du dich gleich daran erinnert, hätten wir uns viel Aufregung sparen können.»

Octavians Schultern sanken herab. «Vielleicht hast du recht. Gib mir aber bitte noch etwas Zeit, damit ich mich an den Gedanken gewöhnen kann. Denn für Alte wie mich gibt es keinen Platz mehr im Leben. Wir Alten verfallen nur noch und produzieren nichts mehr. Wir sind nutzlos, nur noch eine Last für die Gesellschaft. Nichts als Spott hat die Jugend für uns übrig; nicht mal die Kirche interessiert sich noch für uns.»

«Nun werd nicht schwermütig, Octavian. Du kennst mich und weißt, dass ich keine Skrupel habe, irgendeinen Mann, egal welche Stellung er hat, mit einem Tritt in den Hintern aus dem Unternehmen zu befördern, wenn ich es für richtig halte. Bei dir tue ich mich jedoch schwer damit. Du bist nicht nur der längste, verlässlichste und gewissenhafteste Mitarbeiter, du bist auch ein Freund.»

Octavian legte die Hände hinter dem Rücken zusammen und rang sie verzweifelt ineinander. Wenn Michael herausfand, dass er seit geraumer Zeit daran arbeitete, ihn zu bestehlen und zu betrügen, würde er ihn umbringen.

Nachdem Michael und Leni zum Rathaus gegangen waren, machte Octavian sich wieder an die Arbeit. Bis tief in die Nacht überarbeitete er die Zahlen. Als die Erschöpfung sich wie eine bleierne Decke auf ihn herabsenkte, fehlten nur noch wenige tausend Taler. Ihm brannten die Augen, und sein Rücken schmerzte. Er klappte das vor ihm liegende Buch zu, gab es auf den Stapel zu den gefälschten Büchern und legte das letzte Buch bereit, das er sich morgen früh vornehmen wollte, wenn alle anderen in der Kirche sein würden. Dann räumte er das schmale Bett, auf dem er lange nicht mehr übernachtet hatte, von Briefen, Rechnungen und anderen Schriftstücken frei, legte sich darauf und zog eine Decke über sich.

Noch einmal dachte er an das Gespräch mit Michael, der ihm blind vertraute, so wie es die anderen Regierer zuvor getan hatten. Für das Loytz'sche Unternehmen arbeiteten mehrere Dutzend Buchhalter in den Faktoreien, die über ganz Europa verteilt waren. Octavian aber war der Hauptbuchhalter, und somit der einzige Mann, der über alle Einzelheiten der Finanzen des gesamten Handelshauses genau Bescheid wusste. Bei ihm liefen alle Fäden zusammen. Er kannte jedes Detail eines jeden Geschäftsabschlusses; er wusste, wann und wo und wie viel Geld für eine Lieferung Hering oder Getreide oder eine Kiste Bernstein oder eine Schiffsladung Schwefel bezahlt wurde; er wusste, an welchen Schiffen die Loytz Anteile besaßen und welche Erträge diese oder jene Saline abwarf. Es war eine herausragende Stellung, die er innehatte. Er war nicht weniger als das Rückgrat und das Gedächtnis des Handelshauses.

Wenn jedoch sein Nachfolger, womöglich jener Gabriel Schwarz, nur halb so gut war wie Octavian, würde er vielleicht irgendwann über eine Ungereimtheit in den gefälschten Bilanzen stolpern. Und wäre der Nachfolger nur halb so gewissenhaft wie Octavian, würde er anfangen zu graben. Er würde Nachforschungen anstellen, würde uralte Rechnungen vergleichen, auf dem Rechentisch die Währungsmünzen hin- und herschieben, bis das auf Lug und Trug errichtete Bilanzgebäude mit gewaltigem Getöse zusammenbrach.

Und bis dahin, so überlegte Octavian, muss ich die Stadt verlassen haben. Daher beschloss er, sein Haus zu verkaufen, sobald Simon frei und begnadigt war. Er wollte nach Italien gehen. Ja, er wollte Antonios Grab besuchen, um sich bei ihm zu entschuldigen, auch wenn es dafür längst zu spät war.

Bei diesem Gedanken übermannte ihn der Schlaf.

Als er erwachte, fiel Licht durch die Fensterläden. Vor dem Bett standen zwei Männer. Der eine war Michael. Der andere war ein junger Mann mit einem scharfzügigen Gesicht; es erinnerte Octavian an ein kleines Raubtier, an einen Marder, der durchs Unterholz schlich und dort jede noch so gut versteckte Maus aufstöberte.

«Ich möchte dir gern jemanden vorstellen, Octavian», sagte Michael. «Dieser junge Freund hier ist Gabriel Schwarz. Er kann es nicht erwarten, deine Bekanntschaft zu machen. Gleich heute will er sich einen Eindruck über unsere Bilanzen verschaffen.»

Octavian erhob sich schwerfällig. Stechende Schmerzen fuhren ihm durch die Glieder, verursacht vom unbequemen Liegen auf dem schmalen Bett. Er blickte Schwarz an, der übernächtigt wirkte, aber breit und offenherzig lächelte.

«Heute? Am Sonntag?», sagte Octavian.

«Wenn Ihr in die Kirche wollt, verehrter Herr Winkelmeier, so lasst Euch durch meine Wenigkeit davon nicht abhalten», entgegnete Schwarz und unterdrückte mühsam ein Gähnen. «Entschuldigt», sagte er, «aber die Feier war lang und die Nacht kurz.»

Michael nickte zustimmend und sagte: «Wir haben im Rathaus ein aufschlussreiches Gespräch geführt. Gabriel Schwarz verfügt über hervorragende Referenzen. Er hat bei den Frescobaldi in Florenz gelernt und zeigt Interesse an der Arbeit in unserem Hause. Also habe ich mir gedacht, warum ergreifen wir die Gelegenheit nicht beim Schopfe?»

«Ich befinde mich auf der Durchreise und werde noch heute Nachmittag die Kutsche nach Rostock nehmen müssen, wo ich in wenigen Tagen erwartet werde», erklärte Schwarz. «Ein dort ansässiger Kaufmann, ein gewisser Arnold Tölner, hat mir eine Anstellung in Aussicht gestellt. Aber wenn ich ehrlich bin, wäre es mir eine größere Ehre, für die Loytz arbeiten zu dürfen. Daher würde ich die Stunden bis zum Nachmittag gern nutzen, um mich mit Eurer Arbeitsweise vertraut zu machen, und wenn ich das sagen darf, werter Herr Winkelmeier: Ich habe viel über Euch gehört, und stets nur Gutes. Überall spricht man mit Hochachtung von Eurer Arbeit.»

«Ach, und da dachtet Ihr Euch, ohne Vorankündigung reinzuplatzen, um die Arbeit des alten Winkelmeier zu kontrollieren?», knurrte Octavian, während es in seinem Innern vor Aufregung brodelte. Einen Aufpasser an seiner Seite konnte er gerade jetzt überhaupt nicht gebrauchen. Er musste die Arbeit heute beenden, und zwar ungestört.

Ein Schatten huschte über Schwarz' spitzes Mardergesicht. Er warf Michael einen irritierten Blick zu. Der sagte: «Nun hab dich nicht so, Octavian. Du scheinst doch heute eh arbeiten zu wollen. Was macht es da für einen Unterschied, wenn unser junger Freund dir dabei über die Schulter schaut? Erinnere dich daran, was wir beide gestern besprochen haben.»

Octavians Blick glitt an den Männern vorbei zum Rechnungstisch mit den Büchern. Sein leerer Magen krampfte sich zusammen. Ihm fiel ein, dass er das Messer in der Nacht nicht versteckt hatte. Der Griff schimmerte elfenbeinfarben hinter dem Bücherstapel hervor, wo das Messer nur halb verborgen lag. Die Klinge war noch immer mit weißem Papierstaub überzogen.

«Nein, das geht nicht!», sagte er überhastet. «Ich habe einige Unterlagen zu prüfen, in die ein Außenstehender keinen Einblick haben darf.» Er machte einen Schritt in

Schwarz' Richtung, mit der Absicht, ihn aus dem Raum zu drängen.

Für den Moment sah es so aus, als wolle Schwarz vor ihm zurückweichen. Doch er zögerte. Der unsichere Ausdruck auf seinem Gesicht verschwand, und das Raubtierhafte trat wieder zum Vorschein. «Bei aller Ehre, die ich aufrichtig für Euch empfinde», sagte er ruhig. «Aber sagt mir bitte, wenn ich mich täusche: Hat denn nicht der Regierer das Sagen?»

Octavian ballte die herabhängenden Hände, um das Zittern, das seine Finger ergriff, zu verbergen. Er sah ein, dass er sich durch sein Verhalten erst recht verdächtig machte, wechselte Strategie und Tonfall und sagte: «Ja, natürlich, verzeiht mir. Ich habe eine schreckliche Nacht auf dem harten Bett hinter mir.»

Er huschte an den beiden vorbei, stellte sich so vor den Rechnungstisch, dass das Messer hinter ihm verdeckte wurde, und deutete auf eine am Boden stehende, mit Wasser gefüllte Schüssel. «Würdet Ihr mich bitte einen Moment allein lassen, damit ich mich frisch machen kann, bevor wir uns an die Arbeit machen?»

«Hier findet Ihr die Bücher der älteren Jahrgänge», erklärte Octavian und zeigte im Kontor auf ein Regal, in das er die überarbeiteten Bände schnell einsortiert hatte. Er zog einen Band heraus und legte ihn auf Michaels Schreibtisch. «Der Regierer wird wohl nichts dagegen haben, wenn Ihr für den Moment auf seinem Stuhl Platz nehmt. Schaut Euch alles ganz in Ruhe an.»

Schwarz unterdrückte ein weiteres Gähnen und zögerte, sich auf den breiten Lehnstuhl mit den geschnitzten Fischmotiven zu setzen. «Lieber würde ich Euch bei der

Arbeit zuschauen, um Fragen stellen zu können. Auf die Weise kann ich Eure Arbeitsweise besser verstehen, als wenn ich alte Bücher wälze.»

«Nur Geduld, nur Geduld. Wie ich bereits sagte, habe ich einige Unterlagen zu bearbeiten, in die ich Euch leider noch keinen Einblick gewähren darf. Wenn Michael, ich meine: der Regierer, wenn er Euch tatsächlich einen Posten verschafft, vielleicht sogar meinen Posten als Hauptbuchhalter, werdet Ihr früh genug in die Geschäftsgeheimnisse des Handelshauses eingeweiht.»

Schwarz zog die Brauen hoch, bedachte Octavian mit einem skeptischen Blick und sagte gedehnt: «Nun, wenn Ihr meint, aber vergesst nicht, in wenigen Stunden fährt mein Wagen nach Rostock ab. Ich darf ihn nicht verpassen.»

«Das ist mir nicht entgangen, ach, und grüßt Kaufmann Tölner von mir. Darf ich Euch wohl zu einem Schluck Wein einladen? Ihr seht aus, als könntet Ihr einen guten Tropfen vertragen. Der Wein wird Euch wach halten.»

«Für gewöhnlich trinke ich am helllichten Tage nicht.»

«Auch nicht am Sonntag? Dann seid Ihr wohl kein eifriger Kirchgänger?»

«Ich ... nun ja, ja – doch, wenn es sich einrichten lässt, nehme ich natürlich am Gottesdienst teil ...»

«Und da wir beide ja heute den Dienst am Herrn schwänzen, sollten wir uns Ihm zu Ehren wenigstens einen kleinen Schluck genehmigen. Wir haben da noch ein Fass mit bestem französischen Wein stehen. Davon werde ich uns zwei Becher holen.»

Schwarz zuckte mit den Schultern, und Octavian wartete, bis der Bursche sich hinter dem großen Schreibtisch niedergelassen hatte. Dann eilte er aus dem Kontor und durch den Treppenturm hinauf in die Küche, wo, wie er wusste, eine Arznei gegen schlechten Schlaf verwahrt wurde. Er nahm das Fläschchen aus dem Schrank, steckte es ein und lief den Treppenturm wieder hinunter ins Warenlager, wo er Wein aus einem Fass in zwei Becher abfüllte. In einen der Becher gab er eine ordentliche Portion der Arznei.

Im Kontor fand er Schwarz hinter dem Schreibtisch sitzend vor, den vom Schlafmangel schweren Kopf in die eine Hand gestützt, während er mit der anderen sichtlich lustlos im Bilanzbuch eines alten Geschäftsjahres blätterte. Octavian reichte ihm einen Becher und sagte: «Nun denn, Gabriel Schwarz, lasst uns trinken auf den gütigen Herrn Jesus, auf Eure Gesundheit und – vielleicht auf unsere baldige Zusammenarbeit.»

Er hielt seinen Becher hoch, wartete, bis Schwarz die Geste erwiderte, dann tranken sie. «Ah, ein wundervoller Tropfen, nicht wahr?», sagte er dann.

Als Antwort nickte Schwarz nur müde, stellte seinen Becher ab und senkte den Blick wieder ins Bilanzbuch.

Octavian entschwand in seine Kammer nebenan, ließ die Tür einen Spalt weit offen und blieb lauschend dahinter stehen. Er hörte Schwarz herzhaft gähnen und kurz darauf ein leises Poltern. Octavian spähte ins Kontor. Schwarz schnarchte. Sein Kopf war auf das aufgeschlagene Buch gesunken. Dass Michael wenig angetan sein würde, wenn er den verheißungsvollen Anwärter auf den Buchhalterposten später schlafend auf dem heiligen Regiererstuhl vorfinden würde, tat Octavian ein wenig leid. Darauf konnte er jedoch keine Rücksicht nehmen, und er wünschte Schwarz von ganzem Herzen, dass er bei Kaufmann Tölner in Rostock mehr Glück hatte.

In seiner Kammer holte Octavian das Messer hervor, setzte sich an den Rechentisch und machte sich an die Arbeit.

7
Berlin

Am Himmel über Berlin und Cölln zogen schwere Wolken auf, denen der Geruch von Schnee vorauseilte und die von einem weiteren langen und harten Winter kündeten. An diesem Tag Anfang November fingen die ersten, vom Wind getriebenen Flocken zu fallen an und legten sich auf Dächer und Türme des Schlosses. Unterhalb der Mauern zog die Spree gemächlich dahin und schwemmte ihre Fracht aus Abfällen sowie menschlichen und tierischen Ausscheidungen fort; das Wasser dünstete einen üblen, stechenden Geruch aus. Direkt am Flussufer ragten die beiden Türme des Spreeflügels auf. Einer davon war ein alter Wehrturm; er war ein Überrest der einst von einem Hohenzollern mit dem Beinamen Eisenzahn errichteten, längst abgetragenen Cöllner Zwingburg. Heute nannte man diesen alten Turm den *Grünen Hut*, weil das aus Kupfer bestehende, zwiebelförmige Dach über die Jahre eine grünliche Färbung angenommen hatte. Ganz tief unten im *Grünen Hut* brannte an diesem Morgen ein heißes Feuer, und durchs Gemäuer hallten Klagerufe: «Oh Gott! Oh Herr – heiliger Herr im Himmel, bitte nein! Bitte, bitte – nein! Ich flehe Euch an, im Namen des Herrn, lasst Gnade walten!»

Kurfürst Joachim verzog angewidert das Gesicht. Nicht, weil dem Betrüger, den man auf eine Bank geschnallt hatte, das Blut aus Schnitten und Körperöffnungen quoll, sondern weil ihm dessen Gejammer auf die Nerven ging. Er beugte sich über den Alchemisten, blickte ihm in die vor Panik und Schmerz geweiteten Augen, holte Luft und schrie: «Gesteht endlich! Zwanzigtausend Taler habe ich Euch gezahlt. Und ich habe Euch gewarnt – oh ja, das habe ich. Niemand soll mir vorwerfen, Ihr hättet nicht gewusst, worauf Ihr Euch einlasst. Und dennoch habt Ihr mich an der Nase herumgeführt, wie Eure Vorgänger. Ihr habt geschworen, bis gestern acht Unzen Silber und vier Lot Gold herzustellen. Nichts davon könnt Ihr vorweisen. Kein einziges Eurer Versprechen könnt Ihr einlösen. Ich hatte Euch eine Frist gesetzt und diese Frist sogar verlängert. Und ich habe Euch noch mehr Geld in den Rachen geworfen für neue Gerätschaften. Und doch habt Ihr mir nicht die Formel für Reichtum und ewiges Leben geliefert. Und warum nicht? Weil Ihr nichts anderes seid als ein betrügerischer Quacksalber. Scharfrichter!»

Der dicke Mann mit den erhitzten Wangen und dem weißen Stoppelbart drehte die Zange im Eisenkessel, der mit hellrot pulsierender Glut gefüllt war. Dann hob er die Zange heraus und spuckte dagegen. Die Spucke zischte und verdampfte. «Ist heiß genug», sagte er.

«Dann zwick den Betrüger, wo's sein Fleisch beißt», befahl Joachim. «Zwick diesen Theo… zwick ihn halt! Dann treib ihm Holzsplitter unter die Nägel und zerquetsch ihm die Daumen, lass ihn die Peitsche spüren und renk ihm die Arme aus. Mach mit ihm, was du willst. Leb dich aus! Ich will, dass der Lump gesteht. Und du da, du schreibst alles auf, was der Bastard von sich gibt.»

Der Protokollant, der mit Feder, Tintenfass und Papier an einem Tisch saß, nickte gehorsam.

«Nein, bitte nicht. Herr! Durchlauchtigster!», schrie der Alchemist. «Ich hab Euch doch meine Referenzen vorgelegt. Ein ordinierter Pfarrer bin ich, und ich habe die Pflanzen studiert, habe Experimente …»

«Haltet Euren Mund! Das ist mir alles bekannt, auch dass kein Geringerer als mein Leibarzt Paul Luther mir Euch empfohlen und in den höchsten Tönen von Euch geschwärmt hat. Mit dem werde ich ein Wörtchen zu reden haben. Mir ein solches Schwein in den Stall zu setzen. Und jetzt, Scharfrichter – wohlan, frisch ans Werk!»

Joachim machte dem Dicken mit seiner glühenden Zange Platz und zog sich an den Rand des Gewölbes zurück, wo er sich auf einem Schemel nahe der verschlossenen Tür niederließ. Er verschränkte die Arme über dem Bauch und biss vor Wut die Zähne zusammen, bis sie knackten. In seinen Ohren hallten Schreie und Wehklagen wider. Mit anzuschauen, wie der Scharfrichter seines Amtes waltete, wie er den Betrüger nach allen Regeln der Folterkunst piesackte, drehte, dehnte, verrenkte und brach, stellte bei Joachim zumindest vorübergehend das Gefühl einer gewissen Befriedigung her.

Welch große Hoffnungen hatte er in diesen Mann gesetzt! Endlich schien er den Alchemisten gefunden zu haben, der für ihn das herstellte, wonach er schon so lange suchte. Er dachte an Anna, seine geliebte Anna, deren Schwermut er mit dem geheimnisvollen Elixier heilen wollte, damit sie wieder das liebreizende Wesen von einst wurde. Ach, meine liebste Anna, dachte er betrübt, wieder bin ich auf einen Blender hereingefallen. Gold und Silber, unermesslicher Reichtum, alles schön und gut, aber nur Mittel zum Zweck. Denn wonach Joachim wirklich strebte, war ewiges Leben. Bis zum Jüngsten Tag wollte er die aufblühende Pracht der von ihm errichteten Burgen und Schlösser auskosten. Mit einer lebensfrohen Anna an seiner Seite.

«Herr – habt Erbarmen …», schrie der Alchemist, als er in einer Folterpause zu Atem kam; er sah schon recht ramponiert aus. «Ich kann doch nichts gestehen, was ich nicht getan habe … oh, diese Schmerzen, bitte, bitte, ich bin unschuldig! Gebt mir noch ein paar Tage Zeit, nur einen einzigen Tag …»

«Damit du deinen Kram packen und abhauen kannst», murmelte Joachim vor sich hin. Da hörte er es an der schweren Holztür klopfen und gab dem Trabanten, der dort Wache stand, ein Zeichen.

Der Trabant blickte durch die Luke und schloss dann die Tür auf.

Lippolds mausgraues Gesicht erschien. Er trat ein, schaute zu dem Alchemisten auf der Folterbank und schluckte so heftig, dass sein Adamsapfel auf und ab hüpfte. Schnell wandte er den Blick von dem nackten, blutenden Mann ab zu Joachim und sagte: «Ich habe Euch eine Mitteilung zu machen, die Euch erfreuen sollte, Durchlauchtigster.»

«An einem solchen Tag kann nirgendwo Freude sein», entgegnete Joachim. «Das Einzige, was mein Gemüt ein wenig aufzuheitern vermag, ist, wenn dieser Theo…»

«Therocyclus, Herr», half Lippold aus.

«Ja, wenn der seinen Betrug endlich gesteht. Ich habe mich an Recht und Gesetz zu halten. Nur nach einem Geständnis kann ich ihn hinrichten.»

Lippold sagte etwas, doch der Scharfrichter fuhr mit seiner Arbeit fort, sodass die Schreie Lippolds Worte übertönten.

«Was hast du gesagt?», rief Joachim.

«Das Geld – es ist eingetroffen», rief Lippold.

«Welches Geld?»

«Der Kredit, Herr, der Kredit!»

Joachim erhob sich vom Schemel und straffte den Rücken. Zum ersten Mal an diesem kühlen Tag spannte ein Lächeln seine Lippen. Das war tatsächlich eine erfreuliche Nachricht. Er legte Lippold eine Hand auf die Schulter und schob ihn mit sanftem Druck zur Tür, als er den Alchemisten schreien hörte: «Ich gestehe ... diese Schmerzen ...»

Joachim hielt inne und bat Lippold, im Kaminzimmer auf ihn zu warten. Er wusste ja, dass Lippold zu zartbesaitet war, um Gefallen an Folter und Hinrichtung zu finden. Dann ging Joachim zum Alchemisten und fuhr ihn an: «Leg dein Geständnis ab und wiederhole es!»

Der blutige Klumpen jammerte und winselte: «Ich wollte nur Euer Geld. Nie hatte ich im Sinn, dieses Elixier herzustellen.»

«Also bist du ein Lügner und Betrüger?»

«Ich bin ein Lügner und Betrüger!»

«Hast du das?», fragte Joachim den Schreiber, sah den Mann am Tisch den Blick vom Papier heben und nicken, und befahl: «Dann übergebt ihn jetzt der Jungfrau!»

Von Rechts wegen hätte Joachim eigentlich Geständnis und Urteil öffentlich verkünden lassen müssen. Aber er brauchte Genugtuung, und er brauchte sie sofort. Daher beschloss er, den umständlichen Rechtsweg abzukürzen.

Die Männer zogen den hiermit Verurteilten von der Folterbank. Joachim folgte ihnen in einen Nebenraum, in dem auf einem hölzernen Podest die mannshohe, eiserne Vorrichtung thronte, die mit einem nachgebildeten

Frauenkopf gekrönt war. Der Trabant hielt den Alchemisten fest, der von der Folter geschwächt war und aus unzähligen Wunden blutete, während der Scharfrichter das Gerät aufklappte. Dann stopften sie den Mann in die Jungfrau, die mit nach innen gerichteten eisernen Dornen versehen war.

«Drück die Klappe zu», befahl Joachim dem Scharfrichter.

Hinter der sich schließenden Klappe stimmte der Alchemist ein ohrenbetäubendes Geheul an, unterbrochen von heiseren, gurgelnden Lauten. Die Länge der Dornen war so bemessen, dass sie den Verurteilten nicht gänzlich aufspießten, sondern er in der Jungfrau langsam verblutete.

«Wenn er sich nicht mehr regt, holt ihn raus, schneidet ihn in Stücke und werft sie in die Spree», ordnete Joachim an. «Dann haben wenigstens die Fische und Krebse was davon.» Sein Zorn verwandelte sich in eine grimmige Zufriedenheit.

Als er sich auf den Weg zu Lippold machte, beschloss er, alsbald nach einem neuen Alchemisten Ausschau zu halten.

Joachim ließ für sich und Lippold Blutwurst und gekochte Flusskrebse auftischen und Wein einschenken, bevor er alle Bediensteten aus dem Raum schickte. Dann sagte er: «Da haben uns diese Kaufleute also tatsächlich zweihunderttausend Taler ausgezahlt.» Er biss zu und zermalmte die vom Fett triefende Blutwurst zwischen seinen Zähnen. Ein Geständnis zu erpressen, war eine aufreibende Angelegenheit; da konnte man schon Hunger bekommen.

Lippold hingegen schien der Anblick des malträtierten Alchemisten auf den Magen geschlagen zu sein. Er tippte mit einem Finger gegen eine Krebsschere, als befürchte er, das Tier könne noch am Leben sein, und sagte dann: «So haben wir nun etwas Geld in der Schatulle. Ich halte es für ratsam, niemanden etwas von dem Geld wissenzulassen, sonst klopfen gleich zwei Dutzend Gläubiger an Eure Tür.»

«Natürlich bleibt das unter uns. Isst du deine Blutwurst nicht? Nein? Na, dann gib her! Versuch wenigstens die Krebse. Sind aus der Spree, aber keine Sorge: Der Fischer hat versichert, die Viecher flussaufwärts gefangen zu haben, wo nicht die ganze Scheiße rumschwimmt.»

Lippold schob mit dem Finger einen Krebs über den Teller. «Entschuldigt, aber mir ist der Appetit abhandengekommen.»

Joachim langte über den Tisch, nahm sich auch Lippolds Krebse und brach bei einem die Schale auf. Er pulte das rötliche Fleisch heraus und sog es schlürfend ein, bevor er sagte: «Da wir nun das Geld der Loytz haben, sollten wir zum zweiten Teil des Plans übergehen.»

Lippolds Gesicht hellte sich auf. «Ich habe mir diesbezüglich erlaubt, bereits einige Schritte in die Wege zu leiten und, wie wir besprochen haben, die Schreiben an Zygmunt August und den Dänenkönig Friedrich gesandt.»

«War das nicht etwas voreilig, mein Freund?»

«Ich dachte, je weniger Zeit wir mit der Sache verlieren, umso schneller können wir uns diese Kaufleute vom Hals schaffen.»

Joachim rülpste und tauchte die fettigen Finger in eine mit Wasser gefüllte Schale. Dann trocknete er seine Hände an einem Tuch ab, wischte sich über den Bart und sagte: «Wir warten also ab, was die alten Knaben dazu sagen.»

«Von Friedrich haben wir bereits Antwort erhalten»,

sagte Lippold. Er bückte sich nach einer Tasche, die er unter seinem Stuhl abgestellt hatte, nahm ein Schreiben heraus und schob es über den Tisch.

«Sag schon, was steht drin?», fragte Joachim, ohne auf das Schreiben zu blicken.

«Wie ich erwartet habe, ist Friedrich bereit, auf unseren Vorschlag einzugehen.»

Joachim klatschte in die Hände und sank zufrieden im Stuhl zurück. «Setz mich sofort darüber in Kenntnis, wenn du auch eine Nachricht von Zygmunt hast. Morgen will ich ins Jagdschloss Zum Grünen Walde reiten. Ich sehne mich nach meiner Anna.»

«Es würde mich wundern, sollte nicht auch Zygmunt einverstanden sein. Ich gehe zudem davon aus, dass die Angelegenheit sich schnell herumsprechen wird. Dann werden weitere Schuldner dem Beispiel der Könige folgen.»

Joachim bedachte seinen Hofkämmerer mit einem liebevollen Lächeln und sagte: «Und dann zerquetschen wir diese Kaufleute wie Fliegen!»

8

Stettin

Nach Danzig? Du fährst nach Danzig? Aber das kannst du nicht machen, nicht jetzt …» Leni stockte der Atem. In ihrem Schoß rekelte sich die Kleine. Sie saßen in der Wohnstube des Hauses in der Pfaffenstraße.

Sie blickte zu ihrem Vater, der ihr den Rücken zukehrte und durchs Fenster zu Sankt Jakobi hinüberschaute. Seine Schultern waren eingezogen, und seiner Körperhaltung war anzusehen, dass ihm etwas schwer auf der Seele lag – so wie Leni selbst, weswegen sie ihren Vater unbedingt davon abhalten musste, die Stadt zu verlassen.

«Ja, nach Danzig. Gleich morgen früh soll ich aufbrechen», erklärte Lukas.

«Das Wetter kann aber jederzeit umschlagen», sagte Leni schnell. «Du könntest in einen Schneesturm geraten. Oder das Schiff bleibt im Eis stecken.» Die Kleine quengelte. Leni hielt ihr den Lutschbeutel, ein mit gesüßtem Brei gefülltes Leinensäckchen, an die Lippen. Die Kleine saugte daran.

«Noch ist der Himmel klar, auch sind die Flüsse nicht zugefroren», sagte Lukas. «Ich kann den Auftrag, den dein Ehemann mir gegeben hat, unmöglich ablehnen. Die Loytz haben ein großes Schiff mit Seesalz beladen. Meine Aufgabe wird sein, die Geschäfte mit dem Salz in Polen zu überwachen.»

«Warum kümmert sich nicht Michaels Onkel darum?», beharrte Leni. Die Vorstellung, dass ihr Vater sie allein in Stettin ließ, bereitete ihr großen Kummer. Mehr als je zuvor brauchte sie ihn in ihrer Nähe. War er doch der einzige Mensch, zu dem sie noch Zutrauen hatte; die gute Sybilla hatte sie ja schon lange nicht mehr gesehen. «Dieser Onkel leitet doch die Faktorei in Danzig. Sag Michael, dass sein Onkel sich um den Auftrag kümmern muss.»

Lukas drehte sich vom Fenster weg und schritt in der Wohnstube auf und ab, wohl um seine Gedanken zu sammeln. Im Gehen sagte er: «Was ich dir jetzt erzähle, mein Kind, musst du für dich behalten. Der Auftrag, den ich ausführen soll, ist nicht ganz sauber. Es geht darum, dass die Loytz große Mengen hochwertiges Seesalz nach Danzig verschiffen, es aber nicht an Ort und Stelle verkaufen.

Das Salz soll stattdessen zu ihrer Saline bei Bydgoszcz transportiert werden. Meine Aufgabe wird sein, den geheimen Transport zu organisieren und zu überwachen, wenn in Bydgoszcz das gute Seesalz mit dem minderwertigen Abfall aus dem Steinsalzbergbau verschnitten wird. Dann bringe ich den umgesottenen Verschnitt auf den Markt, deklariert als Seesalz und deutlich unter den Preisen der Konkurrenz. So bauen die Loytz ihre Marktanteile aus und drängen alle anderen Anbieter vom Markt, bis die Loytz die Preise diktieren können. Für das ganze polnische Reich wollen sie auf die Weise das Salzmonopol erringen, das ihnen Zygmunt trotz seiner Zusage immer noch verwehrt.»

Leni folgte den Ausführungen mit wachsendem Entsetzen. Sie verstand nicht viel von den Geschäften, mit denen Michael sich abgab. Aber eins wurde ihr aus Lukas' Worten klar: «Michael schickt dich also vor, damit du gutes Salz mit schlechtem Salz verschneidest und es dann als gutes Salz verkaufst? Das ist Betrug, Vater, schlichter Betrug. Wenn die Sache auffliegt, wird er alles dir in die Schuhe schieben.»

Lukas blieb stehen und zuckte mit den Schultern. «Da ich nun Teil des Loytz'schen Handelshauses bin, habe ich mich dem Willen des Regierers unterzuordnen. Du kennst Michael: Er will das Monopol, und er wird keine Ruhe geben, bis er es hat. Mir fehlen zwar die Einblicke in die Finanzen des Unternehmens, aber ich glaube, den Loytz steht das Wasser bis zum Hals. Daher wird Michael keine Gelegenheit auslassen, bei der es Geld zu verdienen gibt.»

Leni schaute ihm in die Augen. Er blinzelte und wich ihrem Blick aus. Sie sagte: «Eigentlich wollte ich dir von mir erzählen, aber wenn du fortgehst ...»

Lukas trat vor sie und bat, Helena für einen Moment halten zu dürfen. Sie zog der Kleinen den Lutschbeutel aus dem Mund und reichte sie ihrem Vater. Behutsam bettete er sie in seine Arme, strich ihr mit seiner großen Hand über das Köpfchen und sagte: «Es ist wegen ihm, nicht wahr? Ach, was frage ich, natürlich ist es wegen ihm. Michael hat uns in der Hand. Er regiert nicht nur das Unternehmen, er regiert unser Leben. Ich kann deine Entscheidung bis heute nicht verstehen, auch wenn ich zugeben muss, dass ich damals darüber sehr erleichtert war.»

«Ja, es war meine Entscheidung», sagte Leni. Sie blickte auf die Kleine, die sich im Arm ihres Großvaters wohlig rekelte. Der Preis für Lenis Unfreiheit war hoch, aber sie hatte ihn zahlen müssen, um ihr Geheimnis zu bewahren. Nun war Anna dahintergekommen und hatte Leni noch tiefer in die Abhängigkeit getrieben.

Sie sog die Luft tief ein und hielt sie zurück, während sie mit sich rang, ob sie Vater mit ihren Sorgen belasten sollte. Der Drang, sich ihm – ihrem einzigen Vertrauten – mitzuteilen, wurde übermächtig.

Sie atmete aus und sagte: «Er steckt häufig in seiner Arbeit, und ich gehe ihm aus dem Weg. Wenn wir uns begegnen, behandelt er mich meist anständig. Aber manchmal ...» Sie stockte, dann fuhr sie fort: «Manchmal geschieht mit ihm eine Veränderung, ganz plötzlich geschieht das. Manchmal sind es Kleinigkeiten, die ihn hochfahren lassen, manchmal ist es, wenn er Wein getrunken hat, und dann ... dann kommt etwas aus ihm zum Vorschein, etwas Dunkles und Bösartiges, das eine solche Kraft hat, dass es ihn beherrscht. Schon früher, als ich noch ein Kind war, habe ich diesen wahnsinnigen Ausdruck in seinen Augen gesehen. Er sitzt tief in ihm drin, der Wahnsinn. Ich habe Angst davor, er könnte ihn bald vollends beherrschen.»

«Schlägt er dich?», fragte Lukas. Sein Kopf war tief über die giggelnde Kleine gebeugt, aber das Kratzen in seiner Stimme verriet seine Betroffenheit.

«Einmal», sagte sie, «einmal hat er es getan, in der Hochzeitsnacht, seither nicht wieder. Wenn aber das Böse zutage tritt, dann sehe ich ihm an, wie es ihm immer schwerer fällt, sich zu beherrschen.»

Jetzt hob Lukas den Kopf. Seine Augen schimmerten feucht. Er sagte leise: «Der Grund für sein Verhalten liegt bestimmt bei der Arbeit. Er macht sich Sorgen. Wenn die Geschäfte erst wieder ins Laufen kommen, wird es sich legen.» Er machte eine Pause, und seinem Gesicht war anzusehen, wie sehr er an seinen eigenen Worten zweifelte. «Sieh es doch so, Leni», fuhr er fort. «Auch deshalb ist es wichtig, dass ich dieses Salzgeschäft einfädele. Wenn wir damit erfolgreich sind, wird Michael sich wieder einkriegen, ganz sicher wird er das. Bitte, vertraue darauf.»

Er kam zu Leni, sein Gang war gehemmt, unsicher, und gab ihr die Kleine zurück. Dann wandte er sich wieder dem Fenster zu. Seine Schultern senkten sich wie unter einer schweren Last.

Über Sankt Jakobi waren Wolken aufgezogen. Leni wusste, dass nun jedes weitere Wort überflüssig war. Und in ihr keimte die schreckliche Vorahnung auf, es könnten die letzten Worte gewesen sein, die sie von ihrem Vater gehört hatte.

9
Stettin

Stephan ging über den leicht ansteigenden Weg den Hügel hinauf und blieb auf der Kuppe der Anhöhe stehen, von wo aus er über die im Winterschlaf liegenden Felder und Äcker zur Oderburg blickte. Eine Windböe fuhr ihm mit eisiger Kälte ins Gesicht. Was er dahinten am Fuß der Wehrmauern sah, ließ ihn erschauern. Das Hospital war verschwunden. Es schien, als hätte es niemals dort gestanden. Alle Spuren des alten Hauses und der Nebengebäude waren ausgelöscht, waren niedergerissen und abgetragen worden. Stattdessen klafften an der Stelle Löcher wie von Raubtierzähnen gerissene Wunden. Sogar heute, an diesem kalten, windigen Tag, gruben sich Dutzende Arbeiter mit Schaufeln und Hacken tief und tiefer ins halb gefrorene Erdreich. Stephan atmete schwer. Der Anblick der Baustelle und die Gewissheit, dass auch er eine Mitschuld am Ende des Hospitals trug, ließ ihn sich hundeelend fühlen.

Die Loytz hatten ihren Besitz an der säkularisierten Kartause für den Bruchteil der ursprünglich verlangten Summe an den Herzog veräußert. Um diesen Teil der Vereinbarung für Simons Freilassung zu erfüllen, hatte Stephan gegenüber Michael den ausstehenden Verkauf zur Sprache gebracht. Eigentlich hatte er erwartet, Michael würde sich weigern, den Grund und Boden zu verkaufen, weil er durch die Hochzeit mit Leni ja bekommen hatte, was er wollte.

Michael hatte jedoch sein Versprechen gebrochen und nicht gezögert, einen Kaufvertrag aufzusetzen. «Meine Ehefrau braucht dieses verrottete Hospital nicht mehr», hatte er gesagt, als bereite es ihm eine innere Genugtuung, das Grundstück loszuwerden.

Die Übergabe war erst vor wenigen Tagen vollzogen worden. Somit waren von Stephans Seite alle Bedingungen erfüllt. Mit banger Ungeduld wartete er seither darauf, dass sich nun auch der Herzog und der Kurfürst an ihre Zusagen hielten.

Und so trieb die Unruhe Stephan auch heute rastlos durch die Gegend. Er ertrug es nicht, im Loytzenhof zu sitzen und auf die erlösende Nachricht zu warten. Wie versteinert stand er auf dem Hügel. Er hörte die Rufe der Arbeiter, sah ihre sich krümmenden Rücken, sah, wie sie schaufelten und Erde aus den Gruben schippten.

Octavians Worte kamen ihm in den Sinn. *Und das alles für ein Menschenleben?*

Zweihunderttausend Taler für ein Menschenleben? Ohne das Geld waren die Rücklagen des Unternehmens so gut wie aufgebraucht. Ein Windhauch genügte, um das gesamte Handelshaus mit Dutzenden Faktoreien und etlichen Angestellten in seinen Grundfesten zu erschüttern und zum Einsturz zu bringen – und damit alles, was Generationen von Loytz in mehr als einhundert Jahren aufgebaut hatten.

Und war ein Menschenleben es wert, dass Sybilla und die anderen Helfer ihre Lebensaufgabe verloren hatten? Und dass die mittellosen Kranken nun ihren letzten Kreuzer hingeben mussten für eine Behandlung im Hospital auf der Oderburg?

«Das ist es wert», sagte Stephan auf der Hügelkuppe zu sich selbst. Er bemühte sich, seiner Stimme einen trotzigen Klang zu geben, aber der Wind nahm die Worte auf und wehte sie fort.

Der Heimweg führte ihn durchs Mühlentor in die Stadt zurück. Nach wie vor mied er das Frauentor mit dem Kerkerturm, in dem Simon festgehalten wurde. Der Brief war das letzte Lebenszeichen, das er von ihm erhalten hatte, und das war fast ein Jahr her. Stephan ging an der Stadtmauer entlang, beim Schloss schwenkte er nach rechts in die Fuhrstraße ab. Er wollte den Loytzenhof durch den hinteren Eingang betreten. Die Gefahr, Leni über den Weg zu laufen, hielt er hier für geringer.

In den Wochen seit seiner Rückkehr aus Berlin war er ihr nur wenige Male begegnet. Obwohl diese Gelegenheiten selten und kurz waren und keiner von ihnen dabei ein Wort an den anderen richtete, fühlte er sich danach immer von Schwermut ergriffen. Ihre Anwesenheit erinnerte ihn jedes Mal an ihren Verrat. Was ihn jedoch weitaus mehr verstörte und beunruhigte, war das schier unüberwindbare Gefühl, das er in ihrer Nähe noch immer verspürte: Er fühlte sich zu ihr hingezogen. Sosehr er sich auch dagegen wehrte und sosehr er versuchte, sie zu verachten, zu vergessen, ja, sie zu hassen – dieses Gefühl war so tief und fest in ihm verankert, dass er dagegen nicht ankam.

Diese Gedanken im Kopf wälzend, betrat er den Loytzenhof, als er in der Diele am Fuß der Treppe eine Bewegung bemerkte und ein dünnes, helles Stimmchen hörte. Sofort zog er sich in den Schatten beim Eingang zurück.

Doch Leni musste die Tür gehört haben. Sie blieb am Treppenabsatz stehen und drehte sich zu ihm um. Offensichtlich war sie ebenfalls draußen gewesen. Sie war mit Pelzkappe, Mantel und Stiefeln bekleidet. Ihre Wangen waren gerötet. In den Armen hielt sie das in ein Fell eingewickelte Kind. Bei den früheren Begegnungen war immer jemand anderes dabei gewesene, Anna, Michael oder ein Bediensteter. Dieses Mal gab es nur sie beide.

Stephan spürte ein unangenehmes Prickeln auf seiner Haut.

Leni blickte ihn irritiert an. Sie schien ebenso überrascht und verunsichert wie er. Die Zeit, in der sie sich wortlos gegenüberstanden, dehnte sich zu einer Ewigkeit aus.

Geh weiter, flehte er innerlich, geh einfach weiter die Treppe hinauf.

Aber sie tat ihm den Gefallen nicht. Stattdessen kam sie in seine Richtung. Mit jedem Schritt, den sie sich ihm näherte, wurde das Prickeln stärker, und sein Herz schlug heftiger. Dann blieb sie vor ihm stehen. Die Luft zwischen ihnen schien zu flirren wie an einem klaren Sommertag. Er bemerkte den Schatten auf ihrem Gesicht. War es Kummer? Wusste sie vielleicht bereits von dem Verkauf des Grundstücks? Oder plagte sie ihr schlechtes Gewissen?

Er sah, wie ihre Lippen sich bewegten; sie öffneten sich, schlossen sich, öffneten sich erneut. Er hörte ihre Stimme leise sagen: «Ich war gerade bei meinem Vater. Michael schickt ihn nach Danzig.»

Stephans Augen wurden groß. Warum erzählte sie ihm das? Warum kein Wort der Erklärung oder gar der Versuch einer Entschuldigung? Wusste sie denn nicht, was sie ihm angetan hatte? Er sagte: «Ach ja, ich hab davon gehört.»

Sie senkte den Blick auf das Kind in ihrem Arm. Die Falte zwischen ihren Brauen war tief ausgeprägt. Sie sagte, ohne ihn dabei anzuschauen: «Stephan, ich weiß, wie sehr ich dich verletzt habe. Dennoch bin ich so verzweifelt, dass ich dich um einen Gefallen bitten muss. Ich weiß nicht, an wen ich mich sonst wenden kann. Bitte, sprich mit Michael, damit er meinem Vater den Auftrag entzieht. Ich mache mir Sorgen um ihn.»

Stephans anfängliche Verwirrung wich einem Gefühl der Wut. Was bildete sie sich eigentlich ein? Nach allem, was geschehen war, bat sie ausgerechnet *ihn* um einen Gefallen?

«Ich glaube kaum, dass Michael sich davon abbringen lässt», sagte er kühl. «Der Auftrag ist wichtig für unser Unternehmen.» Er verschwieg, dass auch er kein gutes Gefühl bei dem Plan hatte. Weil Zygmunt sich weigerte, ihnen das Salzmonopol zu überschreiben, wollte Michael das Verbot unterwandern. Aber der Plan barg Risiken, und ja – letztlich würde Lukas Weyer dafür seinen Kopf hinhalten müssen, wenn die Polen dem Betrug auf die Schliche kamen. Aber Michael hatte so entschieden, und damit war es Gesetz.

«Entschuldige, dass ich gefragt habe», sagte sie leise. «Ich wollte es wenigstens versucht haben. Ich rede selbst mit Michael. Stephan?»

«Hm?»

«Magst du sie einmal halten?»

«Dein Kind?», fragte Stephan, vom plötzlichen Themenwechsel überrascht. «Warum sollte ich *dein Kind* halten wollen?» Was bezweckte sie damit?, überlegte er. Wollte sie ihn auf die Weise erweichen, damit er mit Michael redete? Mit einiger Verwunderung sah er, wie ihre Unterlippe zitterte. Spielte sie ihm etwas vor, oder fühlte sie sich tatsächlich so hilflos, dass es ihr die Tränen in die Augen trieb? Diese Leni war nur noch ein Schatten jener selbstbewussten Frau, die er gekannt und in die er sich verliebt hatte.

«Ja, gut, dann nehme ich dein Kind», sagte er und wusste zugleich selbst nicht, warum er das sagte.

Leni schaute sich in der Diele um, als habe sie etwas Verbotenes im Sinn, dann wickelte sie das Kleine schnell aus dem Fell und legte es Stephan in die Arme. Es war viel leichter, als er gedacht hatte. Zum ersten Mal überhaupt hielt er ein so kleines Kind in den Armen. Es blickte ihn aus hellblauen, runden Augen an, die viel zu groß für das kleine Gesicht waren. Ob er wollte oder nicht: Dieses winzige, zarte Wesen in den Armen zu wiegen, flutete seinen Körper mit einem merkwürdig behaglichen Gefühl.

Da hallte eine scharfe Stimme durch die Diele: «Leni, was um Himmels willen tust du da?» Großmutter Anna stand auf halber Höhe der Treppe. Ihre Augen funkelten. Der Mund war ihr vor Entsetzen offen stehen geblieben.

Leni zuckte zusammen. Schnell nahm sie Stephan das Kind ab. Verschreckt, geradezu panisch wirkte sie jetzt. Stephan fragte sich, warum Leni sich von Anna derart einschüchtern ließ.

«Komm sofort zu mir rauf, und dann gehst du in deine Kammer», befahl Anna.

Leni zog den Kopf ein und schlich geduckt zur Treppe.

«Was habt Ihr denn, Frau Großmutter?», rief Stephan.

Sie beachtete ihn nicht. Ihr vom Zorn entflammter Blick war auf Leni gerichtet, die gerade die unterste Stufe der Treppe erreichte, wo sie stehen blieb, als Anna plötzlich einen Schrei ausstieß. Stephan fragte sich besorgt, was in seine Großmutter gefahren war. Sie gebärdete sich wie von allen guten Geistern verlassen. Ihre Augen und ihr Mund waren weit geöffnet. Entgeistert starrte sie auf etwas, das neben Stephan war.

Er wandte sich um. Neben ihm in der halbgeöffneten

Tür stand eine dürre, leichenblasse Gestalt, mehr ein Gespenst als ein leibhaftiger Mensch. Stephan brach der Atem heiser aus der Kehle, und ihm entfuhr ein röchelnder Laut.

Unter wucherndem Bart und strähnigem Haar erkannte er seinen kleinen Bruder wieder.

In jeder Finsternis leuchtet ein Stern.

UNBEKANNT

V. TEIL

✦

November 1569 bis April 1570

I
Stettin

Der Winter brachte Stürme und Hagel. Schnee bedeckte das ganze Land; er bedeckte Dörfer und Städte, Wege und Straßen, Wälder und Felder. Die Menschen suchten Schutz und Wärme. In ihren dicken Kleidern nisteten Flöhe und Läuse, die den ausgezehrten Menschen Krankheiten brachten. Viele überlebten das Ende des Winters nicht, und als das Wetter milder wurde und der Boden taute, vergruben die Überlebenden die Leichen. Auf den Äckern ging die Saat auf. Bald spross junges Getreide saftig grün aus der Erde. Als die Menschen das sahen, dankten sie dem Herrn; sie dankten, beteten und sangen, waren sie doch überzeugt, Gott habe ihre Gebete erhört. Erleichterung, ja Zuversicht lebte auf; aber das von Hoffnung genährte Glück währte nur kurz. Mit dem Mai kam die Kälte zurück. Mit eisiger Peitsche schlug sie alles nieder, was sich ihr in den Weg stellte, und begrub alle Hoffnungen unter den Schneemassen. Das Getreide verfaulte. Es waren eisige Zeiten. Eiszeiten. Hunger und Kälte regierten alles Leben.

Tief fraß sich die Kälte in die Herzen der Menschen. Kälte und Hunger waren der Nährboden, auf dem die

Pfaffen ihre Saat aufgehen ließen. Es war die Zeit der Eiferer und Hetzer, deren Predigten von den Kanzeln dröhnten und die in allem, wodurch der Mensch sich bedroht sah, den Teufel suchten. Und ihn fanden. «Warum bestraft uns Gott?», fragten die Menschen, von Angst erfüllt. «Gott ist zornig, weil ihr in eurer Gemeinschaft Hexen duldet», riefen die Priester und streckten die Finger aus, um auf jene zu zeigen, die sie der Hexerei beschuldigten. «In den Flammen sollen sie brennen, die Hexen! Lasst die Scheiterhaufen brennen! Lasst die Feuer lodern! Verbrennt die Hexen, um Gottes Gnade zu erflehen!»

In Stettin tat sich Pastor Raymund Litscher besonders eifrig hervor. Er entfachte den Zorn der Menschen. Er erinnerte sie an Trockenheit, an Dürre, an Überschwemmungen, an ewige, beißende Kälte – allesamt Strafen des Herrn, und es dauerte nicht lange, bis er das Weib überführt haben wollte, das seinen Worten nach verantwortlich war für das Unheil: Dieses Weib hieß Sybilla, die Nonne, die das Hospital geführt und sich durch Widerworte Litscher zum Feind gemacht hatte. Sie war das gefundene Fressen für den rachsüchtigen Priester und für das Volk, das Antworten suchte auf die Fragen nach seiner Not.

Litscher klagte Sybilla an, ließ sie der Hexerei für schuldig befinden und auf einer Wiese vor dem Mühlentor einen Scheiterhaufen errichten. Was war das für ein prächtiges Fest! Man baute Tribünen für die hohen Herrschaften und Buden für das Volk, verkaufte Süßigkeiten, gebratene Tauben und frisches Backwerk, man sang Lieder und pries Gott, den Allmächtigen. «Der Teufel ist in das Weib gefahren», rief Litscher. «Im Auftrag des gefallenen Engels hat das Weib arme Menschen ins Hospital gelockt, das in Wahrheit ein Teufelsloch war!» Das Volk schrie und jubelte, und es dampfte vor Groll und Blutdurst.

Aber der Teufel, der Besitz von Sybilla ergriffen hatte, erwies sich als arglistiger Täuscher. Mit grimmiger Freude mochte Satan seinen Plan ausgeheckt haben, raunten die Menschen später.

«Dieses Weib war einst eine fromme Frau», rief Litscher der Menge zu. «Doch es ist ein schmaler Grat zwischen Licht und Schatten, zwischen Leben und Tod. Ja, zwischen Gott, dem Allmächtigen, und dem schwarzen Engel – dem Teufel!»

Sybilla war mit einer Eisenkette um den Hals an einen Pfahl gefesselt, den man in den Boden gerammt und mit Reisigbündeln, Stroh und Holzscheiten umschichtet hatte. Sie hatte den Kopf gesenkt und regte sich nicht. Eine Böe strich über die Hinrichtungsstätte und verfing sich in ihrem weißen Haar. Ihre Lippen bewegten sich leicht, als ob sie ein Gebet murmelte.

«Sie hat gestanden», fuhr Litscher fort, «dass sie den Teufel für einen Gott gehalten hat, der ihr in Gestalt eines Geißbocks erschien – und sie hat ihm den Hintern geküsst! An einem heimlichen Ort hat sie mit ihm das Hexenmahl zu sich genommen und den boshaften Bund bestätigt. Und nun – entzündet das reinigende Feuer!»

Henkersknechte hielten brennende Fackeln ans Reisig, und die Flammen loderten hell und heiß auf.

«Das Feuer soll so lange brennen, bis nur noch Asche bleibt», rief Litscher. «Und die Knochen, die nicht verbrannt sind, soll man zu Pulver zerschlagen und in den Fluss streuen. Die Hexe muss vollständig vernichtet und ihre sterblichen Überreste sollen ausgelöscht werden, damit alles Gedenken an ihre schändlichen Taten getilgt wird. Nur so kann Gottes Zorn von Stadt und Land abgewendet werden ...»

Die Flammen griffen nach Sybilla und umhüllten sie, ihre Kleider brannten, ihr Haar verbrannte, und ihre grauenvollen Schreie hallten über die Hinrichtungsstätte. Da sprang plötzlich ein junger Bursche aus der Menge hervor und stürmte auf Litscher zu. Der Pfaffe verstummte. Seine Augen weiteten sich vor Schreck. Der Bursche rief: «I-I-Ihr seid der T-T-Teufel! Ihr sollt b-b-brennen!»

Er stieß Litscher mit aller Kraft vor die Brust. Der Pfaffe taumelte, doch ein herbeieilender Landsknecht fing ihn auf, bevor er ins Feuer stürzte. Dann packte der Landsknecht den Burschen, der in wilder Raserei um sich schlug. Im Kampf kamen beide dem Feuer gefährlich nahe, bis die Flammen ihre Kleider erfassten. Sie fielen zu Sybilla auf den Scheiterhaufen und gingen unter entsetzlichen Schreien in Flammen auf.

Als die Menschen dies sahen, erstarrten sie, und dann schlichen sie wortlos in ihre Hütten und Häuser. Gelähmt vor Angst und bösen Vorahnungen, schlossen sie Türen und Fensterläden, knieten nieder und beteten.

War der Teufel doch stärker als der Herrgott?

Weil die Kälte das sprießende Getreide vernichtet hatte, wussten sich die Menschen nicht anders zu helfen, als weiteres Korn auszusäen. Doch dann kam die Trockenheit. Auf dem Lande trieben dürre Gestalten Pflüge an dürren Ochsen über ausgedörrte Äcker, brachen Furchen in die Erdkruste und säten Korn. Die Menschen beteten um Regen; sie beteten und flehten, und wieder schien es für den Augenblick, als höre der Herr ihre Gebete. Er schickte Regen. Kaum wagte aber das von Trockenheit geschwächte Getreide, seine Halme aus dem Boden zu stecken, schwoll der Regen an. Gewitter stürmten über geschundene Länder wie Armeen der Finsternis; ja, es mussten die Armeen des Teufels sein. Urplötzlich gingen gewaltige Wassermassen nieder, die die zarten Pflänzchen von den Äckern spülten. Die Flüsse stiegen an und traten über die Ufer. *Ruina mundi*, klagten die Menschen, *ruina mundi* – der Zusammenbruch der Welt, und ja, es war der Teufel, der diese erbarmungslose Schlacht um die Gaben einer erbarmungslosen Natur entfesselte, eine Schlacht um Essen, Leben, Überleben.

Und der Herrgott war schwach.

Dann kam der Herbst, und die Felder waren leer. Die Vorratskammern waren leer, und die Mägen von Mensch und Tier waren leer. Gierig rissen die Gutsherren den Bauern das wenige Getreide, das sie der Erde abrangen, aus den Händen. Die Gutsherren verkauften es an die Kaufleute, und die Kaufleute verluden das Korn auf Schiffe und brachten es außer Landes, brachten es weit fort, in die Niederlande oder nach Frankreich und bis nach Spanien. Überall dorthin, wo man die höchsten Preise zahlte.

Zurück blieben Hunger und Elend.

Auch die Loytz machten satte Gewinne mit dem Getreidehandel. Aber die Gewinne wurden von den laufenden Kosten wieder aufgefressen, und das brachte Stephan in einen Gewissenskonflikt. Er wollte den Bauern nicht schaden; es waren arme Leute wie jene, die Leni und ihn aufgenommen und ihr Leben gerettet hatten. Dennoch sah er sich gezwungen, genau das zu tun, indem er Michael unterstützte, Getreidevorräte aufzuspüren und mit gierigen Gutsherren um jedes Korn zu feilschen, um es nach Antwerpen, Paris oder bis nach Lissabon zu verkaufen. Nur der Umstand, dass das Unternehmen noch in der Lage war, halbwegs kostendeckend zu wirtschaften, hielt Michael davon ab, auf die Rücklagen zurückzugreifen. Denn sollte er sich dazu genötigt fühlen, käme unweigerlich ans Tageslicht, dass die Geldreserven durch den Kredit für den Kurfürsten auf ein paar hundert Taler zusammengeschrumpft waren. Stephan und Octavian hatten das Unternehmen untergraben, hatten es wie Maulwürfe ausgehöhlt. Ein Windstoß genügte, um das wankende Handelshaus zum Einsturz zu bringen. Aber die Mauern hielten. Noch.

Im späten Herbst, der einem weiteren langen Winter vorausging, wehte von Osten ein scharfer Wind heran. Der Wind blähte die Rahsegel und trieb ein Schiff nach Stettin. Mit dem Schiff traf im Loytzenhof ein Brief aus Danzig ein, der eine Nachricht enthielt, die das Handelshaus wie unter einer heftigen Windböe erbeben ließ. In Danzig war ihr Geschäftspartner Lukas Weyer festgenommen worden. Ein konkurrierender Lübecker Kaufmann, der in Polen ebenfalls mit Salz handelte, hatte Lukas beschuldigt, verschnittenes Seesalz als hochwertige Ware in Umlauf gebracht zu haben. Die betrügerischen Salzgeschäfte der Loytz, die verheißungsvoll begonnen hatten, fanden somit ein jähes Ende. Man hatte ihr gesamtes Salz beschlagnahmt, es einer genauen Prüfung unterzogen und hinreichend Beweise gefunden, um Lukas Weyer in den Kerker zu werfen.

Michaels ohnehin angespanntes Gesicht wurde von Dunkelheit überschattet. Er beschloss, nach Danzig zu reisen. «Wir haben viel Geld in die Sache mit dem Salz investiert», sagte er an diesem Morgen im Kontor zu Stephan. Sie waren allein. Octavian hatte sich vor einigen Tagen wegen Krankheit entschuldigt.

«Ich muss meine Kontakte nutzen, damit die Polen mir mein Salz herausgeben», fuhr Michael fort. «Nur so können wir den Schaden für unser Unternehmen so gering wie möglich halten. Der Schaden ist bereits groß, denn das Salzmonopol können wir wieder in den Wind schreiben. Wir können uns nicht leisten, die gesamte Salzlieferung zu verlieren. Ich muss die verschnittene Ware den Dänen oder irgendwem anderes andrehen, bevor sich überall herumspricht, dass es kein reines Seesalz ist.»

«Und Lukas?», warf Stephan ein. «Wirst du dich für seine Freilassung einsetzen?»

Michael zuckte mit den Schultern. «Das Salz hat Vorrang.»

«Aber er ist der Vater deiner Frau.» Stephan machte sich ernsthaft Sorgen um Lukas Weyer, der ja von Michael zu dem Handel gedrängt worden war und nun dafür geradestehen sollte.

Michaels Ton wurde scharf. «Was scherst du dich um Lenis Sorgen? Darauf kann ich im Moment keine Rücksicht nehmen. Sie wird früh genug davon erfahren und sich damit abfinden müssen.»

«Hast du ihr nicht erzählt, dass Lukas festgenommen wurde?», fragte Stephan überrascht. Seit der Begegnung vor fast einem Jahr im Hinterhaus hatte er Leni kaum gesehen. Er ging ihr aus dem Weg, wann immer es möglich war; er gab vor, im Kontor arbeiten zu müssen, um gemeinsame Mahlzeiten zu vermeiden, und blickte sie nicht an, wenn sie sich doch einmal trafen. Auch hatte er den Eindruck, dass sie sich bewusst von ihm fernhielt, und das war ihm nur recht.

«Habe ich nicht eben gesagt, dass das Salz Vorrang hat?», fuhr Michael auf. «Und wenn Zygmunt August und der Dänenkönig, denen wir so eifrig Kredite vermittelt haben, nicht bald ihre Schulden begleichen, sehe ich mich gezwungen, auf unsere Rücklagen zurückzugreifen. Dabei weiß ich nicht mal, wie viel Geld wir auf der hohen Kante haben. Seit Wochen liege ich Octavian in den Ohren, er soll mir darüber Klarheit verschaffen, doch er findet immer wieder Ausreden, mich hinzuhalten. Es wird wirklich Zeit, ihn durch einen neuen Hauptbuchhalter zu ersetzen. Ob er nun krank ist oder nicht, du wirst ihn nachher aufsuchen, um ihn daran zu erinnern, Stephan. Wenn ich aus Danzig zurückkehre, will ich auf den Taler genau wissen, wie viel Geld uns zur Verfügung steht. Wir müssen mehr Getreide kaufen! Hörst du – noch viel mehr Getreide.»

Ein Handelsdiener steckte den Kopf ins Kontor und kündigte die Ankunft des Advokaten Benjamin Stauch an, der Michael nach Danzig begleiten sollte.

Stephan fühlte seine Beine weich werden. Er tastete mit der Hand nach dem Schreibtisch und stützte sich darauf ab. Michaels Ankündigung verschlug ihm den Atem. Nun trat das ein, wovor Stephan seit langem bangte: Michael wollte an die Rücklagen. Wenn er herausfand, dass das Eigenkapital so gut wie aufgebraucht war, würde es Fragen und Nachforschungen geben, und der Betrug würde auffliegen.

«Also, bring Octavian dazu, dass er mir so schnell wie möglich ausrechnet, wie viel Geld wir noch haben!», befahl Michael.

Stephan musste auf seinen Atem achtgeben; kalte Angst drehte ihm den Magen um. Er hielt die Luft an und sagte gepresst: «Ich werde Octavian Bescheid geben.»

Michael nahm seine Sachen und verließ ohne ein weiteres Wort das Kontor.

Stephan blieb wie versteinert zurück. Dann gab er sich einen Ruck, ging um den Tisch herum und sank in den Stuhl des Regierers. Er stützte die Ellenbogen auf die Lehnen, und der Kopf sank ihm in die Hände. Verzweiflung überkam ihn.

War es das gewesen?, fragte er sich. Der Gedanke an Flucht kehrte zurück. Längst hätte er in Augsburg sein können, wie er ursprünglich geplant hatte. Doch er hatte den Plan verworfen, denn seine Erleichterung über Simons Rückkehr war schnell der Angst gewichen, ob Simon sich jemals wieder in der Freiheit zurechtfinden würde.

Simon war wie eine im Schatten verdorrte Pflanze. Zwar hatte er bald seine körperliche Kraft zurückgewonnen, aber seine Seele blieb in der Dunkelheit des Kerkers gefangen. Nur selten verließ er seine Kammer im Loytzenhof, er mied das Licht und jede Gesellschaft. Und in dem Zustand wollte Stephan seinem Bruder nicht zumuten, dass er von den gefälschten Büchern und dem abgezweigten Geld erfuhr. Daher hatte er ihm verschwiegen, was er und Octavian getan hatten, um ihn aus dem Kerker zu befreien. Es hatte Wochen, ja Monate gedauert, bis Simon zumindest mit Stephan einige Worte gewechselt hatte. Doch in die Tiefen seiner Gedanken und Gefühle vermochte auch Stephan nicht vorzudringen. Obwohl er Stettin längst den Rücken kehren wollte, sah er sich also gezwungen, im Loytzenhof auszuharren. Ohne Simon konnte er nicht fortgehen.

Du darfst jetzt nicht aufgeben, sagte er sich. Es gibt nur eine einzige Möglichkeit, die Katastrophe abzuwenden:

Die Könige mussten ihre Schulden begleichen, zumal die Fristen, die sie Zygmunt und Friedrich zur Zurückzahlung gewährt hatten, inzwischen abgelaufen waren.

2
Stettin

Stephan öffnete die Tür zu Octavians Wohnung, die im Obergeschoss seines Hauses am Rossmarkt lag. Den Schlüssel hatte Stephan aus dem Kontor mitgenommen. In der Wohnung war es stockfinster. Die Fensterläden waren geschlossen. Dicke Vorhänge taten das Übrige, um das Tageslicht auszusperren. Stephan blieb bei der Tür stehen. Von draußen drang gedämpftes Hundegebell durch die Fenster. Abgestandene Luft schlug ihm entgegen, die so muffig und staubig war, als habe seit Ewigkeiten niemand mehr gelüftet.

«Octavian?», fragte er leise in die Dunkelheit. Dann lauter: «Octavian? Ich bin es, Stephan.»

Er machte ein paar Schritte in die Wohnung hinein und tastete sich bis in die Wohnstube, wo ihm ein unangenehm süßlicher Geruch in die Nase stieg. In seiner Magengrube regte sich ein ungutes Gefühl. Seine Stimme klang heiser, als er rief: «Octavian, bist du hier?»

Da hörte er etwas rascheln, irgendwo im Dunkeln. Vielleicht eine Maus oder etwas, das sich in einem Bett bewegte? Stephans Herz schlug schneller. Er brauchte Licht und tastete sich an Tisch und Stühlen entlang zu der Wand, wo, wie er sich zu erinnern glaubte, eines der Fenster war. Er streckte die Hand aus, bekam einen Vorhang zu fassen und zog ihn zur Seite. Kühle, frischere Luft strömte in dünnem Zug durch eine Ritze unterhalb der Fensterlade. Stephan drückte die Lade auf, und Helligkeit flutete die Wohnstube, begleitet von Stimmen, Pferdegetrappel und anderen Geräuschen von unten auf dem belebten Marktplatz.

Stephan blickte sich in der Wohnstube um. Staubkörnchen tanzten durch die Lichtstrahlen, die über den Tisch fielen. Darauf standen Schüsseln, in denen schimmelnde Breireste klebten. Bestimmt verströmt der alte Brei den süßlichen Geruch, dachte er. Im Hintergrund war der Vorhang zu erkennen, der die Schlafkammer von der Wohnstube abtrennte. Stephan ging zu der Kammer. Die Angst vor dem, was ihn darin erwarten konnte, ließ ihn zögern. Er gab sich einen Ruck, zog den Vorhang zur Seite und sah Octavian in dem Bett liegen. Er rührte sich nicht; das Gesicht war der Wand zugekehrt. Stephan berührte ihn an der Schulter. Sie fühlte sich warm an. Vor Erleichterung entfuhr Stephan ein Seufzer, und er sagte: «Wach auf, Octavian!»

Die Lippen des alten Mannes bewegten sich, und ohne die Augen zu öffnen, sagte er: «Geh wieder! Bitte geh wieder!»

Stephan setzte sich auf die Bettkante. «Ich muss mit dir reden.»

«Es gibt nichts mehr zu reden», erwiderte Octavian. «Es ist vorbei. Aus und vorbei.»

«Genau so wird es kommen, wenn du dich weiterhin verkriechst.»

Octavians Lider flackerten. Er drehte sich auf den Rücken. Die Adern auf seinen Schläfen waren blau und die Flecken auf der hohen Stirn dunkel. Er öffnete die Augen; sie waren so trübe, als ob alles Leben aus ihnen gewichen sei. In Stephan regte sich Mitleid, zugleich überkam ihn Wut.

Was fiel dem alten Mann ein, einfach aufgeben zu wollen?

«Der Kampf ist verloren, wenn die letzte Schlacht verloren ist», sagte Stephan und war selbst überrascht von der Strenge in seiner Stimme. «Hör mir gut zu, unsere Lage mag bedrohlich sein, aber noch haben wir eine Möglichkeit, alles wieder ins Lot zu bringen – und dafür brauche ich deine Hilfe. Michael ist auf dem Weg nach Danzig, wo man Lukas Weyer festgenommen und wegen Betrugs angeklagt hat. Zwei oder drei Wochen wird Michael mindestens fortbleiben, vielleicht länger, sollte das Wetter umschlagen. Vor seiner Abreise hat er mir aufgetragen, dich aufzufordern, ihm eine Aufstellung über das Barvermögen des Unternehmens zu machen ...»

Octavians Mund klappte auf. Ein Stöhnen entwich seiner Kehle. «Damit liegt mir Michael schon seit Wochen in den Ohren. Bislang habe ich immer eine Ausrede erfunden ...»

«Jetzt hör mir doch erst mal zu! Michaels Abwesenheit gibt uns einen Aufschub. Diese Zeit werden wir nutzen, um die Könige Zygmunt und Friedrich zu überzeugen, uns das Geld zurückzuzahlen. Dann wird Michael auf die Aufstellung verzichten.»

Mit Octavian ging eine Veränderung vor sich. Die Haut über seinem erschlafften Gesicht spannte sich, seine Augen wurden groß und seine Lippen hart. Er setzte sich im Bett auf, was ihm erhebliche Anstrengung bereitete. Mehr als eine Woche war er dem Loytzenhof ferngeblieben, und in Anbetracht der verschimmelten Breireste hatte er seither wohl kaum etwas gegessen. Irgendetwas musste vorgefallen sein, irgendetwas, das ihn schwer erschüttert hatte.

Er fuhr sich mit der Hand über seine Augen. «Weißt du, Junge, ich wollte fortgehen, schon vor langer Zeit. Gleich nachdem Simon freigekommen war, wollte ich dieses Haus verkaufen und fortgehen, vielleicht nach Italien, um Antonios Grab zu besuchen. Ja, das wollte ich tun, und danach wollte ich sterben. Doch ich brachte es nicht übers Herz, das Unternehmen im Stich zu lassen. Auch hatte ich Sorge, ein neuer Hauptbuchhalter könnte meinen Fälschungen auf die Schliche kommen, solange du und Simon noch in Stettin seid. Daher blieb ich in der Hoffnung, die Könige würden ihre Schulden rechtzeitig begleichen. Bis vor ein paar Tagen hoffte ich das, bis zum letzten Tag.»

Er schob seine Füße unter der Decke hervor, stellte sie auf dem Boden ab und wollte aus dem Bett aufstehen, sank jedoch gleich wieder zurück. Ermattet hob er die Hand und zeigte auf eine Truhe in der Wohnstube. «Die Truhe ist nicht verschlossen», sagte er. «Du findest darin ein Schreiben. Hole es bitte.»

Stephan ging zu der Truhe, klappte den Deckel hoch und sah ein Schreiben mit gebrochenem Siegel auf einem Stapel Bücher liegen. Er kehrte damit zum Bett zurück und reichte es Octavian, der es aufrollte und einen Blick darauf warf. Dann ließ er es auf die Bettdecke sinken und sagte: «Es ist an Michael geschickt worden. Als ich aber von dem Boten, der es ihm überbringen wollte, erfuhr, von wem das Schreiben stammte, habe ich es abgefangen. Ich ahnte, was darin steht.» Er schluckte schwer. «Und ich hatte mich nicht getäuscht.»

«Du hast ein für Michael bestimmtes Schreiben unterschlagen?», entfuhr es Stephan. «Wenn er davon erfährt, dann …»

Octavian unterbrach ihn: «Darauf kommt es nicht mehr an. Wir haben bereits zu viel Schuld auf uns geladen.» Das Papier raschelte, als er mit dem Zeigefinger drauftippte. Seine Stimme wurde dünn: «Dieser Brief wurde von einer Kanzlei verschickt, die mehrere unserer Schuldner vertritt, Zygmunt August, Friedrich und einige andere Adlige, die zum Teil vor Jahrzehnten Kredite bei uns aufgenommen haben.»

«Was hat das zu bedeuten?», fragte Stephan.

«Im Namen der Schuldner wirft die Kanzlei den Loytz vor, sie mit zu hohen Zinsen übervorteilt zu haben. Kurz gesagt: Die Kreditnehmer klagen die Loytz wegen Wucherei an, und sie weigern sich, ihre Schulden zu begleichen. Damit fehlen uns Abertausende Taler …»

«Beim Allmächtigen», fuhr Stephan auf, «das bedeutet … das bedeutet ja …»

«Ja, mein Junge», unterbrach ihn Octavian. «Das bedeutet, dass das Loytz'sche Handelshaus bankrott ist, und daran tragen wir beide eine erhebliche Mitschuld.»

3
Stettin

Solange Michael in Danzig blieb, konnten Stephan und Octavian den drohenden Bankrott geheim halten. Doch bald hielt Octavian dem Druck nicht mehr stand und kapitulierte vor den Trümmern seines Lebenswerks. Er war aufgestiegen zum Hauptbuchhalter eines der mächtigsten Handelshäuser Nordeuropas. Fleiß und Gewissenhaftigkeit, Loyalität und die Bereitschaft, dem Unternehmen, dem er diente, mehr zu geben, als er für sich selbst je in Anspruch genommen hatte, hatten seinen Weg bestimmt. Darauf hätte er mit Stolz zurückblicken können, wenn der Herrgott ihn abrief. Was es letztlich gewesen war, das ihn verleitet hatte, mit seinen Überzeugungen zu brechen, konnte er sich bis zum heutigen Tage nicht erklären. Ja, er hatte Mitleid gehabt mit Simon, der, davon war Octavian überzeugt, unschuldig zum Tode verurteilt worden war. Ja, er war nicht einverstanden gewesen mit Michaels Weigerung, dem jüngsten Bruder beizustehen. Und – ja, es hatte Octavian beeindruckt, mit welcher Selbstlosigkeit Stephan sich für Simon eingesetzt hatte. All das mochten für einen Mann in Octavians Position hehre Beweggründe sein, an seiner Loyalität zu zweifeln. Aber wogen diese Zweifel ein Verbrechen auf, wie er es begangen hatte? Wogen diese Zweifel auf, mitschuldig zu sein am Untergang des Handelshauses, dem er viele Jahrzehnte nach Treu und Glauben gedient hatte? War die Rettung eines einzigen Mannes es wert, dass Hunderte andere Männer ihre Arbeit verloren? Dass sie ihre Familien bald nicht mehr ernähren konnten?

In Octavian gärte und rumorte es. Eine nagende, innere Unruhe brach sich Bahn und ließ ihn nicht länger auf dem Stuhl sitzen bleiben, auf dem er am Tisch vor einer brennenden Kerze saß. Er erhob sich und wanderte in seiner Wohnstube umher. Lag der eigentliche Beweggrund für sein Verbrechen nicht vielmehr in seiner Vergangenheit begründet und in der Erkenntnis, seine eigenen Gefühle all die Jahre betrogen zu haben? Wie wäre sein Leben verlaufen, hätte er damals auf seine Gefühle gehört und sich auf Antonio eingelassen, trotz der Gefahr, auf dem Scheiterhaufen zu brennen?

Er blieb beim Gang stehen, der zur Wohnungstür führte, und blickte auf die Reisekiste, in der ein paar seiner Habseligkeiten verpackt waren. Dann traf er einen Entschluss. In seinem Kopf summte es von all den Fragen, auf die er keine Antworten hatte. Er schüttelte sich. Es war müßig, sich an diesem heiligen Weihnachtsabend, der sein letzter Abend in Stettin sein würde, solchen Fragen auszusetzen. Es war bereits spät in der Nacht. Bis der Morgen graute und der Wagen abfuhr, dauerte es noch einige Stunden, aber in seiner Wohnung hielt ihn nichts mehr. Er zog Mantel, Stiefel und Handschuhe an, setzte eine Fellkappe auf und löschte die Kerze. Dann nahm er die Reisekiste, schloss die Tür hinter sich ab und stieg die Treppe hinunter. In den vergangenen Wochen hatte er seine Wohnung kaum verlassen; er war bereit gewesen, in seinem Bett zu sterben. Stephan mochte ihn mit seinem Besuch vor einigen Wochen aus der Starre geweckt haben, aber der Tod, der bereits auf Octavians Schultern saß, hatte damit nur einen kleinen Aufschub bekommen.

Hinter einer der Türen, die von der Diele abgingen, hörte er Kinderstimmen. Er stellte sich vor, wie die Familien, denen er die Räume im Untergeschoss und im Keller vermietet hatte, beisammensaßen und feierten. Vielleicht war ihnen auch nicht zum Feiern zumute. Gestern hatte er allen Mietern mitgeteilt, dass er das Haus verkauft hatte, und er hoffte, der neue Besitzer, ein vermögender Tuchhändler, würde die Leute nicht vor die Tür setzen.

Octavian trat in die Dunkelheit. Es war eine frostige Winternacht. Er schloss die Haustür hinter sich ab und wusste, er würde nie wieder zurückkehren, nicht in dieses Haus, nicht nach Stettin, nicht nach Pommern. Die Reisekiste wog nicht schwer. Nur wenige Sachen nahm er mit auf seine letzte Reise: ein paar Erinnerungsstücke, ein paar Kleider, ein paar Münzen und natürlich den Wechsel über sein gesamtes Barvermögen, immerhin einige tausend Taler. Es war sein ganzes Geld, das er über die Jahre angespart hatte. Den Erlös aus dem verkauften Haus hatte er bei einem befreundeten Kaufmann in Stettin hinterlegt. In Rom, wo dessen Unternehmen eine kleine Faktorei unterhielt, würde er den Wechsel gegen die entsprechende Summe einlösen und somit mehr als genug Geld haben für die Zeit, die ihm noch blieb.

Er lenkte seine Schritte über den verwaisten Rossmarkt und ging durch die stillen Gassen an Sankt Marien und dem Schloss vorbei zur Frauenstraße und dann die Gasse zum Loytzenhof hinauf. Vor dem Gebäude blieb er stehen. Ein Schauder durchfuhr ihn. Es war eine klare Nacht. Der Halbmond tauchte die mit Wandstreifen und Rosetten geschmückte Fassade und den vorgesetzten Treppenturm in geheimnisvolles Licht. Er hatte beschlossen, ein letztes Mal ins Kontor zu gehen, nicht, um dort Antworten auf seine Fragen zu finden, nein, er wollte Abschied nehmen von seinem Lebenswerk.

Die Gefahr, dass ihn jemand im Kontor überraschte, hielt er für gering. Die Loytz saßen wahrscheinlich oben in der Wohnstube und feierten das Weihnachtsfest, wie es ihr Brauch war. Anna hatte nach dem Tod ihres Sohnes Hans dafür gesorgt, dass dieser Brauch fortgeführt wurde. Octavian war seither bei jedem Weihnachtsfest bei der Familie zu Gast gewesen, bei seiner Familie.

Als Stephan vor einigen Tagen erneut bei Octavian aufgetaucht war, hatte er berichtet, Michael sei gerade aus Danzig zurückgekehrt, wo er sich ohne Erfolg um die Herausgabe des verschnittenen Seesalzes bemüht habe;

auch Lukas Weyer saß noch immer im Kerker. Von der Anklage wegen Wucherei wusste Michael nichts, weil Octavian den Brief immer noch zurückhielt. Aber es war nur eine Frage der Zeit, bis er davon erfuhr, ebenso davon, dass die Rücklagen aufgebraucht und die Tage des Handelshauses gezählt waren.

Octavian wusste, dass seine Reise eine Flucht war, weil er sich feige aus der Verantwortung stahl, statt dem Regierer reinen Wein einzuschenken. Außer dem Kaufmann, bei dem er das Geld eingezahlt hatte, wusste niemand – nicht einmal Stephan – von seinem Plan, nach Italien zu gehen. Das Schweigen des Kaufmanns hatte sich Octavian erkauft.

Er ging weiter, stieg die Stufen hinauf und holte den Schlüssel hervor. Ganz sachte, um sich nicht durch ein Geräusch zu verraten, schob er den Schlüssel ins Schloss und drehte ihn um. Das Schloss knirschte, und das Klicken, als es aufsprang, hallte in Octavians Ohren wider. Er öffnete die Tür, schlüpfte hindurch ins Warenlager und zog die Tür hinter sich zu. Er brauchte kein Licht, um sich zurechtzufinden. Fünf Schritte, dann war er beim Kontor. Er öffnete die Tür. Seine Haut prickelte vor Aufregung, als ihm der vertraute Geruch nach Papier und abgestandenem Rauch entgegenströmte. Er wollte keine Lampe anzünden, wollte nur schnell in seine Kammer gehen und darin stehen, umgeben von Stille und Dunkelheit, inmitten seines Lebenswerks. Nein, um Abschied zu nehmen, war ihm Dunkelheit lieber, bei Licht wollte er die gefälschten Bücher nicht sehen.

Er stellte die Reisekiste hinter der Tür ab, ließ sie angelehnt und machte einige Schritte auf den Nebenraum zu, als er glaubte, ein Geräusch zu hören. Er blieb stehen und lauschte. Bei Gott, ja – da atmete jemand, und die Atemzüge kamen aus Richtung des Regiererschreibtischs. Octavian hielt die Luft an, ihm rauschte das Blut in den Ohren.

Aus der Finsternis war ein schabendes Geräusch zu hören, einmal, zweimal, dreimal schabte etwas, dann blitzte hinter dem Schreibtisch eine kleine Flamme auf; sie flackerte und wuchs, und als sie auf einen Lampendocht übersprang, beleuchtete der gelbe Schein ein über der Flamme schwebendes Gesicht. Dunkle Augen waren auf Octavian gerichtet, die Lippen zu einem Strich zusammengepresst.

Octavian sagte: «Michael … ich wusste nicht, dass du hier bist.»

«Ja», erwiderte Michael tonlos, mehr nicht.

Zittern erfasste Octavians Körper. Er bemühte sich erfolglos, das Beben in seiner Stimme zu unterdrücken, als er fragte: «Du sitzt hier im Dunkeln? Erwartest du jemanden?»

«Erwarten? Nein! Konnte ich damit rechnen, dass du so dumm bist, noch einmal in den Loytzenhof zu kommen? Aber wenn du schon mal hier bist – setz dich!» Michaels Stimme klang belegt, zugleich schwang darin ein bedrohlich lauernder Unterton mit.

Octavian beschlich das Gefühl, einen schweren Fehler zu machen, wenn er Michaels Aufforderung Folge leistete, und seine innere Stimme ermahnte ihn, den Loytzenhof sofort zu verlassen. Sein Blick zuckte zu der Reisekiste neben der angelehnten Tür. Nimm sie, nimm die verdammte Kiste und verschwinde von hier, dachte er. Doch er tat es nicht. Was auch immer es war – vielleicht Angst, vielleicht alte Verbundenheit oder das schlechte Gewissen, vielleicht auch alles zusammen –, es verdrängte den Gedanken an Flucht. Er ging zum Schreibtisch und nahm Platz.

Doch als sein Blick auf den Tisch fiel, stockte ihm der Atem. Zwischen ihm und Michael lagen mehrere Bücher; es waren die Rechnungs- und Bilanzbücher. Michaels Hände lagen auf einem aufgeschlagenen Buch. Sie waren zu Fäusten geballt, und aus der rechten Faust ragte das obere Ende eines elfenbeinfarbenen Messergriffs mit der kleinen, scharfen Klinge.

Octavians Finger krallten sich um seine Knie.

Michael gab keinen Ton von sich, und doch waren sein eisiger Blick, das Messer in seiner Faust und die Bücher Anklage, Prozess und Verurteilung in einem. Jedes Wort war überflüssig. Michael war den Fälschungen auf die Schliche gekommen.

Octavian fuhr zusammen, als Michaels Stimme den Vorhang aus Schweigen zerriss. Seine Augen waren von einer glänzenden Schwärze wie in Wasser getauchte Kohlestückchen. «Hast du mir dazu noch etwas zu sagen?»

Octavian suchte nach einer Antwort, nach einer Ausrede oder Entschuldigung, um die Katastrophe abzuwenden. Michaels hartem Gesicht war jedoch anzusehen, dass jede Erklärung überflüssig sein würde. Octavian sammelte seine letzten Kräfte und schaute hinauf zu den im Schatten liegenden Porträts der Loytz'schen Ahnen, zu Hans dem Zweiten und Hans dem Dritten, unter denen er gedient hatte. Dann sagte er: «In den Büchern fehlen genau zweihunderttausend Taler.»

Michaels Augenlider zuckten. Er griff nach einem Becher und trank einen Schluck. Dann sagte er: «Mir wurde zugetragen, dass du dein Haus verkauft hast. Reicht das Geld nicht? Hast du deswegen mein Unternehmen bestohlen? Oder warst du es gar nicht alleine? Sag schon, wer hat dir dabei geholfen?»

«Das Geld ... es war nicht für ...», erwiderte Octavian und verstummte. Es war nicht für mich, hatte er sagen wollen. Doch er durfte nicht verraten, wofür sie das Geld verwendet hatten. Michael würde nicht nur Simon vor die Tür setzen, nein, der ganze Schwindel und die Absprachen mit dem Kurfürsten würden auffliegen, der Fall wieder aufgerollt und Simon doch noch hingerichtet.

Da brachen mit einem Mal die Worte aus Octavian hervor, ohne dass er noch Kontrolle über sie hatte. Wie der reißende Strom aus einem gebrochenen Damm flossen sie ihm über die Lippen, obwohl er wusste, dass er sein Schicksal mit der Lüge besiegelte. Dass er niemals mehr nach Italien reisen und Antonios Grab besuchen würde, weil hier und jetzt alles endete.

«Ich habe die Eintragungen gefälscht, um zu verschleiern, dass ich die Summe den Rücklagen entnommen habe, und ich habe es allein getan.»

«Ich glaube dir kein Wort! Warum sollte ein geiziger alter Mann so viel Geld brauchen? Also – wer steckt noch dahinter?» Michaels Blick war hart wie Stahl und seine Stimme scharf wie ein Schwert.

«Niemand, Michael, es war allein meine Sache, allein mein Vergehen», erwiderte Octavian. Sein Kopf sank herab, als müsse er das Haupt vor dem Scharfrichter beugen. Doch da erwachte noch einmal der Lebenswille in ihm. Michael mochte jünger, kräftiger und schneller sein. Wenn er es aber bis zur Tür schaffte und mit der Reisekiste den Loytzenhof verließ, bevor Michael ihn einholte, gelang es ihm vielleicht, sich draußen irgendwo zu verstecken. In aller Frühe würde er dann wie geplant in den Wagen nach Berlin steigen und Stettin für immer den Rücken kehren …

Seine Überlegungen wurden jäh unterbrochen, als mit einem Mal etwas hart auf seine Brust drückte. Ihm war, als zöge sich ein Eisenring um seinen Oberkörper zusammen, der ihm das Leben aus dem Körper presste. Brennende Schmerzen durchfuhren ihn; sie strahlten von seinem Herzen aus, flossen wie flüssiges Eisen durch seine Glieder. Todesangst überkam ihn. Er hob die Hände, drückte sie auf sein krampfendes Herz, rang um Atem, keuchte, röchelte. Die Krämpfe zwangen ihn vom Stuhl herunter auf den Boden, und er wälzte sich vor dem Schreibtisch. Nie zuvor hatte er so brutale Schmerzen verspürt. Das musste Gottes Strafe sein. Sterben würde er, ja, sterben, hier im Kontor, das so viele Jahre sein Zuhause gewesen war, hier sollte er nun sterben.

Vor seinen Augen tauchten Stiefel auf. Michael kniete vor ihm nieder, und Octavian sah das Messer in Michaels Faust, sah die glänzende Klinge.

«Willst dich wohl davonstehlen», fuhr Michael ihn an. «Willst dich wohl deiner Verantwortung entziehen …»

«Michael?», rief eine Stimme aus dem Hintergrund.

Octavian drehte den Kopf und sah Stephan und Großmutter Anna ins Kontor kommen.

«Was hast du mit dem Messer vor?», fragte Stephan.

Michael sprang auf und schrie: «Ich habe ihm vertraut, unser Vater und unser Großvater haben ihm vertraut, doch er hat uns hintergangen. Zweihunderttausend Taler hat er sich in die eigene Tasche gesteckt, gerade eben hat er's zugegeben. Ich hatte einen Verdacht und hab die Bücher prüfen lassen, und hier – seht her: Mit diesem Messer hat er die Fälschungen vorgenommen.»

«Das ist ja schrecklich», rief Anna aufgeregt. «Was ist denn mit ihm? Ich glaube, wir müssen einen Arzt holen.»

«Habt Ihr nicht gehört, was ich gerade gesagt habe, Großmutter?», schrie Michael. Er drängte Anna und Stephan zurück zur Tür, sodass Octavian sie nicht mehr sehen konnte. «Er hat uns bestohlen! Was der hinterhältige Lump braucht, ist kein Arzt, sondern einen Pfaffen, der ihm die Buße abnimmt für seine Sünden.»

Anna schob sich an Michael vorbei und kam zu Octavian. Sie beugte sich über ihn und schlug die Hände zusammen. Wie aus weiter Ferne hörte er sie rufen: «Heiliger Herr Jesus, seht doch nur – er ist ja ganz blau. Er … stirbt!»

4
Stettin

Leni wurde von einem Geräusch geweckt, das sie nicht zuordnen konnte. Lauschend lag sie eine Weile da und hörte den Wind um den Loytzenhof rauschen. Durch das Fenster drang kein heller Schimmer; es musste also noch tief in der Nacht sein. In ihrem Bauch machte sich ein Ziehen bemerkbar, wie von einem leichten Krampf, als sie sich im Bett aufsetzte. Etwas beunruhigte sie, auch wenn ihr nicht klar war, warum. Schlaftrunken glitt ihr Blick zum Kinderbett, als ihr einfiel, dass Anna nach dem Weihnachtsmahl darauf bestanden hatte, Helena für die Nacht zu sich zu nehmen.

Nach dem Kirchgang hatte sich die Familie in der Wohnstube versammelt. Der Abend war bedrückender und stiller verlaufen als eine Trauerfeier. Leni hatte jeden

Blickkontakt mit Stephan vermieden, geschweige denn das Wort an ihn gerichtet, wie jedes Mal, wenn sie in seiner Nähe war. Es machte sie unglücklich, ihm gegenüber so abweisend sein zu müssen, aber Anna hielt ein wachsames Auge auf sie beide. Michael, der seit Tagen mürrisch und abweisend war, hatte mehr Wein getrunken, als er vertrug. Da er mit Leni nicht über seine Gedanken sprach, blieb ihr nur die Vermutung, dass ihn das gescheiterte Salzgeschäft in Polen belastete. Nachdem der Betrug aufgeflogen war, hatten die Loytz dort alles Salz und viel Geld verloren.

Während die Familienmitglieder vor sich hin schwiegen, dachte Leni an ihren Vater. Ihr Herz zog sich zusammen, wenn sie sich vorstellte, wie er einsam und für sie unerreichbar in einem Kerkerloch hockte. Einzig Helena quietschte eine Weile vergnügt unter dem Tisch, wo sie mit der Puppe spielte, die Anna ihr geschenkt hatte. Bald hatte sich die trübe Stimmung jedoch auf die Kleine übertragen. Sie war auf Lenis Schoß gekrochen, hatte sich zusammengerollt wie ein Kätzchen und am Daumen genuckelt. Was hätte Leni dafür gegeben, wäre Simon wenigstens für diesen Abend aus seiner Kammer gekommen, der Simon zumindest, den sie früher gekannt hatte. Der Simon, dem die Scherze nicht ausgingen und der mit einem schelmischen Lachen Löcher in dunkle Wolken zu reißen vermochte, bevor die Gefangenschaft seine Seele in tiefe Finsternis getaucht hatte.

Leni verdrängte die Gedanken an den Abend und die vergiftete Stimmung und ließ sich aufs Bett zurücksinken. Vielleicht hatte sie sich das Geräusch nur eingebildet, hatte es vielleicht nur geträumt. Kaum dass sie jedoch lag, hörte sie erneut einen Laut. Es war ein gedämpftes Poltern und schien aus der Wohnstube zu kommen; es klang, als sei etwas zu Boden gefallen.

Leni schlug die Decke zur Seite, stieg aus dem Bett und tastete sich im Dunkeln zur Tür vor, die sie leise öffnete. Am Ende des Ganges sah sie Licht in der Stubentür, die einen Spalt weit offen stand. Leni schlich näher heran und blickte durch den Spalt. Was sie sah, ließ ihre Hand zum Mund hinauffahren, um den Laut zu dämpfen, der ihr aus der Kehle drang. Der Boden war mit Scherben von zerbrochenen Tellern, Schüsseln und Bechern vom Weihnachtsmahl übersät.

Ihr Blick fiel auf Michael. Er saß am Tisch, den herabgesunkenen Kopf in die aufgestützten Hände vergraben. Vor ihm standen in einer roten Lache ein Krug und ein Becher. Er saß mit dem Rücken zur Tür. Leni sah, dass seine Schultern, ja, dass sein ganzer Oberkörper zuckte. Sie hörte seine schluchzenden Laute, und der Anblick verstörte und verängstigte sie mehr als die Spuren der Zerstörung am Boden. War es möglich, dass dieser Mann, der so hart und unnahbar war, weinte? Und dann erinnerte sie sich an die Hochzeitsnacht, als seine Traurigkeit binnen eines Augenblicks in Gewalt umgeschlagen war. Schnell wich sie in den Gang zurück, erstarrte aber in ihrer Bewegung, als sie seine Stimme hörte.

«Leni? Bist du das?», rief er mit belegter Stimme.

Sie wagte nicht zu atmen und betete, er möge weitertrinken, bis der Wein ihm das Bewusstsein raubte und ihm nach dem Erwachen hoffentlich üble Kopfschmerzen bescherte. Sie konnte ihn vom Gang aus nicht mehr sehen, hörte ihn aber schniefen und dann erneut rufen: «Leni! Ich weiß, dass du da bist!»

Stuhlbeine schabten über den Boden, Schritte kamen

näher. Die Tür wurde weit aufgestoßen. Michaels Augen schimmerten feucht, aber sein Mund war hart.

«Ich hatte etwas gehört ...», flüsterte sie zur Entschuldigung.

Michael wies mit einer fahrigen Bewegung in die Stube. «Komm rein und leiste mir Gesellschaft.»

Sein Blick und der drängende Tonfall in seiner Stimme warnten sie, vorsichtig zu sein. «Ach, ich sollte lieber wieder schlafen gehen ...»

«So, solltest du das? Und ich denke, du solltest für deinen Gemahl da sein, wenn er deine Nähe wünscht. Wenn er dich in schweren Stunden an seiner Seite braucht. Erinnerst du dich, Jungfer Braut? *Was Gott zusammenfügt, soll kein Mensch jemals scheiden.*»

«Ich erinnere mich», antwortete sie leise und wollte wegschauen, aber sein Blick hielt sie gefangen, dieser Blick, in dem sie glaubte, etwas zu sehen, was sie nicht sehen durfte. Ein Geflecht von winzigen roten Äderchen überzog das Weiß in seinen Augen; sie glänzten wie feuchte schwarze Kiesel, zugleich brannte darin etwas Wildes, Unbezähmbares wie eine alles verzehrende Flamme. Und dann gab Leni nach. Wohin hätte sie auch fliehen können, wo er sie nicht finden würde? Die Schlüssel zu ihrer Kammer hatte er schon vor Monaten eingezogen.

Er ging vor ihr her in die Stube, stellte einen umgekippten Stuhl an den Tisch und forderte sie auf, sich zu setzen. Dann nahm er ihr gegenüber Platz und schob ihr den Becher hin. Der Becher zog eine Spur roter Flüssigkeit hinter sich her. Erst jetzt sah sie in seiner Nähe das Messer mit dem Griff aus Elfenbein auf dem Tisch liegen.

«Trink einen Schluck Wein mit mir», sagte er. Er langte nach dem Krug, setzte ihn an und legte den Kopf in den Nacken. Weintropfen fielen in die Lache, in der kleine Wellen erzitterten. Er trank hastig. Wein rann ihm blutrot übers Kinn, wie bei einem Wolf, der mit nagelspitzen Zähnen Fleisch aus seiner Beute riss. Dann ließ er den Krug sinken und stellte ihn mit einem Knall ab; der Tisch vibrierte, und das Messer klapperte.

Er richtete seinen Blick auf Leni. «Du trinkst nicht? Warum trinkst du nicht mit mir?»

Weil ich dich verachte und dich hasse, dachte sie und sagte: «Mir ist unwohl, ich sollte wirklich lieber ...»

«Rede keinen Unfug, Frau!» Seine Hände fielen klatschend auf den Tisch. Wein spritzte hoch. Leni spürte feuchte Tropfen auf ihren Wangen.

«Ich verlange, dass du mit mir trinkst und mich anhörst», sagte er.

Leni dachte an Annas Drohung, sie wegen Hurerei anzuklagen, ihr das Kind wegzunehmen und sie auf den Scheiterhaufen zu bringen. Der Alten war zuzutrauen, dass sie geradewegs zu Litscher marschierte, damit der Leni anklagte und verbrannte, wie er es mit der armen Sybilla getan hatte. Sie nahm den Becher, führte ihn an die Lippen und trank einen kleinen Schluck. Ihr Gaumen zog sich von dem Wein zusammen. Als sie den Becher wieder abstellte, war Michaels Gesicht zu einer schiefen, triumphierenden Grimasse verzerrt.

«Was möchtest du mir denn sagen?», fragte sie vorsichtig.

Das Grinsen verschwand. Mit einem Mal schimmerte etwas Weiches unter der harten Fassade durch. «Weißt du, wie es sich anfühlt, wenn jemand, dem du dein unbedingtes Vertrauen geschenkt hast, ja – jemand, für den du einen heiligen Eid geschworen hättest, wenn dieser

Jemand dich hintergeht? Wenn er dich belügt und betrügt?»

Lenis Herz pochte heftig. Worauf spielte er an? War er etwa hinter ihr Geheimnis gekommen? Sie starrte auf das Messer. Die Klingenspitze zeigte in ihre Richtung. Sie nahm ihre Hände vom Tisch und legte sie auf ihrem Schoß ab, um das Zittern, das sie ergriffen hatte, zu verbergen.

Aber Michael sagte: «Der verfluchte Bastard von einem Buchhalter hat die Bücher gefälscht. Hat zweihunderttausend Taler abgezweigt, um sich damit abzusetzen.»

Leni glaubte, ihren Ohren nicht zu trauen. «Sprichst du von Octavian?»

«So ist es!»

«Bei Gott, das kann nicht sein!», sagte sie. Michaels Worte erschütterten sie zutiefst. Zugleich war sie erleichtert, dass nicht sie der Grund für seinen Zustand war.

Er lachte tonlos und deutete auf das Messer. «Er hat Einträge aus den Bilanzen geschabt und durch falsche ersetzt, fein säuberlich hat er's gemacht und wohl geglaubt, ich komme nicht dahinter. Doch ich habe die Bücher prüfen lassen und vor ein paar Tagen das Ergebnis erhalten. Seither habe ich mir den Kopf zerbrochen, was ich mit dem Hundsfott anstellen soll. Dann schleicht er sich vorhin ins Kontor, keine Ahnung, was er dort noch wollte. Und was macht er, dieser Feigling? Krümmt sich am Boden und jammert wie 'n Weib. Der spielt den toten Mann, statt zu seiner Schandtat zu stehen.»

Michael griff nach dem Krug und trank. Dann sagte er: «Soll er doch verrecken, soll er verrecken wie 'n altes Schwein. Ich werde mir das Geld zurückholen, irgendwo muss er's versteckt haben. Dann bring ich ihn vor Gericht. Hängen soll er, und alle sollen sehen, wie's einem ergeht, der Michael Loytz bestiehlt.»

Er beugte sich vor. Seine Hände glitschten durch die Weinpfütze zu Leni hin. «Gib mir deine Hände», befahl er. «Ich will sie halten – du sollst mich halten.»

Der Ausdruck in seinem Gesicht veränderte sich. Seine Züge wurden glatter, sein Mund weicher, aber in seinen Augen loderten Flammen.

Widerstrebend legte Leni ihre Hände in seine. Seine Finger packten fest zu.

«Ich bin ein Loytz!», sagte er. «Ein Loytz lässt sich nicht hintergehen – von niemandem! Und jetzt brauche ich dich ... jetzt will ich dich.»

Ihre Hände verkrampften sich in seinem Griff. Sie wollte sie zurückziehen, doch er hielt sie fest. Sie hoffte, Anna oder Stephan oder sonst wer tauchte auf. «Du tust mir weh, Michael», flüsterte sie. «Du bist betrunken.»

«Ja, ich bin betrunken», sagte er scharf. «Das wird mich nicht hindern, mir zu nehmen, was mir gehört. Niemand wird uns stören. Großmutter und Stephan haben den Alten zu 'nem Quacksalber gebracht. Komm, Leni, wir machen es hier in der Stube.»

Seine Wangen glühten vor Erregung, und Leni riss ihre Hände mit einem Ruck aus seinem Griff. Angst schnürte ihr die Kehle zu. Sie musste fort von hier, musste sich irgendwo verstecken. Morgen, wenn er wieder nüchtern war, würde er sich beruhigt und das alles vergessen haben.

Doch er sprang schneller auf, als sie erwartet hätte, und war mit wenigen Sätzen um den Tisch herum bei ihr. Sein mit Wein beschmiertes Gesicht bebte vor Zorn. «Du bist deinem Gemahl zu Gehorsam verpflichtet», schrie er. «Zieh dein Nachthemd hoch und beug dich über den Tisch!»

Sie wich einen Schritt zurück. Doch seine Hand schnellte vor, bekam Leni am Hals zu fassen, seine Finger legten sich um ihre Kehle.

«Lass mich!», röchelte sie. Ihre Knie drohten nachzugeben, doch dann überkam sie die Wut. All der Zorn und Hass brachen hervor, all die Gefühle, die sie so lange aufgestaut hatte. Er hatte sie eingesperrt, hatte ihren Vater im Stich gelassen, hatte ihr das Kind entfremdet und den Ammen übergeben.

Er schob sie zum Tisch, bis sie mit dem Gesäß gegen die Kante stieß. «Dreh dich um!», befahl er und gab ihr einen Stoß. Sein Griff lockerte sich, und sie spürte einen heißen Schmerz, als er ihr mit der flachen Hand auf die Wange schlug.

Sie tastete hinter sich, bekam den Elfenbeingriff zu fassen und riss die Klinge nach vorne. «Erinnerst du dich, was ich dir in der Hochzeitsnacht sagte?», fuhr sie ihn an. «Schlag mich noch ein einziges Mal, und du wirst es bereuen.»

Er starrte auf das Messer, dann in Lenis Augen. Sie sah Unsicherheit in seinem Blick aufflackern. Sein Mund stand weit offen. Er bewegte sich nicht, und vielleicht, so dachte Leni später, wäre dies der Moment gewesen, das Messer wegzulegen. Ihre Gegenwehr hatte ihn völlig überrumpelt. Ja, sie hätte einfach weggehen und ihn stehenlassen können. Hätte ihren Zorn und ihren Hass wieder in ihrem Herzen vergraben können. Dennoch wusste sie in diesem Augenblick, dass es kein Zurück mehr gab.

Dass es nie mehr ein Zurück gab.

Sein Gesicht war ein einziger Ausdruck des Erstaunens,

als sie ihre ganze Kraft in die rechte Hand legte und mit dem Messer nach ihm stach. Die Klinge traf auf Widerstand, durchtrennte Fleisch und Muskeln. Sie blickte in seine riesigen Augen, zog das Messer zurück und stach erneut zu. Blut floss warm und klebrig über ihre Finger. Sie hörte ihn schreien, erst überrascht und verzweifelt, dann wütend und hasserfüllt. Ein harter Schlag traf sie an der Schläfe. In ihrem Kopf zuckten Blitze auf. Von der Wucht des Schlags wurde sie gegen den Tisch geschleudert. Harte Finger legten sich um ihre Faust und quetschten sie, bis er ihr das Messer abgerungen hatte.

Michaels Augen waren noch immer riesig, und aus ihnen blitzte der Wahnsinn. Aus seinem Mund kamen keine Worte, nur rasselnde, röchelnde Laute. Die Messerspitze zeigte jetzt auf Leni, zeigte auf ihr Herz, als hinter ihm ein Schatten auftauchte. Leni sah den Krug in der Luft schweben, dann krachte er gegen Michaels Hinterkopf. Wein ergoss sich über sein Gesicht und vermischte sich mit Blut. Michaels Augen wurden weiß, dann knickten seine Beine ein, und er sank zu Boden.

Über ihm stand Simon, den Krug in der Hand.

5
Stettin

Ich begreife das nicht», sagte Anna. «Ich kann einfach nicht glauben, dass Octavian unser Unternehmen bestohlen haben soll.»

«Davon weiß ich nichts, Frau Großmutter», log Stephan. Er warf einen Blick auf Octavian, der mit geschlossenen Augen in seinem Bett lag. Stephan und Anna hatten ihn in seine Wohnung geschleppt und dann einen Arzt geholt, der gegen die sofortige Zahlung einiger Münzen bereit war, nach Octavian zu schauen. Er hatte ihn zur Ader gelassen und ein Schlafmittel verabreicht. Seither schlief Octavian, der nach dem Anfall ohnehin kaum bei Bewusstsein gewesen war.

«Ach, es will mir einfach nicht in den Kopf, dass Octavian zu so etwas fähig sein soll», sagte Anna und seufzte schwer. Sie saß in einem Sessel beim Fenster, hinter dem allmählich der Morgen graute, und kämpfte gegen ihre Müdigkeit an. Ihr Gesicht war blass und die dunklen Augen verquollen.

«Ihr solltet schlafen», sagte Stephan. «Ich bringe Euch heim und sehe später wieder nach Octavian.» Und ich muss herausfinden, was er im Schilde führte, dachte er.

Stephan hatte Octavians Reisekiste aus dem Kontor mitgenommen und durchsucht. Darin hatte er, verborgen unter Kleidungsstücken, einige Münzen und einen Wechsel über mehrere tausend Taler gefunden. Es sah ganz danach aus, dass Octavian sich hatte davonmachen wollen.

«Ich erinnere mich daran, wie er damals aus Italien kam und im Handelshaus als Buchhalter zu arbeiten anfing», sagte Anna versonnen. «Ein hübscher Bursche war er, mit hellen Locken, von denen nun nichts mehr zu sehen ist. Mein Gemahl, also euer Großvater, hielt ihn für sehr talentiert, mir schien er eher sonderbar zu sein. Da war immer so ein verkniffener Ausdruck um seinen Mund und Trübsinn in seinen Augen, zumindest in der ersten Zeit. Wenn die anderen jungen Kerle nach der Arbeit in die Gaststuben und Badehäuser entschwanden, blieb Octavian im Kontor über den Büchern sitzen. Ach, ich kenne ihn schon so lange, eigentlich länger als jeden anderen, der im Loytzenhof ein und aus gegangen ist. Warum er sich nie für Frauen interessierte, ist mir ein Rätsel geblieben. Und nun auch noch das!» Sie schüttelte ermattet den Kopf. «Da glaubst du, er ist ein Vertrauter, ein guter Freund, doch dann entpuppt er sich als Dieb. Gütiger Gott! Stell dir nur mal das Aufsehen vor, Stephan, wenn es sich in der Stadt herumspricht. Bei Gott, diese Schmach überlebe ich nicht ...»

«Großmutter, Ihr könnt Euch nicht sicher sein, ob er uns tatsächlich bestohlen hat. Vielleicht irrt sich Michael ja. Bitte, lasst mich Euch heimbringen.»

Anna Glienecke nickte und sagte: «Ich fühle mich so alt, Stephan, so alt und schwach, so nutzlos. Octavian war immer da. Ich habe das Gefühl, wenn er stirbt, werde auch ich nicht mehr lange leben.»

Als Stephan seine Großmutter unterhakte und sie durch die Gassen zur Frauenstraße geleitete, bildeten sich in der kalten Luft vor ihren Mündern Atemwölkchen. Über den Dächern schimmerte ein heller Streifen. Eine merkwürdige Stimmung lag über der Stadt. Ungewöhnlich still war es, stiller als an jedem anderen Morgen in der erwachenden Stadt. Ein Grund dafür mochte sein, dass Weihnachten war. Dennoch wurde Stephan das Gefühl nicht los, dass etwas ganz und gar nicht stimmte.

Am Fuß der Gasse, die unterhalb der Nachbarhäuser zum Loytzenhof hinaufführte, trafen sie auf eine Menschenmenge. In respektvoller Entfernung zum Gebäude drängten sich Dutzende Männer, Frauen und Kinder hinter Karren und aufgestapelten Kisten. Die Leute schwatzten aufgeregt durcheinander, während sie zum Obergeschoss des Loytzenhofs hinaufblickten, wo ein Fenster offen stand. Vor der Menge liefen Stadtwachen auf und ab, die sich erfolglos bemühten, die Menschen zurückzuweisen.

«Seid ihr lebensmüde?», rief einer der Wächter. «Er ist mit einem Schießgerät bewaffnet. Verschwindet in eure Häuser.»

Doch die Neugier der Leute war größer als ihre Angst.

Stephan erkannte einige Nachbarn wieder, die, als er und Anna sich näherten, sich ihnen zuwandten, mit den Fingern auf sie zeigten und tuschelnd die Köpfe zusammensteckten. Stephan löste sich von Anna und sprach einen Nachbarn an, einen älteren Schuhmacher: «Was um Himmels willen geht hier vor sich?»

Der Mann, der Stephan und seinen Brüdern früher Süßigkeiten zugesteckt hatte, wich vor ihm zurück wie vor einem Aussätzigen, als mit einem Mal ein Aufschrei durch die Menge ging. Stephan blickte in die Richtung, in die alle jetzt schauten, und sah aus dem geöffneten Fenster ein Fass fallen. Das Fass krachte aufs Kopfsteinpflaster vor dem Loytzenhof. Es platzte auf. Heringe ergossen sich über den Boden, auf dem bereits die Trümmer anderer Fässer in wildem Durcheinander herumlagen.

«Was hier vorgeht, wollt Ihr wissen, Kaufmann Loytz?», sagte der Schuhmacher und verzog angewidert das Gesicht. «Seht selbst, Euer Bruder ist wahnsinnig geworden.» Dann ging er schnell weg.

Stephan bahnte sich einen Weg durch die Menge. Anna folgte ihm dichtauf. Als sich in der vordersten Reihe der Stadtschultheiß Clemens Lautschlacher vor ihnen aufbaute, funkelten Großmutters Augen angriffslustig; die Müdigkeit war von ihr gewichen.

«Wen haben wir denn hier?», rief Lautschlacher. «Ihr

seid doch ein Loytz, und da haben wir ja auch die werte Frau Anna Glienecke. Im Namen des mir anvertrauten Amts der Stadt Stettin befehle ich Euch: Keinen Schritt weiter!»

«Was fällt Euch ein, Lautschlacher, mir den Weg zu versperren?», fuhr Anna ihn an. Sie stieß den Zeigefinger gegen den Brustharnisch des Mannes, der sie um zwei Köpfe überragte, als wolle sie ihn mit dem Finger aufspießen. «Lasst mich durch, ich wohne in dem Haus.»

Überrascht vom energischen Vorgehen der alten Frau, wich der Schultheiß einen Schritt zurück, fing sich aber sogleich wieder und ging zum Gegenangriff über: «Euer Wohnort ist mir bekannt, werte Frau. Wie Ihr aber unschwer feststellen könnt, hält sich darin jemand auf, der offensichtlich den Verstand verloren hat und die braven Leute hier nicht nur mit Heringen bewirft, sondern mit einem Schießgerät bedroht.»

«Ich sehe nirgendwo ein Schießgerät», sagte Anna. «Und mit seinen Heringen kann der Junge machen, was er will.»

«Nein, das kann er nicht», sagte Lautschlacher; er verlor allmählich die Geduld.

Stephan fragte sich, was um aller Welt in Michael gefahren war. Aber war er das da oben überhaupt? Warum sollte Michael für einen solchen Aufruhr sorgen? Ebenso wie Anna war er stets darauf bedacht, dass kein schlechtes Licht auf das Handelshaus und die Familie fiel. Stephan blickte zum Fenster im Obergeschoss, hinter dem er einen Schatten sah, dann flog ein weiteres Fass hinunter in die Gasse.

«Mein Junge ist nicht wahnsinnig», protestierte Anna.

«Wie erklärt Ihr dann, dass er mich und die Wachen

vorhin mit einem geladenen Faustrohr bedroht hat, als wir ihm ordnungsgemäß eine gerichtliche Vorladung zustellen wollten?», entgegnete der Schultheiß. «Jawohl, werte Frau, er hat mir damit direkt ins Gesicht gezielt und sich dann im Loytzenhof verbarrikadiert und alle Türen abgeschlossen.»

«Und Ihr seid Euch sicher, es handelt sich um Michael Loytz?», fragte Stephan.

«So sicher wie das Amen in der Kirche. Euer Bruder ist mir bestens bekannt. Ich muss zugeben, dass ich bis vor wenigen Augenblicken größte Hochachtung vor dem Regierer Eures Handelshauses hatte. Aber Ihr seht ja selbst, was er anstellt. Ach, und außerdem hat er ein kleines Kind in seiner Gewalt, er hat es am Fenster gezeigt ...»

«Ein Kind?»

«Wenn ich es Euch doch sage ... aber he, Kaufmann Loytz, was tut Ihr da? Bleibt sofort stehen!»

«Ich werde Euch ein Zeichen geben, wenn Ihr ins Haus kommen könnt, Lautschlacher», erklärte Stephan und schob sich am Schultheiß vorbei. Dann lief er an die Hauswände geduckt vor bis zum Loytzenhof. Die Erinnerung an jene Nacht, in der Michael auf Falsterbo gedroht hatte, den Vogt und seine Familie umzubringen, trieb ihn voran. Damals hatte er einen Vorgeschmack bekommen, zu welcher Gewalt Michael fähig war, und in jener Nacht war er bei klarem Verstand gewesen. Wozu war er also in der Lage, wenn er – wie Lautschlacher behauptete – tatsächlich wahnsinnig geworden war? Hatte Octavians Betrug ihm womöglich den Verstand geraubt?

Vor dem Treppenturm bog Stephan nach rechts ab, wobei er achtgab, nicht auf den Heringen auszurutschen. Er rannte weiter zum Getreidespeicher, dessen Tor, wie er befürchtet hatte, von innen verriegelt war. Daher holte er aus einem Schuppen eine Leiter, schleppte sie zur Rückwand des Speichers und kletterte zu einem Fenster. Er zwängte sich durch die schmale Öffnung und sprang auf der anderen Seite hinunter. Dann lief er durch den Speicher und weiter ins untere Warenlager. Aus der Luke, durch die die Waren mit dem Lastzug im Loytzenhof verteilt wurden, drangen Geräusche aus dem Stockwerk darüber.

Den Schlüssel für die Eingangstür sah er an einem Nagel neben dem Kontor hängen. Mit dem Schlüssel musste Michael die Tür verschlossen haben. Stephan steckte ihn ein und lief nach hinten zur Diele, wo er über die Innentreppe nach oben stieg. Im Obergeschoss verlangsamte er seine Schritte. Leise schlich er zu dem Raum, in dem er Michael vermutete.

Ob das Kind tatsächlich bei ihm war? Und wo waren Simon und Leni?

Als er durch die halbgeöffnete Tür blickte, entdeckte er in der Kammer, die als Lagerraum für Tuchballen genutzt wurde, Michael und das kleine Mädchen. Helena kauerte mit angezogenen Beinen an der Wand rechts neben dem Fenster. Sie hatte ihre Arme um die Unterschenkel geschlungen und das Gesicht zwischen den Knien vergraben, als könne sie das Unbegreifliche, das sich hier abspielte, ausblenden, wenn sie nur die Augen davor verschloss.

Das Unbegreifliche, das war ihr Vater. Michael stand am Fenster und blickte hinaus, bis er sich nach einem weiteren Fass umdrehte. Er schien wirklich nicht bei Sinnen zu sein. Seine Bewegungen waren steif und abgehackt wie die eines Schlafwandlers, als er das Fass nahm und zum Fenster schleppte. Stephan stockte der Atem, als er sah, dass Michael an der Brust verletzt und sein Hemd mit getrocknetem Blut überzogen war; auch an seiner Schläfe klebte Blut.

Ob der Blutverlust Michael in die geistige Umnachtung getrieben hatte? Vielleicht war ihm überhaupt nicht bewusst, was er tat, und dieser unberechenbare Zustand machte ihn womöglich noch gefährlicher.

Da entdeckte Stephan das Schießgerät, das auf einem Tuchballen griffbereit lag. Es war ein Faustrohr, das mit einer Zündeinrichtung, einem Radschloss, ausgestattet war. Früher hatte es ihrem Vater gehört und hing stets in der Wohnstube. Als Treibladung zum Zünden des Pulvers wurde Schwefelkies verwendet. Ein Nachteil der Waffe war, dass man sie zwar im Voraus laden und spannen, die Feder sich aber wieder lockern konnte und die Kugel somit nicht abgefeuert wurde.

Michael hievte das Fass zum Fenster hinauf, es kippte, verschwand in der Tiefe, und gleich darauf zerbarst es mit lautem Getöse. Wollte Michael noch ein weiteres Fass hinunterwerfen, musste er erst eins mit dem Lastenaufzug hinaufbefördern, wobei er Stephan entdecken konnte. Ihm blieb also nur der direkte Weg.

Er holte Luft, trat in die Kammer und sagte: «Lass mich dir helfen, Michael. Diese Fässer sind für einen Mann allein doch viel zu schwer.»

Michael zog den Kopf ein, als wolle er sich unter einem Schlag wegducken. Dann griff er nach dem Faustrohr und drehte sich um. Er zielte auf Stephan und starrte ihn wie eine dämonische Erscheinung an. Michaels Gesicht war leichenblass, seine Augen waren gerötet und seine Lippen fest zusammengepresst.

«Magst du die Waffe nicht weglegen?», fragte Stephan und bemühte sich, das von Angst erfüllte Beben in seiner

Stimme zu unterdrücken. Aus dem Augenwinkel sah er, wie das Kind den Kopf hob.

Michael starrte ihn an, ohne zu blinzeln, dann öffnete sich sein Mund: «Was tust du hier? Alle sind doch … fort …»

Stephan machte zwei Schritte in den Raum hinein. Die Waffe zielte auf seine Brust. Würde ihn Michaels Schuss verfehlen, hätte Stephan die Gelegenheit, das Kind zu ergreifen und mit ihm zu fliehen. Das Laden eines Faustrohrs war aufwendig, dafür brauchte man Zeit und ruhige Hände.

Stephan fragte: «Wo sind denn die anderen?»

Michael senkte den Blick auf die Waffe in seiner Hand, dann schaute er zu seiner Tochter. Sein Gesichtsausdruck veränderte sich, als erwache er aus einem Traum. Er ließ die Waffe sinken und blickte erstaunt auf sein blutverschmiertes Hemd. «Sie sind fort», sagte er. «Sie wollten mich umbringen, Leni … und Simon … Aber sie liebt mich doch … und ich liebe sie …»

«Wirfst du deshalb die Fässer aus dem Fenster?»

«Welche Fässer?», fragte Michael. Er wankte. «Ach, die Fässer … nein, wir brauchen sie nicht mehr, weil … jetzt erinnere ich mich wieder. Man will mich vors Gericht laden. Es soll eine Anklage geben. Kannst du dir das vorstellen? Man wirft uns Wucherei vor. Weißt du, was das bedeutet?»

Das weiß ich nur zu genau, dachte Stephan, sagte aber: «Nein, erkläre es mir doch.»

«Wir sind bankrott. Der alte Mann hat unser ganzes Geld gestohlen, und nun wird man uns drankriegen. Wir sind pleite. Hörst du? Man wird den Konkurs eröffnen. Alles, was unsere Väter aufgebaut haben, ist verloren …»

Er wankte immer heftiger. Schnell trat Stephan vor ihn, nahm Michael die gespannte Waffe ab und legte sie auf einen Tuchballen.

«Aber wir lassen uns nicht unterkriegen, nicht wahr?», sagte Michael. «Wir verkaufen das Getreide. Der Speicher ist voll mit Getreide, und du, Stephan, musst mir dabei helfen, ich brauche dich, du bist mein Bruder. Ich ernenne dich zum Teilhaber. Ja, ich werde gleich ein Dokument aufsetzen lassen und alles regeln.»

«Das werden wir tun. Aber nun setz dich lieber erst mal, du kannst dich ja kaum noch auf den Beinen halten.» Stephan legte Michael eine Hand auf die Schulter und drückte ihn auf einen Ballen nieder. Michaels Kopf sank herab, ein Schluchzen ließ seinen Körper erbeben. In Stephans Magen machte sich ein unangenehmes Ziehen bemerkbar. Obwohl er es nicht für möglich gehalten hätte, bekam er Mitleid mit Michael.

«Ja, genau das werden wir tun», wiederholte Stephan und schaute zu dem Mädchen, das ihn aus verweinten Augen anblickte. Dann beugte er sich aus dem Fenster und sah Lautschlacher unten bei den Schaulustigen stehen. Stephan holte schnell den Schlüssel hervor, gab Lautschlacher einen Wink und warf den Schlüssel hinunter in die Gasse. Sofort setzten sich der Schultheiß und die Stadtwachen in Bewegung.

«Du erhältst alle Vollmachten eines Regierers», sagte Michael. «Wir bringen alles wieder ins Lot ...» Seine Stimme erstarb, als unten im Haus Stimmen und polternde Schritte zu hören waren. Er hob den Kopf, blickte Stephan irritiert an und sagte: «Da sind Leute im Haus. Wie kommen die rein? Ich habe doch abgeschlossen. Hast du etwa ...?»

«Michael, bitte bleib jetzt ruhig. Es handelt sich nur um eine Vorladung. Man wird uns anhören und wieder gehen lassen. Dann kümmern wir uns um unsere Geschäfte.»

Stephan stellte sich so hin, dass er zwischen Michael und dem Mädchen war.

Michael sprang auf, blickte sich panisch um und rief: «Wo ist das Faustrohr? Niemand lädt mich vors Gericht, und jeden, der in mein Haus eindringt, werde ich töten!»

Da erschienen in der Tür zwei Wachen, die sogleich auf Michael zustürmten. Sie überwältigten ihn, drückten ihn zu Boden und fesselten ihm die Hände auf den Rücken. Er wehrte sich aus Leibeskräften und schrie Stephan an: «Du warst es, du hast sie reingelassen, du Verräter!»

Stephan wollte zu dem Mädchen gehen, als Lautschlacher sich ihm in den Weg stellte und sagte: «Das Kind kommt in unsere Obhut, bis sich alles aufgeklärt hat.»

«Das Kind braucht keine Obhut», entgegnete Stephan. «Ich werde mich um die Kleine kümmern, bis ich seine Mutter gefunden habe.»

Lautschlachers Blick wurde hart. Drohend hob er eine Hand und sagte: «Daraus wird vorerst nichts, Kaufmann Loytz. Ich habe Euch vorhin nur die halbe Wahrheit erzählt. Mein Auftrag lautet nicht, Euren Bruder vorzuladen, sondern die Loytz festzunehmen – und zwar alle Loytz!»

6
Svantzow

In jenem Winter zu Beginn des Jahres 1570 bekam die Witwe Judith unerwarteten Besuch. Zu ihrer Freude trug es sich zu, dass man sie bald darauf nicht mehr *die Lahme*, sondern wieder – mit größter Hochachtung! – *die Lahme mit der Heilerin* nannte. Denn Judiths Gebete waren erhört worden, und Leni war nach zwei Jahren ins Dorf zurückgekehrt. Und sie hatte wieder einen Mann mitgebracht. Dieses Mal war es ein Mann, der gesund und kräftig und für allerhand Arbeiten zunutze war, statt bewusstlos im Bett zu liegen. Das ganze Dorf nahm die beiden mit großer Freude auf.

Warum Leni die Annehmlichkeiten des städtischen Lebens gegen Hunger, Kälte und Armut auf dem Lande tauschte, verstand Judith nicht. Sie stellte jedoch keine Fragen, und weder Leni noch der junge Mann sprachen darüber. Judith ließ sie in Ruhe und lauschte nicht, wenn die beiden miteinander flüsterten, wobei ihre Gesichter oft ernst, ja traurig waren. Etwas belastete die beiden, aber das waren ihre Angelegenheiten, und in die Angelegenheiten anderer Leute mischte Judith sich nicht ein. Nur ein Mal hatte sie nach dem anderen Mann, diesem Stephan, gefragt, der damals von den Räubern halb totgeschlagen worden war. Sie hatte die Frage aber sogleich bereut, denn Leni wurde ganz grau und still und hatte nur leise gesagt, sie wisse nicht, wo er sei.

Im Dorf übernahm Leni wieder die Pflege der Kranken. Dafür gaben ihr die Leute von ihren Getreidevorräten ab, wodurch ein gewisser Wohlstand in Judiths Hütte einzog. Unter ihrer Anleitung lernten die Stadtmenschen auch schnell, wie man sich in einem ländlichen Haushalt nützlich machte. Sie kochten, wuschen Wäsche, stellten aus Flachs Leinen her, webten Wolle. Brot musste gebacken und etwas von der Milch, die die Ziege gab, zu Käse verarbeitet werden. Sie holten Brennholz und hackten es klein, besserten das Dach aus und reparierten Arbeits- und Haushaltsgeräte. Und sie kümmerten sich um die Kinder.

Überhaupt – die Kinder! Die Dreikäsehochs, inzwischen vier, fünf und sechs Jahre alt, waren ganz vernarrt in den jungen Mann mit dem blonden Haar, der sich darauf verstand, so schelmisch zu lächeln, dass es einem das Herz erweichte und trübe Gedanken vertrieb. Judith, die noch keinen neuen Mann gefunden hatte, spürte, wie ihr Herz schneller schlug, wenn er in ihrer Nähe war. Aber sie war nur eine einfache Frau, die Witwe eines Tagelöhners mit drei hungrigen Bälgern. Wer gab sich mit so einer ab? Dieser hübsche Bursche, der einen Kopf kleiner als sie war, bestimmt nicht. Den könnte sie nie als Ehemann halten, damit er den kleinen Streifen Land bestellte, bei den Bauern ein paar Münzen verdiente und vielleicht auch ein bisschen nett zu ihr war. Nein, der wirkte ja eher wie ein unruhiger Geist, rastlos und von irgendetwas getrieben, wie einer auf der Flucht.

Mittlerweile versteckten sich Leni und Simon seit vier Monaten im Dorf, und an diesem Morgen war Simon ein Pferd. Geduldig trabte er auf allen vieren zwischen Bett und Tisch hin und her. Auf seinem Rücken saßen die Kinder, wie Orgelpfeifen aufgereiht, und zupften ihm an den Ohren, die als Zügel herhalten mussten. Die Kinder jubelten und kommandierten ihr Pferd mal hier-, mal dorthin. Ihr Gelächter erfüllte die Hütte.

Leni saß am Tisch und beobachtete Judith, die das Schauspiel mit mildem Lächeln verfolgte. Man sah die Sehnsucht in ihrem Blick; es war offensichtlich, dass sie sich in Simon verguckt hatte.

Simons Spiel mit den Kindern heiterte auch Leni auf. Für den Moment hob ihr Lachen sie über die schweren Gedanken an ihre Tochter hinaus. Die Bilder jener Nacht standen ihr noch immer lebhaft vor Augen. Michael, der sie bedrohte. Das Messer in ihrer Hand, das Blut auf seiner Brust. Simon, der aus dem Nichts auftauchte. Der Krug, mit dem er Michael niederschlug. Leni hatte ihre Tochter nicht zurücklassen wollen. Doch Simon hatte auf sie eingeredet und sie letztlich überzeugt, dass Helena im Loytzenhof besser aufgehoben war, als wenn sie mit ihnen floh. Denn dass sie fliehen mussten, stand außer Frage.

Ob Michael seine Verletzungen überlebte oder nicht, war dabei einerlei. Leni hatte auf ihn eingestochen und Simon ihm den Krug über den Kopf gezogen. Dafür würden sie beide hart bestraft werden. «Lieber sterbe ich auf der Stelle hier und jetzt, als auch nur für einen einzigen weiteren Tag in den Kerker zu gehen», hatte Simon gesagt. Sie hatten das Nötigste gepackt und sich auf den Weg nach Westen gemacht.

Das Gefühl, Helena im Stich gelassen zu haben, zerriss Leni das Herz. Seit jener Nacht quälten sie Zweifel, ob sie wirklich die richtige Entscheidung getroffen hatte. Je mehr Zeit verstrichen war, umso drängender wurde ihr Verlangen, das Kind zu sich zu holen. Einzig die Hoffnung, Stephan würde auf die Kleine achtgeben, hielt Leni davon ab, sich trotz Schnee und Eis nach Stettin durchzuschlagen.

«Bitte, Simon – bitte, bitte!», hörte sie die Kinder betteln. Sie waren des Reitens überdrüssig und verlangten nun ein neues Spiel von ihm: «Bitte mach's noch einmal wie der alte Jakob!»

Simon stand vom Boden auf und setzte eine gequälte Miene auf, dann krümmte er den Rücken, zog die Lippen über die Zähne und humpelte auf und ab, wobei er immer wieder nuschelte: «Ach, ich habsch ja scho im Rücken, ach, ach, der arme Jakob hatsch ja schooo im Rücken …»

Die Kinder johlten und klatschten begeistert in die Hände, als eine Stimme von der Tür her sie abrupt verstummen ließ. Dort stand Jakob, krumm und zahnlos, und bedachte Simon mit missmutigem Blick. «Im Rücken hat er's also, der junge Mann. Und warum tut er so dümmlich nuscheln?»

Simon richtete sich schnell auf, kratzte sich am hellen Kinnbart, zupfte sich am Ohrläppchen und stammelte: «Ähm, ich, ja … alscho – ich meine: also die Kinder …»

Jakob machte eine wegwerfende Handbewegung. Als Dorfvorsteher war er eine Respektsperson, wusste aber, dass man sich über seine Gebrechen lustig machte. «Hier ist wer, der die Heilerin sprechen will», erklärte er.

Hinter ihm erschien eine gedrungene Gestalt, die einen dicken Mantel und eine tief ins Gesicht gezogene Fellkappe trug.

«Octavian, was in Gottes Namen hast du hier zu suchen?», rief Leni. Vor der Flucht hatte sie den Hauptbuchhalter längere Zeit nicht gesehen und nur gehört, er sei schwer krank. Er war ein enger Vertrauter von Michael. Daher befürchtete Leni, dass es nichts Gutes bedeutete, wenn er hier auftauchte.

Begleitet von einem Schwall kalter Luft, trat Octavian ein und ließ den Blick durch die Hütte schweifen. Dann zupfte er die Handschuhe von seinen Fingern und legte sie auf den Tisch.

«Was'n das für'n feiner Herr?», fragte Judith und schloss hinter ihm die Tür.

Octavian beachtete sie nicht. Er blickte Leni und Simon an und sagte: «Ich muss euch sprechen. Euch beide allein!»

«Man hat sie festgenommen?», fragte Leni. Sie stand mit Simon und Octavian bei der Gerichtslinde vor dem Dorftor. Octavian wollte, dass nur die beiden hörten, was er zu sagen hatte, und mit wachsendem Entsetzen vernahmen sie seinen Bericht.

«Ja. Michael, Stephan und Anna wurden ins Stettiner Stadtschloss gebracht, wo sie verhört und anschließend in den Kerker gesperrt wurden», erklärte Octavian. «Nicht mal Anna wird von der Haft verschont. Vier Monate hält man sie schon gefangen. Der Grund ist eine Sammelklage gegen die Loytz. Allen voran klagen die Könige von Polen und Dänemark, doch inzwischen haben sich andere Herrschaften der Klage angeschlossen. Adlige sind darunter, ebenso Kaufleute aus Stettin und vermögende Bürger, die zum Teil freundschaftliche Beziehungen zu den Loytz gepflegt hatten. Sie alle beschuldigen nun einmütig die Loytz der Wucherei. Wahrscheinlich sehen die Leute darin eine günstige Gelegenheit, ihre Schulden nicht zurückzahlen zu müssen, wenn man die Loytz verurteilt. Deswegen bin ich zu euch gekommen: Ihr müsst mir helfen, sie aus dem Kerker zu holen.»

«Warum sollten wir das tun?», entgegnete Simon. «Diese Leute, die sich unsere Familie nennen, haben für uns auch keinen Finger krummgemacht.»

Octavians Augen verengten sich zu schmalen Schlitzen. Er sagte scharf: «Weißt du nicht, was dein Bruder Stephan für dich getan hat?»

Simon wirkte verunsichert. «Nein, seit ich freigelassen wurde, habe ich mit kaum jemandem gesprochen, auch mit Stephan nicht. Was hat er denn ...»

Leni, die die letzten Sätze nur mit halbem Ohr verfolgt hatte, spürte, wie ein unangenehmes Kribbeln sie erfasste. Sie unterbrach Simon und fragte: «Bitte sag mir, Octavian, was ist mit meiner Tochter geschehen?»

«Sie ist bei dem Dienstmädchen untergekommen, dieser Bianca», antwortete er. «Die wohnt wieder bei ihren Eltern und hat dein Kind dorthin mitgenommen.»

«Bei Gott, ich muss wissen, wie es Helena geht! Hast du sie gesehen?»

«Neulich bin ich dem Dienstmädchen mit dem Kind auf dem Kohlmarkt begegnet. Soweit ich das einschätzen kann, scheint es der Kleinen an nichts zu fehlen.»

«Und Michael? Wie geht es ihm?», fragte Simon.

Octavian blickte ihn an und sagte dann: «Ich nehme an, deine Frage zielt auf die Verletzungen, die man ihm zugefügt hat und die – dem Herrn sei Dank! – nicht lebensbedrohlich waren. Soweit ich weiß, hat er niemandem erzählt, wie er sich die Wunden an Kopf und Brust zugezogen hat. Es gibt aber nicht wenige Leute, und zu denen gehöre auch ich, die glauben, dass euer plötzliches Verschwinden mit Michaels Verletzungen zusammenhängt. Trifft das zu?»

Leni wechselte einen Blick mit Simon. Beiden fiel es schwer, den Buchhalter einzuschätzen, daher beschloss Leni, Octavian auf den Zahn zu fühlen. «Wie hast du uns eigentlich ausfindig gemacht?»

«Nun, du wirst dich vielleicht daran erinnern, dass sich Stephan nach eurer Rückkehr damals mit mir in der *Keckernden Elster* getroffen hat. Dabei erzählte er mir auch von eurer Zeit in diesem Dorf hier, und da dachte ich mir, wenn Leni und Simon geflohen sind, wo könnten sie sich wohl verstecken? Wohl dort, wo sie gut aufgenommen werden und wo niemand sie vermutet.»

«Und auf wessen Seite stehst du, Octavian?»

Er senkte den Blick auf den festgetretenen Schnee, kratzte sich am Kinnbart und sagte dann ausweichend: «Es sind viele Dinge vorgefallen, viele unangenehme, schreckliche Dinge. Eigentlich wollte ich mich rausziehen aus alldem Schmutz und Dreck, unter dem das Unternehmen zu ersticken droht. Ich habe mein Haus verkauft und meine Sachen gepackt, doch dann hat mich Michael ...» Er verstummte, blickte die beiden an, nickte, als habe er sich gerade selbst eine Antwort auf eine Frage gegeben und sagte: «Du hast recht, Mädchen. Wenn wir zusammenarbeiten wollen, dürfen wir keine Geheimnisse voreinander haben. Ich werde euch erzählen, was sich nach meinem Gespräch mit Stephan in der *Keckernden Elster* zugetragen hat. Das wird auch Simons Frage beantworten, was Stephan für ihn riskiert hat.»

Als Octavian zu seinem Bericht anhob, wurden Leni und Simon ganz still, und Leni spürte eisige Kälte über sich kommen. Sie hörte Octavian von der Erpressung durch den Kurfürsten erzählen, der Stephan gezwungen hatte, ihm im Gegenzug für Simons Freilassung einen hohen Kredit zu gewähren. Den Bericht beendete Octavian mit jener Nacht, in der Michael hinter die Buchfälschung kam und Octavian einen Zusammenbruch erlitt. Dann habe Michael in einem Anflug von Irrsinn Heringsfässer aus dem Loytzenhof geworfen, bevor man die Loytz festnahm.

Das Echo seiner Worte hallte in Lenis Ohren nach. Aus dem Augenwinkel sah sie, wie Simons Schultern herabsanken und sein Rücken sich wie unter einer unsichtbaren Last nach vorn beugte. Wort um Wort, Silbe um Silbe schien ihm bewusst geworden zu sein, welchen Anteil er an Stephans Schicksal und am Niedergang des Handelshauses hatte.

«Das alles habt ihr getan, um mein Leben zu retten?», fragte er. «Das kann ich niemals wiedergutmachen.»

«Das ist auch nicht deine Aufgabe, Simon», entgegnete Octavian. «Wir haben es nicht aus Eigennutz getan, sondern weil es um dein Leben ging. Auch deshalb dürfen wir nichts unversucht lassen, um vor allem Stephan und Anna vor dem Schlimmsten zu bewahren.»

«Aber wie soll uns das gelingen?», fragte Simon.

«Das weiß ich noch nicht», antwortete Octavian. «Ich hoffe, wir haben noch genug Zeit, uns etwas einfallen zu lassen.»

7
Stettin

Wer von anderen Männern kleine Gefälligkeiten erpressen will, ist gut beraten, deren Geheimnisse zu kennen. So hatte Kurfürst Joachim den alten Barnim in der Hand, weil der den verurteilten Totschläger Simon Loytz freigelassen hatte, um das Hospital abreißen zu können. Inzwischen hatte Barnim zumindest offiziell zwar alle Ämter niedergelegt und die Regierungsgeschäfte seinem Großneffen, dem jungen Johann Friedrich, überlassen, der nun im Stettiner Schloss residierte. Aber Barnim war ein Fuchs, ein gewiefter Herrscher, und so ein Mann würde zu Lebzeiten nie die Kontrolle vollständig aus den Händen geben. Somit besaß Barnim noch immer einen nicht zu unterschätzenden Einfluss auf seinen Großneffen. Joachim musste daher nur mit Nachdruck ein paar freundliche Worte an Barnim richten. Er erinnerte ihn an ihr geheimes Abkommen mit dem Totschläger Simon Loytz, und schon war Joachim in Besitz der nötigen Dokumente, die ihm im Stettiner Stadtschloss alle Türen und Tore öffneten – auch die Türen, die in die dunkelsten Verliese führten.

Und so stieg Joachim an diesem Tag die Steintreppe hinunter in den Kerker. Begleitet wurde er von zwei seiner Trabanten. Dem Kerkermeister hielt Joachim das Schreiben unter die Nase, das ihn mit allerhand Befugnissen ausstattete; unter anderem durfte er die Gefangenen einem Verhör unterziehen. Der Kerkermeister las das Schreiben, nahm eine Fackel und führte den hohen Gast zu einer mit Eisengittern versehenen Zelle. Dort ließ sich Joachim vom Kerkermeister die Schlüssel aushändigen und schickte ihn fort.

Joachim ließ die beiden Trabanten an die Gitterstäbe vortreten. Er selbst hielt sich noch im Hintergrund, um sich im Schein der Fackel am Elend der drei zerlumpten Gestalten zu ergötzen, ohne dass sie ihn sahen. Sie kauerten im Kerkerloch auf dem mit Stroh ausgelegten Boden. Es erfüllte ihn mit Stolz, die raffgierigen Kaufleute durch geschickte Schachzüge dorthin befördert zu haben, wo sie hingehörten: an die Pforte der Hölle. Oh, wie lange waren sie ihm auf der Nase herumgetanzt, hatten ihm Schaden zugefügt und ihn gepiesackt; lästig waren sie ihm gewesen, lästig wie ein spitzer Stein im Schuh!

Sie boten einen Anblick des Jammers, trugen Fußeisen, die mit Ketten an der Wand befestigt waren. Ihre Haut war mit Ekzemen übersät, und ihre Köpfe hingen kraftlos herab, als hätten sie sich ihrem Schicksal längst ergeben. Den klapperdürren Gestalten war die Qual jener Häftlinge anzusehen, denen die Ungewissheit allmählich den Lebensmut raubte.

Zufrieden seufzte Joachim. Rechts von ihm saß der junge Bursche, der so dumm gewesen war, ihm die zweihunderttausend Taler zuzuspielen. In der Mitte hockte die alte Vettel, die Herzog Johann Friedrich längst freigelassen hätte, wenn Joachim nicht interveniert hätte. Und auf der linken Seite saß der Regierer, der der Grund für seinen Besuch war.

Joachim trat aus dem Schatten nach vorn ans Eisengitter, zog den Dolch aus der Scheide an seinem Gürtel und schlug den Knauf gegen die Eisenstreben. Metallisches Hämmern dröhnte durch die Zelle. Die Alte zuckte zusammen, presste sich die Hände auf die Ohren und stieß ein viehisches Geheul aus, das in Joachims Ohren wie Musik klang. Die beiden Männer hoben die Köpfe.

Er wollte am liebsten laut lachen, wollte sie auslachen, stattdessen sagte er ernst: «Was für ein Unglück, meine lieben Freunde. Es schmerzt mich in der Seele, Euch in diesem Loch zu sehen.»

Die Gefangenen starrten ihn an.

«Werter Kaufmann Loytz», wandte sich Joachim an den Regierer. «Euer Schicksal und das Eurer Familie geht mir zu Herzen. Aber vielleicht gibt es eine Möglichkeit, Euer Leid zu mindern oder es gar zu beenden. Meine Trabanten werden Euch jetzt aus der Zelle holen, und dann bitte ich Euch, mich zu begleiten.»

Auf dem Gesicht des Regierers breitete sich ein Schimmer aus. Er schöpfte wohl Hoffnung, auch wenn ihn zugleich eine unübersehbare Skepsis zur Vorsicht gemahnte. Die Trabanten öffneten die Eisentür und gingen in die Zelle. Sie schlossen die Kette des Regierers auf und mussten ihn stützen, als sie ihn auf den Gang führten. Joachim schritt voran, am Kerkermeister vorbei, dann die Treppe hinauf zu einer Tür, hinter der sie in eine geräumige Kammer kamen. Dort rückte Joachim einen Stuhl zurecht und bat den Regierer, Platz zu nehmen. Die beiden Trabanten setzten sich auf eine Bank, die Hände griffbereit an den Schwertern.

Mit Blick auf die Waffen erklärte Joachim: «Eine reine Vorsichtsmaßnahme. Vorschrift ist Vorschrift, und Ihr, mein lieber Freund, seid nun mal wegen eines schweren Verbrechens angeklagt worden. Wenn es für Euch günstig läuft, werdet Ihr einige Zeit im Kerker sitzen müssen. Sollte es hingegen ungünstig kommen, nun ja ...» Joachim legte sich die Finger seiner Hand um den Hals und sagte: «Ich denke, Ihr versteht, was ich meine. Wie ich bereits sagte, geht mir Euer Schicksal sehr nahe. Daher möchte ich Euch ein Angebot unterbreiten. Wenn Ihr einwilligt, sorge ich dafür, dass Ihr bald freikommt.»

Er schaute dem Regierer in die Augen und wartete auf eine Reaktion. Bislang hatte der Mann keinen Ton von sich gegeben. Die Abneigung, die er Joachim gegenüber empfand, stand ihm ins Gesicht geschrieben.

«Nun?», fragte Joachim.

«Ich warte darauf, Euer Angebot zu hören», erwiderte der Regierer trocken. Ihm war nicht anzumerken, ob Joachims Worte ihn beeindruckten.

Joachim musste behutsam zu Werke gehen. «Könnte es sein, mein Freund, dass Ihr wegen dieser leidigen Geschichte noch immer an meiner Aufrichtigkeit zweifelt? Ich kann verstehen, dass Ihr den Zwischenfall bei der Sauhatz nicht vergessen habt. Ich kann Euch aber auch versichern, dass der Übeltäter, der Euch aufs Korn genommen hat, dafür zur Rechenschaft gezogen wurde. Und vergesst nicht, dass ich damals Euren Wunsch erfüllt und dafür gesorgt habe, dass der Vater Eurer Gemahlin sein Schiff aus Frankfurt zurückbekam. Was diese alten Geschichten anbelangt, sind wir quitt, und nun möchte ich Euch bitten, mein Angebot wohlgefällig zu prüfen.»

Er sah den Regierer nicken und fuhr dann fort: «Dann hört Euch gut an, was ich zu sagen habe. Ich möchte, dass Ihr in meine Dienste tretet. Ihr werdet den Handel mit Getreide künftig in meinem Auftrag ausführen und so viel Korn aufkaufen und weiterverkaufen, wie Ihr auftreiben könnt. Ich will ganz offen zu Euch sein: Ich brauche Geld, und Ihr habt die nötigen Kontakte zu den Gutsherren in Pommern. Ihr kennt die Vertriebswege und habt Verträge mit Handelspartnern in ganz Europa. Ich will also von Euren Kontakten und Möglichkeiten profitieren. Im Gegenzug sorge ich dafür, dass Ihr freikommt. Außerdem wird Lippold die Gläubiger Eures Handelshauses vorerst ruhigstellen. Es werden einige Gelder fließen, die ich vorstrecke und die Ihr mir zu gegebener Zeit zurückzahlt. Nun, was haltet Ihr davon?»

Der Regierer zeigte keine Regung, sein Gesicht blieb wie versteinert. Dann sagte er kühl: «Was ich davon halte, wollt Ihr wissen? Nichts halte ich davon! Was Ihr von mir verlangt, ist nicht weniger, als dass ich mich zu Eurem Laufburschen mache. Aber noch sind wir nicht verurteilt worden, und ich werde Euch das Erbe meiner Ahnen nicht überlassen, damit Ihr Euch meinen Getreidehandel unter den Nagel reißt. Niemals werde ich einem anderen Herrn dienen als mir selbst. Ich bin der Regierer des Handelshauses, und diesen Platz macht mir niemand streitig!»

Joachim kratzte sich unterm Bart. Dass es nicht einfach werden würde, den Mann zu überzeugen, war ihm klar gewesen, aber mit dieser Hartnäckigkeit hatte er nicht gerechnet. Er hätte es sich denken können, war dessen Vater doch aus ebenso hartem Holz geschnitzt gewesen. Aber gut, dann musste Joachim andere Saiten aufziehen, um den Narren von seinem hohen Ross zu stoßen.

«Während Ihr hier im Kerker sitzt», sagte Joachim, «war ich nicht untätig. Lippold hat den Buchhalter ausfindig gemacht, den Ihr beauftragt hattet, Eure Bücher zu prüfen. Wir mussten nur ein ganz bisschen Gewalt anwenden, um den Buchhalter zum Reden zu bringen, und er berichtete uns von erheblichen Unregelmäßigkeiten in Euren Bilanzen. Ja, es ist offensichtlich, dass Eure Bücher frisiert wurden.»

Joachim sah, dass mit dem Regierer eine Veränderung vor sich ging. Er hob das Kinn, öffnete die Lippen, und seine Augen weiteten sich.

«Was der Buchhalter allerdings nicht wusste, war, welche Summe jemand aus Euren Büchern hat verschwinden lassen», fuhr Joachim fort. «Es wird Euch überraschen, dass ich diese Summe kenne.»

Jetzt war dem Regierer deutlich anzumerken, wie seine Selbstsicherheit bröckelte. Schnell holte Joachim zum nächsten Schlag aus: «Die Einträge in den Büchern dürften um genau zweihunderttausend Taler manipuliert worden sein.»

«Woher wisst Ihr das?», fragte der Regierer hinter zusammengepressten Zähnen.

«Ich weiß es, weil diese zweihunderttausend Taler in meinem Besitz sind. Euer Bruder Stephan war so freundlich, mir einen Kredit in dieser Höhe zu gewähren. Ahnt Ihr den Grund dafür? Nein? Gut, ich will es Euch verraten: Stephan Loytz gab mir das Geld, damit ich dafür sorge, dass Euer jüngster Bruder nicht hingerichtet wird.»

Der Regierer glotzte ihn an wie ein Fisch, und Joachim kam zum Abschluss. «Ich gewähre Euch eine Woche, mein Angebot zu überdenken», sagte er.

Im Stillen dachte er: Du wirst nicht mal einen Tag brauchen, um es anzunehmen.

8

Stettin

Stephan wandelte ruhelos durch den Kerker wie ein Tier im Käfig. So weit die Kette es zuließ, ging er auf und ab, während er mit quälender Ungeduld auf Michaels Rückkehr wartete. Dass der Kurfürst aufgetaucht war, konnte nichts Gutes verheißen. Der Mann war ein Teufel, ein durchtriebener, intriganter Teufel.

Als Stephan seine Großmutter husten hörte, blieb er stehen und schaute zu ihr. Lange würde sie die Gefangenschaft nicht mehr überstehen. Sie aß kaum noch etwas, war bis auf die Knochen abgemagert. Nach der Festnahme hatte Stephan den Herzog bekniet, wenigstens Anna auf freien Fuß zu setzen. Der Herzog schien auch tatsächlich ein Einsehen zu haben, machte dann aber überraschend einen Rückzieher.

Stephan füllte am Eimer einen Becher mit Wasser, brachte ihn seiner Großmutter und bat: «Trinkt einen Schluck. Tut mir den Gefallen, Frau Großmutter, Ihr müsst trinken.»

Er blickte in ihre trüben Augen, die ihn gar nicht wahrzunehmen schienen. Er hielt ihr den Becher an die Lippen, um ihr das Wasser einzuflößen, als er im Hintergrund die Geräusche hallender Schritte hörte.

Er spürte ein Kribbeln im Nacken, stellte den Becher ab und blickte durch die Eisenstreben den Gang hinunter. Er sah Schatten über die Steinmauern zucken und Michael zurückkommen, der von den beiden Trabanten flankiert wurde. Michaels Blick war starr nach vorn gerichtet.

Die Eisentür wurde geöffnet und Michael hereingeführt. Einer der Trabanten legte ihm wieder Fußeisen und Kette an, dann entfernten sich die Männer. Ihre Schritte hallten einen Moment im Gang nach, dann wurde es still.

Stephan sah zu Michael hinüber, der ihm den Rücken zukehrte und steif dastand, bis er sich langsam umdrehte. Ein Schauder durchfuhr Stephan, als er in Michaels Gesicht blickte. Die Züge waren wie in Stein gemeißelt, und in seinem Blick brannte Hass, mörderischer Hass. Da wurde Stephan klar, dass Michael über alles Bescheid wusste und dass jede Erklärung oder Entschuldigung umsonst wäre.

Stephan hielt den Atem an. In seinen Ohren trommelte der Herzschlag. Die Brüder belauerten sich wie Raubtier und Beute, standen kaum vier Schritte voneinander entfernt.

«Er hat es nicht allein getan», sagte Michael. Seine Stimme war scharf wie eine frisch geschliffene Messerklinge. «Octavian hat es nicht allein getan! *Du* bist es, der hinter allem steckt! Du hast ihn angestiftet! Er hat die Bücher in *deinem* Auftrag gefälscht.»

«Michael, lass mich dir erklären, was …»

«Halt den Mund», fuhr Michael ihn an.

Er machte einen Schritt auf Stephan zu, die Hände zu bebenden Fäusten geballt. Hinter ihm schleifte die Kette klirrend über den Boden. Seine Stimme schwoll an, er schrie: «Spar dir deine Erklärungen. Lügen, nichts als Lügen kommen aus deinem verdammten Maul! *Du* hast Octavian angestiftet, unser Unternehmen zu bestehlen. *Du* hast uns das letzte Geld gestohlen! *Du* hast gelogen und betrogen, hast mich hintergangen … und ich war so dumm, dir zu vertrauen. Aus dem Haus hätte ich dich jagen soll, dich und deinen verfluchten Bruder – aus dem Haus, aus der Stadt …»

Da schnellte seine Faust vor. Der erste Schlag traf Stephan an der Schläfe. Blitze zuckten durch seinen Kopf. Es war ein harter Schlag, gehärtet wie Stahl im Glutbad aus Hass und Verzweiflung. Unter dem zweiten Hieb platzten Stephans Lippen auf. Er schmeckte Blut. Er wankte. Wieder schlug Michael zu, wieder und wieder. Benommen von den Schlägen, sank Stephan zu Boden. Sofort war Michael auf ihm und drückte ihm die Knie auf die Brust. Seine Augen waren aufgerissen wie dunkle, klaffende Löcher.

Stephan hob die Hände, um seinen Kopf zu schützen.

Da hörte er Anna kreischen: «Hans, mein Junge, was tust du da? Warum bist du so laut?»

Michael hielt irritiert inne. Die Faust noch zum nächsten Schlag erhoben, drehte er den Kopf in Annas Richtung. Sie war aufgestanden, zum ersten Mal seit Tagen, und stützte sich an der Wand ab.

«Hans ist tot», schrie Michael. «Euer Sohn ist schon

seit vielen Jahren tot, Frau Großmutter! Er ist ertrunken, ersoffen, als er mit dem hier unterwegs war …»

«Mein Sohn lebt», kreischte Anna. «Du bist doch mein Sohn. Warum schlägst du diesen Mann da? Was hat er dir angetan, und wer ist das überhaupt?»

Während Michael abgelenkt war, sammelte Stephan seine Kräfte, holte aus und stieß Michael von sich. Dann rappelte er sich auf alle viere auf. Blut tropfte aus seinem Gesicht und färbte das Stroh unter ihm rot.

Wo blieb der Kerkermeister? Der Mann musste den Lärm doch gehört haben. Da kam ihm der Gedanke, jemand könnte den Kerkermeister zurückhalten, weil der Kurfürst genau diesen Streit hatte anzetteln wollen, als er Michael von dem Kredit erzählte.

Aber was bezweckte der Kurfürst damit? Welchen Vorteil hatte er, wenn Michael Stephan totschlug?

Seine Augen schwollen zu. Schemenhaft sah er, wie Michael sich aufrichtete, wie er die Fäuste ballte, um erneut anzugreifen. Doch dazu sollte es nicht kommen. Michael hielt in der Bewegung inne und schaute zu seiner Großmutter. Stephan folgte dem Blick, und die Brüder sahen mit an, wie der alten Frau die Kräfte vergingen. Ihre Beine knickten ein. Sie fiel zu Boden und bewegte sich nicht mehr.

Sofort kroch Stephan zu ihr und hob sie auf, hob ihren dürren, ausgezehrten Körper auf, der ganz leicht war und nur noch aus Haut und Knochen bestand. Sie lag leblos in seinen Armen.

«Wacht auf, Frau Großmutter», rief er. «Großmutter, Ihr dürft nicht sterben!»

Da war Michael bei ihnen und stieß Stephan zur Seite. Anna entglitt seinen Händen und fiel zurück in das Stroh.

Stephan sah, wie Michael sich über die alte Frau beugte und mit den Fingern an ihrem Hals nach einem Herzschlag fühlte. Dann richtete er sich auf und schlurfte zum Gitter. Er nahm den Eimer, kippte das Wasser aus und hämmerte mit dem Eimer gegen die Eisenstreben. Es dröhnte und krachte, bis die Trabanten wiederauftauchten.

Bei ihnen war der Kurfürst.

Michael ließ den Eimer sinken, und Stephan hörte ihn sagen: «Ich werde Euer Angebot annehmen, habe aber eine Bedingung.»

Der Kurfürst hob die Augenbrauen. «Und wie lautet Eure Bedingung?»

Michael drehte sich um, streckte die Hand aus und zeigte auf Stephan, der neben seiner Großmutter am Boden hockte.

«Ich verlange», sagte Michael, «dass dieser Mann wegen Mordes an Anna Glienecke zum Tode verurteilt wird!»

9
Svantzow

Leni lag auf dem Bett. Sie hatte die Hände über dem Bauch wie zum Gebet gefaltet, aber sie betete nicht, sondern blickte hinauf ins Dachgebälk der Hütte. Hinter Löchern und Ritzen schimmerte Tageslicht. Der Frühling war angebrochen, und nachdem es getaut hatte, wurden die Schäden sichtbar, die Schnee und Eis zurückließen. Durch die dünnen, mit Lehm verputzten Wände drangen die Stimmen der Menschen herein, die draußen vorbeigingen. Simon und Judith waren auf den Feldern und verdienten ein bisschen Geld, indem sie den Bauern beim Bestellen der Äcker halfen. Die Kinder waren bei ihnen. Auch Leni wäre mitgekommen, hätte sie sich besser gefühlt. Vielleicht war eine Krankheit im Anflug, vielleicht aber, und das hielt sie für wahrscheinlicher, forderte die Niedergeschlagenheit, die seit Tagen auf sie drückte, ihren Tribut.

Um die anderen mit ihrem Trübsinn nicht zu belasten, hatte sie ihnen am Morgen erzählt, sie müsse nach einem kranken Mädchen in der Nachbarschaft schauen. Was nicht einmal gelogen war. Aber im Augenblick fühlte sie sich dafür zu schwach und gab sich ihren Gedanken hin. Ob es Helena wirklich an nichts fehlte, wie Octavian gemeint hatte? Sie versuchte, sich mit dem Gedanken zu beruhigen, dass Bianca der Kleinen immer sehr zugetan gewesen war. Aber auch dieser Gedanke linderte nicht die Sehnsucht nach ihrer Tochter, nach ihrem Duft, der Wärme ihres Körpers und dem Klang ihrer Stimme.

Auch an Stephan musste Leni häufig denken. Sie bewunderte ihn für die Selbstlosigkeit, mit der er Simon gerettet hatte. Einen solchen Mut hatte sie nicht aufgebracht. Im Gegenteil, sie hatte ihr eigenes Kind im Stich gelassen. Und je mehr Zeit verging, umso größer wurden die Vorwürfe, die sie sich deswegen machte. Sie hätte darauf bestehen müssen, Helena mitzunehmen. Simon lastete sie nicht an, es ihr ausgeredet zu haben. Er hatte nur das Beste für Leni gewollt.

Es war allein ihr Fehler, ihr Versagen.

Sie bereute zutiefst, sich von Stephan abgewandt und Michaels Drängen nachgegeben zu haben. Das Leben – oder war es Gott? – zeigte ihr doch, dass ihre Entscheidung nichts zum Besseren geführt hatte. Sie hatte ihr Kind verloren, hatte fliehen und ihre Heimatstadt verlassen müssen; das Loytz'sche Handelshaus war ein Trümmerhaufen, und Stephans Träume waren geplatzt. Sybilla war von dem Pfaffen hingerichtet worden, auch Konrad, der keiner Fliege etwas zuleide tun konnte, war gestorben. Und ihr Vater? Auch für ihn war durch Lenis Heirat nichts gewonnen worden. Womöglich kostete ihn Michaels Auftrag gar das Leben.

Leni merkte, dass sich ihre Gedanken im Kreis drehten und das Nachdenken sie noch trauriger machte.

Sie wollte aufstehen, um nach dem kranken Nachbarskind zu sehen, als sie hörte, wie die Tür geöffnet wurde. Das Bett stand in einer verdeckten Nische, von der aus der vordere Bereich der Hütte nicht einsehbar war. Sie hörte die Stimmen von Simon und Judith, die offenbar ohne die Kinder waren. Leni wollte sich ihnen zeigen, hielt sich aber zurück, als sie Judiths erregte Stimme sagen hörte: «Jetzt schnell, wir müssen uns beeilen!»

«Wollen wir uns nicht ins Bett legen?», entgegnete Simon. Er klang verlegen.

«Nicht nötig, keine Zeit. Es muss schnell gehen, bevor die Kinder nachkommen.»

Leni stockte der Atem. Was die beiden vorhatten, war unschwer zu erraten. Sie hörte Kleider rascheln und Judith fragen: «Warum ziehst du deine Hose nicht endlich runter? Willste mich doch nicht nehmen?»

«Oh, doch, doch, ich kann mir grad nichts vorstellen, was ich mehr will, aber …»

«Was aber? Nichts aber! Hast's noch mit keiner Frau im Stehen am Tisch gemacht? Komm, ich dreh mich um und zieh den Rock hoch. Sieh her! Oder magst du mein Hinterteil nicht?»

«Du hast den prächtigsten Hintern, den ich je gesehen habe. Wirklich – da könnt ich glatt drin versinken.»

«Rede nicht drum herum, sink halt rein!»

Leni hörte Simon kichern, dann Judith lustvoll aufstöhnen. Im Gegensatz zu Leni war Judith eine Frau, die in der Lage war, einen Mann zu einer Entscheidung zu drängen, was Leni ihr gar nicht zugetraut hatte. Offenbar hatte sie die zurückhaltende Judith unterschätzt, zumindest was ihr Verhalten Männern gegenüber betraf.

«Mach schneller! Mach schneller!», stieß Judith gepresst hervor, und die klatschenden Geräusche wurden schneller und lauter – als mit einem Mal von außen jemand an die Tür klopfte. Nein – es klopfte nicht, es hämmerte und dröhnte, als wolle jemand die Tür einschlagen. Der vorgelegte Riegel klapperte in der Halterung.

Und dann rief eine Stimme: «Öffne sofort die Tür, Judith. Ich habe dich eben mit ihm reingehen sehen!»

Simon stieß ein unterdrücktes Stöhnen aus, und Judith flüsterte: «Das ist der alte Jakob. Der hört sich ja wütend an.»

«Judith, ich hab mit dir zu reden. Vor allem hab ich mit deinen Gästen zu reden!»

Leni beugte sich leicht vor und lugte um die Ecke. Sie sah, wie Simon hastig seine Hose hoch- und Judith ihren Rock herunterzog. Dann tastete Judith nach ihrem Haar, das auf dem Hinterkopf zu einem Knoten gebunden war; eine Strähne hatte sich gelöst. Judith setzte ihre Haube auf, die auf den Tisch gefallen war, stopfte die Strähne unter die Haube, glättete ihr Kleid und trat vor die Tür.

«Mach nicht so ’nen Lärm, Jakob. Was willst du denn hier?»

Kaum hatte sie den Riegel zur Seite geschoben, als

die Tür von außen aufgerissen wurde. Jakob trat ein. Er machte eine finstere Miene, seine Augen funkelten vor Zorn. Judith wich vor ihm zurück.

Auf dem Bett hielt Leni die Luft an.

Jakob blickte sich in der Hütte um, musterte Simon mit finsterem Blick und fragte dann: «Wo ist die Heilerin?»

Leni sah ein, dass es besser war, sich zu erkennen zu geben, bevor andere sie entdeckten. Sie fuhr sich durchs Haar und zerzauste es, dann stieg sie aus dem Bett und sagte müde: «Hier bin ich. Ich habe geschlafen, ganz tief und fest habe ich geschlafen.» Aus den Augenwinkeln sah sie, wie Simon und Judith zusammenzuckten, tat aber ahnungslos und fragte Jakob: «Was ist denn geschehen?»

Jakobs Lippen waren zu einem Strich gepresst und seine Nasenlöcher geweitet. Dann drehte er sich zur Tür und rief: «Kommt jetzt rein!»

In der Tür erschien Octavian. Er wirkte irritiert und sagte: «Ich glaube, ich habe gerade einen dummen Fehler gemacht. Ich dachte, die Leute hier wissen, wer ihr seid. Entschuldigt, aber ich bin so außer mir. Es gibt da etwas, das ich euch unbedingt mitteilen muss.» Er rang um Worte, dann sagte er: «Es geht um Stephan. Er wurde zum Tode verurteilt!»

«Wir müssen doch etwas für Stephan tun können», sagte Leni. Vor Aufregung trat sie von einem Fuß auf den anderen.

Sie stand mit Octavian und Simon auf dem Dorfplatz vor dem Versammlungshaus. Im Haus hatte Jakob die Dorfbewohner zusammengerufen, nachdem er sie aus ihren Hütten und Häusern, von Feldern und aus Wäldern hatte herbeiholen lassen. Nun besprachen die Bauern seit geraumer Zeit, wie sie damit umgehen sollten, dass die Leute, denen sie Zuflucht, Obdach und Nahrung gegeben und wie Freunde aufgenommen hatten, zu den Kaufleuten gehörten, die die Bauern im Bunde mit dem Gutsherrn ausbluten und verhungern ließen.

Octavian rang verzweifelt die Hände und sagte: «Wenn ich eine Idee hätte, wie wir Stephan helfen könnten, hätte ich das längst gesagt. Ich hatte gehofft, wir haben mehr Zeit, um eine Lösung zu finden. Mit juristischen Mitteln ist er nicht mehr zu retten. Ich weiß nicht, was geschehen ist. Den Gerüchten, die in der Stadt die Runde machen, kann ich keinen Glauben schenken. Warum sollte Stephan seine Großmutter umgebracht haben? Das ist ausgemachter Unsinn. Und wie passt es zusammen, dass man Michael inzwischen freigelassen hat? Er lebt wieder im Loytzenhof.»

Octavian blickte Leni an. «Es heißt, er habe das Mädchen zu sich genommen.»

«Allmächtiger!», stieß Leni aus. «Ich muss nach Stettin zurück. Keinen Augenblick länger kann ich Helena bei ihm lassen.»

Beim Versammlungshaus öffnete sich die Tür. Jakob und einige Dorfbewohner kamen heraus, andere Leute drängten nach. Alle schauten zu Leni, Simon und Octavian herüber. In einigen Blicken glaubte Leni unverhohlene Feindseligkeit zu erkennen. Jakob sprach vor dem Haus mit ein paar Männern und Frauen, dann setzte er sich in Bewegung und kam allein über den Platz auf sie zu. Er ging langsam, fast schlurfend, als sträube er sich dagegen, diesen Gang antreten zu müssen. Er blieb vor ihnen stehen. In seinen Augen lag ein trauriger Ausdruck.

Der Zorn, der ihn vorhin noch beherrscht hatte, war von ihm gewichen.

Er räusperte sich. «Ich will euch geradeheraus sagen, wie's ist. Wir haben geredet und abgestimmt. Es gibt 'n paar, die meinen, ihr seid trotzdem gute Leute und dass ihr bleiben könnt. Aber ein paar andere, und das sind ein paar mehr, wollen euch nicht mehr hier haben. Sie meinen halt, Kaufleute sind Kaufleute und Bauern sind Bauern, und der eine kann dem anderen nicht über den Weg trauen.»

Leni trat vor ihn, legte ihm eine Hand auf den Arm und sagte: «Sie haben also entschieden, dass wir gehen sollen?»

Jakob nickte. «So ist's nun mal.»

«Jakob, ich möchte auch im Namen von Stephan zu dir sprechen», sagte Leni, dann, einer plötzlichen Eingebung folgend, hob sie die Stimme und rief so laut, dass die Leute beim Versammlungshaus hörten, was sie zu sagen hatte: «Zu euch allen möchte ich auch im Namen von Stephan Loytz sprechen!»

Einige Dorfbewohner kamen näher, dann folgten andere widerstrebend, bis alle im Kreis um sie herumstanden. Leni blickte in die Gesichter der Bauern, Bäuerinnen, Knechte, Mägde und Tagelöhner, dürre, verbitterte Gestalten, denen die Kleider fadenscheinig an den knochigen Körpern hingen. Sie wurden ihrer Nahrung und ihrer Würde beraubt, und was ihnen blieb, war Wut, und diese Wut richtete sich nun gegen Leni, Simon und Octavian.

Was sollte Leni diesen Menschen sagen?

Sie holte Luft und rief: «Ich verstehe euch! Ja, ich verstehe eure Wut auf die Kaufleute, die euch ausbeuten und Geschäfte mit eurer Not machen. Mein Ehemann – einige von euch werden seinen Namen gehört haben –, er heißt Michael Loytz, ist einer dieser Kaufleute. Er hortet euer Getreide, bevor er es mit viel Gewinn in andere Länder verkauft. Euer Schicksal ist ihm gleichgültig.»

Murren erhob sich in der Menge. Jemand rief: «Die Loytz sind die Schlimmsten!»

Leni überging den Zwischenruf und fuhr fort: «Ob ihr Not und Hunger leidet, das interessiert ihn nicht. Nein, das interessiert ihn nicht, ebenso wenig interessiert ihn das Schicksal seiner eigenen Familie. Mich hat er aus dem Haus getrieben und mir mein Kind weggenommen. Seinen Bruder Simon, der hier bei mir steht, wollte er im Kerker sterben lassen, so wie er jetzt seinen anderen Bruder Stephan hinrichten lassen will. Ich frage euch: Ist es gerecht, dass ihr jene Menschen hasst, dass ihr sie verstoßen wollt, die sich gegen Michael Loytz wenden? Denn das genau werden wir tun: Wir sind seine Feinde!»

Leni blickte in die Gesichter der Menschen, die sie umringten und sie überrascht anstarrten. Vermutlich hatten sie nie zuvor eine Frau eine solche Rede halten gehört. Lenis Herz pochte schnell, aber zugleich wurde sie von Wärme durchströmt. Sie wusste, dass Frauen normalerweise nicht die Stimme erhoben, sondern dies den Männern überließen. Aber sie konnte nicht schweigen, es ging um so vieles – um Stephans Leben, um Helena. Und es fühlte sich gut an, dass sie sich getraut hatte, laut zu allen zu sprechen.

10
Stettin

Als vor sieben Jahren der große Krieg zwischen Schweden und Dänemark um die Herrschaft in der Ostsee ausgebrochen war, hatte man sich in Stettin genötigt gesehen, die vernachlässigten Wehranlagen der Stadt zu befestigen und die Bewaffnung aufzurüsten. Türme, Tore und Wehrmauern wurden mit Wachposten besetzt und Geschütze von der Art der Kartaunen und Feldschlangen, Mörser und Falkonette angeschafft. Auf den Wällen wurden die Bäume abgeschlagen und mit Erde gefüllte Schanzkörbe in Position gebracht. Auf den ersten Blick war Stettin in jenen unsicheren Jahren eine durchaus wehrhafte Stadt, die jeden Angreifer, der einen Einfall von Land oder Wasser aus wagen wollte, mit Getöse und Gedonner empfangen hätte. Doch wer genauer hinschaute, der sah den Verfall. Der sah, dass die Wehrhaftigkeit schon bald wieder mehr Fassade als Bollwerk war: Mauern bröckelten, Geschützrohre und Eisenkugeln rosteten, und aus den Schanzkörben, die aus Weidenruten geflochten waren, rieselte Sand. Der Stadt fehlte es an Geld, ihre Wehranlagen instand zu halten. Steigende Ausgaben standen schwindenden Einnahmen gegenüber. Der Krieg hatte die Stadt in all den Jahren zwar nicht unmittelbar bedroht, führte aber zu erheblichen Verlusten bei Handelsgeschäften. Die geringeren Einnahmen der Kaufleute schlugen sich auf die städtischen Kassen nieder. Hinzu kamen erhebliche Kosten durch den schwelenden Handelsstreit mit Brandenburg und die daraus folgenden teuren Gerichtsprozesse sowie Kosten für Feste, Bauten oder Zwangszahlungen an den Hanseverbund.

Als Leni, Simon und Octavian in dieser noch von Winterkühle durchdrungenen Frühlingsnacht des Jahres 1570 die Stadt erreichten, lagen die Mauern und Türme vom Halbmond beschienen vor ihnen. Sie kannten einige Schwachstellen in den Verteidigungsanlagen, und die Zeit drängte. Wenn Octavians Informationen stimmten, war Stephans Hinrichtung bereits für den nächsten Tag angesetzt.

Bei den Hütten, die außerhalb der Stadtmauern zwischen dem Passower Tor und dem Mühlentor standen, kletterten sie über Zäune und huschten im Schatten kahler Obstbäume vor bis zu einer verlandeten Stelle im äußeren Stadtgraben. Dort wateten sie durchs flache Wasser und kletterten dann – als sich eine Wolke vor den Mond schob – den Wall hinauf bis an den Fuß der Wehrmauer. Octavian musste zwar hin und wieder stehen bleiben, um Luft zu holen, wirkte ansonsten aber erstaunlich belastbar. Wahrscheinlich, so dachte Leni, war es die Sorge um Stephan, die den alten Mann antrieb.

Sie legte den Kopf in den Nacken und blickte hinauf zu den gezackten Umrissen der Wehrmauer. An dieser Stelle war bei einem Wintersturm der obere Bereich des Mauerwerks herausgebrochen und nicht ausgebessert worden. Auch den Efeu, der hier rankte, hatte man nicht mehr entfernt.

Simon zog prüfend an einer Ranke und flüsterte: «Der hält. Für Leni und mich wird die Mauer kein Hindernis sein. Aber wie soll Octavian da hochklettern?»

«Hältst du mich für einen Schwächling, Kleiner?», entgegnete Octavian.

Simon zuckte mit den Schultern. «Ich denke, du bist einfach zu alt.»

Octavian stieß ein verächtliches Geräusch aus, griff nach einer Ranke und kletterte, da die Wolke den Mond noch immer verdeckte, sogleich hinauf, wobei er mit den Füßen auf den aus dem Mauerwerk hervorragenden Feldsteinen Halt suchte. Die Stadtmauer war etwa fünfzehn Fuß hoch, an dieser Stelle jedoch nur noch gut zehn Fuß.

Dennoch verließen Octavian auf halber Höhe die Kräfte. Wie eine Spinne hing er an der Mauer.

«Du musst ihm helfen», sagte Leni. «Die Wolke wird gleich fortgezogen sein. Falls Wachposten über dem Passower Tor stehen, können sie uns sehen.»

Simon flüsterte: «Wir hätten ihn nicht mitnehmen dürfen. Er ist nur Ballast.»

«Wir brauchen ihn», entgegnete Leni leise. «Für das, was wir vorhaben, brauchen wir jede helfende Hand.»

Simon seufzte, dann zog er sich an Ranken und Steinen zu Octavian hinauf und forderte ihn auf, er solle seine Füße auf Simons Schultern stellen. So stemmte er den alten Mann und sich selbst nach oben. Leni folgte ihnen. Sie klammerte sich an den Efeu und schob die klammen Finger in die Spalten zwischen den Mauersteinen, bis sie den oberen Rand erreichte. Dort war Simon dabei, Octavian, den er an den Händen festhielt, auf der andere Seite hinunterzulassen. Leni und Simon kletterten hinterher. Sie schlichen durch einen Garten und schlüpften zwischen den Gebäuden hindurch auf die Wollweberstraße.

Leni blickte nach links in die im Schatten liegende Straße, wo irgendwo weiter hinten die Hütte der Weisen Frau stand. Sie erinnerte sich nur zu gut an jenen Tag, an dem sie den folgenschweren Entschluss gefasst hatte, ihr Kind auszutragen und Michael zu heiraten. Sie verspürte den Drang, auf direktem Wege zum Loytzenhof zu gehen, um ihre Tochter von Michael fortzuholen. Seit einem halben Jahr hatte sie Helena nicht mehr gesehen, und die Sehnsucht nach ihrem Kind war übermächtig. Aber sie musste sich zurückhalten. Der Plan, den sie und die anderen gefasst hatten, durfte nicht gefährdet werden.

Sie wandten sich nach rechts, schlichen durch die nachtstillen Gassen und hielten Ausschau nach Stadtwachen, trafen aber nur auf streunende Katzen und Hunde, bis sie zum verwaisten Rossmarkt kamen, wo sie in die Pfaffenstraße einbogen. Gegenüber der Pfarrkirche Sankt Jakobi hielten sie vor dem Haus, das Lenis Vater gehörte. Leni holte den Schlüssel, den sie noch immer bei sich trug, hervor und schloss die Haustür auf.

Als sie die Diele betrat, strömte ihr der vertraute Geruch in die Nase, und ihr Magen zog sich zusammen, als die Erinnerung an ihren Vater über sie kam. Für einen Augenblick keimte in ihr die irrige Hoffnung auf, im Obergeschoss würde sich in diesem Moment die Wohnungstür öffnen und ihr Vater die Treppe hinuntersteigen, um sie zu begrüßen, obwohl sie genau wusste, dass er noch immer in Danzig festgehalten wurde. Nach allem, was Octavian in Erfahrung gebracht hatte, sah es nicht gut für ihn aus. Michael unternahm nichts, um Lukas zu entlasten, und als mittelloser Kaufmann, der des schweren Betrugs angeklagt worden war, fehlte ihm das Geld für einen Advokaten.

Leni schüttelte den Gedanken an ihren Vater ab und ging in eine hintere Ecke des Warenlagers, wo sie die Kiste vermutete, deren Inhalt sie für die Umsetzung ihres waghalsigen Plans brauchten. Hinter einem Stapel Tuchballen stieß sie auf die kleine Kiste, in der Schwefel verpackt war.

Simon klemmte sich die Kiste unter den Arm. Dann stiegen sie die Treppe hinauf in die Wohnung. Sie entzündeten kein Licht. Durch das Fenster fiel Mondschein herein. Octavian ging gleich zum Fenster und schaute hinunter auf die Pfarrstraße, ob ihnen jemand gefolgt war.

Simon stellte die Kiste auf den Tisch und sagte: «Dann werde ich mich jetzt mal auf den Weg machen. Wir dürfen keine Zeit verlieren.»

Leni trat vor ihn. «Du weißt, welch großes Risiko du eingehst?»

«Ja, und ich bin dazu bereit. Ich würde mein Leben für Stephan geben, wenn es sein muss. Er hat so viel für mich getan, hat sich selbst und das Handelshaus geopfert – für mich, seinen Bruder, den alle anderen abgeschrieben haben. Den Ansprüchen, die unser Vater in mich legte, konnte ich nie genügen. Auch Michael nahm mich nicht für voll …»

Leni hob eine Hand und berührte Simons Arm. Sie blickte ihm in die hellen Augen und glaubte, darin den kleinen Jungen zu erkennen, dem Gott das bittere Los aufgetragen hatte, ein Leben lang an den Erwartungen anderer Menschen zu scheitern.

«Bitte gib gut auf dich acht, Simon.»

Er nickte zurückhaltend. «Da ist noch eine Sache, von der ich euch beiden erzählen möchte. Erinnerst du dich an den Tag, an dem Vater im Damschen See ertrank, Octavian?»

Der Buchhalter wandte den Blick vom Fenster ab, drehte sich zu Simon um und schaute ihn irritiert an. «Wie könnte ich das jemals vergessen? Diese Nachricht traf mich damals schwer. Wir alle waren wie gelähmt. Der Tod deines Vaters bedeutete für uns ein schreckliches Unglück, eine Katastrophe.»

Simon senkte den Blick zu Boden. «Es war ein Unglück,

das *ich* vielleicht hätte verhindern können. Stephan wollte Vater aus dem Wasser ziehen. Er hat ihn gehalten und mich angefleht, ihm zu helfen, doch ich habe es nicht getan … konnte es nicht tun. Ich war beherrscht von dem Gedanken, wenn mein Vater ertrinkt, wird für mich alles gut werden. Aber nichts ist gut geworden, und mit der Schuld, für seinen Tod mit verantwortlich zu sein, muss ich leben. Diese Schuld hätte mich längst umgebracht, wäre Stephan nicht gewesen.»

«Bei Gott – Junge!», stieß Octavian aus. «Was redest du da? Das kann nicht sein, das darf nicht sein. Das sind Hirngespinste! Nein, nein, deine Erinnerungen trügen dich. Du warst ein Kind, nur ein kleiner Junge.»

«Ich war acht Jahre alt, und jede Sekunde, die wir in dem Boot waren, steht mir vor Augen, als wäre es gestern gewesen.»

Octavian trat auf ihn zu. «Der Tod deines Vaters war der Anfang vom Ende. Seine Brüder hatten nicht das Zeug, seinem Erbe gerecht zu werden, und Michael war zu jung und unerfahren, ein so großes Handelshaus auf Kurs zu halten. Die Aufgabe ist ihm über den Kopf gewachsen.»

Octavian ließ sich auf einen Stuhl sinken und stützte den kahlen Kopf in die Hände.

Simon drehte sich zu Leni um, die ratlos dastand und nicht wusste, was sie von Simons Offenbarung halten sollte. Er sagte aufgebracht: «Ich musste mir das von der Seele reden, und nun werde ich das tun, was nötig ist, um Stephan zu retten.»

«Bist du dir wirklich sicher, dass du es allein schaffst?», fragte Leni.

«So sicher, wie man sich eben sein kann bei einem solchen Plan.»

«Ich könnte dich begleiten», sagte Leni.

«Nein, ich werde dem Mann einige Schmerzen zufügen müssen, damit er mit der Sprache rausrückt. Das möchte ich dir ersparen, Leni. Um eins möchte ich dich aber bitten. Wenn ich nicht zurückkehre, wenn unser Vorhaben morgen scheitert und du fliehen kannst, dann erzähl Judith von mir. Erzähl ihr alles, was du weißt, und sage ihr, dass sie mir ans Herz gewachsen ist. Wirst du das tun, Leni?»

Leni schüttelte den Kopf. «Das wirst du ihr selbst erzählen. Wir werden nicht scheitern. Du wirst sie aus dem Dorf holen, und wir alle gehen irgendwohin – irgendwohin, wo uns niemand kennt.»

Simon nickte langsam. Dann drehte er sich um und verließ die Wohnung. Leni lauschte dem Knarren der Treppenstufen und hörte, wie unten die Haustür geöffnet und wieder geschlossen wurde. Dann ging sie in die Wohnstube, wo sie sich in Vaters Sessel sinken ließ und endlich das Zittern zulassen konnte, das ihren ganzen Körper erfasste.

11
Stettin

Octavian weckte Leni nach kurzem Schlaf. Ihre Glieder schmerzten von der unbequemen Haltung im Sessel. Draußen war es noch dunkel.

«Es wird Zeit, Mädchen», sagte Octavian. Er sah müde aus – müde, alt und erschöpft. Im Schimmer des Mondlichts, das durch das Fenster hereinfiel, war sein Gesicht aschgrau.

Sie nahmen einige Klumpen Schwefel aus der Kiste, wickelten sie in Tücher und verstauten sie unter ihren Mänteln. Dann entzündeten sie Kerzen, die sie in zwei mit Schweinehaut umspannte Laternen stellten. Damit verließen sie das Haus. Leni beschlich der beklemmende Gedanke, sie werde niemals hierher zurückkehren, auch dann nicht, wenn sie diesen Tag überleben sollte.

Sie eilten über den Rossmarkt, ließen Sankt Marien links liegen und kamen über die Peltzer Straße zum Schloss, vor dem sie in einer Nische zwischen zwei Häusern auf den Tagesanbruch warteten. Der Loytzenhof war von hier aus nicht zu sehen, aber die Fuhrstraße nur einen Steinwurf entfernt. Leni verbot sich, daran zu denken, wie Helena vielleicht gerade in diesem Moment, als die erste Helligkeit über den Dächern schimmerte, erwachte. Wie ihre kleinen Augen sich öffneten, wie …

Leni schüttelte sich.

In der Stadt und beim Schloss regte sich Leben. Die ersten Leute kamen aus den Gassen und zogen am Schutthaufen vorbei, auf dem vor der Schlosskirche noch immer die Trümmer vom letzten Schlossbrand lagen. Die Leute zogen weiter zum Tor, hinter dem der Schlossplatz lag.

Leni zog die Kapuze ihres Mantels tief ins Gesicht und folgte Octavian, der als ordentlicher Bürger nichts zu befürchten hatte. Die herzoglichen Trabanten kontrollierten nur halbherzig Händler, Handwerker und die ersten Schaulustigen, die sich die besten Plätze sichern wollten. So gelangten auch Leni und Octavian mit ihren brennenden Laternen ungehindert durchs Tor auf den Schlossplatz, der gesäumt war von Hofstuben, der Kanzlei, Back- und Brauhaus und anderen Nebengebäuden.

Der Platz war hergerichtet worden wie für ein rauschendes Fest. Überall standen Buden, in denen gleich Bier, Wein und Speisen verkauft werden sollten. Vor einem Gebäude hatte man eine Tribüne errichtet und davor das Podest mit dem Richtblock. Eine Hinrichtung war ein gesellschaftliches Ereignis, das nicht alle Tage geboten wurde, und daher fieberte das Volk der heutigen Hinrichtung entgegen.

Die Händler öffneten ihre Buden und stellten Fässer, Becher, Brot und Käse für Ausschank und Verkauf bereit. Leni sah Menschen beisammenstehen; sie lachten und schwatzten und blickten in freudiger Erwartung zum Richtblock. Leni biss die Zähne zusammen. Sie verabscheute die Leute, die sich an Stephans Tod ergötzen wollten. Im Backhaus wurden die Läden geöffnet, und der Duft von frisch gebackenem Brot vermischte sich mit dem würzigen Geruch der Feuer, über denen sich Fleischspieße drehten. Der Platz füllte sich, die Menschenmenge schwoll an zu einer gesichtslosen, pulsierenden, lärmenden Masse. Währenddessen waren die Trabanten beschäftigt, das einfache Volk von der Tribüne fernzuhalten, die für die Herrschaften und ihre Gäste reserviert war.

Leni nickte Octavian zu, dann trennten sich ihre Wege. Er begab sich zu einem Schuppen bei dem Gang, der hinunter zum Frauentor führte. Und Leni schlenderte zu der Stelle, die vom Platz aus nicht einzusehen war und an der Feuerholz gelagert wurde, wie sie von früher wusste. Unter ihrem Mantel holte sie die Schwefelstücke hervor, wickelte sie aus den Tüchern und steckte sie zwischen die Bretter. Dann trat sie nach vorn an den Rand des Platzes und wartete.

Die Menschen richteten ihre Blicke auf das Schlossportal, dessen Flügeltüren jetzt geöffnet wurden. Hörner erklangen, und im Glockenturm hob ein durchdringendes Geläut an, als der junge Herzog Johann Friedrich heraustrat, begleitet von seiner Leibgarde. Dem Herzog folgten sein Großonkel Barnim sowie weitere Adlige, außerdem Geistliche in dunklen Gewändern und Bürgermeister und Stadträte. Auch einige Patrizier waren dabei, darunter Kaufleute, die Leni im Loytzenhof hatte ein und aus gehen sehen.

Sie fuhr zusammen, als sie bei den Geistlichen den Pfaffen Raymund Litscher entdeckte. Den Blick starr auf den Richtblock gerichtet, schritt der Mann, der Sybilla umgebracht hatte, durch die Menge, die von den Trabanten zur Seite gedrängt wurde. Die Herrschaften nahmen auf der Tribüne Patz. Diener brachten Getränke und Essen. Unterdessen stieg Litscher die Stufen zum Podest empor, wo er sich neben dem Richtblock aufbaute.

Leni beobachtete, wie das raubvogelartige Gesicht mit ruckartigen Kopfbewegungen die Menge taxierte. Suchend blickte Litscher sich um. Seine angespannte Körperhaltung lockerte sich merklich, als er eine Gestalt durch die Menge näher kommen sah. Die Gestalt war mit einem dunklen Umhang bekleidet und der Kopf unter einer braunen Haube mit Sehschlitzen verborgen. Es war der Scharfrichter, und er war spät dran. Die Menschen wichen ehrfürchtig zurück, als er zum Podest schritt. Dann stieg er die Stufen hinauf. In der Hand hielt er ein langes Richtschwert, das in einer ledernen Scheide steckte.

Oben auf dem Podest wechselte Litscher einige Worte mit dem Henker. Dann drehte Litscher sich zur Kanzlei um, unter der der Kerker lag, und gab den Trabanten, die dort Wache hielten, mit der Hand ein Zeichen. Daraufhin öffneten sie die Tür. Heraus traten andere Trabanten, sie führten den Verurteilten in ihrer Mitte.

Leni stockte der Atem. Man hatte Stephan das dunkle Haar geschoren und ihm graue Kleider angezogen; die Spuren der Haft hatten sich tief in sein bleiches Gesicht gegraben. Die ungewohnte Helligkeit ließ ihn die Augen zusammenkneifen. Er senkte den Kopf, als die Schaulustigen johlten und wüste Beschimpfungen ausstießen, wie es zu einer ordentlichen Hinrichtung dazugehörte. Sie bespuckten ihn, während die Trabanten ihn zum Podest führten, die Treppe hinaufstießen und ihn vor dem Richtblock auf die Knie zwangen.

Litscher breitete die Arme aus, wartete, bis die Menge verstummte, und rief dann: «O – du verfluchte Bosheit! So spricht Gott, der Allmächtige: Du sollst nicht wuchern, weder mit Speise noch mit Geld. Nichts anderes hat der Sünder – der Verurteilte mit dem Namen Stephan Loytz – getan. Er hat Geld verliehen und Schuldner mit Wucherzins erpresst und damit gegen Gottes Gebote verstoßen. Hohe Herren haben ihn vor Gott angeklagt, und Gott hat den Sünder schuldig gesprochen. Aber nicht nur das: Er hat seine Großmutter, die liebe und gottesfürchtige Anna Glienecke, getötet. Er ist vom Teufel besessen und erhält die Strafe, die ihm Gott auferlegt hat.»

Dann gab Litscher dem Scharfrichter einen Wink, der Stephans kahlen Kopf in die Ausbuchtung des Richtblocks hinunterdrückte. Stephan ließ es geschehen.

Lenis Herz pochte heftig. Wut und Entsetzen lähmten sie, aber sie riss sich aus der Starre. Mit einer Hand gab sie Octavian, der auf der anderen Seite des Platzes bei dem Schuppen stand, einen Wink, woraufhin er in dem Schuppen verschwand. Sogleich begab sich Leni zu dem

Holzhaufen und nahm die brennende Kerze aus der Lampe. Ihre Hand zitterte, als sie die Schwefelklumpen entzündete. Zischend schossen helle Flammen empor und sprangen auf das trockene Holz über.

Schnell eilte sie wieder zur Menschenmenge zurück, tauchte darin ein und schob sich zwischen den Leuten, die angestrengt zum Richtblock starrten, immer weiter nach vorn zum Podest.

Dort rief Litscher gerade: «Der Angeklagte hat gestanden, sich vor Gott versündigt zu haben, und er hat sein Geständnis nicht widerrufen, sondern es erneut bestätigt. Damit ist das Urteil rechtskräftig. Nun walte deines Amtes, Scharfrichter ...»

Leni hatte etwa die Hälfte der Strecke hinter sich gebracht, als sie zurückblickte und Rauchschwaden aufsteigen sah. Auch Octavian hatte seinen Auftrag erfüllt und Feuer im Schuppen gelegt. Der Rauch wurde rasch dichter und zog in den Schlosshof hinein, wo jetzt auch andere Leute das Feuer bemerkten. Sofort machte sich Unruhe breit. Vor kaum etwas anderem fürchteten sich Stadtbewohner mehr als vor Feuer.

Auf der Tribüne reckten der Herzog und seine Ehrengäste die Hälse. Befehle wurden gerufen. Bedienstete und Trabanten eilten davon, um Löschwasser aus dem Brunnen zu holen. Vor Leni kam die Menschenmenge in Bewegung. Männer und Frauen schnappten sich ihre Kinder, um den Innenhof zu verlassen. Der letzte große Schlossbrand war den Leuten noch in schrecklicher Erinnerung, und sollte das Feuer sich ausweiten, würde der Schlossplatz zur tödlichen Falle.

Immer mehr Menschen drängten vom Podest weg zum Ausgang. Leni stemmte sich gegen die Menschenleiber, die ihr entgegenströmten, um von ihnen nicht mit fortgerissen zu werden. Die Hände vor ihre Brust haltend, kämpfte sie sich voran. Auf dem Podest rief Litscher zu den Leuten: «Lauft nicht fort! Die Feuer sind gleich gelöscht!»

So weit verlief alles nach Plan, und der Plan war denkbar einfach. Er sah vor, eine Panik auszulösen, die es ihnen ermöglichte, zur Richtstätte zu gelangen, Stephan zu holen und mit ihm in dem Durcheinander zu entkommen. Aber ein Plan, der so einfach war, barg erhebliche Unsicherheiten. Wenige Schritte trennten Leni noch vom Podest, als ihr eine Frau entgegenkam, die panisch mit den Armen ruderte und Leni dabei die Kapuze vom Kopf riss. Bevor Leni ihr Gesicht wieder verbergen konnte, fiel Litschers Blick auf sie.

Als er in Leni die Frau erkannte, die die Helferin der Hexe Sybilla gewesen war, blieb ihm der Mund offenstehen. Ihm war anzusehen, wie es in einem Pfaffenschädel arbeitete, wie er Antworten auf Fragen suchte und dann offenbar eine Verbindung zog zwischen dem zum Tode Verurteilten und der jungen Frau.

Schnell zeigte er auf Leni und rief: «Wachen, sofort her zu mir! Sie wollen den Mann befreien. Ergreift das Weib!»

Leni sah vier Trabanten in ihre Richtung kommen. Sie hatten die Hände an den Griffen ihrer Schwerter, die sie wegen der überall umherirrenden Menschen nicht ziehen konnten. Oben auf dem Podest fuhr Litscher zum Scharfrichter herum, der mit dem blanken Schwert hinter Stephan stand.

Leni hörte, wie Litscher dem Henker befahl: «Vollziehe das Urteil und schlag ihm den Kopf ab!»

Doch der Henker rührte sich nicht.

Leni sah Octavian aus Richtung des Schuppens kommen, zeitgleich erreichten sie die Treppe zum Podest. Doch die Trabanten waren direkt hinter ihnen. Ein Mann griff nach Leni, bekam ihren Mantel zu fassen und zerrte sie von den Stufen. Sie verlor den Halt und stürzte zu Boden. Da tauchten mit einem Mal rund ein Dutzend Männer und Frauen auf, die die Trabanten bestürmten. Auf den ersten Blick schienen es fliehende Schaulustige zu sein, denen die Trabanten einfach im Weg standen. Doch Leni erkannte den alten Jakob und andere Leute aus dem Dorf wieder. Auch Judith war dabei, die ihren wuchtigen Körper einsetzte und so tat, als sei sie von Panik ergriffen, während sie humpelnd zwei Trabanten von Leni wegschob.

Leni sprang auf und stolperte hinter Octavian her die Treppe nach oben, wo Litscher den Scharfrichter, der zwischen ihnen stand, anschrie: «Worauf wartest du, Kerl? Schlag dem Verurteilten den Kopf ab!»

Da zog sich der Henker mit der freien Hand die Haube vom Kopf. Zum Vorschein kam ein blonder Haarschopf über einem jungen, hellen Gesicht.

Litscher wich einen Schritt zurück und rief: «Wer in Gottes Namen bist du?» Schnell fing er sich wieder und schrie um Hilfe.

Simon hob das Schwert, und die Klinge blitzte auf, als sie durch die Luft zischte und sich in Litschers Hals grub. Die Schreie des Pfaffen verstummten, seine Augen weiteten sich. Die Hände fuhren an seinen Hals, und sein Blick senkte sich ungläubig auf das Blut an seinen Fingern.

Dann schlug Simon erneut zu, und mit dem zweiten Hieb trennte er Litscher den Kopf vom Hals.

Und das Böse, so viel weiß ich,
muss sich immer wieder neu erzeugen,
während das Gute unsterblich ist.
JOHN STEINBECK, JENSEITS VON EDEN

VI. TEIL

✦

September 1570 bis Januar 1571

1
Stettin

Michael trat mit einer Öllampe in der Hand ans Bett seiner schlafenden Tochter. Die Decke war heruntergerutscht. Das Kind lag auf dem Rücken und war mit einem kleinen Schlafhemd bekleidet, das seit Generationen in der Familie weitergereicht wurde. Er betrachtete das winzige Gesicht des Mädchens, betrachtete die Stupsnase, die halbgeöffneten Lippen, die geschlossenen Lider, unter denen die Augäpfel zuckten. Das Haar war dunkel, wie Lenis Haar. Wie sein eigenes Haar.

Lange blickte er das Mädchen an, das mittlerweile zwei Jahre alt war, während er seinen Gefühlen nachspürte. Was empfand er für seine Tochter? Empfand er überhaupt etwas für sie? Da ihm darauf so recht keine Antwort einfallen wollte, stellte er sich die Frage, ob es ihn traurig machen würde, wenn sie nicht mehr bei ihm wäre. Und weil er ehrlich zu sich sein wollte, gestand er sich ein, dass wahrscheinlich nicht einmal ihr Tod für ihn einen Verlust bedeutete. Nein, eigentlich behielt er sie nur bei sich, weil er überzeugt war, dass Leni versuchen würde, die Kleine zu holen. Dass das Kind für ihn nichts anderes war als der Köder, den er auslegte, um sich an der Frau zu rächen, die ihn hatte umbringen wollen. Während er diese Gedanken wälzte, entdeckte er ein Gefühl, das ihn irritierte: Er schämte sich, ja, er schämte sich wirklich dafür, seiner Tochter gegenüber nichts zu empfinden, weder Wut noch Hass, weder Liebe, Abscheu noch Zuneigung.

Vielleicht, so überlegte er, würde ich anders empfinden, wenn es ein Junge wäre.

Und zeigte sich ihm hier nicht eine bittere Ironie des Schicksals? Was für einen launischen Streich ihm das Leben doch bescherte: Ausgerechnet ein Mädchen, das für ihn vollkommen nutzlos war, war das einzige Mitglied der Familie, das ihm noch geblieben war. Anna, der Anker und Mittelpunkt der Familie, war tot; seine beiden Brüder und seine Ehefrau waren nicht mehr da. Auch Octavian, der Jahrzehnte im Dienst der Familie gestanden und ihn auf schändlichste Weise betrogen hatte, war verschwunden. Fast ein halbes Jahr war es her, dass es ihnen tatsächlich gelungen war, Stephan zu befreien. Was hatte das für eine Aufregung gegeben! Wochenlang hatte man die Stadt und die umliegenden Dörfer erfolglos nach ihnen abgesucht. Immerhin gab es Dutzende Zeugen, die gesehen hatten, wie ein junger Mann, auf den Simons Beschreibung passte, dem Priester den Kopf abgeschlagen hatte.

In manch stillem Moment gestand Michael sich ein, dass er Leni und auch Simon Respekt für ihr waghalsiges Vorgehen zollte. Vor den Augen der versammelten Obrigkeit und Hunderten Schaulustigen hatten sie einen zum Tode Verurteilten vom Richtblock weggeholt. Das bewies Mut und Tatkraft, und ja – ein solcher Mut war des Namens Loytz würdig. Sie hatten ihr Leben aufs Spiel gesetzt, hatten Feuer gelegt und eine Panik ausgelöst. Den richtigen Henker hatte man später in seiner Wohnung gefunden, geknebelt und auf einen Stuhl gefesselt. Das Malefizgericht hatte Leni, Stephan und Simon für vogelfrei erklärt, was bedeutete, dass jeder sie töten konnte. Octavian, der seither nicht aufzufinden war, wurde in den Fahndungsgesuchen zwar nicht aufgeführt. Aber Michael war überzeugt, dass auch der Alte seine Finger im Spiel gehabt haben musste.

Die Kleine rekelte sich im Bett. Ihre Lider öffneten sich, und sie blickte Michael mit ihren blauen Augen an. Zwischen den Augenbrauen bildete sich eine Falte. Offensichtlich gefiel ihr nicht, was sie sah.

«Anka?», murmelte sie.

«Bianca kommt später», erklärte er. «Sie ... nun, vielleicht kommt sie später. Und jetzt steh auf, Kind!»

Während Michael im Kerker saß, hatte das Dienstmädchen Bianca die Kleine mit zu ihren Eltern genommen, zu denen sie nach der Verhaftung der Loytz gezogen war. Als Michael sein Kind abholen wollte, hatte es sich an Biancas Beine geklammert, hatte geschrien und geweint. Erst als Bianca versprach, wieder mit im Loytzenhof zu wohnen, hatte die Kleine sich beruhigt.

«Anka?», quengelte das Mädchen jetzt.

Groll stieg in Michael auf, er befahl: «Steh auf und wasch dich!»

Die Kleine kroch unter der Decke hervor, tapste zu der mit Wasser gefüllten Schüssel und steckte einen Finger hinein. Sie verzog das Gesicht und maulte: «Kalt.»

«Natürlich ist das Wasser kalt», sagte Michael. «Ist ja keiner mehr hier, der morgens den Ofen anfeuert. Jetzt zieh dich endlich aus und wasch dich!»

Die Kleine schlüpfte aus dem Nachthemd. Er drückte ihr einen Lappen in die Hand und schaute zu, wie sie den

Lappen ins Wasser tunkte und sich dann damit flüchtig über Brust, Arme, Hals und Gesicht wischte, bevor sie den Lappen in die Schüssel warf. «Fertig», verkündete sie und wollte ihr Tageskleidchen vom Stuhl nehmen.

«Noch nicht!», sagte Michael so scharf, dass die Kleine zusammenfuhr. «Wird Zeit, dass du lernst, was es heißt, ein Leben in Anstand und Gottesfurcht zu führen. Was macht man, bevor der Tag beginnt?»

Die Kleine blickte ihn ratlos an.

«Man betet», erklärte er. «Also knie dich hin, wir beten gemeinsam.»

Es war kalt in der Kammer. Die Kleine zitterte am ganzen Leib, als sie gehorsam vor dem Bett auf die Knie sank und die Hände faltete.

Michael ließ sich neben ihr nieder und erklärte: «Wir beten zum gütigen Herrn, denn Er hat dich in der Nacht von seinen Engeln bewachen lassen.»

Er beobachtete seine Tochter von der Seite. Ihr Kopf war über die gefalteten Hände geneigt, ihre Augen waren weit geöffnet. Sie bibberte vor Kälte, vermutlich auch vor Angst, und Angst war ein guter Lehrer. Das hatte Michael durch seinen Vater am eigenen Leib erfahren.

Er zitierte den Propheten Jeremia: «Denn es verachten dich auch deine Brüder und das Haus deines Vaters, und sie schreien Zeter über dich! Darum vertraue du ihnen nicht, wenn sie freundlich mit dir reden.»

Die Worte des Propheten ergänzte er mit einem Psalm: «Gott, den ich rühme, schweige nicht! Denn die Münder der Gottlosen und Betrüger haben sich gegen mich aufgetan. Mit lügnerischen Zungen sprechen sie zu mir. Wenn sie gerichtet werden, sollen sie schuldig gesprochen werden. Ihre Kinder sollen Waisen werden und ihre Frauen

Witwen! Ihre Kinder sollen umherwandern und betteln. Du aber, o Herr, handle an mir um deines Namens willen. Deine Gnade ist gut; darum errette mich!»

«Wo bleibt das Essen?», rief Michael und trommelte mit den Fingern auf den Tisch, an dem er mit seiner Tochter saß.

Bianca huschte aus der Küche herein, blieb dann bei der Tür stehen und senkte den Blick scheu auf den Boden.

«Anka!», rief die Kleine.

«Sei still», ermahnte Michael sie. «Also, wo bleibt das Essen?»

«Verzeiht, Herr. Meine Mutter ist krank, sie hustet ganz fürchterlich. Ich hab nach ihr gesehen und bin gerade erst zurückgekommen.»

«Und was ist mit einer neuen Köchin?», fragte Michael. Das alte Weib, das jahrzehntelang für die Loytz gekocht hatte, war vor einigen Tagen gegangen. So ein undankbares Luder! Es hatte einfach alles stehen- und liegengelassen, seinen Kram gepackt und ohne ein Wort des Abschieds das Haus verlassen.

«Ich habe mich in der Stadt umgehört, aber ...» Bianca stockte.

«Was – aber?»

Es dauerte einen Augenblick, bevor sie antwortete: «Sobald ich erwähne, bei wem die Stelle als Köchin zu besetzen ist, will niemand davon was wissen.»

«Willst du damit sagen, die Weiber wollen nicht im Loytzenhof arbeiten?»

«Nun, Herr, ich denke, es ist Euer Name, der sie verschreckt. Darf ich jetzt wieder in die Küche, um Euer Essen zuzubereiten?»

Michael nickte ermattet. Als seine Tochter vom Stuhl rutschte, um dem Dienstmädchen zu folgen, befahl er ihr, sitzen zu bleiben.

Er lehnte sich im Stuhl zurück und ließ die Arme schlaff herunterhängen. Was war nur in die Menschen gefahren? Es schien, als habe sich die ganze Welt gegen ihn verschworen. Früher standen die Leute Schlange, wenn im Loytzenhof oder dem Unternehmen eine Stelle zu besetzen war. Und jetzt? Jetzt hatten nicht nur die Hausangestellten gekündigt. Auch die meisten Handelsdiener, Schreiber und Kopisten, die er im Stettiner Stammhaus beschäftigte, waren gegangen. Nicht einmal die Agenten und Makler, die früher den Namen Loytz mit Stolz auf Messen und Börsenplätzen vertreten hatten, wollten noch für ihn arbeiten. Dabei gab es so viel Arbeit zu erledigen, dass sie Michael über den Kopf zu wachsen drohte.

Mittlerweile konzentrierten sich seine Geschäfte ausschließlich auf den Getreidehandel, den er, sosehr ihm diese Abhängigkeit auch widerstrebte, im Auftrag des Kurfürsten abwickelte. Der Mann hatte durch einige Zahlungen an die Gläubiger den Konkurs zwar vorerst abwenden können, aber der Preis, den Michael dafür zahlte, war hoch. Ein Lakai des Kurfürsten war er, nichts anderes.

«Anka?», wimmerte die Kleine leise und blickte Michael flehend an.

Er wandte sich seiner Tochter zu, hob drohend eine Hand und sagte: «Halt den Mund! Kinder haben sich am Tisch ruhig zu verhalten, sonst setzt es Prügel.»

Die Kleine zog ängstlich Kopf und Schultern ein. Michael ließ die Hand sinken und sagte dann etwas, das ihn selbst überraschte: «Ja, gut – geh halt zu ihr.»

Sofort sprang die Kleine vom Stuhl und lief in die Küche, aus der sogleich ihr Geplapper zu hören war; es klang munter und vergnügt.

2
Stettin

Zur Mittagszeit brütete Michael im Kontor über der Buchhaltung, als im Loytzenhof ein städtischer Bote eintraf. Er überbrachte die Nachricht, Michael habe sich unverzüglich im Rathaus einzufinden. Michael fragte nach dem Grund für die Vorladung, erhielt als Antwort aber nur ein selbstgefälliges Schulterzucken. Angewidert betrachtete der Bote das Durcheinander aus Essensresten und benutzten Bechern sowie Büchern und Papieren auf dem Schreibtisch, bevor er wieder ging.

Michael legte einen Mantel über und machte sich auf den Weg. In der Gasse standen Nachbarn vor ihren Häusern, die sich wegdrehten, als er näher kam. An der Ecke bog er nach rechts zum Heumarkt, betrat das Rathaus und ging am Versammlungssaal vorbei die Treppe hinauf in den ersten Stock, wo er an eine schwere Eichenholztür klopfte. Er wartete drei Herzschläge ab, dann trat er ein.

Am anderen Ende des Raums saßen drei Männer nebeneinander hinter einem breiten Schreibtisch und richteten ihre Blicke auf Michael. Sie trugen dunkle Roben und rote Hüte. Ambrosius Schwawe, der in diesem Jahr als Bürgermeister amtierte, saß in der Mitte, links neben ihm Moritz Glineke, sein Stellvertreter, und rechts Matthias Sachtleben, dessen Bürgermeisteramt in diesem Jahr ruhte.

Michael wölbte die Brust. Mit gemessenen Schritten ging er zum Schreibtisch, vor dem er sich auf einem Stuhl niederließ, ohne auf eine entsprechende Aufforderung zu warten. Vor den Bürgermeistern standen mit Rotwein gefüllte Glaskelche. Niemand bot Michael etwas zu trinken an.

Er erwiderte ihre Blicke und sagte dann: «Ihr habt mich rufen lassen, meine Herren, und hier bin ich. Vorweg möchte ich zu bedenken geben, dass auf mich viel Arbeit wartet. Daher wäre ich Euch dankbar, wenn wir unsere Unterredung kurz halten.»

Schwawe beugte sich im Stuhl vor. Er war ein fülliger Mann um die fünfzig mit einem roten, fleischigen Gesicht. «Nun, Kaufmann Loytz», sagte er gedehnt, «wie lange unser Gespräch dauert, hängt allein von Euch ab.»

Michael rang sich ein Lächeln ab. «Und worum handelt es sich?»

«Gestern Abend haben wir Nachricht erhalten, dass es einen Vorfall gab, der uns erhebliches Kopfzerbrechen bereitet. Nach eingehender Beratung sind wir drei zu dem Entschluss gekommen, diesen Vorfall zunächst nur mit Euch zu besprechen. Wir hoffen, diese Angelegenheit einvernehmlich klären zu können, um sie nicht vor dem ganzen Stadtrat ausbreiten zu müssen, denn das würde zu großem Aufsehen führen.»

Schwawe nickte, als wolle er sich selbst bestätigen, seine Worte bedacht und weise gewählt zu haben. Er hob den Kelch und trank Wein.

Michael ging Schwawes Herumgerede auf die Nerven. «Meine Herren, Ihr kennt mich, und Ihr wisst, dass ich ein Freund klarer Worte bin. Um welchen Vorfall handelt es sich bitte?»

Jetzt beugten sich auch die anderen Bürgermeister vor. Sie tauschten untereinander Blicke, bis Stellvertreter Glineke das Wort ergriff: «Wie zu hören ist, engagiert Ihr Euch seit geraumer Zeit vor allem im Handel mit Getreide. Ist das richtig?»

«Ich denke nicht, dass ich Euch einen Einblick in die Geschäfte meines Handelshauses gewähren muss. Da wir vier aber hier so gemütlich beim Wein zusammensitzen – ich hoffe, er mundet Euch –, will ich verraten, dass dem in der Tat so ist. Mit Getreide, und das sollte Euch bekannt sein, lassen sich gegenwärtig gute Gewinne erzielen. Was wäre ich für ein Kaufmann, ließe ich mir diese Geschäfte entgehen?»

Glineke hob die Hand, um Michael das Wort abzuschneiden. Der dachte jedoch nicht daran, sich von diesem Ölgötzen unterbrechen zu lassen, und fuhr fort: «Ebenfalls sollte Euch bekannt sein, dass mein Handelshaus von alters her maßgeblich zum Wohl dieser Stadt beiträgt. Denkt nur an die Abgaben und Steuern, die wir leisten, und denkt auch an die großzügigen Schenkungen an Stadt und Kirche.» Er sank gegen die Lehne zurück und verschränkte die Arme vor der Brust.

Glineke sagte: «Seid Ihr fertig? Gut! Dann lasst mich Euch eine Frage stellen: Erwartet Ihr in diesen Tagen eine Lieferung von neun Fuhrwerken, beladen mit Korn aus den Ländereien des Gutsherrn Conradus vom Kruge?»

Michael fuhr auf. «Woher wisst Ihr von dieser Lieferung?»

«Weil Eure Lieferung überfallen wurde.»

«Wie bitte?»

«Überfallen und ausgeraubt!»

«Ihr macht Scherze, Glineke», sagte Michael, konnte

dem stellvertretenden Bürgermeister jedoch ansehen, dass es ihm bitterernst war.

Er spürte, wie seine Muskeln sich verhärteten. Wie sein ganzer Körper steif wurde. Neun Fuhrwerke Getreide! Ein solcher Verlust war eine Katastrophe. Es war seine größte Lieferung, seit er vor einem halben Jahr aus dem Kerker freigekommen war. Um andere Händler auszustechen, hatte er wochenlang mit dem Gutsherrn um die Preise gefeilscht. Michael musste dem Kurfürsten endlich einen Teil des geforderten Geldes zahlen. Erst vor wenigen Tagen hatte der ihm seinen Hofkämmerer auf den Hals gejagt. Dieser Lippold hatte unverhohlen gedroht, wenn Michael nicht bald einen angemessenen Betrag zahle, werde er ins Loch zurückwandern. Welche Folge das hätte, stand außer Frage: Es wäre das Ende des Handelshauses. Und es wäre Michaels Ende.

Er war bemüht, sich seine innere Anspannung nicht anmerken zu lassen, und fragte: «Ist bekannt, welche Räuberbande hinter dem Überfall steckt?»

Glineke senkte leicht den Kopf und blickte Michael aus halbgeschlossenen Augen an. «Nein, das wissen wir nicht. Ein Trupp maskierter und bewaffneter Männer soll es gewesen sein. Diese Leute haben Eure Burschen angegriffen und gedroht, alle zu töten. Tja, und da waren Eure Burschen so klug, auf das Getreide zu pfeifen und Reißaus zu nehmen. Übrigens war es nicht der einzige Überfall dieser Art in den vergangenen Tagen.»

Glineke kratzte sich am Kinn. «Was uns dabei die größten Sorgen bereitet, Kaufmann Loytz, ist das Gerücht, dass es gar keine Räuber waren, wie sie sonst durch die Wälder streifen. Warum sollten Räuber so große Mengen Getreide stehlen? Verkaufen könnten sie es nicht, ohne damit aufzufallen. Daher müssen wir annehmen, dass Euer Transport von ganz normalen Leuten aus der Landbevölkerung überfallen wurde – von Bauern aus den umliegenden Dörfern, die ihr Getreide zurückfordern.»

Michael fühlte sich wie erschlagen. «Wir müssen sofort Söldner schicken, um der Bande das Handwerk zu legen …»

«Das war auch unser erster Gedanke», übernahm Schwawe wieder das Wort. «Doch dann wurde uns klar, dass wir so nicht vorgehen dürfen.»

«Was soll das heißen?», rief Michael aus. «Da draußen treibt sich Gesindel herum, das die Waren ehrlicher Kaufleute raubt, und Ihr schaut tatenlos zu?»

«Oh, wir werden sehr wohl etwas unternehmen», sagte Schwawe und wandte sich an Sachtleben: «Lieber Matthias, erkläre bitte dem Kaufmann Loytz, wofür wir uns entschieden haben.»

Sachtleben war uralt, ein nachdenklicher Herr mit schütterem Haar, der früher mit Michaels Großvater Hans II. befreundet gewesen war. Sachtleben war selbst ein Kaufmann alter Schule. Als Bürgermeister hatte er stets ein offenes Ohr für die Belange der Wirtschaft, was Michael Hoffnung gab, dass der Alte auf seiner Seite stand. Doch er täuschte sich.

«Zu den obersten Aufgaben des uns verliehenen Bürgermeisteramts gehört es, für die Sicherheit der Bürger zu sorgen sowie Ruhe und Ordnung zu bewahren …», begann Sachtleben.

«Sind wir Kaufleute etwa keine Bürger, um deren Schutz und Sicherheit Ihr Euch zu kümmern habt?», fuhr Michael dazwischen. «Ich erwarte, nein, ich verlange von Euch, dass Ihr augenblicklich einen Trupp Söldner zusammenstellt, der die Räuber jagt, die mein Eigentum gestohlen haben.»

Sachtlebens Gesicht verfinsterte sich. «Würdet Ihr mich wohl ausreden lassen!», fuhr er Michael scharf an. «Ich halte Euch zugute, dass Ihr ein junger Mann seid. Wir Älteren aber erinnern uns gut daran, wie es damals zu gewalttätigen Aufständen kam, als die Kaufleute – wie übrigens ich selbst und auch Euer Großvater Hans – große Mengen Getreide aufkauften und außer Landes brachten, ohne dabei an die eigene Bevölkerung zu denken. Das Getreide wurde für die Menschen hier bald unerschwinglich. In der Folge kam es zu Kämpfen. Menschen wurden verletzt, einige getötet. Die Unruhen gipfelten darin, dass die Leute die Baumbrücke besetzten und die Odersperre mit einem eigenen Schloss versahen, sodass kein einziges Schiff mehr den Hafen verlassen konnte. Auch damals begann es damit, dass Bauern sich auflehnten, mit dem Unterschied, dass die gegenwärtige Situation durch die Missernten weitaus bedrohlicher ist.»

Michael ballte die Hände zu Fäusten. Aufspringen wollte er, aufspringen und diesen vertrockneten Bücklingsschmeichlern die Worte in die Mäuler zurückprügeln. Doch er blieb wie erstarrt sitzen, denn er ahnte, was Sachtleben nun sagen würde.

«Um es kurz zu machen», sagte Sachtleben, «wir müssen verhindern, dass die Bürger sich erneut auflehnen, weil sie sich bald kein Brot mehr leisten können. Daher verbieten wir Euch bis auf weiteres, Euer Getreide über Stettin auszuschiffen.»

Die Bürgermeister blickten Michael an und warteten auf eine Reaktion.

Er saß da und schwieg, während er innerlich vor Zorn

kochte. Dann erhob er sich und verließ den Raum. Er spannte die Muskeln an, wollte die Tür hinter sich zuknallen, doch er schloss sie ganz leise.

3
Jagdschloss Zum Grünen Walde

Wie lange dauert das noch, Meister Cranach?», murrte Joachim.

Eine halbe Ewigkeit musste er schon auf einem Stuhl in der Kammer des Jagdschlosses Zum Grünen Walde stillsitzen. Sein Nacken fühlte sich ganz steif an. Um sich Linderung zu verschaffen, zog er die Schultern nach hinten und dehnte den Hals, bis die Wirbel knackten. Dann wischte er mit dem Handrücken den Schweiß ab, der ihm aus der mit einem Christusmonogramm verzierten Pelzmütze auf die Stirn lief. Es war eine polnische Mütze; ihre Darstellung auf dem Gemälde sollte Joachims Verbundenheit zum polnischen Königshaus seines Schwagers Zygmunt August demonstrieren.

In der Kammer bollerte der Ofen. Die Luft war stickig und viel zu warm für die Kleider, die Joachim für diese Sitzung trug: ein rotes, mit Gold durchwirktes Seidengewand, dessen Ärmel aus der Pelzweste hervorragten. An seinen Fingern steckten Ringe, und über seiner Brust lagen daumendicke Goldketten, an denen goldene, mit Edelsteinen besetzte Anhänger hingen. Alles in allem bot Joachim die prächtige und herrschaftliche Erscheinung, die einem Kurfürsten angemessen war.

Aber würde das Bild dem hohen Ansehen genügen, das Joachim von sich hatte?

Der Maler Lucas Cranach der Jüngere reckte den Kopf über die Staffelei und mahnte: «Bitte nicht bewegen, Durchlauchtigster. Gleich habt Ihr es geschafft.»

«Gleich? Was heißt denn gleich? Vor einer Stunde schon habt Ihr behauptet, *gleich* sei es geschafft. So viel kann gar nicht dran sein an mir. Ich will jetzt sehen, was Ihr da veranstaltet.»

Cranach seufzte und legte den Griffel zur Seite, mit dem er die Zeichnung aufs Papier brachte. Später würde sie in seiner Werkstatt mit einer Durchzeichnung kopiert und mit Ölfarben farbig ausgestaltet werden. Cranach war ein graubärtiger Mann Mitte fünfzig und wie zuvor sein Vater, Lucas Cranach der Ältere, einer der berühmtesten Maler überhaupt, weswegen Joachim ihn mit Nachsicht behandeln musste. Dennoch hegte er Zweifel, ob das Bild so perfekt sein würde wie jenes, das der ältere Cranach einst von Joachim in jungen Jahren angefertigt hatte.

Cranach kam hinter der Staffelei hervor und zog die buschigen Augenbrauen zusammen. «Wenn ich *gleich* sage, meine ich gleich», sagte er. «Aber – bitte, ganz wie Euch beliebt: Werft einen Blick auf die Zeichnung.»

Joachims Gelenke knirschten wie rostige Scharniere, als er sich erhob und zur Staffelei ging. Er betrachtete das Bild von der einen, dann von der anderen Seite.

«Ich hoffe, Ihr seid einverstanden mit dem, was Ihr seht», fragte Cranach hinter ihm.

Joachim dachte einen Augenblick nach, dann sagte er: «Warum sehe ich so – wie soll ich sagen? – so zufrieden aus?»

«Trifft Euch das denn nicht?», entgegnete Cranach spitz. «Ein Künstler malt, was er sieht, das ist das, was die Natur ihm vorgibt. Er ist sozusagen ein Spiegel …»

Joachim drehte sich zu dem Maler um. «Eure Natur ist mir egal», brauste er auf. «Mein Bildnis soll Entschlossenheit und Dominanz ausdrücken, das sind die Eigenschaften, die mir zu eigen sind. Ich bin ein mächtiger Herrscher und lasse mich von keinem neunmalklugen Maler malen, wie er mich sieht. Ihr malt in meinem Auftrag, daher malt Ihr mich so, wie ich mich sehen will! Macht mich grimmiger, macht mich energischer, auch böser meinetwegen, ohne diesen Schalk, der ist ja lächerlich. Ich brauche einen Blick, der Eisen zum Schmelzen bringt. Noch in fünfhundert Jahren soll den Menschen ein Schauder über den Rücken laufen, wenn sie mein Porträt betrachten, und nehmt ruhig was von dem Bauch weg, so dick bin ich nun wirklich nicht ...»

Er verstummte, als die Tür geöffnet wurde. Anna Sydow trat in Begleitung ihrer Kammerjungfer in die Stube. «Oh, wir wollten nicht stören», sagte die Kammerjungfer. «Anna hat gefroren, und da dachte ich ...»

«Aber natürlich, nur herein in die warme Stube mit meiner lieben Anna», rief Joachim. «Komm her zu mir, meine Liebste, und schau dir das hier bitte einmal an.»

Cranach räumte unwillig seinen Platz vor der Staffelei.

Joachim entging nicht, wie der Maler genervt die Augen verdrehte. Anna blickte auf die Zeichnung, während Joachim bei ihr auf eine Reaktion hoffte, die seine Einschätzung zu dem misslungenen Porträt bestätigte. Ausdruckslos starrte sie auf das Bild, wobei unklar war, ob überhaupt etwas von dem, was sie sah, bis in ihren Kopf vordrang.

Unendlich lange blickte Anna auf die Zeichnung. Im Hintergrund seufzte Cranach übertrieben laut und pulte an seinen Fingernägeln. Dann sah Joachim mit einem

Mal, wie Annas Augen feucht wurden; eine Träne kullerte über ihre Wange.

«Meine liebe Anna, was ist mit dir?», rief Joachim besorgt. Er zog die zierliche Gestalt vom Bild weg und übergab sie der Kammerjungfer.

Dann drehte er sich zu Cranach um. «Seht Ihr, was Ihr mit Eurem Pfuschwerk angerichtet habt? Verleiht diesem Bild die energische Erhabenheit, die es braucht!»

«Energische Erhabenheit», murmelte Cranach kopfschüttelnd.

Kaum hatte Joachim wieder auf dem Stuhl Platz genommen und einen Gesichtsausdruck aufgesetzt, der, wie er hoffte, hinreichend energisch war, wurde die Tür erneut geöffnet. Ein Diener erschien in der Stube und kündigte die Ankunft des Hofkämmerers Lippold an, der soeben mit einem Gast aus Stettin eingetroffen sei.

Joachim stand auf, dankbar für die Gelegenheit, der qualvollen Posiererei entgehen zu können. «Mich rufen die Geschäfte, Meister Cranach. Ich denke, ich habe unmissverständlich ausgedrückt, was ich von Eurem Porträt erwarte.»

An der Tür drehte er sich noch einmal um: «Und vergesst nicht, von dem Bauch was wegzunehmen.»

«Ihr habt Euch Zeit gelassen, werter Kaufmann Loytz», sagte Joachim und übte sich in dem Gesichtsausdruck, den er von Cranachs Gemälde erwartete. Mit Nachdruck sagte er: «Seit Monaten warte ich auf das Geld, das Ihr für mich verdienen sollt.»

Im Gesicht des Kaufmanns mahlten die Kieferknochen. Sie saßen an der Tafel im ausgekühlten Festsaal, den Joachim für die Besprechung gewählt hatte, weil er in den dicken Gewändern noch schwitzte. Im Saal war es auszuhalten. Nur die hohe Pelzkappe hatte er abgelegt; sie sah doch etwas albern aus. Er thronte auf seinem Platz am Tischende, zu seiner linken Seite saß Lippold, zur rechten der Kaufmann. Vor ihnen standen drei Kelche, gefüllt mit spanischem Malvasierwein.

Endlich öffnete der Kaufmann den Mund: «Es gab da leider einen bedauerlichen Zwischenfall, Durchlauchtigster. Ich erwartete eine Lieferung von sieben Fuhrwerken Roggen ...»

«Doch Euer Transport wurde überfallen und das Korn geraubt.»

Die Augen des Kaufmanns wurden groß. «Darüber wisst Ihr Bescheid?»

«Unterschätzt Ihr mich, mein lieber Freund?», fragte Joachim und nickte Lippold zu. «Wir haben unsere Augen und Ohren überall. Daher weiß ich auch, dass es eine Lieferung von neun Fuhrwerken Getreide war. Neun – nicht sieben Fuhrwerke! Ich möchte nicht mutmaßen, dass Ihr gerade versuchen könntet, zwei Fuhrwerke zu unterschlagen, die Ihr womöglich auf eigene Rechnung verkaufen wolltet. Nein, bestimmt habt Ihr Euch in der Aufregung einfach versprochen, nicht wahr?»

Der Kaufmann glotzte so irritiert, dass Joachim sich fragte, wie ein solcher Ausdruck auf einem Gemälde von Cranach wirken würde.

«Ja», sagte der Kaufmann gepresst. «Ich habe mich versprochen. Wenn Ihr so gut im Bilde seid, kennt Ihr ja den Grund, warum ich das Geld noch nicht zahlen konnte.»

«Ich weiß vieles, aber nicht alles. So entzieht sich meiner Kenntnis, warum Ihr nicht längst andere Getreidequellen aufgetan habt. Statt dem verlorenen Korn nachzujammern, hättet Ihr weitere Lieferungen organisieren können. Oder warum holt Ihr das Getreide nicht einfach zurück …»

«Aber …»

Joachim hob energisch eine Hand. «Schweigt still – jetzt rede ich!»

Im Blick des Kaufmanns flammte Zorn auf. Er war es nicht gewohnt, dass man ihn maßregelte.

«Eure Schwierigkeiten sind mir bekannt», fuhr Joachim fort. «Man hat Euch verboten, Getreide über Stettin auszuschiffen, wofür Eure Bürgermeister durchaus nachvollziehbare Gründe haben. Ist Euch eigentlich bewusst, was der Angriff auf Euren Transport ausgelöst hat?»

«Ich muss gestehen, dass ich vor lauter Arbeit kaum noch aus dem Loytzenhof komme. Außerdem hat man mich wegen der Wucherei-Vorwürfe vorübergehend aus der Korporation der Stettiner Kaufleute ausgeschlossen. Aber ich habe gehört, es soll zu weiteren Überfällen auf Getreidetransporte gekommen sein.»

«So ist es. Lippold, erkläre dem Kaufmann bitte, was sich zuträgt.»

Der Hofkämmerer übernahm das Wort: «Überall in Pommern erheben sich Bauern, und auch in der Mark Brandenburg finden die Aufständischen Nachahmer. Es kommt zu Plünderungen und gewaltsamen Übergriffen auf die Händler, die sich inzwischen kaum noch auf die Straßen trauen.»

«Daher müssen wir den Aufständischen entschieden entgegentreten, bevor sich die Angriffe zum Flächenbrand ausweiten», sagte Joachim. «Ihr seid noch jung, Kaufmann Loytz, vielleicht habt Ihr trotzdem von den alten Geschichten gehört. Vor fast fünfzig Jahren kam es in der

Mark Brandenburg schon einmal zu solchen Übergriffen, denen nur durch das konsequente Vorgehen meines Vaters Joachim Nestor Einhalt geboten wurde. Gleich zu Beginn der Unruhen ließ er achtzig Bauern enthaupten und aufspießen sowie weiteren siebzig Bauern die Augen ausstechen und die Finger brechen. Solche Maßnahmen sind nicht schön, aber zwingend notwendig. Denn dadurch hielt mein Vater die Bauern hierzulande in Zaum, bevor es zu Bauernkriegen wie in Schwaben, Franken oder Thüringen kam. Während diese Angsthasen von pommerschen Landesherren noch zögern, habe ich bereits einige Bauern festnehmen und verurteilen lassen. Und auch für Euch, Kaufmann Loytz, habe ich eine Aufgabe vorgesehen.»

Der Kaufmann hob die Augenbrauen. «Ihr wollt, dass ich Bauern töte?»

«Wenn es sich nicht vermeiden lässt – ja! Aber eigentlich erwarte ich von Euch, dass Ihr einen ganz bestimmten Mann unschädlich macht, der, so wurde mir zugetragen, in Verdacht steht, die Bauern gegen Gutsherren und Kaufleute aufzuwiegeln.»

Joachim fragte sich, ob der Kaufmann von selbst darauf kam, um wen es sich handelte. In Anbetracht seines ratlosen Gesichts schien das nicht der Fall zu sein.

«Gut, mein Freund, dann erkläre ich Euch, was ich von Euch erwarte», fuhr Joachim fort. «Ich stelle Euch ein halbes Dutzend meiner Männer zur Seite. Es sind Landsknechte, die hervorragend ausgebildet sind und sich aufs Kämpfen und Töten besser verstehen als die Burschen, die Ihr für ein paar Kreuzer in Stettiner Hafenspelunken anheuern könnt. Die Landsknechte werden Euch auf die Ländereien des Gutsherrn Conradus vom Kruge begleiten, dessen Getreide – wie Ihr ja selbst wisst – als Erstes geraubt wurde. Es würde mich nicht wundern, wenn sich das Korn dort noch irgendwo befindet. Außerdem nehme ich an, dass Bauern aus der Gegend hinter dem Angriff stecken. Und es gibt Hinweise, dass diese Bauern von einem Mann geführt werden, dessen Tod Ihr schon einmal erwirken wolltet, bevor ihm die Flucht von der Hinrichtungsstätte gelang.»

Endlich begriff der Kaufmann. Sein Unterkiefer klappte herunter. «Ihr sprecht von meinem Bruder Stephan?»

«Ja, von dem spreche ich. Es gibt Grund zur Annahme, dass er sich in einem der Dörfer der Gegend versteckt hält …»

«Stephan ist Kaufmann, aber kein zweiter Thomas Müntzer!»

Dieses Mal ließ Joachim es durchgehen, dass der Kaufmann ihn unterbrach; der Narr war ja völlig durcheinander. «Ihr werdet Euren Bruder suchen, ihn finden und ausschalten. Ebenso werdet Ihr die neun Fuhrwerke Getreide auftreiben und das Korn unverzüglich nach Ueckermünde bringen, um es dort auszuschiffen. Der Bürgermeister von Ueckermünde schuldet mir einen Gefallen. Ich habe ihm bereits eine entsprechende Anweisung zukommen lassen.»

Der Kaufmann sank ermattet im Stuhl zurück. Joachim prostete ihm zu. «Mein lieber Freund, nun macht nicht so ein sauertöpfisches Gesicht! Euren Bruder umzubringen, sollte Euch nach dem, was geschehen ist, kein Magenleiden bereiten. Außerdem – das muss ich betonen – wird diese Gelegenheit, Euch zu beweisen, die letzte sein, die ich Euch gewähre: Besorgt das Getreide, verkauft es und zahlt mir mein Geld. Sonst sehe ich mich gezwungen, Euch zurück in den Kerker zu bringen. Aber seid versichert, alles wird sich zum Guten wenden. Und nun lasst uns trinken, bevor Ihr aufbrecht. Wir haben keine Zeit zu verlieren.»

Und ich will endlich sehen, was Cranach aus meinem Porträt gemacht hat, dachte er und trank.

4
Svantzow

Leni schreckte aus dem Schlaf hoch, als vor der Scheune eine aufgeregte Stimme laut wurde, die ihren und Stephans Namen rief. Sie setzte sich auf dem mit Stroh gepolsterten Lager auf und blinzelte in die fahle Helligkeit, die durch Ritzen zwischen den Bretterwänden in die Scheune fiel. Es schien noch früh am Morgen zu sein. Irgendwo im Dorf krächzte eine Krähe, neben Leni raschelte das Stroh, als Stephan sich regte.

Nach ihrer Flucht ins Dorf hatte es im Versammlungshaus lange Diskussionen gegeben, bis schließlich diejenigen eine Mehrheit hatten, die Leni, Stephan, Simon und Octavian wiederaufnehmen wollten. Octavian kam bei Jakob unter. Sie waren zwei alte Männer, die sich beschnüffelten wie Hund und Katze, bis sie feststellten, trotz ihrer unterschiedlichen Herkunft und Lebenswege seien sie wohl gar nicht so verschieden.

Und Simon zog bei Judith ein. Es gab Stimmen, die klagten, ein unverheiratetes Paar unter einem Dach, das sei Sünde. Diese Stimmen verstummten erst, als Judith verkündete: «Ich werd ihn bald heiraten, er hat ja nichts dagegen.» Den beiden war ihr Glück anzusehen, wenn sie durchs Dorf spazierten: Sie – großgewachsen, stattlich, energisch vorweghumpelnd, und Simon hinterdrein, umwuselt von den Kindern, die ihm an den Hosenbeinen hingen. Böse Zungen behaupteten, Judith und Simon sähen aus wie ein Frauchen und sein Schoßhündchen. Andere meinten, es sei genau richtig so, wie es war.

Diese Ansicht teilte auch Leni. Judith hatte mit Simon endlich den Mann gefunden, der im Haus und auf den Feldern tüchtig mit anpackte, und Simon hatte mit Judith eine Frau, die ihm einen festen Tages- und Lebensablauf diktierte, was seiner entwurzelten Seele Anker und Heimat gab.

Auch Leni und Stephan hatten wieder zueinandergefunden; allerdings hatte es einige Zeit gedauert, bis sie sich auf ihre Liebe einlassen konnten, denn ihr Glück war von Sorgen getrübt. Sie hatten ihr Lager vorübergehend in einer Scheune aufgeschlagen, weil sie Judiths und Simons Zweisamkeit nicht stören wollten. Bald würden sie jedoch die Hütte beziehen, die Stephan mit einigen Bauern am Dorfrand baute. Wenn es hätte sein müssen, hätte Leni auch im Stall bei den Schweinen geschlafen. Sie war zufrieden mit dem Wenigen, was sie hatten, und vor allem war sie glücklich, Stephan bei sich zu haben.

Die Sehnsucht nach Helena aber lag wie ein Schatten auf ihrer Seele, und bei der Erinnerung an ihre Tochter wurden ihre Sehnsucht und ihr schlechtes Gewissen übermächtig. Bislang hatte sie es nicht übers Herz gebracht, Stephan ihr Geheimnis zu verraten, dass er Helenas Vater war. Sie befürchtete, er werde alles stehen- und liegenlassen, um die Kleine aus Stettin zu holen, ungeachtet der Todesgefahr, die es mit sich brachte. Und so musste sie ihm die Wahrheit weiterhin vorenthalten, um ihn zu schützen.

«Leni! Stephan! Wacht auf!», rief die Stimme. Das Tor

wurde aufgestoßen. Simon erschien in der Scheune. Er rang nach Luft.

Stephan stützte sich auf die Ellenbogen. Das inzwischen wieder etwas nachgewachsene Haar stand ihm wirr vom Kopf ab. «Was machst du für einen Lärm, Simon?», fragte er verschlafen.

«Der Gutsherr ist im Dorf», keuchte Simon. «Kam gerade angeritten, mit bewaffneten Männern. Und Michael ist auch dabei.»

Leni und Stephan blickten sich an. Ihnen war sofort klar, was Michaels Auftauchen bedeutete.

«Wo sind sie jetzt?», fragte Leni.

«Auf dem Dorfplatz», erwiderte Simon. «Sie treiben die Leute aus ihren Häusern.»

«Sie suchen *uns* – Michael sucht uns», sagte Stephan.

Im ersten Augenblick schien er irritiert und wirkte fahrig, beinahe panisch. Doch Leni sah, wie schnell er sich wieder fing. In den vergangenen Monaten hatte er sich verändert und war, wohl auch als Folge der langen Gefangenschaft, ein Mann geworden, der bereit war, große Gefahren in Kauf zu nehmen, wenn es darauf ankam. Er war es gewesen, der die Bauern überredet hatte, nicht länger tatenlos zuzusehen, wie der Gutsherr ihnen viel zu viel Getreide abnahm. Und als der Gutsherr ihnen Strafen und Gewalt androhte, wenn sie nicht neun Fuhrwerke Getreide herausgaben, war das Maß voll. Als Stephan erfuhr, dass der Gutsherr in Michaels Auftrag handelte, hatte es seinen Ehrgeiz und seine Wut noch zusätzlich angestachelt.

Stephan beschwor die Bauern, sich nicht länger vom Gutsherrn ausbeuten zu lassen, bis sie schließlich einsahen, dass Stephan recht hatte. Dass er in ihrem Sinne sprach. Und sie verlangten von ihm, sie in den Kampf zu führen, was Stephan einiges Kopfzerbrechen bereitete, wuchs ihm doch damit eine Führungsrolle zu, nach der er nicht verlangt hatte. Nie zuvor hatte er gekämpft, geschweige denn eine Aufgabe übernommen, die eine derartige Verantwortung bedeutete. Eigentlich war er ein Mann des Wortes, der Reden schwang und kluge Sätze wählte. Aber nun konnte er nicht mehr zurück, und so bewaffneten sich die Bauern mit Forken, Hacken und Beilen und zogen dem Getreidetransport hinterher. Stephan ritt an ihrer Spitze, als sie die Männer, die den Transport begleiteten, angriffen. Die Männer flohen wie die Hasen beim Anblick der maskierten Bauern. Das Getreide brachten sie ins Dorf zurück und versteckten es in dieser Scheune. Seither lagerte es in einer Erdkammer unter einem hoch aufgetürmten Haufen Strohballen.

Damit hätte es gut sein können, doch der Widerstand entwickelte schnell ein Eigenleben. Natürlich sprach sich herum, dass ein Getreidetransport ausgeraubt worden war, und natürlich bekamen nicht nur die Bauern aus Svantzow die Knute eines raffgierigen Gutsherrn zu spüren. Auch anderenorts erhoben sich Bauern, die ihre Anteile aus den Ernten behalten wollten.

Es kam zu weiteren Übergriffen, und die Forderungen der Bauern wurden umfangreicher: Sie verlangten mehr Rechte an Jagd und Fischfang, und sie verlangten höhere Löhne, denn die Preise für Lebensmittel stiegen. Die Gutsherren sahen sich gezwungen, ihrerseits aufzurüsten. Sie stellten Landsknechte in ihre Dienste. Manch Aufruhr wurde blutig niedergeknüppelt. Es gab Tote und Verletzte auf beiden Seiten. Doch der Stein, der einmal ins Rollen geraten war, ließ sich nicht mehr aufhalten.

Stephan, ermuntert durch den schnellen Erfolg, stand

bald anderen Bauern mit Rat und Tat zur Seite und rief sie zur Gegenwehr auf – und ritt selbst an vorderster Front. «Ich bin kein Held», hatte er zu Leni gesagt, «aber einer muss ja vorangehen, damit die anderen hinterherlaufen.» Und obwohl sich Leni große Sorgen um ihn machte, hatte sie ihn in seinem Kampf bestärkt.

«Es war nur eine Frage der Zeit, bis man uns auf die Schliche kommt», sagte er jetzt. «Wir müssen Octavian herholen. Wenn Michael ihn in die Finger kriegt, weiß er, dass auch wir nicht weit sind.»

Doch da kam Octavian schon in die Scheune gelaufen. «Bin aus Jakobs Haus hinten raus, als sie vorn rein sind», stieß er aus. «Sie durchsuchen jede Ecke, stellen alles auf den Kopf. Wir müssen das Dorf sofort verlassen.»

«Dafür ist es zu spät», erklärte Simon. Er stand beim Tor und spähte nach draußen. «Michael und der Gutsherr kommen mit einem Trupp Landsknechte auf die Scheune zu. Verdammt, sie haben Jakob dabei.»

In Windeseile kramten sie ihre Sachen zusammen. Ihre Habseligkeiten verstauten sie in Taschen und warfen das Stroh ihres Lagers auf den Haufen, bevor sie über die Strohballen hinauf unter das Dach kletterten; Stephan half Octavian, der mit dem Aufstieg seine Mühe hatte. Über einen Balken krochen sie dann auf allen vieren zu der Stelle, wo über den Querbalken Bretter abgelegt waren und somit einen geräumigen Dachboden bildeten, der mit von Spinngewebe überzogenen Gerätschaften und Gerümpel vollgestellt war.

Mäuse flitzten zwischen ihren Füßen umher, als sie über die Bretter bis zur vorderen Wand über dem Tor schlichen, wobei sie achtgaben, wohin sie traten; einige Bretter waren morsch. Schon vor einiger Zeit hatten sie die brüchigen Stellen mit dünnen, für andere kaum erkennbaren Kohlestrichen markiert für den Fall, sich hier verstecken zu müssen. An der Wand angekommen, kauerten sie hinter einem Stapel mit altem Bauholz nieder und verhielten sich still.

Unter ihnen wurden Stimmen laut. Leni legte sich flach nieder. Durch einen Spalt zwischen zwei Brettern sah sie die Männer in die Scheune kommen. Michael führte das Kommando. Die Landsknechte schwärmten aus, warfen Kisten und Bottiche um, wühlten im Heu und stachen mit Lanzen zwischen die Strohballen.

Der Gutsherr Conradus vom Kruge war ein wohlgenährter Mann mit hängenden Wangen, dickem Bauch und einer Goldkette um den Hals. Er hielt sich einen Schritt hinter Michael, der direkt unter Leni stand. Sie hätte ihm auf den Kopf spucken können. Sie sah, wie er Jakob einen Stoß in den Rücken gab, sodass der Alte zu Boden fiel. Als er aufblickte, lief ihm der Schweiß über das von Angst erfüllte Gesicht.

«Gib's endlich zu, Kälberschinder, wo hast du das Korn und die Leute versteckt?», herrschte Michael Jakob an.

«Ich weiß doch nicht, wovon Ihr sprecht, Herr», sagte Jakob. «Wir haben alles abgeben müssen, alles Korn. Der Gutsherr hat's doch mitgenommen.»

Der Gutsherr trat vor und sagte: «Dass es gestohlen wurde, hast du aber gehört, Jakob. Oder willst du uns erzählen, du wüsstest nichts davon?»

«Nein, nein, die Leute reden ja drüber. Aber keiner weiß was. Waren bestimmt welche, die nicht von hier sind.»

«Halt dein Lügenmaul, Alter!», rief Michael. «Irgendwo in deinem verlausten Dorf muss das Getreide sein. Ich werde es finden – und wenn ich ...»

Er trat einige Schritte zur Seite, blickte hierhin und dorthin, bis er den Kopf tief in den Nacken legte. Über ihm zuckte Leni zurück. Ihr war, als habe ihr Michael direkt in die Augen geschaut.

«Gibt es hier eine Leiter?», hörte sie Michael fragen.

«Nein, Herr», erwiderte Jakob. «Da oben war schon 'ne Ewigkeit keiner mehr. Da ist nichts, nur nutzloser Kram, so altes Zeug halt.»

Leni hörte Michael nach den Landsknechten rufen: «He, ihr beiden da – klettert mal nach oben und schaut, ob dort nicht doch was von Nutzen ist.»

Leni hielt vor Schreck den Atem an. Sie und die anderen wechselten Blicke. Dann zogen sie ihre Messer aus den Gürteln, während zwei Söldner die Strohballen erklommen. Vom Versteck aus sah Leni ihre mit Federn geschmückten Hüte beim Balken auftauchen. Die Männer blickten zum Dachboden herüber. «Da ist kein Getreide», rief einer.

«Weiter!», befahl Michael. «Schaut auf den Brettern nach.»

Die Söldner zogen sich auf den Balken hoch und krabbelten zum Dachboden, wo sie sich aufrichteten. «Hier gibt's nur Gerümpel», rief einer der Männer. «Und 'n paar Mäuse.»

«Schaut genau nach», sagte Michael. «Und gebt acht, falls sich da jemand versteckt.»

Die Landsknechte zogen ihrer Schwerter, dann trat der erste vorsichtig auf ein Brett. Es knirschte unter seinem Gewicht. «Die Bretter halten uns nicht», rief er. «Da kann keiner sein, der nicht durchgebrochen wäre.»

«Redet nicht – schaut nach!», befahl Michael.

Die Landsknechte blickten sich ratlos an. Sie waren

junge Kerle, Anfang zwanzig vielleicht, aber die Narben in ihren Gesichtern wiesen sie als Männer aus, die harte Kämpfe gefochten hatten. Sie tasteten sich über die knackenden Bretter voran, behutsam einen Stiefel vor den anderen setzend.

Im Versteck hinter dem Bretterstapel hielten Stephan, Simon, Leni und Octavian die Messer bereit. Wenn es drauf ankäme, würden sie mit den Messern kaum etwas gegen die schwerbewaffneten Söldner ausrichten können. Aber kampflos würden sie sich nicht ergeben. Leni schlug das Herz vor Aufregung bis zum Halse. Die Landsknechte kamen näher. Als sie noch drei, vier Schritte entfernt waren, schoss unter einer Kiste eine Maus hervor. Einer der Söldner schreckte zurück – und da geschah es. Unter ihm gab ein Brett nach, und sein Stiefel brach hindurch. Der Mann verlor den Halt. Mit lautem Krachen zerbrachen weitere Bretter. Leni sah, wie der halbe Dachboden aus ihrem Blickfeld verschwand und die schreienden Landsknechte mitsamt Kisten und Gerätschaften herabgerissen wurden.

Sie fielen tief, landeten aber weich auf dem Strohhaufen und rollten hinunter auf den Boden. Durch die Wucht des Aufpralls gerieten die Ballen ins Rutschen. Dann sackte der ganze Strohhaufen ab und verteilte sich in der Scheune. Leni beobachtete durch den Spalt, wie Michael und die anderen vor den sich lawinenartig ausbreitenden Ballen zurückwichen. Eine Wolke aus Staub und Stroh hüllte das Innere der Scheune ein.

Als der Staub sich legte, stockte Leni der Atem.

Zwischen den Resten des Haufens waren einige der Bretter zu sehen, unter denen die Erdkammer verborgen war. Auch Michael sah die Bretter und schickte sofort

Söldner hin. Sie warfen das restliche Stroh beiseite und nahmen die Bretter hoch. Das Morgenlicht, das nun die Scheune flutete, fiel auf die Säcke.

«Ich hab's gewusst!», rief Michael triumphierend. «Holt die Fuhrwerke und ladet alles auf. Wir werden noch heute nach Ueckermünde aufbrechen. Und ...» Er wandte sich an den mit hängenden Schultern und eingezogenem Kopf dastehenden Jakob. «Und jetzt sagst du mir, wo die Leute sind, die ich suche.»

Jakob hob den Kopf und sagte: «Sie sind nicht mehr hier, Herr, sind weitergezogen nach Westen.»

Michael holte aus und schlug ihm die Faust ins Gesicht. Jakob fiel rücklings zwischen die Ballen. Blut tropfte aus seiner Nase.

Leni presste sich ihre Hand vor den Mund, und ihr Herz durchfuhr ein heißer Schmerz, als sie hörte, wie Michael einem Landsknecht befahl, Jakob mit einer Lanze aufzuspießen. Doch als der Söldner die Lanze hob und Jakob die Hände zum Gebet faltete und die Augen schloss, rief Michael den Söldner zurück.

Stattdessen sagte er zum Gutsherrn: «Ich habe einen besseren Einfall. Alle Bewohner sollen auf dem Dorfplatz zusammenkommen. Dann knüpfen wir den alten Kälberschinder vor aller Augen auf. Wenn uns dann noch immer niemand verrät, wo die Leute sind, töten wir weitere Bauern und brennen ihre Häuer nieder, jedes einzelne Haus, eins nach dem anderen, bis ich die Leute gefunden habe.»

«Und wer soll nächstes Jahr meine Felder bestellen?», fragte der Gutsherr unsicher. «Ihr habt doch Euer Getreide. Vielleicht hat der Alte ja recht, und die Räuber sind längst über alle Berge.»

Michael trat vor den Gutsherrn und beugte sich so weit vor, dass ihre Gesichter sich beinahe berührten. «Auf wessen Seite steht Ihr, Conradus?»

Der Gutsherr rang um Haltung. «Auf meiner Seite. Und es sollte in Eurem Interesse sein, diese Arbeitskräfte zu erhalten, die das erwirtschaften, was Euch reich macht.»

«Und was *Euch* reich macht, weil ich Euch viel Geld zahle! Aber gut, Ihr habt mich überzeugt. Doch …» Michael drehte sich zu dem Landsknecht um und rief: «Doch Strafe muss sein. Spieß den Lügner auf und schieb die Lanze schön langsam und tief in ihn hinein!»

Leni traten Tränen in die Augen. Sie spürte Stephans Hand auf ihrem Rücken und musste den Blick abwenden. Sie hörte Jakob aufschreien, dann wurde es still.

«Dafür wird Michael büßen», flüsterte Stephan zwischen zusammengebissenen Zähnen. «Bei Gott, ich schwöre, dafür wird er büßen. Dafür – und für alles, was er getan hat.»

5
Ueckermünde

Ob die Bauern uns folgen?», fragte Simon.

«Sie werden kommen», sagte Leni. «Die Frage ist nur, wann sie endlich kommen.»

«Lange können wir nicht mehr auf sie warten», sagte Stephan. Er hauchte in seine klammen Hände, um die steifen Finger anzuwärmen. Es war schneidend kalt, und die Luft roch nach Schnee.

Jetzt, an diesem Tag im Dezember, standen die drei in der klaren Abenddämmerung auf einem Hügel und blickten auf Ueckermünde. Die Stadt kam allmählich zur Ruhe. Friedlich wie ein schlummerndes Kind in der Wiege lag Ueckermünde ins flache Heideland eingebettet da, von der untergehenden Wintersonne in rötlichen Schein getaucht. Über den mit Geschützen und Wachposten besetzten Mauern ragten der Kirchturm von Sankt Marien sowie Dächer und Turm des Schlosses; es war eine Residenz von Ernst Ludwig, der über das Herzogtum Pommern-Wolgast regierte und der Bruder des Herzogs Johann Friedrich von Pommern-Stettin war.

An Ueckermünde floss die namensgebende Uecker vorbei, eher ein Flüsschen als ein Fluss, das etwa eine Meile weiter nordöstlich ins Frische Haff mündete. Auf dem Haff waren die Masten eines Handelsschiffs zu erkennen, das dort auf Reede lag. Schiffe mit größerem Tiefgang konnten Ueckermünde durch die Uecker nicht anfahren, weswegen die Waren mit Schuten und Ruderbooten von der Stadt zum Haff transportiert und dort auf die Handelsschiffe verladen wurden. Stephan befürchtete, dass jenes Schiff da draußen, eine mit drei Masten ausgestattete Kraweel, auf das Getreide wartete, dem er, Leni und Simon nachjagten.

Fünf Tage war es her, dass Michael in Svantzow die Fuhrwerke mit den Säcken hatte beladen lassen. Nachdem er und der Gutsherr abgezogen waren, hatten die Dorfbewohner Jakob bestattet. Bei der anschließenden Versammlung verwandelte sich ihre Schockstarre schnell in Wut und Zorn. Die Beratung dauerte nur kurz. Unter den Bauern herrschte eine seltene Einmütigkeit bei der Frage, wie sie auf den Angriff des Kaufmanns Michael Loytz reagieren sollten. «Wir kämpfen – und holen unser Getreide zurück!», riefen sie und schickten Boten in die umliegenden Dörfer. Die Bauern wollten eine Truppe aufstellen. Niemand durfte sie aufhalten, ging es doch darum, ein Zeichen zu setzen – ein Zeichen, das überall in Pommern gesehen und gehört werden musste. Es sollte zeigen, dass sie die Ausbeutung durch Kaufleute und Gutsherren nicht länger hinnahmen.

Zum Anführer der Truppe, die aus unerfahrenen, mit Hacken, Forken, Beilen und Knüppeln bewaffneten Männern bestand, bestimmten sie Stephan, der in Kriegführung ebenso unerfahren war. Aber die Legende vom Kaufmann, der sich zum Kämpfer für die Rechte der Bauern gewandelt hatte, hatte ihn zu einer Berühmtheit werden lassen. Die Menschen brauchten einen Helden, und Stephan nahm die Rolle an.

Die Kämpfer konnte er jedoch nicht selbst nach Ueckermünde führen, weil er mit Simon und Leni, die sich davon nicht abbringen ließ, sofort Michael nacheilen musste. Denn es war ungewiss, wie lange es dauerte, eine Truppe aufzustellen, die groß genug war, um den Herrschern den nötigen Respekt einzuflößen. Die Angriffe hielten Pommern seit Monaten in Atem, und die Oberen hatten Angst, dass sich die Unruhen weiter ausbreiteten. Auch in vielen Städten war es zu gewaltsamen Protesten gegen Kaufleute gekommen, weil ihre maßlosen Aufkäufe die Preise für Roggen, Weizen, Hafer und Gerste in die Höhe schnellen ließen.

Die Räte mehrerer pommerscher Städte, darunter Stralsund, Stettin, Greifswald, Demmin und Pasewalk, hatten sich daher auf einem eiligst einberufenen Städtetag in Anklam versammelt. Dort hatten die Räte den Beschluss gefasst, dem Beispiel von Stettin zu folgen und jegliche Ausfuhr von Getreide bis auf weiteres zu verbieten. Einzig Ueckermünde scherte aus Gründen, die Stephan unbekannt waren, aus der Allianz aus und gestattete Michael, das Korn im Hafen zu verladen.

«Wir können nicht länger auf die Bauern warten», entschied Stephan jetzt.

Ihn befiel eine nagende Unruhe. Vielleicht wollte Michael schon am nächsten Morgen das Getreide aufladen lassen, um es zu der im Haff wartenden Kraweel zu transportieren. Stephan sagte zu Leni: «Du wirst in dem Gasthaus, das an der Straße etwa zwei Meilen südlich von hier liegt, übernachten und auf die Bauern warten. Wenn sie eintreffen, überbringst du ihnen die Nachricht, dass Simon und ich versuchen, in die Stadt zu gelangen. Wir müssen Michael daran hindern, das Getreide auszuschiffen.»

Er nahm Leni zum Abschied in die Arme. Er hörte sie seufzen, und als sie sich aus der Umarmung lösten, hielt sie den Kopf gesenkt und sah ihn unter halbgeschlossenen Lidern an. Leise sagte sie: «Bitte pass auf dich auf.»

Stephan rang sich ein Lächeln ab. «Mein kleiner Bruder wird schon auf mich achtgeben.»

«Mach bitte keine Scherze, Stephan. Ich brauche dich, und ich brauche dich nicht nur für mich allein.»

Er dachte über ihre Worte nach. «Ich liebe dich, Leni», sagte er, «und ja – auch ich möchte ein Kind mit dir haben ...»

Ihr Blick glitt zu Boden. «Stephan», flüsterte sie, «du hast bereits ein Kind.»

«Was redest du da?»

«Du hast genau gehört, was ich gesagt habe.»

Stephan wich einen Schritt vor ihr zurück. «Ich ... soll das heißen ... Helena?»

«Sie ist deine Tochter.»

Stephan war wie vor den Kopf geschlagen. «Aber warum hast du ...?»

«Ich konnte es dir damals nicht sagen. Du hättest alles verloren, deine Familie, deine Heimat, deinen Traum, in die Führung des Handelshauses aufzusteigen. Michael hätte dich fortgejagt, und mich hätte er als Hure gebrandmarkt und mein Leben zerstört.»

Ihre Worte summten in seinen Ohren, und in seinem Kopf überschlugen sich die Gedanken. Er war – Helenas Vater!

«Wo bleibst du, Stephan?», rief Simon. Er war bereits vom Hügel herunter auf die Straße gegangen, die nach Ueckermünde führte.

«Aber warum jetzt?», fragte er hilflos. «Warum erzählst du mir gerade jetzt davon?»

Sie blickte ihn an. «Damit du vorsichtig bist», sagte sie. «Damit du weißt, was du verlieren kannst, wenn du auf Michael triffst, und ich spüre, dass es dazu kommen wird. Ihr werdet kämpfen.»

Dunkelheit hüllte Stadt und Landschaft ein, als Stephan und Simon im fahlen Mondlicht Richtung Ueckermünde marschierten. Am Nachthimmel glitzerten Sterne. Stephans Kopf war nach Lenis Offenbarung wie in Nebel getaucht. Er hatte Simon davon erzählt, der jedoch nicht besonders überrascht gewesen war.

«Hast du etwa davon gewusst?», fragte Stephan.

«Nein, aber jetzt, da ich es weiß, fällt mir ein, dass Octavian mal die Andeutung gemacht hat, es sei ungewöhnlich, dass nach so kurzer Schwangerschaft ein voll entwickeltes Kind auf die Welt kommt. Ich hatte darüber gar nicht weiter nachgedacht.»

«Michael offensichtlich auch nicht», sagte Stephan. Der Gedanke, Helenas Vater zu sein, war ihm noch fremd, gab ihm aber ein merkwürdig warmes Gefühl. «Ich hatte nie den Verdacht, er sei nicht der Vater. Nun wird mir klar, warum Leni damals so sehr daran gelegen war, dass ich die Kleine auf den Arm nehme. Das war an dem Tag, an dem du aus dem Kerker entlassen wurdest. Großmutter hatte Leni und mich überrascht und ein fürchterliches Gezeter angestimmt; Anna muss Bescheid gewusst haben ...»

«Psst», machte Simon und blieb stehen. Er deutete zur Stadtmauer, die noch ein gutes ein Stück vor ihnen lag. Auf der Brustwehr bewegten sich schattenhafte Gestalten.

«Bist du mal in Ueckermünde gewesen?», fragte er.

«Vor vielen Jahren mit Vater. An Einzelheiten erinnere ich mich nicht. Nur, dass der Hafen irgendwo dahinten sein muss. Und so viel ist klar: Durch das Tor oder über die Mauer kommen wir nicht rein.»

«Wir versuchen es beim Fluss», sagte Simon.

Sie wandten sich von der Straße ab nach rechts auf eine sumpfige Wiese. Unter ihren Stiefeln schmatzte das Wasser. Es war kalt, aber noch nicht so kalt, dass es gefror. Am Flussufer hockte Simon sich nieder und tauchte die Hand ins Wasser. Er verzog das Gesicht. «Genau richtig für ein schönes Bad.»

Sie zogen Stiefel und Kleider aus, legten die Sachen zusammen und verschnürten sie mit den Gürteln zu festen Bündeln, die sie über ihre Köpfe hielten, als sie von der Uferkante hinunter ins Wasser stiegen. Es ging ihnen bis an die Hüften, und die Kälte biss mit grimmiger Härte zu. Zunächst wateten sie am Ufer entlang, dann, als der Fluss auf die Wehrmauer traf, weiter unterhalb der Mauer. Sie bewegten sich gerade so schnell, dass keine platschenden Geräusche entstanden. Bevor ihre Körper im eiskalten Wasser erlahmten, mussten sie den Hafen erreichen. Von oben waren gedämpfte Stimmen auf dem Wehrgang zu hören. Der Fluss wurde tiefer und reichte ihnen bald bis an die Brust, als vor ihnen endlich die Umrisse des Kais auftauchten. Mehrere Bootsstege ragten in den Fluss, und der Kai war mit Kisten und Fässern vollgestellt; zwischen Schuppen hingen Fischernetze und Schnüre. Der Hafen bot also reichlich Möglichkeiten, sich zu verstecken.

Da sich nirgendwo etwas regte, legten Stephan und Simon die Kleiderbündel auf dem ersten Steg ab. Dann zogen sie sich hinauf und schlichen zu einem Schuppen in der Nähe. Sie fanden ein paar leere Säcke, mit denen sie ihre zitternden Körper abrieben, bevor sie Kleider und Stiefel anzogen und ihre einzigen Waffen, die Messer, gürteten. Obwohl sie nicht lange im Wasser gewesen waren, war die Kälte tief in ihre Leiber gedrungen. Beim Schuppen, der den Geruch von altem Fisch ausdünstete, hockten sie sich nieder. Sie zogen die Beine an, schlangen die Arme um die Knie und warteten, bis das Zittern nachließ.

«Leni glaubt, es wird zum Kampf mit Michael kommen», sagte Stephan. «Wenn du ihm gegenüberstehst, und es gibt nur die Möglichkeit, entweder er oder du, könntest du ihn töten, Simon? Ich meine, trotz allem ist er unser Bruder.»

Simon ließ sich Zeit mit der Antwort, dann sagte er ausweichend: «Vor allem musst du diese Sache hier überstehen. Die Menschen brauchen dich. Du führst die Bauern, und du hast Frau und Kind.»

«Rede keinen Unsinn. Auch du hast eine Frau.»

Simon lachte leise. «Oh ja – und was für eine! Da muss

ich erst alles verlieren, um an einem Ort zu landen, wo ich mit allem gerechnet hätte, nur nicht, dort ein solches Weib zu finden, das mit einer Wucht über mich kommt, dass es mich fast zermalmt.»

«Liebst du sie?»

«Ich denke, ja, aber, versteh mich bitte nicht falsch, eine Frau wie Leni kann es kein zweites Mal geben. Versprich mir, alles zu tun, dass sie endlich glücklich sein kann.»

«Das verspreche ich dir, und ich schwöre, ich werde Michael aufhalten. Und jetzt lass uns das verdammte Getreide suchen.»

«Und was machen wir damit, wenn wir es finden?»

«Das überlegen wir uns dann.»

Sie bewegten sich geduckt und mit leisen Schritten über die Holzbohlen zu einem Steg, an dem zwei kleine Boote lagen, die mit Reusen, Netzen und anderen Fischfanggeräten vollgestopft waren. Am nächsten Steg war eine Schute festgemacht, die allerdings leckgeschlagen und deren Rumpf mit Wasser vollgelaufen war.

Um zu den anderen Stegen zu gelangen, mussten sie an einem Tor, das in die Stadt führte, vorbei. Stephan glaubte jetzt zu erkennen, dass am anderen Ende des Hafens mehrere geräumige Schuten lagen, die für den Transport von Getreide geeignet waren. Doch als sie sich dem Tor näherten, hörten sie von dort Stimmen und zogen sich hinter einen Geräteschuppen zurück.

«Hast du gesehen, wie viele Wachen beim Tor sind?», flüsterte Simon.

«Nur die Schatten von zwei oder drei Männern. Vielleicht sind es noch mehr. Wir müssen an ihnen vorbei zu den Schuten kommen. Einige scheinen beladen zu sein.»

«Und wie sollen wir dorthin kommen, ohne gesehen zu werden?», fragte Simon.

Stephan blickte hinauf zum Nachthimmel und sah einige Wolken, die sich von Westen her auf den Mond zuschoben. Rasch erklärte er Simon seinen Plan. Dann schlichen sie zum Steg zurück, an dem die Fischerkähne lagen. Darauf bedacht, nirgendwo anzustoßen, stiegen sie in einen Kahn, wo sie warteten, bis der Mond hinter einer Wolke verschwand. Sie lösten die Leinen, stießen den Kahn vom Steg ab und ließen sich von der Strömung langsam flussabwärts am Tor vorbeitreiben.

Völlig finster war es nicht, aber, so hoffte Stephan, wenn die Wachen in diesem Augenblick nicht gerade nach vorn an die Kaikante traten, würden sie den treibenden Fischerkahn nicht erkennen. Er sollte recht behalten. Ohne dass Alarm geschlagen wurde, dümpelte das Boot von der leichten Strömung getragen am Tor vorbei. Dort war jetzt der Schein einer Laterne zu sehen und die Schatten von gut einem halben Dutzend Männern, die um die Laterne herumstanden. Stimmen und Gelächter wehten zum Fluss herüber, bis Stephan und Simon die hinteren Stege erreichten. Stephan, der vorne im Bug saß, griff nach einem Lastkahn, zog ihr Boot längsseits heran und stellte fest, dass in dem Kahn ein paar Säcke lagen. Er betastete einen Sack und fühlte die Getreidekörner.

Er nickte Simon zu.

Da gab die Wolke den Mond frei, und eine Böe strich über die Uecker, fing sich im Fischerkahn und drückte ihn von der Schute weg. Schnell machte Stephan einen Satz nach vorn, um erneut nach der Schute zu fassen, stieß dabei jedoch mit dem Knie gegen einen Eimer, der umkippte und polternd zwischen die Fanggeräte rollte.

Vor dem Tor wurden Rufe laut.

«Wir verstecken uns auf der Schute!», flüsterte Stephan.

Sie stiegen vom Fischerboot rüber auf den Lastkahn, krabbelten ins Heck und duckten sich zwischen die Getreidesäcke. Schon näherten sich auf dem Kai trampelnde Schritte. Als Stephan über einen Sack hinwegblickte, sah er ganz in der Nähe mehrere Männer stehen; zwei von ihnen kamen auf den Steg, wo sie keine zehn Fuß von Stephan und Simon entfernt stehen blieben und flussabwärts blickten.

«Da treibt was», sagte einer. «Sieht aus wie ’n Kahn.»

«Und wo kommt der her?», fragte der andere.

«Woher soll ich das wissen? Schau halt nach, ob’s einer von den Fischerkähnen ist, die weiter oben liegen.»

Schritte entfernten sich. Kurz darauf rief eine Stimme: «Ja, hier fehlt ’n Kahn.»

«Den hat wohl irgendein Hurensohn nicht richtig festgemacht», murmelte der Mann bei der Schute. Er machte kehrt und ging zu den anderen Wachposten beim Tor zurück.

Simon blickte Stephan ratlos an und flüsterte: «Und was jetzt? Sollen wir schwimmen? Auf den Kai kommen wir nicht, ohne dass die Kerle uns bemerken.»

«Wir bleiben hier und warten ab», erklärte Stephan. «Schau her!» Er tippte auf den Sack, hinter dem sie lagen. Im Mondschein war darauf ein Zeichen zu erkennen: ein Andreaskreuz, das im oberen Winkel von einem Querbalken geschnitten wurde – es war *ihr* Zeichen, das Zeichen des Loytz’schen Handelshauses.

6
Ueckermünde

Die Schute erbebte unter einem dumpfen Schlag. Stephan fuhr aus einem kurzen Schlummer hoch, in den er gerade erst gefallen war. Neben ihm lag Simon und blickte ihn verschlafen an. Über dem von Nebel verhangenen Land sah Stephan einen Silberstreif am Horizont aufschimmern. Möwen kreischten über dem Hafen, vom Kai drangen laute und hektische Stimmen herüber.

Wieder krachte etwas in die Schute. Stephan spähte über den Getreidesack und sah, dass auf dem Kai jetzt mehrere Fuhrwerke standen. Überall sprangen Männer umher, hievten von den Fuhrwerken weitere Säcke herunter, schleppten sie auf die Stege und warfen sie in die insgesamt vier Schuten, die für den Abtransport des Getreides bereitstanden. So wie Stephan vermutet hatte, war man mit dem Beladen der Kähne gestern nicht fertig geworden und brachte nun die restlichen Säcke her.

«Da ist er!», flüsterte Simon. Stephan nickte. Auch er sah Michael zwischen den Karren umherlaufen und Befehle erteilen. «Beeilt euch!», rief er zu den Hafenarbeitern, die von seinen Landsknechten überwacht wurden. «Wir müssen alle Säcke mitnehmen!»

«Er wirkt nervös», sagte Simon.

In dem Moment hob in der Stadt Glockengeläut an, und in das Geläut mischten sich die durchdringen Laute der Hörner, die auf den Wehrmauern geblasen wurden.

Aus dem Tor kam ein rundlicher, spitzbärtiger Mann mittleren Alters, der mit dunklem Hut und Fellmantel bekleidet war. Ein gutes Dutzend mit Hellebarden und Schwertern bewaffnete Stadtwachen begleiteten ihn. Der

Spitzbart hielt geradewegs auf Michael zu und rief: «Das Getreide wird nicht verladen! Beendet die Arbeit!»

«Den Teufel werde ich tun», entgegnete Michael. Er machte die Brust breit und schob die Daumen lässig hinter den Gürtel, in dem das Faustrohr seines Vaters steckte. «Ihr habt mir Eure Zusage gegeben, dass ich das Getreide ausschiffen darf, Bürgermeister.»

«Diese Zusage muss ich hiermit zurückziehen, Kaufmann Loytz. Vor dem Stadttor sind Bauern aufgetaucht, und es sind verdammt viele Bauern. Hunderte! Sie fordern die Herausgabe des Getreides. Kommt mit und überzeugt Euch, wenn Ihr mir nicht glaubt.»

Im Versteck flüsterte Simon: «Die Bauern werden Michael aufhalten, er hat verloren!»

Diese Einschätzung hätte Stephan gern geteilt. Aber er konnte sich nicht vorstellen, dass Michael so einfach aufgab. Er beobachtete, wie Michael die Landsknechte zu sich winkte. Dann sagte er zum Bürgermeister: «Warum bereitet Ihr den Suppenfressern keinen gebührenden Empfang? Knallt ihnen mit Euren Geschützen ein paar Eisenkugeln vor die Brust, das wird dem Pack einen gehörigen Schrecken einjagen. Oder macht Ihr Euch wegen dieser lausigen Bande in die Hose? Vergesst nicht, in wessen Auftrag ich handele.»

Der Bürgermeister wirkte verunsichert. Sein Spitzbart zuckte, als er sagte: «Der Kurfürst wird verstehen, wenn ich unter diesen Umständen … ich meine, angesichts der Bedrohung durch so viele Bauern …»

«Gar nichts wird der Kurfürst verstehen», fuhr Michael ihn an. «Ihr steht in seiner Schuld, und jetzt pfeift Eure Wachen zurück, bevor meine Söldner diese Jammerlappen zu Brei zerhacken.»

Die Landsknechte zogen Schwerter und richteten Lanzen auf die Stadtwachen. Die waren zwar doppelt so viele, aber ihr Trupp setzte sich aus gewöhnlichen Bürgern zusammen, die Zwangsdienste abzuleisten hatten und schlechter ausgebildet waren. Sie ließen sich zum Tor zurückdrängen und zeigten sich sichtlich eingeschüchtert von den ruppigen Landsknechten, denen die Lust am Töten in die Gesichter geschrieben stand.

Der Bürgermeister nahm den Hut ab und kratzte sich am Kopf, während Michael die Hafenarbeiter zum Weitermachen anhielt. Wenig später waren alle Säcke verladen. Michael wählte acht kräftige Arbeiter aus, denen er gute Löhne versprach, wenn sie die Schuten zum Frischen Haff stakten. Jeden der vier Lastkähne besetzte er mit zwei Arbeitern und einem Landsknecht, während er für sich selbst den verbliebenen Fischerkahn leer räumen ließ und mit zwei Landsknechten darin Platz nahm.

Dann wurden Taue gelöst, und im Morgengrauen legte als erste die Schute ab, auf der sich Stephan und Simon versteckten. Die anderen Lastkähne folgten in dichtem Abstand; zuletzt verließ Michaels Fischerboot den Hafen. Auf den Schuten mühten sich die Arbeiter ab, die schwerbeladenen Kähne mit langen Stangen in der Mitte des Flusses zu halten.

«Wie wollen wir an Michael rankommen, bevor wir draußen beim Handelsschiff sind?», fragte Simon.

«Keine Ahnung», gestand Stephan ein. «Ich weiß nur, dass wir den Transport nicht mehr aufhalten können, wenn wir erst die Kraweel erreicht haben.»

Etwa die Hälfte der rund eine Meile langen Flussstrecke hatten sie hinter sich gebracht, als Stephan Michaels Stimme rufen hörte: «Macht Platz! Sofort Platz machen!»

Stephan hob den Kopf und sah, wie Michaels Kahn an einer der Schuten vorbeigerudert wurde. Stephan blickte Simon an. Beide wussten, sie würden nur diese eine Gelegenheit bekommen. Der Kahn überholte eine weitere Schute, dann noch eine. Ein Landsknecht ruderte, und der andere saß, ebenfalls mit dem Rücken zur Fahrtrichtung, vorn im Bug. Michael saß im Heck.

Stephan und Simon machten sich bereit. Sie legten ihre Mäntel und Fellkappen ab, die sie nur behindern würden, und dann, als der Fischerkahn neben ihrer Schute auftauchte, sprang erst Simon hinüber und griff den Söldner im Bug an. Sogleich sprang Stephan hinterher, landete im Boot und riss im Fallen den anderen Landsknecht von der Ruderbank. Die Männer waren von dem Angriff völlig überrumpelt, sodass es Stephan gelang, seinen Gegner mit einem Stoß vor die Brust ins Wasser zu befördern.

Als Michael seine Brüder erkannte, schrie er auf, erst entsetzt, dann von Wut erfüllt. Schnell zog er das Faustrohr aus dem Gürtel. Stephan stand ihm im schwankenden Boot gegenüber. Er blickte auf die Waffe, die geladen und gespannt war. Hinter ihm kämpften Simon und der Söldner. Dann platschte es, als beide über Bord gingen.

Michael hob das Faustrohr und zielte damit auf Stephans Kopf. Nach dem ersten Schreck hatte er sich beängstigend schnell gefangen. Sein Blick wurde kalt, sein Gesicht verfinsterte sich.

«Gib auf, Michael», sagte Stephan, bemüht, das Beben in seiner Stimme zu unterdrücken. «Wir lassen nicht zu, dass du das Getreide außer Landes bringst.»

Michaels Lippen formten ein steifes Lächeln, aber seine Augen blieben hart. «Wir?», fragte er ruhig. «Im Moment sehe ich hier nur einen meiner Brüder.»

Neben dem Boot tauchte Simon an der Wasseroberfläche auf. Das blonde Haar klebte ihm auf der Stirn, seine Augen waren weit aufgerissen, und dann waren die beiden Söldner hinter ihm und drückten ihn wieder unter Wasser.

Auf den Schuten wurden Rufe laut. Die Arbeiter hatten das Staken eingestellt. Auf der Schute, die dem Fischerkahn am nächsten war, kletterte ein Landsknecht über die Säcke nach vorn. An seinem Hut wippten die bunten Federn. Er hatte eine Lanze, und Stephan erkannte in ihm den Mann wieder, der Jakob getötet hatte.

«Michael, komm zur Vernunft», sagte Stephan. «Bitte, komm zur Vernunft!»

«Oh, ich glaube nicht, dass du in der Lage bist, mir Forderungen zu stellen, kleiner Bruder», entgegnete Michael mit einer Stimme, die kalt war wie Eis. «Sieh mal, ihr seid zu zweit – nein, vermutlich bist du gleich ganz allein –, und ich habe sechs Söldner und richte dieses Schießgerät auf deinen Kopf. Ich versichere dir, es funktioniert einwandfrei. Ich habe es gereinigt und schieße damit besser als jeder andere ...»

Simon tauchte wieder auf, prustete und spuckte. Dann hob er die Hand mit dem Messer aus dem Wasser. Er stach zu, und die Klinge drang bis zum Heft ins Auge eines Söldners ein, der schreiend und gurgelnd unterging.

«Nun, damit bleiben mir nur noch fünf Männer», sagte Michael ungerührt. «Trotzdem hat sich eure Lage nicht verbessert. Weißt du eigentlich, dass dein alter Freund, der Kurfürst, eine Belohnung auf dich ausgesetzt hat? Dein Kopf ist ihm fünftausend Taler wert, eine Summe, die man sich nicht entgehen lassen sollte.»

Auf der Schute zielte der Landsknecht mit der Lanze

auf Simon, konnte sie aber nicht werfen, weil Simon mit dem anderen Söldner kämpfte.

«Wir sind Brüder, Michael, wir sind eine Familie», sagte Stephan. «Willst du wirklich so weit gehen, deine Brüder zu töten?» Er kannte die Antwort, und ihm war klar, dass die an Michael gerichteten Appelle nichts brachten; aber er musste Zeit gewinnen.

Michael bleckte lachend die Zähne. «Du warst mit mir auf Falsterbo, Junge. Daher solltest du wissen, dass ich bereit bin, jeden umzubringen, der sich mir in den Weg stellt. Und *du* stehst mir schon viel zu lange im Weg herum.»

Den Söldner im Fluss schienen allmählich die Kräfte zu verlassen. Seine schweren Kleider waren mit Wasser vollgesogen und zogen ihn nach unten, was Simon einen Vorteil verschaffte. Es gelang ihm, den Kopf des Söldners unter die Oberfläche zu drücken und mit ihm abzutauchen.

«Unser kleiner Bruder hält sich tapfer», sagte Michael. «Das habe ich ihm gar nicht zugetraut. Vielleicht wäre doch noch ein richtiger Mann aus ihm geworden.» Sein Blick zuckte zum Handelsschiff auf dem Haff. «Wir haben lange genug geplaudert. Es wird Zeit, dass ich mich wieder um mein Geschäft kümmere. Wenn du stillhältst, wird es ein sauberer Schuss zwischen deine Augen. Du spürst nur einen kurzen Schmerz, bevor es vorbei ist, und dann ...»

Simon kam nicht wieder an die Oberfläche.

«Dann verkaufe ich das Getreide», fuhr Michael fort, «und deine neuen Freunde, diese Bauern, werden zur Strecke gebracht. Und ich werde die Frau finden, die mir vor Gott ewige Treue geschworen hat. Vors Gericht werde ich sie bringen und dafür sorgen, dass sie zum Tode verurteilt und meine Ehre wiederhergestellt wird.»

Da sah Stephan eine große Menschenmenge aus Richtung der Stadt übers Marschland herannahen. Michael sah die Bauern nicht, weil er, ebenso wie die Landsknechte und die Hafenarbeiter, in die andere Richtung schaute.

Stephan richtete den Blick schnell wieder auf Michael. Er musste Zeit schinden, ihn hinhalten. «Vielleicht kannst du mich töten, Michael. Aber Leni und meine Tochter wirst du niemals in deine Finger kriegen.»

«Deine Tochter …?» Zum ersten Mal klang Michael verunsichert. Das Faustrohr in seiner Hand senkte sich leicht, zielte jetzt auf Stephans Oberkörper.

«Ja, Helena ist *meine* Tochter! Erinnerst du dich, wie Leni damals über den Winter verschwunden war? Ich ließ dich und alle anderen glauben, ich sei in Berlin gewesen, aber das war gelogen – ich war bei Leni …»

Michael klappte der Unterkiefer herunter. «Diese verdammte Hure», brüllte er und hob das Faustrohr wieder an. Sein Zeigefinger krümmte sich, als hinter ihm Simon beim Boot auftauchte. Mit einer Hand griff er nach der oberen Planke und zog sich daran hoch, sodass das Boot sich stark neigte. Dann stach er mit dem Messer zu und traf Michaels Unterschenkel.

Michael stieß einen Schrei aus. Vom Messer getroffen, verlor er im schwankenden Boot das Gleichgewicht. Zugleich löste sich im Faustrohr mit lautem Knall der Schuss. Stephan spürte einen scharfen Luftzug an seiner Schläfe, als die Kugel dicht daran vorbeizischte. Geistesgegenwärtig schnellte er nach vorn, hieb die Faust gegen Michael und traf ihn am Kopf. Michael stolperte rückwärts gegen die Bootswand, ging mit dem Faustrohr in der Hand über Bord und versank im Fluss.

Simon schnappte nach Luft, dann tauchte er hinter Michael her.

Der Landsknecht auf der anderen Schute wirkte unschlüssig. Wenn er die Lanze auf Stephan warf, konnte er sie nicht gegen Simon einsetzen, und der kam jetzt zurück an die Oberfläche, wo er verbissen mit Michael kämpfte. Simons Augen glühten vor Zorn; er schien dem Irrsinn nahe. Er schlug um sich; seine Kiefer klappten, und seine Zähne schnappten wie die eines tollwütigen Hundes nach Michaels Hals. Im kalten Wasser musste Simon längst halb erfroren sein, aber all die Erniedrigungen und all sein Hass schienen seine Kräfte aufs Neue zu entfesseln. Michael umschlang ihn mit den Armen, versuchte ihn zu bändigen, und dann versanken sie wieder.

Stephan beugte sich über die Bootswand. Unter der aufgewühlten Oberfläche sah er die miteinander ringenden und ineinander verknäulten Schatten der kämpfenden Brüder.

Da traf der Landsknecht seine Entscheidung. Er richtete die Lanze auf Stephan, der in dem Fischerkahn keine Deckung hatte. Der Landsknecht machte sich bereit und holte aus. Doch als er die Lanze werfen wollte, wurde er von einem faustgroßen Stein an der Schulter getroffen. Sogleich kamen vom Flussufer weitere Steine geflogen, die einem Hagelschauer gleich auf die Schuten niedergingen und Arbeiter und Söldner ins Wasser trieben. Ein Stein traf den Landsknecht am Kopf. Die Lanze entglitt seiner Hand, und er drehte sich zum Ufer um. Das, was er dort sah, ließ seine Augen vor Entsetzen groß werden. Zwischen den Weiden am Ufer drangen wütende Bauern vor. Dutzende waren es, Hunderte, und es kamen immer mehr von ihnen an den Fluss. Der Landsknecht zögerte, zögerte zu lange, es den anderen Männern gleichzutun und sich durch einen Sprung ins Wasser zu retten. Ein zweiter Stein traf seinen Kopf. Ihm knickten die Beine ein, er sank nieder und wurde noch im Fallen von weiteren Steinen getroffen.

Am gegenüberliegenden Ufer kroch Michael ans Land. Die Hände über den Kopf gehoben, um sich gegen die Steine zu schützen, humpelte er davon und eilte den Männern nach, denen die Flucht aus dem Fluss bereits gelungen war. Bald darauf waren sie außer Wurfweite, und sie flohen weiter, immer weiter und weiter.

Stephan blickte Michael nach. Sollte er ihn verfolgen? Aber es war aussichtslos, Michael war schon zu weit entfernt. «Ich kriege dich!», schrie er ihm hinterher.

Inzwischen waren einige Bauern in den Fluss gesprungen. Sie enterten die Schuten und stakten sie ans Ufer. Lauter Jubel erhob sich, als die Bauern die Säcke an Land brachten.

Der Lärm riss Stephan aus der Starre. Erst jetzt fiel ihm Simon wieder ein. Er beugte sich nach vorn über die Bootswand und sah im Wasser unter sich etwas Helles schimmern. Angst schnürte ihm den Hals zu. Er machte einen raschen, keuchenden Atemzug und sprang kopfüber in den Fluss. Die Kälte traf ihn wie ein Hammerschlag. Blind tastete er mit den Händen umher, bekam etwas zu fassen, etwas Weiches, ein Stück Stoff. Er griff zu und zog es mit sich nach oben. Er suchte nach Simons Kopf und hob ihn über die Oberfläche. «Atme!», schrie Stephan. «Atme! Atme!»

Doch Simon bewegte sich nicht.

Jemand hielt mit kräftigen Schwimmzügen auf sie zu. Es war Judith, die, als sie Stephan erreichte, bei Simon mit anpackte. Zusammen brachten sie ihn ans Ufer, wo Leni, Octavian und einige Bauern sie erwarteten und halfen, Simon die Böschung hinaufzuziehen. Sie legten ihn hinter den Weiden im Gras ab. Seine Lippen waren blau vor Kälte, sein Gesicht leichenblass.

Stephan schlug ihm mit der flachen Hand ins Gesicht. «Komm zu dir, Simon! Verdammt, komm zu dir!» Simon reagierte nicht. Stephan drehte ihn auf die Seite, schob ihm seine Finger zwischen die Zähne. Wasser quoll aus Simons Mund.

Leni kniete neben ihm nieder. Sie legte ihre Finger auf Simons Hals, fühlte nach seinem Pulsschlag. Als Stephan sie anschaute, schüttelte sie traurig den Kopf.

Stephan sank kraftlos zurück. Ihn überkam ein Gefühl unendlich tiefer Leere.

Wie aus weiter Ferne hörte er Judith schreien und toben. Er sah, wie Octavian versuchte, sie zu halten, sie zu beruhigen, bis sie ihm die Faust ins Gesicht schlug. Sie riss sich von ihm los und warf sich auf Simon. Sie drückte ihn, herzte ihn, küsste ihn.

Und brach dann über ihm zusammen.

Die Bauern schlugen ihre Zelte unterhalb der Stadtmauer von Ueckermünde auf. Im Lager brannten Feuer, Essen wurde zubereitet, Brot geteilt. Hin und wieder war Lachen zu hören, verhaltenes, gedämpftes Lachen. Es gab Bier und sogar Wein, den der Bürgermeister austeilen ließ, nachdem er die Bauern angefleht hatte, sie mögen doch bitte, bitte seine schöne Stadt verschonen, und nachdem er ihnen versichert hatte, dass über seinen Hafen kein Getreide mehr ausgeschifft werde.

Nur waren solche Versprechen flüchtig wie ein vom

Wind getriebenes Blatt. Wenn sich die Wogen im Land erst wieder geglättet haben würden, würden die Stadträte ihre Entscheidungen überdenken. Andere Kaufleute würden kommen, die Gutsherren die Zügel anziehen und die Peitschen wieder knallen lassen.

Aber vorerst hatten die Bauern ihr Getreide, ja, sie hatten einen Sieg errungen. Und der Preis, der dafür gezahlt worden war, war Simons Leben.

Sie legten ihn auf eine Trage, mit der man ihn ins Dorf zurückbringen wollte. Judith verschränkte ihm die Hände wie zum Gebet über der Brust. Sie kämmte ihm das Haar, das in der kalten Luft nicht so recht trocknen wollte. Und nun standen Stephan, Leni, Octavian und Judith bei seinem Leichnam. Lange standen sie bei ihm. Noch als die meisten Bauern in ihre Zelte gekrochen waren, nahmen sie schweigend Abschied von dem Bruder, dem Freund, dem Mann, dem in seinem kurzen Leben so viel Leid widerfahren war und dem das Leben, als das Glück zum Greifen nah vor ihm stand, vom eigenen Bruder genommen worden war.

Nach einer Ewigkeit hob Stephan den Kopf und blickte Simon an, betrachtete das junge Gesicht, das noch im Tode freundlich wirkte. Stephans Seele war grau, und sein Herz durchzog ein reißender Schmerz. Hätte er Simon retten können, wäre er eher ins Wasser gesprungen, statt Michael hinterherzustarren? Vielleicht. Vielleicht auch nicht.

«Leni und ich haben beschlossen, gleich morgen nach Stettin zu gehen», verkündete er mit kratziger Stimme. «Michael darf nicht davonkommen, und wir werden Helena finden und von ihm wegholen.»

Octavian nickte traurig. «Und wenn es das Letzte ist, was ich alter Mann noch leisten kann, dann werde ich in dem nach Kuhscheiße stinkenden Dorf so lange warten, bis ihr alle zurückkommt.»

7
Stettin

Sieben Jahre dauerte nun schon der Krieg, den manche den Dreikronenkrieg nannten. Sieben Jahre lang bekämpften sich die Schweden mit den Dänen, die im Verbund mit der Hanse unter der Führung von Lübeck standen. Schlachten wurden geschlagen, Schiffe versenkt, Tausende Menschen starben. Es war ein Krieg um die Herrschaft über die Ostsee, um Häfen und Flussmündungen, um Macht und Einfluss. Der Krieg hatte zu einem Wettrüsten auf allen Seiten geführt. Das größte Kriegsschiff, die *Adler von Lübeck*, machte in diesen Tagen, Mitte Dezember des Jahres 1570, in Stettin fest; erst im Frühjahr war es fertiggestellt worden. In dem Krieg sollte das Schiff jedoch nicht mehr eingesetzt werden.

Denn der Krieg, der sieben Jahre dauerte, endete in diesen Tagen.

In all den Jahren hatte Stettin sich bemüht, Neutralität zu wahren, hatte sich nicht, wie Lübeck, auf die Seite der Dänen geschlagen. Nicht allein um des lieben Friedens willen blieb Stettin neutral, sondern aus dem ureigenen Interesse, seine Handelsgeschäfte zu sichern. Um die verfeindeten Parteien zum Einlenken zu bewegen, waren in Stettin zahllose Briefe geschrieben, Schriftstücke aufgesetzt und Gesandtschaften ausgesendet worden, mal hierhin, mal dorthin.

Endlich trugen die Bemühungen Früchte, und Stettin

wurde schließlich als der Ort auserkoren, an dem der Frieden besiegelt wurde. Vielköpfige Gesandtschaften aus Dänemark, Schweden, Polen und Lübeck kamen zusammen, um unter dem Vorsitz des Herzogs von Pommern-Stettin, Johann Friedrich, der von Kaiser Maximilian II. dazu berufen worden war, die Inhalte des Friedensvertrags zu formulieren.

Die Stadt glich in diesen Tagen und Wochen einem gewaltigen Jahrmarkt. Dicht drängten sich auf Plätzen, in Straßen und Gassen die Buden und Stände, an denen Händler Räucheraale, Salzheringe, Brote, Stoffe, Kleider und Schmuck verkauften. Die Spelunken am Fischmarkt und im Hafen platzten aus allen Nähten. Wer sich mit Bier oder Branntwein betrinken und eine der unzähligen Huren ergattern wollte, die von weit her in die Stadt kamen, fand sie in Spelunken wie dem *Roten Hering*. Pfaffen und Mönche priesen den Herrn und dankten ihm für den Frieden. Die Glocken läuteten ohne Pause. Vielstimmige Lobgesänge erfüllten die Kirchenschiffe, mahnten die Menschen zu sündenfreiem Leben und erinnerten sie daran, dass das schönste Geschenk, das man dem Herrn machen konnte, ein prall gefüllter Klingelbeutel war.

Das wein- und bierselige Durcheinander spielte Stephan und Leni in die Hände, als sie, die Gesichter unter tief heruntergezogenen Kapuzen verborgen, nach Stettin heimkehrten. Am Passower Tor begnügten sich die Wachposten damit, die in die Stadt ein- und ausziehenden Menschenströme argwöhnisch zu beobachten. Jeden Einzelnen zu kontrollieren, hätte zu langen Warteschlangen geführt.

Stephan und Leni tauchten in der Menge unter und kamen in der trägen Menschenmasse durch Breite Straße und Reepschläger Straße bis zum Heumarkt. Am Rathaus standen die Türen trotz des kalten Wetters weit offen. Davor bildeten sich Trauben von Menschen, die einen Blick erhaschen wollten auf die hohen Herrschaften mit ihren Kanzlern, Advokaten und Heerführern, die im Versammlungssaal nach zähen Verhandlungen den soeben besiegelten Frieden feierten.

Ruhelos zogen Stephan und Leni am Rathaus vorbei und drängten sich die Frauenstraße hinunter, wo sie schließlich in die Gasse zum Loytzenhof abbogen. Hier war es still und einsam; beim Anblick des Loytzenhofs zog sich Stephans Magen zusammen. Wie ein kaltes, steinernes Monument ragte das Gebäude in den dämmernden Abendhimmel; still stand es da, still und bedrohlich wie ein unausgesprochener Vorwurf. Der Loytzenhof wirkte ausgestorben, nirgendwo regte sich ein Anzeichen von Leben. Die Fensterläden waren zu, aber – und das überraschte Stephan – sowohl die Tür zum Warenlager als auch die zum Treppenturm waren unverschlossen.

Sie betraten den Treppenturm und stiegen die Wendeltreppe hinauf ins Obergeschoss, wo sie in den Wohnbereich kamen. Hier öffneten sie einige Fensterläden, um Licht hereinzulassen. Sie sahen sich in der Wohnstube um, dann in der Küche, im Saal. Sie stiegen in das Geschoss darüber, blickten in jede Kammer. Sie öffneten alle Türen. Zunächst bewegten sie sich leise, darum bemüht, keine Geräusche zu machen. Doch je größer ihre Verzweiflung wurde, umso unvorsichtiger wurden sie. Sie polterten und lärmten, rannten umher, riefen laut Helenas Namen, riefen ihn immer wieder.

Stephan hielt schließlich in der Kammer inne, in der sein und Simons Bett stand, dazwischen der Schrank. Stephans Hirn war wie betäubt; Verzweiflung überkam ihn. Er öffnete die Schranktüren, blickte hinunter in das dunkle, enge Fach unter den mit Wäsche beladenen Querbrettern; das Fach war gerade so groß, dass ein Junge darin hocken konnte. Ein Schauder überkam ihn und ließ ihn frösteln.

Die böse Vorahnung, die Stephan schon vorher beschlichen hatte, verstärkte sich. Das ganze Gebäude war kalt wie eine Gruft. Es war menschenleer. Es war – tot. Hier war niemand, kein Michael, keine Helena.

Er suchte nach Leni und fand sie in ihrer alten Kammer, wo sie am Kinderbett stand. Als sie sich zu ihm umdrehte, zitterte ihre Unterlippe. Ihre braunen Augen schimmerten feucht. Er trat vor sie, wollte sie in die Arme nehmen, doch sie schob ihn von sich weg.

«Wir sind zu spät gekommen», sagte sie leise. «Sie können überall sein, überall und nirgendwo, und ich spüre, dass Helena Angst hat ...» Sie wankte.

«Leni, bitte, du musst dich setzen», sagte Stephan. Er führte sie am Arm in die Wohnstube, wo sie am Tisch Platz nahmen. Sie waren seit Tagen auf den Beinen, waren von Ueckermünde nach Stettin gelaufen und hatten sich nur kurze Pausen gegönnt.

«Er kann keinen großen Vorsprung gehabt haben, einen Tag, vielleicht zwei Tage, wenn er an ein Pferd gekommen ist», überlegte Stephan laut. «Die Verletzung, die Simon ihm zugefügt hat, war nicht schwer, das wird ihn nicht aufhalten. Fällt dir irgendein Ort ein, zu dem er Helena gebracht haben könnte? Ein Ort, an dem er sich sicher fühlt?»

Lenis Blick war auf die mit einer Staubschicht bedeckte Tischplatte gesenkt. Sie rang sichtlich um klare Gedanken und schüttelte den Kopf. «Vielleicht hat er ein Schiff genommen, das ihn nach Danzig zu seinem Onkel bringt, oder er reitet nach Lüneburg zu dem anderen Onkel. Oder er ist in Berlin, bei diesem Kurfürsten.»

«Das glaube ich nicht. Michael hat das Getreide verloren. Mit leeren Händen kann er sich beim Kurfürsten nicht blickenlassen ...» Da verstummte Stephan und fragte leise: «Hörst du das auch?»

Leni schaute hoch, legte den Kopf schief, dann nickte sie aufgeregt. Beide sprangen auf, liefen an der Küche vorbei in den hinteren Bereich des Loytzenhofs zu der von einem Geländer umgebenen Öffnung im Fußboden, durch die mit der Seilwinde die Waren im Haus verteilt wurden. Die Geräusche, die die beiden hörten – ein klopfendes Pochen und eine gedämpfte Stimme –, kamen aus dem im Dunkeln liegenden Warenlager beim Kontor. Stephan hastete in die Küche, fand eine Kerze, entzündete den Docht und kehrte damit zu Leni zurück.

Dann liefen sie zur Treppe, die in die Diele hinunterführte, und dann weiter ins untere Warenlager. Sie blickten hinter Fässer, Kisten und Ballen und entdeckten schließlich eine Truhe, deren Deckel mit zwei gefüllten Heringsfässern beschwert war. In der Truhe klopfte jemand von innen gegen den Deckel. Schnell hievten sie die Fässer herunter und klappten den Deckel hoch. Vor Angst weit aufgerissene Augen starrten sie an. Es war Bianca.

Sie brachten Bianca in die Küche und gaben ihr Wasser, das sie gierig trank.

«Er kam gestern Morgen in den Loytzenhof», erklärte das Dienstmädchen zwischen zwei Schlucken. Sie war halb verdurstet. Todesangst hatte sich in ihr blasses Gesicht gegraben. «Er war wie im Fieberwahn. Ich wollte nicht, dass er die Kleine findet, und hab sie in meiner Kammer eingeschlossen. Er lief durchs Haus, packte dieses und jenes in 'ne Reisekiste. Wie für 'nen Ausflug, und dann holte er die Armbrust aus dem Saal.»

«War jemand bei ihm? Ein Landsknecht vielleicht?», fragte Stephan.

«Nein, da war nur er ...» Sie stockte. Tränen traten in ihre Augen. «Und dann wollte er wissen, wo das Kind ist. Er fragte: ‹Wo ist meine Tochter?› Aber er führte sich so merkwürdig auf, da wollte ich's ihm nicht verraten. Ich hab gesagt, ich hab sie zu meinen Eltern gebracht. Aber er glaubte mir nicht und hat mich geschlagen. Ich hab gedacht, er bringt mich um ... es tut mir so leid ... da hab ich's ihm gesagt, wo sie ist. Ich musste Kleider für sie raussuchen. Sonst schlägt er mich wieder, hat er gesagt ...»

Leni berührte sie am Arm. «Dich trifft keine Schuld, Bianca. Erzähle uns alles, was du weißt!»

«Mehr weiß ich ja gar nicht. Er hat mich nach unten geschleppt, zu der Truhe, und bevor er mich darin eingesperrt hat, da hat er noch gesagt, er wartet auf Euch, Herrin, und auch auf Euch, Herr ...»

«Bei Gott, aber wo wartet er denn auf uns?», fragte Stephan.

«Das hat er nicht gesagt, nur, dass Ihr auch 'ne Armbrust mitnehmen sollt, Herr.»

Stephan und Leni blickten sich an, dann lief Stephan in den Saal und sah, das eine der beiden Armbrüste nicht mehr an ihrem Platz an der Wand hing. In einer Schale, die auf einer Truhe stand, lag etwas. Er trat heran und sah, dass in der Schale ein Salzhering war.

Und da wusste Stephan, dass es ein Zeichen war, und er wusste, wo er Michael suchen musste.

Wo er auf ihn wartete.
Wo alles begonnen hatte.

8
Jagdschloss Köpenick

Am Abend des 2. Januar im Jahre des Herrn 1571 richtete Kurfürst Joachim Hector im Saal des Jagdschlosses Köpenick ein Fest aus. Seine gute Laune konnte auch das leichte Unwohlsein, das ihn seit Neujahr plagte, nicht trüben. Joachim trat prächtig auf. Über seinem roten, mit Goldfäden durchwirkten Gewand trug er die schweren Goldketten, die er bei der Sitzung mit dem Maler Lukas Cranach dem Jüngeren getragen hatte. Dessen Porträt hatte Joachim letztlich doch zufriedengestellt. Ernst und würdevoll sah er darauf aus, streng und unnachgiebig, aber auch mit dem nötigen Weitblick, der einem Herrscher wie ihm gut zu Gesicht stand. Zur Präsentation hatte er das Gemälde eigens für dieses Fest nach Köpenick bringen lassen, wo es an repräsentativer Stelle im Saal hing und für reichlich lobende Worte bei seinen Gästen sorgte.

Sogar Anna, die wie immer im Jagdschloss Zum Grünen Walde geblieben war, hatte beim Anblick des Gemäldes eine unerwartete Reaktion gezeigt: Es hatte so ausgesehen, als würde sie lächeln, und das hatte Joachim sehr glücklich gemacht. Ach, wie er sie vermisste!

Als gespickte Rehrücken, gebratene Fasane und Räucheraale verspeist waren und den zahlreich erschienenen Gästen vom spanischen Wein die Köpfe brummten, erhob Joachim sich von seinem Platz am Ende der vollbesetzten Tafel. Mit lauter Stimme sagte er: «Meine lieben Freunde, bevor wir uns morgen bei einer Wolfsjagd die Zeit vertreiben wollen, möchte ich jedem ein kleines Geschenk überreichen.»

Er schnippte mit den Fingern, woraufhin Diener in den Saal kamen und Kästchen an die Gäste verteilten. Auch Joachims Sohn Johann Georg war der Einladung gefolgt, natürlich ohne seine intrigante Mutter Hedwig. Er saß übers Eck bei Joachim am Kopfende der Tafel. Ein Schatten fiel über Johann Georgs Gesicht, als er das Kästchen aufklappte und darin, wie alle anderen Gäste, eine Goldmünze fand; es war eine kostbare Dukate, ein sogenannter Portugaleser.

«Was ziehst du für ein mürrisches Gesicht?», fragte Joachim seinen Sohn.

Johann Georg dehnte die Lippen zu dem überheblichen Grinsen, das ihn wie seine Mutter aussehen ließ. «Was haben Euch diese Geschenke gekostet? Ich meine, könnt Ihr Euch diese Münzen überhaupt leisten? Soviel ich weiß, ist die Summe Eurer Schulden auf zweieinhalb Millionen Taler angewachsen.»

Ganz die Mutter, wirklich ganz die Mutter, dachte Joachim verärgert. Da macht man ihm eine Freude, und der Bursche findet ein Haar in der Suppe.

Er blickte seinen Sohn scharf an und sagte: «Sei unbesorgt, ich werde noch lange genug leben, um meine Schulden in ein Vermögen umzuwandeln, bevor du mich beerbst. Gerade hat der Bürgermeister von Berlin die Stände überredet, eine Schuldenlast in Höhe von sechshunderttausend Talern zu übernehmen, um einige Gläubiger zu befriedigen. Nun, was sagt mein Sohn dazu?»

Johann Georg sagte gar nichts. Er klappte das Kästchen zu und trank einen Schluck Wein.

Da sah Joachim, wie Lippold in den Saal kam. Er kannte seinen Hofkämmerer genau und sah dessen sorgenvoller Miene schon von weitem an, dass ihm etwas auf der Seele lag.

«Mein lieber Lippold – setz dich und feiere mit uns», sagte Joachim, als Lippold neben ihn trat.

Lippold sagte mit gedämpfter Stimme: «Gerade habe ich eine Nachricht erhalten, Durchlauchtigster, die uns Anlass zur Sorge geben sollte.»

Joachim blickte zu seinem Sohn, der zwar angestrengt in eine andere Richtung schaute, aber dennoch zu lauschen schien. Daher folgte er dem Hofkämmerer aus dem Saal in einen Nebenraum, wo sie die Tür hinter sich schlossen. Lippold kam gleich zur Sache: «Der Kaufmann Michael Loytz hat sich das Getreide abnehmen lassen.»

In knappen Worten gab Lippold wieder, was die Landsknechte, die nach Berlin zurückgekehrt waren, berichtet hatten. «Die Bauern haben eine Streitmacht aufgestellt und den Transport bei Ueckermünde überfallen. Zwischen den Brüdern soll es einen Kampf gegeben haben, bei dem Michael Loytz ohne das Getreide fliehen musste.»

«Dieser Hundsfott! Dieser elende, verdammte Hundsfott!», stieß Joachim aus. Er musste sich in einen Sessel niederlassen, als sich in seiner Brust ein ziehender Schmerz ausbreitete und ihn ein heftiger Husten schüttelte, der in seiner Kehle gurgelte.

«Ist Euch nicht gut, Herr?», fragte Lippold besorgt.

«Das geht vorüber», knurrte Joachim, doch als er sich erheben wollte, überkam ihn ein Schwindel. Er blieb sitzen und sagte: «Meine Geduld mit diesem Loytz ist erschöpft, Lippold. Er hat für mich keinen Nutzen mehr, aber er weiß zu viel. Gib die Anweisung raus, dass man den Kerl beseitigt.»

Er hustete noch zweimal und wartete dann einen Moment, bevor er sich aus dem Sessel hochdrückte. «Man soll seine Leiche irgendwo verschwinden lassen, wo sie nicht gefunden werden kann. Und nun, mein lieber Lippold, wenden wir uns den schönen Dingen des Lebens zu. Meine Feier werde ich mir von dem Galgenvogel nicht verderben lassen.»

Als er die Hand an die Tür legte, kehrten die Schmerzen zurück. Seine Knie wurden weich, dann knickten ihm die Beine ein.

Lippold sprang zu ihm, um ihn aufzufangen. Doch der Kurfürst war zu schwer, er fiel auf Lippold und begrub ihn im Fallen unter sich.

Vier Diener mussten anpacken, um Joachim ins Schlafgemach zu schleppen. Bald darauf – inzwischen war tiefe Nacht – trafen Ärzte im Jagdschloss ein. Lippold hatte sie aus Köpenick holen lassen, weil Joachims Leibarzt Paul Luther nicht zugegen war. Die Ärzte standen mit wichtigen Mienen ums Bett herum. Sie kratzten sich die Köpfe, zupften an ihren Ohrläppchen und stellten Fragen nach Symptomen. Ihre Sorgenfalten wurden tiefer, wenn sie hörten, wie der Husten in Joachims Kehle und Brust röchelte und rasselte.

Wie lange die Beschwerden schon andauerten?, wollten die Ärzte wissen. Und ob er vielleicht etwas Unrechtes gegessen habe? Ein Arzt ließ ihn zur Ader, weil man das immer tat, egal ob man der Krankheit auf die Schliche gekommen war oder nicht.

Joachim ärgerte sich vor allem darüber, dass die Ärzte

ihn wegen des Hustens nicht zu seinem schönen Fest gehen lassen wollten. Er trug Lippold auf, den Gästen zu verkünden, er sei gleich wiederhergestellt. Niemand solle den Saal verlassen, bevor er zurückgekehrt sei. Zumindest für die Portugaleser mussten sich die Gäste ja noch bei ihm bedanken. Und an der Wolfsjagd morgen werde festgehalten, davon werde ihn der dumme Husten nicht abhalten.

Doch der Husten wurde nicht besser. Irgendwann brachte Lippold einen Krug mit Malvasierwein, der, so meinte Joachim, noch immer die beste Medizin sei. Er nahm einen Schluck, was ihm sein Körper mit einem so heftigen Anfall dankte, dass er den Wein in einem Schwall, der wie blutiger Ausfluss aussah, über die Bettdecke prustete.

Mit einiger Mühe gelang es Joachim schließlich, etwas von dem Wein bei sich zu behalten, dann schlief er ein.

Die Ärzte versprachen, gleich am Morgen nach dem Kurfürsten zu sehen, und gingen heim. Unten im Jagdschloss leerte sich der Saal. Lippold zog einen Sessel neben Joachims Bett, um Krankenwache zu halten. Bald darauf schlief auch er ein.

In den frühen Morgenstunden wurde er von Hustengeräuschen geweckt. Er schreckte hoch, stand auf und beugte sich über den Kurfürsten, der ihn aus weit aufgerissenen Augen anstarrte. Lippold fuhr zusammen, als er vor dessen Mund die schaumig-roten Luftbläschen sah.

Der Kurfürst bewegte die Lippen, als wolle er etwas sagen. Lippold beugte sein Ohr tief herunter und hörte die Stimme flüstern: «Beschaff mir … mehr …» Ein Hustenanfall überkam ihn, dann hörte Lippold seinen Herrn ein letztes Wort sagen: «Geld». Ein Rasseln brach aus Joachim hervor, das aus den Tiefen der Brust hervorquoll. Es klang wie Schritte, die durch ein Meer aus Kies wateten.

Das Rasseln ging über in ein Röcheln, dann wurde es still.

9
Falsterbo

Mit Heringen aus Falsterbo hatte der Erfolg des Loytz'schen Handelshauses begonnen, und hier saß Michael heute, gut einhundertvierzig Jahre später, an einem eiskalten Januartag im Jahre 1571 in einer winzigen, baufälligen Hütte und hatte gar nichts mehr. Die Einrichtung der Hütte bestand aus einem Tisch, zwei Schemeln und einem Bett. Durch Ritzen in den Bretterwänden pfiff der Wind. Michael hockte auf einem der Schemel. Er trug dicke Kleider, die die Kälte dennoch kaum abhielten, und blickte teilnahmslos auf das kleine Mädchen, seinen Köder. Es spielte am Boden mit geschnitzten Holzfiguren, die es in einer der anderen Buden gefunden hatte. Dünn war es geworden, so dünn, dass die Knochen hervortraten. Häufig unterbrach es sein Spiel, wenn es die steif gefrorenen Fingerchen mit seinem Atem anwärmte.

Annähernd zwei Wochen harrte Michael mit dem Kind nun schon auf Falsterbo aus. Wenn sich nicht bald etwas tat, würde es um das Mädchen geschehen sein. Sie hatten zu essen, auch Feuerholz hatten sie, doch der Ofen zog schlecht, und Michael fühlte sich mittlerweile von einer solchen Trägheit niedergedrückt, die ihm jeden Schritt zu einer übermenschlichen Anstrengung machte.

Und so hob er zunächst nur schwerfällig den Kopf, als es an der Tür klopfte. Es dauerte einen Moment, bis ihm die Bedeutung des Klopfens bewusst wurde. Auch das Mädchen hörte das Klopfen; es ließ die Spielfiguren fallen und kroch unter den Tisch.

«Kom indenfor!», rief Michael auf Dänisch. «Komm rein!»

Die Tür wurde geöffnet. Ein dreckiger Junge von sieben oder acht Jahren trat schüchtern in die Hütte und blieb bei der Tür stehen. Sein zerschlissener Mantel sah aus wie ein Flickenteppich. Die Mutter des Jungen hatte Stofffetzen über die Löcher genäht, weil sie sich keinen neuen Mantel leisten konnte. Sie lebten in dem Dorf in der Nähe der Vitte. Der Knabe war ein Bastardkind, gezeugt von irgendeinem ausländischen Fischer oder Händler, der danach nichts mehr davon wissen wollte. Als Michael den Jungen ansah, kam ihm der Gedanke, dass er aus genau dem Grund ebenso wenig für das Mädchen empfand wie für diesen fremden Jungen: Sie war nicht sein eigen Fleisch und Blut, sondern ein Bastardkind, das die Hure ihm untergeschoben hatte.

Der Knabe blickte sich scheu in der Hütte um. Dann schaute er zu dem Mann mit den starrenden, strengen Augen, dessen Wangen und Kinn von struppigem Bart überwuchert waren.

«Er der noget, du bør fortælle mig?», fragte Michael. «Hast du mir etwas zu sagen?»

Der Junge deutete mit dem Daumen über seine Schulter und sagte: «Et stort sejlskib ligger for anker ud for kysten.»

Michael straffte den Rücken. Das war die Nachricht, auf die er sehnsüchtig gewartet hatte. Vor der Küste ankerte ein Segelschiff, und, so fuhr der Junge fort, von dem Segelschiff setzten gerade einige Leute mit einem Boot an die Küste über. Das mussten sie sein! Es war unwahrscheinlich, dass zu dieser Jahreszeit andere Menschen auf die Vitte kamen.

Michael richtete sich auf. Das Blut rauschte durch seinen Körper und trieb ihm die Müdigkeit aus den Knochen und die Mattigkeit aus dem Kopf. Er holte einige Münzen hervor, zählte ein halbes Dutzend Kreuzer ab und warf sie vor dem Jungen auf den Boden. Der stürzte sich darauf wie eine ausgehungerte Ratte auf einen Brotkrumen.

«Wenn du mich belügst, Bursche, denk dran – ich weiß, wo deine Mutter wohnt», sagte Michael auf Dänisch. «Und nun lauf zum Strand und teile den Leuten das mit, was ich dir gesagt habe.»

«Javel, herre!», erwiderte der Junge. «Jawohl, Herr!» Dann floh er aus der Hütte.

Michael beugte sich unter den Tisch und zog das Mädchen hervor. Tränen liefen über das kleine Gesicht und zeichneten Spuren auf die mit Staub und Dreck verschmierten Wangen.

«Gleich hast du es überstanden», sagte er.

Dann nahm er die Armbrust, die an der Wand lehnte, und steckte die Bolzen ein. Das Kind zerrte er hinter sich her aus der Hütte. Sie liefen den Weg an den verwaisten Buden vorbei durch die Vitte, die im Winter einer Geisterstadt glich. Bei der Schlossruine, in der man damals Veit Karg eingesperrt hatte, bogen sie Richtung Landspitze ab und erreichten kurz darauf die Dünen, hinter denen sie zwischen Fischerhütten und kieloben liegenden Kähnen hindurchliefen, bis sie an den Wassersaum kamen, wo die Wellen zu ihren Füßen ausliefen.

Michael sah vor der Küste eine zweimastige Kraweel vor Anker liegen. Ein Kahn hielt auf die Anlandestelle einige hundert Schritt weiter östlich zu.

Das Mädchen bibberte in seinem Griff. Er hob es hoch und setzte es in einen der beiden Kähne, die er am Ufer bereitgelegt hatte. Seine Lippen dehnten sich zu einem steifen Lächeln, als er sagte: «Du musst keine Angst haben, Kind – nicht vor mir!»

Stephan und Leni saßen in einem geräumigen Lastkahn, in dem sonst Waren und Menschen zwischen den Segelschiffen, die vor der Küste auf Reede lagen, und dem Festland hin und her gefahren wurden. Heute waren sie die einzigen Passagiere und wurden von zwei Männern aus dem Dorf von der Kraweel abgeholt.

«Hvad skal I på dette årstid på Vitten?», fragte einer der Ruderer. «Was wollt Ihr zu der Jahreszeit auf der Vitte?»

«Wir suchen einen Mann, der ein kleines Mädchen bei sich hat», sagte Stephan.

«So welche sind vor 'n paar Tagen hergekommen. Habt Ihr mit dem Mann was auszumachen?», fragte der andere Däne und deutete mit dem Kinn auf die Armbrust in Stephans Hand.

«In gewisser Weise – ja», sagte Stephan.

«Was sagen die Männer?», fragte Leni, die die Sprache der Dänen nicht verstand. Sie war blass und wirkte angespannt wie eine Bogensehne.

«Sie haben bestätigt, was wir gehofft haben: Michael und Helena sind hier.»

In Stettin hatten sich Stephan und Leni in Lukas Weyers Haus versteckt, bis sie herausfanden, wann das nächste Schiff Richtung Öresund in See stach. Es hatte sie fast ihr letztes Geld gekostet, den Schiffsführer zu überzeugen, sie mitzunehmen und bei Falsterbo an Land gehen zu lassen.

«Sieh doch», sagte Leni und zeigte auf einen kleinen Punkt, der westlich von ihnen ein Stück weit vor der Küste auf dem Meer trieb.

Stephan kniff die Augen zusammen. Es wehte ein frischer, ablandiger Wind, der die Wellen flach hielt. Stephan glaubte in dem Boot einen rudernden Mann zu erkennen.

«Ob *er* auf diesem Boot ist? Und Helena?», fragte Leni, und ihre Stimme zitterte.

Kurz darauf ging ein Ruck durch den Lastkahn, als er im flachen Uferbereich auf dem Grund aufsetzte. Die Dänen sprangen ins Wasser und zogen den Kahn auf den Strand. Stephan und Leni stiegen aus und entlohnten die Dänen mit ihren letzten Münzen, als von den Dünen her ein Junge in einem geflickten Mantel näher kam. Einer der Dänen spuckte dem Jungen voller Verachtung vor die Füße und knurrte: «Horeunge!» – «Hurenkind!» Dann nahmen sie die Ruder und zogen damit ab.

Der Junge senkte den Blick auf die Armbrust in Stephans Hand. «Manden har bedt mig om, at sig til Jer: Herre, I må kun tage én bolt med», sagte der Junge. «Der Mann hat mir aufgetragen, Euch zu sagen, Ihr dürft nur einen einzigen Bolzen mitnehmen, Herr.»

«Hat er dir den Grund dafür genannt?», fragte Stephan.

«Nein, Herr, nur: einen Bolzen, und dass er auch nur einen einzigen mitnimmt.»

Stephan und Leni blickten sich an, dann schnallte Stephan den Köcher, in dem die Bolzen steckten, vom Gürtel und wählte einen Bolzen aus. Den Köcher legte er im Sand ab. «Der Mann, von dem du sprichst, ist er das, dahinten auf dem Wasser?»

«Ja, Herr, und er will, dass Ihr zu ihm kommt und dass Ihr die Frau mitbringt.»

«Hat er das Mädchen dabei?»

«Ich habe gesehen, wie er es in das eine Boot gebracht hat. Ihr sollt das andere Boot nehmen.»

Stephan übersetzte für Leni. Sie blickte ihn irritiert an und sagte: «Warum erwartet er uns auf dem offenen Meer?»

Stephan atmete tief ein, ließ die Luft zwischen zusammengebissenen Zähnen entweichen und unterdrückte seine schreckliche Angst.

Michael sah sie kommen. Er sah, wie sie über den Strand zu dem Boot liefen, wie sie ablegten und wie das Boot, von kräftigen Ruderstößen getrieben, auf ihn zuhielt.

«Sei still und rühr dich nicht vom Fleck!», befahl er dem Kind. Es hockte im Heck, hatte die Arme um die Beine geschlungen und schlotterte vor Angst und Kälte.

Michael spannte die Armbrust und legte den Bolzen ein. Als das andere Boot auf Ruf- und Schussweite herangekommen war, stand er auf. Er stellte die Füße weit auseinander, um in dem schaukelnden Kahn einen guten Halt zu haben. Ein Kribbeln durchfuhr ihn, ein wohliger Schauer; er fühlte sich so lebendig wie seit Wochen nicht mehr, ach was, wie seit Jahren nicht mehr.

Er rief: «Nimm die Armbrust und leg deinen Pfeil ein. Wenn du versuchst, mich übers Ohr zu hauen, ertränke ich das Kind.»

Stephan zog die Riemen ein und legte sie ins Boot.

Im Heck knetete Leni verzweifelt ihre Hände. «Er ist wahnsinnig!»

«Ich fürchte, er ist leider bei klarem Verstand», entgegnete Stephan. «Für ihn ist das hier ein Geschäft, es ist eine Verhandlung, die er zu einem Abschluss führen muss, aus dem er als Sieger hervorgeht. Er handelt mit uns um unsere Leben.»

«Und was willst du jetzt tun?», fuhr Leni ihn an. «Stellst du dich hin und gibst für ihn eine Zielscheibe ab? Du kannst ihm nicht trauen. Wir können nicht wissen, ob er sich an die Abmachung hält und nicht doch mehr als nur einen Bolzen dabeihat. Er wird dir einen Bolzen ins Herz schießen, er wird Helena ins Wasser werfen …»

«Haben wir eine Wahl? Er hat unsere Tochter und kann uns seinen verdammten Handel aufzwingen!»

Stephan spannte die Armbrust, legte den Bolzen ein und erhob sich. Er hielt die Armbrust gesenkt und rief: «Wer soll zuerst schießen, Michael?»

«Du!», kam sofort die Antwort übers Wasser.

Stephan hob die Armbrust, setzte sie an seine Schulter, legte die Wange auf den Schaft und visierte Michael über Kimme und Korn an. Er sah, wie Michael die Arme ausbreitete, als wolle er Stephan einladen, ihn zu treffen. Will er getötet werden?, fuhr es Stephan durch den Kopf. Oder führt er etwas im Schilde? Dann verbot er sich jeden weiteren Gedanken, jetzt zählten nur er und die Waffe!

Er krümmte den Zeigefinger, spürte den Druck des Abzugs. Blickte in das grinsende Gesicht seines Bruders. Dachte an Simon. An Helena. Und drückte ab. In dem Moment hob eine Welle das Boot unter ihm eine Handbreit an, und um diese Handbreit verfehlte der Bolzen sein Ziel. Zischte dicht über Michaels linke Schulter hinweg, bevor er weit hinter ihm ins Wasser fiel.

Leni stieß einen Schrei aus.

Stephan ließ die Armbrust sinken und stand ganz still da, während Michael sich für seinen Schuss bereit machte.

Stephan spürte seinen Herzschlag im ganzen Körper. Michael ist kein guter Schütze, dachte er. Bitte, Gott, lass ihn danebenschießen, aber dann ... was würde dann geschehen?

«He, wie fühlst du dich jetzt, Bruder?», hörte er Michael rufen. «Wie fühlt es sich an, wenn du alles verloren hast, wofür du in deinem Leben gekämpft hast?»

Mach schon, schieß endlich – und bring es hinter dich, dachte Stephan. Er hörte Leni schluchzen. Über ihm kreischten Möwen. Und dann sah er auf dem anderen Boot, wie Michael den Kopf drehte; es schien, als rede er mit jemandem, wahrscheinlich mit Helena, die jedoch nicht zu sehen war, als plötzlich ein Schatten hochsprang und Michael anging. Michael strauchelte, geriet aus dem Gleichgewicht. Die Armbrust löste aus und der Bolzen schoss hoch hinaus in die Luft.

Es dauerte einen kurzen Augenblick, bis Stephan verstand, was auf dem anderen Boot geschah. Helena klammerte sich an Michaels Bein, und er schlug nach ihr.

Leni warf Stephan etwas vor die Füße, dann sprang sie auf die Ruderbank und legte die Riemen aus. Sie zog kräftig durch und hielt auf das andere Boot zu.

«Lass mich rudern», sagte Stephan.

«Nein, du nimmst den Bolzen!»

«Welchen Bolzen?», fragte Stephan, dann begriff er. Er senkte den Blick und sah einen Bolzen zu seinen Füßen liegen. Leni musste ihn am Strand eingesteckt haben.

Schnell spannte er erneut die Armbrust, legte den Bolzen ein und zielte auf Michael, der das Mädchen abschüttelte, dann aufschaute und sie kommen sah. Er wollte nach Helena greifen, doch da drückte Stephan ab – und der Bolzen flog über das Wasser und bohrte sich in Michaels Brust. Er wankte, stieß mit den Beinen gegen die Bootswand und kippte hintenüber ins Wasser.

Wie im Wahn zog Leni die Riemen durch, bis das Boot gegen das andere krachte. Sofort sprang Stephan hinüber, sah Helena im Heck kauern und ihn aus vor Schreck geweiteten Augen anstarren. Und dann sah er einen mit Bolzen gefüllten Köcher unter der Ruderbank liegen.

Leni schlüpfte an ihm vorbei, sank vor Helena auf die Knie, nahm sie in die Arme und drückte sie fest an sich. Da hellte sich das Gesicht ihrer Tochter auf, und sie schmiegte sich an ihre Mutter.

Mit einem Mal geriet das Boot ins Wanken, bevor es sich bedrohlich tief auf eine Seite neigte. Stephan drehte sich um. Sah die Hände an der Bootswand und dahinter Michael auftauchen. Das Haar hing ihm klatschnass in die Stirn, und ein schmerzerfüllter Ausdruck verzerrte sein Gesicht.

Bei dem Anblick überkam Stephan eine Erinnerung, ein grauenvolles Bild, das ihm den Schweiß aus den Poren trieb und ihm die Kehle zuschnürte. Wie im Fieber glaubte er, seinen Vater vor sich zu sehen, diese aufgerissenen Augen, diese Hilflosigkeit.

«Bitte, Stephan», keuchte Michael, «bitte, hilf mir …»

Stephan konnte nicht anders, als sich über Michael zu beugen und eine Hand nach ihm auszustrecken. Aber Michael griff zu, packte ihn und zog ihn nach unten. Stephan verlor den Halt, krachte mit den Knien gegen die Planken und blickte in Michaels dunkle Augen.

«Ich gehe, Bruder», keuchte er, «ich gehe – aber *dich* nehme ich mit …»

Da fuhr ein Riemen herab. Das Blatt traf Michael an der Schläfe. Dann schlug Leni ein zweites Mal zu und zertrümmerte mit dem Ruderblatt seinen Schädel. Seine Finger lösten sich von Stephans Hand, und er versank in den Wellen.

Stephan zitterte am ganzen Leib.

«Wir müssen Helena an Land bringen», hörte er Leni sagen.

Er schaute aufs Wasser, sah darin den Schatten verschwinden. Dann nickte er zweimal und blickte zu Leni auf.

EPILOG

✦

Tiegenhof – Herbst 1572

Durch die abgeernteten Obstbäume strich flüsternd der Wind; er spielte mit den Blättern, die ihre sattgrüne Farbe verloren und sich in buntes, sterbendes Laub verwandelten. Die Sonne stand schon tief, und als wolle sie die nahende Kälte nicht wahrhaben, schickte sie in einer letzten Anstrengung ihre Strahlen durchs lichte Blattwerk, unter dem die Schatten im Gras gespensterhaft pulsierten.

Zwischen den Obstbäumen schritt Octavian konzentriert auf und ab und zählte die mit reifen Äpfeln gefüllten Kisten. Die Anzahl der Kisten notierte er in einem Bilanzbüchlein. Dann überschlug er im Kopf, wie viele Äpfel in jeder Kiste lagen und wie viele es dann wohl insgesamt waren. Zufrieden mit dem Ergebnis seiner Rechnerei, bilanzierte er in der letzten Spalte der aufgeschlagenen Seite: *achthundertsiebzig Äpfel.*

«Er kann es einfach nicht seinlassen, der liebe Herr Hauptbuchhalter», hörte er eine Stimme in belustigtem, leicht spöttischem Ton sagen.

Als er sich umdrehte, sah er Leni zwischen den Bäumen stehen. Sie lächelte ihm zu, die Hände auf ihrem deutlich gewölbten Bauch abgelegt. Hinter ihr hüpfte die kleine Helena, inzwischen vier Jahre alt, durch den Obstgarten. Das Interesse des Mädchens galt jedoch nicht Octavians Äpfeln, sondern einem Schmetterling, der mit flatternden Flügelschlägen die Flucht ergriff, als Helena mit den Händchen danach schnappte.

«Ich denke, jemand sollte den Überblick über die Erträge behalten», erwiderte Octavian und klappte das Büchlein zu. Jeden Kohlkopf und Apfel, jede Zwiebel und Birne, die auf Gut Tiegenhof in diesem Herbst geerntet wurde, hielt er darin fest.

Der Tiegenhof lag einige Meilen südlich der Stadt Danzig am Flüsschen Tiege. Einst hatte König Zygmunt August die Ländereien den Loytz als Erblehen verliehen. Heute war der Hof eines der wenigen Anwesen, die sich die Gläubiger nach dem Konkurs des Handelshauses noch nicht unter die Nägel gerissen hatten.

Octavian bat die hochschwangere Leni, auf der Bank am Rand der Obstwiese Platz zu nehmen. Er überlegte kurz, ob sein Buchhaltergewissen es ihm gestatte, wenn er einen der bereits verbuchten Äpfel wegnahm, ohne es in der Bilanz zu vermerken. Er entschied sich dafür, wählte einen saftig roten Apfel aus und reichte ihn Leni. Dann – Bilanz hin oder her! – entnahm er der Kiste noch einen zweiten Apfel für sich.

Eine Weile saßen sie kauend auf der Bank und beobachteten, wie Helena dem Schmetterling hinterher kreuz und quer über die Obstwiese fegte. In den Bäumen tschilpten munter die Spatzen, und auf dem Dach des Gutshauses landete ein Rabe. Er stieß krächzende Laute aus, die wie Warnrufe klangen, als auf dem Hof die Geräusche von Hufschlägen zu hören waren.

«Er kommt heim», sagte Leni. Sie hob angespannt den Kopf und warf den abgenagten Apfel in die Tiege. Dann legte sie die Hände in den Schoß und verschränkte die Finger fest wie Bootsplanken ineinander.

«Magst du nicht hingehen und nachschauen, ob er …?», fragte Octavian.

«Nein!», fuhr sie auf und fügte dann leise hinzu: «Ich traue mich nicht.»

Octavian nickte verständnisvoll. «Ich werde hingehen und sagen, dass du hier bist.»

In dem Moment erschien Stephan schon an der Rückseite des Gutshauses. Er blickte zur Obstwiese herüber. Bei ihm tauchte ein zweiter Mann auf. Als Leni ihn sah, hielt es sie nicht auf der Bank. Sie sprang auf, lief zwischen den Bäumen hindurch zu ihrem Vater und schloss ihn so fest in ihre Arme, wie ihr Bauch es erlaubte.

Stephan ließ die beiden allein. Er kam zu Octavian und setzte sich zu ihm.

«Ich habe es kaum für möglich gehalten, dass er überhaupt noch am Leben ist», sagte Octavian. «Offenbar darf man die Hoffnung niemals aufgeben.»

«So? Darf man das nicht?», entgegnete Stephan. «Als ich Lukas aus Danzig abholte, erfuhr ich dort, dass die polnischen Reichsräte sich weigern, uns die Anleihen und Kredite zurückzuzahlen, die wir Zygmunt vermittelt haben. *Das* war unsere letzte Hoffnung! Aber die Räte behaupten, nach Zygmunts Tod seien alle Bücher überprüft worden, unsere Gelder jedoch nirgendwo als Einnahmen verbucht. Daher seien es Zygmunts persönliche Anleihen, für die niemand mehr aufkommen will – und wir gehen leer aus.»

«Werden wir nie nach Stettin zurückkehren können?», fragte Octavian.

Stephan schwieg, und weil er nicht den Eindruck machte, sein Schweigen brechen zu wollen, ließ Octavian seinen Blick zum Gutshaus schweifen. Er hörte Leni befreit auflachen und sah, wie sie ihrem Vater stolz ihren Bauch zeigte. Auf der Obstwiese fing Helena tatsächlich den Schmetterling. Sie hielt ihn im Hohlraum zwischen ihren zusammengelegten Händchen gefangen; doch als sie ihn durch ein Loch zwischen ihren Daumen betrachten wollte, entkam er dem Gefängnis und flatterte davon wie ein Geist.

«Vielleicht hast du recht», sagte Stephan schließlich. «Vielleicht darf man die Hoffnung wirklich nie verlieren.»

Octavian blickte zu den gutgefüllten Apfelkisten. Als sich Wolken vor die Sonne schoben, flossen unter den abgeernteten Obstbäumen die sternförmigen Lichtpunkte und Schattenmuster zu einem einzigen großen Schatten zusammen.

Das Tschilpen der Spatzen wurde leiser, bis es schließlich ganz verstummte.

NACHWORT

Eine Frage, die Romanautoren oft gestellt wird, lautet: «Wie sind Sie eigentlich auf das Thema gekommen?» Bei dem Roman *Das Handelshaus* ist es mir zugefallen. Ja, es war ein glücklicher Zufall, als wir vor einiger Zeit eine Kurzreise in die polnische Stadt Stettin machten. Wir staunten über das schmucke Gebäude der Stettiner Philharmonie, schlenderten an der St.-Peter-und-Paul-Kirche vorbei zum Schloss und entdeckten dann – ganz zufällig – ein imposantes, orangefarbenes Gebäude mit einem vorgesetzten Treppenturm. Auf einer Hinweistafel las ich folgende Zeilen:

Loitzenhof. Das spätgotische Haus wurde 1547 von der im damaligen Europa einflussreichen und vermögenden Bankiersfamilie Loitz erbaut. Infolge der Zahlungsunfähigkeit ihrer Schuldner meldeten sie 1572 Konkurs an. Der durch ihren Bankrott verursachte Krach erschütterte für einige Jahrzehnte die Finanzen in beinahe ganz Europa …

Von diesen offenbar so berühmten Loitz und ihrem wirtschaftlichen Zusammenbruch hatte ich nie zuvor gehört. Was ja kein schlechter Ansatz für eine Geschichte ist, dachte ich mir, denn womöglich geht es vielen Leuten so. Ich begann zu recherchieren. Das erste Ergebnis war, dass die Geschichte der Loitz – zumindest in Deutschland – tatsächlich weitgehend in Vergessenheit geraten ist.

Im Internet sind ein paar kürzere Beiträge über die Familie zu finden. Zudem gibt es eine überschaubare Anzahl älterer Aufsätze und Abhandlungen über diese Unternehmer, die schon von ihren Zeitgenossen ehrfurchtsvoll *Die Fugger des Nordens* genannt wurden. Und über deren Ende beispielsweise der Historiker und Archivar Johannes Papritz (1898–1992) schrieb: «Der Loitzenbankrott hat Pommern unendlich geschadet. In drei Jahrzehnten gingen die Errungenschaften des 16. Jahrhunderts an Ordnung, Wohlhabenheit und Zivilisation in einem Wust von Streit, Prozessiererei und Gewalttaten verloren.» Damit spricht Papritz vor allem die Zeit nach dem Bankrott an, die im Roman jedoch nur angeschnitten wird.

Die Geschichte des Loitz'schen Handelshauses begann um die Mitte des 15. Jahrhunderts mit Heringen. Später handelten sie auch mit Salz, Getreide, Schwefel, Geld und allem anderen, womit etwas zu verdienen war. Doch es waren die silberglänzenden Fische, die den Grundstock legten für den Aufstieg der Loitz von einfachen Fischhändlern zum angesehenen Unternehmen, das im Norden des Heiligen Römischen Reichs nahezu einzigartig war. Für die Dauer von mehr als einhundertvierzig Jahren führte die Familie ihr Handelshaus und machte es reich und mächtig. Man bewunderte und verehrte sie für ihre Geschäftstüchtigkeit, gleichsam wurden sie von jenen gehasst, die die Loitz mit Härte und Skrupellosigkeit um Geld und Existenz brachten.

Doch wie sollte ich diese spannende historische Vorlage einer Unternehmerfamilie, deren Aufstieg und Fall mehr als einhundertvierzig Jahre währte, in einem Roman umsetzen? Ich konzentrierte mich also zeitlich auf das Ende des Handelshauses und stand damit vor einem weiteren Problem. Die damals noch lebenden und bekannten Loitz – namentlich Stephan und Hans III. – waren in den 1560er Jahren um die sechzig Jahre alt. Und das erschien mir für einen dramatischen Roman mit einer fiktiven Abenteuer- und Liebesgeschichte unpassend.

Was also tun? Ich möchte keine Lanze für den Jugendwahn brechen, aber ich brauchte nun mal junge Protagonisten. Daher – und das darf ein Romanautor ja – mussten aus dramaturgischen Gründen ein paar neue Figuren her. Um es kurz zu machen: Ich übernahm die überlieferte Historie der Loitz'schen Ahnen sowie ihre Firmenpolitik und Geschäftsfelder vom Herings- über den Getreidehandel bis zur Hochfinanz; die drei Loytz-Brüder des Romans – Stephan, Michael und Simon – sind hingegen meiner Phantasie entsprungen. Das gilt auch für den tragischen Tod ihres Vaters auf dem Damschen See sowie für den Hauptbuchhalter Octavian.

Um diesen Bruch mit der Historie nach außen hin zu demonstrieren, habe ich mich beim Familiennamen für die Schreibweise «Loytz» entschieden. Diese Form taucht hin und wieder in der älteren Geschichtsschreibung auf, beispielsweise in dem Aufsatz *Die Loytzen*, erschienen im Jahr 1845 in den Baltischen Studien. Die seit längerem gängige Schreibweise lautet jedoch «Loitz», und für dieses Nachwort möchte ich sie beibehalten.

Liebe Leserin, lieber Leser, vielleicht haben Sie skeptisch die Stirn gerunzelt, als der polnische König Zygmunt (zu ihm komme ich gleich) von den «Loytz» im Roman forderte, ihm einen Löwen zu liefern. Dazu kann ich nur sagen: Fiktion hin oder her – abenteuerlich muss auch das Leben der realen Loitz gewesen sein. Tatsächlich soll es sich zugetragen haben, dass sie dem König «eine lebendige Löwin» geliefert haben (Papritz). Gleiches gilt für ein «Einhorn (wohl ein Mammutzahn)». Auch eine «mit Smaragden besetzte Königskrone» soll Bestandteil eines Handels gewesen sein. Unwahrscheinlich ist hingegen, dass Zygmunt das Kreditgeschäft davon abhängig machte, dass jemand einen Löwen tötete. Ich muss einräumen, dass ich mich bei dieser Episode von meiner Phantasie habe (ver)leiten lassen.

Bei der Darstellung des vom Wahnsinn gezeichneten Zygmunt II. (deutsch: Sigismund) August (1520–1572), seines Dieners Firlej und seiner Jagdhunde ließ ich mich von dem Werk *Schwarze Kerzen auf dem Wawel* von Jerzy Piechowski (1936–2003) inspirieren. Ein Vertrag über ein Darlehen in Höhe von 100 000 Talern, wie jener, den die Loitz dem König vermittelt hatten, wird übrigens in der Dauerausstellung des Alten Stettiner Rathauses gezeigt. Das Geld – so heißt es – wurde bis heute nicht zurückgezahlt, weil, wie im Roman erwähnt, nach seinem Tode niemand für die Schulden des Königs aufkommen wollte. Mit Zygmunt, der keinen männlichen Thronfolger hatte, endete damals die Dynastie der Jagiellonen.

Einen noch weitaus größeren Schuldenberg in Höhe von mehreren Millionen Talern hinterließ der Kurfürst der Mark Brandenburg, Joachim II. Hector (1505–1571), seiner Nachwelt. Joachim, der mit dem Loitz'schen Handelshaus in regen Geschäftskontakten stand, galt als prunksüchtig und verschwenderisch. Er liebte die Jagd und gutes Essen, baute Schlösser und Burgen und feierte ausschweifende Feste. Mitte des 16. Jahrhunderts ließ er aus Holzbohlen einen Dammweg vom Cöllner Schloss bis zu seinem Jagdschloss Zum Grünen Walde anlegen, den heutigen Kurfürstendamm oder auch Ku'damm. Und er richtete ein alchemistisches Laboratorium ein, «dessen Unterhaltung gewaltige Summen verschlang, ohne auch nur die Spur eines Erfolges zu zeitigen», heißt es bei Eugen Wolbe (1873–1938) in der *Geschichte der Juden in Berlin.* Tausende Taler mochte auch der als «Knüppelkrieg» in die Geschichte eingegangene Schaukampf bei der Zitadelle Spandau verschlungen haben. Theodor Fontane (1819–1898) hat dieses «Lustgefecht» trefflich in seinen *Wanderungen durch die Mark Brandenburg* beschrieben.

Wenig Glück war der «schönen Gießerin» Anna Sydow beschieden. Nach Joachims Tod warf dessen Sohn Johann Georg (1525–1598) die Geliebte seines Vaters in den Kerker des Juliusturms der Zitadelle Spandau, obwohl Joachim seinen Sohn per Vertrag verpflichtet hatte, Anna kein Haar zu krümmen. 1575 starb sie im Kerker im Alter von fünfzig Jahren. Seither spukt sie als «Weiße Frau» durch alte Gemäuer und Legenden, mal im Juliusturm, mal im Jagdschloss Grunewald (früher: Zum Grünen Walde). Und wenn eines Tages der Neubau des Berliner Stadtschlosses eröffnet wird, taucht ihr Geist vermutlich auch dort auf.

Für den Tod des Kurfürsten machte Johann Georg dessen Hofkämmerer und Münzmeister Lippold ben Chluchim (1530–1573) verantwortlich. Nach Lippolds Festnahme kam es in Berlin zu schweren Ausschreitungen gegen Juden; ihre Häuser und Wohnungen wurden geplündert, eine Synagoge zerstört. Lippold wurde schließlich wegen Zauberei angeklagt, verurteilt und im Januar 1573 gerädert und gevierteilt.

Hilfreich zur Beschreibung von Lebensalltag, Politik, Kultur und Wirtschaft im 16. Jahrhundert waren Werke von Autoren wie Richard van Dülmen *(Kultur und Alltag in der Frühen Neuzeit)*, Wilhelm Abel *(Agrarkrisen)*, Franz Mathies *(Die deutsche Wirtschaft im 16. Jahrhundert)*, Reinhard Hildebrandt *(Die Georg Fuggerischen Erben)*, Martin Wehrmann *(Geschichte der Stadt Stettin)* und Carsten Jahnke *(Das Silber des Meeres)*, um nur einige zu nennen.

Zum Schluss ein paar Worte zu den Handlungsorten. Fiktiv ist lediglich das Dorf Svantzow, das irgendwo zwischen Stettin und Pasewalk liegen mag. Ansonsten gilt für mich als Autor: Eine Recherchereise zu den Handlungsorten ist nicht nur ein großes Vergnügen, sondern hilft mir beim Beschreiben der jeweiligen Orte. So habe ich für dieses Buch unter anderem die Zitadelle Spandau und das Jagdschloss Grunewald besucht. Außerdem bin ich im heute schwedischen Falsterbo durch den Ort und über einen Golfplatz gestiefelt und habe versucht mir vorzustellen, wie es hier auf der Vitte im 16. Jahrhundert ausgesehen haben mag; aus der alten Zeit stehen dort nur noch die Überreste der Ende des 13. Jahrhunderts errichteten Burg.

Und der Loitzenhof, der ja den Anstoß für diesen Roman gab? In dem Gebäude, das im Zweiten Weltkrieg vollständig ausgebrannt ist, hat heute die Kunstschule «Liceum Plastyczne» ihr Zuhause. Nach einem kurzen E-Mail-Wechsel lud mich der Direktor Artur Sawczuk zu einem Besuch ein. An dieser Stelle möchte ich Herrn Sawczuk dafür ganz herzlich danken – ebenso Maciek Klonowski, der als Lehrer an der Schule arbeitet. Bei einem ausführlichen Rundgang durch den Loitzenhof (polnisch: Kamienica Loitzów) zeigte Herr Klonowski mir alle Ecken und Winkel des Gebäudes mitsamt Keller, Treppenturm und Speicheranbau.

Wer sich an den Handlungsorten umschauen möchte, findet auf meiner Homepage www.axelsmeyer.de Fotos von den Recherchereisen. Weitere Informationen gibt es auch auf meiner Facebook-Seite: www.facebook.com/axelsmeyerautor.

An dieser Stelle möchte ich mich auch bei Ihnen, liebe Leserin und lieber Leser, bedanken, dass Sie das Buch gekauft und gelesen haben. Es würde mich freuen, wenn Ihnen der Roman gefallen hat. Mein Dank geht auch an die vielen Rezensentinnen und Rezensenten, die ihre Meinung zu meinen Werken in Zeitungen und Zeitschriften, in Blogs, auf den Seiten von Internethändlern, Onlineforen oder wo auch immer veröffentlichen. Wer mag, kann mir seine Meinung gern auch wieder per E-Mail über meine oben angegebene Homepage zukommen lassen.

Bei der Realisierung des Romans haben mich wieder viele Menschen unterstützt. Ganz herzlich möchte ich mich bei euch bedanken, die ihr viel Zeit damit zugebracht habt, das Manuskript nach Fehlern jeder Art zu durchforsten. Meine kritischen und mittlerweile langjährigen Erstleser waren Birgit Borloni, Dörte Rahming, Monika Gołaska und Thomas Reinecke. Für die Übersetzung der dänischen Sätze bedanke ich mich bei dem deutsch-dänischen Journalisten Holger Johannsen.

Mein Dank gilt meinem Agenten Peter Molden sowie Grusche Juncker, die mich ermunterte, diese Geschichte zu schreiben, außerdem der Lektorin Judith Mandt vom Rowohlt Verlag und der Redakteurin Katharina Rottenbacher für ihren unbestechlichen Blick auf die Details und den letzten Feinschliff am Manuskript.

Weitere Titel von Axel S. Meyer

Das Buch der Sünden

Das Handelshaus

Das Lied des Todes

Das Schwert der Götter

Das weiße Gold des Nordens

Snorri Kristjánsson

Blut und Gold

Skandinavien, im Sommer des Jahres 970: Die junge Adoptivtochter Helga wartet auf die leiblichen Kinder des Wikingers Unnthor Reginsson – einst ein furchterregender Krieger. Nun ist er Häuptling der umliegenden Täler und führt mit seiner Frau Hildigunn einen Hof. Seine vier Kinder bewirtschaften eigene Höfe oder waren als Plünderer erfolgreich. Und nichts fällt Karl, Bjorn, Aslak und Jorunn leichter als der Griff zur Axt.

Bald gibt es böses Blut: Jeder der vier will den sagenhaften Schatz an sich reißen, den Unnthor während seiner Seefahrerjahre angehäuft haben soll. Als Karl tot aufgefunden wird, wissen alle: Der Mörder kann nur einer von ihnen sein. Heimlich macht sich Helga auf die Suche nach ihm …

Der Auftakt zur Reihe um die sympathische und kluge Ermittlerin Helga Finnsdottir.

Weitere Informationen finden
Sie unter **rowohlt.de**

368 Seiten

Das für dieses Buch verwendete Papier ist FSC®-zertifiziert.